中国社会科学院 学者文选

陈友琴集

中国社会科学院科研局组织编选

中国社会科学出版社

图书在版编目(CIP)数据

陈友琴集／中国社会科学院科研局组织编选．—北京：中国社会科学出版社，2014.12（2018.8重印）

（中国社会科学院学者文选）

ISBN 978-7-5161-5299-7

Ⅰ.①陈…　Ⅱ.①中…　Ⅲ.①古典文学研究—中国—文集　Ⅳ.①I206.2-53

中国版本图书馆 CIP 数据核字（2014）第 308874 号

出 版 人	赵剑英
责任编辑	陈肖静
责任校对	刘　娟
责任印制	张雪娇

出　　版	中国社会科学出版社
社　　址	北京鼓楼西大街甲 158 号
邮　　编	100720
网　　址	http://www.csspw.cn
发 行 部	010-84083685
门 市 部	010-84029450
经　　销	新华书店及其他书店

印刷装订	北京市十月印刷有限公司
版　　次	2014 年 12 月第 1 版
印　　次	2018 年 8 月第 2 次印刷

开　　本	880×1230　1/32
印　　张	16.5
插　　页	4
字　　数	406 千字
定　　价	99.00 元

凡购买中国社会科学出版社图书，如有质量问题请与本社营销中心联系调换

电话：010-84083683

版权所有　侵权必究

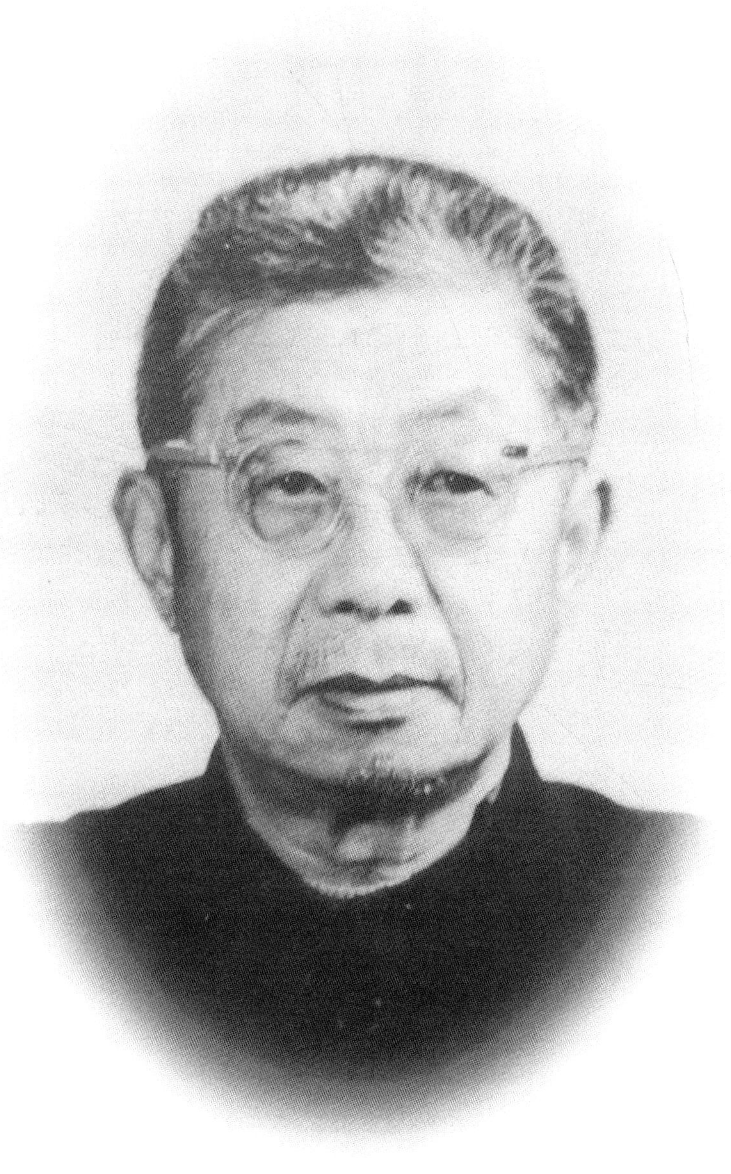

出版说明

一、《中国社会科学院学者文选》是根据李铁映院长的倡议和院务会议的决定，由科研局组织编选的大型学术性丛书。它的出版，旨在积累本院学者的重要学术成果，展示他们具有代表性的学术成就。

二、《文选》的作者都是中国社会科学院具有正高级专业技术职称的资深专家、学者。他们在长期的学术生涯中，对于人文社会科学的发展作出了贡献。

三、《文选》中所收学术论文，以作者在社科院工作期间的作品为主，同时也兼顾了作者在院外工作期间的代表作；对少数在建国前成名的学者，文章选收的时间范围更宽。

中国社会科学院
科研局
1999 年 11 月 14 日

目 录

前言 …………………………………… 陈才智（1）

白居易作品中的思想矛盾 …………………………（1）
白居易诗歌艺术的主要特征 ………………………（40）
略论白居易晚年诗的积极意义 ……………………（65）
什么是诗的风骨 ……………………………………（75）
从《文心雕龙·体性篇》说到诗的风格 ……………（86）
对于《新编唐诗三百首》的一些意见 ………………（95）
论杜甫对学习、继承和批评的看法 …………………（99）
漫谈杜甫的题画诗及其他 …………………………（107）
杜工部及其草堂 ……………………………………（113）
谈杨慎批评杜甫 ……………………………………（120）
略谈卢纶的《塞下曲》和《擒虎歌》…………………（123）
略谈刘禹锡及其诗歌创作 …………………………（130）
刘禹锡酬赠白居易七律一首简析 …………………（143）
关于柳宗元的诗及其评价问题 ……………………（146）
罗隐的讽刺小诗 ……………………………………（157）

苏东坡与白乐天 …………………………………… (160)
李清照及其《漱玉词》 ……………………………… (163)
关于元遗山论诗绝句 ………………………………… (169)
《元明清诗一百首》前言 …………………………… (172)
《千首清人绝句》弁言 ……………………………… (176)
关于王船山的诗论 …………………………………… (178)
略论顾炎武的诗 ……………………………………… (204)
读吴伟业的《梅村诗集》 …………………………… (219)
略谈吴梅村的晚节及其受辱的问题 ………………… (226)
略谈《长生殿》作者洪昇的生平 …………………… (229)
读《长生殿》传奇 …………………………………… (242)
从赵执信的诗风说到他的诗论 ……………………… (258)
读赵执信《饴山堂集》札记 ………………………… (267)
读赵执信《晚发芹泉驿夜过寿阳》 ………………… (274)
读吴嘉纪的《陋轩诗》及《陋轩诗续》抄本 ……… (276)
重读舒位《瓶水斋诗集》 …………………………… (288)
关于清代重要诗人的评介
　　——读张维屏《国朝诗人征略》 ………………… (300)
略谈张维屏的诗及其杂著 …………………………… (314)
略论清初诗坛上的南施北宋 ………………………… (320)
略谈厉鹗在西湖写的各体诗及其他 ………………… (333)
读清代著名诗人黄任的《香草斋诗集》 …………… (342)
读彭兆荪《小谟觞馆诗集》 ………………………… (350)
纳兰性德论诗 ………………………………………… (353)
景山和玉蝀桥 ………………………………………… (356)
清代著名夫妇诗人
　　——孙原湘和席佩兰 ……………………………… (359)

赵翼咏旅途的困苦 …………………………………… (365)
朱舜水在日本 ………………………………………… (367)
俞曲园和日本友人的交谊 …………………………… (371)
略谈林则徐的诗及其文学活动的影响 ……………… (373)

诗文小语 …………………………………………… (383)
  调查和核实 ………………………………………… (383)
  "十月寒" …………………………………………… (384)
  说得多和说得少 …………………………………… (385)
  续谈多和少 ………………………………………… (386)
  从李白《嘲鲁儒》诗说起 …………………………… (388)
  李白欣赏"池塘生春草" ……………………………… (389)
  读杜甫的《阁夜》 …………………………………… (391)
  略谈杜甫诗的句法 ………………………………… (393)
  杜甫五言律诗的错综变化 ………………………… (394)
  杜甫诗中无月之夜 ………………………………… (396)
  谈杜甫写晴雨并见的景象 ………………………… (397)
  "胭脂湿"的故事 …………………………………… (399)
  用词准确的一例 …………………………………… (400)
  改诗 ………………………………………………… (401)
  白居易奖励后进 …………………………………… (402)
  关于"一夜乡心五处同" …………………………… (403)
  "羌笛"和"杨柳" …………………………………… (406)
  略谈韩愈《山石》诗 ………………………………… (406)
  诗不必讳言爱情 …………………………………… (409)
  关于"青女素娥" …………………………………… (410)
  关于"龙城飞将" …………………………………… (411)

关于批评问题的两首绝句 …………………… (413)
关于晚唐于濆的诗 …………………………… (415)
两张帖子 ……………………………………… (417)
从"取影"说起 ………………………………… (418)
挖鬼睛 ………………………………………… (419)
打边鼓 ………………………………………… (420)
黄彻批评黄庭坚论诗中的错误观点 ………… (421)
关于沈周的诗 ………………………………… (422)
诗话两则 ……………………………………… (424)
傅山、傅眉，父子诗人 ………………………… (425)
方以智论"奇"和"平" ………………………… (426)
野人莲 ………………………………………… (427)
黄钧宰的《金壶七墨》 ………………………… (429)
甲午之战的诗篇 ……………………………… (431)
除夕立春杂谈 ………………………………… (432)
从终葵说到钟馗 ……………………………… (435)

读书札记 ……………………………………… (441)
水天 …………………………………………… (441)
驴 ……………………………………………… (442)
浣衣与沾衣 …………………………………… (443)
《石头记》与石头大师 ………………………… (444)
《红楼梦》中引古人诗时发生的小错误 ……… (445)
曾子固能诗 …………………………………… (446)
读薛涛《洪度集》 ……………………………… (447)
畏日拘忌 ……………………………………… (449)
破山剑 ………………………………………… (450)

《艾子杂说》与《笑林》 …………………………… (450)

珰与穿耳 ……………………………………………… (451)

《野叟曝言》论《黄鹤楼诗》………………………… (451)

南宋使者聘金记
——读楼钥《北行日录》………………………… (453)

蒲桃酒 ………………………………………………… (455)

痴女与慧僧 …………………………………………… (456)

文以意为主 …………………………………………… (457)

文抄 ……………………………………………………… (459)

山乡水国说池州 ……………………………………… (459)

春游"十渡" …………………………………………… (463)

从牡丹和荔枝说起 …………………………………… (465)

一首西瓜诗的剖析 …………………………………… (466)

什么是田园诗 ………………………………………… (467)

书的"三味" …………………………………………… (469)

略谈茶的历史及其有关诗文 ………………………… (469)

诗抄 ……………………………………………………… (478)

游齐山登翠微亭 ……………………………………… (478)

嘉陵江上见人送别 …………………………………… (479)

别成都过龙泉驿 ……………………………………… (479)

过郎当驿唐明皇幸蜀闻铃处
（驿在梓潼剑阁县交界处）…………………… (479)

剑门关 ………………………………………………… (480)

经海棠溪往南泉乡 …………………………………… (480)

二月廿二日首途赴凤过石硊镇感赋 ………………… (480)

淮远白乳泉口占 …………………………………………（481）
旧作绝句二首附：钱锺书（默存）先生和诗一首 ………（481）
悼念何其芳同志 …………………………………………（481）
一九七九年初秋游碧云寺香山公园归途口占三绝 ……（483）
一九八〇年初春登景山 …………………………………（483）
洛阳龙门谒白香山墓 ……………………………………（483）
赴日诗抄（七首） …………………………………………（484）
春游"十渡" ………………………………………………（485）
再登八达岭（二首） ………………………………………（485）
大连棒棰岛消夏四绝 ……………………………………（486）

作者论著目录 ……………………………………………（487）

前 言

20世纪50年代的白居易研究专家，名字适与钱锺书成为对仗，文学研究所古代室已故学者享年最长——这位前辈学者就是陈友琴。提起他，许多青年学子已经惘然。这并不足怪，古代室名人太多。

陈友琴（1902—1996），原名陈楚材，后改友琴。笔名陈珏人、夏静岩、郭君曼、珏人、楚才、畴人、笠僧、琴庐。籍贯安徽当涂，寄居安徽南陵，清光绪二十八年七月二十七日晨，出生于南陵县城关的一个中医世家。祖父陈锦蘭淳朴恳挚，是当地颇受患者称颂的中医，但在幼年陈友琴的眼里，不免严厉。父亲陈煦生则平和开明，身为前清秀才，对国学素有根底，闲暇时曾手抄过许多古典诗词，对他深有影响。父亲承继家业，也做中医，兼营药材生意。或许是书生气太浓，家里的小药铺一直经营得不太景气，经常赢少亏多。陈友琴是在南陵县城南书屋读的私塾，后到宣城第八中学插班。1921年在上海澄衷中学读三、四年级，1923年3月，与王蕙洲结为伉俪。妻子小他一岁，出身药商家庭。一年后，他考入上海私立沪江大学教育系。作为由外国人开办的教会学校，沪江大学是当时上海有名的"贵族学校"，学费高昂。因祖父去世，父亲负债，无法负担大学全部费用，所以陈友琴只读了两年，1926年8月便肄业离校。

辍学后，经中国公学大学部学长张东荪介绍，陈友琴在图书馆当了一个学期的职员。后回乡在旌德县高小教书。此后，又到繁昌县三山镇父亲的朋友、杂货店商人叶壁城家里教私塾。此间，坚持自学，博览群籍。后来在北平中国大学文学系又读了三年插班。陈友琴曾说过一句名言："读书一目十行，这是所谓才子吓唬人的，凡是求读书真正有所得的，还需十目一行才是。"这句甘苦之谈被"补白专家"郑逸梅采入其《艺林散叶》。1928年3月，经朋友介绍，到安庆任国民党安徽省党部训练部编审科文书干事。1928年8月至1929年1月，在安徽贵池的省立第五中等职业学校任国文教员。此后，主要投身于教育事业。1929年2月至7月，在安徽凤阳的省立第五中学高中部任国文教员。1929年9月至1930年2月，至北平任国民党河北省党部训练部文书干事。1930年2月，任上海市私立建国中学文史教员。因私立学校薪水较少，又于1930年夏至秋，兼任国民党上海特别市党部宣传部干事，编辑《训练》半月刊。1931年1月至12月专任建国中学教员。1932年起，任上海市立务本女子中学文史教员，同时在敬业中学兼课。1932年"一二·八"事变以后，学校陷于停顿，回安徽避难，在南陵县立小学代课。1933年春，上海战事平息，携眷回到上海，在恢复了的敬业中学、建国中学教国文课，同时兼任上海民众教育馆干事。1933年12月至1934年，任中央通讯社上海分社记者、编辑。其间，1934年1月至5月，以中央通讯社特派员身份参加川康（当时的四川省和西康省）考察团，在上海《民报》连载《川游漫记》、《川北视察记》等专题报道。1934年10月，陈友琴的第一部游记文集《川游漫记》由南京正中书局出版，收入《江行初写》等二十二篇游记，由国民党要员叶楚伧题写书名。这部游记后来令川籍作家、学者赵景深都十分叹服。

1935年3月，陈友琴在《申报·自由谈》发表《活字与死字》，提到北京大学招考，投考生写了误字，"刘半农教授作打油诗去嘲弄他，固然不应该"，但鲁迅"曲为之辩，亦大可不必"。那投考生的误字是以"倡明"为"昌明"，刘半农的打油诗是解"倡"为"娼妓"，鲁迅的杂感，是说"倡"不必一定作"娼妓"解。陈文认为"所谓'活字'者，就是大多数认识文字的人所公认的字……识字太多的朋友，搬出许多奇字僻字古字，与实际运用文字的需要全不相干，我对于这一类的字，一概谥以佳号曰'死字'"。此文引起鲁迅的注意，专门写《从"别字"说开去》[①] 一文，加以辩驳，认为"写别字的病根，是在方块字本身的，别字病将与方块字本身并存，除了改革这方块字之外，实在并没有救济的十全好方法"。长期担任国文教员的陈友琴自然从中得益，后来在《国文十讲》这部小册子里，继续探讨了与此相关的论题。

1935年8月，由于性情和待遇等原因，陈友琴辞去记者职务，重新回到上海务本女子中学，任文史教员。在此期间，因为与同乡前辈胡朴安、胡怀琛兄弟颇有交情，得以经常在胡朴安主持的《民报》上发表文章。1937年8月"八一三"事变以后，返安徽南陵，与同学组织抗日救亡会，做抗日宣传工作。1938年春，家里的药铺被日本飞机炸毁，为谋生，至安徽泾县东乡黄田村，在私立培风中学任国文教员。1938年8月至1942年1月，

---

① 发表于1935年4月20日上海《芒种》半月刊第1卷第4期，署名旅隼，后收入《且介亭杂文二集》。编者注释：陈友琴"当时是上海务本女子中学教员"，误。陈友琴当时是中央通讯社上海分社记者。

任浙江省立衢州中学文史教员，教授历史地理、国音字母、论理学等。同事有后来的著名作家王西彦，学生有后来的武侠小说大家金庸（查良镛）、北京大学历史系教授陈仲夫。1942年2月至6月，在浙江金华任《东南日报》资料室干事。1942年7月至12月，在安徽屯溪任私立徽州中学文史教员。1943年1月至1944年7月，在安徽休宁县梅林镇任私立建国中学教导主任。1944年8月至1945年9月，在江苏瑶溪任省立临时中学文史教员。1943年至1945年，还兼任《复兴日报》副刊编辑。1945年9月至1946年1月，在上海敬业中学代课。1946年2月，任杭州之江大学国文系讲师。1946年8月至1947年12月，转回《东南日报》，负责青年版和副刊《东南风》的编辑。1948年1月，任浙江大学附属中学国文教员。1948年8月起，兼在杭州师范学校上课。

陈友琴的教学在学生中留下了很深的印象。他于30年代执教的上海市立务本女子中学和四十年代执教的浙江省立衢州中学，值2002年百年校庆时，都不约而同地在校刊开辟专栏纪念陈友琴，高度评价和称赞他的教学和为人。陈友琴在中学里教国文和历史等，教学中经常旁征博引，讲究灵活有趣，不局限于书本，因此深受学生欢迎。他还注意将课本同现实联系，引导学生怎样正确认识时代，懂得自己所肩负的责任。在上海务本女子中学，当蒋介石鼓吹"攘外必先安内"时，他曾为此组织了一次班级辩论会，辩论究竟是应该"攘外"还是"安内"，这场辩论使他的学生受益匪浅。1946年任杭州之江大学国文系讲师期间，由于他在课堂上宣讲鲁迅、郭沫若、茅盾和丁玲的作品，发表针对时局的言论，被一些学生宣称是"共产党"，惹恼了这所教会学校的校长李培恩，被校方解聘。陈友琴注重教学，更注重育人。他热爱学生，对学生的关爱无所不至，也深受学生的爱戴。

"文化大革命"期间，陈友琴失去人身自由，造反派对他做了大量的外调，希望能得到他们所要的"材料"，但均"无功"而返。

30年代，正在上海任教的陈友琴结识了开明书店的叶圣陶，他的才华和学问颇受叶圣陶的赏识，在叶圣陶、王伯祥的鼓励下，陈友琴编撰了《清人绝句选》（又名《清绝》）。据该书编撰凡例后的题署时间，可知这部诗选1933年8月就已确定体例，直到1935年1月才由上海开明书店正式出版铅印本。徐乃昌题签，柳亚子题字，王西神题诗，查猛济、叶圣陶两人作序，以此推重，引起学人的留意和兴趣。民国时期，学界对前清文学并无太高评价，当时大学开唐诗课比较多，宋诗课比较少，清诗课就更少了。清诗不为人重视，一是研究清诗的人比较少，一是有些人对清诗存有偏见。例如，梁启超《清代学术概论》就曾经说过，清诗衰落已极，吴伟业之靡曼，王士禛之脆薄，袁枚、蒋士铨、赵翼，臭腐殆不可向迩，龚自珍、王昙、舒位粗犷浅薄。稍可观者，反在生长僻壤之黎简、郑珍。直至末叶，始有金和、黄遵宪、康有为，元气淋漓，卓然称大家。文廷式、金天翮、章太炎等对清诗之衰也异口同评。当时只有三十几岁的青年陈友琴，认为这样的定位不公正，也不够全面。清朝从顺治入关至1912年覆亡，前后268年，诗人辈出，并非只有梁启超所说的几个大家。陈友琴认为清诗研究是一个薄弱环节，要正确评价清诗，必须掌握全部材料，细心研究，科学分析，才能得出正确结论。他治清诗，既向前人学习，也向当代人学习。在上海教书课馀之暇，陈友琴常以乡里后生的身份到徐乃昌家里去看书。徐家藏书很多，自费刻书也不少，允许他出入书房，尽情浏览。陈友琴拿清诗和唐诗、宋诗对照起来研究，认为唐人绝句以神韵胜，宋人以清新胜，清人神韵兼清新。当他钻研清诗的时候，了解到宋人洪迈编过《万首唐人绝句》，清人严长明编过《千首宋人绝句》，而清诗绝句则没有人编过，于是立志填补这一空白。陈友琴的《清人绝句选》被当时的学人认为是：给古典文学界注入了一股清新的风。①这部诗选甄选五绝作家110名，七绝作家262名，将近400名清代诗人，1000多首绝句，选编在一卷，可粗略地看出：清诗（至少清代绝句）不是"衰落已极"，而是大昌；不是清代没有好诗，而是如近人王西神（蕴章）所云："皎如明月清如雪，云水光中洗眼来。"

1936年1月，他的第二部游记文集《萍踪偶记》，作为"创作新刊"之一，由上海北新书局出版。书名取意于"十年沧海寄萍踪"②，收入《上天台》等十八篇游记。书前有"卷头语"，书末有赵景深的跋。1949年4月，经当时杭州地下文化工作委员会审批，陈友琴加入中国共产党，成为候补党员。1949年5月，杭州解放，陈友琴参加了谭震林等主持的会师大会，随后作为军事管制委员会代表，参加了接管杭州师范学校的工作，成立校务委员会后，任副主任委员，这是他第一次担任行政职务。改校长制以后，他又被任命为副校长。1950年，参加中国教育工会。同年秋，参加杭州新文艺工作者协会，被选为委员。1952年，参加杭州市委举办的党员训练班，学习了三个星期。1953年3月6日，由中国共产党预备党员转为正式党员。最初，杭师校长由教育局局长郭人全兼任，陈友琴与之配合得很好。不久，浙江省教育厅委派吴容专任杭师校长，她的作风很不民主，陈友琴难以与之共事，于是写信给北京大学的吴组缃等朋友，别寻出

---

① 参见陈振藩《陈友琴和〈清人绝句选〉》，《图书情报工作》1984年第4期。
② 见《卷头语》，明王恭《初秋寄清江林崇高先辈》诗，见《白云樵唱集》卷三。

路。吴组缃向何其芳介绍，但1953年7月，中宣部还未下调令，浙江省教育厅已委派陈友琴至临安县，任草创中的杭州幼儿师范学校副校长兼语文教研组组长。

1953年11月，陈友琴奉中宣部之调，依依不舍地离开杭州幼儿师范学校，北上就职于北京大学文学研究所古典文学组，从此未动，一直在文学研究所从事研究工作，直到退休和去世。这一年陈友琴已经51岁，和文学研究所的许多先生一样，一家人住在中关园。因为相距不远，陈友琴常到邓之诚家去做客，讨教治学的经验。邓时任北京大学历史系教授，专攻明清史，收藏的清代诗文集、史籍很多，给陈友琴的研究提供了方便。陈友琴很敬佩邓之诚，认为他是一个读书人，治学谨严，学问踏实，知识渊博，乐于帮助志同道合的人。事隔多年，每每谈及，犹深深感怀于其真诚与亲切。陈友琴认为，邓之诚的《清诗纪事初编》是那个时期最有参考价值的成果。

1954年3月1日，郑振铎等提议，中国作家协会党组决定，由作协古典文学部和北京大学文学研究所主办，在《光明日报》上设置学术副刊《文学遗产》，余冠英和陈友琴被推为编委。这并非虚衔，陈友琴投入了大量精力参与刊物的审稿和编辑工作。1955年，陈友琴加入作协。1956年，文学研究所隶属关系由北大转到中科院。随后，进行了第一次职称等级的评定。文学研究所只有钱锺书、俞平伯、何其芳三人被评为一级研究员，陈友琴被评为六级副研究员。1956年7月，中国作家协会古典文学部撤消，《文学遗产》（周刊）改由中国科学院文学研究所主办，陈翔鹤担任主编。1956年秋，文学研究所由北京大学迁至中关村，陈友琴继续在古典文学组从事研究。

1958年秋，文学研究所又一次进行研究人员职称等级的评定工作，陈友琴仍为六级副研究员。秋冬之际，文学所由中关村迁至建国门，不久成立了资料室，由吴晓铃兼任主任，陈友琴兼任副主任。何其芳的设想是要把资料室办成全国的"资料库"，要为全国从事文学研究的工作者、大学教师、中学语文教师和大学中文系的学生服务。而且不但收集国内的，还要收集海外汉学家研究中国文学的资料。1960 年 2 月 9 日，周扬到文学研究所考察工作时，也提出"研究所要大搞资料，文学所要有从古到今最完备的资料"。在这一思想领导下，文学研究所资料室从百余种报刊中挑选重要论文，按专题和作家作品分类剪贴，迄今已积累 5000 余册的剪报资料。同时开始"大型文学评论目录索引"的资料收集工作。时间从 1901 年至 1949 年 10 月，跨度大约五十年。另从 1949 年 10 月至 1959 年 10 月跨度为十年，前后共六十年。后来出版了《中国古典文学研究论文索引》五册。

陈友琴的代表作《白居易诗评述汇编》，就是在当时要加强文献资料的收集和整理这一指导思想下展开的。[①] 围绕《白居易诗评述汇编》的编撰，陈友琴先后撰写了一系列论文，其中比较重要、影响较大的是《白居易作品中的思想矛盾》《白居易诗歌艺术的主要特征》这两篇长文。

20 世纪 50 年代中后期至 60 年代初，短短的几年时间里，国内涌现出多部用马克思主义理论来研究和分析白居易及其创作成就的传记类著作。陈友琴撰写的《白居易》是其中出版较晚的，收入"古典文学基本知识丛书"，1961 年 12 月由中华书局上海编辑所出版。尽管只有 3.6 万字，却是影响广泛的普及读物，多次重印。这是论说平实而准确的一部白居易传，在介绍生平的同时，以专节分析评价代表作《长恨歌》《秦中吟》《新乐

[①] 参见拙撰《〈白居易资料新编〉刍议》(《北京联合大学学报》2011 年第 1 期)。

府》《琵琶行》。其评述扼要简洁，语言通俗易懂，注释详细精当，而且在学术层面上，吸收此前著作成果的同时，避免了一些过于平面化、简单化的论断。今天看来，仍不失为值得推荐的白氏小传。

1959年4月10日，《文学评论》第一次编委会在北京召开，余冠英、陈友琴借便邀与会的夏承焘至文学研究所参观，此时文学研究所已由中关村迁至建国门。1959年5月15日，陈友琴也和许多同事一样，自中关园搬入东四头条胡同一号学部宿舍。邻居有余冠英、钱锺书等。这一年春季，中央书记处下达任务，资料室副主任陈友琴从何其芳那里接受了编辑、注释《不怕鬼的故事》一书的工作。在酌定篇目、释文过程中，俞平伯、余冠英、钱锺书、孙楷第分别予以指导。出版后，陈友琴赠出不少样书，广泛听取意见。时在中国历史博物馆工作的沈从文收到后，很重视这本书，在书上密密麻麻写满眉批和注释，然后转送回陈友琴。同时专门撰写《从〈不怕鬼的故事〉注谈到文献与文物相结合的问题》[①]，提出11则名物方面的修改意见。

1959年7月，陈友琴的第一部论文集《温故集》，在中华书局上海编辑所编辑、友人陈向平的鼓励和支持下，由中华书局上海编辑所出版，这部13.9万字的集子收入《略谈〈长生殿〉作者洪昇的生平》等22篇札记、论文及考证文章，多数在《光明日报》的《文学遗产》专刊上发表过。除了前四篇是长文以外，其余篇幅都很短。其中与同行商榷之作颇多，正是当时学术界百家争鸣气氛的缩影。内容以唐诗（尤其是白居易）研究为多。

---

① 载《光明日报》1961年6月18日《文学遗产》第368期。收入王序、王亚蓉选编《龙凤艺术》，商务印书馆香港分馆，1986年版；凌宇编《沈从文集·龙凤艺术》，十月文艺出版社，2010年版。

这些或长或短的文章,是他学习运用马克思主义文艺理论研习古典文学、分析故书旧学的产物,所以名为《温故集》。1962年4月,《中国文学史》出版内部铅印本,7月,由人民文学出版社正式出版。陈友琴参加编写唐代和清代部分章节。第二年,陈友琴由六级副研究员提升为五级副研究员。

1966年至1979年,和其他学者一样,陈友琴进入学术冬眠期。从发表《重读舒位〈瓶水斋诗集〉》一文(《光明日报》1965年6月13日《文学遗产》第512期)以后,直到《略论清代初期诗坛上的南施北宋》(《河北师院学报》1979年第1期),国内找不到他公开发表的文章。"文革"期间,陈友琴因所谓历史问题,受到留党察看处分,两年后解除处分。1969年至1972年,前后三年,他同文学研究所其他人员一样,下放河南罗山、息县、明港等地的干校,接受劳动锻炼。在干校里,有一天,有人和钱锺书开玩笑:要他以钱锺书的名字,对一个"姓名对",他们以为这是奇招,可以难倒他。谁知钱锺书脱口而出:"陈友琴"。又有一天,一位从北京探亲回到河南息县干校的同志告诉大家:北京传说陈友琴已经死掉了。陈友琴听到以后大笑,立即写下一绝:

中关园里传消息,道是琴庐早殒身。我在河南仰天笑,翻身戏作坠驴人。

钱锺书笑而和之:

严霜烈日惯曾经,铁树坚牢不坏身。海外东坡非罍耗,祝君延寿八千椿。

从他们在困境下互相唱和的诗句，可以看出一种达观。从干校回来后，陈友琴一家搬到西直门外皂君庙宿舍。

1977年5月7日，中国社会科学院成立。中国科学院文学研究所随之改称中国社会科学院文学研究所。陈友琴继续任文学所副研究员。1978年4月，中国社会科学院文学研究所编《唐诗选》由人民文学出版社出版。作为白居易专家，陈友琴参加了初稿的撰写，执笔了白居易等相关诗家部分，同时也批阅其他部分的初稿。他"在资料考订方面的严谨"，对《秦妇吟》注释初稿上的长篇批语，给参加编写的王水照留下了深刻印象。1978年9月，陈友琴参撰的另一部《唐诗选注》由北京出版社出版，署名"中国社会科学院文学研究所古代组、北京市维尼纶厂小组选注"。1979年11月，《乐府诗集》由中华书局出版，陈友琴参加了卷四十七至卷七十三的校勘和标点。

1980年3月，陈友琴的第二部论文集《长短集》由浙江人民出版社出版。这部22.9万字的集子收有《论杜甫对学习、继承和批评的看法》等比较长的论文22篇，有些是第一部论文集《温故集》中收录的，另外还有比较短的小品36篇，题为诗文小语。附录《〈长恨歌〉辑评》《琵琶亭诗话》，可以与《白居易诗评述汇编》相互参看，应该是后者早期分类编辑的产物，更有利于专题研究。

1983年7月，陈友琴由五级副研究员升为研究员。在此前后，研究重心开始向清代回移。1982年，他选编出版了《元明清诗一百首》。宋振庭读后，以满腔热情，撰文给予了很高的评价（见1983年6月28日《文汇报》）。李荒芜也写信给陈友琴说："选注很好，就是少了一些。"随后，他又全力投入选注《千首清人绝句》的工作。这是三十年代上海开明书店《清人绝句选》的增订注释本。这本60.8万字的大书，历时数年，终于在1985年年底完稿。新稿在篇目上作了较大调整，增选了作者，注释更加详尽，作家小传也多有修订。1988年5月，《千首清人绝句》由浙江古籍出版社出版。同年12月，他又编选了《元明清诗选注》，由北京出版社出版，共两册，选元明清诗人270家，诗歌666首。

1985年11月，陈友琴的第三部集子《晚晴轩文集》由巴蜀书社出版，书名取意于李商隐《晚晴》诗"天意怜幽草，人间重晚晴。""弁言"云："我是从旧社会经历艰难困顿的境遇，翻腾磨炼过来的。如今真是'云开日出，有人欲天从之快'。晴窗之下，掇拾小文，名之曰《晚晴轩文集》。其中有论古代诗歌的，有谈文人轶事的，也有类似杂感随笔的，不名一体。读书札记较多，短小而并不精悍。另外还附有旧体诗数首。"这部9.1万字的集子收有《关于清代重要诗人的评价——读张维屏〈国朝诗人征略〉》等论文或散文，以及读书札记和诗抄，这是他晚年最后一部结集的著作。

进入八十年代，在集中精力著述之余，陈友琴也参加了一些学术交流活动。1980年秋，他参加"日本茶道文化考察团"赴日本访问。1984年12月，在北京国际俱乐部参加《文学遗产》创刊三十周年、复刊五周年庆祝大会。1986年5月8日，还和邓绍基等，一道与中日人文社会科学交流协会第六次访华团代表举行学术交流会，由当时的文学研究所副所长马良春主持。1986年11月，陈友琴按司局级待遇离休。1991年10月，荣获国务院颁发的有突出贡献的专家特殊津贴。1996年5月17日，在北京病故，享年95岁。

陈友琴先生称得上一位世纪老人，他前半生献身教育事业和报刊编辑，从小学老师、中学教员到大学讲师，从副刊编辑又到副校长，后半生则在古典文学研究领域默默耕耘，从清诗到白居易,再回到清诗,此外对唐代诗人杜甫、卢纶、崔颢、韦应物、柳宗元、刘禹锡、罗隐、于濆以及宋代词人李清照等,也做过深入研究,前后结集有《温故集》《长短集》《晚晴轩文集》。友琴先生一介书生,不慕虚荣,平和冲淡,朴实厚道,有学者风,无市侩气,对关系学一窍不通,在生活上淡泊为怀,整日勤耕默耘,无暇他顾。十年浩劫中被以莫须有罪名批斗扫地,七十岁了还下放干校劳动。其间,他和俞平伯的老实闹出不少"笑话"。据说,一日见集市卖河虾,俞平伯问小贩多少钱一只,小贩皆乐,戏以一角一只,竟以六元钱数六十只。而陈友琴先生买花生,亦问多少钱一颗。1973年回京后,原住宅早已另行分配,当时只有两间共二十平米,无上下水道、无暖气的简易平房供年逾古稀的陈先生夫妇居住。友琴先生急于争取时间开展研究,一再向工宣队队长提出要恢复自己的工作。多次受到白眼后,先生无奈,只好将书柜、生活用品塞满房间,在床边挤进一张两屉桌,不分昼夜地默默笔耕,需查找书籍资料时,只能爬到床上打开书柜翻找。狭窄的房间,夏天闷热,冬天穿风,数年过后,陈友琴先生的右腿受寒得了风湿病,从此行走困难。直到"四人帮"粉碎后的1985年,他还不知道管房子的归哪个处,甚至连房产处在哪儿办公都不知晓。许多人说他有"名士气",看来并非虚言。

2007年10月23日初稿,2007年12月22日改补,2008年1月1日三稿,2013年3月1日定稿,2014年8月24日校订。

陈才智
于中国社会科学院文学研究所

白居易作品中的思想矛盾

一

白居易诗歌一共有二千八百余首,它的思想内容有各种复杂的矛盾甚至互相对立。但在互相对立的复杂矛盾中,总有主要和次要的分别,我们应该找出它的主要矛盾是什么。

首先应该提出的是作者对社会采取怎样的态度这个问题。

一般地说,白居易主要作品的思想内容是积极的、进步的,也就是说他的主导思想是富有人民性和现实主义精神的。他有一个时期的确是"好刚不好柔"(《折剑头》诗中句),肯和当时的恶势力作不调和的斗争,能分辨是非,爱憎分明,不为个人利害打算,很多作品都是替被压迫人民说话的。不管是《新乐府》也好,《秦中吟》也好,其他讽喻诗也好,都是朝这个目标写出来的不朽之作。其中有的是讽刺横征暴敛,有的是反对"黩武"战争,有的是攻击豪门贵族,有的是揭发贪污强暴和奢侈浪费。《歌舞》诗中"岂知阌乡狱,中有冻死囚",正是对"朱门车马客,红烛歌舞楼"的讽刺;《采地黄者》诗中的"愿易马残粟,救此苦饥肠",是对"朱门家"和"白面郎"的控诉;《买花》

诗中的"一丛深色花，十户中人赋"，是对豪华奢侈的买花者的揭露；《缭绫》诗中"丝细缲多女手疼，札札千声不盈尺"，是对"汗沾粉污不再著，曳土蹋泥无惜心"有意来一个对比……这些都是从杜甫"朱门酒肉臭，路有冻死骨"这样强烈对比的手法衍变而来的。白居易观察社会的犀利目光，几乎注射到每一个角落，发现大大小小的各种各样的问题，"遇事托讽"，以收"美刺比兴"之功，真是所谓"周详明直，娓娓动人"（清人冯班语），这是前人不曾有过的特色。和他同时写讽喻诗的李绅的作品已失传，元稹的成就远不如他，晚唐的皮日休的《正乐府》，更是"望尘莫及"。至于后来许多仿效他写这种讽喻诗的人，也没有一个能够超过他的成就。

我们读白居易的诗集，知道这些锋芒锐利的作品写得最多的时期，是在元和初年他做了翰林学士和左拾遗以后的短短几年间。《新乐府》五十首作于元和四年，《秦中吟》十首写于元和五年。其他有名的讽喻诗，也都是在他四十岁以前的几年中间写出来的。当然在这个时期以前或这个时期以后他也曾写出许多有积极意义的作品，但很少能在思想内容上表现出那样疾恶如仇的精神和"可使寸寸断，不能绕指柔。愿快直士心，将断佞臣头"（《李都尉古剑》诗中句）的气概。他自己后来在《白云期》（此诗写于元和十三年，正当他四十七岁的时候）一诗中，有"三十气太壮，胸中多是非"的句子，这所谓三十，应该就是指的元和四年和五年正当他三十八和三十九岁这个时期而言。正因为"气太壮"，所以敢说、敢怒、敢骂，他自己对于这一时期的作品是颇为自负、估价很高的，除在《与元九书》以及其他许多诗文中都有过说明而外，再如《伤唐衢》二首之一有云：

忆昨元和初，忝备谏官位。是时兵革后，生民正憔悴。

> 但伤民病痛，不识时忌讳。遂作秦中吟，一吟悲一事。贵人皆怪怒，闲人亦非訾。天高未及闻，荆棘生满地。……致我陈、杜间，赏爱非常意。

诗中的意思是非常明白的。第一，他为"憔悴"的"生民"而悲伤，为了人民他不惜触犯当时的忌讳；第二，他说明写这些讽喻诗的目的，是要上达"天听"的，可惜"天高未及闻"，弄得"荆棘生满地"，但他也是毫不后悔的。因为他要追随陈子昂、杜甫的后尘，正视现实，要做一个对生民有所裨益的进步诗人。又如《寄唐生》诗中有云：

> 我亦君之徒，郁郁何所为？不能发声哭，转作乐府诗。篇篇无空文，句句必尽规。功高虞人箴，痛甚骚人辞。非求宫律高，不务文字奇。惟歌生民病，愿得天子知。未得天子知，甘受时人嗤。药良气味苦，琴淡音声稀。不惧权豪怒，亦任亲朋讥，人竟无奈何，呼作狂男儿。

这又说明了白居易的乐府诗的浅切通俗，目的在歌唱出人民的痛苦，他站在人民这一方面说话，不怕豪门贵族的震怒，也不管亲戚朋友的讥笑，全心全意地要救生民出于水深火热之中。这些诗中的思想，是实践了元和初年他在《策林》六十八中写的"存炯戒，通讽喻""惩劝善恶，补察得失"，以及《策林》六十九"歌咏之声，讽刺之兴，日采于下，岁献于上"的主张的。《新乐府》序中也说过："为君为臣为民为物为事而作，不为文而作。"在他四十四岁被贬为江州司马以后写的《与元九书》中所谓"文章合为时而著，歌诗合为事而作"，也是这样的意思。在《读张籍古乐府》一诗中，白居易赞美张籍的诗，说什么"上可裨教化，舒之济万民；下可理情性，卷之善一身"。原来按照他的意思，"裨教化"和"理情性"，"济万民"和"善一身"，上下是可以打通一气的。下面有"愿播内乐府，时得闻至尊"等句，这和前面所引"惟歌生民病，愿得天子知"的意思完全一样，也和《策林》六十八中所说的"纫王教，系国风"，《策林》六十九中所说的"立理本，导化源"等说法并无矛盾。一舒一卷之间，道理相通，更和他在《策林》十七中所说的"卷之可以理一身，舒之可以济万物"以及他在《新制布裘》中写的"丈夫贵兼济，岂独善一身"适相吻合。白居易早年是儒家的信徒，他是要遵守孟子"古之人得志泽加于民，不得志修身见于世；穷则独善其身，达则兼善天下"那些信条的。"独善其身"，据赵岐注："独治其身，以立于世间，不失其操也。"孟子原是根据孔子"用之则行，舍之则藏"的道理来立说的。焦循《孟子正义》章指云："修身立世，贱不失道；达善天下，乃用其道。"道是一个，并不是两个，无论是出或是处，都守的是这个道，不能违背。白居易所敬服的诗人陈子昂所云："圣人不利己，忧济在元元"（《感遇》诗），杜甫所云："致君尧舜上"（《奉赠韦左丞丈二十二韵》），"穷年忧黎元"（《自京赴奉先县咏怀五百字》），以及和他同时的韩愈所说的："得其道不敢独善其身而必以兼济天下也"（《争臣论》），都同样是兼善天下的思想。白居易《与元九书》中有云：

> 古人云：穷则独善其身，达则兼济天下，仆虽不肖，常师此语。大丈夫所守者道，所待者时。时之来也，为云龙，为风鹏，勃然突然，陈力以出。时之不来也，为雾豹，为冥鸿，寂兮寥兮，奉身而退。进退出处，何往而不自得哉！

这说法是合乎儒家的精神的。虽说他是站在封建士大夫立场，他所守的"道"也是封建士大夫的"道"。可是"守道待时"以及"不得志修身见于世"，这思想还不完全是消极的。但我们读到白居易的好友元稹《和乐天赠樊著作》一诗中的说法，就觉得有些不同了。元稹诗中有云：

况乃丈夫志，用舍贵当年。愿（《全唐诗》作顾）予有微尚，愿以出处论。出非利吾己，其出贵道全。全道岂虚设，道全当及人。全则富与寿，亏则饥与寒，遂我一身逸，不如万物安。解悬不泽手，拯溺无折旋。神哉伊尹心，可以冠古先。其次有独善，善己不善民。天地为一物，死生为一源。合杂分万变，忽若风中尘。抗哉巢、由志，尧、舜不可迁。舍此二者外，安用名为宾。（《元氏长庆集》卷二）

这首诗中的思想和白居易所根据的孟子的思想就大有不同了。元稹把"独善"和"兼善"对立起来了。"善己不善民"和"抗哉巢、由志，尧、舜不可迁"，这绝不是儒家的思想。巢父不肯接受唐尧的禅让；尧帝想要邀请许由做九州长，可是许由感到这是莫大的污辱，认为听到这样的话简直是弄脏了自己的耳朵，连忙跑到颍水滨去把弄脏了的耳朵洗擦干净。这是真正的避世的隐士，和孔子所反对的楚狂、接舆、荷蒉、荷蓧丈人等，是一般的行径。白居易对于他的最亲密的朋友元稹的说法并没有表示反对，而且就在《讽喻二》、《读史五首》之二末云："商山有黄绮，颍川有巢、许，何不从之游，超然离网罟。山林少羁鞅，世路多艰阻。寄谢伐檀人，慎勿嗟穷处。"他对于巢父、许由们是那样地钦佩和向往。后来诗中用巢父、许由的典故也很多，如"巢悟入箕颍，皓知返商颜"（《晚归香山寺因咏所怀》），就是以巢父和四皓等隐士自比。又在《秋日与宾客舒著作同游龙门醉中狂歌凡百三十八字》一诗中说："丈夫一生有二志，兼济独善难得并"，这就和元稹"善己不善民"的意见一样，把"兼济""独善"完全打成两橛，"独善"真被解释为消极无为，不再意味着"守道待时""不得志修身见于世"了。

在《与元九书》中，白居易自己还有几句这样的话：

故仆志在兼济，行在独善，奉而始终之则为道，言而发明之则为诗，谓之讽喻诗，兼济之志也；谓之闲适诗，独善之义也。故览仆诗（按《全唐文》"诗"下有一"者"字）知仆之道焉。

这样说法，似乎也是有问题的。"志"是"主观愿望"，"行"是"实践行为"，二者应该是统一的。"志在兼济"，是有心要"博施济众"，这当然是好的了；可是"行在独善"，就变成立身行事只顾自己，这怎么行呢？（这里是根据"善己不善民""兼济独善难得并"来解释的，不是根据"独治其身""不失其操"来解释的。）如果说"讽喻"是"志"，"闲适"是"行"，那就是说"志"和"行"不能统一，"志向"和"行为"完全矛盾了。（也许可以解释为抱兼济之志，不遇国君的知遇，那就不得已而成独善之行。白居易的这篇文章是在江州写的，所以这样说。但原说法究竟意思不显豁，他的苦心是不易使人一看就了然的。清人刘熙载的《艺概》对于这一段文字加以按语云："观香山之言，可知其或出或处，道无不在。""道无不在"也说得玄了，泛了。）

白居易的全部作品中之所以充满了许多复杂的矛盾，而其中的主要矛盾尤其显得突出，我看就是在"志在兼济，行在独善"

这个基本思想之下产生出来的。

李白《赠韦秘书子春》诗有云："苟无济代心，独善亦何益"，又云："终与安社稷，功成去五湖"，这种思想也许和白居易的思想有共通之处，但绝不是"善己不善民"的消极思想。因为李白已经明白地说独善是无益的了。

而且白居易的消极思想不但表现在讽喻诗以外的诗篇中，在讽喻诗中也有不少的消极思想。如《讽喻二》中《和答诗十首》第一首《和思归乐》有云："人生百岁内，天地暂寓形。太仓一稊米，大海一浮萍。身委逍遥篇，心付头陀经。尚达死生观，宁为宠辱惊。中怀苟有主，外物安能萦？任意思归乐，声声啼到明。"这些诗中已经说明他是又信佛又信道，不再忠心耿耿地做孔孟圣贤之徒了。写这些诗也是在元和五年，他三十九岁，和写《秦中吟》正是同时，而且《和答诗十首》和《秦中吟十首》同编在《白氏长庆集》第二卷内。这是什么原因呢？是不是因为前面有"况始三十余，年少有直名，心中志气大，眼前爵禄轻。君恩若雨露，君威若雷霆，退不苟免难，进不曲求荣"那些叙述，所以也认为是讽喻诗呢？这都是值得研究的问题。因为"讽喻"和"闲适"的界限总是应该弄清的。

至于在"闲适"诗中，即使是早年所作，甚至在锋芒最露的时候，白居易也刻刻不忘退休。如《自题写真》（自注："时为翰林学士"）诗云：

> 我貌不自识，李放写我真。静观神与骨，合是山中人。蒲柳质易朽，麋鹿心难驯。何事赤墀上，五年为侍臣？况多刚狷性，难与世同尘。不惟非贵相，但恐生祸因。宜当早罢去，收取云泉身。（《白香山诗集》卷六）

这一首诗是足以说明那时他的思想的另一面的。汪立名按云："据此诗内'五年为侍臣'及'宜当早罢去'之句，当作于元和五年，盖是年岁满当改官也。以公年计之，为三十九岁。"今人岑仲勉《论白氏长庆集源流并评东洋本白集》（见前"中央研究院"《历史语言研究所集刊》第九本）中有云："按侍臣指翰林学士，白氏元和二年末始得此差，则诗是六年作，非五年作。"不管是元和五年作也好，元和六年作也好，反正是白居易四十岁之前的作品，又是和写《新乐府》、《秦中吟》差不多的时期。在这个时期中，他早已替自己看相，看定是"山中人"并无"贵相"，虽说刚狷成性，不肯同流合污，但又怕因此惹出祸事，不如早日退休安享云泉之乐为妙。（这种怕惹祸因而想退休的思想在他的作品中是非常之多的。）这就足以证明并不完全是因为贬谪江州司马以后才骤然消极下来的。元和六年，当白居易四十岁因母丧退居渭上时，自写其矛盾的心境，有"直道速我尤，诡遇非吾志。胸中十年内，消尽浩然气"之句（《适意》二首），意思是说如果照直道而行吧，就要得罪于人；如果不顾是非而随人后以求知遇吧，又不是我的志愿。结果便见"消尽浩然气"，而"悠悠身与世，从此两相弃"了。在《白香山诗集》卷七中有一诗题云："昔与微之在朝日，同蓄休退之心，迨今十年，沦落老大，追寻前约，且结后期。"这是在江州写的。（时当元和十年至十三年，他是四十四岁至四十七岁。）他自己说明，在十年以前，就早有"休退之心"了。那就是说，在唐顺宗李诵永贞元年至唐宪宗李纯元和三年，正当他三十四岁至三十七岁的时期内，就和元稹"同蓄休退之心"了。诗中有"常于荣显日，已约林泉期"等句。他是对老子"祸兮福之所倚，福兮祸之所伏"的话深有体会的，所以又说："朝见宠者辱，暮见安者危，纷纷无退者，相顾令人悲。"他对于"明哲保身"的道理想得很透（这种思想充满在"闲适""感伤""杂律"以及后集各卷中）。在四十岁多一点的强壮之年时，就有过三十年的闲居计划，《游悟真寺》诗末有云："我今四十余，从此终身闲，若以七十期，犹得三十年。"（《白氏长庆集》第六卷）可见他在壮年时，就打定主意要安逸快乐三十年，并不想终其一生为他的理想目标积极奋斗了。至于《自诲》诗云："人生百岁七十稀，设使与汝七十期，汝今年已四十四，却后二十六年能几时？汝不思二十五六年来事，疾速倏忽如一瞬，往日来日皆瞥然，胡为自苦于其间！"这是唐宪宗元和十年他被贬谪江州失意而消极时写的，当然比写《游悟真寺》时正在朝做太子赞善官的时候更加消极了。

当我们读白居易的集子中有"兼济"思想的诗时，我们是很感动振奋的；当我们读他同一时期的诗中又表现不少消极退休的思想时，我们又感觉到有些矛盾，二者之间不能调和。我们今天当然应该多读他的有积极意义的诗，多表扬他在这一方面的卓越的成功，但是他的诗集中有不少消极性的东西，我们也实在无法抹煞。至于后期作品中除了消极退休的思想而外也还有积极性的东西，那也是事实，不过在分量上消极性的东西就更多，和前期是有很大的差异了。我们可以这样说：白居易的诗不单是前期和后期作品中有自相矛盾的思想，即使是同一个时期内的思想也常常免不了有矛盾。以上算是一个初步的简单的概述。

二

白居易出身于一个小官僚的家庭，自己是知识分子，他的思想感情不可能不受他的阶级的影响。但知识分子常常易于动摇，他的思想跟着生活环境的变化而有所变化，不会是凝固的、一成不变的。一个封建社会里的知识分子，读书求上进，出处问题是最大的事，要煞费脑筋考虑的，这里面有向上爬的思想，也有谋生计的打算，当然也希望能好好施展自己的抱负。白居易是有远大抱负的知识分子，他十分同情穷苦人民，由于他自己也确曾受过穷苦的磨折，和人民的感情有相通之处。他在少年时代，南北奔走，愁于衣食，他曾自述贫贱时的情况道：

马瘦衣裳破，别家来二年。忆归复愁归，归无一囊钱。（《白氏长庆集》卷九《秋暮西归途中书情》）

养无晨昏膳，隐无伏腊资，遂求及亲禄，僶俛来京师。（《白氏长庆集》卷九《思归》。又卷十三《叙德书情四十韵上宣歙崔中丞》亦有"养乏晨昏膳，居无伏腊资"之句。）

苦乏衣食资，远为江海游……身病向鄱阳，家贫寄徐州。（《白氏长庆集》卷九《将之饶州江浦夜泊》）

白居易十几岁的时候，经历过朱泚、李希烈等割据为雄的兵乱，在越中避难，有《乱后过流沟寺》诗："九月徐州新战后，悲风杀气满山河。"又有《江南送北客因凭寄徐州兄弟书》一绝，题下自注云："时年十五。"又有《江楼望归》五律一首，自注："时避难越中。"此外又有"时难年荒世业空，弟兄羁旅各西东"一律。这些诗说明他从小就是在政治混乱、民生极不安定的境况中长大的，这些生活经历是惨痛的，但这也和诗人后来充满同情人民的感情有一定的关联。因为他是真正地接触了生活了。这个生活的基础是宝贵的。假如他生长在豪门贵族的家庭中，就不会接触到人民的痛苦生活，自然后来也就不能在作品中对现实很好地加以反映了。

封建社会中的读书人要做官，必须拜名公巨卿之门。唐朝士人用诗作为干谒。白居易初到长安,用《赋得古原草送别》为首篇的诗卷去见顾况,顾称赏"野火烧不尽,春风吹又生"之句,这是艺苑中传为美谈的事。可是当时只有十六岁的白居易,其忐忑不安的心境是可想而知的。同时期他还有《见尹公亮新诗偶赠绝句》云:"袖里新诗十首余,吟看句句是琼琚。如何持此将干谒,不及公卿一字书。"诗中有一种傲然不平之气流露出来,这不仅仅是为尹公亮一个人而发的牢骚吧。不用诗去干谒,也不去求公卿的一字书不更好些吗?然而为了生活,为了求名,他非走这样的路子不可。从这些地方就足以见到诗人情绪上的矛盾了。

后来白居易做官了,官职是小的,逢上迎下,是受气的。即以他亲身尝受到官府小吏征敛勒索的痛苦一事而言,例如说"和籴"吧,他就在诗文中一再表达出他思想上的矛盾。

"和籴"是当时政治经济上一件重要的大事,这里不能详说。① 简单地说,"和籴"原是为要供给西北广大地区边防军的军粮而在关中贱价收买农产品的一种办法(籴是买进,按照规

---

① 据《通鉴》二百一十四卷唐纪开元二十五年及《新唐书》五十三《食货志》的记载,因为西北驻有防边的重兵,不能供给粮食,才开始用"和籴法"。玄宗时,牛仙客为相,彭果献策关辅之籴。天宝中岁以钱六十万缗赋诸道"和籴",斗增三钱。每岁短递输京仓者百余万斛,米贱则少府加估而籴,贵则贱价而粜。《通鉴》二百三十三卷德宗贞元三年,有关于德宗入农民赵光奇家,赵光奇向德宗申诉"和籴"之言的记载。又据《唐会要》卷九十说是"德宗贞元二年,度支奏,京兆、河南、河中等州府,夏秋两岁青苗等钱物,悉折籴粟麦,所在储积,以备军食"。今人陈寅恪《隋唐制度渊源略论稿》"财政"部分略有阐述。俞大纲在前"中央研究院"《历史语言研究所集刊》第五本第一卷《论高力士外传论变造和籴之法》一文中曾详为论列。按高力士曾云:"仙客建和籴之策,虽堪救弊,未可长行。恐变正仓尽,即义仓尽,正义俱尽,国无旬月之蓄,人怀饥馑之忧。和籴不停,即四方之利,不出公门,天下之人,尽无私蓄,弃本逐末,其远乎哉!……"我们正不可以人废言。

定，米价太贱了，由官府加价买进，米价腾贵时，还可以贱价卖出，以资调节，所以叫和籴）。在唐玄宗李隆基实行时流弊还不十分显露，到了唐德宗李适、唐宪宗李纯时，就变成"散配户人，严加征催"的强迫收取人民农产品的虐政。白居易有《论和籴状》（《白氏长庆集》卷四十一）自述这件事道：

> 比来和籴，事则不然，但令府县散配户人，促立程限，严加征催；苟有稽迟，则被追捉，迫蹙鞭挞甚于税赋。号为和籴，其实害人。……臣久处村间，曾为和籴之户，亲被迫蹙，实不堪命。臣近为畿尉，曾领和籴之司，亲自鞭挞，所不忍睹。

官吏们奉行上面的命令，借口要军粮，一律到处勒索，比税赋还要厉害，农民因此普遍破产。这个制度早在李隆基时代，高力士就已看到它的弊害。[①] 李适和李纯都是因为军费浩大而且本身欲壑难填，非横征暴敛加重对农民的剥夺不行，他们都是不肯废除"和籴"的。《通鉴》记载李适在打猎时，到农民家去休

---

① 据《通鉴》二百一十四卷唐纪开元二十五年及《新唐书》五十三《食货志》的记载，因为西北驻有防边的重兵，不能供给粮食，才开始用"和籴法"。玄宗时，牛仙客为相，彭果献策广关辅之籴。天宝中岁以钱六十万缗赋诸道"和籴"，斗增三钱。每岁短递输京仓者百余万斛，米贱则少府加估而籴，贵则贱价而粜。《通鉴》二百三十三卷德宗贞元三年，有关于德宗人农民赵光奇家，赵光奇向德宗申诉"和籴"之苦的记载。又据《唐会要》卷九十说是"德宗贞元二年，度支奏，京兆、河南、河中等州府，夏秋两岁青苗等钱物，悉折籴粟麦，所在储积，以备军食"。今人陈寅恪《隋唐制度渊源略论稿》"财政"部分略有阐述。俞大纲在前中央研究院《历史语言研究所集刊》第五本第一卷《论高力士外传论变造和籴之法》一文中曾详为论列。按高力士曾云："仙客建和籴之策，虽堪救弊，未可长行。恐变正仓尽，即义仓尽，正义俱尽，国无旬月之蓄，人怀饥馑之忧。和籴不停，即四方之利，不出公门，天下之人，尽无私蓄，弃本逐末，其远乎哉！……"我们正不可以人废言。

息,农民赵光奇对他申诉"和籴"的害处,说官吏强取硬逼,不给一文钱,所以使得农民在丰产年岁也无法生活。李适虽然因为赵光奇敢于进言,给他一家不上赋税的奖励,但对于和籴制度,仍然照旧执行。

这个不一定是普通农民的赵光奇的话,不但说出了白居易生长的那个时代的农村经济的情况,也说出了白居易本人的经济情况。白居易同情农民的诗很多,除《杜陵叟》一诗中所诅咒的"虐人害物即豺狼,何必钩爪锯牙食人肉"而外,又如《秦中吟》之一《重赋》中所云:"……昨日输残税,因窥官库门。缯帛如山积,丝絮如云屯。号为羡余物,随月献至尊。夺我身上暖,买尔眼前恩。进入琼林库,岁久化为尘。"对残酷剥夺的统治阶级作了严正的抗议。这些作品常被谈白居易诗的人所称引。像《杜陵叟》《重赋》这一类的诗是为真正的农民鸣不平的,另有一首《纳粟》诗,是为像他自己那样中小地主阶级鸣不平的,诗中用意似乎正是对"和籴"而言。

> 有吏夜扣门,高声催纳粟。家人不待晓,场上张灯烛。扬簸净如珠,一车三十斛。犹忧纳不中,鞭责及僮仆。昔余谬从事,内愧才不足。连授四命官,坐尸十年禄。尝闻古人语,损益周必复。今日谅甘心,还他太仓谷。(《白氏长庆集》卷一讽喻一)

这首《纳粟》诗,不但可以和前引白氏《论和籴状》相互印证,而且主要的还可以借它在这里来谈一谈白居易本人的经济地位和他的思想矛盾。当时的统治阶级,好征敛,喜进奉,"两税法"而外,还有什么"除陌钱""税闲架"(房屋)"宫市制度",以及榷酒、抽贯、贷商、点召之令,弄得人民怨声载道。

连仅有一点田亩的中小地主阶级白居易也负气地说:"损益周必复。今日谅甘心,还他太仓谷。"意思是说:"怎么样来就怎么样去,我这些粟呀,谷呀,原来就是皇上家给我的,现在还给你,算了吧!"因为他"连授四命官,坐尸十年禄",所以才得有"扬簸净如珠,一车三十斛",这些不是租谷,就是俸禄。他这样负气,是当然的事,谁能把吃到嘴里的东西吐出来心里不难过的呢。何况像白居易这样有"恻隐之心"的人,"亲自鞭挞,所不忍睹","犹忧纳不中,鞭责及僮仆",他自然不能不十分愤懑的。正因为他自己是经历过贫困生活的人,所以能对贫苦的人表示同情;正因为他是"亲受迫蹙"的人,所以能对被压迫被剥夺的人发生共鸣。一方面他同情人民,为人民说话;另一方面他自己又是官僚,又是地主,他的思想感情是不可能不起矛盾和斗争的。

白居易的生活情况和经济地位后来是逐渐起了变化的,月俸钱由一万六千(为校书郎时诗云:"俸钱万六千,月给亦有余。")逐渐上升到十万(为太子少傅时诗云:"月俸百千官二品,朝廷雇我作闲人。""又问俸厚薄,百千随月至")。这仅是就俸钱收入方面而言。(宋·洪迈《容斋随笔》中有"白公说俸禄"一则,曾把白居易的诗句涉及俸禄者都摘录出来,可供参考。)至于由俸禄而连带谈到资产和僮仆的,如《偶作二首》诗中有云:"资产虽不丰,亦不甚贫竭。"(《白香山诗集·后集》卷二)《移家入新宅》诗中有云:"移家入新宅,罢郡有余资。"(《白香山诗集》卷十九)《新昌新居书事四十韵》诗中有云:"囊中贮余俸,园外买闲田。"(同上集卷十九)《自余杭归宿淮口作》诗中有云:"三年请禄俸,颇有余衣食,乃至僮仆间,皆无冻馁色。"(同上集卷八)《池上篇》序中有云:"罢刑部侍郎时,有粟千斛,……臧获之习觱篥弦歌者,指百以归。"(汪本

《白香山诗集·别集》）官职是先小而后大，俸钱是先少而后多。俗话说得好："水涨船高"，处在什么样的经济地位就会说什么样的话。像白居易在唐代那样的封建社会中，他先后的社会地位和经济情况有如此之不同，他的思想情况能不跟着而有所改变吗？他有时积极奋斗，有时也消极悲观；有时会代表正义，有时也就只知顾到自己；有时剑拔弩张是前进的勇士，有时畏首畏尾像后退的懒人。动摇是他的特性，矛盾是他的常情，这是一点也不足为奇的。晚年官高俸厚，于是有"官高俗虑多"（《白香山诗集·后集》卷十一《忆梦得》）、"诚爱俸钱厚，其如身力衰"（同上集卷十一《诏授同州刺史病不赴任因咏所怀》）的叹息，如果说他晚年的思想之所以让消极颓废占了上风，并不是和他的经济情况发生了很大的变化有关，那是无论如何也说不通的。他的作品中常常爱称引疏广、疏受，我记得《汉书》疏广传中有一句话："贤而多财，则损其志。"怕也是用得到白居易身上的吧。当然他并没有很多的钱，也没有做到极品的官，他自始至终，不肯钻营，比元稹、牛僧孺等人，有较高的品格，这是实际情况。可是要说他的思想一点也不受环境的影响，早年的刚强奋发之气一直维持到死的时候为止，那就是"粉饰家"的说法了。

古人论诗人境况，也颇有从经济地位上着眼的，如胡震亨在《唐音癸签》（《学海类编》本胡震亨《唐诗谈丛》同）卷二十五中有一段话说得好：

　　王绩之诗曰："有客谈名理，无人索地租。"隐如是，可隐也。陶潜之诗曰："饥来驱我去"，"叩门拙言辞"。如是隐，隐未易言矣。白乐天之诗曰："冒宠已三迁，归朝始二年，囊中贮余俸，园外买闲田。"如是罢官，官亦可罢也。韦应物之诗曰："政拙忻罢守，闲居初理生。聊租二顷田，方课子弟耕。"罢官如是，恐官正未易罢耳。韦与陶千古并称，岂独以其诗哉！

意思是说，罢官和隐居，首先要解决的还是生活问题。生活问题解决了，像白居易和王绩一样，既没有来索讨地租的人，闲来只和清客们谈谈名理；而且买田亩，造园亭，逍遥自在，又何乐而不为。相反地，像陶渊明、韦应物那样，或者是连饭也没得吃，或者是只能租些田亩来耕种，那就难乎其为罢官和隐居了。陶和韦罢官就真的罢官，隐居就真的隐居，一点也不含糊。白居易晚年却又似罢官，又似不罢官，又似隐居，又似不隐居。他的隐居方式是所谓"中隐"。他的《中隐》诗是这样的：

大隐住朝市，小隐入丘樊。丘樊太冷落，朝市太嚣喧。不如作中隐，隐在留司官。似出复似处，非忙亦非闲。不劳心与力，又免饥与寒。终岁无公事，随月有俸钱。君若好登临，城南有秋山；君若爱游荡，城东有春园。君若欲一醉，时出赴宾筵。洛中多君子，可以恣欢言。君若欲高卧，但自深掩关。亦无车马客，造次到门前。人生处一世，其道难两全。贱即苦冻馁，贵则多忧患。唯此中隐士，致身吉且安。穷通与丰约，正在四者间。（《白香山诗集·后集》卷二）

"中隐"这个名词是白居易的创造（后来的士大夫有很多跟着他以"中隐"自诩的）。隐于闲官，既不必负责任，又随月有俸钱可拿。"留司官"，就是他最感兴趣的所谓"分司"。唐文宗李昂太和二年，白居易归洛阳，授宾客分司，他有《分司》一律，说什么"散秩留司殊有味，最宜病拙不才身"（《白香山诗集·后集》卷六）。又《咏所乐》云："而我何所乐，所乐在分司。"（同上集卷三）做了"留司官"，可以不必像陶渊明那样的"饥来驱我去"，"叩门拙言辞"了；也不必像韦应物那样的"聊租二顷田，方课子弟耕"了。乐得不劳心，不劳力，而又可免饥，可免寒。只是有一件事不好，思想上免不了矛盾。似"出"似"处"，非"出"非"处"，说这就是儒家所谓的"中庸之道"么，实在并非中庸之道，"中庸之道"从来没有作过如是的解释；说是巢、由之行么，实在又和巢、由之行完全相反。假如真的不用脑筋，像白居易自己说的什么"除却慵馋外，其余尽不知"（《白香山诗集·后集》卷十四《残酌晚餐》）倒也罢了，无如他并不真的是不用脑筋的"慵馋"之人，那思想深处就非有剧烈的矛盾和斗争不可了。在洛阳他有《游丰乐、招提、佛光三寺》一律，有云："汉容黄绮为逋客，尧放巢、由作外臣。"巢父、许由居然肯做尧帝的"外臣"，这恐怕只是作者个人的一厢情愿，硬要使巢、由屈就自己的主观愿望而已。

由于阶级的局限性，白居易有时乍得较高的官职总不免沾沾自喜，企慕富贵和向上爬的念头也时时在诗中表露出来。这说明他不仅仅是为了生活，实在还有些庸俗的思想。例如：

勿言未富贵，久忝居禄仕。借问宗族间，几人拖金紫？（《把酒》，《白香山诗集·后集》卷三）

这诗里就有些向宗族夸耀富贵的意思。

紫泥丹笔皆经手，赤绶金章尽到身。（《戊申岁暮咏怀》，同上集卷九）

何言家尚贫，银榼提绿醪；勿谓身未贵，金章照紫袍。（《自宾客迁太子少傅》，四部丛刊本《白氏长庆集》卷六十

三)

　　紫袍新秘监,……腰金世上荣。(《初授秘监拜赐金紫,闲吟小酌,偶写所怀》,《白香山诗集·后集》卷八)

　　从这些诗里就又可见出官位高升后一副得意的样子。白居易后来和元稹一比,官不及他的高,于是叹息道:"我朱君紫绶,犹未得差肩。"(《白氏长庆集》十九卷《初著绯戏赠元九》)和王起、李绅二仆射一比,又叹息道:"荣兼将相不如君。"(《白香山诗集·后集》卷十七)和杨六尚书(汝士)一比,又叹息道:"感羡料应知我意,今生此事不如君。"(同上集卷十五《和杨六尚书……》)

　　朱熹在《朱子语类》中说:"……乐天,人多说其清高,其实爱官职,诗中凡及富贵处,皆说得口津津地涎出。"这恐怕并不是什么苛刻的话,而是合乎实际的。

三

　　白居易的一生行事,有很多地方是值得我们钦敬和爱戴的。他在做翰林学士、左拾遗官的时候,固然尽了一个好谏官的职责;在授左赞善大夫以后,也不认为是宫官而就不肯说话。真做到了"知无不言,言无不尽"的地步。他的议论忠直而有用,无一不切中时弊,正和他的诗一样是"箴时之病、补政之缺"的。他上唐宪宗李纯的奏疏中说过:

　　授官以来,仅经十日,食不知味,寝不遑安,唯思粉身,以答殊宠,但未获粉身之所耳。

他的确是这样做过的，为了和宦官吐突承璀在政治上作不调和的斗争，竭力反对让吐突承璀去做掌握兵权的"招讨使"，居然当着宪宗的面指摘宪宗也犯了严重的错误，使得宪宗下不了台，脸上立刻为之变色，对宰相李绛说："白居易这小子，是我一手提拔起来的，竟然敢当我的面如此无礼！"幸亏得到李绛的救护，否则，白居易早就遭到贬谪了。

唐代宦官势力之大是惊人的，实际上皇帝受制于家奴，兵权操纵在家奴之手，甚至皇帝的生命也被宦官掌握着，李纯、李湛都是被宦官杀害的。置身于那样黑暗险恶的统治下面，白居易自始至终和宦官进行斗争，绝不妥协。在这一点上，他比元稹的品格高，元稹是靠了宦官崔潭峻的力量入朝，后来又靠了魏弘简才能够做上宰相的；也比李德裕的品格高，李德裕是用大量宝物贿赂宦官杨钦义才得以入相的。至于李宗闵托中人势力以排斥政敌郑覃，韩愈也阿谀俱文珍，写《送汴州监军俱文珍序并诗》，这样的行为，白居易是从来不曾有过也是不屑去干的。即以对吐突承璀的斗争而言，他不怕危险，竭力反对，不肯"随时"，只知"报国"（根据他的诗"且昧随时义，徒输报国诚"），这种精神是好的。他为什么这样奋不顾身地干呢？由于他深深感到李纯对他有莫大的知遇之恩。封建社会中的士大夫一向有"以国士待我，我故以国士报之"，以及"士为知己者死"等思想，这种思想的诗句在白居易集子中可以找出无数的例子来。《与沈、杨二舍人阁老同食敕赐樱桃、玩物感恩，因成十四韵》（见《白氏长庆集》卷十九），《行简初授拾遗同早期入阁因示十二韵》（同上集卷十九），《登龙尾道南望忆庐山旧隐》（同上集卷十九），《晚秋有怀郑中旧隐》（同上集卷十四）等诗中都有这类思想的句子。从这里足以见到他一直是奉行着"食君之禄，忠君之事"的信条的。他的理想是恢复贞观之治，他的希望是："不如待我抉浮云，无令漫漫蔽白日。为君使无私之光及百物，蛰虫昭苏萌草出。"（同上集卷四《鸦九剑》）他认为"为君"和"为民"是统一的，"致君尧舜"就是为民，把国家治理好，使人民生活安康了，也就是"为君"。当时士大夫中很多人都是这样看问题的。

这样看问题，在遇到有为之君时，自然会兴致勃勃地干。假如君王又肯听信他的谏诤，采用他的谋略，他就会成为功臣，历史上的所谓"圣主贤臣，风云际会"，就是这样。白居易经常这样叹息道："所恨凌烟阁，不得画功名"（《题旧写真图》）、"常恐不才身，复作无名死"（《初入峡有感》）、"不教才展休明代，为罚诗争造化功"（《答刘和州禹锡》），就是这个道理。

不幸白居易虽然有"经世"的抱负，却因高才和刚直而见忌，被大地主的政治集团排挤出京。远因自然是因为写了许多讽刺时政的诗篇，得罪了当时朝廷的权贵。近因则是为了宰相武元衡被平卢节度使李师道派人刺死，白居易首先上疏论此事，"急请捕贼，以雪国耻"（《旧唐书》本传）。那时的宰相张弘靖、韦贯之居然会把忠愤敢言的诗人看作僭越出位，不是谏职而干预朝政，对他深加厌恶。这就足以说明当时这个封建朝廷的没有是非了。于是有造谣诬蔑白居易的人，说他于母亲看花堕井而死时还做《赏花》和《新井》的诗，大不孝。中书舍人王涯还跟着参奏他有乖名教，所犯太严重，不配做刺史，改为江州司马。这是他在政治上受严重打击的开始。那时正是元和十年，他已经四十四岁了。这一年是白居易思想上转变的一个重要关头。在这以前，他的思想中不是没有消极的因素，像我在前面所说过的"独善其身"的打算，但这个消极因素没有发展，相反地，积极因素胜过了消极因素。客观环境给了他以鼓励，尤其是因为李纯赏识他，他是情愿粉身碎骨为君国为人民而死的。但他终于像"信而见疑、忠而被谤"的屈原一样，泽畔行吟，形容憔悴，被放逐到了江州。他因此常有天道无知、人力莫可如何的怨恨和叹息。在这一时期内的诗，他往往以屈原、贾谊、冉求、颜渊、卞和和司马迁等人的不幸遭遇来抒写其牢愁忧郁的情怀。有名的《琵琶行》，就是在这个时期内写的。洪迈《容斋随笔·五笔》中拿《琵琶行》和苏轼的《海棠诗》对比，因为《海棠诗》中有"天涯流落俱可念"一语，他认为白居易《琵琶行》"直欲摅写天涯沦落之恨"。蒋士铨在《四弦秋》序言中说："……岂以殿中论事，抗直干怒时，虽暂解于裴度一言，而宪宗厌薄之心，究不能释，因而借以出之耶？呜呼！此青衫之泪所难抑制者也。"这些意见是和白居易当时的心境相符合的。当然，《琵琶行》中的长安故妓，实在也是他生活经验中的真实人物，他过去在长安曾交过妓女"阿软"、"秋娘"等，有"多情推阿软，巧语许秋娘"诗（《江南喜逢萧九彻因话长安旧游戏赠五十韵》）。在来江州以前，又写过《夜闻歌者》（宿鄂州的诗）："邻船有歌者，发调堪悲绝"，正和这琵琶老妓，有思想上的关联。"同是天涯沦落人，相逢何必曾相识"，正说明一个人正在悲伤的时候，容易触动感情。读《琵琶行》，如果说白居易的青衫泪只是为了自己才洒的，固然太强调了主观；若说青衫泪完全是为了素不相识的琵琶老妓之故，就又未免太强调了客观。故事也许是虚构，感情却非常真实，这里面的真感情，虽说是为他人而触动起来的，主要的还是表现了自己内心的痛苦。

白居易在这个时期的许多作品都流露出消极的思想，从此他不肯再像以前那样地做"狂男儿"了，不再写"不惧权豪怒，亦任亲朋讥"的诗篇了。他"筑草堂于庐山香炉峰下，与凑、满、朗、晦四禅师,追永远、宗雷之迹,为人外之交"(《旧唐书》本传)。本来他能走的路应该还有一条,就是不向恶势力屈服,继续为被压迫的人(包括自己在内)鸣不平。但他在思想矛盾和斗争之下,终于选择了前一条路,除学道炼丹而外,还要学空门平等法,讲究"天生"和"解脱"的禅理,以麻醉自己、逃避现实了。

白居易在江州这一段期间,有一件事在他的思想上最为矛盾也表现在诗篇中的,就是对平淮西战事的看法问题。原来他所属的政治集团是主张和藩镇讲和的,他曾上疏请罢讨承德王承宗之兵,又写《题海图屏风》诗,是对河北不用兵的主张的托讽之作。王承宗和淮西吴元济、平卢李师道向来是有勾结的。当时朝廷主和的有以李绛为首的一派,白居易是属于李绛主和派的。另一主战派则是李吉甫、裴度、武元衡等。唐宪宗李纯信任主战派,终于战胜了藩镇,先平定淮西吴元济,平淮之功,裴度为首。当时白居易因为思想走向消极,对这一战争,完全置身事外,取的是隔岸观火的态度,和盗杀武元衡时首先上奏章"急请捕贼,以雪国耻",几乎判若两人。试以下列一诗,即可作证:

红旗破贼非吾事,黄纸除书无我名。唯共嵩阳刘处士,围棋赌酒到天明。(见《白氏长庆集》卷十七)

元和十二年七月,裴度任征讨淮蔡的主帅(淮西宣慰招讨处置使),裴度和李吉甫及其子德裕政治上的关系原是密切的。白居易和牛僧孺、李宗闵接近(牛僧孺是白居易的门生),当然不会拥护裴度。(后来退居洛阳和裴度在一起饮酒做诗,歌颂裴度的丰功伟绩,那是二十年以后的事了。)所以对于淮蔡一役,始终表示疑虑和旁观的态度,这是重要的原因。元和十二年十月,李愬夜袭蔡州,擒吴元济,淮西平。在这之前,白居易有一诗:

> 闻僣岁仗辱皇情,应为淮西寇未平。不分气从歌里发,无明心向酒中生。愚计忽思飞短檄,狂心便欲请长缨。从来妄动多如此,自笑何曾得事成。(《白氏长庆集》卷十六)

这首诗是白居易在淮寇将平未平的时候写的,他的矛盾心理又很分明地呈露了出来。在十分消沉的心境中,忽然想要"飞短檄""请长缨"了,死灰复燃,静极思动,真的义愤填膺,想起来干一番了。虽然他没有真的就去参加战斗,可是他要在政治上再找出路是很明白的事。元和十三年,他得到崔群的推荐,由江州司马升任忠州刺史,他写了《初著刺史绯答友人见赠》和《又答贺客》等诗表示欣喜,最有趣的是《别草堂三绝句》,其中有云:"正听山鸟向阳眠,黄纸除书落枕前。为感君恩须暂起,炉峰不拟住多年。""久眠褐被为居士,忽挂绯袍作使君。身出草堂心不出,庐小未要动移文。"分明是出了草堂,偏说是"心不出"。一个准备在"匡庐终老"把江州作为"故乡"的人,一下子转变了。"两片红旌数声鼓,使君艨艟上巴陵"(《入峡次巴东》),"假著绯袍君莫笑,恩深始得向忠州"(《行次夏口先寄李大夫》),兴高采烈地上了任,虽然忠州是小邑,到任之后他确实实实在在地办了一些事。但是忠州绝对不能施展他的长处,他有了"天教抛掷在深山"的叹息。由于生活很苦,吃的穿的都不好,于是又有人生空虚之感。白居易有《即事寄微之》一律云:

畲田涩米不耕锄,旱地荒园少菜蔬。想念土风今若此,料看生计合何如?衣缝纰颣黄丝绢,饭下腥咸白小鱼。饱暖饥寒何足道,此身长短是空虚!(《白氏长庆集》卷十八)

《和万州杨使君四绝句》之一《竞渡》云:

竞渡相传为汨罗,不能止遏意无他。自经放逐来憔悴,能校灵均死几多!

《答杨使君登楼见忆》云:

忠万楼中南北望,南州烟水北州云。两州何事偏相忆,各是笼禽作使君。(《白氏长庆集》卷十八)

把自己比作"灵均",把太守官比作"笼禽"。他仍然极不得意,是可想而知的了。

不久唐宪宗死,穆宗李恒即位,白居易幸得和元稹同在宫廷供职。无如李恒荒纵不法,执政者又多非忠正,河朔再度作乱,白居易上疏论事——《论行营状》等——不被采用,因自求外任,到杭州做刺史。在杭州时,除《新唐书》本传所说的白居易"筑堤捍钱塘湖,锺泄其水,溉田千顷,复浚李泌六井,民赖其汲"等记载而外,他自己有《钱塘湖石记》一文,可以见到他努力从政、利厚民生的成绩,《别州民》诗云:

耆老遮归路,壶浆满别筵。甘棠无一树,那得泪潸然。税重多贫户,农饥足旱田。唯留一湖水,与汝救凶年。(《白香山诗集·后集》卷五)

唐敬宗李湛宝历元年，白居易除苏州刺史，在苏州刺史任上，他自写工作的忙碌情况道：

> 公门日两衙，公假月三旬。衙用决簿领，旬以会亲宾。公多及私少，劳逸常不均。况为剧郡长，安得闲宴频。……（《郡斋旬假命宴呈座客示郡寮》，《白香山诗集·后集》卷一）
>
> 清旦方堆案，黄昏始退公。可怜朝与暮，消在两衙中。（《秋寄微之十二韵》，同上集卷七）

由以上的诗可以见到他在杭州、苏州任上，很辛苦地在做事，并且有了不少成绩，这只要看当时的州民对于他的爱戴，就可以知道。白居易去苏州时，刘禹锡有《白太守行》云："闻有白太守，抛官归旧谿。苏州十万户，尽作婴儿啼。"白居易自己也说："……何乃老与幼，泣别尽沾衣？下惭苏人泪，上愧刘君辞。"如果没有好处到苏州人民身上，苏州人民是不会那么哭送的。

可是白居易在杭州、在苏州，也和在忠州时一样，思想上的积极因素和消极因素同时并存，当他感到不太遂意或游倦了玩倦了的当儿，便在诗中流露出不少消极的思想来。

太和以后，李宗闵和李德裕党争更加激烈，白居易"惧以党人见斥，乃求致身散地，冀于远害"（《旧唐书》本传）。自此以后，他不问政治，在作品中表达出来的思想，消极的成分更多于积极的成分，自是势所必然的事。他在《序洛诗》中说的"本之于省分知足，济之以家给身闲，文之以觞咏弦歌，饰之以山水风月"，正是合乎实际的概括语。

当然，白居易对于政治也还并不是绝对不关心的，例如他在太和八年写的《饱食闲坐》诗有云：

是岁太和八，兵销时渐康。朝廷重经术，草泽搜贤良。尧舜求理切，夔龙启沃忙。怀才抱智者，无不走遑遑。唯此不才叟，顽慵恋洛阳。饱食不出门，闲坐不下堂。子弟多寂寞，僮仆少精光。衣食虽充裕，神气不扬扬。为尔谋则短。为吾谋则长。（《白香山诗集·后集》卷四）

这中间所谓"怀才抱智者，无不走遑遑"，据宋人周必大说："指李训、郑注等也。明年而甘露之祸果作。居易其知之乎！"又说："尧舜求理切，夔龙启沃忙。言上虽锐意于治，而王涯等为相，非徒无益也。"（《益公题跋·御书白居易诗跋》）虽说这诗也是意在讽刺的，然而和以前所作的讽喻诗不同了，因为白居易已经置身事外，"顽慵恋洛阳"的目的，只是"为吾谋则长"罢了。

以后白居易写了许多关于朝廷政治尤其是关于甘露事变的诗，如《咏史（九月十一日作）》《九年十一月二十一日感事而作（其日独游香山寺）》等。所谓"当君白首同归日，是我青山独往时。……麒麟作脯龙为醢，何似泥中曳尾龟"（《白香山诗集·后集》卷13），都是属于"为吾谋则长"一类的思想，也就是"独善其身"那一种思想的发展。写"甘露之变"以李训、郑注事为主题的，当时还有李商隐，《李义山诗集》中有《有感》和《重有感》等诗，表示"安危须共主君忧"，痛恨宦官仇士良等的凶恶残暴，想向泾原节度使王茂元呼吁，要他起兵诛灭宦官，后事虽不成，义山的态度是积极的。当然，各人的主客观有所不同，不能强求一致。不过就事论事，在这一点上，李商隐诗中思想是企图用人力以挽回厄运，比白居易"彼为菹醢几上尽，此作鸾皇天外飞"的置身事外自诩幸运的态度，觉得更加可取些。

至于白居易在晚年究竟还有"兼济之志"没有呢？应该说还是有的。如有名的《新制绫袄成感而有咏》一诗中有云：

　　百姓多寒无可救，一身独暖亦何情。心中为念农桑苦，耳里如闻饥冻声。争得大裘长万丈，与君都盖洛阳城。（《白香山诗集·后集》卷十）

这和早年所作《新制布裘》诗"安得万里裘，盖裹周四垠，稳暖皆如我，天下无寒人"是同样的思想感情，虽然有人说一是志在"天下"，一只是志在"洛阳城"，"有大小广狭之别"（宋·陈岩肖《庚溪诗话》中语），但是其为"兼济之志"则是一样的。

此外如《岁暮》诗中所云："洛城士与庶，比屋多饥贫。何处炉有火，谁家甑无尘？如我饱暖者，百人无一人。安得不惭愧，放歌聊自陈。"（《白香山诗集·后集》卷三）《题新馆》诗中所云："重裘每念单衣士，兼味常思旅食人。"（同上书卷七）《新沐浴》诗中所云："是月岁阴暮，惨冽天地愁。白日冷无光，黄河冻不流。何处征戍行，何人羁旅游。穷途绝粮客，寒狱无灯囚。劳生彼何苦，遂性我何优？抚心但自愧，孰知其所由。"（同上书卷四）他平日在穿一衣进一食甚至一沐浴自感幸福的时候，立刻就想到无衣、无食、无炉火和在寒天征戍羁旅的苦人，以及在牢狱里的囚犯，这和他的早期某些思想是一致的。但逊色的是只限于一种同情心而已，不能有早期那样刚强勇猛的力量了。他对诗"箴时之病"、"补政之缺"

的主张未能贯彻始终。

四

有些作者说我国过去的知识分子的思想中常有儒道两派思想的矛盾。白居易不只有儒道两派的思想，还有佛家思想。在他的作品中，不论前期和后期，都有这三家的思想在矛盾着，他的道家思想还包括有求仙烧药的道士气，这都是显然的事实。他的这些作品实在也是李唐那个时代社会风气的反映。因为李耳是皇家的同姓，自唐高祖李渊、唐太宗李世民以来，都尊老子，唐高宗李治乾封元年上老子尊号曰"太上玄元皇帝"。唐玄宗李隆基开元二十五年，特别崇玄学，设博士，习老子、庄子、文子、列子，考试加老子策。李隆基自己还亲为老子加新注，晚年思想更发展为迷信神仙。嗣后老、庄思想在社会上的势力一直都是很大的。佛家思想，据韩愈在《重答张籍书》，皇甫湜在《送孙生序》中说，截止到他们那个时代就已经有六百多年的历史，崇奉最信最笃的是公卿大夫。① 李世民为了兄弟自相残杀内疚于心，也积极提倡佛教。到了白居易出世之后的唐代宗李豫，更是特别迷信。他的宰相王缙、杜鸿渐，宠臣鱼朝恩都是最有名的佞佛的人，李豫令僧大讲仁王经（护国仁经），鱼朝恩用万亿之费兴造章敬寺，李豫亲自到章敬寺，一次就度僧尼千人。白居易的"恩师""座主"高郢当时曾上书谏止无效。当时社会上的风气是佛教迷信压倒一切。李豫自己

---

① 《韩昌黎集》卷十四《重答张籍书》有云："……今夫二氏行乎中土也，盖六百年有余矣，其植根固，其流波漫，非所以朝令而夕禁也……"《皇甫持正文集》卷二《送孙生序》有云："浮图之法入中国六百年，天下胥而化，其所崇奉，乃公卿大夫……"

是不能和李世民一样有所控制有所抉择的。(李世民一方面利用宗教安慰自己并麻醉人民,一方面又听了太史令傅奕的谏诤,积极防备它发生流弊,例如他为了萧瑀佞佛太过,手诏切责,罢为商州刺史。见《旧唐书》卷六十三《萧瑀传》)唐顺宗李诵一生多病,是崇尚浮图的。唐德宗李适贞元六年取佛指骨余来禁中供养(《旧唐书》卷十三《德宗本纪》)。唐宪宗李纯元和十四年"迎凤翔法门寺佛骨至京师,留禁中,三日乃送诣寺,王公士庶奔走舍施如不及"(《旧唐书》卷十五《宪宗本纪》),以致招来韩愈的上疏极谏。后来唐文宗李昂也信佛!只有唐武宗李瀍是不信佛的,但到了李瀍时代,白居易已经是七十岁以上的人了。① 虽然他在四十岁以前(唐宪宗元和初年)曾在《策林》第六十七《议释教(僧尼)》中对佛教表示过"不可"的意思,主要是"奉天子之教令,令一则理,二则乱。若参以外教,二三孰甚焉"。又写过《两朱阁》诗,那也不过是"刺佛寺寝多也"。这思想仅仅和孙樵《复佛寺奏》(《唐文粹》二十六之下)中所云"去无用之髡以利民生"差不多,并不是在根本上反对佛教。

佛老思想是在唐代君臣之中都流行的,所谓"不入于老,则入于佛"。白居易不像韩愈那样以继承孔孟的道统为职志,他是既入于老又入于佛的。我们研究白居易的作品中思想矛盾的问题,当然不能只以这些思想为依据,但这些思想也是组成的部分,我们读他的作品,也不能不从这一方面来略加研讨。

白居易早年崇儒,希望要实现自己所写的《策林》中的主张,后来因为"凡所应对者百不用一",而且朝政被宦官把持,已不能实行他的志愿,于是一方面儒家的退隐思想如"贤者辟

---

① 编者按,唐武宗临死前改名为李炎。

世，其次辟地，其次辟色，其次辟言"，"道不行，乘桴浮于海……"等占了主要的地位，但另一方面又觉得这样还不能得到精神上的安慰，于是道家思想乘隙而入，佛家的思想也乘隙而入了，尤其是佛家的思想更是"后来居上"。他曾干脆地说过："不堪匡圣主，只合事空王。"（《郡斋暇日忆庐山草堂、兼寄二林僧社三十韵、多叙贬官已来出处之意》）"……第一莫若禅……禅能泯人我。……儒教重礼法，道家养神气，重礼足滋彰，养神多避忌。不如学禅定，中有甚深味。"（《和微之诗二十三首·和知非》）白居易从来不曾说过佛教思想不如道家的话。道家的清净无为，知足不辱，较之佛教以柔谦退让为忍辱，真正的息怨息争，这中间还有很大的距离。白居易在江州感到最烦恼时说："自学坐禅休服药，从他时复病沉沉。此身不要全强健，强健多生人我心。"（《罢药》，《白氏长庆集》卷十五）这就不是道家的知足思想，更不是学神仙求长生的打算，而是佛家思想了。身体强健了，反而多生人我之心，这是多么异于常情的想法啊！这一绝句和他后来在六十八岁作的《病中诗》"方寸成灰鬓作丝，假如强健亦何为。家无忧累身无事，正是安闲好病时"在思想上前后是大致相同的。但他另有许多嗟发落、悲白发、忧老死和"百岁无多时壮健"，"百病皆可治，唯无治老药"的叹息之声，也是层见叠出。这和上面所引《罢药》、《病中诗》比起来，固然是显见的矛盾，和他另一种思想"未得无生心，白头亦为夭"，也是互有抵触的。

白居易在二十岁以前就和佛教徒正一上人等有往来，有《感芍药花寄正一上人》诗。贞元十九年，当他只三十二岁时，他就写过《八渐偈》，禅味十足。他的好友元稹是信佛的，《元氏长庆集·遣病》一诗中就有"况我早师佛"之句。后来二人同在浙江，元稹为杭州僧徒写《永福寺石壁法华经记》，叙述佛教中人如何对元、白二人的倾慕。当时和白居易有交情、常来往的还有韦处厚①、崔玄亮②等人信仰佛法最坚最笃。白居易自己就有"交游一半在僧中"之句。足见他在佛门中交游之广，比道门朋友是多得多了。（道士只有吴丹、郭虚舟、苏錬师、张道士、李道士等寥寥数人而已。）如果用"欲知其人先观其友"的看法来看，也是一种佐证。

白居易在《传法堂碑》一文中说："居易为赞善大夫时，常四诣师，四问道。"（琴按："师"指大彻禅师祝维宽）他并有问道于鸟窠和尚及其他禅师的故事屡见《传灯录》《高僧传》《佛祖历代通载》等书中，他的文集中有《与济法师书》《华严经社石记》《修香山寺记》等数十篇，可以见到他和佛家的关系之深。《新唐书》本传中有云："暮节惑浮屠道尤甚。至经月不食荤，称香山居士。"他自己写的《醉吟先生传》中也说："栖心释氏，通学小中大乘法。"（《白氏长庆集》卷七十）

但是白居易始终不曾与儒家和道家绝缘。所以有些人根据他的"三教论衡"那篇趁唐文宗生日在麟德殿上和和尚、道士们问答教义的应制式文学，以为这是所谓"三教调和"或"三教合一"。其实这种文字只是替皇帝装装门面的东西，和白居易文集中知制诰那一类代替御笔的东西几乎是同一类的。史书上说当时"论难蜂起"、"辞辨泉注"，唐文宗以为是他的"宿搆"，不胜叹服。这在政治上还有团结当时众多的佛教徒和道教徒的意

---

① 《白氏长庆集》卷六十九《祭中书韦相公文》中有云："公佩服世教，栖心空门，外为君子儒，内修菩萨行。……长庆初，俱为中书舍人，日寻诣普济寺律师所，同受八戒，各持十斋，由是香火因缘，渐相亲近。及公居相位走在班行，公府私家，时一相见，佛乘之外，言不及他。暂趋菩提，交相度脱。……"

② 《白氏长庆集》卷七十《唐故虢州刺史赠礼部尚书崔公墓志铭》："……公之晚年，又师六祖，以无相为心地，以不二为法门，每遇僧徒，辄论真谛，虽耆年宿德，皆心伏之……"

思。和白居易在一起谈的人，《旧唐书·白居易传》说是僧惟澄、道士赵常盈，陈振孙《白香山年谱旧本》"惟澄"作"惟应"，汪立名《白香山年谱》说是安国寺沙门义林、太清宫道士杨弘元。总之，这几个人都是当时千百万佛教徒和道教徒中间最有地位的代表人物，否则，也不会在皇帝面前论道了。唐代帝王在诞节令僧道谈道于麟德殿并不是从唐文宗开始，早已有此例行故事。"唐德宗贞元十二年庚辰，上生日，故事，命沙门道士讲论于麟德殿，至是，始命以儒士参之。"（《通鉴》唐纪二百三十五卷）我们知道四门博士韦渠牟就是以"嘲谈辩给"得宠于德宗的人，白居易的《三教论衡》实在不过和韦渠牟同样以"嘲谈辩给"见赏于帝王而已，在这篇《三教论衡》中是见不到什么出色的精义，更谈不上代表白居易的思想的。

关于佛道思想的冲突，我们只要读梁释僧祐编撰的《弘明集》、唐释道宣编撰的《广弘明集》就可见出，那其中有许多非难道教的文章。琳道人的《白黑论》出来之后，许多居士和僧侣都起来驳难。在《广弘明集》中的释道安的《二教论》十二篇，周甄鸾的《笑道论》三十六条（并启），条分缕析，议论尤其露骨。释法琳的《辨正论》，也是反驳道家的文字。

释道宣的《箴傅奕上废省佛僧表》，释法琳的《对傅奕废佛僧表（并启）》，释明槩的《决对傅奕废佛僧事（并表）》，则是对反对佛教的人展开了十分激烈的斗争。

儒释道三教合一说，我看表面上似乎是合一，实际上是很矛盾的。

不过白居易诗中惯喜用佛道并列，这却是事实，值得提出来谈一下。例如：

1. 禅僧教断酒，道士劝休官。（《白香山诗集·后集》

卷六《洛下寓居》)

2. 大底宗庄叟，私心事竺乾，……梵部经十二，玄书字五千。(同上集卷十九《新昌新居书事四十韵因寄元郎中张博士》)

3. 达摩传心令息念，玄元留语遣同尘。(同上集卷十二《拜表回闲游》)

4. 病来道士教调气，老去山僧劝坐禅。(同上集卷十二《负春》)

5. 此处与谁相伴宿，烧丹道士坐禅僧。(同上集卷五《竹楼宿》)

6. 白衣居士紫芝仙，半醉行歌半坐禅。今日维摩兼饮酒，当时绮季不请钱。(同上集卷十二《自咏》)

7. 七篇真诰论仙事，一卷檀经说佛心。(同上集卷六《味道》)

8. 静念道经深闭目，闲迎禅客小低头。(《全唐诗》七函白居易二十七卷《偶吟二首》)

9. 学禅超后有，观妙造虚无。罄里传僧宝，环中得道枢。(《全唐诗》七函白居易二十六卷《和微之春日投简阳明洞天五十韵》)

10. 君何嗟嗟，独不闻诸道经，我身非我有也，盖天地之委形；君何嗟嗟，又不闻诸佛说，是身如浮云，须臾变灭。由是而言，君何有焉。(汪本《白香山诗集·别集》、《齿落辞》)

像这样一半佛家一半道家的思想，在白居易的作品中常常是并行不悖，捉对儿列举出来，例子是举不尽的。是不是二家思想完全调和统一，没有一点龃龉的地方呢？虽说他被唐人张为在

"主客图"中尊为"广大教化主",那只是从诗坛地位来说,白居易怕也不能使佛家思想和道家思想真正打成一片,一点儿也不发生矛盾的吧。

白居易作品中的思想始而有佛教、道教的消极思想和儒家的积极思想的矛盾(儒家也有消极思想,前已提到),当儒家的某些积极思想占主导地位的时候,佛教、道教的消极思想就变成次要的;当佛教、道教的消极思想取得主导地位的时候,积极的思想虽然不是没有,但却是很微弱而无力的了。这种变化,似乎是大家所公认的。至于佛、道二教思想究竟是谁占了上风,这里面却是比较复杂。陈寅恪先生在《白乐天之思想行为与佛道关系》一文(《元白诗笺证稿》,第306—315页)中,始而用《答客说》一诗"吾学空门非学仙,恐君此说是虚传。海山不是我归处,归即应归兜率天"(自注云:"予晚年结弥勒上生业故云。")来证明白居易"晚年皈依释迦而不宗尚苦县",并云:"固可视为实录。"这是对的。但是继而又说:"乐天易蓬莱之仙山为兜率之佛土者,不过为绝望以后之归宿,殊非夙所蕲求者也。"终而又说:"……韩公排斥佛道,白公则外虽信佛,内实奉道。""乐天之思想乃纯粹苦县之学,所谓禅学者,不过装饰门面之语。故不可以据佛家之说,以论乐天一生之思想行为也。"

我不很同意陈寅恪先生这样的看法,因为这个问题是白居易作品中思想矛盾的一个重要问题,所以提出个人粗浅的意见,作为商榷。

白居易晚年究竟是"皈依释迦"还是"宗尚苦县",仍然需要从作品中去找证据。陈寅恪先生既已举出《答客说》一诗作为"皈依释迦而不宗尚苦县"的证据,并且说"固可视为实录"了,可是又说:"乐天易蓬莱之仙山为兜率之佛土者,不过为绝望以后之归宿,殊非夙所蕲求者也。"我们试研究一下他对于

"兜率之佛土"到底是不是"夙所蕲求"。

白居易作品中说自己不信道专信佛的地方太多了。略举数例如下：

《祭庐山文》有云："亦欲摆去烦恼，渐归空门。"（绍兴本《白氏长庆集》卷四十）他在江州时是修道炼丹最起劲的时候，为什么不说"摆去烦恼渐归仙道之门"呢？他所以要说"渐归空门"，正说明是"夙所蕲求者也"的了。

《不二门》诗有云："……亦曾烧大药，消息乖火候。至今残丹砂，烧干不成就。行藏事两失，忧恼心交斗。化作憔悴翁，抛身在荒陋。坐看老病逼，须得医王救。唯有不二门，其间无夭寿。"（《白氏长庆集》卷十一）这诗中所谓"行"是指在朝做官，行儒家之道；"藏"是指"烧大药"，学道家之术。不幸的是"行藏事两失"，所以"忧恼心交斗"，正因为对儒、道两家都失望了，然后才皈依"不二门"的。禅学怎么会是"装饰门面之语"呢？他曾经在《和梦游春诗一百韵》的序言中说："况与足下外服儒风，内宗梵行者，有日矣。而今而后，非觉路之返也，非空门之归也，将安返乎？将安归乎？"（《白氏长庆集》卷十二）"儒风"才是"装饰门面"的"外服"；梵行实在是内心所宗，不是用以"装饰门面"的。陈寅恪先生说"乐天外虽信佛，内实奉道"，这怕不是白居易自己的真正思想吧。《因沐感发寄朗上人二首》诗中有云："既无神仙术，何除老死籍。只有解脱门，能度衰苦厄。"（《白氏长庆集》卷十）这又是对道家神仙之术表示失望的意思，真正"能度衰苦厄"的只有"解脱"之"门"了。

以上诸例足以推翻陈寅恪先生所说"用禅学来做装饰门面之语""外虽信佛，内实奉道"等不切实际的话，相反地恰恰证明白居易是衷心崇奉佛教的。刘梦得赠白居易诗有云："事佛无妨有佞名"(《刘集·外集》四),司空图《修史亭》三首之二中有句云:"不似香山白居士,晚将心地著禅魔。"(《全唐诗》十函第一册第四十一页)又分明说他是佞佛的了。当时社会风气以"出家"为荣,他的《吹笙内人出家》诗:"雨露难忘君念重,电泡易灭妾身轻。金刀已剃头然发(佛经云:'若救头然。'),玉管休吹肠断声。新戒珠从衣里得,初心莲向火中生,道场夜半香花冷,犹在灯前礼佛名。"(《白香山诗集·补遗》上)足见皇帝家里的女人也"出家"。唐代敦煌壁画也有大幅以内人出家为题材的,也是一种旁证。白居易虽未出家,却有"在家出家"的诗(《白香山诗集·后集》卷十六)。

白居易年纪大了,纵然"知足保和",也难免有"夕阳无限好,只是近黄昏"的感叹,于是不再安于"知足",而要"幻想来世"。他有许多关于"他生""来生"之想的诗,如:"他生当作此山僧"(《白香山诗集·后集》卷十二)、"我已七旬师九十,当知后会在他生"(同上集卷十六)、"来生缘会应非远,彼此年过七十余"(同上集卷十七)。这种"他生""来生"的念头完全是佛家思想。陈寅恪先生说:"乐天之思想乃纯粹苦县之学",试问"苦县之学"中有"幻想来世"的说法吗?当然白居易到晚年也并未完全忘记"苦县之学",他的《读道德经》和《禽虫十二章》等诗还是含有老庄气味的作品。我说白居易的思想到了晚年以禅学为主要,但也并不是说"乐天之思想乃纯粹释迦之学",说"纯粹"就不免笼统和武断。说他晚年的思想以禅学为主,"苦县"次之,似乎是比较近于实际的。

陈寅恪先生的论点,"分为丹药之行为与知足之思想二端","丹药之行为",白氏自己已经亲尝失败的痛苦,非常后悔,不必再说;关于"知足之思想",据陈寅恪先生说:"乐天之思想,一言以蔽之曰'知足'。知足之旨,由老子'知足不辱'而来,盖求不辱，必知足而后可也。"关于知足思想，这的确是白居易诗中反复重叠、数见不鲜的题材。除陈先生所举的例证而外，我以为有一最重要的例证是不应该忘记的。当白居易四十四岁有一首《赠杓直》诗云："况兹知足外，别有所安焉。早年以身代，直赴逍遥篇；近岁将心地，回向南宗禅。外顺世间法，内脱区中缘。进不厌朝市，退不恋人寰。自吾得此心，投足无不安。"（《白氏长庆集》卷六）他首先说明在"知足"之外，还进一步向"南宗禅""别"求"所安"。他不能仅仅"知足"于"逍遥篇"了，也就是说不能用老子的"知足不辱"的道理来限制他了。"知足"，"纯属消极"，的确有如陈先生所说"与佛家之忍辱主旨富有积极之意如六度之忍辱波罗密者，大不相侔"。但忍辱波罗密，只是六波罗密之一，其他还有五波罗密，白居易习佛多年，不能只节取"忍辱波罗密"，而完全不管其他五波罗密的道理。何况即以知足而言，也还是和忍辱波罗密"大不相侔"的呢！白居易当时的思想也真是那样知足的吗？如果只是知足，停滞不前，没有发展，那是不符合白居易思想矛盾的实际的。至于陈寅恪先生又根据白居易《吟四虽杂言》一诗，说："乐天皆取不如己者以为比较，可谓深得知足之妙谛矣。"其实这还只是就一个方面而说，白居易又何尝不拿地位同自己高的人比呢？这只要看我在本文第二节之末所举的他也常拿元稹、王起、李绅、杨汝士等相比，叹恨自己的荣华富贵不如他们，足以为证。不过在诗的分量上比较言之，他的"知足"这一类的思想占的篇幅的确更多一些而已。

总括起来说，白居易作品中的思想内容，积极的进步的一面是主要的，在中唐以后的诗歌领域中起了很大的作用，在整个文坛上也有很好的影响，他不但有比较进步的文学理论（如《与元九书》等），而且有比较进步的创作实践。因此他在中国文学史上的地位比较高,这是大家所一致肯定的。但由于阶级出身和历史条件种种方面的限制,他的思想感情还有很多是不健康的,即使在和恶势力展开斗争的同时,也还不能完全没有消极性的东西,一方面对统治阶级及其爪牙内廷宦官当朝执政者们作了有力的、直率的、真诚的抗议,另一方面却又有退休、逃避、独善其身的打算,正如列宁在《托尔斯泰是俄国革命的镜子》中说的:"一方面,是最清醒的现实主义,撕毁所有一切的假面具;另一方面,鼓吹世界上最讨厌的一种东西,即宗教,……"白居易的宗教思想,虽然和托尔斯泰的神父主义完全不同,但是他一会儿道士,一会儿僧侣,一会儿无为知足,一会儿觉路、空门,这些东西常常牵制他,侵蚀他,使他思想上产生了绝大的矛盾。当积极的进步的一面占上风的时候,就产生了具有高度的人民性的好作品。反之,一不得意,陷入彷徨、苦闷的精神状态时,就消极地只顾自我陶醉,唱出一些仅仅能给少数有闲阶级听听的底调了。一般论者把白居易前后期的作品截然分开,认为他前期的作品都是好的,后期作品都是坏的。其实并不是那么简单,在质量上比较,前期因有讽喻诗,勇敢和猛锐之气是足些,积极性的东西的确是比较多;后期的诗大都是碰壁以后的收敛和抑郁的呻吟,闲适感伤的气味较重。但前期也有不少思想性很差的作品,后期也有思想性比较高的作品,不能笼统地一概而论。当然他的政治地位和经济地位在前后期中有了很大的变化,这对他的作品有着很显著的影响,当他的思想和人民的思想接近的时候,作品中表现出来的自然带有人民的思想感情,反之,只是歌唱自己,逃避现实,远远地脱离了人民,人民便也不会再对它有浓厚的兴趣,"诗成淡无味,多被众人嗤",这是很自然的事情。

白居易作品的内容是复杂的,有各种复杂的矛盾互相对立,而最主要的矛盾,还是对社会采取怎样的态度这个问题,也就是我们所应该注意的作家的世界观的问题。

我们要从作家的具体作品中，作具体的分析，然后才能够对他整个的思想得出适当的结论来。我在这里初步地提出他的思想矛盾这一问题，供研究白居易的同志们参考，并竭诚地盼望同志们多加指正。

原载《文学研究集刊》第4册，人民文学出版社，1956年11月；据《长短集》，浙江人民出版社，1980年3月。

白居易诗歌艺术的主要特征

从来对白居易诗歌艺术的主要特征有一个大致相同的看法，就是大家都认为他的作品平易、浅切、通俗易懂。平易就不至于艰险、怪僻、矫揉造作；浅切就能够不作深文奥义，而是恰如其分地反映真实；通俗易懂就能够大众化，不至于仅仅成为少数人所能欣赏的东西。

白居易的诗歌之所以能拥有千千万万的读者，流传不朽，固然由于他的创作倾向是进步的，也由于他的诗歌艺术的主要特征是平易、浅切、通俗易懂。假如他的作品仅仅在思想倾向上是进步的，并没有平易、浅切、通俗易懂的风格，那就决不能取得那样多的读者，发生那样大的影响了。作为一个诗人，应该把诗写得容易叫人懂，把他的深厚博大的思想，通过浅显亲切的语言表达出来，以感动广大的读者，使得在政治上具有一定的影响，在社会上发生一定的力量，这道理在今天看来是平常的，可是在千百年以前能懂得这样的道理，忠实而勤恳地按照这个道理去创作实践，而且坚持到底，这就是十分难能可贵的了。固然在他以前的诗人的作品已经有了不少进步倾向的范例，但像他那样有意彰明较著地讽时咏事，主张"文章合为时而著，歌诗合为事而作",并且有意在形式上写得那样平易、浅切、通俗易懂,的确是在文学史上独树一帜的。

所谓平易、浅切、通俗易懂,在古人对白氏诗的评论中,就有唐·李肇《国史补》所说:"元和以后诗章,学浅切于白居易";宋·杨诚斋诗中所说:"白傅风流造坦夷。"① 浅切的评语由来已久;"坦夷"和"平易"的含义相同。至于通俗易懂,有苏轼《祭柳子玉文》中所说的"元轻白俗",所谓"白俗"的这个"俗"字,有通俗、俚俗、庸俗等的区别,通俗是好的,俚俗、庸俗就不好了。不好的一面留在本文结束处再说,现在先就好的一方面来叙述。

首先要提到的是平易问题。平易又叫坦夷,是和艰深晦涩相反的。诗的风格中有这样两大派别,一派好比是平坦的大路,走起来十分方便,一点也不吃力;一派好比是崎岖的山径,险峻难行,甚至于使人惊心动魄,不敢逼视。前一派在中唐时期可用白居易为代表,后一派可用韩愈为代表。这是截然不同的两种境界。崎岖山径,险峻难行,固然有奇趣,但爬山的人往往弄得力竭声嘶,望而生畏,韩愈《南山》诗可以作为这一风格的代表。我们读《南山》诗,看他历叙南山的大概,四时的变态,方隅连亘,禽兽灵奇,极重铺张排比,结构诡曲,一连用了四十九个"或"字,简直像一篇大赋,我们佩服它的奇警,同时也感到读起来太吃力。白居易《游悟真寺》诗,可以作为相反的另一风格的代表,这另一风格,就是平易派或坦夷派。我们多数人是喜欢读《游悟真寺》而不很喜欢读《南山》诗的。这和我们喜欢走平坦大道而不甚喜欢攀援崎岖山径是一样的,虽然我们有时也

---

① 编者按,"白傅风流造坦夷"实为张镃(1153—1211)《诚斋以南海朝天两集诗见惠因书卷末》诗句,见张镃《南湖集》卷六,《四库全书》本。

偶尔要爬爬山去玩赏玩赏山景。白居易诗好比平坦大道，即以《游悟真诗》而言，洋洋洒洒，一百三十韵，写五日游览经过，中间步骤井然，引人入胜，每写一处，都有极其鲜明的境界，让读者能够清清楚楚跟着诗人流利而生动的笔去旅行，作了一番"卧游"，一点也不感觉到吃力。我们只要从头到尾读一遍，再和《南山》诗对比一下，自可了然。原诗太长，不能全部照抄，摘录其中一段，可以看到白居易的诗，不但平易近人，而且有一种明朗清澈的美。明朗清澈，实际上和平易近人是密切相关的。白居易《游悟真寺》诗写游山的一段景象道：

> 是时秋方中，三五月正圆。宝堂豁三门，金魄当其前。月与宝相射，晶光争鲜妍。照人心骨冷，竟夕不欲眠。晓寻南塔路，乱竹低婵娟。林幽不逢人，寒蝶飞翾翾。山果不识名，离离夹道蕃。足以疗饥乏，摘尝味甘酸。道南蓝谷神，紫伞白纸钱。若岁有水旱，诏使修苹蘩。以地清净故，献奠无荤膻。危石叠四五，磊嵬欹且刓。造物者何意，堆在岩东偏。冷滑无人迹，苔点如花笺。我来登上头，下临不测渊。目眩手足掉，不敢低头看。风从石下生，薄人而上搏（应作抟，诸本误作搏）。衣服似羽翮，开张欲飞骞。岌岌三面峰，峰尖刀剑攒。往往白云过，决开露青天。西北日落时，夕晖红团团。千里翠屏外，走下丹砂丸。东南月上时，夜气青漫漫。百丈碧潭底，写出黄金盘。蓝水色似蓝，日夜长潺潺。周回绕山转，下视如青环。或铺为慢流，或激为奔湍。泓澄最深处，浮出蛟龙涎。侧身入其中，悬磴尤险难。扪萝踏樛木，下逐饮涧猿。雪进起白鹭，锦跳惊红鳣。歇定方盥漱，濯去支体烦。

这是"一游五昼夜"中间的一昼夜的经过情形，看他写由夜到晓，由晓又到夜，历历如绘。层次是那样的清楚，色彩又是那样的鲜明。诗中一切描写，有如绮丽的动画片，给人以美学上的享受，而又绝不是雕绘满眼、令人有烦腻之感。韩愈所称为"横空盘硬语，妥帖力排奡"的孟郊，在他集子中的"游适"诗非不佳，但如"日窥万峰首，月见双泉心"之类，简练的确是简练了，但总觉得有些故作矜持，不及白居易所作的明朗可喜，又韩愈《南山》诗全用仄韵，显得很矫健，《游悟真寺》诗，全用平韵，而亦无一语冗弱。当然这只是偶举一例而言，实际上不止《游悟真寺》一诗为然。白居易其他许多诗篇，尤其是古体诗，都是意到笔随，没有晦涩和奥僻的毛病。而且表面上看起来是平易，实际上却非常精纯。刘梦得《翰林白二十二学士见寄诗一百篇因以寄赠》一律中所谓"郢人斤斫无痕迹，仙人衣裳弃刀尺"[①]，就是对于白居易诗最好的评价。

纪游诗如此，其他重要的诗如《新乐府》、《秦中吟》等讽谕之作，平易而外，兼擅明朗、精纯、自然之美。举讽谕诗中较短的《宿紫阁山北村》为例：

晨游紫阁峰，暮宿山下村。村老见余喜，为余开一尊。举杯未及饮，暴卒来入门。紫衣挟刀斧，草草十余人。夺我席上酒，掣我盘中餐。主人退后立，敛手反如宾。中庭有奇树，种来三十春。主人惜不得，持斧断其根。口称采造家，身属神策军。主人慎勿语，中尉正承恩。

这一首小诗一共只有二十句，速写出一幅图画，表演出一幕

---

① 见《刘宾客外集》卷一。

戏剧。把当时跋扈横行、无恶不作的太监的情况完全反映出来了。皇帝家里出来的使者竟和强盗没有两样，到处干压迫人民、掠夺财产的勾当，连一棵奇树也不能幸免。诗的内容和气氛较之杜甫的《石壕吏》虽然不同，但表现手法是类似的，用一个亲眼见到实际情况的人的口吻叙述出来，使读者如见其人，如见其事。毫无铺张，质直供状，它和大家最喜欢称引的《卖炭翁》的写法不同，但主题则一，都是对着宫使下攻击令的。结束句"中尉正承恩"，也很像杜甫的《丽人行》的末了两句："炙手可热势绝伦，慎莫近前丞相嗔"。人们读了这样的诗，当然会同情被劫夺的"村老"；"握军要者"读了当然要为之"切齿"痛恨写诗的人了。① 这就是艺术作品所发生的效果。如果写得太深奥了，怎会普遍传诵达到谴责的目的呢？

在白居易诗中政治性和艺术性结合得最好的诗篇，为文学史家们所津津乐道的，如《重赋》、《买花》、《杜陵叟》、《缭绫》、《新丰折臂翁》、《缚戎人》等，因为这些都属于讽谕诗中的佳作，所谓"言浅而深，意微而显，此风人之能事也"（叶燮《原诗》中语）。我已在另一篇文章中述及，在本篇里不拟再重复称引了。此外如《村居苦寒》：

八年十二月，五日雪纷纷。竹柏皆冻死，况彼无衣民！回观村闾间，十室八九贫。北风利如剑，布絮不蔽身。唯烧蒿棘火，愁坐夜待晨。乃知大寒岁，农者尤苦辛。顾我当此日，草堂深掩门。褐裘覆绌被，坐卧有余温。幸免饥冻苦，又无垄亩勤。念彼深可愧，自问是何人。

---

① 见白居易《与元九书》。所谓"闻紫阁村诗则握军要者切齿"，当时太监掌握军要，唐德宗贞元十二年始立左右神策护军中尉统禁旅。

这首诗的写法和上一首有些不同，上一首还是有意集中描写一个景象，摄取一个镜头；这一首却是平铺直叙，用自己的生活来比较贫苦的农民，表示深切的不安，这种诗在《白氏长庆集》中是非常多的，如《观刈麦》、《观稼》、《新制布裘》、《新沐浴》、《醉后狂言酬赠萧殷二协律》等，都是关切人民生活的痛苦；说自己生活好，表示惭愧的意思。都是老老实实地说话，恳恳切切地抒情。查初白《十二家诗评》对于白氏《村居苦寒》这首诗有一句话："诗境平易，正以数见不鲜。""平易"在白居易的诗中真是"数见不鲜"的境界啊。

讽谕性质的诗如此，不属于讽谕性质的诗，也是如此。前面举《游悟真寺》诗为例时已经约略有些说明了，现在我们再看看其他的小诗。

历来为人所共称的《赋得古原草送别》云：

离离原上草，一岁一枯荣。野火烧不尽，春风吹又生。远芳侵古道，晴翠接荒城。又送王孙去，萋萋满别情。

为什么顾况读到这首小诗时特别欣赏，说"能道得箇语，长安居亦不难"呢？是不是真有从前评点家所说的什么"诗以讽刺小人"的寓意呢？我认为并不一定就是讽刺什么小人。这首诗写了自然界的实际情况，也写了人和自然密切联系的真感情。所谓"野火烧不尽，春风吹又生"，似寓意又似非寓意，但却好语天成，自然流走。《复斋漫录》云："野火烧不尽，春风吹又生，不若刘长卿春入烧痕青之句，语简而意尽。"这话是根本不对的。诗要达情达意，"野火烧不尽，春风吹又生"，把人人心中所要说的话恰如其分地传达了出来，两句比一句更清楚，它很像民间歌谣的口吻，一些儿也没有做作，完全是自然而然的流露。至于"春入烧痕青"这样故为简练的句子，反而是当时士大夫的趣味，显出雕琢的痕迹，不会为一般人所喜爱。所以白居易诗能够从古至今家弦户诵，活在人民的口头上，而刘长卿的这句诗却很少有人提及。群众是艺术的最好赏鉴家，固不止顾况一人有此好眼力。当然这还不是《白氏长庆集》中最好的诗，正如沈德潜在《唐诗别裁集》评语中所说的"白诗之佳者，正不在此"，然而这却是白居易以此而得名的诗，也不能不略为提及。

再就白居易的一些短句和绝句来看他的平易的诗风。例如：

微月初三夜，新蝉第一声。（《闻蝉》）
树初黄叶日，人欲白头时。（《途中感秋》）
雁断知风急，潮平得月多。（《松江亭》）
放眼看青山，任头生白发。（《洛阳有愚叟》）
径滑苔粘屦，潭深水没篙。（《献裴令公》）
笙歌归院落，灯火下楼台。（《宴散》）

此外如潘德舆在《养一斋诗话》中所举"寻泉上山远，看笋出林迟"，"山明虹半出，松暗鹤双飞"等十馀联，都是脍炙人口的。以上是五言律句。

楼角渐移当路影，潮头欲过满江风。（《夜归》）
林间暖酒烧红叶，石上题诗扫绿苔。（《送王十八归山寄题仙游寺》）
残莺着雨慵休哢，落絮无风凝不飞。（《酬李二十侍郎》）

乱花渐欲迷人眼,浅草才能没马蹄。(《钱塘湖春行》)

风吹古木晴天雨,月照平沙夏夜霜。(《江楼夕望招客》)

年丰最喜唯贫客,秋冷先知是瘦人。(《赠侯三郎中》)

冰消见水多于地,雪霁看山尽入楼。(《早春忆游思黯南庄因寄长句》)

以上是七言律句。

绿蚁新醅酒,红泥小火炉。晚来天欲雪,能饮一杯无?(《问刘十九》)

岁时销旅貌,风景触乡愁。牢落江湖意,新年上庾楼。(《庾楼新岁》)

半株临风树,多情立马人。开元一株柳,长庆二年春。(《勤政楼西老柳》)

以上五绝。

霜草苍苍虫切切,村南村北行人绝。独出门前望野田,月明荞麦花如雪。(《村夜》)

一道残阳铺水中,半江瑟瑟半江红。可(一作谁)怜九月初三夜,露似真珠月似弓。(《暮江吟》)

每逢人静慵多歇,不计程行困即眠。上得篮舆未能去,春风敷水店门前。(《华州西》)

一树春风千万枝,嫩于金色软于丝。永丰西角荒园里,尽日无人属阿谁。(《永丰园中垂柳》)

以上七绝。

写情写景,一一如在目前。写的人好像毫不费力,读的人从这些平易近人的诗句中,领略到无穷美妙的趣味。字面上没有一点生疏和秘奥,而能给人以深刻的印象,这正是不易企及的地方。有时候,诗人只摆事实,不作说明,如"开元一株柳,长庆二年春",自然会使得读者有"树犹如此,人何以堪"的感触。有时候,诗人只记时间,只写景象,如"可怜九月初三夜,露似珍珠月似弓",意在言外,自然会使得读者从中体会到深切的感情。寓隽永的趣味于平易的字句中,使读者能和诗人分享创作的乐趣,这就不是"平易"二字所能概括得了的好处了。

其次要提到的是浅切问题,"浅"和"平易"差不多,至于"切",却有分析一下的必要。现分数点说明:

第一,对时事的感切

白居易《道州民》诗中所说:

> 道州水土所生者,只有矮民无矮奴。

替道州人民争得"良人身"的权利,这样有正义感,就是关切人民生活的具体表现。又如《红线毯》一诗中所说:

> 一丈毯,千两丝,地不知寒人要暖,少夺人衣作地衣。

替没有衣裳穿的贫苦人争取衣穿,诅咒用红线毯的在上位者的奢侈浪费,这又是感切时事的明证。至于《杜陵叟》一诗中所说:"十家租税九家毕,虚受吾君蠲免恩",更是揭发了统治阶级残酷剥削的罪恶,表达了对被剥夺被欺骗者的同情。凡此之类,都具体说明了他对于时事的感切。

第二，咏风物的贴切

如《送客游岭南二十韵》《送客南迁》等长律，写中唐时代南方的情况，方虚谷（回）以为"曲尽南中之俗"。又如《送客之湖南》：

年年渐见南方物，事事堪伤北客情。山鬼趫跳唯一足，峡猿哀怨过三声。帆开青草湖中去，衣湿黄梅雨里行。别后双鱼难定寄，近来潮不到溢城。

诗意贴切送客到湖南的情景，所谓青草湖、黄梅雨，不但属对工切浑成，而且针对着地方的特色着笔，一字移易不得。张籍也有类似的诗，如《送南迁客》《送蛮客》《送南客》《送南海归旧岛》等五律，① 题材相同，但都不及白居易写得贴切而有情味。至于用"舌涩黄鹂语未成"与"乱点碎红山杏发，平铺新绿水苹生"之句刻画"早春"，用"湖光朝霁后，竹气晚凉时"之句刻画"早秋"，用"万物秋霜能坏色，四时冬日最调年。烟波半露新沙地，鸟雀群飞欲雪天"等句，写"岁晚旅望"的题意，都能恰到好处。其他如咏物的贴切不移，像《题卢秘书夏日新栽竹二十韵》那样正写、旁写、虚写、实写，曲尽新栽竹之趣（《画竹歌》亦绝佳）。又如《题遗爱寺前溪松》用"与僧清影坐，借鹤稳枝栖"等句法，表面上不写松而实际正是写松，借宾显主，托月烘云，又是不切之切的证例。

第三，诉说自己心情的亲切

白居易所到之处，都和它发生亲切的感情。如《别草堂》："三间茅舍向山开，一带山泉绕舍回。山色泉声莫惆怅，三年官

---

① 以上诸诗均见《张司业集》。

满却归来。"《杭州回舫》:"自别钱塘山水后,不多饮酒懒吟诗。欲将此意凭回棹,与报西湖风月知。"这是对于住过的地方表示亲切,饶有"空桑三宿未免有情"①之感。《送萧处士游黔南》一律中"江从巴峡初成字,猿过巫阳始断肠,不醉黔中争去得,磨围山月正苍苍",情真意切,音节悲凉。每读一过,深深感动。这类诗在他的集子中特别多,只能略举小诗为例。白居易不仅对所到之处如此,他对所遇之物,也是这样。一匹老马死了,十几年之后想起来还要咏诗;一块顽石,从南方搬运到北方,为它写起诗来,好像款待知心的友人一样。甚至对一面镜子,一把扇子,一件故衫,一根手杖,都是不胜眷恋,写出许多亲切有味的好诗来。

第四,对待别人情意的恳切

集中写家人骨肉之间的爱感、恳切缠绵的诗很多,如赠内、寄兄弟之作等等,这里不一一去谈它。且从友朋之间的情意恳切说起。《同李十一醉忆元九》云:"花时同醉破春愁,醉折花枝当酒筹。忽忆故人天际去,计程今日到梁州。"他对元九情感之笃厚,尽人所知。他甚至在《别元九后咏所怀》诗中说:"同心一人去,坐觉长安空。"二人交情,两言说尽。有人以为说得太过了,不知这正是恳切到了极点的表示,并不是有意要抹杀长安的一切人,这是读诗时应当着力体会的作者的一种恳切的心情。又《舟中读元九诗》:"把君诗卷灯前读,诗尽灯残天未明。眼痛灭灯犹暗坐,逆风吹浪打船声。"这种境界反映出作者对于友谊诚挚到了极点,心情也沉重到了极点了。

---

① 编者按,"空桑三宿"出自《后汉书·襄楷传》:"浮屠不三宿桑下,不欲久生思爱,精之至也。"李贤注:"言浮屠之人寄桑下者,不经三宿便即移去,示无爱恋之心也。"指对人或事物有眷恋之心。

对元九如此，对另一友人元八（宗简）的情意也是恳切的。《欲与元八卜邻先有是赠》一律云：

> 平生心迹最相亲，欲隐墙东不为身。明月好同三径夜，绿杨宜作两家春。每因暂出犹思伴，岂得安居不择邻。何独终身数相见，子孙长作隔墙人。

读起来只觉得句句恳切可感，尤其是三四两句，把两家化作一家，连绿杨和明月也共同享受的写法，不但见出友谊的笃厚，而且还可以从中体会出风流蕴藉的艺术家的趣味。写同一题材的，如张籍《移居静安坊答元八郎中》云：

> 长安寺里多时住，虽守卑官不苦贫。作活每常嫌费力，移居只是贵容身。初开井浅偏宜树，渐觉街闲省踏尘。更喜往还相去近，门前减却送书人。①

张籍的这首诗也并不坏，但和白居易的一比较，艺术价值的高下就判别得清清楚楚的了。

白居易对自己朋友如此，对一般人民也都有恳切之感。有名的诗句"温暖皆如我，天下无寒人""争得大裘长万丈，与君都盖洛阳城"，这都是大家所熟知的。

此外，白居易在诗歌艺术上的另一特色，就是善于叙事。

所谓"叙事"，不是指一般的叙述（如自叙行旅、身世等），而是指带有生动的故事或指所谓情节而言。有生动的故事或情节，不但在元稹诗中没有，即在李白、杜甫的诗中也是没有的。

---

① 见《张司业集》。

李白诗中的故事性固不强,杜甫的《北征》虽长,也只是夹叙夹议,没有生动的故事,"三吏"、"三别"乃至《丽人行》《哀江头》等,应该说故事性也是不强的。直到白居易,方才有首尾详尽、情节曲折、布局完整、颇有剧情的故事诗。《长恨歌》、《琵琶行》等诗篇,成为后世戏曲家的张本,《长恨歌》之演变为关汉卿的《唐明皇哭香囊》(残),白朴的《唐明皇秋夜梧桐雨》,屠隆的《彩毫记》,吴世美的《惊鸿记》,洪昇的《长生殿传奇》;《琵琶行》之演变为马致远的《青衫泪》,蒋士铨的《四弦秋》等,这种特色绝对不是别的诗人所能企及的。李、杜在这一点上也不能不让白居易二步,何况他人?(李、杜的诗从来不曾有改编为戏剧的,就是一个证明。)他人作这一类歌行,每每参之以议论,混之以辞藻,情节也不交代明白,如晚唐郑嵎《津阳门诗》[①]虽长,题材也和《长恨歌》相同,但后世知道这首诗的人就比较少,主要就因为它没有足够动人的情节。明人贺贻孙《诗筏》[②]中说:"长庆长篇,如白乐天《长恨歌》、《琵琶行》,才调风致,自是才人之冠。其描写情事,如泣如诉,从焦仲卿篇得来。所不及《焦仲卿篇》者,正在描写有意耳。拟之于文,则龙门之有褚先生也。盖龙门与《焦仲卿篇》之胜,在人略处求详,详处复略。而此则段段求详耳。然其必不可朽者,神气生动,字字从肺肠中流出也。"

这一段话很中肯,贺贻孙用《孔雀东南飞》和《史记》来比白居易的歌行,正因为这些不朽之作同样的都好在故事性强。

后人学白居易歌行的很多,可惜都赶不上他。最以歌行著名的吴伟业(梅村),他的那首《琵琶行》,就较之白居易的《琵

---

① 见《全唐诗》。
② 见《水田居遗书》。

琶行》差得很远。严元照《蕙榜杂记》① 中说：

> 予向读吴梅村《琵琶行》，喜其浏离顿挫，谓胜白文公《琵琶行》。久而知其谬也。白诗开手便从江头送客说到闻琵琶，此直叙法也。吴诗先将琵琶铺陈一段，便成空套。

所谓"直叙法"，就好在里面有故事，所谓"铺陈一段便成空套"，便坏在里面没有故事。（当然这并不是说好诗必须有故事，只是用吴伟业的《琵琶行》来比白居易的《琵琶行》，不能不令人得出这一个结论罢了。）

又阮阅《诗话总龟》中说苏子美极赏白公《琵琶行》"夜深忽梦少年事，梦啼妆泪红阑干"（一作"觉来粉泪红阑干"）。子美说："此联有佳处"，正因为回溯以前的故事能特别叫人感动。这样写法，曲折生动，首尾详尽，有起伏，有倒叙，有些像小说。

这些像小说的诗歌，最是为大众所喜闻乐见的形式，《长恨歌》、《琵琶行》之所以能千古传诵，这是重要的原因之一。

唐宣宗《吊白居易》诗有云："童子解吟长恨曲，胡儿能唱琵琶篇"，假如作品本身不是平易的、浅切的，绝不会使得当时的童子也解吟，胡儿也能唱。白居易自己在《与元九书》中说："及再来长安，又闻有军使高霞寓者，欲聘倡妓，妓大夸曰：我诵得白学士《长恨歌》，岂同他者！由是增价。"一般妓女也能诵《长恨歌》，固然由于唐代重诗歌，诗歌已经能在民间广泛传诵，同时也的确由于白居易的诗有平易等优点。《长恨歌》和《琵琶行》从头到尾都很少用典，辞藻虽然多一些，但都不是深

---

① 见《峭帆楼丛书》。

奥的。当然好诗也不一定都是要靠平易、浅切，并且平易、浅切还为某些作家和批评家所竭力反对，他们认为凡是平易浅切的就不是顶好的诗。这个问题争论的范围牵涉很广，不是轻易可以解决的，在这里我不想赘说。我只是说白居易的《长恨歌》和《琵琶行》的确以平易、浅切见长，并且不仅仅以平易、浅切见长，其他的好处还很多，如流丽、自然、圆熟、生动等，倘只以平易、浅切来作为《长恨歌》、《琵琶行》的艺术特征，那又是一孔之见了。

下面约略谈谈所谓"俗语"和"民间"的问题。民间的语言常常是朴素的、健康的，所以诗人最爱引用，而且引用得能入化境。本来到了中唐传奇小说起来之后，社会上文艺风气转向民间，诗人的艺术语言更多地采自人民日常应用的话语，这是很正常的事。作为大历十才子之一的韩翃，就有"楚声催晚醉，蛮语入新诗"的句子。① 所谓"蛮语"，就是南方的话。北方人叫南方人为蛮子，白居易是北人，却也和韩翃一样爱用蛮子的语言。所谓"蛮语声坎坎，巴女舞蹲蹲"（《郡中春宴因赠诸客》），就说明他对于"蛮语"特别感到兴趣。例如"温暾"一词，本是南方话中所谓不太热也不太冷之意。白居易在《开元寺东池早春》一诗中就有"池水暖温暾"句，又在《送客春游岭南二十韵》中说："温暾四气匀"，都是采用的南方语言。

又如"斩新"一词，白居易在《题别遗爱草堂兼呈李十使君》诗中云："斩新萝径合，依旧竹窗开。"所谓"斩新"之斩，亦作崭，南方人形容挺新鲜的东西叫"斩新"，或叫"簇斩新"，直到现在还是这样说。

---

① 《全唐诗·韩翃集》。编者按，《全唐诗》卷二百四十四、《文苑英华》卷二百五十四作"楚歌催晚醉"。题为《寄武陵李少府》。

又如"船活"一词，也是吴中方言。胡震亨《唐音癸签》卷十九有云："白太傅诗：'暑退衣服干，潮生船舫活'，吴中以水长船动船活，采入诗中，便成佳句。"这又说明白居易善于融化方言，读起来一点也不觉得板滞。

至于《听夜筝有感》句云"如今格是头成雪"，"格是"是南方人作"已是"之解的；《九江春望》句云"匹如元是九江人"，《咏怀》句云"匹如身后莫相关"，"匹如"即"譬如"；《简简吟》句云"不肯迷头白地藏"，"迷头"、"白地"也都是俗语。

宋人龚颐正《芥隐笔记》云："诗中用而今、匹如、些些、耳冷、妒他、欺我、生憎、勿留、赢垂、温暾，皆乐天语。"正是说他喜欢采用俗语俗词。

《杨升庵全集》第六十四卷，有述白居易用北方俗语一则云：

> 白居易《半开花》诗："西日凭轻照，东风莫杀吹。"自注："杀去声，音厦，俗语太甚曰杀。"《容斋随笔》序："杀有好处。"元人传奇，"忒风流"，"忒杀思"。今京师语犹然。大曰杀大，高曰杀高，此假借字也。

从这里可以证明白居易用北方俗语入诗的地方也很多，不仅仅爱用南方的俗语俗字入诗。

关于用俗语问题，洪迈《容斋随笔》、陆游《老学庵笔记》都略有提到，说白居易为了要用俗语，不惜改读习惯沿用的读法，依照通俗的声音。据宋袁文《瓮牖闲评》云：

> 白乐天好以俗语作诗，改易字之平仄，如"雪摆胡衫

红",此以俗语"胡"字作"鹘"字也。"燕姬酌蒲桃",此以俗语"蒲"字作"勃"字也。"忽闻水上琵琶声",此以俗语"琵"字作"弼"字也……①

从这些地方足以证明白居易对于通俗和适应群众要求这一方面是多么重视了。

据宋释惠洪《冷斋夜话》（亦见彭乘《墨客挥犀》）云："乐天每作诗，令一老妪解之，妪曰解，则录之，不解则又复易之。"后来有不少人起来辩辟这个传说的荒谬。胡仔《苕溪渔隐丛话》云："乐天诗虽涉浅近，不至尽如冷斋所云。余旧尝于一小说中，曾见此说，心不然之。惠洪乃取而载之诗话，是岂不思诗至于老妪解，乌得成诗也哉！"这是一种所谓的"辟妄"。另又有汪立名在《白香山诗集·后集》卷五《诗解》一诗之后按云：

平园周必大曰：香山诗语平易，疑若信手而成者，间观遗稿，则窜定实多，观此诗信然。乃有伪造不经语以阴刺公者，如《墨客挥犀云》：乐天每作诗，令一老妪解之，妪曰解，则录之，不解则不复集。故唐末之弊至于俚，其意不过欲竭力形容一"俗"字耳。且毋论其他。试举公晚年长律，其根柢之博，立格炼句之妙，果皆老妪所能解否邪？其说之邪谬，真可付一噱也。

胡仔和汪立名二人，分别驳惠洪和彭乘的话，无非说明白居

---

① 编者按，见李伟国校点《瓮牖闲评》卷五，上海古籍出版社，1985年8月，第44页。

易的诗并不全部都是那么俚俗、庸俗到无知的老妪也全能懂得的。至于惠洪和彭乘等之所以有老妪都解的说法,那又无非竭力强调白氏诗有浅近通俗的长处,添出一个老妪的故事,只是更具体更夸张的譬喻,不必拘泥真有其人,真有其事。《唐宋诗醇》卷19说《冷斋夜话》所称引,"亦属附会之说,不足深辩",是颇有见地的。白居易自己曾说:"自长安抵江西,三四千里,凡乡校佛寺逆旅行舟之中,往往有题仆诗者;士庶僧徒孀妇处女之口,每每有咏仆诗者。"(《与元九书》)元、白的诗在当时人民中间是这样的广泛流行,固然由于唐代的诗歌最盛行、最普及,也由于元、白二人的诗的确是比较浅切通俗些。元、白二人有意把诗向人民中间推广,而人民也乐于接受(所谓"喜闻乐见"的便是)。白居易自己在《留题郡斋》一诗中说:

吟山歌水嘲风月,便是三年官满时。春为醉眠多闲阁,秋因晴望暂褰帷。更无一事移风俗,惟化州民解咏诗。

白居易向来是不肯虚矫夸诞的,他自己承认"惟化州民解咏诗",一定是有很多事实可以作证的。把文艺推送到民间,引起人们对于诗歌的爱好,这并不是一件简单的轻而易举的工作啊。宋·魏庆之《诗人玉屑》中说:"白乐天如山东父老课农桑,言言皆实(敖陶孙亦有此说)。"假如有人以为"言言皆实"就是鄙俗的别名,那就真不足以与言诗了。正因为"言言皆实",所以易于为人民所接受,他那"惟化州民解咏诗"才化得下去。元稹说:"自篇章以来,未有如是流传之广者。"我们如果追究他们的诗之所以能流传如此之广的原因,恐怕正好在"通俗"的"俗"字。立意求俗,虽遭遇到别人的轻视而百折不回,这非有绝大的毅力不行。白居易答韩愈诗有云:"户大嫌甜酒（'户大'一作'量大'，非），才高笑小诗。"固然可以见到白居易的谦虚，但明知韩愈嫌他的甜酒，他偏要吃甜酒，甜酒应该说是代表他的诗的平易作风的。他乐于平易，不改作风，由此可见。

元稹的作品虽赶不上白居易的平易通俗，后来因受白居易的影响也渐渐改变了作风。这在白氏自己的诗文中都常有提到的，这里不赘说。清人叶燮《原诗》中有云：

> 元稹作意胜于白，不及白从容暇豫，白俚俗处而雅亦在其中，终非庸近可拟。

叶燮的说法是有理由的。但他既说白诗俚俗，而又说雅在其中，当然是受了苏轼"元轻白俗"以及袁宏道"元轻白俗任诗成"①之说的影响。其实宋人早有否定"白俗"之说的。张镃（功甫）《南湖集》有《读乐天诗》云：

> 诗到香山老，方无斧凿痕。目前能转物，笔下尽逢源。学博才兼裕，心平气自温。随人称白俗，真是小儿言。

张功甫肯定了白诗的许多好处，然后批评跟着苏轼说白诗俚俗的人是小儿，只有小儿才是学嘴学舌的。功甫宗奉香山是很明白的事。明·俞弁《逸老堂诗话》引吴文定公《读白氏长庆集绝句》云："苏州刺史十编成，句近人情得俗名。垂老读来尤有

---

① 袁宏道（中郎）《放言效白》有云："臧是谷非凭耳过，元轻白俗任诗成。"见《潇碧堂集》卷三。

味，文人从此莫相轻。"① 说白诗之俗是由于近人情，这便是对俗字的另一种估价。我们肯定白居易诗的好处，正在于他的通俗，正在于他的近人情。如果诗写出来，叫多数人都不能了解，即使是"阳春白雪"也无济于事。因为群众不能接受，他们唱的还是"下里巴人"。两方面接不拢，便不能发生作用。白居易有意要把诗写得通俗，让老妪（群众的代名词）也能接受，这就是他的长处。他早年要了解人、熟悉人，吸收群众的言语，接近人民的生活，提出根本的主张，认定诗歌艺术不是光拿来吟风弄月的，应该要用作救济社会、改善人生的利器，一方面补察时政，一方面泄导人情。要达到这样的目的，便不得不力求大众化、通俗化，像他所说的"见者易喻""闻者深诫"。我们谈"通俗"，谈"老妪都解"，如果离开他的"文章合为时而著，歌诗合为事而作"的主张，是不能把问题说清楚的。

自苏轼以来对于白居易的"俗"字的评语，众说纷纭，我们似乎还有再探讨一下的必要。《新唐书》本传中有云：

居易于文章精切，然最工诗，初颇以规讽得失，及其多，更下偶俗好，至数千篇。

我们对于白氏全集，应该有分析地谈问题，像苏轼一样地用一个"俗"字评他的全诗，是有些失之笼统的。如果说这个"俗"字就是今人所谓的"通俗"吧，有些诗实在也并不完全通俗；如果说这个"俗"字的含义是"俚俗"和"庸俗"吧，在白氏全集中真正"俚俗""庸俗"的诗当然也并不能说绝对没

---

① 编者按，俞弁《逸老堂诗话》见《历代诗话续编》第1319页。诗题为《校白集杂书六首》，见明吴宽《家藏集》卷二十四，《四库全书》本。

有，但究竟是少数。不过诗一多了，大小共约二千八百余首，其中便难免有"下偶俗好"的。《新唐书》本传中的话，我觉得是有分寸的。笼统地说"白俗"，是不科学的，但如说白诗一点也没有"俚俗"和"庸俗"的地方，如有说"白俗"的人那就统统是张功甫所认为的是"小儿之言"，也未免抹煞事实。我前面说过"通俗"是好的，但"庸俗"或"俚俗"就未必都是好的了。试举一例为证。

《与元九书》中说："又足下书云：到通州日，见江馆柱间，有题仆诗者，复何人哉！"通州江馆柱间题的是什么诗呢？《白氏长庆集》卷十五《酬微之寄示赠阿软》七律题略云：

> 微之到通州日，授馆未安，见尘壁间有数行字，即仆旧诗，其落句云：渌水红莲一朵开，千花百草无颜色。然不知题者何人也。微之吟叹不足，因缀一章，兼录仆本诗同寄，省其诗，乃是十五年前初及第时，赠长安妓人阿软绝句。

诗云：

> 十五年前似梦游，曾将诗句结风流。偶助笑歌嘲阿软，可知传诵到通州。昔教红袖佳人唱，今遣青衫司马愁。惆怅又闻题处所，雨淋江馆破墙头。

像这样"妍媚浅俗游戏三昧"①的作品，实在谈不上高尚的美学理想，思想性、艺术性都很差，然而他和元稹对这样的事和

---

① 明·屠隆赤水《鸿苞集》卷十七有云："香山诗有伤于妍媚浅俗者，此特其游戏三昧语。"

这样的诗却感到异常浓厚的兴趣。微之寄给白居易一首绝句道："通州到日日平西，江馆无人虎印泥。忽向破檐残漏处，见君诗在柱心题。"

偶然在馆宅柱心上看到有人题了他的诗，也值不得如此沾沾自喜。何况题的是玩弄妓女阿软的"淫言媟语"呢？（关于"淫言媟语"，我不同意杜牧的批评①，他是有意地闹意气，不算公平之论。但也不能说白集中完全没有"淫言媟语"。）用这个例子可以证明白居易不免有如《新唐书》本传所评为"下偶俗好"的弊病了。我们要看欣赏者到底是什么人，如果是懂得艺术的，他没有把坏作品当作好作品，当然是值得高兴的事。如果把不好的作品到处流传，有如韩愈所云："小惭者亦蒙谓之小好，大惭者即必以为大好矣。"（《韩昌黎集·与冯宿论文书》）那倒是很不值得的事。

白居易的律诗常有自矜官爵显赫，令人读了感到没有什么诗味的，例如《闻行简恩赐章服，喜成长句寄之》：

吾年五十加朝散，尔亦今年赐服章，齿发恰同知命岁，官衔俱是客曹郎。荣传锦帐花联萼，彩动绫袍雁趁行。大抵著绯宜老大，莫嫌秋鬓数茎霜。

另外还有非常庸俗的诗，如《对镜吟》：

闲看明镜坐清晨，多病姿容半老身。谁论情性乖时事，

---

① 杜牧《樊川文集·李府君墓志铭》引李戡之言云："有元白者，纤艳不逞，非庄士雅人，多为其所破坏，流于民间，疏于屏壁，子父女母，交口教授，淫言媟语，冬寒夏热，人人肌骨，不可除去，吾无位，不得用法以治之。"

自想形骸非贵人。三殿失恩宜放弃，九宫推命合漂沦。如今所得须等分，腰佩银龟朱两轮。

像这样"腰佩银龟朱两轮"的话头，在前后集中并不太少，而在这首诗里面又看相、又推命，简直不像"胸襟旷达"、"才情映照千古"的大诗人写出来的作品。

从来诗人的作品都不能全部肯定说是毫无缺点的，白居易的诗当然也不能例外。

讽谕诗如《新乐府》五十篇，这是"为君为臣为民为物为事而作，不为文而作"的好诗，是大家所公认的，但是我们今日读起来也觉得有些诗并不甚可取，如《二王后》一篇，我读来读去，得不到一点感动。一开头道：

二王后，彼何人，介公酅公为国宾。……

这是一篇完全概念化的东西，"明祖宗之意也"地说教，从头到尾没有一点感动人的地方。《七德舞》和《法曲》的诗味也很少。至于"卒章显其志"，有时写得太浅露了，真觉得索然寡味。例如《新丰折臂翁》写到"应作云南望乡鬼，万人冢上哭呦呦"本来可以结束了。但他还要来一段"老人言，君听取，……"点明"戒边功也"的本意，其实不说谁也明白的。又如《杏为梁》，写到"莫教门外过客闻，抚掌回头笑杀君"，也已把"刺居处僭也"的本意透露出来了，何必一定再来"君不见马家宅……""君不见魏家宅……"，而且还在末尾来两句"俭存奢失今在目，安用高墙围大屋"呢！又如《隋堤柳》，写到"沙草和烟朝复暮"一句，也尽可以终止了，然而他一定要加上"后王何以鉴前王，请看隋堤亡国树"，难道没有这两句就不能显出"悯亡国也"的本旨吗？如此浅露，略无余蕴，实在没有什么好处。至于所谓"卒章显其志"，也有"显"得好的，不能一概而论。但很多是"显"得不好的，不妨再举些结束语为例。

《读汉书》末云：寄言为臣者，可以鉴于斯。
《高仆射》末云：故作仆射诗，书之于大带。
《紫藤》末云：愿以藤为戒，铭之于座隅。
《七德舞》末云：太宗意在陈王业，王业艰难示子孙。
《二王后》末云：欲令嗣位守文君，亡国子孙取为戒。
《胡旋女》末云：胡旋女，莫空舞，数唱此歌悟明主。

甚至不是讽谕诗也有结束得很公式化的，如《代书一百韵寄微之》末云："狂书一千字，因使寄微之。"《岁暮》末云："安得不惭愧，放歌聊自陈。"这一类公式化的结束语，在《诗经》中也偶而有之，如小雅《巷伯》末章"寺人孟子，作为此诗，凡百君子，敬而听之"。这是因为要声明作者"寺人孟子"之故，否则，也不需要这样结束的。偶尔在诗篇末如是结束是可以的，一多就显得老套了。

历来最杰出的诗人总是常在结句中见长。方东树《昭昧詹言》中特别推崇韩愈的《山石》的结句："嗟哉吾党二三子，安得至老不便归。"以为"结句都要不从人间来"，"他人百思所不解，我却如此结，乃为我之诗。不然，人人胸中所可有，手笔所可到，是为凡近"。其实何止韩愈《山石》诗的结句为然，李白、杜甫诗都在结句上十分注意推敲讲究的，在这一方面，白居易集中有一些诗的结句的确比较逊色些。

总括起来说，白居易诗歌艺术的主要特征是平易、浅切、通俗易懂，能多采用民间语言，明朗、质直而自然，一般地都富有感动人的力量，这些都是值得我们学习的。至于所谓"俗"，有"俗"的好处，如通俗，易于为广大人民所接受；也有"俗"的坏处，如"下偶俗好"，便不免于有些"俚俗"和"庸俗"，有时显得过分浅露，不含蓄，不隽永，少数作品在思想性和艺术性的结合上，或多或少是不免有些缺点的，在今天，我们就应该批判地接受了。

原载《文学遗产增刊》六辑，作家出版社，1958年5月；据《长短集》，浙江人民出版社，1980年3月。

略论白居易晚年诗的积极意义

　　评论某一作家的作品，要看它的全貌，同时也要看它的特点。以白居易的作品为例，评论家大都侧重谈他的讽谕诗，如《新乐府》《秦中吟》等的思想性，这当然是对的。因为这些诗是白居易的特点，应该特别重视。也有人较为喜欢他的感伤诗，如《长恨歌》《琵琶行》之类，这也无可非议。因为这也是他的比较著名的好作品，应该推崇。可是看作家作品的特点时还要注意到他的全貌（正同注意它的全貌时也不能不看到它的特点），只顾特点不顾全貌是不对的（反过来说只看全貌不看特点也同样是不对的）。

　　看白居易的早年诗应作如是观，对于他的晚年诗自然也不能不作同样的考虑。

　　关于白居易的晚年作品，有些人有一笼统观念。认为他官高望重，退隐山林，大都是消极颓废的东西，并无进步思想可言，不过是一大堆糟粕而已。有人就说白氏早年和晚年"判若两人"，还特地写出文章来论证。（说唐宪宗元和十年到江州以前为早期，元和十一年以后为晚期。）据我看，这并不符合客观实际，而是粗枝大叶的论断。

白居易晚年的作品不全是坏的，正和他早年的作品不全是好的一样。单拿进步不进步，积极不积极这一点来谈：在他早年的"讽谕诗"中，也未必没有带消极性的因素。如《讽谕》第一卷中《送王处士》，就是歌颂退隐，说什么"好去采薇人，终南山正绿"。《讽谕》第二卷中《读古诗十首》，说什么"贫贱多悔尤，客子终夜叹。归去复归去，故乡贫亦安"。《寓意诗五首》，说什么"传语宦游者，且来归故乡"。《讽谕》（一）中又有《寄隐者》云：

　　……昨日延英对，今日崖州去。由来君臣问，宠辱在朝暮。青青东郊草，中有归山路。归去卧云人，谋身计非误。

他在《丘中有一士》一诗中，说什么"勿矜罗弋巧，鸾鹤在冥冥"。又说："我欲访其人，将行复沉吟。何必见其面，但在学其心。"这些诗严格说起来应归于《闲适》类，而不应归于《讽谕》类。因为他不但钦佩那些隐居避世的人，而且还表示要跟他们学样。他自己把这些诗放在《讽谕》一类里，但却和"救济人病，裨补时阙"（见《与元九书》）毫无共通之处，和他所最敬佩的杜甫诗"朱门酒肉臭，路有冻死骨"的正义呼声大相背谬。

在"讽谕"诗中已有以上所举带消极性的作品，在"闲适""感伤""杂律"诗中更加不用说了。"杂律"诗中的独善思想如："此心除自谋身外，更问其余尽不知"，甚至说："此身不要全强健，强健多生人我心。"

我举出上面的例证，无非说明白居易的早年作品中也有消极性的东西。反之，在他晚年的作品中，也不都是消极性的，也可以举出许多有积极意义的例证来。我们不能笼统地肯定他的前期诗，也不能笼统地否定他的晚年诗。

我们拿《白氏长庆集》中前后期诗比较一下，前期的"兼济之志"的作品的确多些，后期的"兼济之志"的作品的确少些。反之，前期的"独善之志"的作品比较少而后期的"独善之志"的作品比较多。这些都是事实。（过去一段时期内研究白氏作品的同志们在这方面已经有所论及了。）但在他写"兼济之志"作品的同时，他早已中了"栖心释梵、浪迹老庄"的唯心主义的毒。我们不要以为白居易只是到了晚年才有那么多逃避现实的诗，好像这是突然而来的怪事一般。其实，在他早年和晚年的作品中不可避免地有一定的连贯性。他重视现实，揭露社会矛盾，是主要的一面，不论在早年和晚年都是这样，只是畸轻畸重的程度有所不同而已。另外，白诗在生活方面触及自己的更多一些，或描写本身的痛苦，或描写本身的幸福，但他的痛苦和幸福的根子生长自社会和历史的深处。因此，不管白居易前期作品或后期作品，既是个人生活的反映，也是社会生活的反映。

当然，我们决不应该只在次要方面如私人生活方面去寻索白诗的积极意义，而要看他的作品表现的精神和本质是否脱离了人民，违背了现实。白居易晚年是从高级官吏的身分而退隐起来的，他一方面过的是豪华生活，一方面又同情人民。

马克思致巴·瓦·安年柯夫信中说："……他既迷恋于大资产阶级的豪华，又同情人民的苦难。他同时既是资产者又是人民。他在自己的心灵深处引以为傲的，是他不偏不倚，是他找到了一个自诩不同于中庸之道的真正的平衡……"[①]

是否一个人迷恋于资产阶级的豪华，就断然不能同情人民的苦难呢？恐怕不能这样说。马克思接着说："因为矛盾是他存在

---

① 《马克思恩格斯选集》第4卷，第330—331页。

的基础，他自己只不过是社会矛盾的体现。"白居易生活于矛盾的社会基础之中，他的思想不可避免地也跟着产生着各种各样的矛盾。他的晚年是从高级官吏而退隐起来的，他一面过的是比一般人民较为舒适的生活，一面又对人民不幸的生活表示同情。试以他晚年写的一首诗《新沐浴》为例：

> 形适外无恙，心恬内无忧。夜来新沐浴，肌发舒且柔。宽裁夹乌帽，厚絮长白裘。裘温裹我足，帽暖覆我头。先进酒一杯，次举粥一瓯。半酣半饱时，四体春悠悠。是月岁阴暮，惨冽天地愁。白日冷无光，黄河冻不流。何处征戍行，何人羁旅游？穷途绝粮客，寒狱无灯囚。劳生彼何苦，遂性我何优？抚心但自愧，孰知其所由。

自己洗一下身体觉得舒适，却因而推己及人，想到在客中困难重重的游人，无米下炊的饿夫以及无油点灯的囚犯，他们如何生活下去？这决不是假惺惺地作态，而是因为他一贯有"民胞物与"的思想，他早年写讽谕诗是如此，晚年写这一类诗也是如此。他在另一首有名的《新制绫袄诗》中说："……争得大裘长万丈，与君都盖洛阳城。"也只是因为自己身上添了一件新袄子，就希望有那末一件"都盖洛阳城"的"大裘"，这和杜甫《茅屋为秋风所破歌》中"安得广厦千万间，大庇天下寒士俱欢颜，风雨不动安如山……"的思想是一致的。

从《新沐浴》一诗可以推想到他的其他作品的思想性，他是写个人生活的，也可以说不单是写个人生活的。

别林斯基说过："任何一个诗人也不能由于他自己和靠描写自己而显得伟大，不论是描写他本身的痛苦，或者描写他本身的幸福；任何伟大诗人之所以伟大，是因为他的痛苦和幸福的根子生长自社会和历史的深处,因为他是社会、时代、人类的器官的代表……"①

我们如果说白居易是社会、时代、人类的器官的代表,因为他的痛苦和幸福的根子生长自社会和历史的深处,这不会是夸大了他所起的作用吧。他在前期的作品中有过很大的贡献,在后期的作品中难道就没有这种贡献吗?

现在我就他晚年作品中有积极意义的部分,大致分为四类来谈谈。

(1) 歌颂农业丰收的景象

> 大和戊申(二年)岁大有年,诏赐百僚出城观稼,谨书盛事,以俟采诗。
>
> 清晨承诏命,丰岁闵田间。膏雨抽苗足,凉风吐穗初。早禾黄错落,晚稻绿扶疏。好入诗家咏,宜令史馆书。散为万姓食,堆作九年储。莫道如云稼,今秋云不如。(《白香山诗集·后集》卷九)

此外还有《与诸公同出城观稼》:"老尹醉醺醺,来迎年少群。不忧头似雪,但喜稼如云。岁望千箱积,秋怜五谷分。何人知帝力,尧舜正为君。"这是官洛阳河南尹时写的颂丰收的诗,虽然末二句对当时的统治阶级阿谀奉承,不免封建士大夫的积习,但主要还是"喜如云之稼",着眼于人民生活的。

(2) 歌颂民族战争的胜利

武宗(李瀍)② 会昌四年,是白居易快要死的时候了(白死

---

① 转引自武尔贡《苏联的诗歌》。
② 编者按,唐武宗临死前改名为李炎。

于会昌六年），然而他还"壮心未已",豪气勃勃地歌颂一位参加了正义战争而有大功的英雄。《白香山诗集·后集》第十七卷有一首诗是写石雄大破回纥的,诗前小序云：

> 河阳石尚书,破回鹘（回纥）,迎贵主过上党,射鹭鸶,绘画为图,偎蒙见示,称叹不足,以诗美之。

诗云：

> 塞北胡郊随手破,山东贼垒掉鞭收。乌孙公主归秦地,白马将军入潞州。剑拔青鳞蛇尾活,弦押赤羽火星流。须知鸟目犹难漏,（原注：尚书将入潞府,偶逢水鸟鹭鸶,引弓射之,一发中目,三军跃其事。上闻,诏下美之。）纵有天狼岂足忧。画角三声刁斗晓,清商一部管弦秋。他时麟阁图勋业,更令何人居上头。①

按石尚书即石雄,他是刘沔下面的一员将官。《通鉴》卷二百四十七《唐纪》六十三有石雄战败回鹘乌介可汗的详细记载,他探悉公主帐所在,凿城为十余穴,引兵夜出,直攻可汗牙帐,至其帐下,虏乃觉之,可汗弃辎重走,雄追击之。庚子,大破回鹘于杀胡山,可汗遁去,雄迎太和公主以归。（新旧唐书都有《石雄传》）

这在当时是一件大事,诗人晚年赞美石雄英勇,应该说是爱国主义的表现。

据《新唐书》卷一百七十一列传第九十六记载：石雄素为李德裕所识拔。李德裕向来对白居易极为不满,甚至不愿读白居

---

① 编者按,"三军跃其事。上闻",当为"三军踊跃。其事上闻"。"更令何人",当为"更合何人"。

易的诗。刘禹锡曾请李德裕看看《白氏文集》,李德裕答道:"吾于此人,不足久矣,其文章精绝,何必览焉,但恐回吾之心,所以不欲观览。"(见孙光宪《北梦琐言》卷一)李德裕在这件事上表现得心胸窄狭,而且猜忌别人,拒绝改正过去的老看法。相反地,白居易对于李德裕所识拔的石雄,却写诗倍加赞美,于此可以分别白居易和李德裕在品德上的轩轾。

又如《南阳小将张彦硖口镇税人场射虎歌》末云:"有文有武方为国,不是英雄伏不得,试徵张彦作将军,几个将军愿策勋。"(《白香山诗集·补遗》卷上)也是歌颂武功卫国的篇章,但向来不被人们重视。

(3)努力开发交通以济世利民

白居易在七十三岁时写《开龙门八节石滩诗二首》,有云:

铁凿金锤殷若雷,八滩九石剑棱摧。竹篙桂楫飞如箭,百筏千艘鱼贯来。……

这是描写凿开石滩险路的施工情况。
其第二首,有云:

七十三翁旦暮身,誓将险路作通津。夜舟过此无倾覆,朝胫从今免苦辛。……

这是写自己誓发宏愿以利济民生,果然一一实现了。他在诗序中说:"东都龙门潭之南,有八节滩,九峭石,船筏过此,例反破伤,舟人楫师,推挽束缚,大寒之月,裸跣水中,饥冻有声,闻于终夜,予尝有愿,力及则救之……"虽说他出于佛教所谓"慈悲"的念头,究竟还是为人民做了好事,值得赞美。

这是他离开人世前二年的事。

(4) 讽刺时事的寓言诗：

继早年讽谕诗的作风，白居易晚年写了很多寓言小诗以讽刺时事，这些寓言小诗，带有哲理，并不比早年的讽谕诗差，我认为譬喻生新，意在言外，甚至可以说有更多的耐人寻味之处。如《池鹤八绝句》，就颇有丰富的幽默感。

《鸢赠鹤》："君夸名鹤我名鸢，君叫闻天我唳天。更有与君相似处，饥来一种啄腥膻。"鹤是自夸清高也颇有清高的姿态的，但可惜的是"饥来一种啄腥膻"，这里面对欺世盗名的所谓清高名士，儒雅风流，不免有所嘲讽了。

又如《鹅赠鹤》："君因风送入青云，我被人驱向鸭群。雪颈霜毛红网掌，请看何处不如君。"鹤是大家欣羡的，"鹤鸣于九皋，声闻于天"。代表飞黄腾达的得意派。鹅虽和鹤的形象有某些相似之处，但不免下偶于鸭群，只好"春江"同泛，"水暖先知"罢了。这里面隐隐有某些牢骚，聊以解嘲。

《鹤答鹅》："右军殁后欲何依，只合随鸡逐鸭飞。未及牺牲及吾辈，大都我瘦胜君肥。"显然以鹤自喻。白居易晚年清瘦，时时见于吟咏之中，如《春尽日宴罢感事独吟》有云："金带缁腰衫委地，年年衰瘦不胜衣"，足见他是清癯得和仙鹤一般了。裴度曾经送他白鹤，他珍爱得什么似的，有诗咏叹。① 鹅是较为肥胖的，和在朝的权贵一般，对比起来，煞是有趣。

---

① 编者按，裴度并未送鹤给白居易，而是向白居易乞鹤，故白居易作《答裴相公乞鹤》，欲委婉地拒绝。但最后还是忍痛割爱将双鹤赠与裴度，时为大和二年 (828)。在《送鹤与裴相临别赠诗》中白居易与白鹤话别，叮嘱双鹤"夜栖少共鸡争树，晓浴先饶凤占池"。刘禹锡又有和诗《和乐天送鹤上裴相公别鹤之作》，也有"朱门乍入应迷路，玉树容栖莫拣枝"之句。刘禹锡深知白居易失鹤的心情，大和六年 (832) 特意从苏州不远万里送给居于洛阳的白居易一只华亭鹤，故白居易在《刘苏州以华亭一鹤远寄，以诗谢之》中写道："殷勤远来意，一只重千金。"

最能代表他的哲学思想的是他晚年写的《禽虫十二章》，用燕、鹊、蝌蚪、蛾、鱼、雁、蚕茧、蜜蜂、鹓鸾、田舍乌、羔羊等来为人生寄托感慨，尤其是对于政治舞台上种种险恶风波，有所讽刺。第五首："阿阁鹓鸾田舍乌，妍蚩贵贱两悬殊。如何闭向深笼里，一种摧颓触四隅。"第六首："兽中刀枪多怒吼，鸟遭罗弋尽哀鸣。羔羊口在缘何事，闇死屠门无一声。"前者诗下自注："有所感也。"后者诗下自注："有所悲也。"其实"所感"、"所悲"，都是为唐文宗太和九年甘露之变而作。郑注、李训想诛宦官仇士良，不料为仇士良所杀，王涯、贾餗、舒元舆等大官僚，先后被擒，被斩杀六七百人，株连极多，所谓"一种摧颓触四隅"，"闇死屠门无一声"就是指甘露之变以后的惨案。王涯曾参奏白居易使之贬谪到江州，王涯在甘露之变中被杀，居易有诗云："当君白首同归日，是我青山独往时。"后来苏轼在《仇池笔记》中论及此诗，曾经说："不知者以为幸祸，乐天岂幸人之祸者哉，盖悲之也。"说的很对，符合《寓言》第六首自注："有所悲也。"的确，苏轼"盖悲之也"一语，是根据事实说话的。

《禽虫十二章》第十一首："一鼠得仙生羽翼，众鼠相看有羡色。岂知飞上未半空，已作乌鸢口中食。"真是最好的一幅讽刺画。老鼠生长羽翼是不会有的事，可是作者异想天开，居然让它生出羽翼来了，其他老鼠当然很羡慕，可是群鼠正在艳羡之时，它却被乌鸢吃掉了。这是对当时的政治进行讽刺，和郑注、李训之流的小人朋党有关。这种寓言诗是耐人寻味的。

除以上四类而外，他的晚年诗可以分类隶属的当然还很多，如花鸟怡情、音乐欣赏、友朋（如和刘禹锡等）酬唱、嗟叹老病、悼念死亡、谈禅论道等，其中自然难免有属于消极性质的。

我在本文开头时说要看全貌，以便瑕瑜互见，肯定其优点，批评其缺点。在这篇论文中,只走了第一步,至于他的晚年诗中的糟粕部分有待于批判的,当另为专题,不能在这里一一论列了。

原载《文学评论丛刊》第3辑,中国社会科学出版社1979年版;据《长短集》,浙江人民出版社1980年版。①

---

① 编者按,刘维治《赠鹤质疑》(《社会科学辑刊》1980年第3期)、《对〈略论白居易晚年诗中的积极意义〉一文的两点意见》(《文学评论丛刊》第7辑,中国社会科学出版社,1980年10月,第172—181页)对此文有所榷论。

什么是诗的风骨

李白《宣州谢朓楼饯别校书叔云》诗里说:"蓬莱文章建安骨。"王琦注:"蓬莱,海中神山,为仙府,幽经秘录并皆在焉。东汉建安之末,有孔融、王粲、陈琳、徐干、刘桢、应玚、阮瑀及曹氏父子所作之诗,世谓之建安体,风骨遒上,最饶古气。"有不少人对于"风骨遒上"的"风骨"有些疑问。甚至有人把它和气节或傲骨混为一谈,也有人把风骨和风格这两个不同的名词看成同一个意义,都是不对的。

到底什么叫做风骨呢?

刘勰《文心雕龙》有《风骨》篇,给"风"和"骨"作了一些分析:

> 怊怅述情必始乎风,沉吟铺辞莫先于骨。故辞之待骨,如体之树骸;情之含风,犹形之包气。结言端直则文骨成焉,意气骏爽则文风清焉……故练于骨者析辞必精,深乎风者述情必显。捶字坚而难移,结响凝而不滞,此风骨之力也。

这所谓风,和文情文意相同;所谓骨,和文辞相同。风近乎我们今天常说的内容,骨近乎我们今天常说的语言形式。言辞之有骨,像我们身体必须有骨干一样;情意之含风,像我们形体必须包括神气一样。既然风和文情文意相同,诗人叙述情意就必须明白晓畅,这就叫做"深乎风者述情必显";既然骨和文辞相同,诗人选析辞章就必须精美合格,这就叫做"练于骨者析辞必精"。在文辞上着实下了一番深刻的功夫,才说得上"练于骨";在文意上着实有了一番不可缺少的发挥,而且发挥得恰到好处,才说得上"深乎风"。合起来说,就是内容充实,有深刻的思想性,而又能用精炼的语言形式表达出来。达到这个境界,才算得上是具有"风骨之力"的好作品。当然一个时代有一个时代的文学上的名词,我们不可以把古人所采用的风骨二字的含义和今天所说的内容与语言形式完全等同起来,但大致是不差的。黄侃《文心雕龙札记》对风骨的解释是:"风即文意,骨即文辞……或者舍辞意而别求风骨,言之愈高,即之愈渺,彦和本意不如此也。"的确,我们不要把本来并不是那么玄奥的东西说得太玄奥了。写诗要有好的意义,也要有好的文辞,两者结合得非常妥帖而有力,这就是"风骨遒上"了。

上面提到刘勰说的风和情,骨和辞。其实风不完全等于情,骨也不完全等于辞。范文澜先生在《文心雕龙注》的《风骨》篇后加了这样的解释:

> 此篇所云风、情、气、意,其实一也。而四名之间义有虚实之分。风虚而气实,风气虚而情意实,可于篇中体会得之。辞之与骨,则辞实而骨虚。辞之端直者谓之辞,而肥辞繁杂亦谓之辞,惟前者始得文骨之称,肥辞不与焉。

这就把风和意、骨和辞的含义又作了进一步的说明。情意和风可以说是大致相同的，没有情意就成不了风。但其间有虚实之分。风是空洞的名辞，唯有情意才是实在的东西。"国风"的风，据《毛诗序》说："风，风也，教也。风以动之，教以化之。"这还是说得比较抽象些。只有男女的爱情、闾阎的动态、家国治乱攸关的事实，所谓"国史明乎得失之迹，伤人伦之废，哀刑政之苛，吟咏情性，以风其上"，这才是最实际的情意。所以《毛诗序》又说："上以风化下，下以风刺上，主文而谲谏，言之者无罪，闻之者足以戒，故曰风。"

这样，总算把风骨的风交代过了，下面再讲骨。

骨略等于辞，前面已交代过了。但照范文澜先生说"辞实而骨虚"，"骨"其实也是较为抽象的名称，只有"端直"的"辞"是实际的东西。孔子说："辞达而已矣。"《易经》说："修辞立其诚。"这里的所谓辞，和前面所说"端直"的"辞"是相同的。范先生根据"结言端直"而说"辞之端直者谓之辞"，大约可以作这样的解释。但它和"肥辞繁杂亦谓之辞"的"辞"截然不同。"肥辞繁杂"是不好的，太肥了，就有臃肿累赘之病。端直的辞，我们叫作骨；繁杂而过于丰腴的辞，只能叫作肉，不能叫作骨（有"肥辞"的肥字可以作证）。下面所谓"捶字坚而难移，结响凝而不滞"，上句是说精炼坚实不可移易的用字法，下句是说畅调和协绝不滞涩的声律美。意义充实，修辞合法，合起来也就是"风骨之力"。

六朝不能说没有好的作家和好的作品，但一般地说，"肥辞繁杂"的辞占了上风。齐、梁、陈诸朝，上下竞和，大都是些淫靡绮丽的风习。文人学士们"玉柱空掩露，金樽坐含霜"，"归花先委露，别叶乍辞风"，也都属于言之无物的一类。隋李谔评论那时作品是："连篇累牍，不出月露之形；积案盈箱，唯是风云之状。"李白《古风》说"自从建安来,绮丽不足珍",也是因此而发。这些当然不能叫作端直的辞,自然更称不上风骨的骨了。范文澜先生接着又说:

> 辞必与义相适。若义瘠而辞过繁,则杂乱失统,失统即无骨矣。……苟意不先立,止以文彩辞句绕前捧后,是辞愈多而理愈乱,如入阛阓,纷纷然莫知其谁,暮散而已。是以意全胜者,辞愈朴而文愈高,意不胜者,辞愈华而文愈鄙,是意能遣辞,辞不能成意,大抵为文之旨如此……风骨并善,固是高文;若不能兼,宁使骨劲,慎勿肌丰;瘠义肥辞,所不取也。①

这是说必须反对徒尚辞藻的文风,也就是主张要提倡风骨并善的作品。假若风骨不能并善,是宁可要"骨劲"而不要只有肉而无骨的作品的。

至于"建安风骨"为什么为历来文学家所盛称,这要从建安时期的作品中去找原因。

建安诗歌在思想内容上反映了当时的社会现实,具体地描写了社会生活,有合于现实主义的精神。《文心雕龙·时序》说:

> 观其时文,雅好慷慨,良由世积乱离,风衰俗怨,并志深而笔长,故梗概而多气也。

这一段话是从上文来的,上文说:"自献帝播迁,文学蓬

---

① 编者按,"苟意不先立"至"大抵为文之旨如此"乃《唐文粹》卷八十四杜牧《答庄充书》中语。

转,建安之末,区宇方辑,魏武以相王之尊,雅爱诗章;文帝以副君之重,妙善辞赋;陈思以公子之豪,下笔琳琅,并体貌英逸,故俊才云蒸。"建安是汉献帝的年号,这个时期的文学,文学史上称为"建安文学"。魏武帝就是曹操,文帝就是曹丕,陈思王就是曹植。在三曹下面的有名文人,如孔融、王粲、徐干、刘桢、陈琳、应玚、阮瑀,叫做建安七子。刘勰说这个时期的诗文,由于世乱年艰,人们遭受流离颠沛的痛苦,那些能够非常真切地反映当时现实的诗人如三曹和建安七子等,都是"志深而笔长""梗概而多气"的。所谓"志深"就是说作品中有很好的思想内容,这近乎今天我们所说的思想性;所谓"笔长"就是说文辞表达得非常好,这近乎今天我们所说的艺术性。"梗概"和"感慨"相同,①"梗概而多气"就是说多感慨悲歌之气。试举三曹的作品为例。

曹操《步出夏门行》之四解:

> 神龟虽寿,犹有竟时;腾蛇乘雾,终为土灰。老骥伏枥,志在千里;烈士暮年,壮心不已。盈缩之期,不但在天;养怡之福,可得永年。幸甚至哉,歌以咏志。

这首诗的另一题目是《龟虽寿》。意思说灵龟的寿命虽长,终究有死的时候;蛇纵能乘雾上天,也还是要变为土灰的。这是比兴之义,譬喻人也终归是要死的。下面他把自己比为伏在槽枥之中的老马,有远奔千里的雄心。所谓"烈士暮年,壮心不已",说明他有积极而乐观的精神,意志毫不衰颓。"盈缩之期"是指进退、升降、成败、祸福等。他认为年寿有限,这是自然的

---

① 黄叔琳《文心雕龙》注:"梗概是直作感慨用也。"

规律，不足挂怀。至于进退、升降、成败、祸福等，却也人定可以胜天，只要雄心壮志还存在，终究是大有可为的。末了又说人如果修养得好，也可以延长寿命，不必悲观。这首诗可以鼓舞人的志气，奋发人的精神，可以说是文意和文辞都好，也就是有"风骨之力"的作品了。

曹操五言诗，如《苦寒行》：

> 北上太行山，艰哉何巍巍！羊肠坂诘屈，车轮为之摧。树木何萧瑟，北风声正悲。熊罴对我蹲，虎豹夹路啼。溪谷少人民，雪落何霏霏。延颈长叹息，远行多所怀。我心何怫郁，思欲一东归。水深桥梁绝，中路正徘徊。迷惑失故路，薄暮无宿栖。行行日已远，人马同时饥。担囊行取薪，斧冰持作糜。悲彼《东山》诗，悠悠使我哀。

这首诗描写行军时候的艰苦情况。天寒地冻，路少行人，带兵打仗的人却要在高山峻岭中颠簸跋涉，晚上甚至连睡觉的地方也没有。没有柴烧的时候，只好自己挑着口袋去拾取薪柴来烧饭，没有水喝的时候，只好拿着斧头去劈冰取水。他想到《诗经》里的《东山》诗，那篇诗也是写行军人的苦处，和自己的《苦寒行》的境界差不多，而且依照旧说，《东山》诗的作者是周公，曹操也就是以周公自比了。《短歌行》中的末句道："周公吐哺，天下归心"，就是同样的好例。这首诗，思想内容和语言形式是配合得很好的，也可说是"风骨遒上"。

曹丕的《燕歌行》：

> 秋风萧瑟天气凉，草木摇落露为霜。群燕辞归鹄（一作雁）飞翔（一作南翔），念君客游多思肠（一作思断肠）。

慊慊思归恋故乡，君何淹留寄他方？贱妾茕茕守空房，忧来思君不敢忘，不觉泪下沾衣裳。援琴鸣弦发清商，短歌微吟不能长。明月皎皎照我床，星汉西流夜未央。牵牛织女遥相望，尔独何辜限河梁？

这首诗写女子怀念在远方客游的丈夫，是抒情诗中最有名的一首。内容固然深刻微婉，十分动人，而节奏铿锵美妙，恰好传达出相思的情态，更是不可几及。沈德潜在《古诗源》里评论："句句用韵，掩抑徘徊，短歌微吟不能长，恰似自言其诗。"这种诗熟读深思之后，自然能体会出它的好处。它足以和汉武帝的《秋风辞》媲美。所谓"汉、魏风骨"，正是指这种诗而言。

曹植的好诗非常多，这里只举《白马篇》为例：

白马饰金羁，连翩西北驰。借问谁家子，幽并游侠儿。少小去乡邑，扬声沙漠垂。宿昔秉良弓，楛矢何参差。控弦破左的，右发摧月支。仰手接飞猱，俯身散马蹄。狡捷过猴猿，勇剽若豹螭。边城多警急，胡骑数迁移。羽檄从北来，厉马登高堤。长驱蹈匈奴，左顾陵鲜卑。弃身锋刃端，性命安可怀？父母且不顾，何言子与妻？名编壮士籍，不得中顾私。捐躯赴国难，视死忽如归。

诗中竭力写边塞游侠的英勇气概。曹植平素就有赴边塞自效的志愿，这首《白马篇》很可能就是用游侠来比拟自己。男儿舍身为国，立功边疆，虽父母妻子都绝不眷恋，这是爱国主义的具体表现，自然算得是"风骨遒上"的作品。

三曹之外，建安七子的作品也应该略举以示例。

王粲《七哀》：

西京乱无象,豺虎方遘患。复弃中国去,委身适荆蛮。亲戚对我悲,朋友相追攀。出门无所见,白骨蔽平原。路有饥妇人,抱子弃草间。顾闻号泣声,挥涕独不还。未知身死处,何能两相完?驱马弃之去,不忍听此言。南登霸陵岸,回首望长安。悟彼泉下(一作下泉)人,喟然伤心肝。

这首诗写乱世的苦处,真正反映了那个时代的现实情况。首二句是指李傕、郭汜等人作乱,杀戮人民,所谓"豺虎方遘患",是对这些人的诅咒。这种充满人民性的作品,可以说是后来杜甫《无家别》《垂老别》许多名诗的好榜样。建安诗之所以值得称道,就在这些地方。

胡仔《苕溪渔隐丛话》卷一引范元实《诗眼》说:

建安诗辩而不华,质而不俚,风调高雅,格力遒壮,其言直致,而少对偶,指事情而绮丽,得风雅骚人之气骨,最为近古者也。

这里所谓气骨其实也就是风骨。气骨、风骨有时也叫风力,如钟嵘《诗品》中所说:"孙绰、许询、桓、庾诸公诗皆平典似道德论,建安风力尽矣。"

"平典似道德论"的诗虽不是浮词艳语的那种"靡靡之音",但也不是"风骨遒上"的好作品。至于王琦所说的"最饶古气",正和范元实所说的"得风雅骚人之气骨,最为近古者也"一样,这种所谓"古气"和"近古"都是好的,因为《三百篇》中的歌谣和汉、魏时代的好诗决非齐、梁、陈、隋的绮丽的作风所能比拟,它既刚健清新而又真能代表人民的声音。至于《诗眼》说的"辩而不华,质而不俚",这是辩证的说法。既不华而又不俚，足以证明华并不是绝对要不得的。我们正不必一味反对绮丽，因为如果风和骨结合得好，绮丽能溶化在"格力遒壮"中，那就不是徒然的绮丽了。现实主义文学反对徒然的绮丽，但并不反对才华和绮丽。《三百篇》中的歌谣和汉、魏时代的好诗都具有美丽的辞藻，绮丽和风骨的骨是有密切关系的。说起绮丽，使我想到"雾余水畔，红杏在林，月明华屋，画桥碧阴"①的境界，这境界是十分可爱的，有什么不好呢？李白之所以说"自从建安来，绮丽不足珍"，无非反对六朝时徒然的绮丽而已，不是绝对不容许有绮丽的境界的。李白自己的诗就非常"绮丽"而"足珍"，这是大家所同声赞美的。"蓬莱文章建安骨"并不排斥绮丽，好的绮丽应该是"建安骨"的组成部分。试读建安时期的名篇佳什，其中该有多少是美丽的辞藻结构而成的啊！《文心雕龙·物色》篇："诗人丽则而约言，辞人丽淫而繁句。"扬子云："诗人之赋丽以则，词人之赋丽以淫"，足见"丽以则"是好的，"丽以淫"就不好了。

严羽在《沧浪诗话》中说："黄初之后，惟阮籍咏怀之作极为高古，有建安风骨。"②这是说阮籍《咏怀》诗能和建安诗一样有风骨，或者说，一样"志深而笔长"、"梗概而多气"，既在文情文意上占了上风，又在诗的语言的提炼上有很高的成就，合了"风骨遒上"的标准。

唐初，仍然沿袭六朝的淫靡作风，虽有改变，但不很大。直到陈子昂才很明显地用"汉、魏风骨"来谈诗，他在《与东方虬修竹篇序》中说：

---

① 司空图《诗品》第九《绮丽》中语。
② 黄初，魏文帝年号。《沧浪诗话》中有"黄初体"，原注："黄初体：魏年号与建安相接，其体一也。"

> 东方公足下：文章道弊五百年矣，汉、魏风骨，晋、宋莫传。然而文献有可征者。仆尝暇时观齐、梁间诗，彩丽竞繁，而兴寄都绝。每以永叹，思古人。常恐逶迤颓靡，风雅不作，以耿耿也。一昨于解三处见明公咏孤桐篇，骨气端翔，音情顿挫，光英朗练，有金石声。遂用洗心饰视，发挥幽郁，不图正始之音①复睹于兹，可使建安作者相视而笑。

陈子昂是提倡"汉、魏风骨"的。他的诗重在"兴寄"，《感遇》诗三十八首就是"可使建安作者相视而笑"的好作品。他认为"齐、梁间诗，彩丽竞繁，而兴寄都绝"的作风是不好的，他担心诗坛的风气颓靡下去，而思有所振作，以复兴风雅，所以他对于"骨气端翔，音情顿挫，光英朗练，有金石声"的作品表示喜爱。这就是说，他非常重视"兴寄"，非常重视有深刻内容和现实主义精神的作品，但同时又必须是骨气、音情等方面条件具备，在形式上要表现得非常出色。换句话说，思想性、艺术性二者必须结合得好。陈子昂的创作实践和自己的主张是一致的。杜甫说："有才继骚雅，名与日月悬"；韩愈说："国朝盛文章，子昂独高蹈"；白居易说："杜甫、陈子昂，才名括天地"，他们对陈子昂都极推崇。但还没和"建安骨"联系起来谈。刘克庄在《后村诗话》中说："唐初王、杨、沈、宋②擅名，然不脱齐、梁之体。独陈拾遗③首唱高雅冲淡之音，一扫六代之纤弱，趋于黄初、建安矣。"④ 这样把陈子昂和建安风骨联系起来谈才是最合乎实际的。

---

① 正始，魏齐王芳年号。嵇康、阮籍的诗代表这个时代。
② 王勃、杨炯、沈佺期、宋之问。
③ 即陈子昂。
④ 《后村大全》卷一百七十三。

盛唐时代，殷璠编选《河岳英灵集》，强调风骨，首先在《集论》中说："言气骨则建安为俦。"称高适诗"多胸臆语，兼有气骨"，称陶翰诗"既多兴象，复备风骨"，又说"颢（崔颢）年少为诗，名陷轻薄，晚节忽变常体，风骨凛然"。后来风骨二字在诗坛评论中便成为惯见的词语了。韩愈《赠张籍》诗说："吾爱其风骨，粹美无可拣"；李端《赠何兆》诗说："文章似扬、马，风骨又清羸"；孟郊《读张碧集》说："下笔证兴亡，陈词备风骨"；贾岛《投张太祝》说："风骨高更老，向春初阳葩"，都是好例。

这些都是说诗的意和辞同样都达到了很优美的境界，就不愧为"风骨遒上"的好作品。王琦用"风骨遒上"释"建安骨"的"骨"在艺术上的价值，大致可以作以上这样一些说明。当然，这样说明还是很粗略的。

原载《语文学习》1958年3月；据《长短集》，浙江人民出版社，1980年3月。

从《文心雕龙·体性篇》说到诗的风格

读了刘勰的《文心雕龙·体性第二十七》之后，从而联想起诗的风格的问题。刘勰这篇文章，篇幅虽短，包含的内容却非常丰富。现在我想初步地探索一下。

所谓"体性"，大约就是指文章（当然包括诗）的形体及其特性而言。人的性情和气质有所不同，正像《左传》上说的"人心之不同，如其面焉"。每个人有每个人的面貌，应该说每个人也有每个人的特性。"作风即人"（或译为"风格就是那个人"）这一句名言，也就是说每一个作者都有他自己特有的作风或风格。刘勰在本文中有"各师成心，其异如面"的话，似乎正是从《左传》的原话变化而来。《体性》篇开始就说：

> 夫情动而言形，理发而文见，盖沿隐以至显，因内而符外者也。

"情动乎中，而形于言"，如果作者里里外外有许多和别人不同的东西，那表现出来的自然也就和别人不会一样了。接着又说："才有庸儁（俊），气有刚柔，学有浅深，习有雅郑。"并从这种种不同的因素中分析出典雅、远奥、精约、显附、繁缛、壮丽、新奇、轻靡等八体。又说："雅与奇反，奥与显殊；繁与约舛，壮与轻乖"，无非都是阐明"体性"的种种不同方面的矛盾。

主张"典雅"的觉得"清奇"未必好，喜欢"远奥"的觉得"显附"不合胃口，爱"繁缛"的大都不爱"精约"，欣赏"壮丽"的又大都不欣赏"轻靡"。这里面有流派、历史因缘、社会影响、个人癖性等错综复杂的关系，决不像一般人所想象的那么简单。

文章的体性既然有如此的不同，一方面固然是由于作者自己的特性决定的，但另一方面还要靠人力辅助。既然需要靠人力辅助，那便不但可以帮助某一特性的发生、发展以至于形成，同时还可以改变某一特性，使之屡屡迁异，所谓脱胎换骨、变化气质的便是。"体性"或者说是"风格"，是能够有所改变的，这种改变主要是依靠学习。学习改变某一特性，不但是可能的，而且是必要的。黄侃在《文心雕龙札记》中说："人之为文，难拘一体，非谓能为典雅者，遂不能为新奇，能为精约者，遂不能为繁缛。"这就说得很明白，诗人可以写出"典雅"的诗，同时也能写出"新奇"的诗。杜甫能写《三大礼赋》，能写《秋日夔府咏怀奉寄郑监审李宾客之芳一百韵》那样"典雅"、"繁缛"的诗文，同时又能写"细雨鱼儿出，微风燕子斜"，"穿花蛱蝶深深见，点水蜻蜓款款飞"，以及其他特别接近"清奇"的绝句。元稹能写"寥落古行宫，宫花寂寞红，白头宫女在，闲坐说玄宗"二十个字的"精约"小诗，也能写《连昌宫词》那样较为"繁缛"的七言古风，不同体制，各有千秋。

刘勰在《体性》篇中又说:

八体虽殊,会通合数,得其环中,则辐辏相成。

刘勰说,体虽有八种不同(其实何止八种,若细加分析,可以有几十种之多),但假如真正融会贯通起来,则有如车辐之聚于辏,无施不成,无远不届。所谓"功以学成",决不像"刻舟求剑"、"胶柱鼓瑟"那样拘泥而不能通变。关于通变的道理,他在《通变第二十九》中谈得很清楚,不在这里赘述。

关于本篇中"才有庸儁(俊)"这句话,似乎有些强调庸愚和俊美之别。人固然有聪明和愚笨的不同,但愚笨可变为聪明,"人一能之,己百之",奋勉学习,鼓足干劲,终可成功。天才是努力学习积累的结果,应该是经验之谈。俊未必永远是俊,庸未必永远是庸,庸才变为俊才,当然是可能的。刘勰说:"辞理庸儁,莫能翻其才。"恐怕是说得太绝对了。至于"气有刚柔"和"风趣刚柔,宁或改其气";黄侃《札记》说:"气有清浊,亦有刚柔,诚不可力强而致。为文者欲练其气,亦惟于用意裁篇致力而已。"此说固然未免失诸表面,气之改变,不能单纯依靠致力于用意裁篇,但是也说明了一点,不管怎样,气还是可以改变过来的。后人发挥"气有刚柔"之理的很多,黄宗羲(梨洲)谈了一点,不很透彻,谈得较为透彻的,还要算姚鼐(姬传)。姚鼐有两篇文章,都发挥过阴阳刚柔的理论,一篇是《海愚诗钞序》,一篇是《复鲁絜非书》(均见《惜抱轩文集》)。他在《复鲁絜非书》中说:"……自诸子而降,其为文无弗有偏者,其得于阳与刚之美者,则其文:如霆,如电,如长风之出谷,如崇山峻崖,如决大川,如奔骐骥。其光也,如杲日,如火,如金镠铁。其于人也，如凭高视远，如君而朝万众，如鼓万勇士而战之。其得于阴与柔之美者，则其文：如升初日，如清风，如云，如霞，如烟，如幽林曲涧，如沦，如漾，如珠玉之辉，如鸿鹄之鸣而入寥廓。其于人也，缪乎其如叹，邈乎其如有思，日暖乎其如喜，愀乎其如悲。观其文，讽其音，则为文者之性情形状，举以殊焉。"这些话正是刘勰"夫情动而言形，理发而文见"一段文章的注脚。

"学有浅深，习有雅郑"，学问的深和浅，从作者写的诗文中当然可以体会得出，这并不是用典多少或书卷气浓不浓的问题，而是从他的诗文中可以察看出他的真正的学殖和修养如何。例如我们今天看作家的作品，必须看他的马克思主义的理论水平如何。从表面上来看，这和"体性"或"风格"的关系似乎并不太大，其实是最重要的关键。"因内而符外"，可以说思想内容比语言形式是更带有根本性的问题。

"习有雅郑"，所谓"雅"，按之《诗序》，"言天下之事，形四方之风，谓之雅，雅者，正也。言王政所由兴废也。"所谓"郑"，只要用"郑风淫"一句话就说明了。清人丁叔雅诗："为有真情工慨叹，删除绮语变风骚"[①]，这观点虽然还是旧的，但可以解释"习有雅郑"这句话。艺术的教养和熏陶，对于风格的形成，常常会起着很重要的作用。

刘勰在结语中说："夫才有天资，学慎始习，斫梓染丝，功在初化，器成彩定，难可翻移。故童子雕琢，必先雅制……故宜摹体以定习，因性以练才，文之司南，用此道也。"这一段话是说要在学习时严加注意。梓斫得好不好？丝染于苍还是染于黄？

---

① 编者按，丁叔雅（1869—1909）名惠康，号惺庵，广东丰顺人，清末四公子之一。尝赴日本求学，撰《清经籍志》、《寰宇访学录》皆未成而卒。

都要看在入手时如何。等到器具已成,色彩已染,翻移就比较困难了。刘勰这种摹体、因性和定习、练才的见解,以及重在学习的主张,都是积极而有进步意义的。

关于风格,一般说,是指一个作家的作品的内容和形式所具有的独特性。每一位大作家的风格,一方面都具有个性的特征,同时包含着许多共性的特征,这些特征表现出这个作家所属的文学流派常用方法上的特点。作家的作品各具有的独特性,使我们一读就能认识它是属于哪一个作者或哪一个流派常用方法上的特点。我们决不会把韩愈的雄伟巨制如《南山》篇错认为是柳宗元的诗,虽说他二人是同时的大家,柳宗元也是写山水诗文的能手。同样我们也决不会把柳宗元的《晨诣超师院读禅经》诗中"汲井漱寒齿,清心拂尘服……淡然离言说,悟悦心自足"那一派话头错认为是韩愈的诗。这其中固然有信佛和辟佛的思想上的问题,但也有诗的风格上的问题。诗的内容和形式所具有的独特性,可以使这一作家和另一作家能十分清楚地区别开来。明人高棅《唐诗品汇序》有云:"今试以数十百篇之诗,隐其姓名,以示学者,必能识得何者为王、杨、卢、骆,又何者为沈、宋,又何者为陈拾遗,又何者为李、杜,又何者为孟,为储,为二王,为常、刘、韦、柳,为韩、李、张、王、元、白、郊、岛之制,辨尽诸家,剖析毫芒,斯可言诗矣。"他的全书对于诗的"体性"或"风格"分析得较为明晰,这里不再缕述。

其次就健壮和纤弱的风格来举例说明一下。

元好问《论诗三十首》绝句之一有云:"有情芍药含春泪,无力蔷薇卧晓枝。拈出退之山石句,始知渠是女郎诗。"依照元遗山的说法,秦观(少游)诗的风格是纤弱的;韩愈的诗如《山石》句"芭蕉叶大栀子肥"之类是粗线条接近于健壮的风格的。清人查慎行（初白）在读此绝句之后写道："齐、梁、陈、隋诸名家，大抵皆女郎诗，不数中唐以后也。"可见健壮和纤弱等风格上的区别，真是自古已然了。不过我认为像元好问这样的意见也有问题，历来赞同他的意见的固然不少，反对者也大有其人。如袁枚就不同意元好问的提法，他在《随园诗话》中说："元遗山……此论大谬，芍药、蔷薇，原近女郎，不近山石，二者不可相提而并论。诗题各有境界，各有宜称。杜少陵光焰万丈，然而'香雾云鬟湿，清辉玉臂寒'；'分飞蛱蝶原相逐，并蒂芙蓉本是双'。韩退之诗'横空盘硬语'，然'银烛未销窗送曙，金钗半醉坐添春'，又何尝不是女郎诗耶？"①

我觉得袁枚的意见，也有问题，他把诗的题材和风格没有分清。不知杜甫的"香雾"、"清辉"，韩愈的"银烛"、"金钗"，原属私人生活，私人生活不可写得"光焰万丈"。"横空盘硬语"一语，的确和"风格"有关，但此为韩愈《荐士》诗中之句，实指孟郊作品的风格而言，袁枚把它作为自己的评论，也许是把他二人作为一个流派论，但却不免有些张冠李戴了。何况"芍药蔷薇，原近女郎"之说，在今天看起来实在又太可笑了。袁枚这种论调很多，常替恋妓者护短，主要用意，无非是为自己的好色和佻达辩护。章学诚《文史通义》中的《妇学》、《诗话》等篇曾痛加批斥，这已经是题外话了。但因和诗的风格有关，不能不顺便提到。总之，元好问和袁枚论诗的风格，都不免是一点论，所谓"知其一不知其二"的便是。封建社会中文艺批评家

---

① 编者按，见《随园诗话》卷5第37则，"杜少陵"，应为"杜少陵诗"。"俱飞蛱蝶元相逐，并蒂芙蓉本自双"出自杜甫《进艇》，见《全唐诗》卷226。"银烛未销窗送曙，金钗半醉坐添春"出自韩愈《酒中留上襄阳李相公》，见《全唐诗》卷344。

的思想局限性，于此可见一斑。

要比较全面地谈诗的风格问题，不能不看新时代中新诗人的诗论。

伊萨柯夫斯基在《谈诗的技巧》一书中说：

> 在写诗上要真正有独创性，真正与众不同——这首先就是说要自成一格……这就是说要在诗歌中表现那些你本身所具有的人的品质和精神力量。诗的天才不是什么独立存在的，与诗人人格无关的东西。它同诗人整个内在面貌有机地，密切地联系着。它不是独立存在的，它不过是用特殊的方法（诗的方法）表现一个人的人格，表现他的特点，他的思想与感情的工具罢了。

必须这样读一个人的诗，研究一个诗人的风格，才可以真正懂得它的全貌。

《文心雕龙》一书，笼罩群言，泛论作品，又因为用骈体文写书，常不免于模棱其词，不能详尽，不能畅达，《体性》篇中所举"贾生俊（骏）发，故文洁而体清，长卿傲诞，故理侈而辞溢……"等评论文章家的话头，都不免过于简单。平常我们惯说的什么杜甫劲健沉郁，悲天悯人；李白奔放雄奇，俊逸潇洒；王维词秀调雅，意新理惬；孟浩然枯寂清雅，储光羲真率；王昌龄耸俊；高适、岑参悲壮；刘长卿闲旷；韦应物澄淡精致；其他如岛瘦、郊寒、元轻、白俗，李商隐隐僻，许浑整密，杜牧俊爽，李贺瑰诡，卢仝怪谲，温庭筠藻绮……这些和刘勰的《体性》篇中所说的"典雅"、"远奥"、"精约"、"显附"……八体以及后来司空图《诗品》二十四则所说的"雄浑"、"冲淡"、"纤秾"、"沉著"等品评，都是和"体性"或"风格"有直接关系的。但这些品评，都不免说得笼统、含混而不明确。欲求详畅，还有待于今后再进一步研究和阐发。

诗人之所以得到某一种品评，这说明他们的作品已有了一定的独创性。这与众不同，自成一格，是很要紧的。但是当我们学习时，还应该努力于广泛地学习。"情性所铄（烁）"，固然要根据本人的特性，但更重要的是"陶染所凝"，就是说要注意于熏陶和习染。黄侃《文心雕龙札记》解说道："才气本之情性，学习并归陶染，括而论之，性、习二者而已。"体性固有悬殊，习染却能迁化，这在前面已经说过，我们必须从许多不同风格的诗人身上有所学习，吸取好的经验，以提高和丰富自己，这是非常必要的。

学习某一诗人，对于他的风格的"屡迁"，也必须细心体会。陆游说："我初学诗日，但欲工藻绘；中年始少悟，渐若窥宏大。怪奇亦间出，如石漱湍濑……"（《示子遹》）既说明了他早年和中年不同的作风，并且还自述他也有矜"奇"喜"怪"的过程，足见不止有一种"体性"或"风格"。末了又说："汝果欲学诗，工夫在诗外。"这里指出学诗者一方面要在生活源泉中去寻求，另一方面要向伟大诗人的人格学习，不能只在书本中讨生活。

诗人的风格"屡迁"，不但有出自幽谷上迁于乔木的，相反地也有自乔木下迁于幽谷的。古人的诗，有的在早年就放了异彩，到后来却颓唐没落下去；也有相反的例子，早年诗并不高明，可是到了晚年却显现出姜桂老而愈见辛辣的境界。所谓"天意怜幽草，人间重晚晴"，"晚节渐于诗律细"，就是晚年好景的表现。于此足见"风格"也并不是一成不变的。而且又绝不只是语言形式上的问题，最重要的应该还是与思想内容有密切的关系。刘勰所说的"沿隐以至显，因内而符外"，我觉得这绝不是泛泛言之的。按作家作品的"隐"、"显"、"内"、"外"各方面进行研究，是我们所必需悉心以求的重要方法。

原载《文艺报》1959年第17期；据《长短集》，浙江人民出版社，1980年3月。

对于《新编唐诗三百首》的一些意见

首先我要谈一下编选唐诗的标准问题。我认为除了用思想性和艺术性必须紧紧结合这一总的要求来作为选择标准之外，还应该考虑到下面两个条件：第一，必须能真正代表"唐音"——也就是编者所说的"挖掘唐诗的精华"；第二，选出的必须是真正脍炙人口的作品，可是我翻开这本书一看，研究一下关于选择的标准，觉得还存在一些问题。首先拿第一页第一首来研究一下：

宁食三斗艾，不见屈突盖；宁服三斗葱，不见屈突通。
（友琴按：第二个"见"字应作"逢"）

撇开艺术性不谈，单看看它的思想性如何。编者以为这四句是说屈突盖和屈突通好呢，还是讽刺他们二人呢？照编者注释中说："两人都是当时大官"，自然应该是讽刺了。

究竟当时（隋朝）人对屈突盖和屈突通二人是怎么样呢？《新唐书》卷八十九列传第十四《屈突通传》有云：

（通）莅官劲正，有犯法者，虽亲无所回纵。其弟盖为长安令，亦以方严显。时为语曰：宁食三斗艾，不见屈突盖；宁服三斗葱，不逢屈突通。

吃三斗艾和三斗葱是很难的事，见屈突兄弟二人却是更难的事。这和我们今天口语的"吃不消"，大致相似。它完全没有一点讽刺意味，相反地实在是倍至敬畏和钦佩之意。我不懂编者选出这四句话（《全唐诗》原归之于"语"类）有什么意思，难道把它作为讽刺的作品来处理吗（因为接着几首都是讽刺嘲笑的作品）？此外，编者在这四句上面加了"五言绝句"的大号字是不合规律的。照绝句体裁，四句中不能押两个韵。换句话说，既名绝句就不能换韵。现在这四句话中，艾、盖一韵，葱、通又一韵，决不能把它归入"五言绝句"的类别中。编者在"编辑凡例"中说："分类本来是相对的而非绝对的，在为了便于读者阅读，把乐府和歌谣就其篇幅的长短分别列入绝句和古诗中。"仅仅因长短关系就随随便便地分类，这种编选的态度是很不谨严的。用体裁分类，而又不按体裁行事，这不如干脆不用体裁分，只用时代先后为序编列出来好了。

又如16页选杨苧萝《咏垂丝蜘蛛嘲云辨僧》："吃得肚婴撑，寻思绕寺行。空中设罗网，只待杀众生。"这是嘲笑大肚子和尚的伧话。因为蜘蛛肚子大好吃，和尚的肚子大也好吃，此外并没有什么意义。编注者却说："这是一首借咏蜘蛛来反迷信的好诗"，我实在看不出这首诗有一点"反迷信"的寓意，仅仅是对要好的和尚朋友恣意嘲弄而已。

若说编选此书时太不重视艺术性吧，也不尽然，这本书里偏于艺术性方面的作品如李商隐、李贺等人的也选了不少。有时还选出叫一般读者难以接受的作品，如李商隐《嫦娥》："云母屏风烛影深，长河渐落晓星沉。嫦娥应悔偷灵药，碧海青天夜夜心。"关于这首诗的思想性和艺术性的问题如何向读者交代，编者却一句话也未说。注释了半天，读者还是难以理解。又选李商隐的《龙池》云："龙池赐酒敞云屏，羯鼓声高众乐停。夜半宴归宫漏永，薛王沉醉寿王醒。"除掉揭露宫闱中的秘密而外，也难起很好的作用。编者为什么要选这一首？用意何在？也有些叫人不懂。

五言古诗中所选的《王法曹歌》和骆宾王的《咏鹅》，都不能算是好诗。选者看中了《王法曹歌》，大约因为它是歌谣，讽刺了贪官污吏"王癞猴"、"饿夜叉"。歌谣出自民间，民间歌谣有很多的好作品，当然应该多选些出来，但也应该在"政治第一艺术第二"的原则下选出真正的好诗来。只注意第一忘记了第二，"缺乏艺术性的艺术品"，人们是不需要的。至于像骆宾王的《咏鹅》究竟是脱不了稚气的东西。在二千二百余位作家写的四万八千九百多首的作品中成熟的作品还是非常之多的，只选出三百首，哪里会轮到像《咏鹅》这样的幼稚作品的份上呢？

当然，这本书中也确曾选出不少的好诗，那些诗是经过历史的考验、为群众所乐意接受的，可是由于编者添进不少不是好诗甚至配不上称诗的作品到里面去，便使这个选本大为减色了。

其次，要谈一谈关于注释的问题。这本书中有不少词和句应该注释的并没有注释，而又有不少词和句注了等于没有注。如第一首中的"屈突通"、"屈突盖"，到底是怎么一回事？一点没有交代，笼统地说是两个人"都是当时大官"，这能解决什么问题呢？

至于注错了的或注得很不妥当的地方，也有不少。

首先说关于词义方面的错误和很不妥当的注释。如第26—27页令狐楚《游春辞》"暖日晴云知次第，东风不用更相催"。

注云:"次第,顺序"。"暖日"和"晴云"怎样会"顺序"起来的呢?难道是"暖日"在前"晴云"在后那样的"顺序"吗?查张相《诗词曲语辞汇释》卷4释"次第"是"转眼"的意思,"知次第,意云知快到也"。张相即是引令狐楚《游春辞》为例的。我看用"转眼"和"知快到"来解释"次第"比用"顺序"二字好得多。第29页元稹《闻乐天授江州司马》诗,注:"授,给予。"依此解释,便成为,"听说白乐天给予江州司马了",到底白乐天给予谁以江州司马?

其次说到关于地名的错误注释。如第50页杨炯《从军行》"烽火照西京",注:"西京,唐朝以长安为国都,称当时河南的洛阳为西京。"洛阳在长安的东面,从古以来都称东都。其实西京就是长安的另一名称。第33页杜牧《赤壁》,诗注:"赤壁,在今湖北省嘉鱼县东北,靠长江南岸。三国时,孙吴的大将周瑜在此地大败曹操的军队。"查江汉间有五处地方都有赤壁的名称,只有江夏之说合于史。嘉鱼县东北的赤壁,并不是周瑜大败曹操的地方,前人辨之已详,不能只说嘉鱼县,反而不提合于史实的江夏。

原载《光明日报》1959年3月8日《文学遗产》第250期;据《读书》1959年第6期。

论杜甫对学习、继承和批评的看法

杜甫之所以能成为伟大的现实主义诗人,在于他能够脚踏实地,深入生活;在于他的诗篇充满了诚挚而热烈的爱祖国爱人民的思想感情,以此感动了千百年后的读者。

现在我想就两个方面谈一些个人的体会:(1)关于杜甫对学习继承的看法及其创造性;(2)关于杜甫的文学观和他对待文学批评的态度。

先谈杜甫在学习继承方面的看法。人们都说杜甫继承了中国诗歌从《诗经》、楚辞、汉魏乐府以来最优良的现实主义传统,并且发扬了这个传统。这将从哪些方面来证实呢?

杜甫在学习继承的方面最广博,态度最恢宏,无所不包括,无所不师承,决不像某些诗人那样胸襟狭窄,局限于一格一隅。他既能识其大者,又能识其小者;既能取法于好的一面,又能借鉴于坏的一面。贯彻了"贤不贤皆可以为师"的宗旨,所谓"泰山不让土壤,故能成其大,河海不择细流,故能就其深"。这样,杜甫才成为"集诗之大成"的诗中之圣。

他在诗中提到过的诗人不可胜数,除国风、雅颂、屈宋文章而外,从苏武、李陵那儿学到高妙的风格;从曹植、刘桢那儿学到豪迈的气概；从陶潜、阮籍那儿学到超尘的情怀；从谢灵运、鲍照那儿学到峻洁的手法；从徐陵、庾信那儿学到美丽的辞藻。当然这样说还不是很科学的，因为不一定某一个诗人身上只有那一种长处，不能如此截然分开。但为了便于说明起见，这样分开来说，强调某一诗人的某一特点还是可以的。杜甫向他们学习，实际上能够汇合各家之长而又超过了他们。杜甫奉梁·萧统所编的《昭明文选》作为学习的榜样，既说："熟精《文选》理"（《宗武生日》），又说："续儿诵《文选》"（《水阁朝霁奉简严云安》），不但自己读，还要儿子读，并且要读得"熟"而"精"。但"熟"、"精"绝不等同于沿袭，杜甫之所以伟大，在于他学了选体又能力变选体。学了不善变是不好的，摒弃不学或学得不深不透也是不好的。后来的白居易对《文选》的看法就和杜甫有所不同，白居易曾有诗道："毛诗三百篇后得，文选六十卷中无。"[①] 所谓"文选六十卷中无"，是说他的朋友裴少尹的诗好到在《文选》中找不出来，大有《文选》所选诗文的作者不及裴少尹之意。这虽然是一种夸张的写法，但白居易不像杜甫那样重视《文选》总是实情。我们从这里不但看出了杜甫和白居易在学习继承这个问题上的意见不一致，也可以找出杜、白二人的诗风之所以判然不同的症结所在了。宋人胡仔在《苕溪渔隐丛话》中曾引了《瑶溪集》中的一段话："老杜于诗学，世以谓前无古人，后无来者，然观其诗，大率宗法《文选》，摭其华髓，旁罗曲探，咀嚼为我语。至于老杜体格，无所不包，斯周诗以来所以为独步也。""大率宗法《文选》"未免说得绝对了一些。我们知道《文选》这部书，和其他任何一部总集一样，其中固有很多精

[①] 《偶以拙诗数首寄呈裴少尹侍郎，蒙以盛制四篇，一时酬和，重投长句美而谢之》，见《白氏长庆集》卷三十。

华,但也有不少糟粕,学习、继承它的时候,必须有精审的目光予以区别去取,不能有任何的轻视或忽视,当然也不能无条件地顶礼膜拜,一味宗法。杜甫所取的态度是:"别裁伪体亲风雅,转益多师是汝师。"(《戏为六绝句》)能够把伪体区别出来,裁而去之,这就是去取的标准,这样做了以后,就和"风雅"真正地相"亲"了。即如对齐梁诗的看法,杜甫既不同于某些人把齐梁诗批评得一无可取,但也不像某些人把齐梁诗奉为至宝。清人冯班说:"千古看齐梁诗,莫如杜老,晓得他好处,又晓得他短处。他人只是望影架子说话。"① 晓得他好处就能取其所长,晓得他短处就能弃其所短,这还不是对学习、继承最明智的态度吗?至于说"他人只是望影架子说话",牵涉的范围过于广泛,在这里就不拟多所论述了。

以上是谈杜甫对于学习、继承方面的意见,最难得的还在于他在学习、继承后的创造性。作为前无古人的伟大诗人,杜甫决不摹声拟态,描头画角,亦步亦趋地做古人的奴隶,他所取法的方面很多,但是到了他的诗里,全都融化而无痕迹了。"水中着盐,饮水乃知盐味,此说诗家秘密藏也。"(宋·蔡绦《西清诗话》)我们读杜甫诗时确有此感。对于这个问题说得更具体的是明人胡应麟,他在《诗薮》中说:"少陵不效四言,不仿离骚,不用乐府旧题,自是此老胸中壁立处,然风骚遗意,往往得之。"为什么他不肯学步四言诗?他认为四言诗的时代已经过去了,后人不可能把四言诗写得和《诗经》同样的好。《离骚》的时代也过去了,后人拟摹虽多,谁也不能超过屈原,因此杜甫便不再仿制。至于他不用乐府旧题,元稹早已一再赞美过。他在《乐府古题序》中说:"近代唯诗人杜甫《悲陈陶》、《哀江头》、

---

① 见冯班《钝吟杂录》卷三。

《兵车》、《丽人》等，凡所歌行，率皆即事名篇，无复依傍。"又在《酬孝甫见赠十首》第二首中说："杜甫天才颇绝伦，每寻诗卷似情亲。怜渠直道当时语，不著心源傍古人。"工部集中不用乐府古题确是唐代诗人中最突出的一点，仅仅有《前出塞》九首、《后出塞》五首是乐府古题中的出塞曲，但即使是这几首诗，在杜甫手里创造性仍然是主要的，决不同于一般诗人所写的出塞曲，这只要比较对读一下就可以了然。至于其他非乐府古题的五古、七古、歌行杂体以及律绝诗的创造性，无论在形式上还是在内容上都可以见出他和过去的以及同时的诗人截然不同的面目来。他学汉魏只取法于汉魏的符合于现实主义的精神和实质，而不粘滞于汉魏诗的痕迹。他学六朝，有时也有取于它的奇巧精工之美，但他那变化开阖、雄厚神秀、沉郁顿挫、苍凉悲壮的境界，却是前人所没有的。至于六朝诗人的作品，当然更不能和他相提并论了。

有人认为杜甫的诗也不是毫无摹拟的痕迹，他们举杜甫诗中"旧犬喜我归，低徊入衣裾；邻里喜我归，沽酒携胡芦。大官喜我来，遣骑问所须；城郭喜我来，宾客隘村墟"[1]为例，以为系摹仿《木兰辞》"爷娘闻女来，出郭相扶将"那几句，不知情节和意义两者全然不同，在句式上偶然相似，并不妨害《草堂》诗创造性的价值。有人又举"虽有车马客，而无人世喧"[2]，以为系摹仿陶渊明"结庐在人境，而无车马喧"的句法，不知这是杜甫有意在翻陶渊明原句的意思，句式略似，句意完全不同，更不能说这是摹仿。像这样的例子还很多，我们对于创造性的理解应从大处着眼，应从全面看问题，不能从这些小地方去吹毛

---

[1] 《草堂》诗中句，见《杜诗镜铨》卷十一。
[2] 《阆州东楼筵奉十一舅往青城得昏字》，见《杜诗镜铨》卷十。

求疵。

　　其次，略谈一下关于杜甫的文学观和他对待文学批评的态度问题。

　　由于杜甫在学习、继承上的看法是恢宏的，因此他对于文学批评的态度就能够做到公正而平恕。他的《偶题》一诗，虽是在谈诗学源流，实在也是一种文学批评。《偶题》一开头就说："文章千古事，得失寸心知。"这是他纵观千古，远绍旁搜，而又具有卓识，能判别是非得失的名言，也只有像他这样伟大的诗人才能够说得出来。这和"读书破万卷，下笔如有神"[①]有同样重要的意义。接着又有以下的评述："作者皆殊列，名声岂浪垂。骚人嗟不见，汉道盛于斯。前辈飞腾入，余波绮丽为。后贤兼旧制，历代各清规。法自儒家有，心从弱岁疲。永怀江左逸，多谢邺中奇……""作者皆殊列"二句是说历代作家的造就各有殊异，但必有卓然自立的因素，才可以把名字列入作家的行列，不是侥幸可以成功的。"骚人嗟不见"二句是说自周代以来，体制多变，《诗经》《离骚》已远，五七言渐起，现在诗坛上盛行的还是沿袭了汉诗之旧。"前辈飞腾入"二句说文体盛衰有一定的规律，起初以气势相高，后来竟崇尚绮丽，绮丽乃骚雅的末流，只能说是一种余波罢了。这和"恐与齐梁作后尘"（《戏为六绝句》）一样，对齐梁诗同样有不满之意。旧说："六朝尚绮丽，亦其余波，不可少也。"[②]那便是对六朝绮丽有所偏袒的说法了。我们觉得如依照正确的理解，杜甫不抹煞也不迁就的批评方式是可以取法的。"后贤兼旧制"是说后出的诗人取材的方面

　　[①] 《奉赠韦左丞丈二十二韵》，见《钱注杜诗》卷一。
　　[②] 编者按，见清仇兆鳌《杜诗详注》卷十八，中华书局，1979年10月第1版，第4册，第1541页。

较前人为广。"历代各清规"是说每一朝代都各自具有新的规范。"法自儒家有"以下四句说到自己以儒家为法（一说"公祖审言，以诗名家"，所以说"儒家有"即"诗是吾家事"之意），早年怎样辛苦学习，念念不忘于江左的嵇、阮、鲍、谢，又深深感谢邺中建安七子给他以许多新奇的启发。这首诗前半篇是他对于诗的总的看法，比较重要。后半篇"缘情慰漂荡"以下虽是叙述他的境遇，其中也表现出他对于文学的看法。结束语是"不敢要佳句，愁来赋别离"。可见他不废"缘情"，有用诗来安慰漂荡的意思。这和《解闷十二首》中"陶冶性灵存底物"，说明只有诗能够陶冶性灵，有同样的看法。

杜甫《戏为六绝句》是论诗绝句的开山祖，后来学习他的人代代有之。他在这六首诗中竭力表扬庾信和王、杨、卢、骆，对轻于诽谤前贤的人作谆谆告诫，其实他也不过是发挥"历代各清规"之意而已，原只是泛泛而论，并非为自己发牢骚。钱谦益说："作诗以论文，而题曰《戏为六绝句》，盖寓言以自况也。"又说："当公之世，群儿之谤伤者，或不少矣，故借庾信四子以发其意，嗤点流传，轻薄为文，皆暗指并时之人也。"[①]好像杜甫因受不了当时人的批评，所以特别写这些诗作反戈之一击，这样就未免把杜甫的胸襟看得太狭窄了。杜甫原意是否真像钱谦益揣测的那样，这是值得商榷的。

王维、孟浩然和杜甫的诗是不同调的，他对于王、孟的批评，却公正平恕，既不夸大，又不缩小。对孟浩然只是说："清诗句句尽堪传"，对王维只是说："最传秀句寰区满"（《解闷十二首》）。一个"清"字，一个"秀"字，虽还不足以概括王、孟，但总算是近似的评价了。尤其对于王维："一病缘明主，三

---

① 见钱谦益《读杜二笺》卷上。

年独此心"(《赠王维》),略迹原心,不作苛论,是颇为难得的。此外杜甫对于同时许多无名诗人,如苏端、薛据、薛复、薛华、阮昉、毕曜、张彪、李之芳等,都竭力予以表扬,例子是举不胜举的。宋·叶适《读杜诗绝句》却说:"绝疑此老性坦率,无那评文太世情。若比乃翁增上慢,诸贤何得更垂名。"因为杜甫爱奖励别人,便加以非议,说他太世情了,难道像杜审言那样的傲慢反而值得表扬吗?叶适的议论恰恰和杜甫的立身行志相反了。杜甫有意要激发诗人的奋勉向上之心,有什么不好呢?

再以杜甫赠李白诗来说,令人感得他笃重友谊,热情洋溢,其中《梦李白》等篇尤为千古传诵不绝的佳作,从这里也可以见出杜甫的品德之美。可是过去竟有不少人平白地生出许多诽谤杜甫的议论来。有人举"李侯有佳句,往往似阴铿"(《与李十二白同寻范十隐居》)诗句,以为杜甫有意用不出名的诗人比李白,实含有讥刺之意。又说杜甫尽用些非第一流的作家如庾信、鲍照、苏端、薛复等人来和李白相提并论,可见杜甫的用心是含有讥意。其实,杜甫不但用阴铿比李白,也用阴铿自比。《解闷十二首》之七:"颇学阴、何苦用心",说自己学习阴铿和何逊那样在诗上苦用工夫,言下大有不及他们之意,说李白诗"往往似阴铿",足见他还自谦不如李白,这其实是很虚心的态度,并没有存心讥诮。至于用庾信、鲍照比李白,更是对李白诗风的清新、俊逸表示钦佩。且看他对鲍照的评论,既说:"往往凌鲍、谢",又说:"还披鲍、谢文"[1],常以鲍照和谢朓并提,这和"一生低首谢宣城"[2]的李白,恰有同好,他把李白比之为

---

[1] 前者见《遣兴五首》(之五),后者见《戏寄崔评事表侄苏五表弟韦大少府诸侄》。

[2] 王渔洋论诗绝句之一:"青莲才笔九州横,六代淫哇总废声。白紵青山魂魄在,一生低首谢宣城。"

"俊逸鲍参军",用语十分妥帖,似乎看不出有什么讥刺。

更有人故作深文周纳,硬说杜甫《春日忆李白》末二句:"何时一樽酒,重与细论文",实在是对李白表示不满,推测诗中含有要找李白来喝酒论文探讨一下谁的诗更好些的意思。其实,这两句诗主要是在写相思之情。樽酒论文,表示迫切希望晤见,以文会友,哪里有什么对质和批评探讨的意思呢?

总括起来说,杜甫对于批评,一向主张对古人要学习,对同时人要勉励。他决不肯一笔抹煞古人的成就,采取鄙夷不屑的态度,也决不肯苛刻地挖苦今人,采用深文周纳的方法。杜甫为人是忠厚老实的,他的议论是平恕的,我们可以从他对古今人的评价上领会出他的文学观来。

我们今天学习杜甫,研究杜甫,钻研他的艺术,认识他的伟大,既要懂得他的创作,也要学习他的理论。他在学习、继承和批评这些问题上有很多好的意见值得我们钻研。过去有不少人对此有误解,甚至一笔抹煞他的文学观,认为毫无足取。或者像朱东润先生那样认为"杜甫的诗论偏于为艺术而艺术"[①]。如果他的诗论是为艺术而艺术的,何以他能够成为伟大的现实主义诗人呢?今天我们研究杜甫,对于像这样的一些重大问题,我以为应该重新考虑,给予它以正确的评价才好。

原载《光明日报》1962年6月24日《文学遗产》第420期;据《长短集》,浙江人民出版社1980年版。

[①] 朱东润《中国文学批评史大纲》第82页说"杜甫的诗论偏于为艺术而艺术"。

漫谈杜甫的题画诗及其他

有一位正在读元人诗集的同志,前些时和我谈起:"元人诗集中题画诗特别多,这说明元人创作的源泉枯涸了,没有生活,只好题题画了。"他并举出赵孟頫《松雪斋集》、虞集《道园学古录》、倪瓒《清閟阁集》等书中的一些诗歌为例证。我认为他这话虽有一部分道理,却颇有值得商榷的地方。元代诗人像赵孟頫等的风格一般地趋向纤丽与和婉,缺乏雄伟和悲壮的气概,是有它一定的历史和社会根源的(当然和作者本人的世界观和个人风格等都有关系)。有些同志对元人的诗估价过低,也很可理解。但不能因为元人集中题画诗较多,就得出"创作的源泉枯涸了,没有生活"的结论。而且从古以来的题画诗,也并非全是为题画而题画,有很多恰恰是紧密联系生活实际的。清人沈德潜在《说诗晬语》中曾说:

唐以前未见题画诗,开此体者,老杜也。其法全在不粘画上发论。如题画马、画鹰,必说到真马、真鹰,复从真马、真鹰开出议论,后人可以为式。

"其法全在不粘画上发论",正说明杜甫不是为题画而题画,而是善于联系实际生活的。试以杜甫所作《题壁上韦偃画马歌》为例:

> 韦侯别我有所适,知我怜君画无敌。戏拈秃笔扫骅骝,欻见麒麟出东壁。一匹龁草一匹嘶,坐看千里当霜蹄。时危安得真致此,与人同生亦同死。

韦偃在壁上画出雄赳赳的骏马,正好像诗人自己心情的写照。末了二句因"时危"而想到真骏马,因真骏马更进而想到"与人同生亦同死"的义气。寥寥八句,雄浑、俊爽,包蕴很多,确是题画的佳作。

最有名的《丹青引》,是赠给善于画马的曹霸将军的。形容曹霸画的马是"斯须九重真龙出,一洗万古凡马空"。后面一段是:

> 将军画善盖有神,偶逢佳士亦写真。即今漂泊干戈际,屡貌寻常行路人。途穷反遭俗眼白,世上未有如公贫。但看古来盛名下,终日坎壈缠其身。

由画马而谈到曹霸的身世遭遇,寄托愤世嫉俗的无穷感慨,也是很好的例子。同样又有《韦讽录事宅观曹将军画马图引》、《天育骠骑歌》等,都是由画马而联系到时事,俱见伟大的现实主义诗人的本色。

再以《画鹰》诗为例:

> 素练风霜起,苍鹰画作殊。㧐身思狡兔,侧目似愁胡。

绦镟光堪摘，轩楹势可呼。何当击凡鸟，毛血洒平芜。

这首诗简直把画里的苍鹰写活了。末了"何当击凡鸟，毛血洒平芜"二句，表现出来的思想感情是积极而奋发有为的。此外，他又有一首《姜楚公画角鹰歌》：

楚公画鹰鹰戴角，杀气森森到幽朔。观者贪愁掣臂飞，画师不是无心学。此鹰写真在左绵（按即指绵州），却嗟真骨遂虚传。梁间燕雀休惊怕，亦未抟空上九天。

什么叫"角鹰"？据《埤雅》："鹰鹘顶有角毛微起，通谓之角鹰。"姜楚公是画鹰的能手。这首诗上面四句称赞他画的神妙，下面四句借鹰以寄感慨。诗中说到人见画鹰神似，反觉真鹰为之少色。不知画的鹰究竟是假的，不能腾空飞去。末二句"梁间燕雀休惊怕，亦未抟空上九天"，在竭力形容画的神似中，却又带点幽默感。至于《杨监又出画鹰十二扇》一诗，因为画是画在屏障上的，所以叫十二扇。从画鹰的英雄姿态想到开元野外射猎时的盛况，后半云：

忆昔骊山宫，冬移含元仗。天寒大羽猎，此物神俱王。当时无凡材，百中皆用壮。粉墨形似间，识者一惆怅。干戈少暇日，真骨老崖嶂。为君除狡兔，会是翻鞲上。

因题画鹰而慨叹目前战乱不息，鹰虽老于空山，还可以搏除在田野为害的狡兔，这个狡兔是指当时不服从君令的臣子"会是翻鞲上"是说鹰腾上猎人皮制的臂衣上，表示出一种雄赳赳的战斗的姿态，胜利一定是毫无问题的了。

在画鹰诗而外，杜甫还有一首《画鹘行》，又另有一种不同的寓意：

高堂见生鹘，飒爽动秋骨。初惊无拘挛，何得立突兀。乃知画师妙，巧刮造化窟。写此神俊姿，充君眼中物。乌鹊满樛枝，轩然恐其出。侧脑看青霄，宁为众禽没。长翮如刀剑，人寰可超越。乾坤空峥嵘，粉墨且萧瑟。缅思云沙际，自有烟雾质。吾今意何伤，顾步独纡郁。

一起"高堂见生鹘，飒爽动秋骨"，仿佛真的在堂上见到生鹘在跃动一样。"乾坤空峥嵘"以下六句，表面上好像是在写画中的鹘，实际上都是在写自己。其实杜甫不仅仅题画马、画鹰的诗如此表现，在题其他画的诗中也无不如此表现。即如《通泉县署屋壁后薛少保画鹤》一诗的篇末所云："高堂未倾复，常得慰嘉宾。暴露墙壁外，终嗟风雨频。赤霄有真骨，耻饮洿池津。冥冥任所往，脱略谁能驯！"从真鹤的行动来比喻自己，说鹤有真骨，不屑于在洿池中饮水，却欲冲天飞去，不受拘束，这种思想感情给后来无数咏鹤的诗人以很大的启发。白居易有《代鹤》、《问鹤》、《代鹤答》，苏轼有《鹤叹》等作品，不能不说是受了杜甫的影响。

除题各种动物画的诗而外，杜甫还有许多题山水画的诗，最有名的是《奉先刘少府新画山水障歌》、《戏题王宰画山水图歌》等。《奉先刘少府新画山水障歌》一开头是："堂上不合生枫树，怪底江山起烟雾"，就很奇特有趣，和前面所引《画鹘行》起句的手法有相似之处。中间写到画里的景象时，有云：

悄然坐我天姥下，耳边已似闻清猿。反思前夜风雨急，乃是蒲城鬼神入。元气淋漓障犹湿,真宰上诉天应泣。

好像是在写实际生活,不是在题画了。因看画而想到旧游之地天姥峰,又因他是在夜来风雨之后看到这个山水新画障,不禁有许多离奇的设想,这里运用了浪漫主义的手法。下面一转又另有新的境界呈现:

野亭春还杂花远,渔翁暝踏孤舟立。沧浪之水深且阔,欹岸侧岛秋毫末。不见湘妃鼓瑟时,至今斑竹临江活。

这才是画图中最清朗鲜明的景象。最后的结束语是:

若耶溪,云门寺,吾独何为在泥滓?青鞋布袜从此始。

因为看画而触起游兴,对于浙江会稽的山水,表示无限的向往之情。同时想起自己当个小小的县尉(公元755年他正在做河西尉),要逢迎官长,奔走衣食,过的是艰困而窘迫的生活,如陷身在尘浊泥污中一般。他感到异常的厌倦,因此要着上青鞋布袜,离开现实的"泥滓",寄情山水之间了。元人是不是继承了杜甫的优良传统呢?依我看,像赵孟頫、虞集、倪瓒等人的集子中的题画诗,虽然赶不上杜甫(实际上也不可能有那么多的杜甫),但他们的作品中也有不少是和实际生活相关的。赵孟頫就有几十首《题耕织图》之类的诗,虞集也有《金人出塞图》那样在历史上有重要参考价值的长篇题画诗。至于他题赵子昂画马、题柯敬仲山水画等作品,很多也都有现实意义,决不能说都是脱离生活的作品。即使倪瓒题山水画的诗,和他的山水画一样,以疏朗的风格见长,有一定的美学价值,同样为后人所爱重。我们尽可以批评赵孟頫等人的诗缺乏像杜甫那样伟大的现实主义的精神（这是他们诗的严重缺点），我们也尽可以把题画诗的标准提得高些，"取法乎上"，以杜甫为师，但是我们不能也不必说元代的诗人"由于创作源泉枯涸了，没有生活，只好题题画"。这种说法是不够妥善的。这样笼统地贬低题画诗的价值也是不恰当的。我们应当看到，有些诗是直接反映了现实，有些诗是曲折地反映了现实。题画诗往往都是曲折地反映了现实，不能说所有题画诗都与现实无关。元人题画诗有不少是逃避现实斗争的，这也无可讳言，但我们应该具体分析，不能简单地加以全盘否定。

关于元人题画诗，我记得有一个很著名的故事：当元朝军队把江南全部占领之后，郑所南隐居苏州承天寺，为人画兰，概不画土地，有人问他为什么，他说："土地全被人家占领了，画它干什么！"他还画无根的兰，并题句云：

一国之香，一国之殇，怀彼怀王，于楚有光。

倪云林题这幅《国香图》的绝句云：

秋风兰蕙化为茅，南国凄凉气已消。只有所南心不变，泪痕和墨写离骚。

像这样的题画诗，我看思想性是不为不高的。

这个故事是我谈杜甫题画诗联想到的一点题外文章，因为和本文开头有关，所以添上。

原载《光明日报》1961年7月2日《文学遗产》第370期；据《长短集》，浙江人民出版社1980年版。

杜工部及其草堂

我曾经游过成都西门外浣花溪的工部草堂，那地方离城大约有五里之遥，花木扶疏，清流环抱，真是优美的风景区。新中国成立以后，听说草堂已被建设为公园，房屋更多，花木更盛。成为劳动人民的最好的憩息游玩的园林。大诗人的遗泽，沾惠后人，着实不少。

在游草堂以后的几天里，翻读杜诗，把他诗集中和草堂有关的作品，稽引穿缀，以成此篇，曾发表于《新中华》复刊第二卷第七期。现在收在这个集子里，想或为喜读杜诗和神往草堂的读者所愿意看看的吧。

工部草堂那个地方又叫草堂寺，现在人的口头上还叫草堂寺，并不叫工部草堂，原来在工部还没有筑草堂以前，早就有草堂寺的名称了。

《昭明文选·北山移文》李善注，引梁简文《草堂传》曰："汝南周颙，昔经在蜀，以蜀草堂寺林壑可怀，乃于锺岭雷次宗学馆立寺，因名草堂，所谓草堂之灵也。"

周颙是南朝宋、齐间人，而草堂寺之在蜀，实又远在周颙以前，否则，周颙就决不会怀及草堂寺了。杜甫卜居于浣花里，近草堂寺，故以草堂为名，这是它简单的沿革史。

刘昫《旧唐书·文苑传·杜甫传》云："甫于成都浣花里，种竹植树，结庐枕江，纵酒啸吟，与田夫野老相狎荡，无拘检……"当他尚未经营草堂以前，曾寄居浣花溪寺，自称"招提客"，浣花溪寺也许就是草堂寺之别名。陶开虞云："子美草堂有四：其一在西枝村，未成；一在浣花，一在瀼西，一在东屯。初营成都草堂，有裴、严二中丞、高中丞为之主，有徐卿、萧、何、韦三明府为之圃，有王录事、王十五司马为之营修，大官遣骑，亲朋展力，寄居正复不寂寥也。"[①]

陆放翁云："少陵有二草堂，一在万里桥西，一在浣花，皆见于诗中。"（今草堂中供有三神像。中杜甫，左黄庭坚，右即陆游。）

陶、陆二氏所言，当然有他们的根据，但是今日我们在成都所能知道及寻到的遗址实在只有一个。钱谦益说："草堂背成都郭，在西郊碧鸡坊外，万里桥南，百花潭北，浣花水西，历历可考。"钱说是有根据的。今日的草堂寺，便是在这样的环境之中。

陆游笔记又云："四月十九日成都谓之浣花遨头，宴于杜子美草堂沧浪亭，倾城皆出，自开岁宴游，至是日止，蜀人云，虽戴白之老，未尝见浣花日有雨。"

仇兆鳌详注本后附《少陵逸事》则云："四月十八日游草堂者从来不逢阴雨，得于蜀父老之传闻……"究竟不知道四月十八、十九两天是否"不逢阴雨"？蜀父老的传说到今天还灵验不灵验？

---

① 编者按，见《杜诗详注》卷九，"高中丞"应作"高使君"；"寄居"原作"客居"。

《杜工部年谱》："乾元二年（唐肃宗）己亥十二月入蜀至成都，上元元年庚子，公在成都卜居浣花溪。是年营草堂。"黄鹤、鲍钦止皆云："剑南节度使裴冕，为公卜成都草堂以居之。"此说无据，裴若为公结庐，则诗题当特标裴冀公，而诗中亦不当以"主人卜林塘"一句轻叙矣。（《卜居》诗："浣花溪水水西头，主人为卜林塘幽。"）如王判官遗草堂资，公必载之，又如严郑公携酒馔来，亦必亟称之，何况为公卜居耶？其说不足信。仇兆鳌亦云，黄、鲁诸谱皆云裴冕为公卜居，考诗题不载此事，恐是臆说。

《工部集》中有关于草堂的作品极多，现在约略分别言之于下。

言其地的则有：

浣花溪水水西头，主人为卜林塘幽，已知出郭少尘事，更有澄江销客愁。（《卜居》）
背郭堂成荫白茅，缘江路熟俯青郊。（《堂成》）
万里桥西一草堂，百花潭水即沧浪。（《狂夫》）
时出碧鸡坊，西郊向草堂。（《西郊》）
万里桥西宅，百花潭北庄。（《怀锦水居止》）
田舍清江曲，柴门古道旁。（《田舍》）
清江一曲抱村流，长夏江村事事幽。（《江村》）
野老篱边江岸回，柴门不正逐江开。（《野老》）
诛茅初一亩，广地方连延。（《寄题江外草堂》）

言其时的则有：

经营上元始，断手宝应年。（《寄题江外草堂》。由唐肃宗上元元年至代宗宝应年，前后费三年之久。)

频来语燕定新巢。(《堂成》。落成之期当在春三月间。)

迢递来三蜀，蹉跎有六年。(《春日江村五首》)

足见工部在三蜀往来行踪不定，常居草堂的日子也并不多，自上元元年至永泰元年，正是六个年头，永泰元年四月，严武卒，工部便于五月离蜀南下了。

言其间景物的则有：

锦里烟尘外，江村八九家。圆荷浮小叶，细麦落轻花。(《为农》)

风含翠筱娟娟净，南裹红蕖冉冉香。(《狂夫》)

杨柳枝枝弱，枇杷对对香。鸬鹚西日照，晒翅满渔梁。(《田舍》)

自去自来梁上燕，相亲相近水中鸥。(《江村》)

渔人网集澄潭下，估客船随返照来。(《野老》)

榿林碍日吟风叶，笼竹和烟滴露梢。(《堂成》)

种竹交加翠，栽桃烂熳红。(《春日江村五首》)

层层皆面水，老树饱经霜，雪岭界天白，锦成曛日黄。(《怀锦水居止》)

亭台随高下，敞豁当清川……尚念四小松，蔓草易拘缠，霜骨不堪长，永为邻里怜。(《寄题江外草堂》)

此外如"雪里江船渡，风前迳竹斜，寒鱼依密藻，宿鹭历圆河"和"舍南舍北皆春水，但见群鸥日日来"，"倚江柟树草堂前，古老相传二百年，诛茅卜居总为此，五月仿佛闻寒蝉"等等皆是。

友人间有帮忙建筑草堂，或助以花木的，工部都有诗叙及，例如：王录事许草堂资不到，则戏而吟诗道："为嗔王录事，不寄草堂资……"王侍御携酒草堂，则又喜而吟诗道："故人能领客，携酒重相看……"

又有乞桤木于何少府的诗：

草堂堑西无树林，非子谁复见幽心。饱闻桤木三年大，与致西边十亩阴。

从萧八明府实处觅桃栽的诗：

奉乞桃栽一百根，春前为送浣花村，河阳县里虽无数，濯锦江边未满园。

乞果木于徐卿的诗：

草堂少花今欲栽，不问绿李与黄梅。

从韦二明府续处觅绵竹的诗：

华轩蔼蔼他年到，绵竹亭亭出县高，江上舍前无此物，幸分苍翠拂波涛。

凭韦少府班觅松树子栽的诗：

落落出群非榉柳，青青不朽岂杨梅？欲存老盖千年意，为觅霜根数寸栽。

甚至还有向人家乞瓷碗，和谢人家出郊相访遗草堂资的诗，因为工部流离窘困，不能自给，一切事非仰富裕的朋友帮助不可。

他自己也煞费经营的苦心，可惜安居不久，成都乱作，他入梓州，住阆州，后来虽也曾归草堂小住，但为时甚暂。怀草堂、别草堂皆有诗，足见他的心未尝一日忘草堂。

遣弟检校草堂，则云："鹅鸭宜长数，柴荆莫浪开……"一味注意琐事的心情可以想见。

送韦郎归成都，则云："为问南溪竹，抽梢合过墙……"

途中寄严武，则云："常苦沙崩损药栏，也从江槛落风湍。"再三致意又如此。

后来成都乱定，工部得再依严武为节度参谋，有"不忍竟舍此，复来薙榛芜，入门四松在，步屧万竹疏"等句，其喜可知。"昔去为忧乱兵入，今来已恐邻人非。""我行入东川，十步一回首，成都乱罢气萧索，浣花草堂亦何有？""昔我去草堂，蛮夷塞成都，今我归草堂，成都适无虞"等诗句，更可以想见他和草堂有悲欢离合之情。有一次草堂被暴风雨摧毁，他有最著名的《茅屋为秋风所破歌》一首。自己的茅屋已经破了，他还有"安得广厦千万间，尽庇天下寒士俱欢颜"的梦想，此老可爱处在这首诗里完全表现出来了。

工部有此草堂，实际上还不上六年。浣花溪边有他的足迹不过一二年的光景，他住梓州、阆州的时间反比住成都的时间长，他有"三年奔走空皮骨"的句子可证。

宋人葛立方（常之）《韵语阳秋》云："公居草堂仅阅岁而已，其起居寝处之兴，不足以偿其经营往来之劳，可谓一世之羁人也。然自唐至今，已数百载，而草堂之名，与其山川草木，皆因公诗以为不朽之传,盖公之不幸,而山川草木之幸也。"

这一段话可以说是工部草堂的最恰当的论赞了。

现在我人民政府对于诗人的遗迹,爱护周至,做到与民共乐的地步。杜甫地下有知,也可以大展欢颜了。

明人杨慎(升庵,四川新都人)《泛舟浣花东皋》诗的末句说:"杜甫草堂天下稀。"的确,这天下稀的杜甫草堂,常常会撩人梦想的,我重新校阅这一篇旧作,又不禁神驰于"万里桥西宅,百花潭北庄"①之间去了。

据《长短集》,浙江人民出版社1980年版。

---

① 编者按,见杜甫《怀锦水居止二首》其二,《杜诗详注》卷十四。

谈杨慎批评杜甫

批评作家作品，不应轻率从事。古人也有在这上面出问题的。

偶读明人杨慎《升庵诗话》卷十一，有一则题目叫《诗史》的，观点和资料都有问题。最突出的一点是反对杜甫的"直陈诗事"，以为"类于讪讦"。所举的例子，本是《杜工部集》中的精华，他却以为"乃其下乘末脚"。不要说从今天看来是一种谬论，即使古代的文艺批评家，也对于杨慎的这些言论，深致不满，曾经指出他的错误。前事不忘，后事之师，我们应该对于这个问题重新认识一下。

杨慎在《诗史》这段诗话中一开头说："宋人以杜子美能以韵语纪时事，谓之诗史，鄙哉宋人之见，不足以论诗也。"说诗史出于"宋人之见"，根本不对。唐人早就称杜甫为"诗史"，孟棨《本事诗·高逸第三》之末有云："杜逢禄山之难，流离陇蜀，毕陈于诗，推见至隐，殆无遗事，故当时号为诗史。"《唐书·杜甫传赞》云："甫善陈时事，律切精深，至千言不少衰，世号诗史。"不知杨慎为什么不归咎于唐人而单责"鄙者宋人之见"？撰《唐书》的宋人如果说的不对，也是有根据的，根据于

"当时号为诗史"的人,要责备也应责备唐之"当时人",不应该只责备宋人。这是一点疏漏,姑且不去说它。杨慎的主要错误在于他只强调"兴比",忘记了"赋"的重要性。例如他说:

>……二南者,修身齐家其旨也,然其言琴瑟钟鼓,荇菜芣苡,夭桃秾李,雀角鼠牙,何尝有修身齐家字耶?皆意在言外,使人自悟。至于变风变雅,尤其含蓄,言之者无罪,闻之者足以戒。如刺淫乱,则曰:"雕雕鸣雁,旭日始旦",不必曰:"慎莫近前丞相嗔"也;悯流民,则曰:"鸿雁于飞,哀鸣嗷嗷",不必曰:"千家今有百家存"也;伤暴敛,则曰:"维南有箕,载翕其舌",不必曰:"哀哀寡妇诛求尽"也;叙饥荒,则曰:"牂羊羵首,三星在罶",不必曰:"但有牙齿存,可堪皮骨乾"也……

诗中有"兴比",如杨慎所举"雕雕鸣雁,旭日始旦"等,固然含蓄蕴藉,能使人获得美感的享受,但"赋者敷陈其事而直言之者也","赋"也是诗的重要表现方法,何得一笔抹煞!

"慎莫近前丞相嗔"是杜甫名篇《丽人行》的末句,揭露权贵炙手可热的丑态,而又含蓄吞吐得妙。至于"千家今有百家存"、"哀哀寡妇诛求尽",是他晚年在夔州所写名诗《白帝》中的两句,对人民表示极大的同情,对统治阶级表示极端的厌恶。他的"三吏"、"三别",都是同样性质的诗。如果说这是"类于讪讦",加以非议,势非要诗人含糊其词不着边际不可,那就无从表现杜诗的伟大的现实主义精神了。

王世贞在《艺苑卮言》中引用《诗经》,对杨慎进行反驳道:

> 夫诗固有赋，以述情切事为快，不仅含蓄也。语荒而曰："周余黎民，靡有孑遗"；劝乐而曰："宛其死矣，他人入室"；讥失政而曰："人而无礼，胡不遄死"；刺听谗而曰："豺虎不受，投畀有北"。若出少陵口，用修（笔者按：用修为杨慎字）不知如何砭驳矣。

这几句话驳斥得很中肯，对一味强调含蓄蕴藉的批评家是最好的回敬。当然，诗需要含蓄蕴藉，不含蓄，不蕴藉，不能成为好诗，这是诗的重要条件，但决不能像杨慎批评杜甫那样，把六义中的"赋"也取消了，这样不但不能认识杜诗的真价，也不能认识《诗经》的真价了。

至于杨慎说"撰出诗史二字，以误后人，如诗可兼史，则《尚书》、《春秋》可以并省……"云云，意思是说诗应与《尚书》、《春秋》截然分家。可惜他生得较早，不曾听到后来章学诚"六经皆史"的言论。诗和史原是两件事，不应混为一谈，谁也知道；但说杜甫的诗是"诗史"，也未必真"误"了多少后人。杨慎危言耸听，这也是不尽合理的批评。想不到像杨慎这样渊博的名家，见事说理也有许多谬误，由此更可见在文艺批评中避免片面性，实在不是一件轻而易举的事情。

原载《文汇报》（上海）1961年9月28日；据《长短集》，浙江人民出版社1980年版。

略谈卢纶的《塞下曲》和《擒虎歌》

卢纶是唐朝中叶代宗（李豫）大历年间的诗人，《新唐书·文艺传》中有《卢纶传》，在他的传里提到的所谓"大历十才子"，是以卢纶为首的。① 卢纶的诗，编入《全唐诗》中的共有五卷，近四百首。蘅塘退士（孙洙）编的《唐诗三百首》选了他的《送李端》五律一首，《晚次鄂州》七律一首，这两首诗虽然也写得好，但不及他的乐府《塞下曲》雄健而有气概。《塞下曲》在原集中共有六首，《唐诗三百首》选了四首。这四首诗是：

> 鹫翎金仆姑，燕尾绣蝥弧。独立扬新令，千营共一呼。
> 林暗草惊风，将军夜引弓。平明寻白羽，没在石棱中。
> 月黑雁飞高，单于夜遁逃。欲将轻骑逐，大雪满弓刀。
> 野幕敞琼筵，羌戎贺劳旋。醉和金甲舞，雷鼓动山川。

---

① 大历十才子，据《唐书·文艺传》的卢纶传中是以卢纶为首的十个诗人，其余九人是吉中孚、韩翃、钱起、司空曙、苗发、崔峒、耿湋、夏侯审、李端。但传说不一，江邻几《杂志》、管世铭《读雪山房唐诗钞》等书所举人名又有所不同。

在没有分析这四首小诗以前,先研究一下它的题目《塞下曲》。什么叫《塞下曲》?《晋书·乐志》中说过:"出塞、入塞曲,李延年造。"李延年是汉武帝时候的人,足见在边塞以及其他地方唱出塞、入塞的歌曲是由来已久的事了。杜甫的《前出塞》、《后出塞》是大家熟悉的,宋·郭茂倩编的《乐府诗集》第二十一卷、第二十二卷中就收了许多出关、入关、出塞,入塞的诗。这种配合音乐歌唱的诗,也有叫《塞上曲》或《塞下曲》的。《唐诗三百首》五言古诗乐府类就收有王昌龄的《塞上曲》和《塞下曲》各一首。我们向来称这种诗为"边塞诗",如高适、岑参等因为写"边塞诗"较多,就被称为"边塞诗人"。其实这名称是不妥当的,唐代诗人很少有不写"边塞诗"的,单称某几个人为"边塞诗人",而另一些写边塞诗写得很好的诗人,如王维、李白、杜甫等反而不给他们以"边塞诗人"的头衔,岂非片面而不符合实际吗?卢纶的《塞下曲》就写得很好,但不大听到有人说他也是"边塞诗人"。卢纶的《塞下曲》,题目又叫《和张仆射塞下曲》(见《全唐诗》第五函第二册卢纶诗卷三)。张仆射是张延赏,据司马光《资治通鉴》卷二百三十二,"德宗贞元三年春正月壬寅,以左仆射张延赏同平章事"。左仆射同平章事的职位是宰相,卢纶和这几首诗的时候,正在浑瑊镇守河中的幕府中当幕僚。(关于浑瑊,后面再作交代。)

现在按照这四首诗的次序分别解释分析一下。

第一首是写带兵将领发布命令时候的气概。第一、第二两句写军容之盛。鹫翎,鹰雕的羽毛。金仆姑,美好的箭的名称①。

---

① 金仆姑:见《左传》及《娜嬛记》等书的记载。《左传》只说是"矢名"。《娜嬛记》中大意说:"鲁人有仆忽不见,过了十天之后回来说,他的姑母白日飞升,昨天在泰山给他一箭,这种箭射人之后能自己回到装箭的袋中来。鲁人试之果然。后来所有好箭,都被名为金仆姑。"这是古代神仙荒诞之说,不足信。

燕尾,旗上飘带。绣蝥弧,锦绣织成的旗帜。军队里有这样漂亮的装饰,是军容很盛的气派。下面说"独立扬新令,千营共一呼",是说驻边疆的大将浑瑊发号施令时,千营士兵同声欢呼。上二句说物质丰美,下二句说士气旺盛,至于服从命令,团结一心,也就很自然地透露出来。作为《塞下曲》的第一首,这个头是开得好的。

第二首写将军夜出巡边发箭射虎,显现出将军射箭本领的高强。起句写"风从虎"的真实情况,在阴暗的树林中,听到飒飒风声,造成猛虎将要扑来的一种气氛,将军不慌不忙,拉弓射箭。第三、第四两句是说第二天早上去找用白羽装饰而成的箭,原来已射进石头中去了。借李广的故事①形容将军的勇武,可是一点也不露使事的痕迹。诗既写得很有力量,而笔墨尤为经济,寥寥四句,包括内容很多,也是极为难得的。

第三首是写将军在大雪之夜打退敌人的情况,一起也是用景象造成气氛,确有如前人所说:"卢纶诗每于起句得神。""月黑"和"夜"相映衬,"雁飞高"和敌人的头子(单于)②"遁逃"相映衬。第三句的"逐"字又紧紧跟着"遁逃"而来。第四句点明雪夜。边威之壮,守备之整,可以不言而喻。这首诗的作者究竟是谁?过去曾有异议。《全唐诗》第四函第五册钱起集卷四中也收了这首诗,题下注:"一作卢纶诗。"这是不对的。这首诗的风格和钱起诗的风格完全不一样,并且钱起从来没有在军队中的生活经验,尤其没有像卢纶那样在浑瑊幕府中住了很久,习见边情。这是《塞下曲》组诗中的一首,应是卢纶的作

---

① 《前汉书·李广传》:"广居右北平,出猎,见草中石以为虎而射之;中石没矢,视之,石也。他日射之,终不能入矣。"

② 单于:匈奴国王之称。《汉书·音义》:"单于者,大之貌,言其象天单于然。"单音禅。

品，不能错误地算作钱起的作品。

第四首是写将军打了胜仗接受各方面的庆贺和慰劳的情况。这时吐蕃常在唐的边疆骚扰，浑瑊的部队驻边防御，击败敌人之后，在野外营幕中敞开华美的筵席庆功，不说将士们和一般群众参加庆贺，而说"羌戎"（古代我国对西方少数民族的一种总称呼，早已废而不用了）"贺劳旋"，当然包括将士们和一般群众在内。所以要提到"羌戎"，可以见到将军立功立德竟能使吐蕃以外的其他少数民族也感戴他，来参加庆祝和慰劳的典礼。从这里可以学习简练的表现手法，只用"羌戎"就可以概括军队中的将士和其他群众。第三句写将军的快乐，醉而带甲起舞。第四句写八面鼓声（雷鼓，八面鼓。见《周礼》注）响起来，震动山川。欢乐热闹的场面全都表现出来了。

唐代写边塞诗的，大多数是泛咏边塞的景象如何萧条，戍守如何惨苦，厌战的情绪很浓，像卢纶这样气壮山河的作品是比较少的。这种诗配合弦管在塞下军营中歌唱，是可以激励士气的。中间"林暗"、"月黑"二首，尤为有名。至于第五第六两首，因为写得不及这四首精彩，不必一一举出了。

其次要谈的是《擒虎歌》，沈德潜的《唐诗别裁》选了这首诗。这首诗的全题是：《腊日观咸宁郡王部曲娑勒擒虎歌》[①]。这是一首七言歌行体：

  山头瞳瞳日将出，山下猎围照初日。前林有兽未识名，将军促骑无人声，潜形蜿伏草不动，双雕旋转群鸦鸣。阴方质子才三十，译语受词蕃语挥。舍鞍解甲疾如风，人忽虎蹲兽人立。欻然扼颡批其颐，爪牙委地涎淋漓。既苏复吼拗仍

[①] 编者按，《全唐诗》卷277作《腊日观咸宁王部曲娑勒擒豹歌》。

怒，果叶英谋生致之。拖自深丛目如电，万夫失容千马战。传呼贺拜声相连，杀气腾陵（一作"凌"）阴满川。始知缚虎如缚鼠，败寇（一作"虏"）降羌在（一作"生"）眼前。祝尔嘉词尔无苦，献尔将随犀象舞。苑中流水禁中山，期尔攫搏开天颜。非熊之兆庆无极，愿纪雄名传百蛮。

这是一首歌颂兄弟民族的英雄娑勒擒虎的壮歌。先从题目说起。"腊日"一作"腊月"，擒虎的事发生在十二月里。咸宁郡王就是前面提到过的浑瑊，浑瑊是皋兰州（即今兰州）人，本属铁勒九姓部落的浑部，在李唐王朝做官。据《旧唐书》卷一三四列传八四《浑瑊传》："兴元元年（公元784年）七月，德宗（李适）还宫，以瑊守本官兼河中尹河中绛慈隰节度使，仍充河中陕虢节度及管内诸军行营兵马副元帅，改封咸宁郡王。"卢纶原是河中蒲（今山西永济县）人。浑瑊镇守河中，聘他为元帅府的判官，累迁检校户部郎中。由于他在浑瑊的幕下，跟从将军们出外打猎，所以亲眼看到在军部中供职的娑勒擒虎的情况，加以描写，就成为这首有名的《擒虎歌》。

起头两句写一个冬天的早上太阳刚出来的时候，军队中的人们出去打猎。"瞳瞳"一作"瞳昽"，形容太阳刚出时的光亮。"前林"以下四句写野兽快来，将军和骑兵们静悄悄地潜伏不动，天上有一双雕鹰在盘旋，树林里有乌鸦在叫。"阴方"以下四句写打虎英雄娑勒受命打虎，从马鞍上下来，解去身上盔甲，很快地就和老虎遭遇了。"阴方质子"，指娑勒是从阴山那一边来的兄弟民族朋友，那时他正留驻在唐朝。（阴方是泛指阴山一带的少数民族地区。"质子"是古代交换儿子以为信的一种办法，通称"质子"。）彼此言语不通，经过翻译而后用蕃语答话受命而去。他像老虎一样地蹲下来，对面的老虎却像人一样地立起来了。"欻然"以下四句写英雄把老虎打倒了。老虎苏醒过来还吼叫、拗强、发怒,然而已经被活捉了。"叶",协合之意;"英谋",指将军的英明谋略而言。这句话是说果然符合了将军在事前捉活老虎的指示。"欻"一作"欼",与"忽"意同,又作"疾"解。"拖自"以下二句写英雄把老虎从草丛中拖了出来,因为老虎还没有死,目光如电,大家看了都害怕,连许多马见到了也为之战栗,这是从反面着笔,映衬出打虎英雄的勇武。"传呼"以下四句写胜利后的欢呼,因捉活老虎竟像捉活老鼠一般,联系到战场上把敌人打退,"败寇降羌",呈现在眼前。这虽是夸张的写法,却能够长自己的志气,灭敌人的威风。"祝尔"以下二句,是对老虎说的话,用嘉词向老虎祝告,希望它不要感到痛苦,把它献到皇帝面前去,要它和犀牛、大象在一起舞蹈。最后四句是说把老虎安置在宫苑中,给皇帝观赏。("天颜"二字是封建社会知识分子谄媚皇帝的称呼。)"非熊之兆"是用的一个典故。据《宋书·符瑞志》:"将大获,非熊非罴,天遣汝师以佐昌。"是说周文王遇见吕望之前,已有了好的预兆。这种符应之说是封建社会广泛流传的迷信。末句"百蛮"二字,说别的民族是"蛮夷",这是大国主义的表现,是应该批判的。结束几句思想性差,为封建统治阶级服务,歌功颂德,是我们今天所不取的。

全诗二十六句,一气呵成。中间活捉老虎前后情况的种种描写,最为成功。我们读《水浒》景阳冈武松打虎,佩服施耐庵的那一枝写生妙笔。但是用散文描写究竟比用韵文描写要容易些。韵文要受种种束缚,句子要整齐,音节要协调,还有压韵的限制等等。卢纶只用寥寥几句话,就能够把打虎的人写得虎虎有生气,被打的老虎受伤之后的各种样子也都一一描绘出来。沈德潜说:"中间搏兽数语,何减太史公叙巨鹿之战。"我们的确有同感。读这种作品，须学习作者的艺术手腕，看他如何用极其精练的句子来描绘他所要描绘的对象。"人忽虎蹲兽人立"七个字，这样的造句就很妙。人和虎面对面地搏斗起来了，人像老虎一样地蹲下去，这是战斗前的姿态，而老虎却像人一样地站起来，准备着像施耐庵所形容的那样要"一扑、一掀、一剪"了。诗人只交换着用一个"蹲"字和一个"立"字，便能使读者如同亲眼看见人虎搏斗的场面。"欻然扼颡批其颐，爪牙委地涎淋漓"，这又和施耐庵所形容的"两只手就势把大虫顶花皮肐嗒地揪住，一按按将下来，那只大虫急要挣扎，被武松尽气力捺定，那里肯放半点儿松宽……"那一段描写相似，真有异曲同工之妙。词句不须多，只抓住吃紧处写，自然神态毕露。这些都是艺术上值得借鉴的地方。

原载《解放军文艺》1962年第2期；据《长短集》，浙江人民出版社1980年版。

略谈刘禹锡及其诗歌创作

刘禹锡（772—842），字梦得，洛阳人。上代于天宝末年东迁。父亲名刘绪，因为避"安史之乱"，跟着家族向东迁移，在苏州住下来。刘禹锡出生在属于苏州郡的嘉兴县，在嘉兴县长大。他在《送裴处士应制举诗》中说："忆昔童年识君处①，嘉禾驿后联墙住。垂钩钓得王馀鱼，踏芳共登苏小墓……"（《刘宾客文集》卷第二十八）。读了这首诗知道刘绪迁家到苏州嘉兴居住了一个时期。据杜佑《通典》卷182《州郡》一一②《古扬州》下《吴郡》苏州嘉兴县条云："吴时，有嘉禾生，改为嘉禾县。"所谓"王馀"，左思《吴都赋》云："双则比目，片则王馀。"（王馀，今登莱人谓之偏口鱼，与比目鱼相似而有异）。刘渊林注："吴都者，苏州是也。"（《六臣注文选》）卷五）可见禹锡生于苏州地区的嘉兴县。

幼从僧皎然、灵澈等学诗，他后来有些诗中的思想带有禅味，是和小时候的熏染有关。《刘氏集略说》有云："始余为童

---

① 编者按，诸本多作："忆得当年识君处"。
② 编者按，应为"《州郡》一二"。

儿，居江湖间，喜与属词者游，谬以为可教，视长者所行止，必操觚从之。"《澈上人文集序》云："初，上人在吴兴，居何山，与昼公为侣。时予方以两髦，执笔砚，陪其吟咏，皆曰：孺子可教。"按昼公即皎然。皎然，姓谢，字清昼，吴兴人，灵运十世孙，善诗。《全唐诗》收皎然诗七卷。另有《诗式》一书，见《历代诗话》。

权德舆当时在南方，识禹锡父子。禹锡《献权舍人书》云："禹锡在儿童时，已蒙见器。"权序云："始予见其卯，已习诗书，佩觿韘，恭敬详雅，异乎其伦。"[1] 据《嘉定镇江志》卷十八《人物志》："德舆字载之，皋子。居丹阳练塘。"从这些记载可以证实权德舆和禹锡父子的关系。

贞元六年（790）禹锡十九岁，北游长安。他写的《谒枉山[2]会禅师》诗云："弱冠游咸京，上书金马外。结交当世贤，驰声溢四塞。"二十二岁（贞元九年公元793）登进士第（《旧传》）。是年，权礼部侍郎顾少连知贡举，放进士三十二人，其中柳宗元与禹锡交最密。禹锡《送张盟赴举》诗云："永怀同年友，追想出谷晨。三十二君子，齐飞陵烟旻。"按徐松《登科记考》卷一三，本年进士姓名中即有柳宗元与刘禹锡。唐德宗贞元二十一年（即顺宗永贞元年公元805）刘禹锡为屯田员外郎，和柳宗元辅佐王叔文执政，在短短几个月里，曾经有过一些革新的措施，时称永贞之治。等到杜黄裳、袁滋同平章事之后，王叔文得罪而死。刘禹锡被谪为朗州（今湖南省常德）司马。当时他只有三十四岁。九年后，他被召还京都。元和十年（815）写

---

[1] 编者按，权德舆《送刘秀才登科后侍从赴东京觐省序》，见《全唐文》卷四百九十一。
[2] 编者按，一作"柱山"。

了《自朗州承召至京，戏赠看花诸君子》诗："紫陌红尘拂面来，无人不道看花回。玄都观里桃千树，尽是刘郎去后栽。"按诗中大意把当时显赫有权势的执政诸公比作一时竞芳的桃花，而观赏桃花的人们却络绎不绝。皇城里的道路旧称紫陌。唐贾至《早朝大明宫》诗："银烛朝天紫陌长，禁城春色晓苍苍。"旧指宝物的光气或所谓祥瑞之气叫紫气。"紫陌"是说有祥瑞之气的皇家的道路。用"紫陌"来对衬"红尘"，渲染京都中的繁华景象。"玄都观"，据《长安志》：隋自长安故城徙通道观于此，改名玄都。末二句比喻在京都的官僚都是刘禹锡去后新被提拔出来的，对他们表示不满和愤慨。

和上面一绝有连带关系的另一首《再游玄都观绝句》，是刘禹锡在大和二年（828），他已五十七岁时写的。序云："余贞元二十一年为屯田员外郎时，此观未有花。是岁出牧连州，寻贬朗州司马。居十年，召至京师，人人皆言，有道士手植仙桃，满观如红霞，遂有前篇以志一时之事。旋又出牧。今十有四年，复为主客郎中，重游玄都观，荡然无复一树，惟兔葵燕麦动摇于春风耳，因再题二十八字，以俟后游。时大和二年三月。"诗云："百亩庭中半是苔，桃花落尽菜花开。种桃道士归何处，前度刘郎今又来。"诗对当时的执政者表示蔑视。虽然一再遭受政敌的打击，他的顽强不屈的精神依然如故。这诗除讽刺意味而外，还含有爽朗的笑声。对于那些从前靠镇压"永贞革新"上台的权阉贵幸，曾经煊赫一时，现在终于一个一个地被政治斗争的旋涡无情地卷没了。作为当事人，能亲眼看到，实在是一种难得的胜利。禹锡这两首有名的绝句，后人意见不一，有表示肯定而赞美的，也有表示否定而讥讽的。肯定者的意见上面已有一些说明，至于否定者则是所谓儒家诗教主张温柔敦厚，以为刘禹锡的这种诗涉于轻薄。其实这是属于迂腐之谈，不值一驳。我们对于刘禹锡这种有斗争意味的诗是表示肯定而加以赞美的。

禹锡各体诗都有佳作：《平蔡州》、《平齐行》对于当时人民拥护朝廷、渴望统一的惊喜心情表现得亲切而恳挚。如《平蔡州》末云："……汝南晨鸡喔喔鸣，城头鼓角音和平。路旁老人忆旧事，相与感激皆涕零。老人收泣前致词：官军入城人不知。忽惊元和十二载，重见天宝承平时。"

禹锡对李愬用兵如神，雪夜奇袭蔡州表示赞叹，和下面写路旁老人的感泣和致词有内在的联系。吴元济等对抗朝廷，禁人偶语于途，夜不燃烛，有以酒食相过从者罪死。平蔡以后，蔡人始知有生民的乐趣。所以言十二载者，因以记淮西平定之年。原句一作"始知元和十二载，四海重见升平时"。这种诗反映时代，确是现实主义的佳作。

《平齐行》写平卢都将刘悟执叛逆李师道并斩之的历史上有名故事。诗中所云："牙门大将有刘生，夜半射落搀抢星。帐中房血流满地，门外三军舞连臂。驿骑函首过黄河，城中无贼天气和。朝廷侍郎来慰抚，耕夫满野行人歌。"李师道猖獗狂悖，兴兵作乱，天怒人怨，本该得到覆灭的报应。禹锡的诗是代表人民说话的，它能给当时和后世的人民以很大的教育意义。此外如《昏镜词》、《养鹜词》、《聚蚊谣》、《百舌吟》等诗都寄托了他对当时社会丑恶现象的不满和指责。《聚蚊谣》中说："我躯七尺尔如芒，我孤尔众能我伤……清商一来秋日晓，羞尔微形饲丹鸟。"以"如芒"的群蚊比拟政敌，对吸吮人血的恶类表示了极大的厌恶和轻蔑。《飞鸢操》中"忽闻饥乌一噪聚，瞥下云中争腐鼠。腾音砺吻相喧呼，仰天大吓惨[①]鸳雏。畏人避犬投高处，俯吻无声犹屡顾……"诗中用了《庄子·秋水篇》中的一个寓

[①] 编者按，应为"疑"。

言故事。庄子的原意是用腐鼠隐喻相位。他的友人惠施为相于梁，庄子偶然经过梁国，惠施心怀鬼胎以为庄子是来和他争夺相位的。庄子好笑，用上面的比喻来作回答。刘禹锡的《飞鸢操》揭露那些表面上道貌岸然，实际上在暗自干些鼠窃狗偷、争权夺利的权阉们的鄙劣本质。读者通过对比自然会对它后来的可悲下场投以轻蔑的微笑。读了这些诗就会了然于作者所讽刺的对象，和当时的政治有关。类似这种诗还有不少，举一可以反三，不拟逐篇评介了。

讽刺诗之外，禹锡的抒情诗尤其可爱，不仅内容充实，而且感情深刻而丰富，耐人寻味。

禹锡有名的《西塞山怀古》（一作《金陵怀古》）：

> 王濬楼船下益州，金陵王气黯然收。千寻铁锁沉江底，一片降幡出石头。人世几回伤往事，山形依旧枕江流。今逢四海为家日，故垒萧萧芦荻秋。

据传禹锡和元稹、韦楚客、白居易各赋《金陵怀古》，禹锡诗成，居易读了之后说："四人探骊龙，禹锡已获珠，余皆鳞爪矣。"遂罢唱。清代钱塘人汪师韩《诗学纂闻》中评此诗云：

> 刘《金陵怀古》诗，当时白香山谓其已探骊珠，所馀麟角何用。以今观之，王濬楼船所咏才一事耳，而多至四句，前则疑于偏枯，山城水国，芦荻之乡，触目尽尔，后则嫌其空衍也。抑何元白阁笔易易耶？余窃有说焉：金陵之盛，至吴而始著，至孙皓而西藩既摧，北军飞渡，兴亡之感始甚。假使感古者取三国六代事，衍为长律，便使一句一事，包举无遗，岂成体制！梦得之诗，专咏晋事也，尊题

也。下接云："人世几回伤往事",若有上下千年纵横万里在其笔底者。山形枕水之情景,不涉其境,不悉其妙。至于芦荻萧萧,履清时而依故垒,含蕴正靡穷矣。所谓骊珠之得,或在于斯者欤。

汪师韩之说颇有道理,值得抄出来给读此诗的人参考。但汪氏昧于地理,西塞山实在武昌附近,今湖北黄石市。又西塞山在湖北大冶县东九十里,一名道士洑矶。此诗题应作《金陵怀古》。"王濬"一作"西晋","黯然"一作"漠然"。沈德潜在《唐诗别裁》中,评此诗首二句云:"起手如黄鹄高举,见天地方员。"评三四句云:"流走,见地利不足恃。"评第七句云:"别于三分割据。"这些虽是零星意见,也可作论诗之一助。

禹锡被贬起初是要去播州(今贵州省遵义地区),柳宗元被贬为柳州(今广西省柳州市)刺史。播州古称夜郎,唐时还是十分荒凉。当时刘禹锡的母亲已八十多岁,风烛残年,要跋涉如此长途,确是难事。柳宗元为了友谊关系愿与禹锡对换,并上书力争。这时御史中丞裴度向宪宗说情,改授禹锡为连州刺史。连州属于湖南,柳州属于广西,结伴同行,到达衡阳。在分别时,禹锡写了《再授连州至衡阳酬柳柳州赠别》诗云:

去国十年同赴召,渡湘千里又分歧。重临事异黄丞相,三黜名惭柳士师。归目并随回雁尽,愁肠正遇断猿时。桂江东过连山下,相望长吟有所思。

黄丞相是西汉黄霸,黄霸两次任颍川太守,见《汉书·循吏传》。禹锡虽然两次任连州刺史,第一次未到任,所以说"事异"。"三黜"是指元和元年由郎官贬为连州刺史,旋贬朗州司马,加上这一次又贬为连州刺史。柳士师指春秋时期鲁国的柳下惠。《战国策·燕策三》:燕王喜与乐间书云:"柳下惠不以三黜自累,故前业不忘,不以去为心,故远近无议。"禹锡当时备遭诽谤,暗害并中伤他的人很多,所以说"名惭"。柳士师正好切合柳宗元的姓,诗中有自谦之意。末句"有所思",借用乐府旧题,表现出对友人的怀念之情。全诗充满着真挚热烈的情感。

像这样的好诗,还有《始闻秋风》云:

昔看黄菊与君别,今听玄蝉我却回。五夜飕飗枕前觉,一年颜状镜中来。马思边草拳毛动,雕眄青云睡眼开。天地肃清堪四望,为君扶病上高台。

这首诗写听到秋风之声的感想,可和他的《秋声赋》中所云"送将归兮临水,非吾土兮登楼。晚枝多露蝉之思,夕草起寒侯之愁……念塞外之征行,顾闺中之骚屑。夜蛩鸣兮机杼促,朔雁叫兮音书绝。远杵续兮何泠泠,虚窗静兮空切切……"共读。三四两句把"闻秋风"的感受写得恰到好处。五六句胡马倚北风,夏热多病故毛拳,初读"睡眼"似乎与雕不切,然凡是笼鹰过夏,金眸困顿,下此二字见出体物之妙。末二句,慨时,仿佛读少陵的佳章。

禹锡与白居易唱和最多,有《刘白唱和集》,居易为作《刘白唱和集解》,开头就说:"彭城刘梦得,诗豪者也,其锋森然少敢当者……一二年来,日寻笔砚同和赠答,不觉滋多,至大和三年春已前,纸墨所存者,凡一百三十八首。其余乘兴扶醉率然口号者,不在此数。"举禹锡"雪里高山头白早,海中仙果子生迟"、"沉舟侧畔千帆过,病树前头万木春"之句之类,他说:"真谓神妙,在在处处,应当有灵物护之。"

他二人的唱酬有一百三十八首之多,不能一一列举。姑举一二为例:

白氏《杭州春望》云:"望海楼明照曙霞,渡江堤白蹋晴沙。涛声夜入伍员庙,柳色春藏苏小家。红袖织绫夸柿蒂,青旗沽酒趁梨花。谁开湖寺西南路,草绿裙腰一道斜。"

禹锡的和作是这样的,《白舍人自杭州寄新诗有"柳色春藏苏小家"之句,因而戏酬,兼寄浙东元相公》:

> 钱塘山水有奇声,暂谪仙官守百城。女妓还闻名小小,使君谁许唤卿卿。鳌惊震海风雷起,蜃斗嘘天楼阁成。莫道骚人在三楚,文星今向斗牛明。

白诗中"望海楼"在杭州凤凰山上。作者自注:"城东楼名望海楼。"伍员即伍子胥,伍员死,吴王取子胥尸,盛以鸱夷革,浮之江中,吴人怜之,为立祠于江上,因命曰胥山(见《史记·伍子胥列传》)。小小,南齐时钱塘妓苏小小,才空士类,容华绝世。白居易诗有"杭州苏小小,人道最夭斜"(《和春深二十首》第二十首末二句),今西湖有苏小小墓。"柿蒂"是杭产绫绢所织之花纹,作者自注:"杭州出,柿蒂花者尤佳也。""梨花"是杭州美酒的名称,作者自注:"其俗酿酒,趁梨花时熟,号为梨花春。"末二句作者自注:"孤山寺路在湖洲中,草绿时望如裙腰。"

禹锡和诗第一句中"奇声",是说异样声名。"仙官"指居易曾为中书舍人,极清华之选而出。"守"一作"领"。三四句言虽有名妓苏小小,然不许令使君以卿卿也。谐谑之语却精极。五句"鳌惊"言刺史之雷厉风行。六句言舍人之文词灿丽。"莫道"句是说向云骚人诗思盛于三楚,故有屈原、宋玉辈,如今文星都改到吴越来了,"斗牛"间,杭与越之星野也。

另一有名的刘白唱答之诗是白居易《醉赠刘二十八使君》:

> 为我引怀①添酒饮,与君把箸击盘歌。诗称国手徒为尔,命压人头不奈何。举眼风光长寂寞,满朝官职独蹉跎。亦知合被才名折,二十三年折太多。

刘二十八是刘禹锡的排行,正如白居易被称为白二十二一样。从族中兄弟行次排列出来的,唐人有此习惯与制度。白云"命压人头不奈何"是一种消极的宿命论。刘禹锡和酬作是《酬乐天扬州初逢席上见赠》:

> 巴山楚水凄凉地,二十三年弃置身。怀旧空吟闻笛赋,到乡翻似烂柯人。沉舟侧畔千帆过,病树前头万木春。今日听君歌一曲,暂凭杯酒长精神。

禹锡曾在夔州做过刺史,在朗州做过司马,一起点明地址,"二十三年弃置身",从宝历二年丙午(826)他二人都是五十五岁,上溯到贞元十九年癸未(803),他们都是三十二岁时,正是二十三年。禹锡三十二岁在京官监察御史,居易职为校书郎,住常乐里。写此诗时白以病免苏州刺史,返洛阳,刘适罢和州刺史,亦返洛阳,刘白相遇于扬州,结伴同行。这两首唱和诗很值得吟味。所谓"闻笛赋",指向秀(子期)《思旧赋》中"邻人有吹笛者,发声嘹亮,追思曩昔游宴之好,感音而叹,故作赋云"。"烂柯人"用的是《述异记》的故事,"晋王质入山采樵,

---

① 编者按,应为"引杯"。

见二童子对弈,童子与质一物,如枣核,食之不饥;局终,童子指示曰:'汝柯烂矣!'质还乡里,已及百岁"。烂柯山在今浙江衢县南乡。"沉舟"二句在居易《刘白唱和集解》已有称引,自是名句。"沉舟"、"病树"比穷困潦倒之人,"千帆过"、"万木春"比蓬蓬勃勃兴旺的时代。末二句借酒以增长精神,颇有积极的意义。较之居易"命压人头不奈何",就较胜一筹了。至于禹锡"雪里高山头白早,海中仙果子生迟",居易以为"神妙"不可及。明·王世贞(元美)在《艺苑卮言》中极力诋毁刘白,谓"雪里""海中""沉舟""病树"之句,不过学究之小有致者……风雅不复论矣,张打油,胡打铰,此老便是作俑。对白氏之论一笔抹煞。刘后村云:"梦得诗雄浑老苍,尤多感慨之句。"这两家的意见,恰成对立,究竟孰是孰非,后世自有公正的结论。

明·胡震亨《唐音癸签》云:"禹锡有诗豪之目,其诗气该今古,词总华实,运用似无甚过人,却都惬人意,语语可歌,真才情之最豪者。司空图尝言:禹锡及杨巨源诗,各有胜会,两人格律精切欲同,然刘得之易,杨却得之难,入处迥异尔。(遁叟)"

杨巨源的作品远远比不上刘禹锡,司空图"得之易"和"得之难"的论点一点也不能触及诗的精髓。胡震亨"气该今古,词总华实……"云云却很中肯。

计有功《唐诗纪事》卷三十九论禹锡诗有云:

"山围故国周遭在,潮打空城寂寞回。淮水东边旧时月,夜深还过女墙来。"乐天掉头苦吟,叹赏良久,曰:"石头城诗云:'潮打空城寂寞回。'吾知后之诗人不复措辞矣。"

《金陵五题》中之《乌衣巷》:"朱雀桥边野草花,乌衣巷口夕阳斜。旧时王谢堂前燕,飞入寻常百姓家。"用燕雀栖梁寄托沧桑的感慨。其余如《台城》《生公讲台》《江令宅》等不及一一细述。

我们再读读禹锡的《竹枝词》,更不能不击节叹赏。按郭茂倩《乐府诗集》第八十一卷《近代曲辞》中论及竹枝,有云:"竹枝本出于巴渝。唐贞元中刘禹锡在沅湘,以俚歌鄙陋,乃依骚人《九歌》作竹枝新辞九章,教里中儿歌之,由是盛于贞元、元和之间。禹锡曰:竹枝,巴歈也。巴儿联歌,吹短笛、击鼓以赴节。歌者扬袂睢舞,其音协黄锺羽。末如吴声,含思宛转,有淇濮之艳焉。"

试举其《竹枝词》数首为例:

白帝城头春草生,白盐山下蜀江清。南人上来歌一曲,北人莫上动乡情。

山桃红花满上头,蜀江春水拍江流(一作"拍山")。花红易衰似郎意,水流无限似侬愁。

——《竹枝词九首》之一、之二

杨柳青青江水平,闻郎江上踏歌声。东边日出西边雨,道是无晴却有晴。

——《竹枝词二首》之一

又举其《杨柳枝》数首为例:

塞北梅花羌笛吹,淮南桂树小山词。请君莫奏前朝曲,听唱新翻《杨柳枝》。

炀帝行官汴水滨，数株残柳不胜春。晚来风起花如雪，飞入官墙不见人。

——《杨柳枝词九首》之一、之六

巫峡巫山杨柳多，朝云暮雨远相和。因想阳台无限事，为君回唱竹枝歌。

——《杨柳枝词二首》之一

白居易《忆梦得》诗题下自注："梦得唱竹枝，闻者愁绝。"五律末二句云："几时红灯下，闻唱竹枝歌。"可见他不但是诗人还是音乐家。此外我们知道他对于文艺理论也很有创见，如《董氏武陵集纪》云："诗者，其文章之蕴耶，义得而言丧，故微而难能。境生于象外，故精而寡和。千里之缪，不容秋毫，非有的然之姿，可使户晓。必俟知者，然后鼓行于时。自建安距永明以还，词人比肩，唱和相发，有以朔风零雨，高视天下，蝉噪鸟鸣，蔚在史策。国朝因之，粲然复兴，由篇章以跻贵仕者，接踵而起。"扼要地论诗的精义及其和政治兴废的关系，发挥"工生于才，达生于明，二者还相为用，而后诗道备矣"的理论，用以和他与白居易论诗的篇章对比，可以明了他对于诗的思想性和艺术性互相精密配合的道理。他论韩愈《平淮西碑》和柳宗元《平淮夷雅》时，同时提到自己"汝南晨鸡喔喔鸣，城头鼓角音和平"，赞美李愬的入蔡州，须臾之间贼无觉者。又落句云："忽惊元和十二载，重见天宝承平时。"以点明平淮西的年岁。他之所以这样地说，不是自我标榜，而是事实俱在，可以作千秋定评。

禹锡在《子刘子自传》的铭文中云："不天不贱，天之祺兮；重屯累厄，数之奇兮。天与所长，不使施兮。人或加讪，心无疵兮……"可以说是有自知之明，我们今天读起来也觉得是比较恰当的。他自己说他的专长还没有全部发挥出来；别人给他的诽谤，他自觉问心无愧。立论公允，也很达观。至于他还是朴素的唯物主义思想家，在诗文中的表现是随处可以体会得到的。他在医学上又有过很多很大的贡献；书法也极擅长，因不是本文的范围，只能从略了。

原载《文学遗产》1981 年第 3 期，据《古代文学研究集》中国文联出版公司 1985 年版。

刘禹锡酬赠白居易七律一首简析

刘禹锡（772—842），唐彭城人（一作洛阳人），出生于浙江嘉兴。与白居易同年（772）生，唐德宗贞元七年（791）进士，官至监察御史。他和白居易在长安时就互相认识，唱和诗达数百篇之多。白诗浅切平易而铺张酣放，禹锡却节制约缩而隽永含蓄。以下试简析刘禹锡一首七律，题目是《白舍人自杭州寄新诗有"柳色春藏苏小家"之句因而戏酬兼寄浙东元相公》：

钱塘山水有奇声，暂谪仙官领百城。女妓还闻名小小，使君谁许唤卿卿。鳌惊震海风雷起，蜃斗嘘天楼阁成。莫道骚人在三楚，文星今向斗牛明。

这首诗提到白居易在杭州做刺史和元稹在越州（今浙江绍兴）做浙东观察使，时为唐穆宗长庆二年。白居易"柳色春藏苏小家"之句，见于他写的《杭州春望》，原诗是这样的：

望海楼明照曙霞，护江堤白蹋晴沙。涛声夜入伍员庙，柳色春藏苏小家。红袖织绫夸柿蒂，青旗沽酒趁梨花。谁开湖寺西南路，草绿裙腰一道斜。

白居易诗暂且不说，还是分析解释一下刘禹锡的这一首。一起头便说"钱塘山水有奇声"，所谓"奇声"是异样的声名，第二句中所谓"仙官"，是对白居易曾为中书舍人，极清华之选而出。三四两句是说虽有名妓苏小小，然而不许使君和苏小小来一个卿卿我我，可谓谐谑得妙极了。五六句中的"鳌惊"，喻为刺史的雷令风行；"蜃斗"喻白舍人的文词灿丽。鳌惊时海中的风骤起，蜃斗时楼阁自水中涌出，所谓"海市蜃楼"，是诗人的想象。末二句的意思是不要再夸说骚思只在出屈原、宋玉的三楚之间了，现在文星改照到吴越之间来了，因为"斗牛间"是杭与越的星野。

这首诗通体清稳，可以和白居易原作旗鼓相当。说文星改照到吴越之间，又是何等自负！禹锡自德宗起历顺、宪、穆、敬、文、武、宣前后共八朝，暮年裴度、白居易优游绿野堂，有"在人称晚达，於树比冬青"之句，又云"莫道桑榆晚，为霞尚满天"，他的英迈之气，老而不衰。可惜他竟死于会昌二年（842），享年七十一岁。白居易哭悼他的诗《哭刘尚书梦得二首》之一云："四海齐名白与刘，百年交分两绸缪。同贫同病退闲日，一死一生临老头。杯酒英雄君与操，（自注：'曹公云：天下英雄惟使君与操耳。'）文章微婉我知丘。（自注：'仲尼云：后世知丘者《春秋》。'又云：'《春秋》之旨微而婉也。'）贤豪虽殁精灵在，应共微之地下游。"

由于我已另写过白居易和刘禹锡的一些专论，这里仅仅就这一首小诗略为申述，只是一点小小补充而已。

原载人民文学出版社《唐诗论文集》；据《晚晴轩文集》，巴蜀书社，1985年11月版。又题为《关于刘禹锡与白居易唱和的诗及其浅释》，《欣赏与评论》1980年第2期。

关于柳宗元的诗及其评价问题

我爱读柳宗元的诗，主要由于他的诗是用血和泪凝结而成，非一般的随便吟风弄月或无故寻愁觅恨的诗可比。柳宗元的诗之所以有深刻的思想性和强烈的感染力，这与他本人的思想及生平遭遇有着密切的关系。他在唐顺宗（李诵）时参加了以王叔文为首的政治集团，这个集团在当时算是比较进步的，举办了不少有利于人民的大事，如罢宫市、免进奉、进忠良、斥贪污以及企图夺取宦官兵权等。可惜这一比较进步的政治集团，执政只有一百四十多天，就遭到大官僚地主集团和宦官恶势力的反击而失败，柳宗元被贬为永州司马。十年后，改任柳州刺史，死于柳州。这样，柳宗元大半生都在当时极其偏僻的地区过着贬谪的失意生活，没有能够施展他的抱负。他写的许多游览山水诗，正和他写的许多山水游记一样，是借文字以发泄他的牢骚不平之气。他在《游南亭夜还叙志七十韵》中说："投迹山水地，放情咏《离骚》"，可以看出他的游览山水诗是和屈原的《离骚》有同样愤激的思想感情的。当然，这并非说他们两人的具体情况和作品所达到的成就没有区别。

试看他的一些描写山水的名句：

桂岭瘴来云似墨,洞庭春尽水如天。(《别舍弟宗一》)
鹅毛御腊缝山罽,鸡骨占年拜水神。(《柳州峒氓》)
山腹雨晴添象迹,潭心日暖长蛟涎。(《岭南江行》)

这些律诗中的对句,表面上看起来好像并不见悲愁愤慨,但替作者设身处地想一想,一个河东(今山西省)人,本来长期寄住在长安城中,不习惯于过所谓"瘴疠之乡"的生活,然而在他的诗中所描写的瘴气之重,浓如墨云;那个烟波浩渺,一望无边的洞庭湖,把他和故乡隔绝了。适当春天快完的时候,他的心情会有何等样的沉重!这还不是叫人悲哀的气氛吗?"鹅毛"、"鸡骨"一联着重在描写柳州峒氓的风俗人情,这些风俗人情,是当时所谓"中原人"看不惯的;"象迹"、"蛟涎",更是异乡风物!看到它们更易触起乡愁。从前有人说:柳宗元的五言诗还能强自排遣,七言诗简直是满纸涕泪。只就这些描写山水景物的诗句来看,已可使人有酸辛之感,更不用说"一身去国六千里,万死投荒十二年"(《别舍弟宗一》)那样十分明显的惨苦之言了。

再看他的一首被人传诵最为广泛的七律:

城上高楼接大荒,海天愁思正茫茫。惊风乱飐芙蓉水,密雨斜侵薜荔墙。岭树重遮千里目,江流曲似九回肠。共来百越文身地,犹自音书滞一乡。(《登柳州城楼寄漳、汀、封、连四州》)

登高本来是希望借山水来排遣的,不料映入眼帘的却是使人看不到家乡的"岭"上之"树"以及曲曲折折像"九回肠"一样的"江流"。加以"惊风"、"密雨"都是"煞风景"的愁惨气象,这就不由得使他想起了同遭贬谪在漳、汀、封、连四州和他同命运的韩泰、韩晔、陈谏、刘禹锡诸位好友。"升高欲自舒,弥使远念来"(《湘口馆》),登高望远本来希望解愁破闷,不料反而引起更多的念远的情怀来了。寥寥十个字,包括的思想感情却异常丰富复杂。他另有一首绝句云:

　　海畔尖山似剑铓,秋来处处割愁肠。若为化得身千亿,散作峰头望故乡。(《与浩初上人同看山寄京华亲故》)

他看见江水便想起九转愁肠已经不很平常;看见尖山又想起剑铓来尤其显得奇特。这种像剑铓一样的尖山也只有广西有,是西南山峰的特色,得到柳宗元的描写,更是相得益彰。苏轼有取于这首诗,跟着也有"割愁还有剑铓山"之句。末二句"若为化得身千亿,散作峰头望故乡",虽然设想离奇,但由此也可以想见诗人在当时所受压抑和迫害的痛苦之情。

至于在表现方法上,也和唐人绝句有些两样,尤其末二句的假想,十分具体,化身为峰头云云,唐人绝句中极少见。焦竑说:"此诗子厚已开宋人门户,故为子瞻所取。"这话是有些道理的。再看他是如何写水的:

　　好在湘江水,今朝又上来。不知从此去,更遣几年回?(《再上湘江》)

这首诗作者是联系到自己的窜逐流放生活来写的。不知道他的流放要经过多少年才放回?情知湘江流水一去便不再回来了,他担心的是自己和湘江水有同样的命运。这和戴叔伦《湘南即事》诗:"沅湘日夜东流去,不为愁人住少时。"秦观《踏莎行》词:"郴江幸自绕郴山,为谁流下潇湘去",情思有近似之处,可以说"异曲同工"。

五言绝句,如:

荒山秋日午,独上意悠悠。如何望乡处,西北是融州。(《登柳州峨山》)

柳宗元老家在山西,从广西柳州看起来,山西应在西北。可是登柳州峨山望不到山西,所能望到的只是距离柳州三十里的融州,而融州正在西北,"西北是融州"是不言愁而愁自见的。

七绝如:

宦情羁思共凄凄,春半如秋意转迷。山城过雨百花尽,榕叶满庭莺乱啼。(《柳州二月榕叶落尽偶题》)

诗中传达出一种无可奈何的幽怨,最令人回肠荡气。或许有人会认为这种一味思乡、一味哀愁的作品,思想性不高,只应批判,不应肯定。我不同意这样的看法。

我认为柳宗元的诗之所以多怨,与他参加的政治集团的失败,以及他自己和朋友们的遭受贬谪,不能施展他们政治上的抱负很有关系。虽说柳宗元所参加的以王叔文为首的政治集团仍是封建官僚集团,而柳宗元也是封建士大夫阶级,可是比起他们所反对的政治集团来,的确较为进步。进步的知识分子,有志革新政治,反对大官僚地主集团和宦官恶势力,不幸惨遭失败,被驱逐到荒远地方去,因此而悲愤哀吟,我认为还是应该予以同情的。假如有人担心这种诉愁说恨的诗会给今人以不好的影响,那屈原赋和杜甫诗的可读性也就很少了。相反地，我以为今人如果善于读古人的诗，将古今社会两两对照，正足以证明封建社会的可恨，今天新社会的可爱。不但所谓"瘴疠之乡"早已不存在，而且整个人间也已经变了样。今天游览广西、湖南那些奇特山水的人，人人欢欣鼓舞，谁还会因读柳宗元的诗而引起悲感来呢？

柳宗元诗的思想感情很接近于屈原，他在《闵生赋》中曾说：

> 屈子之悁微兮，抗危辞以赴渊。古固有此极愤兮，矧吾生之蔽艰。

也是很清楚的自白。此外如《梦归赋》、《囚山赋》等骚赋体的作品，在艺术手法上，均能自出机杼，有一定的创造性，很少蹈袭模仿的弊病。宋人叶梦得在《石林诗话》中说柳宗元"诸赋更不蹈袭屈宋一句"，我们细按起来，是合乎实际的，即以他所拟的题目来看也没有一个题目不是很新鲜的。撇开骚赋体作品不说，且看他的一首五言诗：

> 秋气集南涧，独游亭午时。回风一萧瑟，林影久参差。始至若有得，稍深遂忘疲。羁禽响幽谷，寒藻舞沦漪。去国魂已游，怀人泪空垂。孤生易为感，失路少所宜。索寞竟何事，徘徊空自知。谁为后来者，当与此心期。（《南涧中题》）

诗中写独游时所见的参差林影，和微波中的寒藻，以及所听到的是幽谷中的羁鸟之声，这些都足以给远离故国的游子以精神上的安慰，但孤独的滋味是不能忍受的，只有自己知道罢了。苏轼说这首诗"忧中有乐,乐中有忧,盖古今绝唱矣"。其实这首诗从乐说到忧,仔细体味它的含意,应该说是忧多于乐的。他胸中的郁结不可分解,正和他在《答贺者》一文中所说的:"庸讵知吾之浩浩非戚戚之尤者乎",看起来似乐,其实正是忧郁极深,不得不聊借山水以排遣罢了。结语想到将来游者,可能有和自己的心相印证的人,寄慨"后来",语淡而远。

如果拿《南涧》诗和他另一首《觉衰》作一比较,可以见到诗人艺术手法的另一种表现。《南涧》是从乐说到忧,《觉衰》却是从忧说到乐:

久知老会至,不谓便见侵。今年宜未衰,稍已来相寻。齿疏发就种,奔走力不任。咄此可奈何,未必伤我心。彭聃安在哉,周、孔亦已沈。古称寿圣人,曾不留至今。但愿得美酒,朋友常共斟。是时春向暮,桃李生繁阴。日照天正绿,杳杳归鸿吟。出门呼所亲,扶杖登西林。高歌足自快,商颂有遗音。

这首诗里面"但愿得美酒,朋友常共斟"二句,表现的情绪是消极的,并不比《古诗十九首》所云:"不如饮美酒,被服纨与素"①的思想更高明。但就全诗的境界来说,却深有可取。在抒写的手段上,着意于转折变化,一句一转,每转中下字都有层折。第一句"久知老会至",是一层,"不谓便见侵",又是一层;"今年宜未衰",忽来一个转折,"稍已来相寻",便和上句之意又有所不同。这样曲曲折折地表达,正和旧话说的"文似看山不喜平"的含义相合。下面"齿疏"二

---

① 编者按,出自《古诗十九首》之十三《驱车上东门》。

句，证明了上面说的"老"已"见侵"的确凿，但若老是这样嗟老叹衰地说下去，便不免落于衰飒。接着用"咄此可奈何"一叹，却又用"未必伤我心"一转，下面处处见出转折之妙，不作平泛敷衍的叙述。从"是时春向暮"以后，顿开新境，显出欣欣向荣的气概来。看它由沉郁转向开朗，由悲观转向乐观，步骤层次和《南涧》诗恰成鲜明的对照。诗人虽感觉到"衰"，而并不为"衰"所屈服，应该说是有一定的积极意义的。辛弃疾名句："不知筋力衰多少，但觉新来懒上楼"，写得很形象化，读起来也朗朗上口，但"觉衰"之意过重，便不免令人有衰飒的感觉。

柳宗元是不是专喜吟咏个人的遭遇呢？不是的。他的讽刺诗如《古东门行》，讽刺盗杀武元衡朝廷不问，诗中说："凶徒侧耳潜惬心，悍臣破胆皆杜口。"[1] 表现得直捷而又尖锐。这是当时黑暗政治局面中的一件大事，一般人都不大敢提起，但柳宗元却敢说敢骂。

《寄韦珩》诗中反映"到官数宿贼满野；缚壮杀老啼且号"的社会情况。《韦道安》写一个英雄名叫韦道安的见义勇为、锄暴救弱的故事。道安从强盗手中救出了两个少女，当少女们的父亲感激他要许配一个女儿给他做妻时，他坚决辞谢，认为除暴救弱是他分内事，受报是可耻的。这个英雄形象被写得生动而可爱，可是这种好人最终在徐州乱军中被杀。结语有"我歌非悼死，所悼时世情"，足见柳宗元对于他所生活的社会是多么愤恨。

《田家三首》写路过农村投宿时的所见所闻，其中第二首写统治阶级对农民的残酷剥削，其深刻意义可以和他有名的散文

---

[1] "杜"，诸本作"吐"，应作"杜"。

《捕蛇者说》相比并：

> 篱落隔烟火，农谈四邻夕。庭际秋虫鸣，疏麻方寂历。蚕丝尽输税，机杼空倚壁。里胥夜经过，鸡黍事筵席。各言"官长峻，文字多督责。东乡后租期，车毂陷泥泽。公门少推恕，鞭扑恣狼藉。努力慎经营，肌肤真可惜"。迎新在此岁，惟恐蹈前迹。

当统治阶级的狗腿子——里胥下乡时，农民在"蚕丝尽输税，机杼空倚壁"的悲惨情况下，还不得不拿出自己舍不得吃的鸡黍奉承他们，听他们在筵席上高谈阔论，用东乡事例来恫吓威逼农民缴粮上税，免得逼不出时遭受鞭打，让皮肉吃苦。从这些诗中充分表现出他对农民的极大的同情。描写方法也很形象化，绘声绘影，有如目见耳闻。至于他在写农村景象方面，如："晓耕翻露草，夜榜响溪石"（《溪居》），"引杖试荒泉，解带围新竹"（《夏初雨后寻愚溪》），"高树临清池，风惊夜来雨"（《雨后晓行独至愚溪北池》），"寒月上东岭，泠泠疏竹根。石泉远逾响，山鸟时一喧"（《中夜起望西园值月上》），用极简单的句子描绘出眼前农村的美好景物，在陶渊明、韦应物之外，另具一种风格。

历来最为人称道的小诗：

> 千山鸟飞绝，万径人踪灭。孤舟蓑笠翁，独钓寒江雪。（《江雪》）

首二句着力描写雪大的景象，因为雪下得太大，所以"鸟飞绝"、"人踪灭"。这是有意的夸张。下面用"孤舟"、"独钓"来点缀雪景，显得作者有突出的孤独感。历来对于这首小诗的意见最为分歧，清人王士禛认为"并无足取"，沈德潜却认为"清峭已绝"。究竟谁的话对呢？我个人觉得沈德潜的话比较恰当些，王士禛则颇有偏见。王士禛一生过的是上层统治阶级幸运儿的优裕生活，他不满意于柳的孤傲，是可以理解的。我们从《江雪》诗中的境界，联系到前面所引《南涧中题》所云"孤生易为感，失路少所宜"来看，是十分符合作者的胸襟和气象的。孤高不徇流俗，是被当时社会环境逼迫而成的一种不正常的心理状态。它和屈原"终危独以离异兮"（《九章·惜诵》）的境况恰相类似。

相反地，柳宗元在写《渔翁》那一首七古时的意境又有所不同：

> 渔翁夜傍西岩宿，晓汲清湘燃楚竹。烟消日出不见人，欸乃一声山水绿。回看天际下中流，岩上无心云相逐。

"欸乃一声山水绿"，表现出豁达、明朗甚至可以说是欢乐的气氛，和他写自己的郁结情怀的诗就完全两样了。

但后人对于柳诗的评价却往往有过于轻率简单之处，如《蔡宽夫诗话》云：

> 子厚之贬，其忧悲憔悴之叹，发于诗者，特为酸楚。闵己伤志，固君子所不免，然亦何至是，卒以愤死，未为达理也。（录自魏庆之编《诗人玉屑》卷十二）

责备柳宗元不应该写"特为酸楚"的诗，说他"卒以愤死，未为达理"，话当然也可以这么说，谁也不能掩住后世批评家的嘴巴，但是这样批评柳宗元，也和班固《离骚序》骂屈原"露才扬己,竞乎危国群小之间,以离谗贼……"是同样隔岸观火的风凉话,未必能叫读者心悦诚服。在蔡宽夫和班固这样的批评者的眼光看来,柳宗元的写酸楚诗和屈原的写《离骚》好像都是多此一举似的。不知文学史上如果没有屈原的"露才扬己"和柳宗元的"未为达理"的诗,岂不是一种很大的损失吗?这样对前人过于苛刻的批评,是我们所不取的。

反之,过去也有些人发出了一些平允之论,最著称的是苏轼对柳宗元的评价,他说柳在陶渊明之下,韦苏州之上。这评价是否过当,还须作进一步研究,但苏轼并没有一笔抹煞柳宗元的酸楚诗,大约苏轼不但事理通达,深深了解诗人的甘苦,同时也由于他自己的生活经验,吃尽了贬谪的苦头,所以才对于柳宗元特别加以同情吧。

远在苏轼之前,有一位以写《诗品》出名的晚唐人司空图,他对于柳宗元的诗有过这样的评论:

……今于华下,方得柳诗,味其探搜之致,亦深远矣。……后之学者褊浅,片词只句,未能自辨,已侧目相诋讥矣。痛哉!因题柳集之末,庶俾后之诠评者,罔惑偏说,以盖其全功。(胡仔《苕溪渔隐丛话后集》卷十一引)

司空图很推崇柳宗元,以"亦深远矣"相许,可算是知音之谈。

"四人帮"篡权时期,有些人写文章大捧柳宗元,把他列于所谓"法家"之林,与所谓"儒家代表"韩愈对立起来,编印了不少《法家诗选》,柳宗元成为他们标榜的对象。这是很不实事求是的。柳宗元被贬后的思想接近佛家,在《赠江华长老》诗中说:"老僧道机熟,默语心皆寂",《晨诣超师院读禅经》诗中说:"真源了无取,妄迹世所逐。遗言冀可冥,缮性何由熟";以及《巽公院五咏》等那些悟禅悦道的作品中,宣扬的所谓"哲理",恰恰和法家的思想相抵触。由此可见"四人帮"及其御用文人对他们竭力推崇的"法家"柳宗元,其实并不真正理解。他们大肆宣扬儒法斗争,自有其政治阴谋,但也恰恰暴露了他们的狂妄和无知。

原载《光明日报》1961年9月17日《文学遗产》第381期;据《长短集》,浙江人民出版社1980年版。

罗隐的讽刺小诗

晚唐诗人中有所谓江东三罗，一、罗邺，二、罗虬，三、罗隐。三罗中的成就，以罗隐为较高。

罗隐生在吴越王钱镠统治的余杭地方，余杭距离钱镠故乡临安只有几十里路，所以罗隐和钱镠应该说是乡亲了。当罗隐"十上不中第"、只好回老家投到钱镠的幕下时，钱镠叫他做"从事"官，又举他做钱塘令。罗隐在钱塘，看到西湖里的打鱼人每天都要向钱王府缴纳鲜鱼数斤，叫做什么"使宅鱼"。打鱼人得不到一点好处，无可奈何地忍受着钱王的掠夺。恰好有人请罗隐题磻溪垂钓图，罗隐写了一首绝句道：

吕望当年展庙谟，直钩钓国更谁如。若教生在西湖上，也是须供使宅鱼。

钱镠读了这首诗，感觉到惭愧，从此再也不要西湖里的打鱼人送什么"使宅鱼"了。

唐昭宗（李杰）①向西蜀逃难的时候，跟随着一同逃的杂技团，只剩下一个耍猴的人了。耍猴人带着唯一的猴子也和大臣们同样的上班朝拜，昭宗看见了，十分感叹，立刻命从官赐以绯袍，并赐猴子以"孙供奉"的雅号。罗隐曾因此吟诗道：

> 十二三年就试期，五湖烟月奈相违。何如学取孙供奉，一笑君王使著绯。

他惋惜自己十次上考都不能中第，命运远远不及"著绯"的猴子。由此可见李唐王朝的末代子孙对于人才是何等的轻视啊！

罗隐生长在骚动乱离的时代，常常叹息"疲甿赋重全家尽，旧族兵侵大半无"（《送王使君赴苏台》）；"万里山河唐土地，千年魂魄晋英雄"（《登夏州城楼》）；"只闻斥逐张公子，不觉悲同楚大夫"（《杜陵秋思》）。他实在是稍稍具有屈原、杜甫的胸怀的现实主义的诗人，但却一直被后世人当作滑稽玩世的作者，未免太不幸了。

罗隐的讽刺小品很多，例如《秋虫赋》（并序）：

> 秋虫，蜘蛛也。致身网罗间，实腹亦网罗间。愚感其理有得丧，因以言赋之。物之小兮，迎网而毙；物之大兮，兼网而逝。网也者，绳其小而不绳其大，吾不知尔身之危兮，腹之馁兮！吁！

这寥寥几句话，对"窃钩者诛，窃国者侯"的封建统治时

---

① 编者按，唐昭宗原名李杰，即位后改名李敏，又改名李晔。

代的现实做了一个辛辣的讽刺。封建社会中的恶势力有类于结网蜘蛛，只"绳其小而不绳其大"，是何等的可恶啊！

在封建社会中，有骨气的人士受到压抑，不能贡献出他们的力量；宵小或无能之辈反而得势。所谓"黄钟废弃，瓦釜雷鸣"的便是。罗隐有一首《春风》诗讽刺那些得势的小人道：

> 也知有意吹嘘切，争奈人间善恶分。但是秕糠微细物，等闲抬举到青云。

这种讽刺小品，虽不能算是什么佳品，但可以见到他在当时愤世疾俗的心情。

胡震亨《唐音癸签》论罗隐云：

> 罗昭谏（隐）酣情饱墨出之，几不可了，未少佳篇，奈为浮渲所掩，然论笔材，自在伪国诸吟流上。

这里所谓"酣情饱墨出之"，是肯定的话，所谓"浮渲"则是否定的。"浮渲"二字，说得较为笼统，不知何指？如果指罗隐诗风中露骨的讽刺而言，恐怕还有待于商榷。因为它反映那一个苦难而极不合理的现实社会，笔情中带一点浮滑夸张，也是难以避免的，虽说这"浮渲"终究不能不说是一种缺点。但整个的说来，罗隐的诗在那时还算较为出色的。我这里只能是"窥全豹之一二斑"，略提一点来谈谈。

原载《文学研究》1959年第2期；据《长短集》，浙江人民出版社1980年版。

苏东坡与白乐天

宋苏轼（东坡）崇敬白居易（乐天），东坡二字原于乐天，人皆知之。周必大《二老堂诗话》有云：

> 白乐天为忠州刺史，有《东坡种花》二诗，又有《步东坡》诗云："朝上东坡步，夕上东坡步，东坡何所爱，爱此新成树。"本朝苏文忠公不轻许可，独敬爱乐天，屡形诗篇；盖其文章皆主辞达，而忠厚好施，刚直尽言，与人有情，于物无著，大略相似；谪居黄州，始号东坡，其原必起于乐天忠州之作也。

苏文忠公诗合注本卷三十三有云：

> 予去杭十六年而复来，留二年而去。平日自觉出处老少，粗似乐天，虽才名相远，而安分寡求，亦庶几焉。三月六日来别南北山诸道人，而下天竺，惠净师以丑石赠行。作三绝句：

当年衫鬓两青青，强说重临慰别情。衰发祗今无可白，故应相对话来生。

出处依稀似乐天，敢将衰老较前贤。便从洛社休官去，犹有闲居二十年。（按白休官于洛，所居履道里，疏沼种树，构石楼于香山，凿八节滩，自号醉吟先生。晚与僧如满，结香火社，文酒娱乐廿年。乐天致仕六年而卒，年七十五。今先生召还，年五十六而起致仕之兴，则比乐天岂非余二十年乎？白诗："如今老病须知分，不负春来二十年。"又洛下诗："水畔竹林边，闲居二十年。"）

子瞻有东坡诗八首，东坡在黄州。陆游《入蜀记》有云：

自州门而东，冈垄高下，至东坡，则地势平旷开豁，东起一陇颇高，此东坡命名之由来也。

苏轼《次韵答黄安中兼简林子中》："少羡苏杭养乐天"亦自明羡意，白氏有讽谏诗，苏氏亦有讽刺新政诗。

白乐天《杭州上元诗》："灯火家家境，笙歌处处楼。"苏轼《次韵述古过周长官夜饮》："云烟湖寺家家境，灯火沙河夜夜春。"

白乐天《中隐诗》："大隐住朝市，小隐入邱樊；邱樊太冷落，朝市太嚣喧。不如作中隐，隐在留司官。似出复似处，非忙亦非闲……唯此中隐士，致身吉且安……"

苏东坡《六月廿七日望湖楼醉书》七绝之一云："未成小隐聊中隐，可得长闲胜暂闲。我本无家更安往，故乡无此好湖山。"前二句全由白诗脱胎而来。

白有小蛮、樊素，苏有朝云，皆侍婢也。苏和致仕张郎中春昼云："新为杨枝作短行"，盖因白有小蛮，有"杨柳小蛮腰"之名句也。白既年迈而小蛮方丰艳，因为杨柳枝词以托意云。

　　白有《竹阁诗》，苏有《柏堂诗》。《咸淳临安志》：白公竹阁旧在广化寺柏堂之后，有句云："晚坐松檐下，宵眠竹阁间。"苏诗卷十第六页：孤山二咏，一为柏堂，一即竹阁，其小序云：僧志诠作柏堂，与白公居易竹阁相连属，余作二诗以纪之云云。盖无处不怀念白公也。卢子发《逸史》：会昌元年，有海商遭风至蓬莱，宫内一院扃锁，云是白乐天院。故白公《答李浙东诗》云："海山不是吾归处，归即应归兜率天。"苏轼《竹阁》诗："海山兜率两茫然。"又《吊天竺海月辩师三首》之二云："乐天不是蓬莱客，凭仗西方作主人。"末句亦以白有《与果上人诀别诗》"不须惆怅从师去，先请西方作主人"之句耳。

据《晚晴轩文集》，巴蜀书社 1985 年版。

李清照及其《漱玉词》

1981年12月4日晚19时,看电视京剧《李清照》(中国京剧院三团演出)。剧目好,演员演出都得体,很感高兴。事后翻出王鹏运先生所辑印的四印斋重刊《漱玉词》(书中有鹏运的印章),一再讽诵,爱不忍释。前有清光绪七年正月古黎阳端木埰子畴写的序。

《漱玉词》今人已有新辑本《李清照集》。四印斋旧本只收清照词五十阕,后附录安徽黟县俞正燮(理初)所撰《易安居士事辑》,此文原见于俞正燮原著《癸巳类稿》。事辑的主要作用在于辨明李清照在赵明诚死后并没有改嫁的历史真实,这是很重要的一篇文章。

李清照(1084—1151?),号易安居士,山东济南人。其父李格非是当时著名学者,元祐党人。清照从小受家庭良好的教育,十八岁嫁太学生赵明诚,夫妇唱和,恩爱异常。靖康元年(1126),金兵攻陷京师,康王赵构南渡,李清照夫妇也向南迁,过着颠沛流离的生活。建炎三年(1129),明诚不幸病死,清照精神上受到极其沉重的打击,此后在孤寂中度过了晚年。赵明诚宝藏了古代铜器和碑刻、书籍,著录者共三十卷,前十卷是目录，后二十卷是赵明诚和李清照给这些器物碑刻所做的考证、题跋，是金石学上的一部名著。

《金石录后序》是李清照纪念赵明诚和她共同经营的业迹，是有关文物历史的重要文献之一。

文中提到的张飞卿，据清陆心源《仪顾堂题跋》认为是妄传李清照改嫁之说的张汝舟，并认为就是张飞卿为争执古玩的事而捏造的。李慈铭《越缦堂乙集》认为汝舟之名与飞卿之字不相应，并非一人。我们今日在电视中看到的张汝舟的形象是非常恶劣的。

改嫁张汝舟之说，系恶人谤伤。清照高傲，目空一切，胡仔《苕溪渔隐丛话后集》卷第三十三，有清照评唐五代宋词人之词，多摘疵病。胡仔评云："易安历评诸公歌词，皆摘其短，无一免者，此论未公，吾不凭也。"可见清照自视甚高，品评词人自不免于苛刻。

论词论人既严，便难免遭忌，改嫁之说，是小人的中伤。俞正燮《易安居士事辑》解决了众人关心的问题。

赵明诚和李清照在济南有遗迹可寻。我没有去过济南，据说今已有纪念李清照的馆舍了。

登州（今山东蓬莱县），汉东莱郡地，唐置登州，在今山东牟平县，后徙治于蓬莱，更为东牟郡，寻复曰登州。清代诗人赵执信《登州杂诗》之一云："朱榜雕墙拥达官，篇章虽在姓名残。有人齿冷君知否？静治堂中李易安。"作者自注云："静治堂为易安与其夫赵明诚在东莱所营之藏书处。"

清照所缮《金石录后序》中有云："……今日忽开此书，如见故人。因忆侯在东莱静治堂，装卷初就，芸签缥带，束十卷作一帙，每日晚吏散，辄校勘二卷，题跋一卷，此二千卷有题跋者五百二卷耳。今手泽如新，而墓木已拱，悲夫！"

赵明诚和李清照夫妇唱和之乐是人世间少有的。清照记载她和明诚赌茶竞赛记忆力的轶事是令人啧啧称羡的。《金石录后序》中有云：

> 余性偶强记，每饭罢，坐归来堂，烹茶，指堆积书史，言某事在某书某卷第几页第几行，以中否角胜负，为饮茶先后。中即举杯大笑，至茶倾覆怀中，反不得饮而起，甘心老是乡矣！故虽处忧患困穷，而志不屈。

这种共同的爱好，是世间所谓伉俪中少有的。不幸生当金兵侵略中原，使得赵、李受颠沛流离之苦，历尽人生所不堪忍受的困境，千载而下，使读者欷歔叹息不能自已。

关于李清照的《漱玉词》，沈去矜云："男中李后主，女中李易安，极是当行本色，前此李白，故称词家三李。"《四库提要》云："清照以一妇人，而词格乃抗轶周、柳，虽篇幅无多，固不能不宝而存之，为词家一大宗矣。"

最为传诵的佳作如《醉花阴——重九》云：

> 薄暮浓云愁永昼，瑞脑销金兽。佳节又重阳，玉枕纱厨，半夜凉初透。　　东篱把酒黄昏后，有暗香盈袖。莫道不销魂，帘卷西风，人比黄花瘦。

据徐釚《词苑丛谈》的记载：

> 李易安作重阳醉花阴词，函致赵明诚云云；明诚自愧弗如，乃忘寝食，三日夜得十五阕，杂易安作，以示陆德夫。德夫玩之再三，曰：只有"莫道不销魂"三句绝佳。正易

安作也。

小令如《如梦令》：

> 昨夜雨疏风骤，浓睡不消残酒。试问卷帘人，却道海棠依旧。知否知否？应是绿肥红瘦。

这阕小令写闺媛和侍女的对答，情态逼真，下语尤其隽妙。"绿肥红瘦"，不说花落而用"红瘦"来映衬，这和上面"人比黄花瘦"，用自己比黄花，又是一种境界。

《凤凰台上忆吹箫》（别情）：

> 香冷金猊，被翻红浪，起来慵自梳头。任宝奁尘满，日上帘钩。生怕离怀别苦，多少事欲说还休。新来瘦，非干病酒，不是悲秋。
>
> 休休，这回去也，千万遍《阳关》，也则难留。念武陵人远，烟锁秦楼。惟有楼前流水，应念我终日凝眸。凝眸处，从今又添一段新愁。

这是怀念赵明诚一阕有名的作品。宛转相思，缠绵不尽之情，溢于言外。《古今词论》中有张祖望的评语云："'惟有楼前流水，应念我终日凝眸'，痴语也；如巧匠运斤，毫无痕迹。"流水本是无情物，作者却说它能够念到我终日凝眸，真是想入非非。

《声声慢·秋情》：

> 寻寻觅觅，冷冷清清，凄凄惨惨戚戚。乍暖还寒时候，

最难将息。三杯两盏淡酒，怎敌它晚来风急？雁过也，正伤心，却是旧时相识。

满地黄花堆积，憔悴损，如今有谁堪摘？守着窗儿，独自怎生得黑？梧桐更兼细雨，到黄昏点点滴滴。这次第，怎一个"愁"字了得！

这阕词一起头连叠"寻寻觅觅冷冷清清凄凄惨惨戚戚"七组叠字，创新出奇，向来为词家所赞美。张端义《贵耳集》称赞《秋词·声声慢》："此乃公孙大娘舞剑手。本朝非无能词之士，未曾有一气下十四叠字者。后叠又云'到黄昏点点滴滴，'又使叠字，俱无斧凿痕。'怎生得黑'，黑字不许第二人押。妇人有此奇笔，殆间气也。"

《花庵词》选李易安《念奴娇》词云：

萧条庭院，又斜风细雨，重门须闭。宠柳娇花寒食近，种种恼人天气。险韵诗成，扶头酒醒，别是闲滋味。征鸿过尽，万千心事难寄。

楼上几日春寒，帘垂四面，玉阑干慵倚。被冷香消新梦觉，不许愁人不起。清露晨流，新桐初引，多少游春意。日高烟敛，更看明日晴未？①

这也是一阕我所爱读的易安词。词中烘托出女词人的生活环境。春寒之后迎接新春要出游的心情，跃然纸上。"宠柳娇花"，造词亦前所未有，可与前面提到的"绿肥红瘦"同属创新的

---

① 编者按，"更看明日晴未"，当为"更看今日晴未"，见《花庵词选》，中华书局上海编辑部，1958年8月，第149页。

隽语。

朱熹说:"本朝妇人能文者,惟魏夫人及李易安二人而已。"像朱熹这样的理学老夫子,居然对李清照也表示崇敬的意见,可见她的作品的真正价值所在。端木子畴在《四印斋重刊漱玉词》序中有云:"苕华琢玉,允光淑女之名;漆室巨幽,齐下贞姬之拜。"我们读《漱玉词》,确有同感。

1982 年 12 月 16 日

1984 年 6 月 20 日补记:按海昌查揆撰《李易安论》,其中有云:李清照再适之说,向窃疑之。宋人虽不讳再嫁,然考叙《金石录》时,年已五十有余。《云麓漫钞》所载《投綦处厚启》,殆好事者为之,盖宋人小说,往往污蔑贤者,如《四朝闻见录》之于朱子,《东轩笔录》之于欧公,比比皆是……

又按陈文述诗云:"谈娘善诉语何诬,卓女琴心事本无。赖有琵琶查八十,清商一曲慰罗敷"。"宛陵新序写乌丝,微雨轻寒本事诗。一样沉冤谁解雪,断肠集里上元词"(按《去年元夜词》本为欧公所作也)。《白香词谱笺》卷四《生查子》"去年元夜时"虽作为朱淑真之作,但据《四库提要》仍考证是欧阳修的作品。

原载淮阴师专编《活页文史丛刊》;据《晚晴轩文集》,巴蜀书社 1985 年版。

关于元遗山论诗绝句

元好问（遗山）是金、元王朝的一个鲜卑民族歌手，是中国文学史上一个杰出的诗人。他在《论诗三十首》中有一首历来为人传诵的七绝云：

> 有情芍药含春泪，无力蔷薇卧晓枝。拈出退之《山石》句，始知渠是女郎诗。

这首绝句引起后人不少的争论。

首先应该提到的是元好问自己编选的《中州集》。集中有王立中传云："予尝从先生学，问作诗究竟如何。先生举秦少游春雨诗有情芍药云云。诗非不工，若以退之芭蕉叶大栀子肥校之，则春雨为妇人语矣。破却工夫，何至学妇人。"又瞿佑（宗吉）所著《归田诗话》有"山石句"一则云："遗山《论诗三十首》内一首'有情芍药'云云，初不晓所谓，后见《诗文自警》一编，亦遗山所著……按昌黎诗云：'山石荦确行径微，黄昏到寺蝙蝠飞。升堂坐阶新雨足，芭蕉叶大栀子肥。'遗山固为此论，然诗亦相题而作，又不可拘以一律。如老杜云：'香雾云鬟湿，清辉玉臂寒。''俱飞蛱蝶元相逐,并蒂芙蓉本自双。'亦可谓女郎诗耶?"①

到了清代,袁枚写《随园诗话》时,又有了进一步的发挥。《诗话》第八十一页,除复述了以上观点而外,加引了《诗经》上《东山诗》:"其新孔嘉,其旧如之何",周公大圣人,亦且善谑等语。②《随园诗话补遗》一一五页亦云:"余雅不喜元遗山论诗引退之《山石》句,笑淮海芍药蔷薇一联为女郎诗,是何异引周公之'穆公、文王'而斥后妃之'采采卷耳'也……"③

诗有各种不同的境界,有壮美,也有优美,宜刚则刚,宜柔则柔,不可一概而论。退之"芭蕉叶大栀子肥"是一种境界;少游"有情芍药,无力蔷薇"又是一种境界,用退之笔下的一种境界,排斥少游笔下的另一种境界是错误的;反之,用少游笔下的境界排斥退之笔下的另一种境界,同样也是错误的。近见毛西河(奇龄)与友人书中有云:"曾游泰山,见奇峰怪愕,拔地倚天,然山涧中杜鹃红艳,春兰幽香,未尝无倡条冶叶,动人春思,此泰山之所以为大也。大家之诗,何以异此?"④ 西河所见,

---

① 编者按,见明瞿佑《归田诗话》卷上,《历代诗话续编》下册,第1240—1241页。

② 编者按,见袁枚《随园诗话》卷五:"元遗山……此论大谬,芍药、蔷薇,原近女郎,不近山石,二者不可相提而并论。诗题各有境界,各有宜称。杜少陵光焰万丈,然而'香雾云鬟湿,清辉玉臂寒';'分飞蛱蝶原相逐,并蒂芙蓉本是双'。韩退之诗'横空盘硬语',然'银烛未销窗送曙,金钗半醉坐添春',又何尝不是女郎诗耶?《东山》诗:'其新孔嘉,其旧如之何?'周公大圣人,亦且善谑。"

③ 编者按,见袁枚《随园诗话补遗》卷八。"穆公、文王",当为"穆穆文王"。

④ 编者按,袁枚《随园诗话补遗》卷八:"余雅不喜元遗山论诗……前于《诗话》中已深非之。近见毛西河与友札云:'曾游泰山,见奇峰怪愕,拔地倚天;然山涧中杜鹃红艳,春兰幽香,未尝无倡条冶叶,动人春思。此泰山之所以为大也。大家之诗,何以异此?'其言有与吾意相合者,故录之。"

即我在上面所说诗的境界有壮美优美的不同,但绝不能互相排斥。在自然界中如此,在描写自然的诗中何独不然。因读遗山绝句,略述粗疏的感觉。

载《文史知识》1981年第5期,题为《读诗札记》之一。

《元明清诗一百首》前言

中国诗歌经过唐宋两个朝代的发展，似乎感到盛极难继。向来论诗者往往以唐宋为宗范，有不入于唐则入于宋的说法。对于元、明、清三朝的诗歌创作，则每每有所不满，认为诗坛已经衰落下来了。这样的看法虽有一定的根据，但也不尽全面。我们觉得：每一个朝代必有一个朝代的面貌，正和每一个作家必有与众不同的特色一样，其中能够代表一个朝代的有数的作家，亦必具有本身挺然独立的新姿。

先谈元代：元初诗人大都是金、宋的遗民，影响最大的当是元好问。虽然元好问不曾在元朝做官，但他在诗坛上"巨手开先"，负有重望。因此，我们选元诗特从元好问开始。由于元代历时较短，大约只有一百年光景，再加上蒙古贵族统治者的严重摧残，文坛之花不能盛开，我们读宋末元初的诗，常常感到其中充满着愤懑、凄怆之情，如汪元量《钱塘歌》中有"南人堕泪北人笑"之句，元好问《梦归》中有"憔悴南冠一楚囚"之句，等等，可以想象他们心中有许多被压抑而不能宣泄的感情。赵孟頫以宋的宗室入仕元朝，他的《岳鄂王墓》就有"莫向西湖歌此曲，水光山色不胜悲"的哀吟。这里面深深隐埋着民族的感情,虽然他并没有卓绝的民族气节可言。

明人胡应麟在《诗薮》中批评元诗说:"其词太绮缛而乏老苍,其调过匀整而寡变幻","肉盛骨衰,形浮味浅,是其通病"。这个批评虽不无道理,也只能指某些作者和作品而言,不能一概而论。元朝一些重要作家,譬如元好问、刘因、虞集、萨都剌等,他们的作品都具有一定的特色,用"肉盛骨衰,形浮味浅"加以概括,似不免于一偏。

明朝初年,由于文网森严,一些著名诗人都直接或间接被封建统治者所杀害。如刘基在协助朱元璋平定天下之后,仍不免于一死。又如高启,因为替魏观撰《上梁文》,被腰斩而死,年仅三十九岁。这时期的代表作家除刘基、高启外,还有林鸿、张以宁、袁凯、徐贲等。

明成祖永乐之后,由于诗坛由三杨(杨士奇、杨荣、杨溥)执了牛耳,产生了所谓"台阁体",使诗歌创作趋于庸碌呆板,千篇一律,毫无生气。后来李梦阳、何景明为首的"前七子"起来反对,树起"复古"的旗帜,提倡"文必秦汉,诗必盛唐",影响很大。不久,复古派便取替"台阁体"而统治诗坛。嘉靖中,又有以李攀龙、王世贞为首的"后七子"继之而起,把复古运动推向新的高潮。虽然他们在反对"台阁体"方面起过积极的作用,但由于他们的创作一味以模拟剽窃为能事,内容空泛,结果便产生了许多假古董,没能把诗歌创作引上正确的轨道。万历间,以公安(今属湖北省)人袁宗道、袁宏道、袁中道为代表的"公安派",提出"独抒性灵,不拘格套"的口号,极力反对"前后七子"的拟古主义,其中以袁宏道影响最大。宏道以清新峻拔为尚,然戏谑嘲笑,间杂俚俗,致有空疏之弊。几乎和"公安派"同时,起来反对拟古主义的,还有以竟陵(今湖北省天门县)人锺惺、谭元春为代表的"竟陵派"。他们也主张独抒"性灵",但他们脱离现实生活内容,追求一种"幽深孤峭"的艺术风格,把诗歌创作引向一条更为狭窄的小路。

到了明末,以张溥、张采为首的复社,在文学上主张复旨,推崇七子。但现实的斗争使许多作家改变了作风,而树起了爱国主义旗帜,陈子龙、夏完淳、张煌言等就是著名的代表。

清代是我国诗歌史上一个重要的发展时期,不但诗人辈出,而且特色亦多,其成就远远超过元、明两朝。在有清一代二百六十余年间,大致可分为四个时期:(1)顺康期,(2)乾嘉期,(3)道同期,(4)光宣期。由于分工关系,这本小册子只选录前两期的作家作品,后两期因另有《近代诗歌一百首》,这里就不选录了。

顺(治)康(熙)期的诗坛,钱谦益才力富健,诗风沉郁藻丽,只是以明末重臣,屈节降清,为世所讥。吴伟业擅长歌行体,才华艳发,感慨苍凉。由于遭逢丧乱,阅尽兴亡,不免有"我本淮南旧鸡犬,不随仙去落人间"的感叹。顾炎武的诗歌,沉着雄厚,颇具杜甫的风骨。其内容多抒发国家兴亡之感,以寄寓深沉的民族感情和故国之恩。其次南施(闰章)北宋(琬),旗鼓相当,一时争胜。吴嘉纪的《陋轩诗》,则异军突起,在思想性和艺术性相结合方面取得相当的成就。接着有王士禛提倡"神韵",所谓"不著一字,尽得风流"。赵执信却以思路剜刻为宗,著《谈龙录》与之抗衡。其余像朱彝尊、陈维崧、尤侗、邵长蘅等,或雄据文坛;或词中俊杰,不仅仅以诗歌著称。

至于乾(隆)嘉(庆)时期,诗坛上拟古主义的倾向又有所抬头,影响较大的有沈德潜的"格调"说。稍后与格调派相对抗的有袁枚的"性灵"说。袁枚主张"写性灵",反对盲目地拟古,在当时诗坛起到进步的作用。和袁枚齐名的有赵翼、蒋士铨,并称三大家。但从创作实践和影响来看,他们两人都不及袁枚。嗣后舒位、洪亮吉、黄景仁、张问陶等人的诗歌创作，也都能卓然自树，屹立于诗林之中。道光以后，划归近代，这里就略而不论了。

这本小册子，要选录三朝的诗歌创作，实为不易。由于篇幅有限，我们只能选入那些具有一定代表性的，或思想艺术方面比较优秀的篇章，计元诗二十六首，明诗四十二首，清诗七十一首，总共一百三十九首。这样，挂一漏万，在所难免，再加上自己水平有限，一定存在着不少问题，希望专家和广大读者提出宝贵意见。

据《元明清诗一百首》，上海古籍出版社1982年版。

《千首清人绝句》弁言

宋洪迈有《万首唐人绝句》，清王士禛因之有《唐人万首绝句选》；清严长明有《千首宋人绝句》，毕沅替他写序，叙述编者编撰的始末，并且把他的书刻印出来。

有这些选本的先例，对于清人绝句的编选工作也应该接踵而起。

近体诗的体裁，以五七言绝句为最可尊爱，律诗次之，排律最下。因为绝句最宜于写情写神而韵味不匮。唐宋人绝句，编纂者论列很多，不必赘引，这里单就清人绝句谈谈。有清一代，文学大昌，自顺治而下至于光、宣，中间诗人辈出，搜罗不尽。五、七言绝句之闪耀文坛、传为佳话者尤夥。在这个选本里，容量有限，当然难免有遗珠之憾。但有此一脔之尝，亦可稍稍自慰。

清初大家，除钱谦益、吴伟业等而外，王士禛绝句，自应首屈一指，秦淮杂诗，众口所传。并时作者，如查初白烟波钓徒之章，查德尹燕京之咏与题画之作，赵秋谷阊门口号以及登州之什，朱锡鬯鸳湖之歌，各引一端，同声相应。蒲松龄《告灾》、《田间口号》、《蝗虫害稼》诸作，关心民瘼，尤为难得。乾、嘉以还，则有随园读史，心眼入微；瓯北论诗，品评出众；樊榭悼亡（悼亡姬月上），缠绵悱恻；仲则怀人，风神宛肖，都算得是上品。至于蒋士铨（心馀）的婉约，严长明（冬友）的孤高，杭世骏（大宗）的豪放，地位还在其次。其他若郭麐（频伽）、王昙（仲瞿），亦擅长斯制。王文治（梦楼），钱大昕（竹汀），不无逸响；龚自珍（定盦）、黄遵宪（公度）《己亥杂诗》，皆为士林传诵。晚清谭献、文廷式、苏曼殊等亦多佳作。以上只是随便举例，当然不免于挂一漏万。如果读者以此为起点，触类旁通，按图索骥，自不难"豁然开朗"，有"桃花源"中"土地平旷，屋舍俨然"的境界。

现在这个选本是在三十年代开明书店版《清人绝句选》基础上扩充发展起来的，在篇目上作了较大的调整，增选了一批作者；原编限于篇幅，注释未能详尽，兹为初学者方便起见，试加铨解；作家小传也参考多种材料写成。其中存在的问题一定很多，希望读者予以指正。

友人陈振藩、段占学、王学功同志以及孙女万宁在校阅和抄写上有所协助，学功用工最勤，特此志谢。

1985 年 12 月

据《千首清人绝句》，浙江古籍出版社 1988 年版。

关于王船山的诗论

　　王船山是我国历史上一位杰出的启蒙思想家和爱国主义者。他一生在研究哲学、史学及其他学问的余暇，爱好吟咏，写诗之外，填词作曲，并评选了历代的诗，撰述了不少有关诗歌理论的文字，这些理论有独到之处，很为后人所重视。但他结合历代诗歌创作进行具体批评时，却有时不但不能发挥在诗话中的优点，反而表现出阶级立场等方面的许多偏见，甚至显然有自相矛盾的地方（见后）。本文试图就浅见所及，把他的一些较好的主张和所存在的问题，分为两部分予以评述。

一

　　下面先谈第一部分诗话性质的著作。
　　《船山遗书》中有五十岁、六十岁、七十岁的《自定稿》、《分体稿》、《编年稿》、《柳岸吟》、《岳余》、《忆得》、《舞棹初集、二集》、《潇湘怨词》、《龙舟会杂剧》等十多卷，说明他有丰富的创作经验，能作然后能评。他的《诗译》、《夕堂永日绪论内编》、《南窗漫记》等诗论性质的文字，合起来又叫《姜斋诗话》。

《姜斋诗话》篇幅不多，但作者目光如炬，主张什么，反对什么，一点也不含糊。分析作品时，注重艺术性，深入而细致，绝非一般杂凑些掌故琐闻"以资闲谈"[1]的所可比拟。

在《诗译》一开头，提出总纲性的意见道："汉魏以还之比兴，可上通于风雅；桧曹而上之条理，可近译以三唐……故艺苑之士，不原本于三百篇之律度，则为刻木之桃李；释经之儒，不证合于汉、魏、唐、宋之正变，抑为株守之兔置。陶冶性情，别有风旨，不可以典册、简牍、训诂之学与焉也。"

在这几句话中，有两点重要意见：（1）他通论历代，不拘局于某一方面，从《诗经》以及汉、魏、唐、宋各代诗的源流派系，广泛地予以研究，并分辨其中的正变关系，主张学古而能通变。（2）他论诗以"陶冶性情，别有风旨"为准则，重比兴，通风雅，讲律度。而且论诗就是论诗，和那些弄典册、简牍、训诂学问的截然分开，决不混淆。因此他在各种诗论性质的著作中，竭力反对用经生解诗的方式说诗，尤其反对穿凿附会把诗当作谜语来猜。

其次，说到《夕堂永日绪论》，此书分内外二编，前面也有短短的序言，先用"涵泳淫泆，引性情以入微，而超事功之烦黩，其用神矣"几句话，强调了音乐的作用及其重要性。接着又说："韵以之谐，度以之雅，微以之发，远以之致，有宣诏而无嚚嚣，有淡宕而无犷戾"，可以看出他对于诗歌从内容到形式的美学理想，也说明所谓"经义"只是"旁出"而非主要东西的理由。《内编》评论历代的诗歌成就，着重明代，而有所批评。《外编》侧重于所谓"经义"，大谈时文（八股文），我们

---

[1] 欧阳修《六一诗话》自己说："居士退居汝阴而集以资闲谈也。"

在这里不拟论述。第三种是《南窗漫记》，多记同时人的诗歌创作，尤其着重在交友的遗诗，虽间或也有提到古人之处，但只是作为陪衬。这一卷对于诗的理论很少发挥，在他的诗论性质的著作中是较为次要的。

他的诗论中的重要意见，初步可为以下六点：立意和取势；强调独创性；从比体说到直言，关于兴、观、群、怨；关于情景相生；反对琢字、琢句、讲死法。（以下凡是引用原文时，统称《诗话》，不再分别举出原书名称。）

（一）立意和取势

王船山的诗论强调立意，立意的重要虽说在他以前早已不知有多少人说过了，但都不如他说的最为中肯：

> 意犹帅也。无帅之兵，谓之乌合。李、杜所以称大家者，无意之诗，十不得一二也。烟云泉石，花鸟苔林，金铺锦帐，寓意则灵。

他所谓的"寓意"，并不一定要言在此而意在彼，有所寄托，而必须是"己情之所自发"。他以为在诗歌里任何客观景物的存在，都是诗人主观上所感觉到的。而这主观上的感觉又必须是从真实的体验得来。他认为"大家"如李、杜，没有或绝少有"无意之诗"，这一意见，在《诗话》中也有所发挥。他先说"小家"总是"意不逮词"，接着说："李、杜则内极才情，外周物理，言必有意，意必由衷；或雕或率，或丽或清，或放或敛，兼该驰骋，唯意所适，而神气随御以行，如未央、建章，千门万户，玲珑轩豁，无所窒碍，此谓大家。"这一节也是尽量发挥"意犹帅也"的理论的。有了"意"则什么都可以任你摆布处理，譬之听从指挥的士兵说东就东，说西就西，进退行止无不唯命是从了。只有无"意"的徒然藻饰,才有如无帅之兵显得一盘散沙,不能起更多更好的作用。

他又说:"以意为主,势次之。势者,意中之神理也,唯谢康乐为能,取势宛转屈伸,以求尽其意,意已尽则止,殆无剩语,夭矫连蜷,烟云缭绕,乃真龙,非画龙也。"①

什么叫"取势"?按照"势"是"意中之神理"说来,正和杜甫"下笔如有神"相似,剪裁去取,合于法度,用少许笔墨表达出最精彩的意境,像神龙见首不见尾一样地"夭矫连蜷",在"烟云缭绕"之中。所谓"宛转屈伸,以求尽其意",正是有本领的诗人表现出来的艺术魅力。他用谢康乐善于"取势"来做例子,其实所有"大家"都是能善于"取势"以"尽意"的。不止谢康乐一人有此本领。他又用美术家论画的话:"咫尺有万里之势",画家能缩万里于咫尺之中,诗人也是同样的。接着说:"一势字宜着眼,若不论势,则缩万里于咫尺,直是《广舆记》前一天下图耳。"写诗当然不像缩小地图那样的机械,妙处正在善于"取势"。"取势"取得好,不说一句废话,而所说出的句句都在节骨眼上,有如"画龙点睛"便真个能飞去一般;又像龙飞时那样的"宛转屈伸",有极其动人的神态。他说凡是好的诗,都能够"墨气所射,四表无穷,无字处皆其意也"。"无字处皆其意",从读者的眼里看来便是"意在言后","意在言后",让读者领会诗的有余不尽的意味,以分享创作的乐趣。由此可见"立意"和"取势"实在是诗歌创作中的一个很重要的理论性问题。

(二) 强调独创性

王船山论诗最重视作者自己的性情、兴会和思致,反对依傍

---

① 编者按,似应断为:"唯谢康乐为能取势,宛转屈伸"。

门庭，拾人牙慧。他说："诗文立门庭使人学己，人一学即似者，自诩为大家，为才子，亦艺苑教师而已。"这些话主要是对明人李（梦阳）、何（景明）、王（世贞）、李（攀龙）等所谓"大家"而说的。他反对诗人甘心去做这些所谓"大家"的"门下厮养"，因此他又说："立门庭者必饾饤，非饾饤不可以立门庭。盖心灵人所自有，而不相贷，无从开方便法门，任陋人支借也。"他以为像这样"立门庭"或"作门下厮养"都是可耻的，举的例子是："高廷礼（棅）作俑于前，宗子相（臣）承其衣钵"，对于他们的诗风，表示了深恶痛绝。相反地不立门庭的如刘伯温（基）的思理，高季迪（启）的韵度，贝廷琚（琼）的俊逸，汤义仍（显祖）的灵警，一直到徐文长（渭）的豪迈，都各有各的特色，他们不挂招牌，不开门面，不"充风雅牙行"，但是他们所独擅的光彩不可淹没。他泛论明人的诗，应该肯定的就肯定，应该批评的就批评，一点也不含糊。最重要的是看原作者是否有自己的独创性的一面。因此他引唐人李文饶（德裕）的一句有名的话："好驴马不逐队行"，作为一种箴言。又在一封《示子侄》的小札中说道："前有千古，后有百世。广延九州，旁及四裔。何所羁络，何所拘执？焉有骐驹，随行逐队！"[①] 可见他对于"随行逐队"跟在人家后面亦步亦趋的作者是多么不满了。但是他自己在创作中又有不少专事摹拟的作品，如《九昭》、《九砺》[②]、《仿符命·绎思》、《拟古诗十九首》、《拟阮步兵述怀》、《仿昭代诸家体》等，是不是自相矛盾呢？我们认为这应该分别开来看。随行逐队和摹拟应该是两回事。摹拟古人只是艺术实践上的一种必要的手段，有如书画家摹拟某某，

---

① 中华书局版《王船山诗文集》上册第56页。
② 《九砺》，阙。尚存有一篇见诗集《忆得》中。

是学习创作过程中不可缺少的一种临池工夫。多方面的学习，融会诸家之长，才能铸造出自己作品的崭新的面貌，这和创造性并不矛盾。从事学习的人应该在前人的基础上慢慢学习锻炼然后才能进一步求得戛戛独造，并不排斥"拟"、"仿"。而且王船山所反对的是"立门庭"、"开方便法门"，是"作门下厮养"、"随行逐队"，并没有叫人藐视继承，废绝临摹。他之所以反对"艺苑教师"，无非因为他们"充风雅牙行"，造成"立门庭"的不良风气。他之所以反对"随行逐队"，无非因为被别人牵着鼻子走路，表现出一种奴性，不能不深恶痛绝而已。他说："好驴马不逐队行"，也并不是要人去放野马，弄得游骑无归，或故意在艺术上标新立异，因而绝无准则可循。他和李德裕一样都是针对他们自己的时代情况有所为而发，我们应当体谅他们的苦心。

（三）从比体说到直言

在风格上，他一面提倡含蓄，引喻设譬，旁敲侧击，要竭尽委婉曲折的能事，但一面又说诗有时也要痛快淋漓，不能全都局限于诗经中的隐喻和比体。

《诗话》中说：

> 《小雅·鹤鸣》之诗，全用比体，不道破一句，三百篇中创调也。要以俯仰物理而咏叹之，用见理随物显，唯人所感，皆可类通，初非有所指斥一人一事，不敢明言而姑为隐语也。

这是说诗用比体隐约其词不直接道破的妙处所在。他举的《鹤鸣》诗是这样的：

> 鹤鸣于九皋，声闻于野。鱼潜在渊，或在于渚。乐彼之

园，爰有树檀，其下维萚。他山之石，可以为错。

一连用了"鹤"、"鱼"、"树"、"石"四个比喻，并没有说明用这些比喻来比什么，但读者可以自己去体会，"鹤鸣"二句也许是说鹤的声音传得很远，比喻真诚的话会流传到很远的地方去。"鱼潜"二句也许是说鱼一会儿伏在深渊，一会儿又游到渊渚边，比喻到处都可以看到事物的道理。"乐彼之园"三句，说有树之处，下面有落叶，也许比喻凡事凡物，有盛必有衰，有优点的也不能没有缺点。"他山"二句，这已经是普通应用的成语，有好友互相磋磨的意思。这种表现方法是不直接指斥而会让读者触类旁通的，这是比体的长处，但有时也给人以不痛快的感觉。所以王船山接着说：

若他诗有所指斥，则皇父、尹氏、暴公不惮直斥其名，历数其慝，而且自显其为家父，为寺人孟子，无所规避。诗教虽云温厚，然光昭之志，无畏于天，无恤于人，揭日月而行，岂女子小人半含不吐之态乎？《离骚》虽多引喻，而直言处亦无所讳。

他举《诗·小雅·十月之交》和《节南山》中的诗句对周朝掌大权的皇父、尹氏进行攻击，并且在诗里写出自己的名字，毫不隐讳。又引《离骚》来说明屈原也在诗中直言指斥坏人坏事，以暴露楚王朝的黑暗。可见写诗在应该温柔敦厚时就温柔敦厚一些，在应该直言不讳时就直言不讳。两种风格是并行不悖的。

（四）关于"兴、观、群、怨"

王船山根据《论语》"诗可以兴，可以观，可以群，可以怨"的论点,作了精辟的发挥。《诗译》开头便说:"'可以'云者,随所以而皆可也。于所兴而可观,其兴也深;于所观而可兴,其观也审;以其群者而怨,怨愈不忘;以其怨者而群,群乃益挚。出于四情之外,以生起四情;游于四情之中,情无所窒。作者用一致之思,读者各以其情而自得。"他不把"兴"、"观"、"群"、"怨"看成四个截然无关的东西,而是把四者结成为整体,活看而不呆看,从"读者各以其情而自得"这句话看来,他是要由读者这一方面着眼来谈兴、观、群、怨的,这样才和文学批评发生密切的关系。他举的例子:"关雎,兴也,康王晏朝,而即为冰鉴。'讦谟定命,远猷辰告',观也。谢安欣赏,而增其遐心。"接着说:"人情之游也无涯,而各以其情遇,斯所贵于有诗",这都是就读者欣赏的角度来说的。

《诗话》中又说:

> 兴、观、群、怨,诗尽于是矣。经生家析《鹿鸣》、《嘉鱼》为群,《柏舟》、《小弁》为怨,小人一往之喜怒耳,何足以言诗?"可以"云者,随所以而皆可也。《诗三百篇》而下,唯《十九首》能然,李、杜亦仿佛遇之,然其能俾人随触而皆可,亦不数数也。

可见他对于"兴、观、群、怨"这一论点的重视。相反,他对于许浑、王僧孺、庾肩吾及宋人予以严峻的批评,便因为他们的诗有很多不合于"兴、观、群、怨"的要求。他批评元人的"浮艳",说他们"以矫宋为工,蛮触之争,要于兴、观、群、怨丝毫未有当也"。在称赞明人刘彦昺、贝廷琚的好诗时,下的结论是:"用事不用事,总以曲写心灵,动人兴、观、群、怨,却使陋人无从支借。"

《述病枕忆得》一文中又曾说："丁亥与亡友夏叔直避购索于上湘，借书遣日，益知异制同心，摇荡声情而椠括于兴、观、群、怨。"

可见他对于"兴、观、群、怨"真是有些"念兹在兹，释兹在兹"，既作为论诗的标准，又作为自己创作时的依据了。

（五）关于情景相生

船山诗论中对于情景相生说，反复举例说明。《诗话》中说：

> 兴在有意无意之间，比亦不容雕刻。关情者景，自与情相为珀芥也。情景虽有在心在物之分，而景生情，情生景，哀乐之触，荣悴之迎，互藏其宅。天情物理，可哀而可乐，用之无穷，流而不滞；穷且滞者不知尔。"吴楚东南坼，乾坤日夜浮"，乍读之若雄豪，然而适与"亲朋无一字，老病有孤舟"相为融浃。

这种情景相生说，阐发以写景的心理言情，同时也以言情的心理写景，见出情景互相融洽的妙处。有人曾说"吴楚"二句壮，和下二句"亲朋"云云未免不称，这正说明这位论者对情景融洽说的不理解，因为写诗不能只是写景作壮语一直壮下去的。他在《诗话》中又说："'亲朋无一字，老病有孤舟'，自然是登岳阳楼诗。尝试设身作杜陵，凭轩远望观，则心目中二语，居然出现，此亦情中景也。"紧接着这一节的下面又批评那些批评杜甫这首诗的人道：

> 陋人标陋格，乃谓"吴楚东南坼"四句，上景下情，为律诗宪典，不顾杜陵九原大笑。愚不可瘳，亦孰与疗之？

情景融洽说是通达的评论，上景下情说便是陋人的拘泥，一般评点派常常这样分析说上句是什么，下句是什么，好像写诗真有这么一套格式一般，确是可笑，而且以上景下情作为律诗的宪典，要后人亦步亦趋的学样，就更是荒谬了。不过王船山只否定呆板的"上景下情"说，并没有否定"一情一景"说，这其中还是有分别的。他说：

> 近体中二联，一情一景，一法也。"云霞出海曙，梅柳渡江春。淑气催黄鸟，晴光转绿苹。""云飞北阙轻阴散，雨歇南山积翠来。御柳已争梅信发，林花不待晓风开。"皆景也。何者为情？若四句俱情，而无景语者，尤不可胜数。其得谓之非法乎？夫景以情合，情以景生，初不相离，唯意所适。截分两橛，则情不足兴，而景非其景。且如"九月寒砧催木叶"二句之中，情景作对，"片石孤云窥色相"四句，情景双收，更从何处分析？

他认为一情一景是一法，但也只一法而已，其他四句皆景，四句皆情，在近体二联中变化很多，不可拘泥。他论到写情写景已入化境的好诗，如评丁仙芝《渡扬子江》道："八句无一语入情，乃莫非情者，更不可作景语会。诗之为道，必当立主御宾，顺写现景。若一情一景，彼疆此界，则宾主杂遝，皆不知作者为谁。意外设景，景外起意，抑如赘疣上生眼鼻，怪而不恒矣。"（《唐诗评选》卷三）这样说就比一情一景更进了一步，强调情中有景，景中有情，二者不可分离，应该融而为一。《诗话》中有更透辟的发挥，有"情景名为二，而实不可离，神于诗者，妙合无垠"之说，像这样论情景相生的妙境，有很多是发前人所未发的。

(六) 反对琢字，琢句，讲死法

写诗应该讲究用字、选词的精当，这是没有问题的。但却不能一味在雕琢上下功夫。王船山说："文字至琢字而陋甚，以古人文其固陋，具眼人自和哄不得。"他用贾岛"僧敲月下门"的"推敲"为例，以为这样的推敲，"只是妄想揣摩，如说他人梦，纵令形容酷似，何尝毫发关心？知然者，以其沈吟'推敲'二字，就他作想也。若即景会心，则或推或敲，必居其一，因景因情，自然灵妙，何劳拟议哉？"他对于古今人所津津乐道的贾岛故事表示怀疑，由于他强调直接的体验，常用佛家所谓的"现量"① 这个词语，主张即景会心，自然有适当的字可用，不必"妄想揣摩"。他又举杜甫《龙门奉先寺诗》："天阙象纬逼，云卧衣裳冷"为例，说："尽人解一'卧'字不得，只作人卧云中，故于'阙'字生出胡猜乱度。此等下字法，乃子美早年未醇处，从阴铿、何逊来。向后脱卸乃尽，岂黄鲁直所知耶？"这里说明杜甫早年学六朝，所以未脱琢字的习气，等到艺术手法成熟了，就不再在这上面过分用工夫了。即在音律方面，他也认为不必死死拘忌，他举杨用修（慎）诗句："谁起东山谢安石，为君谈笑净烽烟"为例，说：假如有人觉得"安"字失粘，更云："谁起东山谢太傅"，拖沓便不成响。得出的结论是："足见凡言法者，皆非法也。释氏有言：法尚应舍，何况非法？艺文家知此，思过半矣。"

在造句方面，他又以为作诗但求警句，便不免落于下乘。《夕堂永日绪论》外编中说："非谓句不宜工，要当如一片白地

---

① 《诗话》中说："禅家有三量，唯现量发光，为依佛性。"又说：" '长河落日圆'，初无定景，'隔水问樵夫'，初非想得，则佛家所谓现量也。"

光明锦,不容有一疵颣。自始至终,合以成句,意不尽于句中,孰为警句,孰为不警之句哉?"这些话虽然是对文章而说,也可通论到诗。他反对只求警句的明显例子,如论薛道衡的《昔昔盐》:"一篇之中以一句为警,陋习也。'空梁落燕泥'何当此诗之得失,而杨广乃以之杀人耶?"(《古诗评选》卷一)这些话批评那些过分为"空梁落燕泥"这一句诗喝彩的人是很中肯的。一件艺术品,要求它妙合而无间,洁净而无疵。假如只知挑选其中一点两点加以夸张,抹煞其他部分,以为好处仅仅在这里,便有失论诗之道。船山论诗,着眼于全局,强调"纯净无疵"和"真元之气",反对逐字逐句的粉饰雕琢,更反对攻其一点不计其余。从这些地方可以见到他要求写诗必真必醇,从整篇着眼的道理。他所悬的合于美学要求的境界是"一片白地光明锦",绝不是补补缀缀的零星碎锦。

至于进一步专讲死法,造出种种拘忌,更是他所反对的。他以为诗法不是不该讲究,但"死法"却不应拘守。在谈到岑参《送张子尉南海》诗时,他以为"'海暗三山雨'接'此乡多宝玉'不得,迤逦说到'花明五岭春',然后彼句可来,又岂尝无法哉?"这种自然之法是可以讲究的,但他不满意那些有意造出许多清规戒律的人如皎然、刘辰翁、谢枋得、虞集、高棅、宗臣、王世贞以及当时顾梦麟等,对他们一一有所批评。他说:"有皎然《诗式》而后无诗","诗之有皎然、虞伯生……皆画地成牢以陷人者,有死法也。""一部杜诗为刘会孟(辰翁)陻塞者十之五,为千家注沉埋者十之七,为谢叠山(枋得)、虞伯生(集)污蔑更无一字矣!"可见他对于"死法"的深恶痛绝。

他对于专讲"起承转收"的人有反感,曾举初、盛唐的律诗并无死法可守为例。苏味道的"火树银花合",沈佺期的"卢家少妇",杜甫的"亦知戍不返"以及《秋兴八首》等好诗,原来有什么成法可以遵守呢？他说："杜更藏锋不露，抟合无垠，何起何收？何承何转？陋人之法，乌足展骐骥之足哉？"这其实和上面所述第三点强调独创性是相通的。他反对死法，并不是不要法；他强调独创性，并不是不要学习前人。他主张在学习继承时必须融会贯通，灵活运用。《诗话》在这方面讲得很多，不能一一尽述。

二

王船山的诗论有很多重要的意见既如上述，但他还有不少的偏见，这尤其在他的各种诗选中批评具体作家作品时显得更为突出。

他有《古诗评选》六卷，《唐诗评选》四卷，《明诗评选》四卷，都收在《船山遗书》中。在许多评语中，可以看出他主要的论点：是雅而非郑，重蕴藉（含蓄）而轻直陈；喜爱"纯俭"（纯洁、简约）而不满意于所谓"健笔纵横"。常常用极苛刻的话抨击元稹、白居易，甚至对曹植、杜甫有许多过分的不恰当的责备。刘人熙在《古诗评选序》中说："前后旨趣有相乖忤者"，我们在通读他的诗话和诗评选时，互作比较，确有同感。

他对于《诗经》中某些好作品表示厌恶，如《古诗评选》卷一卓文君的《白头吟》后评云："亦雅亦宕，乐府绝唱。捎著当日说，一倍怆人。《谷风》叙有无之求，《氓蚩》数复关之约，正自村妇鼻涕长一尺语。必谓汉人乐府不及三百篇，亦纸窗下眼孔耳！"说卓文君的《白头吟》是好诗，我们不反对，但把《诗经》中的《谷风》、《氓蚩》那样善于抒情的好作品说得那样不堪，却不是公允的意见。由于他不喜欢太直太尽的作品，戴上有色的眼镜，一见不够婉约与含蓄的诗，总要加以訾议。我们知道婉约与含蓄固然有美学上的价值,但豪放与酣畅的风格,亦未可一笔抹煞。一有所偏,在评价问题上便不免要有失分寸。我们同意他的某些评论,如评《艳歌行》(翩翩堂前燕)道:"古人于尔许事,闲远委蛇如此,乃以登之管弦,遂无赧色。攫骨戟髯以道大端者,野人哉!"又如评《陌上桑》道:"虽因流俗之率尔而裁制固自纯好,使不了汉为此,于'皆言夫婿殊'之下,必再作峻拒语,即永落恶道矣。"可见他不满意于那些平铺直叙或剑拔弩张的作品,特别赞许闲远委蛇而能含蓄不露的诗,这些意见当然是对的。但这种诗的风格虽美,却不是唯一的,如果古今诗坛中只许这种诗存在,凡不合于此的便一概排斥,那就很不合理了。王船山对于古今所同声赞美的长篇叙事诗《焦仲卿妻》(孔雀东南飞),极为不满,自然不会选进他的《古诗评选》中。他在曹丕《大墙上蒿行》后评道:

　　长句长篇斯为开山第一祖,鲍照、李白领此宗风,遂为乐府狮象,非但兴会遥同,实乃谋篇夙合也……自庐江小吏一种赝作流传不息,而后元白踵承潦倒拖沓之词繁……彼庐江小吏诸篇,自是古人里巷所唱盲词白话,正如今市井间刊行何文秀、玉堂春一类耳,稍有愧心者,忍辱吾神明以求其形似哉!

贬抑《焦仲卿妻》的价值一至于此,实在是历来诗论家少有的见解,由于他根本瞧不起民间文学,只要带有民间文学的色彩和意味的,便一律予以否定。这些都是从他主张是"雅"而非"郑"以及"以纯俭为宗"的前提出发的,凡合于这种"雅"和"纯俭"的标准的,他就认为是好诗,不合的自然就是坏作品了。可是我们今天拿曹丕的《大墙上蒿行》和《焦仲卿妻》对照地读起来，觉得《焦仲卿妻》的价值远非《大墙上蒿行》所可比拟。王船山的看法是带有阶级偏见的。

他对于曹丕的诗过于推崇，往往失当，实不能令人信服。如说曹丕的《猛虎行》："端际密窅，微情正尔动人，于艺苑讵不称圣！"又称赞《燕歌行》："倾情倾度，倾色倾声，古今无两。"又说什么："殆天授，非人力。"又赞美《善哉行》："但已空千古，陶、韦能清其所清，而不能清其所浊，未可许以嗣响。"对于曹丕几乎是五体投地，甘拜下风。相反地，对于曹植的批评，却又极其苛刻。在《诗话》中已经说过"子桓天才骏发，岂子建所能压倒耶?!""曹子建之于子桓，有仙凡之隔，而人称子建，不知有子桓，俗论大抵如此"那一类的话。但还不像在《古诗评选》中说得更加过分。在《野田黄雀行》后评道："子建乐府见于集者四十三篇，所可读者，此二首耳（按另一首指《当来日大难》）。余皆累垂郎当，如蠹桃苦李，繁然满枝，虽朵颐人，食指不能为之一动。"这些评论已经未免以偏概全，显得十分偏激了，更奇怪的还有一大段近于罗织人罪名的话：

> 曲引清发，动止感人，乃可不愧作者。子建横得大名，酌其定品，正在陈琳、阮瑀之下。公燕侍坐，拖沓如肥人度暑，一令旁观者眉重而识趣卑下，往往以流俗语入吟咏，几为方干、杜荀鹤一流人作俑，而潘尼、沈约、骆宾王、李颀，皆其嫡系。如："良田无晚岁，膏泽多丰年。亮怀玙美，积久德弥宣。"以腐重之辞，写鄙秽之情，风雅至此扫地矣！又如："积善有余庆，荣枯立可须。"居然一乡约老叟壁上语。至云："看来不虚归，觞至反无余。"则馋涎喷人，止堪为悲田院作谱耳。古今人瞳眬双眼，生为此儿埋没。其父篡祚，其子篡名，无将之诛，当不下于阿瞒。（曹

植《赠王粲》评语，见《古诗评选》卷四）

评诗好不好，是一回事；篡名不篡名，应该是另外一回事。曹植生前受尽他哥哥曹丕的迫害，发出"觞至反无余"的悲叹，原应该予以同情。不从这里着想，骂之为"止堪为悲田院作谱"，已觉过分。骂到肝火动了起来之后，竟至于和对他的父亲曹操同样的给予一个"篡"字的罪名，这真是异想天开！曹操生前篡位，他自己要负责，曹植死后在诗坛上享有大名，这不是他自己勉强夺来的，怎可以用"篡名"二字加在他的身上呢？曹植死后有知，必不甘心受此冒辱！

还有更妙的事，当船山评到曹植的好诗如《七哀诗》时，竟然硬生生地说这种好诗不是他自己作的。《古诗评选》卷四中评道：

> 情乍近而终远，词在苦而如甘，入室之誉，以此当之，庶几无愧。乃以植驵才，奈何一旦顿造斯品?! 意其谲冒家传，豪华固有，门多赋客，或代其庖，如曹洪托笔孔璋，以欺子桓，则未卜斯篇之定为植作也。不然，陶皆苦窳，忽成佳器，亦物之不祥矣！

论到曹植的好诗，毫无根据地说这是他人"庖代"，已是过分的主观。而且还更进一步地说："这样好诗如果真是他写的，好比许多坏的陶器中忽然产生出极少见的一二个好品种来，那真是'物之不祥'了。"想不到有唯物主义思想的王船山，竟然是这样的固执，发表这样唯心论的论调，不能不为之歉然。

评曹丕、曹植如此偏颇，对唐代诗人的评论也常常有欠公允。

在《唐诗评选》中可以看出船山一个很显著的偏向，他是尊李抑杜派。在李白的诗后赞美的话偏多，反之，对杜甫的诗常常表示不满。他在李白《远别离》诗后评道：

> 工部讥时语，开口便见，供奉不然，习其读而问其传，则未知己之有罪也。工部缓，供奉深。

我们在前面说过船山是主张蕴藉含蓄的，他对于杜甫"讥时语开口便见"，认为是浅露。在"工部缓"这一"缓"字之中，实隐寓贬意，"缓"在他看来当然远不如"深"。他在杜甫《乾元中寓居同谷县作歌七首》诗后评道：

> ……李独用本色，则为《金陵送别》一流诗，然自是合作。杜本色极致惟此七歌一类而已。此外如夔府诗，则尤入俗丑。杜歌行但似古童谣及无名字人所作《焦仲卿》、《木兰诗》，与俗笔赝作蔡琰《胡笳词》为宗主，此即是置身失所处。

他对《焦仲卿妻》、《木兰诗》一系列的接近民歌性质的作品都不爱，因此对杜甫继承这一类优良传统，便认为"置身失所"。他不但痛诋《夔府诗》为"尤入俗丑"，甚至对《出塞》、《三别》有"伤于烦缛"、"尽有可删者"的批评，说什么"言有余则气不足，《崧高》、《韩奕》且以为周雅之衰，况《彭衙行》、《奉先咏怀》之益趋而下邪?!"《后出塞》篇末还说："直刺而无照耀，为讼为诅而已。杜陵败笔有'李鼎死岐阳，来瑱赐自尽'，'朱门酒肉臭，路有冻死骨'一种诗，为宋人谩骂之祖，定是风雅一厄。道广难周，无宁自爱。"我们今日万口同声赞扬的"朱门酒肉臭,路有冻死骨"名句,竟被他说成是"风雅一厄"。又《古诗评选》曹丕《清河见挽船士与妻别作》后评道:"无穷其无穷,故动人不已;有度其有度,故含怨何终,乃知杜陵'三别',傺厓灰颓,不足问津风雅。"在他的眼光中,杜甫竟然不足以与言风雅,究竟他所谓的"风雅"是什么样的"风雅"?他之所以尊曹丕而抑曹植,崇李白而卑杜甫,究竟是什么原因?我们认为这里面有阶级立场的问题,有人生观、文学观的问题,也有诗风诗派不同的其他问题。说起来十分复杂,在这篇讨论诗论的文章范围内不可能涉及各方面。有一点可以指出:王船山虽有进步的思想,但毕竟出身于地主阶级,他的思想中不可能没有落后甚至反动的一面。关于他的进步一面的思想,很多人在关于他的哲学论文中都谈到了,他的落后甚至反动思想的另一面,谈的人不多。为了研究他为什么丑诋杜甫的问题,可以联系到他的反动思想见之于其他著作中的实际证例。他曾经有过这样一段话:

> 人之所以异于禽兽者,君子存之,则小人去之矣。不言小人而言庶民,害不在小人而在庶民也。小人之为禽兽,人得而诛之;庶民之为禽兽,不但不可胜诛,且无能知其为恶者。庶民者,流俗也,流俗者,禽兽也。(《船山遗书·俟解》)

他为什么要骂"庶民"为"禽兽"?由于他站在顽固的封建士大夫和地主阶级的立场。他痛恶"流俗",仇视"庶民",提倡高雅,反对浅薄。谁如果要接近下层人民,对他们表示同情,甚至把"高贵"的人们所占有的诗歌向民众去宣传,让他们也踏进艺术之宫来,这便是对牛弹琴,和"禽兽"为伍了。这是反动透顶的思想,应该予以批判的。明了了他的思想中有反人民的这一面,就无怪乎他要痛骂富有人民性的大诗人杜甫以至白居易了。他常说诗有"雅"、"郑"之分,他就是那样严格区别开来的,杜甫的诗于人民是那样殷切的怀念和同情,他是表示厌恶的,他骂杜甫的诗为"风雅一厄",如果联系他思想中有反人民的一面,就一点也不感到奇怪了。

其次,他认为写诗有它自己的本分,应该和其他学问分工。"《诗》以道性情,道性之情也。性中尽有天德、王道、事功、节义、礼乐,文章却分派与《易》、《书》、《礼》、《春秋》去,彼不能代《诗》而言性之情,《诗》亦不能代彼也。决破此疆界,自杜甫始。桎梏人情,以揜性之光辉,风雅罪魁,非杜其谁邪?!"(《明诗评选》卷五徐渭《严先生祠》诗后评语。)

《诗》不能和《易》、《书》、《礼》、《春秋》混淆,彼此不能互为替代。诗是"道性之情"的,要"道性之情",非严格遵奉温柔敦厚的诗教不可,否则就不足以与言诗。逸出了这个范围,就是越俎代庖,因而不能不是所谓"风雅罪魁"。他又曾说:

> 如可穷六合、亘万汇,而一之于《诗》,则言天不必《易》,言王不必《书》,权衡王道不必《春秋》,旁通不必《尔雅》,断狱不必律,敷陈不必笺奏,传经不必注疏,弹劾不必章案,问罪不必符檄,称述不必记序,但一《诗》而已足。既已有彼数者,则又何用乎《诗》?!

他主张诗和其他学术严格分工,也主张诗和其他应用文章要严格分工,诗只是"道性之情","道性之情"只能温柔敦厚,否则便不成其为诗。他这一套议论,虽然不无可取之处,但总的来看是偏颇而迂腐的。

他攻击杜甫，在杜甫的《漫成》五律之后，直率批评道："杜诗情事朴率者唯此自有风味，过是则有'鹅鸭宜长数'、'计拙无衣食'、'老翁难早出'一流语，先已自堕尘土，非但学之者拙，似之者死也。杜又有一种门面摊子句，往往取惊俗目，如'水流心不竞，云在意俱迟'，装名理为腔壳。如'致君尧舜上，再使风俗淳'，摆忠孝为局面，皆此老人品心术学问器量大败阙处。或加以不虞之誉，则紫之夺朱，其来久矣。《七月》、《东山》、《大明》、《小弁》，何尝如此哉！"

既反对在诗中矜持地讲名理，又反对在诗中直率地言忠孝，他并不是不要名理，不要忠孝，相反地，他是最讲名理，最讲忠孝的，可是他偏偏主张把名理和忠孝放在诗的外边。他以为言名理言忠孝是另外一种专职。有如《易经》言天，《书经》言王，《春秋》是权衡王道的一样，不能把诗的范围扩到无穷大，把什么东西都一揽子揽到诗里边来。这是他对于诗的主观看法。由于这种看法，他便反对在诗中有什么"健笔纵横"。因为杜甫《戏为六绝句》中说"庾信文章老更成，凌云健笔意纵横"，他大为反对，认为杜甫说庾信在这一方面是"功之首"，他却认为恰好是"咎之魁"。在评庾信的《咏怀》诗后说：

> 故闻温柔之为诗教，未闻以其健也。健笔者，酷吏以之成爱书而杀人。艺苑有健讼之言，不足为人心忧乎？况乎纵横云者，小人之技，初非雅士之所问津。古人以如江如海之才，岂不能然，顾知其不可而自闲耳。

因此连带批评杜甫道：

> 凡杜之所为趋新而僻，尚健而野，过清而寒，务纵横而莽者，皆在此。至于"只是走踆踆"，"朱门酒肉臭"，"老大清晨梳白头"，"贤者是兄愚者弟"者，一切枯菅败荻之音，公然为政于骚坛，而诗亡尽矣。

他是温柔敦厚的极端维护者，因此对凡是和温柔敦厚的诗教不尽吻合的作品，他都一律排斥，对杜甫当然不能例外。我在上一部分说他有时也容许"直言"，那是对《诗经》中少数篇章说的，对《诗经》以外的诗，如有"直言"那便取排斥的态度。这就是我在本节开始时说他有时不免"旨趣有相乖忤"的好例。

此外，他还根据杨慎《升庵全集》卷六十《诗史》一节的论点，也反对宋人称杜甫为"诗史"，虽则杨慎的这种意见，已被王世贞等人痛加驳斥了[1]，但王船山还赞同杨慎的看法，对"诗史"说作了一系列的攻击。《诗话》中有如下一段话：

> "赐名大国虢与秦"，与"美孟姜矣"、"美孟弋矣"、"美孟庸矣"一辙，古有讳之言也，乃国风之怨而诽，直而绞者也。夫子存而弗删，以见卫之政散民离，人诬其上。而子美以得"诗史"之誉。夫诗之不可以史也，若口与目之不相为代也久矣……

这是"诗"与"史"的分家说，和前面引证评庾信的一段话用意正同。又《古诗评选》卷一曹丕《煌煌京洛行》诗后评道："咏古诗下语善秀，乃可歌可泣，而不犯史垒。足知以诗史称杜陵，定罚而非赏。"很清楚地说明他的主张：谁如说杜甫是

---

[1] （明）王世贞《艺苑卮言》卷四，见丁福保《历代诗话续编》。

"诗史",就是对杜甫的一种惩罚。诗如果干犯了史家职分以内的事,就是僭越,当然也就称不得好诗。在《唐诗评选》卷一李白《登高丘而望远海》诗后又说:

> 后人称杜陵为"诗史",乃不知此九十一字(指李白诗)中,有一部开元天宝本纪在内。俗子非出象则不省,几欲卖陈寿《三国志》,以雇说书人打區鼓,夸赤壁鏖兵,可悲可笑,大都如此。

他虽然反对所谓"诗史"之说,但却钦佩李白《登高丘而望远海》这一类的诗写得含蓄不露,但却有历史的情事在内。他认为诗的妙处正在这种地方。相反地,他对于杜甫《哀江头》、《奉先咏怀》等一类被后人称为"诗史"的作品,就以为太直太露,不算好诗。这是他对李、杜评价的一个重要看法,在今天看来,自然不能不说是一个很大的偏见。

其次说一下他对于元稹、白居易的偏见。

元稹、白居易彰明较著地打出继承杜甫传统的旗帜,元稹且有贬李而崇杜的议论。由于诗风诗派上的路子不同,船山对杜甫尚作不留余地的批评,当然要对元、白痛加诋毁了。

在《诗话》中先论李白的"胸中浩渺之致……如射者引弓极满,或即发矢,或迟审久之,能忍不能忍,其力之大小可知已。要止于太白止矣"。紧接着说:"一失而为白乐天,本无浩渺之才,如决池水,旋踵而涸。"这是对白居易才力上表示菲薄。其次是对元、白的作风表示深恶痛绝。在论到唐人"闺中少妇不知愁"、"西宫夜静百花香"这种诗时,以为"婉娈中自矜风轨"。接着说:"迨元、白起,而后将身化作妖冶女子,备述衾裯中丑态;杜牧之恶其蛊人心,败风俗,欲施以典型,非已甚也。"居然要办元、白以诲淫的罪名。这简直和杜牧一个鼻孔出气。关于这重公案，历代诗论家中有不少人曾为白居易和杜牧做过比较，责杜牧比责元、白的更多，究竟谁是谁非，这里不拟赘说。我认为王船山之所以袒护杜牧，还另有一个原因，即他二人的诗风诗派有些相近，杜牧的诗不像白居易那样的"周详明直"、"浅易近人"，深为王船山所喜爱。看他评杜牧诗时曾说："当知其蕰藉浃洽处"，可知他们之间是有一个共同的标准。他特别引出杜牧的话来攻击白居易，说明还有同声相应、同气相求的艺术观点上的默契之故。他在庾信《杨柳行》后评道：

> 七言长篇，此为最初元声矣。一面叙事，一面点染生色，自有次第，而非史传笺注论说之次第。逶迤淋离，合成一色。虽尽力抉出示人，而浅人终不测其所谓，正令读者犹恨其少。若白乐天一流人，才发端三四句，人即见其多。迨后信笔狂披，直如野巫请神，哝哝数百句，犹自以为不足。而云略请一圣，千圣降临。然后知六代之所谓纵横者，异唐人纵横远矣。

这段话中可以看出船山认为所谓"浅人终不测其所谓"的诗就是好的。拿这个尺度来衡量白居易的作品，自然使得他看不上眼了。至于"六代之所谓纵横者，异唐人之纵横远矣"，可以见到他喜爱六朝的纵横而不爱唐人的纵横。这其实是受了李攀龙"唐无五言古诗而有其古诗，陈子昂以其古诗为古诗，弗取也"[1]旧说的影响，他在《明诗评选》中再三称赞过李攀龙的这句话。由于唐以前的古体诗，即使是才气纵横一些，像《杨柳青》那

---

[1] 李攀龙《唐诗选》序中的话。

样，然还是比较蕴藉含蓄些，不像杜甫、白居易写的长诗那样畅达无余。他之所以说"六代之纵横者异唐人之纵横远矣"，的确也因为六代的诗较合于刘勰在《文心雕龙》所说的"隐秀"①，而最重要的一点便在于六代的诗能使"浅人终不测其所谓"，不像杜甫、白居易所写的较为"纵横"的诗，浅人比较能"测其所谓"，在标榜"雅"、"高"、"洁"，像王船山这样的作者看来便以为都是不足取的了。《古诗评选》卷二陆云《答孙显世》四言诗后评道："句句序事，乃令人不知其序事。杜陵知此，亦何至为白乐天作俑。若然，则谓唐无诗人，亦非苛矣！"说杜甫为白居易"作俑"，这种责难已经不能叫人心服，从而得出"唐无诗人亦非苛矣"的结论，进一步抹煞了有唐一代的诗人，还自说并非苛论，我看未免苛刻得太不合情理了吧。

对于元、白，在他的各种诗评选中，攻击得特别起劲，《明诗评选》卷二祝允明《董烈妇行》后评道："长篇为仿元、白者败尽，挨日顶月，指三说五，谓之诗史，其实盲词而已。"这还是对仿元、白体者而言，如评朱阳仲《杨花篇》道："元、白傲人以铺序，不知铺序之清顺易，穿点之清顺难也"，便直接对元、白的铺序表示菲薄了。其他地方只要一牵涉到歌行铺叙，总要把元、白骂一场，绝不肯放过机会。（在《读通鉴论》中骂元、白骂得更厉害，因为和诗论关系不大，暂不涉及。）而每当他在诗评选中骂元、白时，总常常牵涉到杜甫。评徐渭《沈叔子解番刀为赠》说："杜且不足学，奚况元、白！"评顾开雍《游天台歌》，又说："作长行者，舍白则杜，而歌行扫地矣。"相反地，凡是遇到作风不像元、白的诗，便处处加以赞扬。在吴

---

① 《文心雕龙·隐秀》："隐也者，文外之重旨者也，秀也者，篇中之独拔者也……夫隐之为体，义主文外，秘响傍通，伏采潜发。"

子孝《清明与孙都督伯泉出郊游迎恩隆禧二寺观郑尚书园池》后评道："移换自有古法，自元、白以歌行名天下，世不知有此久矣！"在屠隆《长安明月篇》后评道："匀净不入长庆。"凡是学习汉魏六朝而不取法于长庆体的他就表示赞许。他常说李白、杜甫也学六朝，以庾信、鲍照、三谢等为法，一般学诗的人为什么不取法乎上呢？白香山不学《文选》，所以面目庸俗。看来他竟是一个诗坛上的复古派，要"复"唐以前的"古"。

但他也并不是排斥近体诗，他自己写的律诗绝句非常之多，可见他的复古说还是有限度的。对于唐人近体诗他还是表示赞美，即使元稹、白居易的作品也不肯轻易否定。《诗话》中于叹赏刘禹锡七言绝句的同时，也不忘称许白乐天"皆有合作"。在《唐诗评选》卷四元稹所作《早春寻李校书》后评道："必欲抹此以轻艳，则三百篇之可删者多矣。但不犯梁家宫体，愿皋比先生勿易由言也。"在白居易《钱塘湖春行》后评云："大历之诗，变为长庆，自如出黔中豁菁，入滇南佳地。元、白固以一往风味，流荡天下心脾，雅可以韵相赏。隐括微至，自非所长，不当以彼责此。"在《杭州春望》后评道："韵度自非老妪所省，世人莫浪云元轻白俗。"这些都不失较为公允的话。

在《唐诗评选》一书中所论到的诗人及其作品非常之多，这里之所以仅仅提出李、杜、元、白四大家来略为谈谈，无非要说明他的一种很显著的倾向性。正如我在本文开头时说的"他主张什么，反对什么，一点也不含糊"。不含糊是好的，但跟着带来不少的偏见就不好了。

总括起来说：王船山论诗有其精辟的见解，丰富了文学理论的园地，是值得肯定的。但由于他的阶级偏见，强调所谓雅人高士的爱好，一味抹煞有群众基础也有艺术真价的通俗性的诗歌创作。他所反复讨论的，不离乎所谓空灵妙寂的境界。在诗话中也曾提到《诗经》中"訏谟定命，远猷辰告"和杜甫诗"影静千官里，心苏七校前"[1]，似乎还注重政治性。其实他最感兴趣的还是艺术性。王船山的诗论，对于诗坛有重要的作用和影响，它的精华部分是值得吸收的，但在某些地方由于他站的立场不对，曾发了一系列对待人民态度大有问题的言论。我们一面分析评介他的诗论，一面对他的阶级偏见进行批判，看来是有其必要的。

原载湖南省哲学社会科学学会联合会编《王船山学术讨论集》下册，1965年8月；据《长短集》，浙江人民出版社1980年版。

---

[1] 编者按，杜甫《喜达行在所三首》其三，见《全唐诗》卷225。

略论顾炎武的诗

一

最近我读了一些清初人的诗,其中包括不是专业诗人如王夫之、黄宗羲、顾炎武、孙奇逢、陆世仪等的作品。这几位不是专业诗人的诗,我比较爱读顾炎武。

读顾诗时我用的是徐嘉(遯荈)笺注的本子,还有北京大学早年出版的黄节《顾亭林诗讲义》,解决了不少疑难的问题。另外参考了1950年中华书局出版的《顾亭林诗文集》,这本书确是现存顾氏诗文集中较为完备的一种,其中的《蒋山佣残稿》原稿久佚,今天印了出来可以和亭林文集对比着读。诗集编者系依据潘耒手抄本、康熙原刻本和徐注本等参校补正,费了很大的劳力。虽说这本书在编校上还存在着一些缺点和错误,受到徐震堮、陈监先等同志的批评[1],但成绩是主要的,它给读者以很多的方便,是值得肯定的。

---

[1] 徐文见《华东师大学报》1964年第1期,陈文见《光明日报》1960年1月17日。

顾炎武学问的成就是多方面的，诗为其他方面的成就所掩，向来很少有人写专文谈他的诗。他的诗写得不多，现存的约有四百余首。他生平不愿以文人学士自命，写作极为矜慎，尤其不肯随便写诗，他见有人用诗相互标榜便觉得可耻。他曾经说："若每作一诗，辄相推重，是昔人标榜之习，而大雅君子所弗为也。"① 他很推重葛洪《抱朴子》中"古诗刺过失，故有益而贵；今诗纯虚誉，故有损而贱"以及白居易"文章合为时而著，歌诗合为事而作"的主张②，提倡"文须有益于天下"。他对于当时的"诗人之诗"是不满意的，他说自己的诗"本无郑卫音，不入时人选"。他的诗集从头到尾贯穿着一根爱国主义的红线，绝少无所为而作的作品，实践了自己的主张。

当然，和其他诗人一样，他的诗集中也存在着不少的糟粕，在思想性上，由于他的封建士大夫的阶级立场所决定，还有许多落后的乃至反动的观点应予批判；在艺术性上，由于身受种种迫害的关系，他不能不写得比较隐晦而曲折，含意艰深，又过于着重声韵对偶，抒情达意都受到一定的限制，尤其是因为用典较多，不易为一般读者所接受；体裁的变化也不很大。这些都应该说是他的诗中存在着的不足之处。

二

顾炎武一生为抗清复明而斗争，早年所作《感事》、《京口即事》、《千里》、《秋山》等诗，表现了他的雄心壮志。一首较短的《千里》道：

---
① 《亭林文集》卷四《答子德书》。
② 《日知录》卷二十一《作诗之旨》。

> 千里吴封大，三州震泽通。戈矛连海外，文檄动江东。王子新开邸，将军旧总戎，登坛多慷慨，谁复似缄洪。

上四句写南都，下四句言唐王监国福州，充满着奋发昂扬的气概。又如《流转》诗中所说：

> 浩然思中原，誓言向江浒。功名会有时，杖策追光武。

《赠顾推官咸正》诗中所说：

> 会须洗中原，指顾安黔黎。

都同样地抱着恢复朱明王朝的信心。

到了晚年，眼看形势对于朱明越来越不利，但是他仍不灰心，常有"时当汉腊遗臣祭，义激韩仇旧相家"①，"远路不须愁日暮，老年终自望河清"②，"惟有方寸心，不与玄鼍变"③ 那种始终不渝的志愿。（在今天看来这显然是"愚忠"，只能批判地接受。）

他在诗中还常有一种乐观主义的精神，如：

> 三户已亡熊绎国，一成犹启少康家。苍龙日暮还行雨，老树春深更著花。④

---

① 《又酬傅处士次韵之一》。
② 《五十初度时在昌平》。
③ 《太原寄王高士锡阐》。
④ 《又酬傅处士次韵之二》。

写这诗时正当康熙二年，他已经五十一岁了。以日暮行雨的苍龙自比，以春深还著花的老树自喻，用"楚虽三户，亡秦必楚"（《史记·项羽本纪》）和夏少康中兴（《史记·夏本纪》）的故事来鼓励友辈复国雪耻的信心，绝没有消沉和颓丧的气氛。对于同辈和后一代谆谆告诫："去去慎所之，长安有歧路"①，"愿君无受惠，受惠难负荷；愿君无倦游，倦游意蹉跎"②。劝他们不要被清人的利禄所引诱。甚至于遥祭死于故乡（昆山）的妻子王氏的诗中还是说："地下相逢告公姥，遗民今有一人存"③，可见他心志的坚决。此外为《哭陈太仆子龙》、《哭杨主事廷枢》、《汾州祭吴炎、潘柽章二节士》以及《金山》（歌颂张煌言）等有关抗清的作品，在集中更是多得难以尽述。

他做学问，贵本原，重经史，读史与抗清联结，著述与致用相通，学以致用的主张他是很能实践的。对于历史上有名的忠臣义士，尤其表示向往。如《义士行》、《孟县北有藏山云是程婴公孙杵臼藏赵孤处》等诗，隐隐以托孤寄重的复国义士自命。《王官谷》一诗，对于效忠唐室因而饿死空山的司空图表示敬仰。《浯溪碑歌》歌颂捍卫国家民族利益的元结和颜真卿，同时对他们所作的碑文和书法备致爱护，把他们当作学习的榜样。《井中心史歌》在歌颂"有宋遗臣郑思肖"之后，结语道："呜呼蒲黄之辈何其多，所南见此当如何?!"④可见他是如何的爱憎分明。

孙之獬降清，百般献媚，加官进爵，当他罢官归里后，抗清

---

① 《赠毛锦衔》。
② 《酬史庶常可程》。
③ 《悼亡五首》之四。
④ 自注："宋末蒲寿庚、黄万石"，蒲、黄降元事实见毕沅《续通鉴》。

的义民丁可泽、谢迁等攻破山东淄川县，捉住孙之獬，把他当场杀了。顾炎武写了《淄川行》：

> 张伯松，巧为奏，大纛高牙拥前后。罢将印，归里中，东国有兵鼓逢逢。鼓逢逢，旗猎猎，淄川城下围三匝。围三匝，开城门，取汝一头谢元元。

这首诗歌颂起义的英雄，虽然作者并没有意识到是在歌颂农民起义（甚至还反对农民起义），但"取汝一头谢元元"，却代表了当时人民的呼声。"国人皆曰可杀，然后杀之"，孙之獬真是死有余辜。这样的诗确能反映人民的思想感情。

他讽刺当时没有骨气的人，如《蓟门送子德归关中》诗中所指斥的："蓟门朝士多狐鼠，旧日须眉化儿女：生女须教出塞妆，生男要学鲜卑语。"联系到《日知录》卷十三《廉耻》一则中引《颜氏家训》原文之后所说的："彼阉然媚于世者，能无愧哉。"他把"士大夫之无耻"当作"国耻"，同时又用"博学于文"和"行己有耻"[①]的思想密切结合，这都是他重要的主张。他生平游踪所至以及和朋友赠答，偶有新诗，没有一篇不是围绕着爱国家爱民族这一中心思想而发的，有不少诗没有题目，以起头二字为题，如《春半》、《八尺》、《传闻》、《江上》、《丈夫》、《永夜》、《双雁》、《白下》等，都和前面所引《千里》一样，是极有寄托、令人感慨奋发的诗。

作为封建士大夫，他不可能把爱国和忠君截然分开，他念念不忘故主，写了许多谒陵的诗，如《恭谒孝陵》、《元旦陵下作》、《恭谒天寿山十三陵》、《再谒天寿山陵》等。较为浅近而

---

① 参阅《亭林文集》中的《与史馆诸君书》、《答次耕》、《答子德书》等。

流畅的是：

>旧识中官及老僧，相看多怪往来曾。问君何事三千里，春谒长陵秋孝陵。(《重谒孝陵》)

常年奔走三千里，来往于北京长陵和南京孝陵之间，表现出他的一片孤忠，是十足的遗老形象。有人认为迷恋于封建帝王的骸骨，这种孤忠是可悲的、愚蠢的。但是在当时像他这样的孤忠，究竟比汉奸洪承畴、钱谦益之流叩头乞降总是有天渊之别吧。我们要歌颂有骨气的人，不能因为他忠于一姓，便笑他愚蠢，抹杀他历史上的进步意义。最近我读到一篇谈顾炎武政治思想的文章①，大意是说顾炎武在清兵进关时不投降是进步的，到了康熙王朝时局业已安定，还不投降而以遗老自居，这就是落后的了。况且满人也是少数民族之一，汉满本是一家，何苦一直坚持下去呢？我对于这种说法是不同意的。如果我们承认了这样的论点，那被顾炎武骂之为"蝇营蚁附"的阃外甥徐乾学、徐元文之流在康熙朝中飞黄腾达、安富尊荣倒成了"识时务"的"俊杰"了。至于少数民族云云，只是今天的看法，如果在清初也讲各民族一律平等，那在清兵进关时早就应该开门迎降，何必还要进行抵抗呢？《亭林诗集》中有不少爱国的诗篇都写于康熙朝代，当时阶级矛盾和民族矛盾都仍十分尖锐，这只要读一读当时进步诗人的诗，以及有正义感的作者所写的野史笔记之类并可了然。当时不知有多少人在这种矛盾之下备受迫害或惨遭屠杀，难道康熙王朝真是阶级矛盾已经消灭，民族矛盾已经调和的太平

---

① 洪焕椿《对顾炎武政治思想的重新评价》，见《南京大学学报》第八卷第一期(1964年)。

盛世，可以不用进行反抗和斗争了吗？难道一个爱国家爱民族的义士可以容许中途变节吗？这种论点是大大值得商榷的。

三

顾炎武的诗对于明朝帝王治国无方，因此种了祸因也曾有过批评，如对于神宗（朱翊钧）不管国事，致使纲纪废弛，酿成大乱，他在一首诗中说：

……老人尚记为儿时，烟火万里连江徼。斗米三十谷如土，春花秋月同游嬉。定陵龙驭归苍昊，国事人情亦草草……①

神宗种了亡国的因，"国事人情亦草草"，疏忽了安邦奠基的大计。乾坤难以转移，竟至江河日下，不可复振。另一首批评南明福王（由崧）征歌选色、荒淫误国的诗道：

桃叶歌，歌宛转，旧日秦淮水清浅，此曲之兴自早晚。青溪桥边日欲斜，白土冈下驱虞车。越州女子颜如花，中官采取来天家，可怜马上弹琵琶。三月桃花四月叶，已报北兵屯六合。官车塞上行，塞马江东猎。桃叶复桃根，残英委白门。相逢冶城下，犹有六朝魂。（《桃叶歌》）

这诗讽刺朱由崧掠取民间女子入宫做戏，清兵已经打到六合地方，他还在放纵淫乐。作者对于追随陈后主之后做了亡国之君

---

① 《桃花溪歌赠陈处士梅》。

的朱明末代子孙表示了极大的愤慨。这和他的《秋山》诗第一首中所说的"胡装三百舸,舸舸好红颜"一样,都是替被压迫被蹂躏的人民抱不平。

他对于人民的态度如何,还可以从他对农业劳动的看法得到证实。他在一首《夏日》诗中说:

……而况蚩蚩氓,谋食良已艰。眷此负耒勤,羡彼濯流还……

在另一首同是以《夏日》为题的诗中道:

……未省答天心,且望除民患。《黍苗》不作歌,《硕鼠》徒兴叹……

由于他自己也耕过田,干过活,体验过劳动的艰难,如《刈禾长白山下》中所说的"载耒来东国,年年一往还。……食力终全节,依人尚厚颜",他不但不是轻视劳动的人,而且对农民十分同情。他殷切盼望"除民患",但他又无如为民之害的"硕鼠"何。这是他进步思想的表现。但从他这些诗中又看到他的封建士大夫的立场,如说农民是"蚩蚩氓",正如他在另一首诗中说:"碌碌想阿奴,耕田故辛苦"(《寄弟纾及友人江南》之二),他是站在农民的上面朝下看,并不是以平等的地位对待农民的。他殷切盼望的是所谓"吏无敲扑民无逋"(《兄子洪善北来言及近年吴中有开淞江之役书此示之》),他的志愿是:"愿作劝农官,巡行比陈靖。畎浍遍中原,粒食诒百姓"(《常熟县耿侯橘水利书》),他的理想社会是回复到唐代的"贞观之治"。他说:

……孰令六代后，一变贞观初。四海皆农桑，弦歌遍井间。我亦返山中，耦耕伴长沮……（《岁暮》）

所谓"贞观"正和白居易"复彼租佣法，令如贞观年"（《赠友》五首之三中句）的提法相似。明代君臣最企慕的是唐太宗（李世民）的时代，从朱元璋起，就常以唐太宗为法，《亭林文集》和《日知录》中也常常说贞观之治如何如何。他只知唐太宗的文治武功较为可观，人民生活较乱世为好，便一味地憧憬和向往，他根本认识不到"贞观之治"也并不是什么理想的社会，这是时代的局限，不能对他有过高的要求。至于前面提到的一首《夏日》诗中所谓"未省答天心"，这是天命决定一切的唯心论的观点，更不用说了。我们应该肯定他进步的一面，批判他落后的一面。

最应该批判的是，由于明代遗老的立场所决定，他认为朱明的开国之君朱元璋和亡国之君朱由检都是神圣不可侵犯的。《恭谒高皇帝御容于灵谷寺》诗中说什么："肃步投禅寺，焚香展御容。人间垂法象，天宇出真龙。隆准符高帝，虬须轶太宗"，这样的形容正和后来康有为《题朱元璋遗容》所说的"龙颜隆准兴皇业"，是同样的可笑。所谓"真龙"，所谓"隆准"，只是星相家的骗人之谈。《恭谒孝陵》诗中又说什么"真符启圣人"，"万古肇君臣"，"紫气浮天宇，苍龙捧日轮"，这些专为帝王捧场的恶札，当然是道地的封建性的糟粕了。对于崇祯（由检）那样的亡国之君，他也在《大行哀诗》中有"神器无中坠，英明乃嗣兴"等肉麻的颂扬。《骊山行》中把朱由检和唐玄宗（李隆基）作了一番比较之后，感叹地说："亦有英君御区宇，终日忧勤思下土。贤妃助内咏《鸡鸣》，节俭躬行迈往古。"这样的

"英明"之君居然会亡国，他是愤愤不平的。由于他的以贞孝著名的嗣母绝粒不食，遗训要他"无为异国臣子"，他自己也有"他人可出而不孝必不可出"①的誓言，他心心念念要"留此一丝忠孝在，三纲终古不曾沦"（《陈生芳绩两尊人先后即世适皆以三月十九日，追痛之作，词旨哀恻，依韵奉和》）。朱由检之死，在他是"天仇国耻世无伦"（同前）。他看不出朱明王朝必然要灭亡的原因，只看到朱由检身上还有一点装模作样的所谓"俭德"，便极力夸张起来，这其中有根深蒂固的封建主义在作祟，是很清楚的。

他痛恨农民起义，和其他封建士大夫是没有两样的。在《朱子斗诗序》中说的"贼陷西安"，《大汉行》中说的"黎元愁苦盗贼生"，《居庸关》之二中说的"西来群盗失金汤"，都是诅咒李自成的。《赠潘节士柽章》诗中也写道："北京一崩沦，国史遂中绝……中更虏（一作'夷'）与贼，出入互螫螫。""虏"指清人，"贼"即指李自成。《羌胡引》中"妖民一唱山东愁，以至神州半流贼"，骂的就更广泛了，这类诗还有不少，可见他诗中还有不少反人民的糟粕在。

四

《亭林诗集》有不少游览诗，有的写得很有特色，如《劳山歌》：

劳山拔地九千丈，崔嵬势压齐之东。下视大海出日月，上接元气包鸿濛。幽岩秘洞难具状，烟雾合沓来千峰。华楼

---

① 参阅《亭林文集》中《答次耕书》、《与叶韧庵书》等。

独收众山景,一一环立生姿容。上有巨峰最崱屴,数载榛莽无人踪。重厓复岭行未极,洞壑窈窕来相通。天高日入不闻语,悄然众籁如秋冬。奇花名药绝凡境,世人不识疑天工。

把劳山的雄奇姿态描写得恰如其分,这样的诗是令人爱读的。但也另有一些游览诗,每每夹杂许多迂阔的议论,如《登岱》:"七十二君代,乃有封禅坛。书传多荒忽,谁能信其然。"其中对于封禅含有质疑的意思,但主要是对于儒家学术的衰落表示忧惧。后面说的"复有孟子奥,眷眷明堂言。庶几大道还,民质如初元",实是些迂腐的议论,很少诗味。尤其《谒夫子庙》、《谒周公庙》、《谒孟子庙》等,用儒家传统的思想入诗,载道的气味太重。明人胡应麟说:"儒生气象,一毫不得著诗;儒者语言,一字不可入诗。"① 虽然未免说得太绝了,但载道(孔孟之道)却实属诗家的大忌。杜甫也曾用儒家传统的思想入诗,但不像顾炎武这样的太嫌着迹。顾诗的头巾气太重了!

反映作者本人生活的小诗,也有不少写得好的。如《酬王处士九日见怀之作》:

是日惊秋老,相望各一涯。离怀销浊酒,愁眼见黄花。天地存肝胆,江山阅鬓华。多蒙千里讯,逐客已无家。

这是酬答王炜原唱《秋日怀宁人先生诗》的。他为了避免敌人和仇家(叶姓豪族)的迫害,不得不离开故乡出走,当起所谓"逐客"来。关于"逐客"生活,他在另一首五古中写道:

---

① 胡应麟《诗薮·内编》卷五。

……稍稍去鬓毛，改容作商贾。却念五年来，守此良辛苦。畏途穷水陆，仇雠在门户。故乡不可宿，飘然去其宇。往往历关梁，又不避城府。丈夫志四方，一节亦奚取。毋为小人资，委肉投饿虎……（《流转》。原抄本题作《剪发》）

他改装时把头发剪了，当时人有宁可不要头也不愿剪发的，他认为这只是小节，可以有权宜之计，便剪发当了"逐客"，流转到山东、河北、陕西、山西各地垦殖生产，暗中结交爱国志士，策划恢复明代帝业的壮举。康熙七年被姜元衡所诬告，牵连上莱州黄培诗狱，他从北京到南京去投案。《赴东六首》诗中说："伟节不西行，大祸何由解"，"所遇多亲知，摇手不敢言"，就是在这种心境之下写出来的。后来幸亏有李因笃等好友的营救，才得脱祸。

康熙十六年，顾炎武已经六十五岁了，他在深秋细雨中远道跋涉到关中去访友，曾经写过一首七律：

重寻荒径一冲泥，谷口墙东路不迷。万里河山人落落，三秦兵甲雨凄凄。松阴旧翠长浮院，菊蕊初黄欲照畦。自笑漂萍垂老客，独骑羸马上关西。（《雨中至华下宿王山史家》）

这时候他感到恢复明室江山已经很少有可能了。他入关访友，朋友们对他寄予"一振关中之学"的愿望。他自己也说："遥知关令待，计日盼青牛"（《霍北道中怀关西诸君》），带着幽默的口吻以老子骑青牛上函谷关自比，诗中有一种凄清萧飒的味道，不再是剑拔弩张像早年所说的"祖生多意气，击楫正中流"那种神态了。这有年龄的关系，也是当时整个形势迫使他不得不然。顾炎武的抗清大业注定不会成功，他所交结往来的尽是些地主阶级中的士人，实为重要原因之一。地主阶级因利害关系，抗清不会坚决。假如顾能深入下层，团结有反抗清朝思想意识的农民大众，情形也许会有所不同。可惜他还不能有这种觉悟（当然，希望他有这种觉悟，也是一种过高的要求）。他在关中把精力消耗在修建朱文公（熹）祠那些不切实际的事情上面，显见其封建士大夫阶级思想的局限。但是他勤奋著书，一时一刻也不懈怠，正如他在《关中杂诗》中所说"文史生涯拙，关河岁月劳"，《春雨》诗中所说"穷经待后王，到死终黾勉"。他留下许多著作，对清代三百年学术的发展有很大的影响，他奋斗一生到死不懈的精神，直到今天还值得我们学习。

五

顾炎武的诗，说出当时不能不说的话，写出后世必不可少的作品，颇能承担起一代诗史的重任。诗的艺术特点在于字斟句酌，从烹炼中见功夫，概括性强，没有一句废话，一个冗字。以含蓄擅长，不像元稹、白居易那样的质直浅露；以凝重著称，不像钱谦益、吴伟业那样有靡曼之音和浮嚣之气。朱彝尊说："宁人诗无长语，事必精当，词必古雅，抒山长老所云：'清景当中，天地秋色'，庶几似之。"所谓"天地秋色"确是一年中最好的景色，它与春色妍丽的境界大有不同。人们大抵都喜爱春色，不知"天地秋色"的佳处正在苍劲和清绝。沈德潜说他的诗"风霜之气，松柏之质，两者兼有"，和朱彝尊的评论有相通的地方。

关于顾炎武诗向前人学习、继承的问题，他的好友李因笃说他"诗独爱盛唐"①。后来的包世臣说："亭林之诗,导源历下,沿西昆、玉溪、杜陵以窥柴桑"②,至于说他从李攀龙诗入手进一步学习杜甫的就更多了。顾炎武自己在《济南》诗中说："绝代诗题传子美,近朝文士数于鳞",就是他敬仰杜甫不菲薄李攀龙的明证。虽说这首诗主要是即景生情,因游大明湖历下亭和李攀龙的故居白云楼,偶然提起他二人的往事,以表示怀念的,不一定就是学步他们诗的自白,但他的诗的气息却不能说和李攀龙以至上追到杜甫无关,以上说法还是可以成立的。不过他的诗的精神面貌和前人截然不同,他虽有继承,却又能在继承之外卓然有所树立。他论诗是反对依傍古人的,如《与人书十七》中所说："君诗之病在于有杜……有此蹊径于胸中,便终身不脱依傍二字,断不能登峰造极。"又在《日知录》卷二十一《诗体代降》中说："不似则失其所以为诗,似则失其所以为我,李、杜之诗所以独高于唐人者,以其未尝不似而未尝似也。"他论诗劝人不要依傍杜甫,他自己更不会只是一味地依傍;他知道李、杜继承古人的传统"未尝不似而未尝似",他自己更不会一味追求"似"。我们用顾炎武的诗来和前人的诗做比较,就会知道顾炎武并不像李攀龙那样以生吞活剥的摹仿为能事。他诗中的时代气息和自己生活的影子是表现得较为真切的,他并没有亦步亦趋地做古人的奴隶。《晚晴簃诗汇》卷十一,编者说顾"心摹手追,惟在少陵",是不足为据的。张维屏论他的诗以为"真气喷溢于字句间,盖得杜之神"③,却是较有分寸的话。

他的诗主要缺点除前面已经提到的以外,还有他过于爱写律

---

① 《受祺堂文集》卷三《钮玉樵明府诗序》中语。
② 《艺舟双楫》论文一《读顾亭林遗书》。
③ 《国朝诗人徵略》卷三引《听松庐诗话》。

诗，长律尤多，这是受杜甫"铺陈终始，排比声韵"的影响。他自己又曾说："自少为帖括之学者二十年"①，帖括之学是封建社会考试学子束缚思想的工具，他在这中间消磨了二十年光阴，使他后来的创作在不知不觉中蒙受了无形的桎梏，以致在体制上有时便不免有板滞拘泥的痕迹。他写有《诗律蒙告》一卷②，其中也有较好的意见，如"诗避三巧：巧句、巧意、巧对三者，大家之所忌也"。又说："学诗不可但学句法，须以一气浑成为上，若逐句做去者，不足言诗。"他看透了律诗的弊病，然后得出"学诗不可先学律诗"的结论来。他知道学诗的人入门不慎，很容易陷入声韵对偶的泥坑中不能振拔出来。他的"蒙告"也正是他自己的经验教训，写出来作为后学的一种忠告。

他不是专业诗人，可是他在诗学上既有不少的创作，又有一些精辟的理论。他的比较进步的文学思想跟他的学术思想有血肉的关联，他的创作实践和他的文学思想也有密切的关系，在这篇文章里是无法详为论列的。我只是因为初步读了他的诗试写出这一点札记来，真是"扣槃扪烛"的臆说，错误恐怕是难以避免的，希望能得到读者的指正。

原载《光明日报》1964年6月14日《文学遗产》第465期；据《长短集》，浙江人民出版社1980年版。

---

① 《钞书自序》见《亭林文集》卷二。
② 《敬跻堂丛书·菰中随笔》的附录。

读吴伟业的《梅村诗集》

清初诗人吴伟业（1609—1671），字骏公，号梅村，江苏太仓人。他在当时的诗坛上很有名，取法盛唐诸大家以及后来的元（稹）白（居易），号为娄东派。《四库全书总目》卷一七三介绍《梅村集》有云：

> ……其中歌行一体，尤所擅长。格律本乎四杰，而情韵为深；叙述类乎香山，而风华为胜。韵协宫商，感均顽艳，一时尤称绝调……

这样对于吴梅村的歌行的赞美是恰当的。我们读梅村集中的《圆圆曲》、《永和宫词》、《萧史青门曲》、《楚两生歌》、《鸳湖曲》、《听女道士卞玉京弹琴歌》等，不能不叹服他的才华确实在清初诗坛上能鳌头独占，虽然梅村降清，不免失节，他的诗也由于封建士大夫的立场，在今天看来在思想性这一方面还存在着不少的疵瑕。

王渔洋（士禛）在《分甘余话》中论及明末暨清初歌行的三派，其中一派就是以吴梅村为首的娄江派，他说："娄江源于元白，工丽时或过之。"

纪昀和王士禛都以为吴伟业是取法元稹和白居易的。只有同是太仓县人的汪学金在《娄东诗派》一书中收采梅村诗一百七十四首，评论有云："梅村歌行以初唐格调，发杜、韩之沉郁，写元、白之缠绵，合众美而成一家。五言律警切处时近少陵，七言悲凉凄艳，出入刘宾客、李玉溪之间。"

汪学金的看法和纪昀、王士禛稍有不同处，他以为吴伟业不仅仅取法元、白，还把梅村集中的五律提出来和杜甫相比近；并说他的七言诗受了刘禹锡、李商隐诗的影响很大。

袁枚（子才）仿元好问（遗山）论诗绝句之一，品评吴梅村云："生逢天宝乱离年，妙咏香山长庆篇。就使吴儿心木石，也应一读一缠绵。"第一句是说吴伟业生长的时代在改朝换代的明末清初，和唐玄宗天宝年间的乱离凄楚有相似之处；第二句也以白居易《长庆集》的诗风相提并论；第三、第四句说梅村诗缠绵悱恻，即使是"心如木石"的"吴儿"读起来也不得不为之感动。

试以有名的《圆圆曲》来说明吴梅村的歌行是怎么受白居易《长恨歌》的影响而且能变化出之，更觉工丽的。大家都很熟悉唐人陈鸿《长恨歌传》是根据白居易的《长恨歌》写出来的，陈鸿自己在传中说："歌既成，陈鸿传焉。"在宋绍兴本《白氏长庆集》第十二卷感伤四只有《长恨歌传》，《长恨歌》附于传后，并未分家。清人赵执信诗云："三生影响陈鸿传，一种风情白傅诗。"就说明诗与传的关系。

吴梅村的《圆圆曲》和陆次云的《圆圆传》，正好是同样的情况。虽然两者并没有紧紧放在一起像陈鸿传和白居易诗一样。我们在这里只着重提一下两者的关系，并不是把《圆圆曲》和《长恨歌》的价值划起等号来。相反地，我们要批判《圆圆曲》

中封建地主阶级立场的反动性，如以鼎湖（黄帝铸鼎于荆山下）比拟明崇祯等就是证明。

原诗太长，不能俱引。但《圆圆曲》中所云："家本姑苏浣花里，圆圆小字娇罗绮。梦向夫差苑里游，宫娥拥入君王起。前身合是采莲人，门前一片横塘水。"在这一段描写的前面，乃是逆叙吴三桂得到陈圆圆的情事；以后补叙圆圆入田氏之事。数句中独以西施比圆圆，作为过脉。下面叙圆圆骤然娇贵，邻里羡慕的情意。说什么："传来消息满江乡，乌桕红经十度霜。教曲伎师怜尚在，浣纱女伴忆同行。旧巢共是衔泥燕，飞上枝头变凤皇。长向尊前悲老大，有人夫婿擅侯王。"这夫婿指的是云南王吴三桂。其中用吴王夫差和西施的往事暗以比喻吴三桂和陈圆圆，是很明白的。其结句又有云："君不见，馆娃宫起鸳鸯宿，越女如花看不足。香径尘生鸟自啼，屧廊人去苔空绿……为君别唱吴宫曲，汉水东南日夜流。"结束处将吴亡暗喻明亡，故有"换羽移宫万里愁"之句。责备吴三桂卖国求荣，吴宫就圮，汉水东流，不知三桂对之亦有愧于中否？收句和起句互相呼应，必须细心体会，才能真正欣赏它的妙处。此外，有一点必须指出：大家知道，"冲冠一怒为红颜"，是讽刺吴三桂的。三桂初闻崇祯吊死于煤山，漠然无动于中，后听说圆圆被闯王抢走，才和闯王誓不两立。传说吴三桂曾派人请梅村改去这一句，梅村坚决不改，这也是《圆圆曲》一个重要的插话。

梅村安排章法，有脱胎于白居易《长恨歌》之处，是大家知道的，但《圆圆曲》有不如《长恨歌》之处。王国维在《人间词话》卷上里面就曾经明确指出过。王说："以《长恨歌》之壮采，而所隶之事，只'小玉双成'四字，才有余也。梅村歌行,则非隶事不办。白、吴优劣,即于此见。"① 王国维的批评是非常正确的。

梅村自己也颇有自知之明,他曾说:"一编我尚惭长庆"(《秋日锡山谒家伯成明府临别酬赠》),他自觉他的诗还不及《白氏长庆集》,引以为愧。和上一句"八斗君堪跨建安"作对,足见他一向不是自视甚高的人,并不是故作谦虚。梅村的其他歌行如《永和宫词》(咏明季田贵妃遗事)等,要说的话太多,不能逐篇去谈了。

徐世昌在《晚晴簃诗汇》卷二十中录梅村诗五十二首,并称吴"古胜于律,尤善歌行,脱息初唐,不囿于长庆,陈卧子(即陈子龙)谓其诗似李颀,又极称其《洛阳行》一篇",以为是集中最深厚的作品。我们一读《洛阳行》,就知道是为福王而作。《明史》:神宗第二子常洵封洛阳为福王。这个福王是个大脓包,在洛阳只知吃喝玩乐,被乱兵杀死。由崧袭位,到了南京,为马士英、阮大铖所包围,只有一年在位。孔尚任在《桃花扇》卷四《秣陵秋》长诗末句中所谓"那知还有福王一,临去秋波泪数行"。钱谦益写的《一年》诗:"一年天子小朝廷,遗恨虚传覆典型。岂有庭花歌后阁,也无杯酒劝长星。吹唇沸地狐群力,勢面呼风蜮鬼灵。奸佞不随京雒尽,尚流余毒蛰丹青。"在这一点上钱谦益似乎比吴伟业还看得清楚些,虽然钱和吴都同样是屈节降清的贰臣。

徐世昌还批评梅村《圆圆曲》、《楚两生行》诸篇,"皆志在以诗为史,而事实舛误,及俗调浮词,亦所不免,后来摹拟成派,往往无病而呻,令人齿冷,甚至以委巷见闻,形诸宫掖,谰

---

① 自注:白居易《长恨歌》有"转教小玉报双成"为隶事,至吴伟业之《圆圆曲》,则入手即用鼎湖事,以下隶事句不胜指数。

言自喜，雅道荡然，则非梅村所及料也。"世昌以清末遗老而作宫掖辩护士，说梅村"无病而呻，令人齿冷"，未免过于刻薄，至于"以委巷见闻，形诸宫掖，"把"宫掖"顶在头上，鄙弃"委巷见闻"，把上层称为"雅道"，更是头巾气十足，在今天看来是很可笑的。

梅村集中除以歌行擅长而外，他的近体如五七言律绝，也是写得很出色的。

沈德潜（归愚）说："梅村近体声华格律。不减唐人，一时无与为俪。"杜于皇《纪怀诗·骏公吴公》一律中有云："文采错绮绣，声调谐宫商"。这些称誉，决非"阿其所好"。吴伟业有《梅村》七律云："枳篱茅舍掩苍苔，乞竹分花手自栽。不好诣人贪客过，惯迟作答爱书来。闲窗听雨摊诗卷，独树看云上啸台。桑落酒香卢橘美，钓船斜系草堂开。"

在这种诗里表现出他"自信平生懒是真"的态度来。闲情逸致，当然很接近香山闲适诗的气息。可是像《过淮阴有感》所云："我本淮南旧鸡犬，不随仙去落人间"①，他自恨没有跟淮南王一同仙去，不幸而流落于尘网中，是自我忏悔语，也是伤心人的沉痛之词。和前面所引《病中词·贺新郎》以及《遣闷》六首之三所云"欲往从之愧青史"是同样的思想感情。当然他也还有许多艳情诗为后人爱读的，如《题西泠闺咏》，自序称"谬学徐陵玉台之咏"。又《琴河感旧》写他和秦淮卞生赛赛的关系，可与《听女道士卞玉京弹琴歌》、《过锦树林玉京道人墓（并序）》等同读，他对卞玉京的景慕之情实际上已和盘托出了。

艳体诗中如《题鸳湖闺咏》，虽为嘉兴黄媛介（皆令）才女而作，与上述卞玉京不能相提并论，但他慕羡才女之情也是跃然

---

① 汉淮南王刘安有"一朝仙去，鸡犬随之升天"的传说。

纸外。《梅村诗话》中曾引黄媛介和她的四首七律,极为称许。并说:"此诗出后,属和者甚众,妆点闺阁,过于绮靡。"

汪学金竭力称赞梅村的五言律诗,以为警切近少陵。我们试以梅村的《秋夜不寐》、《中秋看月有感》两首五律为例。《秋夜不寐》云:"秋多人众音,不寐夜沉沉。浩劫安危计,浮生久暂心。邻鸡残梦断,窗雨一灯深。薄冷披衣起,晨鸟已满林。"读了这首诗,很自然地会联想起杜甫《春宿左省》中"不寝听金钥,因风想玉珂"那些同样写不寐之情的境况来。又如《中秋看月有感》:"今年京口月,犹得杖藜看。暂息干戈易,重经少壮难。江声连戍鼓,人影出渔竿。晚悟盈亏理,愁君白玉盘。"力写月下的怅触情怀,它虽和杜甫《月夜》诗"今夜鄜州月,闺中只独看"的思想感情不是一码事,但读起来觉得同样工整,有"两美必合"的感想。读者举一反三,自然意会。

梅村近体诗也不专以风流旖旎著称,有时也有短短二十字,英气勃勃可喜的,如《采石矶》:

石壁千寻险,江流一矢争。曾闻飞将上,落日吊开平。

写采石矶江山险峻,却联想到明初常遇春将军在此击破元军的故事,不但句法爽朗挺拔,而且在一首五绝中包孕很多的内容,歌颂英雄战绩,虎虎有生气。

《明史·常遇春传》:"兵薄牛渚矶,元兵陈矶上,舟距岸且三丈余,莫能登。遇春飞舸至,太祖(朱元璋)麾之前,遇春应声,奋戈直前……乘势跃而上,大呼跳荡,元军披靡。诸将乘之,遂拔采石,进攻太平,后封开平王……"

读了这首小诗再读《明史·常遇春传》,就可以了然于诗和史的密切关系。

以上把吴梅村的歌行和律绝,像蜻蜓点水般约略点了一下。

关于吴梅村诗的各种本子,也想在结束本文时大概提一提。最完备的当然是《梅村家藏稿》,共五十八卷,补一卷,年谱三卷。清宣统三年武进董氏(康)诵芬室刊。前面有广陵禹之鼎为梅村写照一幅。秦缃业题绝句四首,其四云:"国初诸老尽传神,也为先生写此真。休笑一钱都不值,残缣足抵夜光珍。"自注云:"右吴梅村先生行看子(按即写真的别名),为禹慎斋写照,顾元昭补景,皆未署年月,同时题咏亦无一存,考先生殁于康熙十年辛亥,寿六十有三,禹生少后,当是六十许时作也。同治戊辰七月余购得之,辄题四绝句并征同人和焉。梁溪后学秦缃业并识。"董康跋家藏稿较刻本多诗七十三首,诗余五首,文六十一首,及末卷诗话,其刻本有而稿本无者,诗文各八首,或后来所删,稿中增多出来的几篇,大都是世所未见,其他标题字句,亦比刻本为详。

此外有清光绪二十五年己亥(1899)拿山铎署重新刻印的《梅村集》,一名《吴诗校正》。又有靳荣藩《吴诗集览》、吴翌凤《梅村诗集笺注》、程穆衡《吴梅村诗笺》等。关于吴伟业的《梅村诗》,有了以上诸本足以供研究之用。此外还有《梅村诗话》一种,见《清诗话》,亦可供参考。

据《学林漫录》初集,中华书局1980年版。

略谈吴梅村的晚节及其受辱的问题

我在《学林漫录》初集上发表的《读吴伟业的梅村诗集》一文，专论他的作品。现在略谈他的晚节及其受辱的问题。

吴梅村以明末显宦入清为国子监祭酒，更事二朝，精神上极端痛苦。虞山（常熟）王应奎（东溆）的《柳南随笔》记梅村被嘲讽的情节，和顾公燮（澹湖）的《消夏闲记》所载略有不同，录之可作对比。《柳南随笔》云：

> 张涟，字南垣，善叠石，为人滑稽多智，出语便堪抚掌。有延陵某公者（按即指梅村），前明国子祭酒也。迫入本朝，以原官起用，士绅饮饯。演《烂柯山传奇》（按：戏曲名。传奇写的是朱买臣事）。买臣贫时，樵于烂柯山，其妻厌薄之，求去；后买臣贵显，故妻嫁夫微贱，买臣迎入官舍，旋自经而死。（后人有演为《马前泼水》者。）

《烂柯山传奇》中有个张木匠，唱戏的因为张南垣在座，张出身是木匠，不好在戏中称木匠，触犯忌讳，便改称张石匠。吴梅村明知唱戏的有所忌讳，便用扇子敲敲茶几，赞道："有窍！"

惹得哄堂大笑。南垣默然。后来戏演到朱买臣的妻子认夫,买臣唱:"切莫提到朱字!"张南垣也用扇子敲敲茶几道:"无窍!"满座为之惊讶,而梅村不以为忤。戏中为什么说莫提朱字呢?因为朱是明朝皇帝的姓,吴梅村不忠于明,就是不忠于姓朱的,所以大家认为是极大的忌讳。这其中"有窍"和"无窍",是吴中方言,略似表示赞赏和否定;吴梅村和张南垣都是吴人,所以都用方言互相讥刺。以上是王应奎《柳南随笔》中的记载。

顾公燮《消夏闲记》中云:

> 江南访木匠某进京,供奉建造宫阙,当道款之。吴亦在座。方演剧,吴有心点烂柯山全本。优人以为有碍,木匠副净出场,改称石匠。吴谓匠曰:有窍得紧!少顷,张别古骂朱买臣妻曰:你难道忘了姓朱的了么?匠谓吴曰:无窍得紧!吴不终席而去。

在封建社会如此瞧不起木匠,认为直接指称木匠,就是大不敬,大忌讳。这种情况在今天看起来就会觉得很奇怪了,可是在当时确实是如此。

从以上两个不同记载的故事中对吴梅村的为人可以有进一步的了解。

梅村晚年自悔失节,与钱谦益(牧斋)甘为贰臣而无愧于中的作派还是大相径庭的。《梅村家藏稿》有《贺新郎·病中有感》一词云:

> 万事催华发,论龚生天年竟夭,高名难没。吾病难将医药治,耿耿心中热血。待洒向西风残月,剖却心肝今置地,问华佗解我肠千结。追往恨,倍凄咽。　　故人慷慨多奇

节，为当年沈吟不断，草间偷活。艾灸眉头瓜喷鼻，今日须难决绝。早患苦重来千叠，脱屣妻孥非易事，竟一钱不值何须说。人世事，几完缺?!

从"竟一钱不值何须说"的痛苦心境来说，梅村自叙生平的文章中说："改革后，吾闭门不通人物，然虚名在人，每东南有一狱，长虑收者在门，及诗祸史祸，惴惴莫保……逼迫万状，老亲惧祸，流涕催装……而牵恋骨肉，逡巡失身，此吾万古惭愧而为后世儒者所笑也。"(《与子璟疏》)从这些痛苦的自述中，我们不能不为他的遭际表示叹惜。作为清代初年的优秀诗人，梅村还是应该首屈一指的。这里仅就他的晚节及其受辱的问题略述所见，作为《读吴伟业的梅村诗集》的一点补充。

载《文史知识》1981年第5期，题为《读诗札记》之三。

略谈《长生殿》作者洪昇的生平

今年（1954）是《长生殿》作者洪昇逝世二百五十周年，为了要确定他的诞生纪念日和逝世纪念日，我查了一点可靠的资料，证明他的生日是农历七月一日，死日是六月一日，说详后。

据郑振铎先生的《中国文学年表》，初步定出洪昇生于公元一六五九年（？），即顺治十六年己亥。一六七九年（康熙十八年己未）著《长生殿》。一七〇四年（康熙四十三年甲申）卒，年五十余，（查钱塘吴颢原本孙振械重编的《国朝杭郡诗辑》"稗畦逐归，年五十矣"和王士禛《香祖笔记》"归杭，年余五十矣"的记载，他活到五十多岁是可靠的。）他的卒年是一七〇四年（卒年是十分可靠的），向前推算，他的生年当在一六四五年（顺治二年）左右①，不能迟至一六五九年。

---

① 我疑洪昇不止活五十多岁，应该活到六十岁左右。郑景会（又韩）《悼洪昉思》诗有云："潦倒名场四十年，归途竟作水中仙！樽前顾曲无公瑾，邺下论交少仲宣。故国魂招乌戍月，新秋梦断白蘋烟。临流欲洒山阳泪，怅望西风倍黯然。"（《两浙輶轩录》补遗卷三第二十八页）一个人能说在"名场潦倒"，至少应该到了二十岁左右，小孩子是说不上什么"潦倒名场"的。王士禛说："归杭，年余五十矣"，《清史列传》说："年五十余"，到底五十几？不知道。五十七、八，也可以说"余"。他的生年照我的推测应该是一六四五年（顺治二年），根据洪昇《燕京客舍生

根据最可靠而又最早的关于洪昇生平的记载，应该是他的朋友赵执信（秋谷）《饴山堂集》中《怀旧》诗前面的一段小序。原文是：

> 钱塘洪昇昉思，故名族，遭患难，携家居长安中，殊有学识。其诗引绳切墨，不顺时趋，虽及阮翁之门，而意见多不合，朝贵亦轻之，鲜与往还。才力本弱，篇幅窘狭，斤斤自喜而已。见余诗，大惊服，遂求为友。久之，以填词显，颇依傍前人，其音律谐适，利于歌喉。最后为《长生殿》传奇，甚有名，余实助成之。非时唱演，观者如云，而言者独劾余。余至考功，一身任之，褫还田里，坐客皆得免。昉思亦被逐归，前难旋释，反得安便。余游吴越间，两见之，情好如故。后闻其饮郭外客舟中，醉后失足坠水，溺而死。

赵执信所说的"遭患难"，到底是什么患难，没有交代清楚；所谓"前难旋释，反得安便"，到底又是怎么一回事，也没有说明白。这需要我们加以考证。王士禛（渔洋）《香祖笔记》中的一段记载，也很简略而且同样含混。原文是这样的：

日作》那首诗说他是在他母亲逃难时在山中分娩的。查顺治二年五月南都陷，六月杭州拥戴潞王，准备抵抗（见《明季南略》浙纪），正是兵荒马乱的时候。六月初一日清兵渡钱塘江，洪昇母亲正当快临盆的时候，逃难下乡，七月初一日他在农民家出世。从一六四五年活到一七〇四年，正是五十九岁或六十岁，这和郑景会的挽诗"潦倒名场四十年"恰好相合。近据郑晓沧先生自杭州来函云："洪昇生年为一六四五年（顺治二年）已得证实。丁丙所著《武林坊巷志》及姚礼所著《郭西小志》中，记载着：'康熙甲辰，洪昇夫妇二十初度，康熙甲戌，秤畦夫妇五十'，查康熙甲辰为一六六四年，甲戌为一六九四年，照此推算，洪昇确实生于一六四五年（顺治二年）。"特此补充。

> 予门人洪昇昉思,以诗有名京师,遭家难,流寓困穷,备极坎壈。归杭,年余五十矣。甲申,自苕霅归,落水死。其诗大半经余点定,不知其子能收拾否?蒲州吴雯天章,诗尤超逸,予尝目为仙才,亦以甲申病殁于家,皆士之才而不遇者,而天终厄之如此,惜哉!

吴雯是洪昇的好朋友,他的《莲洋集》中有贻洪昉思的一首七古,一首七律,又再示昉思七律一首,怀昉思五律一首。现在先抄录最短的,一首五律《怀昉思》:

> 洪子谋生拙,移家古蓟州,身支西阁夜,心隐北堂忧。卑已延三益,狂言骂五侯。林风怜道韫,安稳事黔娄。

用这首五律的内容作为依据,再参考一些其他资料,我们可以知道好几件事。

第一,洪昇在北京时的生活情况。

洪昇从他的故乡杭州(钱塘)移家来北京住在城西草堂的时候(洪昇有《夏日姚素心过访城西草堂》诗),十分穷困,他是一介谋生计拙的人,是一个出身于没落了的世家名族的公子哥儿。[他的曾祖父洪瞻祖巡抚南赣官右都御史,见洪昇塾师陆繁弨(拒石)《善卷堂四六·洪贞孙哀词》注]。可是流落在北方,弄得有时连饭都没得吃,夫妻常常抱头痛哭。吴雯《莲洋集》中的一首七古,题目是《贻洪昉思》,因为篇幅比较长,特摘录其中有关于洪昇实际生活情况的句子如下:

> ……长安薪米等珠玉,有时烟火寒朝昏。拔钗沽酒相慰劳,肥羊谁肯遗鸱蹲。呜呼贤豪有困阨,牛衣肿目垂涕痕。

吾子摧颓好耐事，慎莫五内波涛翻。屈伸飞伏等闲在，总于吾道无亨屯。前有万年后万古，刹那何用争鹥鲲！

这首诗一面同情他的穷困，一面劝勉他不必尽发牢骚，要把眼光放远大些，热情洋溢，可泣可歌，吴雯可以说是洪昇的知己，似乎比赵执信更了解洪昇些。诗里反映洪昇在北京时的生活，简直是一幅很好的写照。

又洪昇自己有《燕京客舍生日作》一诗，其中有几句是这样的："男儿读书亦何补，破帽敝裘困尘土。编荆织荻能几时，倏忽今年二十五……"从这里可以知道他在二十五岁就已经到了北京了。中间叙述生母在兵乱中分娩时的痛苦，说明他是在逃难时出世的。（一六五〇年前，明鲁王以海的势力在浙江还未消灭，清兵在杭州骚扰是常有的事。）"一夜荒山几度奔，哀猿乱啼月未午"，"野火炎炎照大旗，溪风飒飒喧金鼓"，是说半夜里逃上山听到战鼓的声音。中间又写他的母亲告诉他："费家田妇留我居，破屋复茆少完堵。板扉作床席作门，赤日荧荧梁上吐。是时生汝啼呱呱，欲衣无裳食无乳。"他是大热天的早上在乡下贫农人家出世的，其困苦情况可以想见。末了说："我思此语真痛伤，身滞他乡悲屺岵。潦倒谁承菽水欢，悔不当初学稼圃。苍天为我亦泪流，一夜空阶滴秋雨。"他小时候的生活以及到北京后艰难愁苦的情况从这首诗里更透露出来了。

第二，关于洪昇父母情况和所谓"家难"问题。

吴雯五律中所说的"心隐北堂忧"，当然和赵执信说的"遭患难"，王士禛说的"遭家难"，是一件事，他们都不敢明言。清人各种笔记上凡是谈到洪昇的，都不曾记载他到底有什么家难。《国朝杭郡诗辑》卷六载洪昇诗，其中有两首五律，洪昇自己记载了所谓家难问题。一首是《南归》，一首是《除夕泊舟北郭》。[自注:"时大人被诬遣("遣",抄本作"远")戍,昇奔归,奉侍北行。"]原来他的父亲遭了诬谤并且充军,他从北京匆匆赶回侍奉他父亲一同北上的。

《南归》诗是这样的:

> 昔悔离亲出,今缘赴难(一作兆)归。七年悲屺岵,万死负庭帏。祸酷疑天远,心剸觉命微。长途四千里,一步一沾衣。

《除夕泊舟北郭》诗是这样的:

> 漫道从亲乐,承颜泪暗流,明灯双白发,寒雨一孤舟,故国仍羁客,新年入旧愁。鸡鸣催解缆,从此别杭州。

这是家难问题的最好说明,他的家之所以遭到破产,和他父亲被诬案件,当然有极大的关系。至于他父亲为什么被诬?尚需要继续查考。(查全祖望《鲒埼亭集》记文字狱没有记载,连虞山黄人的《大狱记》中也没有姓洪的。)昉思的父亲得以释放是由于益都冯相公溥的说情。他有"慈父赖全蒙难日"之句,见《稗畦集·途中奉怀益都冯相公》。还有所谓"北堂忧",主要指他的母亲而言。当时李天馥《送洪昉思南归》一诗中有句云:"南国烽烟萱草梦",也就是说他念念不忘于母亲。他母亲何时死的,还未见确实的记载。稍后于洪昇的王蓍说:

> 予与昉思交差晚,读其旧稿《幽忧草》,乃知昉思不得于后母,罹家难,客游京师,哀思宛转,发而为诗。取古孝子以自勉。世第以词人目之,浅之乎知昉思矣……(见阮

元编《两浙輶轩录》卷四）

这是说他和后母的关系搞不好。他在北京虽是那样的穷,他还一面卖文一面设法借债寄钱回家,他的亲戚陈訏（字言扬,号宋斋,海宁岁贡生,官温州训导,著有《时用集》。与洪昇是两姨表,訏亦黄机孙婿）有《寄洪昉思都门一律》云:

> 我忆长安客,飘零寄此身。卖文供贳酒,旅食转依人。八口家仍累,双亲老更贫。多年遥负米,辛苦踏京尘。

从这首诗里,我们知道他是很肯顾家的,王蓍说他"以古孝子自勉",陈訏说他像子路一般的"多年遥负米"都是好证。至于前面所引赵执信说的"前难旋释,反得安便",我推测一定是父亲的被诬并没有办罪,释放回家,他从中尽了很大的力,后来他因《长生殿》演出被逐南归,他的后母当然和他重新和好起来了。

第三,关于他的妻和嗣续的问题。

根据吴雯的诗:"林风怜道韫,安稳事黔娄。""拔钗沽酒相慰劳……牛衣肿目垂涕痕。"以及另一首赠昉思诗中的句子:"坐对孺人理典册,题诗羞道哀王孙。"我们知道洪昇有一位很体恤他很了解他的合乎理想的妻子,名兰次,精通音乐,懂得文学。他们俩是亲上加亲,本来是表哥表妹结为夫妻的。[①]

《两浙輶轩录》卷五洪昇诗前有朱彭所作的小传,其中

---

① 陆繁弨《善卷堂四六》卷五《同生曲》序中有云:"……及门洪子昉思,暨妇黄氏,两家情谊,旧本茑萝,二姓联姻,复称婚媾。婿即贤甥,仍从舅号,侄为新妇,并是姑称……"足见洪昇是黄家的外甥,又是黄家的女婿,是中表结亲,他们夫妻俩原来就是表兄表妹。

有云：

　　……娶黄相国机孙女，亦谙音律。宜兴蒋京少（景祁）赠以诗云："丈夫工顾曲，霓裳按图新。大妇和冰弦，小妇词朱唇。"其风趣可想……

按所谓小妇，邓姓，《稗畦续集》有《姬人邓，生子之益，数岁，作此嘲之》一诗。又《稗畦集》有《与徐姬》一绝云："徐娘犹未减风情，自笑秋霜鬓欲盈，虚负玉钗珍重意，一灯禅榻话无生。"此处小妇指邓或指徐，不详。有人怀疑洪昇既然那么穷，又和黄兰次的爱情那么好，何以还要娶妾？不知在封建社会里大官僚家中的公子哥儿三妻四妾是极平常的事，即使贫穷，也并不妨碍娶妾。

黄机也是钱塘人，顺治丁亥进士，由庶吉士历官至文华殿大学士，卒谥文僖。（见《清史稿》列传三十七）《杭州府志》说黄机"立朝数十年中，廉洁自爱，不名一钱"。如果不是太恭维的话，那黄机的孙女之所以能"安稳事黔娄"，不怨丈夫贫穷，而且能拔金钗沽酒以慰劳，有时没有饭吃，"牛衣对泣"，还能够照样生活下去，夫妻相处感情仍旧很好，这就和她祖父黄机的寒素家风有直接的影响和密切的关系。

洪昇还有一杂剧，名叫《四婵娟》（见郑振铎先生编的《清人杂剧二集》），写谢道韫咏雪、卫夫人簪花、李清照斗茗、管夫人画竹的故事，又有一失传的《回文锦杂剧》，写秦"窦滔"妻"苏蕙"织字回文诗寄夫的故事。洪昇之所以这样爱重才女，创作这样多的以才女为题材的剧本，我想这与他的夫人是有深切的关系的。因为像他们俩那样志同道合的美满夫妻真是世间少有的。他们夫妻同年，时辰又同在七月一日和二日。据《国朝杭郡诗辑》卷六洪昇诗前小注云："……夫妇同年，生辰在七月一、二日，作《同生曲》，陆拒石序之。"（《同生曲》序见陆繁弨《善卷堂四六》卷五）可以知道洪昇的生日是七月一日，他的妻的生日是七月二日。我们要纪念洪昇的诞辰，应该是农历七月一日。

洪昇还有一个女儿，也是在文艺方面有专长的。据吴梅《顾曲麈谈》云："昉思有一女，名之则，亦工词曲，有手校《长生殿》一书。取曲中音谊，逐一注明。其议论通达，不让吴吴山三妇之评《牡丹亭》也。"[1]（按吴吴山，即是替《长生殿》作论文的吴舒凫，是洪昇的最好的朋友。洪昇也有《送吴舒凫之徐州》等诗。）

洪昇的儿子名叫之震，字洐修。《国朝杭郡诗辑》卷十四中收了他写的五律一首，七律一首。他是钱塘诸生（秀才）。洪昇的朋友汪鹤孙有《示洪之震》绝句云："制科文字未为精，为晰源流汝自成。莫虑东堂一枝桂，近来难作是公卿。"似乎用师长的口气劝之震好好读书不要做官的意思。诗题《示洪之震》下注云："稗村子。"（见《国朝杭郡诗辑》卷四）

---

[1] 《昭代丛书》中有钱塘吴吴山著《三妇评牡丹亭杂记》，末附洪昇的女儿洪之则一文，对于洪昇生平有很重要的参考价值。文云："吴与予家为通门，吴山四叔，又父之执也。予故少小，以叔事之，未尝避匿。忆六龄时，侨寄京华，四叔假舍焉。一日，论《牡丹亭》剧，以陈、谈两夫人评语，引证禅理，举似大人，大人叹异不已。予时蒙稚，无所解。惟以生晚不获见两夫人为恨。大人与四叔持论，每不能相下。予又闻论《牡丹亭》时，大人云：肯綮在死生之际，记中惊梦、寻梦、诊祟、写真、悼殇五折，自生而之死；魂游、幽媾、欢挠、冥誓、回生五折，自死而之生。其中搜抉灵根，掀翻情窟，能使赫蹏为大块，蹛麋为造化，不律为真宰，撰精魂而通变之。语未毕，四叔大叫叹绝。忽忽二十年，予已作未亡人。今大人归里，将于孤屿筑稗畦草堂，为吟啸之地。四叔故好西方立观经，亦将归吴山草堂，同钱夫人作庞老行径。他时予或过夫人习静，重闻绪论，即许拈此剧参悟前因否也，因读三夫人合评，感而书其后。同里女侄洪之则谨识。"

洪昇的孙子名叫鹤书，字希声，号花村，著有《花村小稿》。《两浙辅轩录》卷二十六收了他《冬夜不寐》等三首诗。他是一直在杭州教书的。临死以前，还把祖父和父亲的诗没有印行引为恨事。（见《碧溪诗话》）

第四，关于洪昇的交游以及他对生活的态度问题。

洪昇是陆繁弨（拒石）、毛先舒（稚黄）的学生，陆和毛都是名家，拒石工骈文，稚黄工词曲，洪昇从他们那儿得益很多。他的性格受陆、毛二先生的影响也很大。吴天章《怀昉思》诗中说洪昇"狂言骂五侯"，又《再示昉思》七律中有句云："欲杀何尝非李白，闻歌谁更识秦青。"都足以说明洪昇是非常高傲的。赵执信《谈龙录》中说他："故常不满人，亦不满于人。"他常有一腔愤恨之气，痛骂当时他所不满意的人，当时人因此也就对他更不满意了。徐灵昭（麟）在替《长生殿》作的序文中也说他："白眼踞坐，指古说今。"他绝不肯巴结权贵，阿谀逢迎，在京时除少数知交如李天馥、陈其年、毛奇龄、王士禛、赵秋谷、吴天章、朱彝尊、陆云士、李东琪、沈御冷、吴舒凫、吴位三、姚素心、江谕封等常相来往唱和的而外，就只有演《长生殿》内聚班（一作聚和班）的优伶了。（别的地方的朋友不在此列。）平常是深居简出，闭户读书，吴雯说："洪子读书处，静依秋树根。车马何曾到幽巷，肮脏亦不登朱门。"可是他平常绝对不肯去串达官贵人的门（王士禛家中偶然去谈谈诗），当然权贵们也不会到穷巷中来"下顾"他了。照说，像他那样的家世和才智是很有可能攀上去的，假如他不惜卑躬屈节、钻营依附的话。

他的朋友中给予他影响最大的，当然还是赵执信。赵执信和洪昇一样对当时统治阶级抱有反感。赵的《饴山堂集》中对人民表示深切同情的诗很多，如《虎伥行》、《奚民多》之类，尤其《浮家集》中的一首《旺人城行》,诗中充满了同情农民反抗斗争气氛,对贪官污吏极尽讽刺的能事。

在"国丧日""非时演唱"《长生殿》的一件有名的案子里,赵执信是为了《长生殿》而"断送功名到白头"的,可是他倔强到底,不像查嗣琏一样后来改名为慎行仍旧钻营爬上去。在这些方面他和洪昇的思想感情是一致的。这件公案,因为知道的人很多,不拟在这里赘述。好在王东溆《柳南随笔》、梁绍壬《两般秋雨盦随笔》、查为仁《莲坡诗话》、戴璐《藤阴杂记》上都有记载,今人叶德钧《戏曲论丛》有《演长生殿之祸》一篇,考证颇详,可以参考。

关于洪昇的作品和思想意识,在这里也略提一下:洪昇一生所作戏曲,据郑震编译的《中国近代戏曲史》(北新版)说有十一种,除前面说的《四婵娟》、《回文锦》、《长生殿》而外,还有《回龙院》(《山楼丛录》原作《回龙记》,院字误)、《锦绣图》、《闹高唐》、《节孝坊》、《舞霓裳》、《沉香亭》、《天涯泪》、《青衫湿》等。其实所列举的《舞霓裳》、《沉香亭》都是《长生殿》的前身,不能平列并举。《长生殿》作者例言中有云:"最先感李白之得遇玄宗,谱其事作《沉香亭》,后去李白事,入李泌辅肃宗中兴之事,名之为《舞霓裳》,更删杨妃秽事,增其归蓬莱、玄宗游月宫等事,专写两人生死之深情,遂作《长生殿》。"这已说明《沉香亭》即《舞霓裳》,《舞霓裳》即《长生殿》了。所以洪昇生平只著九种曲子,《沉香亭》和《舞霓裳》不能算数的。现在遗传下来的只有《长生殿》和《四婵娟》。这里我从《杭郡诗辑》中约略摘录他的一些诗来谈一下:

闻君昨日到长安,驿路风尘乍解鞍。古寺楼台高避暑,晴天松柏昼生寒。亲知把臂他乡少,贫贱论交此地难。我自

飘零归未得，秋江劝尔弄渔竿。(《柬李东琪》)

这首诗说明了他飘零到当时的北京是无可奈何的事，北京不是穷措大好久住的，他很想离开北京，因此劝他的朋友李东琪不如到秋江去钓钓鱼算了，跑到北京来"干吗"呢！（后来李东琪果然毫无所遇回杭州去了。）

在他将要去汴梁时，他怀着一肚皮的牢骚，想到肯急人之难、有热情、有义气的信陵公子，于是怀着和司马迁在穷愁困轲时爱慕魏公子噙着满腔热泪写《信陵君列传》一样的心情，写了这样四句：

匹马嘶荒野，群山拥乱云。迢迢二千里，去哭信陵君！

知音难遇的感慨，在寥寥二十个字中间充分流露出来了。

他又有《钓台》一诗，末二句云："千秋一个刘文叔，记得微时有故人。"这二句是吊严子陵的，他不羡慕严子陵别的，只羡慕严子陵有个好朋友刘文叔，他还记得在贫穷时的老朋友。沈归愚在《清诗别裁集》中评云："非表光武，正慨在贵忘贱者之古今皆然也。"说得很对，此二句的确有很沉痛的意思寓在里面。

《蒙山道中》诗："望云双泪落，岂是为途穷。"《寒食》诗："高堂添白发，朝夕泪如泉。"这都是和所谓"家难"有关的。

最有意思的是《送吴舒凫之徐州》和《蒯文通墓》二律：

落日彭城去，孤云芒砀来。斩蛇元故道，戏马只荒台。怀古成何事，依人亦可哀！烦君问屠钓，丰沛几雄才？

(《送吴舒凫之徐州》)

蒯通当日说淮阴,数语深谋见古今。菹醢空怀酬汉志,佯狂不改吠尧心。荒坟月冷狐狸卧,枯树风悲鸟雀吟。传道精灵时出没,剑光灯影夜萧森。(《蒯文通墓》)

"怀古成何事"以下四句似乎是有要辅助草莽英雄起来干兴汉大业的意思,蒯通是劝韩信造反的,说什么"相君之面,不过封侯,相君之背,贵不可言",洪昇为什么对蒯文通如此的有仰慕之思和吊唁之情呢?为什么要说"菹醢空怀酬汉志,佯狂不改吠尧心"呢?这不能不令人怀疑。

由于当时事关忌讳,所有著述都含胡其词,不敢明言,今日我们所得到的证据也不足,不敢确定。但是像《长生殿》"疑谶"中借郭子仪之口说出的"可知他朱甍碧瓦、总是血膏涂",以及"骂贼"中雷海青口里说的"您道凭胡行堪不堪"等值得注意的话,在清初文字狱最可怖的时候,洪昇却大胆的写出而且在大庭广众中唱出,无怪"仁庙取《长生殿》院本阅之,以为有心讽刺"了(见《两般秋雨盦随笔》)。这些说来话长,为了篇幅限制,只好暂时打住。

最后谈一谈他的死的日期和地点问题。

秀水王蓍(字宓草)有《挽洪昉思》二律云:

世传艳曲调清新,我爱高吟意朴淳。怨又自伤真孝子,性情不愧古风人。家从破后常为客,名到成时转累身。归老湖山思闭户,何期七尺付沉沦。

苕溪流似沅湘遥,又为骚人赋大招。漫把哀音翻薤露,便将新曲谱鲛绡。长生殿角薰风暖,小部歌声乳燕娇。此日沦亡君莫恨,太真生共可怜宵。(注云:杨妃以六月朔日生，明皇于是日命梨园小部奏《荔枝香》新曲于长生殿上。今昉思适以六月朔日死，故及之。）

洪昇的死日是六月初一，杨贵妃的生日也是六月一日，这当然只是偶然的巧合。可是如果没有王蓍"太真生共可怜宵"这一句诗，我们便无法确定他的逝世纪念日了。这两首诗和序言附注，可以说是关于洪昇生平最好的资料。

死的地方，据郑振铎先生《清人杂剧二集》题记云："洪昇晚年渡江，老仆坠水，昇已醉，提灯救之，遂与俱死。"（原书未注明出处，查系出于袁枚《随园诗话》卷一第十一页。）这和王士禛说的"自苕霅归"，赵执信说的"饮郭外客舟中"，王蓍说的"泊舟乌镇，因友人招饮，醉卧失足竟坠水死"，略有不同，但死于水中，各家的记载却是一致的。①

原载《光明日报》1954年6月21日《文学遗产》第9期；据《长短集》，浙江人民出版社1980年版。

---

① 王渔洋挽洪昇诗云："送尔前溪去，栖迟岁月多。苑荄终未卜，鱼腹恨如何。采隐怀苕霅，招魂吊汨罗。新词传乐部，犹听雪儿歌。"又厉鹗《东城杂记》卷下亦云："昉思后溺于乌镇。"

读《长生殿》传奇

倾国争夸天宝时,才人例解说相思。三生影响陈鸿传,一种风情白傅诗。

这是赵执信《饴山堂集·上元观演长生殿剧十绝句》之一。说明了作者洪昇写《长生殿》传奇的主要根据是白居易的《长恨歌》和陈鸿的《长恨歌传》。其实作者摭拾"天宝遗事",几乎读尽了所有关于唐明皇(李隆基)和杨贵妃(玉环)的诗文杂著。假如我们多浏览浏览唐宋以来的作品,再和《长生殿》对照起来看,就知道洪昇对于占有材料和斟酌去取是费了极大的劳力的,他把很多材料都溶化在他的五十折之长的剧作之中。据吴梅(瞿安)说:"作者历十二年之久,始得卒业。"这真不是一件简单的事情!

当时人们是极其爱听、爱看甚至爱唱《长生殿》的,徐麟(灵昭)序中说:"一时朱门绮席,酒社歌楼,非此曲不奏,缠头为之增价。"吴人(舒凫)序中说:"爱文者喜其词,知音者赏其律,以是传闻益远,畜家乐者,攒笔竞写,转相教习,优伶能是,升价什百。他友游西川,数见演此,北边南越可知已。"

朱彭（亦钱）说："昉思工乐府，宫商不差唇吻，旗亭画壁，往往歌之，以故儿童妇女，无不知有洪先生者。"由此足见它的影响之大了。除此而外，当时还有"家家收拾起，户户不提防"的谚语，（"收拾起"是《千锺禄》"惨睹"的首句，"不提防"是《长生殿》"弹词"的首句。）这些都可以作为当时人爱听、爱看且爱唱的证据。《长生殿》在文学艺术上的地位是早已有定评的了。

不过过去艺坛中人对于《长生殿》传奇，大半都只是在酒醉饭饱了以后，当作消遣的玩意儿，最多也不过欣赏欣赏词句的清新，音律的调协而已。（也有些人就只会玩弄所谓艳词如"春睡"、"醉妃"、"窥浴"之中的俏皮句子。）很少人肯把作者的时代和身世加以研究，进而寻求其用心之所在，登高一览，全局了然，估量估量作品的真正价值，给他一个比较恰当的分析批判。

可是却常听到有人说"《长生殿》远不能和《牡丹亭》、《西厢记》乃至《桃花扇》媲美。所谓'南洪北孔'，'南洪'比'北孔'差劲了！"一类的话，究竟"南洪"和"北孔"的优劣如何，谁曾做过深刻的研究呢？单凭印象，信口雌黄，是不能叫人心服的。这工作希望以后会有人起来做，它应该是研究古代戏曲应有的文章。

今年（1954）是洪昇逝世纪念的第二百五十周年，文学艺术工作者对于这位一代才人的剧作家及其作品——《长生殿》——重新提起。各地或先或后曾经开过纪念会或讨论会，有很多人对《长生殿》传奇在看法上仍存在着各种不同的意见。意见有些是很好的，是我所同意的。也有些离奇的看法为我所不敢苟同。（例如有的人说《长生殿》主题是"爱战胜了死"，又有的人相反地一笔抹煞了帝王和后妃的爱情。）我不想在这里多花工夫对别人作批评，我只想把自己读《长生殿》后的一点感想写出来，希望同志们指正。

一

毛奇龄《长生殿》院本序文末有几句是这样的：

……惟是世好新闻，因其词以及其事，亦遂因其事而并求其词，则其词虽幸存，而或妍或否，任人好恶，予又安得而豫为定之。（见《毛西河先生全集》卷二十四）

毛奇龄的这几句话，虽然是从词上立说，并不是从意上立说的，但我觉得"任人好恶"四个字也可以从"意"这一方面来理解。

不过不管从词或从意哪一方面来说，总不宜于好恶由心、断章取义地说。因为好恶由心、断章取义地说，往往就会变成主观的和片面的了。例如有人以为《长生殿》的主题就在于表现精诚之爱冲破"万里何愁南共北，两心那论生和死"（"传概"中句）的阻碍，所以终于成为连理。对的，"天长地久有时尽，此恨绵绵无尽期"，所谓"钗盒情缘"，爱情的确是《长生殿》的主题，否则就不成其为《长生殿》了。（"七月七日长生殿，夜半无人私语时"，不就是谈情说爱的根据吗？）

不过问题也不是那么单纯的。

第一折"传概"是作者自己思想最好的说明，他把自己作品的主题已经透露了一些出来，虽然还不够明显。但我们决不能只摘其中"万里何愁南共北，两心那论生和死"两个单句来谈。应该把整阕《满江红》全面地研究一下。"传概"中有一阕《满江红》，一阕《沁园春》。《沁园春》是概括地说事，不必说它；《满江红》是概括地说意，我且把原词照抄于下：

> [南吕引子　满江红] 今古情场，问谁个真心到底？但果有精诚不散，终成连理。万里何愁南共北，两心那论生和死。笑人间儿女怅缘悭，无情耳。　　感金石，回天地，昭百日，垂青史，看臣忠子孝，总由情至。先圣不曾删郑卫，吾侪取义翻宫徵，借太真外传谱新词，情而已！

作者说，他写此书的目的是写天地间之情的。男女爱情固然是情，臣忠子孝也是情。（封建道德最重臣忠子孝的情，这是封建社会的自然产物。作者就是"以古孝子自勉"的，我在《略谈〈长生殿〉作者生平》一文中已提到了，我们正不必以封建道德去菲薄他。至于所谓"臣忠"，到底是忠于谁，便是重要的立场问题，下文却要说明它。）我们决不能只看这篇《满江红》的上半阕而忘记了下半阕，这上下两半阕意思是同样重要的。

他说"先圣不曾删郑卫"，足见他是承认自己的著作有的地方是有些郑卫之音了。至于他所特别提出的一个"情"字，正和《牡丹亭》作者汤显祖的"言情"，是意见一致的。《静志居诗话》中说："人或劝汤若士讲学，若士笑曰：'诸君所讲者性，仆所言者情也。'"世界上万事万物，据汤显祖、洪昇等看来，都逃不了一个"情"字，假使你把"情"字死死只扣在男女关系上，那就不是洪昇所谓的"总由情至"的情，和汤显祖所谓的"仆所言者情也"的情了。因为他们所讲的情绝不是那么窄狭的。汤显祖写了《牡丹亭》的"情"，但也写了《南柯记》、《邯郸记》的"情"，《牡丹亭》和《南柯记》、《邯郸记》是怎样不同的"情"啊！由此推论，郭子仪对昏君权相宠妃的愤慨，是情；陈玄礼的部下骚动，六军不发，逼杀杨家兄妹，是情；郭从谨的献饭进规箴，是情；作者同情人民的被蹂躏，痛恨统治阶级的压迫剥削，是情；乐工雷海青骂安禄山叛逆、以身殉国，是情；李謩的宫墙外偷听乐曲，李龟年的流落江南，旧宫女永新与念奴在金陵女贞观私祭杨妃等，在作者看起来，也无一不是充塞于天地之间的所谓"至情"。固不必只有写李隆基和杨玉环的恋爱关系才算得是言情的吧。

不过小说戏曲很难离得开男女关系，正和天地间原也少不了男女关系一样。《红楼梦》之所以不能不写贾宝玉、林黛玉、薛宝钗等的恋爱，《桃花扇》之所以不能不写侯方域和李香君的痴情，就是这个缘故。不过，你若以为贾、林、薛等的恋爱，侯方域和李香君的痴情，以及李隆基和杨玉环的神魂颠倒生死不忘，就是《红楼梦》、《桃花扇》、《长生殿》的唯一主题思想，你就不免有所偏，有所蔽，被作者那支妙笔轻轻骗过了。

因此我总觉得我们读书要顾到全局，多方面考虑问题。

《长生殿》是写男女恋情的，并且这方面写得特别好。（例子不必举了，读者自己一定能领会。）可它不只是写男女恋情的，围绕这个恋情而产生的一切矛盾和斗争关系到千千万万的人民生活，这才是本书的主题。单纯地强调爱情第一，恐怕有些近于"皮相"，只看见华丽的外衣，不曾注意到披这外衣的人的精神和实质了。我们如果按照历史的实际，客观事物的情况，再根据作者自己的提示及其深刻的用心，来仔细研读一下作品本身，这对于作品和作者的了解是有很大帮助的。

作者自序曾说过："乐极哀来，垂戒来世，意即寓焉。"我们该不能抹煞作者自己的意图吧。（虽然这意图也并非是什么新鲜的东西。）

二

其次，我想就剧中人物情节来谈一谈和作者生活经验的联系问题。对某一作家的作品人物性格、情节构造予以分析，往往能帮助我们从某些方面去说明作家的世界观和生活经验；同样，作家的世界观和生活经验，也往往能帮助我们去分析某一作家的作品中人物性格和情节构造的特点。

洪昇的生活经验、世界观以及教育和出身是怎样的呢？他的时代限制了他，不可能有太多的进步的世界观，但也决不像一般人所悬揣的那么坏。他是出身于官僚地主的家庭后来又成了破落户的。他又是被压迫、被陷害，在极残酷的异族统治之下宛转呻吟的汉族文人。他的家庭被清朝政府坑害得太苦了，父亲被诬谤而充军，产业充了公。他家最煊赫的时代是在明朝，到了清朝便一蹶不振了。怀明仇清，情理之常。他的塾师陆繁弨，又是为明朝殉节忠臣陆培（鲲庭）的儿子，陆氏一门忠烈，死难的很多。洪昇生平最佩服的陆讲山（圻），正是繁弨的伯父。洪昇幼年深受繁弨的民族气节的教育，长大之后又亲受祸毒，除非没有人心的，才会无动于衷。他是一个手无缚鸡之力的文人，他的武器只有一支笔，这支笔又不能直接抒写愤怒，就只好间接地抒写了。

他在《长生殿》"合围"、"侦报"、"骂贼"各折中加倍抒写他积郁已久的民族意识，以教育观众。剧中的正面人物是像郭子仪一样的忠臣，他打败了安、史的异族叛逆，为汉民族吐气。"疑谶"一折中有许多话是代拟的。但也从中可以见出作者自己愤怒的情感是遏止不住的。如："不提防柙虎樊熊，任纵横社鼠城狐。""见了这野心杂种牧羊的奴，料蜂目豺声定是狡徒。怎把个野狼引来屋里居?!……更和那私门贵戚一例逗妖狐!""可知他朱甍碧瓦,总是血膏涂!"这些话都是极其露骨的,痛骂了安禄山和杨家兄妹;其寓意实另有所指。(有人以为这是写历史,和他自己无关,这样说是牵强附会了。是的,这是写历史,不过清初因写史而杀头的不也很多吗?)

尤其是第二十八折"骂贼",在《长生殿》中是很重要也是很精彩的一折。写胡儿安禄山进了长安宫殿,称孤道寡,满朝文武一个个投降不迭。却不料"纲常留在梨园内,那惜伶工命一条"的乐工雷海青抱着琵琶像高渐离击筑掷秦王一样的英勇,痛骂胡儿安禄山道:

> ……恨只恨泼腥膻莽将龙座淴,癞虾蟆妄想天鹅啖。逼的个官家下殿走天南。你道凭胡行堪不堪!纵将他寝皮食肉也恨难剜。谁想那一班儿没揣三、歹心肠、贼狗男!

"泼腥膻"应是指胡人的腥臊,洪昇竟那么毫无忌讳地骂。"龙座"当然指的是帝位,清人不也是"泼腥膻莽将龙座淴"吗?纵然讲的是唐朝故事,不怕满清人怪他影射吗?这也就说明他的大胆了。幸亏在康熙年间正是"怀柔时期",所以他虽终于得罪被逐,还不至于下狱杀头。

他又骂投降的人道:

> 平日家张着口将忠孝谈,到临危翻着脸把富贵贪。早一齐儿摇尾受新衔,把一个君亲仇敌当作恩人感。咱只问你蒙面可羞惭?

结果雷海青当然被安禄山杀掉了,可是在座的四伪官立起来说道："杀得好！杀得好！一个乐工思量做起忠臣来，难道我们吃太平宴的倒差了不成？"接着唱：

[尾声] 大家都是花花面，一个忠臣值甚钱！
[笑介] 雷海青！雷海青！毕竟你未戴乌纱识见浅！

这一折戏写一个伶工是这样的可敬，形容伪官们龌龊无耻几句话，真又是极尽讽刺的能事。"未戴乌纱识见浅"，戴乌纱帽的识见自然"高"了，这挖苦偷生附逆的奸臣们还不十分尖锐吗？！在清初戴乌纱帽而自谓"识见高"的，只顾吃太平筵席而说"一个忠臣值甚钱"的人，洪昇就一概以雷海青的口吻痛骂之。所谓"借他人的酒杯，浇自己的块垒"，要说这和洪昇自己的国仇家难毫无干系，这是不能令人相信的。梁绍壬在《两般秋雨盦随笔》中说："朝廷取院本阅之，以为有心讽刺"，可见所谓国忌日触犯了禁条，还是次要的事。

他经常和演《长生殿》的优伶生活在一起，自称为乐工，曾有"不知他日西陵路，谁吊春风柳七郎"的诗句，即以柳七郎自居。赵执信赠他的诗，又有"独抱焦桐俯流水，哀音还为董庭兰"（董庭兰是唐朝宰相房琯府邸中的一名乐工），他平常和乐工们的饮食起居几乎是打成一片的。他写李暮在宫墙外偷听乐曲、后来巧遇李龟年，把这个小人物写得特别可爱。在他思想上总觉得越是在上位的人越可耻，越是职位"卑贱"的人越可敬，清初有正义感的文人的思想和态度多半是这样的。（较后于洪昇的吴敬梓的思想和态度亦如此。）赵执信诗："垂堂高坐本难安，身外鸿毛掷一官"[1]，正说明了这种思想和

---

[1] 编者按，见《寄洪昉思》，赵执信《因园集》卷三，《四库全书》本。

态度。

以上是就洪昇本人主要的思想感情来说，至于就《长生殿》传奇中人物情节来谈，他除最敬佩雷海青而外，还十分同情陈玄礼。陈玄礼部下军士骚动，直捷痛快地杀了杨国忠，并逼令李隆基绞死杨玉环，这是全剧的转捩点，关系非轻，作者是站在陈玄礼和士兵们这一边的。后来在"雨梦"一折（第四十五折）中写李隆基梦中要斩陈玄礼，吴舒凫评云："为明皇极写钟情，不得不痛恨玄礼。而在蜀之时，欲杀不敢，回銮之后，欲杀又不能，故于梦寐中见之。观者勿疑为氂荒快意，颠倒是非也。"根据作者和评者的意见，陈玄礼无疑是剧中的正面人物，这和杜甫《北征》诗中所云："桓桓陈将军，仗钺奋忠烈，微尔人尽非，于今国犹活"意见颇有些相同。他们同样反对重色而倾国的唐明皇，赞扬并钦佩"逼驾"的陈玄礼及其部下的士兵们。如果他是非常单纯地歌颂"爱情至上"的话，那就应该诅咒拆散帝妃婚姻、摧残美满爱情的陈玄礼了，为什么还表示拥护的意思哩！（这只要细读"埋玉"一折，就可以体会得到的。）

作者对于陈玄礼是肯定的，但也并不就把罪恶都推到女人身上去。他对杨玉环是抱着同情的态度的，他不满意她和李隆基、杨国忠一起搞坏了国家，但又觉得这并不是她的罪，女人是被男人坑害了的。他甚至在第三十三折"神诉"中明白地说杨玉环之死对于当时的局势是有好处的，应该说是立了功。其中有云："若不是慷慨佳人将难轻赴，怎能够保无虞，扈君王直向西川路。"这些话正和后来赵翼（瓯北）的诗："马嵬一死追兵缓，妾为君王拒贼多"的立论之点相同。评论赵翼诗的人说是"诗意翻新"，其实洪昇在赵翼以前早就说过了。

洪昇又在第三十八折"弹词"中借李龟的话说：

> 老丈休只埋怨贵妃,当日只为误任边将,委政权奸,以至庙谟颠倒,四海动摇,若使姚宋犹存,那见得有此!

这里老丈是指李龟年而言。像这样的议论才算得较为公允。鲁迅先生有一段评杨贵妃的话,也是和洪昇的意见一致的。他在《花边文学·女人未必多说谎》一篇杂感中这样说:

> ……譬如罢,关于杨妃,禄山之乱以后的文人就都撒着大谎,玄宗逍遥事外,倒说是许多坏事情都由她,敢说"不闻夏殷衰,中自诛褒妲"的有几个?就是妲己、褒姒也还不是一样的事?女人替自己和男人伏罪,真是太长远了……

女人是祸水,是奴孽,这是封建社会统治阶级中人造出来的嫁祸的话,只有像鲁迅、像洪昇这样的意见才是公允合理的。

上面既说马嵬兵变、杀杨家兄妹是应该的,接着又说杨玉环死的无辜,不幸替男人伏罪,是不是矛盾了呢?不,并不矛盾,被激变了的士兵的意见须尊重,群众激动了起来之后,其势不可遏止,非顺着它不行。陈玄礼说:"贵妃虽则无罪,国忠实其亲兄,今在陛下左右,军心不安。若军心安,则陛下安矣。愿乞三思。"这也是实话。当时若不处杨玉环以死刑,则李隆基被军士杀死是很可能的。(本来军人革命,杀掉昏君,也是好的,但陈玄礼及其部下还不足以语此,他们还没有那么高的觉悟。)

作者又是非常同情人民的,这只要看他对献荔枝这一件事加倍的描写,以及对郭从谨、雷海青、李龟年等所谓"渺小"人物表示极端崇敬,便可以看出他是站在人民一边的。(因为他自己是备受压迫的,他一生从来不曾得意过,有时甚至还饿饭,生活一直很困难。)

第十五折"进果"写的是李隆基迫令海南道贡献鲜荔枝给杨娘娘吃,为此不知跑死了多少使者和马匹,踏坏了多少农民的禾苗,作者又特地写了踏死算命的瞎子,瞎子的妈妈哭叫:"我那天呵,地方救命!"他想要那跑马的人来偿命。"外"扮老农民说:"哎!那跑马的呵,乃是贡鲜荔枝与杨娘娘的,一路上不知踏坏了多少人,不敢要他偿命,何况你这一个瞎子!"即此一点,已可想见李家朝廷的残暴了。

至于写老农夫因要"偿官赋"以至于"无米下肚",还是一般的抒写,如"十棒鼓"的词曲中所云:"田家耕种多辛苦,愁旱又愁雨……"等,就不再在这里一一征引了。

紧接着"进果"的是"舞盘",写杨玉环吃了鲜荔枝之后在翠盘中歌舞,那位"髦荒"(这二字是老髦、荒唐的简称,最贴切李隆基的身份了。)亲自敲起羯鼓伴奏乐曲,在宫廷中作乐,和上一折人民遭殃两两对照,是作者有意的安排,使得观众或读者看到一面是统治阶级的荒淫无耻,一面是人民大众的愁苦、死亡。作者是非常会用对照的手法的。

下卷第一折即第二十六折"献饭",李隆基逃难到扶风县,饿着肚皮,乡野之人郭从谨送给他一盂麦饭,他从高力士手里接过来吃着说:

"寡人晏处深宫,从不曾尝着此味!"
郭从谨:"陛下,今日之祸,可知为谁而起?"
李隆基:"你道为着谁来?"
郭从谨:"只为那杨国忠呵,猖狂,倚恃国亲,纳贿招权,毒流天壤。他与安禄山十年构衅,一旦里兵戈起自渔阳。那禄山呵，包藏祸心日久，四海都知逆状。去年有人上书告禄山逆迹，陛下反赐诛戮，谁肯再甘心鈇钺，来奏君王！"

李隆基："郭从谨呵，倒不如伊行草野怀忠，直指出逆藩奸相，空教我噬脐无及，恨塞饥肠！"

李隆基从前不曾听到的话，今日才从进麦饭的所谓"野人"的口中得知。作者所刻画出的像郭从谨这样的人物，应该说是正面的和进步的。凡是郭从谨出场都代表着人民说话。如第三十六折"看袜"中许多人都为杨贵妃锦袜颠倒，甚至认为是"……光艳犹存，异香未散，真非人间之物……"大家叫："果然好香！"只有郭从谨十分恼怒说："唉！官人看他则甚！我想天宝皇帝只为宠爱了贵妃娘娘，朝欢暮乐，弄坏朝纲，致使干戈四起，生民涂炭。老汉残年向尽，遭此乱离。今日见了这锦袜好痛恨也！"有人要收买，他又说："这样遗臭之物，要他何用！"这也就是代表正直的劳动人民的声音，话中是可以嗅得出农民的气息的，这和醉心于"薄衬香锦，似一朵仙云轻又软"的足下崇拜者完全不同。

在"弹词"、"私祭"二折中，写李謩和李龟年的晤见，写李龟年和永新、念奴的晤见，情词是十分凄恻动人，几乎是作者在"现身说法"。不仅是"樽前白发谈天宝"和"落花时节又逢君"的感慨而已。洪昇在这方面的抒写，真是出色当行。尤其"弹词"一折，借李龟年的口，把全剧的重点重复提了一下，从"南吕一枝花"、"梁州第七"、"转调货郎儿"、"二转"，一直到"九转"、"煞尾"，直个是无曲不佳，赵执信尝评此篇为胜国所无，的确是知音之言。"六转"为全折中由缓歌慢舞到突变掺挝的神似之笔，迭字的用法尤称妙绝：

恰正好呕呕哑哑霓裳歌舞，不提防扑扑突突渔阳战鼓，划地里出出律律纷纷攘攘奏边书，急得个上上下下都无措。早则是喧喧嗾嗾惊惊遽遽仓仓卒卒挨挨拶拶出延秋西路，銮舆后携着个娇娇滴滴贵妃同去。又只见密密匝匝的兵，恶恶狠狠的语，闹闹吵吵轰轰剨剨四下喳呼，生逼散恩恩爱爱疼疼热热帝王夫妇，霎时间画就了这一幅惨惨凄凄绝代佳人绝命图！

这样描写由霓裳舞到马嵬坡下的突变，把错综复杂的情感，从琵琶弦调中鏦鏦铮铮地弹唱出来，我觉得比"渔阳鼙鼓动地来，惊破霓裳羽衣曲"、"六军不发无奈何，宛转蛾眉马前死"等描写更曲折而酣畅。此外还有我所认为不很好的，如"楔游"、"驿备"等折中的一些什么"后庭"、什么"白鲞香"等一些秽亵的插科打诨，这些话洪昇绝不会使之出于所谓"上流"社会、统治阶级人们的口中。（封建社会中的作者大都如此，也不止洪昇一人。）为什么？"上流"人"高贵"不可亵渎而已。他要用那些令人恶心的话出之于一般平民的嘴里，无非还是把白粉涂抹到他们的鼻子上当作笑料而已。我读起来，觉得并没有什么可笑，相反地，叫人讨厌，这也是作者自己表现出来的一个矛盾。一方面对下层的人们表示同情，一方面又有意把他们作为取笑之资。当然我也知道插科打诨在戏曲中是重要而不可少的，如像"宋之滑稽戏"（见王国维《宋元戏曲史》）里面许多例子就是极好的。洪昇是熟读宋元戏曲的，为什么不"借鉴"呢？

洪昇一生对于金元人曲子，用功最深。王季烈《螾庐曲谈》中说他"能恪守韵调，无一字一句逾越，为近代曲家第一"。又说："《长生殿》……不特曲牌通体不重复，而前一折宫调与后一折宫调，前一折主要角色与后一折之主要角色，决不重复……其选择宫调，分配角色，布置剧情，务令离合悲欢，错综参伍。搬演无虑劳逸不均，观听者觉层出不穷之妙，自来传奇排场之胜无过于此。"吴梅在《长生殿传奇斠律》一文中说："昉思守法之细，非云亭山人所可及。"这都是极为推崇和赞美的话。除上所引而外，洪昇的作品和他的为人，毫无一些头巾气，在当时是很难得的。《长生殿》比《琵琶记》、《桃花扇》的气息不同之处，在前者毫不迂腐，而后者多少有些难免，这一点只要细细斟酌体味，便可了然。

李慈铭《越缦堂诗话》卷下之上，评论《桃花扇》和《长生殿》曾经这样说："洪稗畦《长生殿》，氍演科白，俱元曲当家，词亦曲折尽情，首尾完密，点染不俗，国朝人乐府，惟此与《桃花扇》，足以并立，其风旨皆有关治乱，足与史事相神，非小技也……《长生殿》寄托尤深，未易一二言之。"

李慈铭所说的"寄托尤深"，是指洪昇用李隆基、杨玉环故事，影射顺治和董贵妃而言。他在诗话中一再提起，既引吴梅村《清凉山赞佛》诗所谓"可怜千里草"和《读史有感》"君王纵有长生术，忍向瑶池不并栖"等诗句为证，又引《尤西堂集》中《端敏皇后挽诗》"憔悴天颜赋悼亡"等语为证。并说西堂次年作《章皇挽诗》"汉宫落叶伤罗袂，蜀道淋铃忆玉环"，足见《长生殿》就是为顺治和董贵妃而创作出来的。这种说法，牵强附会，正和有些所谓红学家硬说《红楼梦》中的林黛玉是董贵妃，贾宝玉就是顺治化身一样的荒谬。旧文人的疑鬼疑神，硬拉关系，不懂得戏剧创作的道理，偏又自作聪明，好像他真正发现了天大的秘密似的。如果真是影射，试问安禄山影射谁，杨国忠又是影射谁呢？马嵬坡这样天翻地覆的大事，清朝有过吗？说穿了，真不值一笑。

还是赵执信比较了解洪昇创作的意图,他说的"倾国争夸天宝时,才人例解说相思。三生影响陈鸿传,一种风情白傅诗",把作者创作历史剧的心情老老实实恰如其分地写出来了。我读《长生殿》,只是把它当史诗读,至于戏剧,我没有研究,不敢随便乱说,但还要写出这一点意见,无非抛砖引玉,希望能引出好的文章来而已。

附　记

有人怀疑:"《长生殿》的作者是不是真有民族思想?"我以为这最好用作者自己的作品来证明。你说"疑谶"、"骂贼"等是说的历史上的事,和作者不相干。我且举出作者的一些诗来证明他的确有民族思想。《稗畦续集》诗中充满着怀恋朱明的情感,如《京东杂感》云:"盘龙山下路,尚有果园存……童竖休樵采,枝枝总旧恩。""……远望穷高下,孤怀感废兴。白头遗老在,指点十三陵。""故国开藩镇,防边节制雄。鹰扬屯蓟北,虎视扼辽东。角静孤城月,旗翻大树风。至今论将略,尚想戚元戎。""遥遥古北平,甸服接燕京。旧种嘉禾地,今归细柳营。草肥春牧马,塞静久屯兵。君看芦中月,哀鸿夜夜鸣。"(作者自己就是哀鸿之一)

《过旧王府》云:"高皇曾驻跸,吴主旧行宫。双阙寒云外,周垣蔓草中。三分霸业足,一统帝图雄。寥落居民在,昏鸦噪朔风。"[①]

又《毛殿云斋中读朱若始先生表忠录》云:"故人不可见,遗稿一编开。万点苌弘血,千秋腐史才。长城谁毁坏?胜国自疑

---

① 这是思念明太祖朱元璋的丰功伟烈,加以吊唁,末二句对现实有所讽刺。

猜。珍重孤臣裔，名山志可哀。"

像这一类的诗太多了，我们读了他的传奇，再看看他的诗稿，越觉得他的作品中是充满着民族思想和感情的。

原载《光明日报》1954年9月21日《文学遗产》第21期；据《长短集》，浙江人民出版社1980年版。

从赵执信的诗风说到他的诗论

　　清代优秀的现实主义诗人赵执信,诞生于康熙元年(公元1662年)十月二十一日,到今年(1962)已整整三百年了。赵执信的创作实践和他的文艺理论完全一致,在当时王士禛(渔洋)的神韵派诗论风靡文坛的时候,他能够独树一帜,主张诗中要有人,反对言之无物,攻击无病呻吟,著《谈龙录》对王渔洋提出批评,且能切中要害。他平生最佩服常熟的穷学者和诗人冯班(钝吟),替冯班所著《钝吟集》写的序文中曾经说:"卿大夫恒以官位之力胜匹夫,而文章乃归于匹夫矣!"他要在文坛上以在野派的资格取代在朝派的地位,绝对不肯向诗坛领袖又是长辈亲戚的王士禛低头妥协(他是王的甥婿)。王完全站在封建士大夫的立场,赵却能以士大夫的身份,同情人民,有很多诗歌替人民说话,甚至还对封建统治阶级表现出较强烈的反抗精神。

　　赵执信(1662—1744),字伸符,号秋谷,又号饴山,山东益都人。十八岁考取进士,后曾到山西主考,回京后,官宫赞。康熙二十八年,他因为在佟皇后的丧期内看洪昇的《长生殿》上演,被妒忌他的人上奏章弹劾,罢去官职,终身不用。当时有人写诗道："秋谷才华迥绝俦，少年科第尽风流。可怜一齣长生殿，断送功名到白头。"① 因《长生殿》演出而被牵连得罪的其他名士，托故掩饰，逃避罪名。赵独当其责，绝不推卸。这时他还不到三十岁。从此他便不再做官，《寄洪昉思》诗云："垂堂高坐本难安，身外鸿毛掷一官。"足以见出他轻视仕宦的情怀。后来为了谋生而四方奔走，以诗文和书法驰名南北。著《饴山堂集》，有诗一千一百二十六首，文十二卷，词一卷，《谈龙录》一卷，《声调前谱·续谱·后谱》各一卷，尚有《毛诗名物疏钞》、《礼俗权衡》等其他著作。

赵执信生活的时代是所谓康熙的"太平盛世"，可是在他诗中反映出来的社会现实却并不那么美妙：官场上贪污横暴，无法无天，给予人民以莫大的痛苦。他的《金鹅馆集》中有《猛虎行》和《虎伥行》，把吴地的封疆大吏比为一群恶虎。他在《猛虎行》中很愤慨地说："百万苍生供食料，东南赤地作提封。"《虎伥行》描写"伥鬼"的形象："巧能炫惑黠善啼，形躯臃肿音声低。腥膻惯向山神献，威福潜将上帝移。"接着又形容老虎道："虎目眈眈尾蠢蠢，乘风伺隙甘人肉。"这样诅咒当时的统治阶级，可说是够大胆的了。《两使君》一诗，借人民的口气说："侬家使君已二年，班班治绩唯金钱。可怜泪与髓俱尽，百姓吞声暗望天。"用京江官吏的清廉来映衬吴江官吏的贪暴，这是《两使君》讽谕的主要意义。尤其《吴民多》一诗，反映吴地人民起来反对贪污的一次轰轰烈烈的斗争情况，最值得注意：

---

① 赵执信因看戏被罢官，案情复杂，牵涉到徐乾学和明珠、余国柱的派系斗争，赵不幸做了党争的牺牲品。他的《感事二首》、《怀旧诗》小序和《上元观演长生殿剧十绝句》的自注，以及同时人的其他作品可以作证，此处不能详说。

> 吴城郁嵯峨，吴民百万过。昨日城中哭，今日城中歌。歌声如沸羹，讼口如悬河。攫金搜粟恨民少，反唇投牒愁民多。昔知临吴附臭蝇，今知临吴赴火蛾。逝辞吴城不反顾，呜呼奈此吴民何！

当时吴民起来控告贪污，"反唇投牒"，声势十分浩大，"百万过"云云，虽未免有些夸大，但逼得贪官污吏不得不"逝辞吴城不反顾"，且有"奈此吴民何"的叹息，总是事实。在《浮家集》中有《村宿书所闻》，歌咏"不搜钱帛但争盐"的"绿林豪客"，说明抢盐并不是什么罪恶行为，实际攻击了官运食盐的种种弊端，因此而有"预愁侵扰遍穷檐，兵盗相寻几时了"的叹息，不但对穷人抱有满腔同情，更难得的是把"兵"和"盗"并举，"兵"就是"盗"，"盗"就是"兵"，兵和盗骚扰人民并没有什么两样。《甿人城行》描写官逼农民暴动，农民打进县城，占据官衙，真是写得痛快淋漓：

> 村甿终岁不入城，入城怕逢县令行。行逢县令犹自可，莫见当衙据案坐。但闻坐处已惊魂，何事喧轰来向村。银铛杻械从青盖，狼顾狐嗥怖杀人！鞭笞榜掠惨不止，老幼家家血相视。官私计尽生路无，不如却就城中死。一呼万应齐挥拳，胥隶奔散如飞烟。可怜县令窜何处，眼望高城不敢前。城中大官临广堂，颇知县令出赈荒。门外虻声忽鼎沸，急传温语无张皇。城中酒浓馎饦好，人人给钱买醉饱。醉饱争趋县令衙，撤扉毁阁如风扫。县令深宵匍匐归，奴颜囚首销凶威。诘朝甿去城中定，大官咨嗟顾县令。

诗中对剥削压迫人民的官吏表示极端的愤怒，骂他们是

"狼顾狐噪",等到农民生路断绝,不得不铤而走险起来暴动的时候,农民在他的笔下是那么威武有力,县官们在他的笔下是那么怯懦可笑。欢呼农民的胜利,理直气壮,大快人心。《后纪蝗》末云:"蝗乎蝗乎且莫殚我谷,告尔善地栖尔族。一为催科大吏堂,一为长安贵人屋。"可以想见他对"催科大吏"和"长安贵人"的憎恨。《水车怨》:"典衣未及买升斗,数日化作风中烟",为老农的贫困生活表示同情和愤慨。这一类的诗很多,不能一一列举。

和他同时的诗人吴雯(天章)评论他的诗说:"直而不俚,高而不诡。"所谓"直"有爽直和粗直的分别,饴山诗是爽直而非粗直,但又绝不俚俗。"高"是说风格高,"不诡"是说绝不故作诡异——像唐人卢仝、刘义那样,而是处处切近情理。无论是古体或近体,都是形式和内容并重,力去浮靡,而又不偏一格。诗风虽在优游含蕴方面差一些,但峻峭而又细致,却是特长。集中有不少七古,豪情狂态,一如李白,他曾在《太白酒楼歌》中说:"当时我若接杯斝,岂复于公为后生",可见他是如何的自负了。

从他留下来的一千一百二十六首诗篇中,可以看到他一生由少年得意到废斥不用;由穷愁忧愤到寄情于名山大川的邀游,表现出上下千古磊落不可一世的气概。《观海集》中诗"气则包括混茫,心则细若毫发,片言只字,不苟下笔"(陈恭尹序中语),《礦庵集》中诗由明直朗爽转为沉着厚重。他的诗有自己独特的风格,他的风格前后又有着变化。

他有不少现实主义的诗论,散见于他的文章和诗句中,当然最重要的还是《谈龙录》。

在《谈龙录》一书的序言中,作者首先说明他和冯班、王士祯的关系。正文第一段话生动地、形象化地把自己对于文艺的看法以及和洪昇、王士禛不同的地方阐述出来：

> 钱塘洪昉思（升）久于新城（即王士禛）之门矣。与余友。一日，并在司寇（士禛）宅论诗。昉思嫉时俗之无章也，曰："诗如龙然，首尾爪角鳞鬣，一不具，非龙也。"司寇哂之曰："诗如神龙，见其首不见其尾，或云中露一爪一鳞而已，安得全体？是雕塑绘画者耳。"余曰："神龙者，屈伸变化，固无定体，恍惚望见者第指其一鳞一爪，而龙之首尾完好固宛然在也。若拘于所见，以为龙具在是，雕绘者反有辞矣！"

洪昇重视"全体"而忽略了"精粹"，王士禛强调神韵只看重一爪一鳞而忽视了"全体"。赵执信认为用一爪一鳞的艺术表现方式固然好，但更重要的应该显示出神龙的"首尾完好固宛然在也"。既要求"全体"宛然存在，又要把它们体现在一爪一鳞里，这就是赵执信的主张。丰富而全面地表现生活和自然，只是文艺要求的一个方面，去粗存精，提高，集中，更典型，更具普遍性地表现生活和自然，却是更重要的另一面。"全体"和"精粹"，"虚"和"实"辩证地统一，才能完成艺术的表现，形成艺术的美①。赵执信对于诗歌艺术的看法显然比洪昇和王士禛都全面而更具有说服力。

他反对王士禛标榜司空图"不著一字，尽得风流"的所谓"极则"，驳斥严羽《沧浪诗话》中的某些"呓语"。拈出《金史·文艺传》周昂的一些话，如："文章工于外而拙于内者，可

---

① 这里参考了宗白华同志《中国艺术表现的虚和实》文中对《谈龙录》的一些看法。原文见《文艺报》1961年第5期。

以惊四筵，而不可以适独坐，可以取口称，而不可以得首肯"，"文以意为主，以言语为役，主强而役弱，则无令不从。今人往往骄其所役，至跋扈难制，甚者反役其主，虽极词句之工，而岂文之正哉"，作为重视内容反对空廓浮华的文风的一种鲜明的标帜，在当时确实产生了相当大的影响。

在继承文学传统问题上，他主张必须有宽容的气度，不应囿限于某一方面，而应兼包并蓄，做到取精而用宏。他和他所宗奉的冯班的意见一样，取法的方面很广。冯班以熟精文选理为主，文章方面，自扬雄、邹衍、李斯、司马相如以至徐（陵）、庾（信）、王（勃）、杨（炯）、卢（照邻）、骆（宾王），都认为是正体；诗自苏（武）、李（陵）、曹（植）、刘（桢）以至李（白）、杜（甫），都是学习的对象，而得李、杜之真的李商隐，尤为他所喜爱（详见王应奎《柳南续笔》卷二《冯氏之学》条）。这一条路显然和王士禛所宗奉的王（维）、孟（浩然）派截然不同。冯班在《钝吟杂录》中屡次驳斥王士禛，并有《严氏纠缪》一卷，指出《沧浪诗话》的许多错误，甚至还用"三河少年，风流自赏"的考语加在王士禛的身上。赵执信一面承认王在当时诗坛上是"大家"，与朱彝尊并举，有"朱贪多，王爱好"之说[①]；一面又提出"讲讽怨谲，与六艺相左右，善题目佳境，言不可刊置别处"[②] 等正面主张，批评王士禛"薄乐天而深恶罗昭谏（隐）"的不当。他以为"昭谏无论矣，乐天《秦中吟》、《新乐府》而可薄，是绝《小雅》也！"他又以为"阮翁

[①] "爱好则与拙字相反，故为渔洋诗病"（潘德舆《养一斋诗话》）。又陈后山云："诗欲其好则不能好。"知"王爱好"实是贬词，指一味追求工巧而言。

[②] 编者按，"讲讽怨谲，与六艺相左右，善题目佳境，言不可刊置别处"乃皮日休论张祜语，见《唐诗纪事》卷五十二"徐凝"条，王仲镛《唐诗纪事校笺》巴蜀书社，1989年8月，下册，第1414页。

酷不喜少陵，特不敢显攻之"。"若少陵，有听之千古矣，余何容置喙?!"① 这些话很明显地说出他们和王士禛在诗派、诗风和继承、学习等问题上的主要分歧。

赵执信在对于王士禛某些具体作品提出批评时，说他"诗中无人"，用"芦沟桥上望，落日风尘昏。万里自兹始，孤怀谁与论"，"此去珠江水，相思寄断猿"等句为例，并加按语道："不识谪宦迁客，更作何语？"又举次章《与友人夜话》诗："寒宵共杯酒，一笑失穷途"等诗句，认为"若言与心违，而又与其时其地不相蒙也，将安所得知之而论之"？这些意见深中王士禛的病痛。赵的好友阎若璩（百诗）等对于王士禛也有同样的不满。后来阮葵生、严冬友等都对王士禛有所批评。阮在《茶余客话》中说王"但求措语工妙，不顾心之所不安"。严评《渔洋精华录》更是极其严峻。很多都是由于赵执信的理论的启示。

王士禛也有所谓反映民生疾苦的诗，但由于没有真实感情，读了之后往往叫人发生反感。集中有《蚕租行》，小序云："丁酉夏，有民家养蚕，质衣钏，鬻桑，而催租急，遂缢死，其夫归，见之，亦缢。王子感焉，作是诗也。"诗共有十节，其十云："阿夫还入门，不复见故妻。生既为同衾，死当携手归。"写这样残酷压迫和剥削劳动人民的题材，却写得丝毫不动声色，让蚕妇与其夫甘心受压迫受剥削而死，还说什么应当携手同归。这反映的哪里是劳动人民的感情?！又如《复雨》诗有"奸民攻剽成萑苻"等句，骂农民起义是"奸民"，更是顽固的封建士大夫的口吻。用这种作品和我在前面所引的赵执信诗比较地读一

---

① 这里赵执信说得有些过火，王士禛菲薄白居易是事实，他对于杜甫却并非真不喜爱。他在《师友诗传录》中答郎廷槐时，就说过"少陵以雄词直写时事，以创格而纾鸿文，而新体立焉"等话。在其他著作中也曾对于杜甫表示尊崇。

下，就可以看出他二人的立场观点有多么大的不同了。

赵执信十分钦佩常熟冯家兄弟，这件事极为王士禛所不满，王士禛在《古夫于亭杂录》中说：

> 余见其兄弟所批《才调集》，卑之无甚高论……而世乃有皈依顶礼，不啻铸金呼佛者！

这当然是指赵执信而言，却又不肯公然指出。冯班（定远）和他的哥哥冯舒（已苍），都是十分穷困的学者和诗人。冯舒因反对县官瞿四达横征暴敛，瞿四达怀恨在心，检举冯舒所编《怀旧集》，说他对清朝"语涉讥谤"，兴起文字狱，把冯舒关在监牢里，加以杀害（王应奎《柳南随笔》卷一）。冯班有那么好的学问，竟衣食不周，穷困而死。赵执信有《钝吟冯先生宅感怀二绝句》：

> 青山一掩子云居，风簌松门雨涨间。破屋时闻吟啸苦，诸孙寒饿抱遗书。
> 间世锺期强听琴，潜依流水写微音。敝庐未解相料理，枉被名卿妒范金！

在最后一句下自注云："阮亭司寇谓余尊奉先生，几欲范金事之，为不可解。"王士禛一代大阔人，官高望重，他的心目中自然容不下那些不肯奉承他的穷苦诗人，他不理解赵执信"纡尊降贵"的心情，也是当然的事。我们从赵执信的这两首小诗中很清楚地看出他自许为冯班的知己，满掬同情之泪来哭隔世的知音，能够叫读者深深感动。我们略一叙述，就把王、赵的不同的情感和不同的思想基础大致都说明了。赵执信虽然还不能算是封建士大夫阶级的叛逆者，但他能够同情劳动人民和穷苦知识分子，明辨是非，主持正义，在当时应该说是难能可贵的。

就诗论诗，近三百年来的意见很为分歧，一般文学史都采取《四库全书总目提要》中"王以神韵缥缈为宗，赵以思路镵刻为主，王之规模阔于赵，而流弊伤于肤廓；赵之才力锐于王，而末派病于纤仄"那一段话做结论。其实纪晓岚在《阅微草堂笔记·滦阳消夏录》中借托益都李词畹所述鬼与赵执信论诗的话，用许多妙喻批评王士禛的作品，说得更为透辟。纪接着又说：

> 明季诗庸音杂奏，故渔洋救之以清新；近人诗浮响日增，故先生（指赵执信）救之以刻露，势本相因，理无偏胜，窃意二家宗派，当调停相济，合则双美，离则两伤。

这话当然有理。但我觉得从作者对待人民的态度，和作品的进步意义来说，王士禛和赵执信是无法比较的。借纪念他诞生三百年这个机会，写出这一点极粗浅的意见来，作为引玉之砖，并希望能得到读者的指正。

原载《人民日报》1962年2月15日；据《长短集》，浙江人民出版社1980年版。

读赵执信《饴山堂集》札记

我在《从赵执信的诗风说到他的诗论》后面的一条注中提起赵执信因看戏被罢官,牵涉到徐乾学和明珠、余国柱的派系斗争。有读者写信来问,因摘录札记三则,以代答复,并以请教于清史、清诗的研究者。

一 饴山堂和碧山堂

"饴山堂"是赵执信诗文集的名称,赵诗原名《因园集》,后改称《饴山堂集》。"碧山堂"是徐乾学在北京住宅的一个堂名,他的诗文集叫《憺园集》,也叫《碧山集》。"饴山堂"和"碧山堂"之所以要联系在一起,是我在读赵执信诗时联想起康熙年间的许多私党的惨酷斗争,赵执信不幸在党争的余波里吃了徐乾学的闷棍,以至废斥终身。"饴山堂"和"碧山堂"实际上是互相敌对的。今天拈出来谈谈,是对历史的一种回顾,对辨别有关人物的是非黑白,也许还有些意义。

我读赵执信《饴山堂集》之所以想到徐乾学的"碧山堂",是因为读到了下面的一些诗。

《饴山堂集》卷三《还山集》中有《感事二首》:

碧山胜赏已全非，谁向西州泪满衣。解识贵官能续命，可怜疏傅枉知机。

戟矜底事各纷纷，万事秋风卷乱云。谁信武安作黄土，人间无恙灌将军。

"碧山胜赏"明指徐乾学在碧山堂的宴会而言，《碧山集》中徐乾学自己有《雨中宴同馆诸公》诗，后四句是："緱岭仙人曾憩洛，高阳才子正游秦。今朝佳宴逢休暇，莫厌当筵酒盏频。"孙屺瞻同作有"饮同河朔兴偏狂，炎夏先秋五月凉。暑去天容金谷酒，雨深人坐碧山堂"等句，查慎行《敬业堂诗集》卷二十七《杖家集》有《饮徐尚书碧山堂花下》等诗。诗中"谢公别墅近城壕，载酒曾陪饮兴豪"句，比徐乾学为谢安，未免过誉。赵执信生前不肯奔走于徐尚书的门庭，又曾和徐乾学的弟弟徐元文因同门关系发生过冲突。这两首诗对碧山堂凭吊，也对徐氏兄弟深致不满。"胜赏全非"，"西州"洒"泪"，乍看好像颇含哀怜之意，实则并非哀怜，本意是"哪个还愿向西州去洒泪呢"！

"贵官能续命"，"疏傅枉知机"实隐寓讥讽的意思。第二首"武安作黄土"，把徐元文比为汉代武安侯田蚡，田蚡骄贵不法和徐元文实有些近似，结局也同样悲惨。查康熙二十九年庚午，许三礼劾徐乾学、高士奇、王鸿绪，徐乾学等因之而被免职。徐元文在康熙三十年（公元1691）七月悲愤而死（见《清史列传》卷九）。赵执信的这两首诗正作于徐元文死后。"武安作黄土"并非指徐乾学，因徐乾学此时还没有死。后来明珠的外甥傅腊塔做两江总督，再参徐乾学，徐乾学死于康熙三十二年。诗的末句"人间无恙灌将军",很显然,赵执信是以"使酒骂座"的灌夫自比了。《感事二首》在《饴山堂集》中并不能算是好诗,但和时事有关,而且冷眼旁观,无限悲愤,很有些像刘禹锡《代靖安佳人怨》之伤武元衡被刺,白居易《九年十一月二十一日感事而作》之伤"甘露事变"中的王涯等,在诗中可以找出历史的对证,因此很值得我们注意。

二 赵执信为什么自比苏子美?

说赵执信的罢官和当时派系斗争有关,这只要看赵执信在诗中常以苏子美(舜钦)自比,并可了然。

《饴山堂集》卷十六《怀旧集》有《怀旧诗十首》。第八首《怀钱塘洪昇昉思》有云:"每笑苏子美,终身惟一蹶。永抛梦华尘,长啸沧浪月。千秋觅同调,舍我更何人。高骞云中鹤,俯视爨下薪……"洪昇和赵执信同以《长生殿》演出一事而获罪,外界为赵执信因吃酒看戏这样的小事而罢官而深抱不平,因有"可怜一曲长生殿,断送功名到白头"的叹息。殊不知这仅仅是一种不明真相的推测而已。当时康熙朝中正闹党派的私斗,康熙(玄烨)利用他们之间的斗争,嗾狗咬狗,中间搞得一团糟,于是有不少依附权势的士大夫从中受累。赵执信正是不幸受累的一个。

徐乾学本是宰相明珠的门下士,《清史稿列传》卷五十六有云:"明珠则务谦和,轻财好施,以招来新进,异己者,以阴谋陷之。与徐乾学等相结。"可是徐乾学看风转舵,反复无常,等到康熙有意要削弱明珠、余国柱的权力时,他便秉承旨意暗中嗾使郭琇(华野)来参明珠和余国柱了。李光地《榕村语录续集》卷十四《本朝时事》有一则说得最清楚:

郭琇先参明珠、余国柱，是高（按即高士奇）、徐（按即徐乾学）先说明白，疏稿先呈皇上，上改几字而始上。在戊辰（按戊辰是康熙二十七年，公元1688）二月。郭琇再参王鸿绪、高士奇，是己巳（按己巳是康熙二十八年，公元1689）南巡回十月，亦徐为之也。

这一段话证明了徐乾学是康熙嗾使下的走狗，要他咬谁便咬谁，郭琇是走狗的走狗，当然更不足道了。

明珠、余国柱是当时的宰相，权势赫赫，既为康熙所忌，自然不得不下台。明珠以旗人之故，还得交领侍卫内大臣酌量任用，这是顾全他的面子。但一面明顾面子，一面在暗中还要打他，康熙在二十八年（1689）又借佟皇后丧期内还演戏的罪名，再加追打，这是罢相后的余波。洪昇是在明珠、余国柱庇荫之下才敢在国恤期间公然演戏的，他是余国柱的门客，《稗畦集》中有《寄大冶余相公》诗："八口羁栖屡授餐"，"身微真愧报恩难"等句可以作证。王泽弘《鹤岭山人诗集》卷十二《送洪昉思归武林》云："性直与时忤，才高招众忌。何期朋党怒，乃在伶人戏。"早已就说明《长生殿》--案实在是朋党之祸的一个小插曲而已。

赵执信不幸被拉进这个漩涡，而挨打挨得特别重。他在诗中用苏子美的典故，是因为子美是范仲淹之党，范受保守派排挤，表面上却又以卖公家废纸宴署内同行的罪名被弹劾而免职，子美只得退居苏州沧浪亭吟啸终身。赵执信借子美的故事来发泄自己的感慨，认为苏子美是他的"千秋同调"，其中因缘关系，不难一一比参推索出来。他另有《上元观演长生殿剧十绝句》，最后自注道："余以此剧被放，事迹颇类苏子美。昔过苏州有句云：'闻道沧浪有遗筑，故应许我问菟裘。'"也同样是以苏子美自比，他的外表故为旷达，实在是愤愤不平的。《饴山堂集》卷十《菿溪集》有《偶过沧浪亭十二韵》，末云："芜没都官渡，苍凉刺史祠。九京呼子美，相赏讵关诗。"更说明赵执信对苏子美的心心相印，不仅欣赏他的文字，在政治上道义上各方面都许他为知己了。查慎行《敬业堂诗集》卷十一《竿木集》序中也说过："饮酒得罪，古亦有之，好事生风，旁加指斥，其系而去之者，意虽不在子美，而子美亦不免焉。"足见查慎行也是同样地用苏子美来比赵执信，这就无怪乎赵执信在怀洪昇的诗中有"每笑苏子美，终身惟一蹶……千秋觅同调，舍我更何人"的慨叹了。

按苏子美是范仲淹荐为集贤校理监进奏院的，但他的政治态度似较范更激进。他的《上范公参政书》（《苏舜钦集》卷十）批评范之施政"因循姑息，不肯建明大事"（借别人的舆论，实表示自己的看法），他之被陷，其直接原因似是因其岳父杜衍（杜和范的政见是一致的）。附带在此说明一下。

三 赵执信仇视贪污的诗和它的历史背景

清初封疆大吏，贪污成风，满人起带头作用，汉人跟着学样。康熙既已办了索尼、苏克萨哈、遏必隆、鳌拜四大臣的罪，接着索额图、明珠两派照样的植党营私，把持政权，汉人奔走他们门下，变本加厉的剥削人民，余国柱、李光地、徐乾学、熊赐履、高士奇等同是一丘之貉。据《清史列传·大臣画一传档正编》卷十载有当时的民间歌谣道："去了余秦桧，来了徐严嵩。乾学似庞涓，是他大长兄。"余秦桧指的是余国柱，徐严嵩指的是徐乾学。徐乾学学了余国柱那一套本领，后来打余国柱，正如孙膑、庞涓同学兵法，庞涓妒孙膑，加以谋害，徐乾学和余国柱也正是难兄难弟。余、徐如此，其他贪官污吏没有一个不是同样的争权夺利，互相残杀。至于贪污的情况，李光地《榕村语录续集》卷十四也有一则记载：

于振甲（按即于成龙）做巡抚时甚好，余等甚敬之。对上曰：天下官尽都卖完了，没有一个不用钱买的巡抚布政。上愕然曰：何至如此？曰：皇上但使人将各省藩司库盘一盘，若有一处不亏空！臣便认虚诳之罪。他将藩库银子买升巡抚，藩司焉敢发其奸。相习成风，都是用皇上的钱买皇上的官，岂不可惜！上问是谁卖，曰：不过是满、汉宰相，还有何人！

赵执信在《饴山堂集·金鹅馆集》中有许多作品都是反映这些情况的。《猛虎行》中有"万姓苍生供食料，东南赤地作提封"的诅咒；《两使君》诗中也有"侬家使君已二年，班班治绩惟金钱。可怜泪与髓俱尽，万姓吞声暗望天"的叹息。至于《吴民多》一诗，歌颂人民起来反对贪污，"吴民百万"，"反唇投牒"，对现实作了如实的反映，深深表现出被压迫被剥削的人民的反抗意旨。但究竟《两使君》和《吴民多》为谁写作？有什么历史背景？这是读《饴山堂集》这一类诗时必须解决的问题。偶读清·礼亲王汲修主人昭梿所辑《啸亭杂录》卷十有《噶礼母》一节，总算找到这两首诗的本事。摘录原文如下：

康熙中，两江总督噶礼，满州人。贪婪不法，家资巨万，尝造金丝帐以眠其母……会礼与张清恪（伯行）互相参劾。圣祖初颇右礼，乃置张公于狱。而吴民素服张公，从行者数千人，争至畅春园，代为张公请命。上益厌张之沽名……

原来《两使君》诗中所说的"京江使君"即指张伯行（孝先），"吴江酷吏"即指噶礼。《吴民多》一诗反映吴民上京为张伯行伸冤一事，尤其具有进步意义。假如不是噶礼的母亲后来在康熙面前揭发他的儿子的贪污罪行，康熙还要替噶礼撑腰，处张伯行的死罪。吴民起来斗争，虽引起康熙对张伯行的嫉视，但终于不得不被迫起用张伯行，惩办了噶礼的贪污害民的大罪。

赵执信的诗，爱憎分明，主持正义，敢于替人民说话，像以上所举这一类作品还有不少，恕不能一一引出了。我们读历史时参考诗人的作品，读诗人作品时联系到历史，都很有必要。至于读现实性很强的像赵执信这样诗人的作品尤其如此，那更是不言而喻的了。

原载1962年9月8日《文汇报》（上海）；据《长短集》，浙江人民出版社1980年版。

读赵执信《晚发芹泉驿夜过寿阳》

写驿站的诗，在古代诗人集子里几乎随处可见。白居易《望驿台》云："靖安宅里当窗柳，望驿台前扑地花。两处春光同日尽，居人思客客思家。"短短四句，写驿台前思念家居，饶有情致。至于刻画旅途夜行之苦，我以为清代名家赵执信的《晚发芹泉驿夜过寿阳》五古，确实是值得推荐的一首好诗。

赵执信（1662—1744），号秋谷，山东益都人，有《饴山堂集》。他是清代优秀的现实主义大诗人。这首《晚发芹泉驿夜过寿阳》，原诗是这样的：

日暮憩芹泉，暝色动诸岭。路纡未拟停，马饱方思骋。新月乍微茫，群星半耿耿。远云时作阴，积雨正多泞。地明知近河，径转畏逢阱。不知几里遥，忽在万峰顶。阴阴俯厓际，簌簌乱林影。深谷聚豺狼，涧潦喧蠡黾。山腰忽一灯，鬼火出陷阱。秋毫皆易惊，观听何由屏。风高溪壑哀，露下衣裳冷。前途渐迤逦，客心转虚迥。昏眸呼不开，倦辔时复整。寿阳城上钟，残梦三更醒。

芹泉驿在山西寿阳县东，明洪武初于此置驿，今石太铁路必须经过的地方。寿阳，晋置寿阳县，唐代仍然叫寿阳，清属山西平定州。现在地图上寿阳和芹泉驿邻近。因铁路通行，当然不会有赵执信诗中所写的那种鬼气森然的景象了。至于豺狼更已绝迹，涧溪中蛙鸣虫叫倒是还有的。山势高悬，溪壑风高，听到寿阳的钟声，回忆深夜三更时惊醒的景象，更觉诗味盎然。这首诗用上声二十三梗韵，一韵到底。一共二十八句，虽是古体诗，而对偶之句颇多，也可以说是五言长律。此诗创造出一种境界，读了之后，仿佛同诗人结成伴侣，从芹泉驿向东赶路，凭借着月色和微茫星光，骑在马背上吟哦。从前人说吟诗有三上：一曰枕上，二曰厕上，三曰马上。我以为枕上吟诗，容易失眠；厕上吟诗，其实不雅；只有马上吟哦最有意味。作者旅途困顿，睁不开倦眼，只有在停止马步的时候，才能把腹稿整理出来。

读了这样的诗，再想想今天坐在舒适的火车中吟诗作赋，振笔疾书，没有赵执信诗中所抒写的旅途上的困苦，不能不感到时代已经向前迈出了多么巨大的步伐。

原载1982年3月29日《人民铁道报》；据《晚晴轩文集》，巴蜀书社1985年版。

读吴嘉纪的《陋轩诗》及《陋轩诗续》抄本

一

清初江南有两位姓吴的诗人，一是徽州的吴麐（仁趾），一是泰州的吴嘉纪（野人）。泰州虽在苏北，在当时也统称江南。吴嘉纪和吴麐互相唱和的诗篇很多，吴嘉纪的成就远在吴麐之上。吴麐有《怀吴野人先生》一首五律：

> 伯鸾居虎下，元亮老篱边。隐矣吴夫子，高风齐二贤。赁舂常作客，采菊始归田。想见行吟处，溪流绕数椽。

吴麐用梁鸿、陶渊明比吴嘉纪，这是因为吴嘉纪和梁鸿一样曾经"赁舂"出卖过劳动力，又和陶渊明一样隐居不仕。这样比是恰当的。吴嘉纪出身于官僚家庭，因战乱成为破落户，隐居于海边安丰（东淘）盐场，经常和劳动人民在一起，他有许多歌咏人民疾苦的诗，是一位出色的现实主义诗人。他生当明末清初动乱的时代，有民族气节和同情人民的正义感，论他的社会地位比梁鸿、陶渊明更为低下，是一个真正以布衣终身的人。郑方坤写的《陋轩诗钞小传》中说：

> 吴嘉纪，字宾贤，一字野人。家泰州东淘，为滨海斥卤之区。乡人以鱼盐为业，驵侩杂居，习尚凌竞。野人一鹤孤骞，倘然云表，名所居曰陋轩。……日惟键户一编，吟啸自若，即瓶无储粟，弗恤也……

他自己在《七歌》中写他的贫苦生活："逡巡持斧采枯木，雪花倒落叫鸿鹄。归来饥子牵衣啼，爨下有薪甑无粟。"常常过的是有柴无米的艰苦日子，他住的房屋，在《与汪伯光》诗中说："昨夜河涨太无赖，狂澜竟从衡门人。架木作巢茅屋中，一家人共鸡犬集。"更具体而全面的描绘是《破屋诗》：

> 避喧数椽在溪北，苔巷荜门意自适。邻舍无由窥我贫，几年全赖此四壁。壁老土柔力渐微，或倾或侧纷狼藉。野狸黠鼠恣来往，青天色冷接床席。妻子常惊瓦砾声，劝吾修葺苦逼迫。昨夜雨歇天作霜，烈风怒号落吾宅。宅舍压倒存一半，其下儿女声喈喈。仓卒提携出户来，草中坐待朝日白。日高举室喜重生，虽失栖迟翻不惜。君不见昔日巍巍公与侯，朱门画栋云霞流。转眼蓬蒿生甲第，身死还为当世羞。何如野老断垣欹柱下，骨肉因依无所求。

这种破屋把他的儿女都几乎压死了，但他却觉得比公侯们的"朱门画栋"还值得骄傲，因为不至于像他们那样"身死还为当世羞"。这首诗与杜甫的《茅屋为秋风所破歌》可以后先辉映。由于他真正的穷而在下，经常和劳动人民接触，无论自己如何艰苦，一和劳动人民比起来，便觉得生活比他更艰苦的人还有的是，因此就不再愤愤不平了。

他写烧盐灶户的生活，有一首《绝句》：

> 白头灶户低草房，六月煎盐烈火旁。走出门前炎日里，偷闲一刻是乘凉。

这首诗表现的方法很巧，读起来仿佛轻松平淡，骨子里是叫人有沉重的感觉的。

他还有《赠张蔚生先生兴化县令时署泰州分司》诗道："早夜煎盐卤井中，形容黧黑发鬖鬖。百年绝少生人乐，万族无如灶户穷……"这就说得比较直率，因为他是为灶户向当地长官作呼吁的。至于专写官府对灶户进行残酷剥削的则有《临场歌》，歌的前面有小序道："虽曰穷灶户，往岁折价，何曾少逋。胥役谓其逋也，趣官长沿场征比。春秋两巡，迩来竟成额例。兵荒之余，呜呼！谁怜此穷灶户！"诗虽是用四言体裁写的，却并不古奥，形容压迫者及其走狗的穷凶极恶，淋漓尽致：

> 豺豹虎狼，新例临场。十日东淘，五日南梁。趣役少迟，场吏大怒。骑马入草，鞭出灶户。东家贳醪，西家割彘。殚力供给，负却公税。后乐前钲，鬼咤人惊。少年大贾，币帛将迎。帛高者止，与笑月下。来日相过，归比折价。笞挞未歇，优人喧阗。危笠次第，宾客登筵。堂上高会，门前卖子。盐丁多言，箠折牙齿！

官商勾结起来在盐场中无恶不作，至于穷苦无告的盐民只好在恶人们饮酒高会的门前出卖自己的亲骨肉以偿还所谓逋欠了。这中间有说不尽的凄惨情况，都在诗人笔下一一表现出来。

他的重要歌行有《凄风行》，对劳苦盐民挨饥受寒表示哀怜和不平；《江边行》，对贪官污吏督造官船偷工减料进行诅咒；《邻翁行》，为造船老工人诉苦；《翁履冰行》，写穷苦老翁因借粟不成一家三代人在冰下溺死的惨况；《风潮行》，为东海煮盐人受风灾之害而作。《堤决诗》十首写东淘西堤崩决后人民生活的痛苦。《堤上谣》、《堤上行》等作品，或悲痛"生人为渔，死人饲鱼"；或怨恨催租人在仅余的河堤上跑马。这一类诗充满着对封建统治阶级的愤怒情感和对被压迫人民的深厚同情，最是吴嘉纪诗歌的特色。

当时有许多放高利贷的商人派出爪牙来盐场盘剥、吮吸人民的膏血，吴嘉纪自己也是身受其灾的一个。他有《逋盐钱逃至六灶河作》十六首，第二首是这样的：

称贷盐贾（自注：山西人）钱，三月五倍利。伤此饥馑年，追呼杂胥吏。其奴吃灶户，牙爪虎不异。腐儒骨棱棱，随俗受骂詈。秋清发茉萸，偿钱期已至。空手我何之？乡庐聊弃置。

他为了逃避债主的追逼，不得不落荒而走。在第三首中有"呼儿匿草中，叱咤债主来"等句，孩子也跟着他"逃难"。第四首说："盐贵贾欢甚，索盐不索钱"，当实物价格高涨时，不要还钱，只要实物，高利贷者是最会打算的了。吴嘉纪是个"穷儒"，还不出盐，又不能打官司，打起官司来当然是有钱有势的人取得胜利，因此他只好潜伏在草野中躲避了。第四首写露宿的情况道："……北斗低照地，我在霜露间。贾子尔伺人，使我夜不眠。"第十一首把剥削阶级比之为鳖虱（臭虫），最为形象化：

气臭行若飞，俗呼曰蟞虱。匿身藏木榻，秽种散书帙。
啮人膏血饱，伺夜昏黑出。拙哉一愁人，于此来抱膝。哮呓
羡僮仆，爬搔增老疾。何能久食渠，海岸望朝日。

最后两句是说："怎能够长此以往用鲜血来喂养臭虫呢？我
殷切地盼望着能看见早上的太阳从海岸那边升起来。"可惜吴嘉
纪和所有在东淘的盐民都终其一生用鲜血喂养臭虫，在漫漫黑夜
中度过，并不曾看到朝阳从海岸那边上升。

最有味的是最后一首：

谁送一樽来？河涯嘷瘦狗。遥知举案人，嗟我乘桴久。
自抽头上簪，暂质店中酒。僮抱入盐烟，鹭惊起荻薮。销忧
味必醇，寄远怀何厚。欲饮转踌躇，月痕在瓮牖。

诗中所谓"举案人"，指他的妻子王睿（智长）。当他逃避
讨债鬼不得不落荒而走的时候，他的妻子怕他在乡野中夜深受
寒，把自己头上仅有的一根簪子抵押掉，换了一壶酒，托人送来
给他压惊并驱除寒气。他受了这壶酒，虽得到莫大的安慰，但他
实在不忍独饮，一想到破屋中月光照着自己妻子的影子，他心里
便难过起来了。从前元稹有过"贫贱夫妻百事哀"那样的诗句，
我们觉得只有在吴嘉纪这样真正贫苦人的身上才更觉贴切。

吴嘉纪有不少作品，写他的家庭生活，除前面提到他住的地
方简陋残破，是名副其实的"陋轩"、"瓮牖"，比陶渊明"环堵
萧然，不蔽风日"似更不如而外，在衣的方面也是冬不能御寒，
夏不能蔽体。他有《哀羊裘为孙八赋》一诗，写孙八（豹人）
家一件羊裘，早上给儿子穿，中午儿子给孙八自己穿，夜里孙八

又把它披在妻子的身上，诗中因之有"裘之温暖诚足珍，不得众身为一身"的句子。其实吴嘉纪自己家里的情况比孙八家更不如，冬天连缝衣裳的布也没有，好友郝羽吉寄给他宛陵棉布，他在感激涕零之下，写了这样一首诗：

> 淘上老人心凄凄，无衣岁暮娇儿啼。多年败絮踏已尽，满床骨肉贱如泥。出门入门向谁告，唯有朔风过破屋。我友何由知此情，远寄宛陵布一束。大儿次儿意忽足，小儿懒就檐前旭。老妻裁剪自矜能，还余一端作翁服。对雪何须命兒觥，看梅自此寻邻曲。高卧穷滨二十年，无端今日受君怜。卜筑还期入山谷，桑麻翳翳云霞鲜。稚子读书妇织素，两人一耒同耕田。

写他家里几口人接受友人赠布后各种不同的高兴样子，可谓历历如绘。最难得的是他的诗完全用白描手法，没有用任何生僻的典故和繁缛的辞藻，而自然亲切有味。他因友人赠布这一事生出许多美丽的幻想来，他想除自己努力生产来报答友人的厚意而外，还盼望让孩子们去读书，在有桑有麻的山谷中生活下去。可惜这样并不算过分的希望，在他一生中却从来不曾实现过。因为生活压迫得太惨重，他无法让儿子读书，他的几个儿子没有一个能继承父业，甚至还读不懂他自己的诗。他和他妻子王睿相处得很好，有《内人生日》七律一首：

> 潦倒丘园二十秋，亲炊葵藿慰余愁。绝无暇日临青镜，频过凶年到白头。海气荒凉门有燕，羚光摇荡屋如舟。不能沽酒持相祝，依旧归来向尔谋。

第三、第四两句概括他妻子贫苦的一生,第五、第六两句描写海滨生活的景象,真挚明朗,自然流利。末二句虽用的是成语,可是一经他略加点化,顿觉意新趣永。自己没有酒替老伴祝寿,反而向她讨取办法,由此足见他的老伴是何等的善良而又能干,这些,作者在三言两语中毫不费力似地把它表现出来了。

七绝如《送吴仁趾》:

凤凰台北路迢遥,冷驿荒陂打暮潮。汝放扁舟去怀古,白门秋柳正萧萧。

又如《折陋轩梅花入舟中作》:

清溪正发数株梅,惆怅芳春别钓台。手折花枝登小艇,前途看到十分开。

楚楚有致,和前面所引"白头灶户"一首意味大有不同。

《陋轩诗》风格清冷古淡,不名一家,读起来很像在积雪凝冰的环境中,欣赏着寒梅古松,令人气清神冷,但有时也和婉清秀而真朴,耐人寻味。汪懋麟说他"四五言古诗原本陶潜、王粲、刘桢、阮籍、陈子昂、杜甫之间。七言古诗浑融少陵,出入王建、张籍,五七言近体幽峭冷逸,有王(维)、孟(浩然)、钱(起)、刘(长卿)诸家之致,自脱拘束。至所为今乐府诸篇,即事写情,变化汉魏,痛郁朴远,自为一家之言",很足以说明他的长处。《四库全书提要》说他"生于明季,遭逢荒乱,不免多幽咽之言"。正由于他富于民族意识和同情劳苦大众的思想感情,才能够写出怨而且怒、感人至深的诗歌,这种诗歌正是当时社会时代的反映。别的诗人虽间或也和他一样有所反映,但不能像他那样深入生活，自然也就不能像他那样写得真挚动人了。他能把思想性和艺术性两者很巧妙地结合起来，成为"吴野人体"，见出他的创造性，这是很难得的成就。前人说他"以性情胜"，或称赞他的诗好处在于"空灵"，都未免说得太玄虚而空泛了。

二

前面说吴嘉纪出身于官僚家庭，因战乱成为破落户。这和汪国璠同志写的《爱国诗人吴嘉纪》（见《文学遗产增刊》辑七）一文中的说法有些不同。汪文前面说"他的远祖在明朝做过小官"这是对的。接着又说吴嘉纪的出身是一个盐民，又说"他本人出身于劳动阶级"。我觉得这说法很有问题。关于诗人的阶级成分，我们不必对证他的祖先谱牒，只从他自己的诗里就可以得到很好的证明。吴嘉纪的祖先留有田产，他在《哭妻王氏》七首的第四首中说："愿言恶衣食，暮齿足昏旦，谁知淮南田，岁岁水漫漶。"这里"淮南田"本是他和妻子赖以生活的，谁知年年闹水灾以致没有收成而影响到衣食问题。《七歌》第四首还说他的四兄"黄金错买别人田"，这样人家的阶级成分会是"盐民"和"劳动阶级"吗？他在青少年时代从江西刘国柱（则鸣）苦读诗书。嘉纪祖上还留有万卷书，他在《晒书日作》一诗中说："……弱龄多病嗜诗书，药裹书帙盈篋笥。散发养疴万卷前，人生如此真得意。十年戎马斗中原，产破无聊归荜门。丈夫久困形容丑，手持经史换饔飧。"后来还有《卖书祀母》等诗，足见他家是所谓诗书门第，宦家后代，否则绝不能拥有万卷书，后来还靠卖书过日子。他自己交代得很清楚，只是因"产破无聊"才被逼"归荜门"的。他又在《喜刘师移家至淘上》一诗中说："……其时我年方弱冠，如航巨壑初得岸。业成慷慨出衡门，海内谁知遭丧乱……"所谓"业成慷慨出衡门"，分明说书读好了准备出去找事，这个"业"当是书生的业而绝不是"盐民"的业，也是很清楚的。他还有《新仆》一诗："语少身初贱，魂伤家骤离。饥寒今已免，力役竟忘疲。前辈亲难悭，新名答尚疑。犹然是人子，过小莫愁笞。"可见他家里虽穷，还用有婢仆。前面已引过他的"嗔吒羡僮仆"之句，此外在《吾庐》诗中也有"痴儿间老婢"。又《题爱下图》诗，以陶渊明"此亦人子也，可善遇之"之言为法。称家里的仆人为"下"，说要怜爱"下人"，这还能说他是"劳动阶级"吗？紧接着《新仆》诗的后面有《得周金宪青州书》五古，其中就有"……故人青州宦，清贫食无鱼。相忆三千里，冰霜寄尺书。开书竟何如，分我以俸钱。携归尽籴米，妻儿过凶年"等语。可见每当紧急关头，他就能得到各方面的馈赠。这样的诗，在《陋轩诗集》中是常有的。我这样说并非菲薄吴嘉纪有倚赖性，而是想根据事实证明他究竟出身于何等阶级罢了。

由于出身于所谓"诗书门第"，他是以儒家孔丘、孟轲的传统思想为思想的，在诗中动辄自称为"腐儒"或"穷儒"。孔、孟一生经常受诸侯的馈赠，孟子并不以"传食于诸侯"为过分，甚至也不认为是可耻的事，虽然他们都强调要受之以道，取之以义。杜甫的草堂也要靠做官的朋友资助才建筑得起来。封建社会士大夫肩不能挑，手不能提，他不可能像劳动人民一样靠体力劳动来生活，吴嘉纪是道地的穷而在下的读书人，写诗是他最大的本领。王苹说他"一生不出东淘路，自有才名十五州"是不错的。正由于他的才名大了，才得到名流的资助。周亮工在《陋轩诗序》中形容吴嘉纪的生活状态道："……野人每晨起翻书枯坐，少顷，起立徐步，操不律疾书。书已，复细吟，或大声诵，诵已复书。或竟日苦思，数含毫不下。又善病咯血，血竭鬓枯，体仅骨立，终亦不废。里人相与笑之曰：'若何为者？若不煮素而固食淡。'数指目以为怪物。野人终不之顾……"像这样生活了一辈子的人，他可能出身于盐民或劳动阶级吗？汪国璠同志好意地把他的出身和阶级成分挤进了盐民和劳动阶级中，无如和事实不尽符合何。至于说他"青年时期是为人烧盐，靠出卖自己的劳动力，受灶主的雇佣而生活的"，我看这和实际情况是有很大距离的。前面我提到吴麐把他比之为"赁舂"的梁鸿（伯鸾），这是可以的，因为梁鸿确曾偶然"赁舂"，和吴嘉纪也偶然"烧"过"盐"一样。但不能因为偶然"赁舂"和偶然"烧盐"，就把他们硬升入劳动阶级中，改变了他们的阶级成分。汪同志还进一步美化吴嘉纪，说他"一面劳动，一面苦读"，好像他真个是体力劳动和脑力劳动结合起来的进步知识分子一般。实际情况是否如此？我看还值得研究。

汪国璠同志对于吴嘉纪的诗做了一番调查研究，文章内容是充实的，但可以商榷之处，除上面提到的一点不同意见而外，还有他提到王渔洋对于吴嘉纪诗的评价问题。《文学遗产增刊》七辑第165页有这样几句话："……无怪乎后来这位'神韵'派的代表人物王渔洋在读过吴诗之后，不得不为这些诗篇的高度思想性艺术性所倾倒，自愧不如。"说王渔洋是"后来"，在时间上就有问题；说王渔洋会自愧不如吴嘉纪，这就更有问题了。王渔洋在当时是诗坛领袖，自视甚高，怕不会这样容易"愧不如人"的吧。再看汪同志所引王渔洋的原文是这样的：

> 余官扬州三年，而不知海陵有吴君。余乃从司农（指周亮工——作者）读其诗，余愧矣！愧矣！

如果仅从这段话来证明王渔洋自愧不如吴嘉纪，显然是不对的。王渔洋在这几句话中不过是说他在扬州做官三年，还不及周亮工能及时地发现吴嘉纪的诗，因此觉得惭愧。这和说自己的诗不如吴嘉纪，是完全不同的两回事。相反地，王渔洋在《分甘余话》中，对吴嘉纪的诗却有过批评：

> 吴野人家泰州之安丰盐场，地滨海，无交游，而独喜为诗，孤冷自成一家。其友某（按指汪舟次），家江都，往来海上。因见其诗，称之于周栎园（按即周亮工）先生，招之来广陵，遂与四方之士交游唱和，渐失本色。余笑谓人曰：一个冰冷的吴野人，被君辈弄做火热，可惜！然其诗亦渐落，不终其为魏野、杨朴，始信余前言非尽戏论也。

王渔洋论诗的话虽未必都很公允，但说吴嘉纪后来的诗不及从前，是有根据的。我们只要把《陋轩诗续》和《陋轩诗》对比读一下，确有后不如前之感。① 汪国璠同志说："直到晚年，吴嘉纪的诗更成熟了，创作力更旺盛。"这也是我所不能同意的。最近，我把刻本的《陋轩诗续》和道光戊戌年宝应刘宝楠批阅两遍的抄本细读了两遍，深深感到他晚年所写反映现实的歌行和讽刺性小诗很少，反之，流连光景和友朋应酬之作转多。王渔洋批评他"渐失本色"、"诗亦渐落"，如果从这一方面来理解，不能说没有道理。但抄本中也有些好诗，却因怕触清廷之忌被刻本编辑人夏荃（退庵）删掉了。如《过兵行》一首，抄本中有，刻本中却没有。抄本中夹了一张纸条，一个人写道：

---

① 编者按：《陋轩诗续》并非吴嘉纪晚年之作，详见杨积庆《读〈陋轩诗〉及其他——兼与夏静岩同志商榷》。夏静岩，陈友琴先生笔名。

"《过兵行》嫌伤时，应入选与否？祈酌之。"另一人批道："删去是。"这首被删掉的反映当时现实的《过兵行》是这样的：

> 扬州城外遗民哭，遗民一半无手足。贪延残息过十年，蔽寒始有数椽屋。官兵忽说征南去，万马驰来如疾雨。东邻踏死可怜儿，西邻掳去如花女。女泣母泣难相亲，城里城外皆飞尘。鼓角声闻魂欲死，谁能去见管兵人。令下养马二十日，官吏出谒寒栗栗。入郡沸腾曾几时，十家已烧九家室。一时草死木皆枯，骨肉与家今又无。白发归来地上坐，夜深同羡有巢乌。

这诗是在扬州屠城十年之后写的，可以说是描写清兵残忍屠杀的又一重要作品，当然很有价值。可惜像这样在前集中非常多的诗（如汪国璠同志曾经举出来的《李家娘》、《难妇行》、《一钱行》等有爱国思想和民族意识的诗），在《诗续》中却是很少有了。此外长篇歌行还有《梅女诗》，写梅女所适非人因而绝食，题材虽不甚佳（《陋轩诗》中歌颂贞女节妇的诗太多，是封建思想的反映），诗笔却细致凄惋，也值得一读。《哭琳仙》五首，感情真挚，有人批云："此数首千古绝唱"，虽不免过誉，但句法长短参差，如泣如诉，确有动人心魄的长处。但和前集比起来，好诗究竟少了些。这个批改的抄本很值得仔细研究，有些诗改得很好，为后来刻本所依据；也有些商榷字句的意见，虽在今天都还可以借鉴。从笔迹上看来，不似出于刘宝楠之手，或者和刻诗的夏嘉谷氏有关亦未可知。

原载《光明日报》1962年9月30日《文学遗产》第434期；《光明日报》1962年10月7日《文学遗产》第435期。署名"夏静岩"；据《长短集》，浙江人民出版社1980年版。

重读舒位《瓶水斋诗集》

大约在公元一七六〇年至一八四〇年的近百年间,中国诗坛上出现了一批很有才华的诗人,如黎简、宋湘、黄景仁、张问陶、郭麐、王昙、孙原湘、彭兆荪、舒位等,他们的诗,各有各的特色,因此分别拥有不同的爱好者。我曾经有一个时期爱读舒位的《瓶水斋诗集》,特别欣赏他的七言古诗,奔腾的气势,流利的语言,使人有轻快自如的美的感受。这是三十多年以前的事了。今年(1965)适值舒位诞生二百周年纪念之期,我重新把他的全集翻读了一下,看到里面存在着不少问题,好像在曾经亲近过的人的身上发现了他的许多错误和缺点,浑身感到难受,同时又好像骨鲠在喉,不吐不快,因此写出下面一点札记式的东西。

舒位(1765—1815),字立人,号铁云,祖籍河北大兴,生于苏州,出身于官僚文士的家庭,乾隆五十三年(1788)中过举,但在仕途上极不得意,靠做幕僚过生活。他的《瓶水斋诗》流传颇为广泛,他自序道:

> 读万卷书,未能破之;行万里路,仅得过之。积三十

年，存二千首。飞鸟之身，候虫之口。见岁若月，视后犹今。天空海阔，山虚水深。

当时法式善（梧门）把舒位、王昙、孙原湘连系在一起，称为三君，作《三君咏》，备极夸奖。舒位的老前辈赵翼（瓯北）、梁同书（山舟），对他也过于赞美。赵翼说他"能于长吉、玉溪、八叉之外，别成一家，遂独有千古，宋元以来所未有也"。梁同书说他是"太白再生"，又说什么"惊才绝艳，令人舌拆不下"。后来的龚自珍也在《己亥杂诗》中咏叹道：

诗人瓶水与谟觞，郁怒清深两擅场。如此高材胜高第，头衔追赠薄三唐。

解放前的文学史固然根据以上的誉词评价他的诗，解放后新出版的几部文学史，还是同样的称赞，很少贬词。有的举《杭州关纪事》为例，说他"微婉曲折地揭露了清王朝的现实政治社会的黑暗腐朽面貌，表现了诗人的现实主义精神和浪漫主义色彩"。有的举《梅花岭吊史阁部》为例，说"其七言歌行，较能表现他的郁怒恣肆的风格"。有的举《破被篇》中"读书万卷读不破，走入破被堆中卧"为例，说他"实际是自我写照"。并说："《赈灾行并示沈小如明府》、《鲊虎行》两诗风格奇博宏恣，对官吏公开讥刺。"

以上的评论，当然有它对的一面，舒位的诗确实有不可抹煞的优点。可是如果用一分为二的观点来重新评论一下，在对的另一面便有了很不对的所在，舒位的诗有很多消极甚至反动的东西，却很少为人指出。

我们对于古代诗人的评论，应该遵循毛泽东同志的指示：

"无产阶级对于过去时代的文学艺术作品,也必须首先检查它们对待人民的态度如何,在历史上有无进步意义,而分别采取不同的态度。"

舒位作品所表现的对待人民的态度如何?在历史上有无进步意义?要看他整部诗集中的思想倾向,不能用掩盖一方面表扬另一方面的思想方法,只举少数诗篇为例。一个较有成就的诗人总有几首一直为人们所传诵的好诗,我们如果用选诗的眼光来编写文学史,这样地论其全人,便难免有片面性的危险。

舒位是封建社会中的诗人,他一生过着穷苦的生活,这是事实。他没有考中进士,没有做过高官,地位是低的。经常在外奔走,愁吃、愁穿、愁用、又愁住。愁吃,在他诗中经常提到的是米价,如"米价抛心力"(《送隽卿还吴》);"月色苦不多,米价亦太贵"(《淮南折柳曲》);"偶然问米价,颇悔未躬耕"(《春雪》);"乞食箫声春米价,平分伍员与梁鸿"(《题子山樊村草堂图》);还有专以《米价》为题的五律七首。这些不仅表现了他自己没有钱买米的苦处,也反映了嘉庆年间天灾人祸人民无法生活的普遍情况。他愁穿,有《借裘》、《还裘》诗,又有《典裘》七律四首,当他把衣裘送进典当铺子时,"直愁一人深如海,空计三年远作期",穷书生一副可怜相,读之令人酸鼻。愁用,一切用费感到缺乏,连灯油也要打算,《春寒》绝句有"闻道菜花先怕冻,思量减我读书灯"的句子,和一般带有富贵气的《春寒》不同。他又愁住,在嘉兴被房东"索屋值,必较锱铢,且有分外相干"[1],可见他是经常受人剥削的。但他一生

---

[1] 见诗集卷十三《余转徙三十年而仍居吴会,有以所侨阽隘嚣尘,劝谋移居他县,固未能,亦不愿也》五言古诗中"曾逢指困人,亦遇催租吏"二句下面的自注。

依靠达官贵人的赏识,做文案书记,接受各方面的救济,以维持家人生活。阶级出身,经济地位,决定了他的政治态度。他经常歌颂的是封建统治阶级,希望有朝一日能攀援高枝,扶摇直上。他所诅咒的是当时揭竿而起、挺身而斗和封建统治阶级势不两立的白莲教、天理教以及有些被压迫被剥削的人民。《瓶水斋诗集》中有许多诗篇都表现了他在政治上有严重的反动性。这些歪曲现实,表现作者反动思想的诗当然都是应该予以批判的。

在没有批判他的反动诗歌之前,先了解一下他的生平事略,很有必要。关于他的历史经历,不必从石韫玉、陈文述等所写的《舒铁云传》、陈裴之所写的《舒君行状》去摘抄,即从《诗集》卷十《答示仲瞿话旧之作十首》的"自注"中,便可以得到第一手的资料,而且还可以从中看出他的政治态度。

他在诗中有几条"自注"是这样的:

丁巳(按即嘉庆二年,公元一七九七,作者时年三十三),余偕王备兵(按即王朝梧)自燕赴金竹(按金竹地属贵州)军营,行次许昌(今河南许昌市),遇教匪(按"教匪"指白莲教起义军)。

女贼齐王氏由楚窜豫,焚掠保安驿,遂走武关。己未(按即嘉庆四年),余还自黔,不及春试……方避贼时,有谬言余已被害。

狑苗既平①,诏改南笼府为兴义府(按即今贵州省安顺专区兴义县)。

逆苗韦朝元,绰号七绺须,为伪军师,众称韦大先生。

---

① 贵州"黔苗"和湖南苗民起义事,详见《十朝东华录》嘉庆朝卷三。"狑"字有侮辱性,本应作"仲"。

妖妇王囊仙，自称皇仙娘娘，所率苗女甚伙。

七绺须、王囊仙，并于八月十五日夜就擒，韦据当丈，王据洞洒，皆巢穴之险峻者也。

由于舒位站在封建统治阶级的立场，因此对苗族用讨伐的口吻，称白莲教为"匪"，称起义军为"贼"，骂苗族的领袖为"逆"，为"伪"，为"妖妇"。可是人民却尊称韦朝元为"韦大先生"，苗族妇女从王囊仙起义的"甚伙"，当时的民族矛盾，主要表现为阶级矛盾，而且十分尖锐。舒位是反人民的，除竭力反对农民起义之外，他还写有《黔苗竹枝词》五十二首收在《别集》中，对苗族备极污蔑，尤其是附在后面王朝梧的跋语，说苗民"彼且不知致死之由，又并不知求生之路，冥然顽然，骈僇授首。是岂羁縻弗绝之始意。而所谓兵者，盖不得已而用之者也。览此可以思过半矣"。细味这样为统治阶级的侵略政策辩护的自白，可见王朝梧和舒位其实是同一个鼻孔出气的。

《答示仲瞿话旧之作十首》这一组诗中的第三首，舒位作了大言不惭的自我标榜，而在没有受到赏赐官爵之后他又是怎样自我惋惜的呢？诗是这样的：

橄曹难蜀勒燕然，千古文章好便传。洞里竟将生虎缚，阁中谁取大牛鞭？雌雄剑老埋双气，长短书成剩七篇。不赏边功缘底事，将军福命相公权。

在第二句下作者借他的姨甥王昙的话替他自己吹嘘道：

来诗，"才子文章山鬼泣"。自注："作渝峇苗文檄数十通，苗人识字者诵之，转相告语，皆泣拜投诚，不复反矣"！

"黔苗"是不是真的因为读了他那"才子文章"就感动得痛哭流涕而"投诚"的呢？天知道！依我看，恐怕还是清兵镇压残杀的结果。他自己用陈琳、司马相如自比，王昙和他一样也骂苗族人民是"山鬼"，总之，他们同样的是清室的代言人，摆出一副贵族大老爷的气派。后来那位"威勤侯"也就是他的恩主旗人勒保，极力保举他，希望能论功行赏，可惜掌吏部大权的和珅，同勒保将军的意见不合，没有批准。他虽然心中嘀咕着想要搔首问天，发发牢骚，但是他一面感激将军的福命，一面又想到相公大权在握，委实无可奈何，只好说一句"将军福命相公权"两面讨好的话，真是满有诗人"怨而不怒"的风格！在第三第四两句下又自注道："初，苗平，当事者以幕府宾僚列请议叙，余耻不具状，而同时投效者三十六人，剔蠲不已。""耻不具状"，风格似乎是高的，可是他终于还是同意把功劳上报了，结果是"疏上，格不能行"。真是所谓"冯唐易老，李广难封"。诗人檄苗的文章，没有得到王朝的赏赐，这岂不是天大不平的事吗？他另外有一些感愤的诗收在集子里，为了节省篇幅，不一一列举了。

嘉庆八年（1803）闰二月二十日，颙琰进宫斋戒，将入顺贞门，刺客陈德突出行刺，未中，陈德和他的儿子等被杀害了。《瓶水斋诗集》卷十一就有《纪闰月二月二十日事》诗道：

太史占祥久寂寥，每依北斗紫宫朝。客星夜卧犹书奏，况是青天犬吠尧。

清尘敢犯属车过，百万神灵一刹那。不是秺侯承赐姓，车厢谁缚莽何罗。

诏书宽大出黄麻，百户千门洞一家。此量直包天地外，狂奴何苦学张差。

第一首把刺客比作"犬"，把颙琰比作"尧"，完全是拥护封建统治者的立场。第二首歌颂捉拿刺客的定亲王绵恩等。第三首又是为"嘉庆皇上"大吹牛皮。这三首诗又都同样地充满着封建迷信的色彩，什么"太史占祥"，什么"客星"，什么"百万神灵"云云，真像"御座"旁边旧史官笔下的那些记载。

再看他对于天理教起义的态度。天理教是白莲教的一个支派，本也属于被压迫群众反抗封建统治阶级的秘密组织。颙琰即位之后，政治经济情况十分紊乱，官僚横征暴敛，贪污不法，其剥削严重是空前的，好几省的农民被残酷地剥削得透不过气来，只得纷纷起义。大兴人林清和河南、山东、山西等省起义军建立了一定的联系，同时结交宫内太监刘金、刘得才、杨进忠、阎进喜等，定计乘颙琰巡游木兰、上避暑山庄的机会，袭据北京。可惜这个大规模的起义行动遭到失败，林清被处以极刑。这件大事在《瓶水斋诗集》中也有强烈的反映。卷十六中有这样一个长题目：

嘉庆十有八年秋九月，河南、山东、直隶奸民同日作乱，而黄村别贼，复结近畿市井无赖，并潜通太监，直犯西华门，雷厉风行，登时禽灭，至腊月，而三省悉归荡平矣。夫发难蔓滋于内外，而锄恶株绝于日时，自非天佑皇威，交相感召，未克与于斯也。谨为诗纪事六首。

这六首五律，当然是很坏的诗，一开头就是：

蠢尔为牛后，狡焉相犬牙。两河黄鹄子，一县白莲花……

接着又说什么"汝曹果何意，盗弄此潢池?!""变事非天意，神灵在帝旁。恭闻宽大诏，中外起徬徨。""神速兵机贵，升平世运隆。"闭着眼睛说瞎话，在那样暗无天日一片混乱的时代中，他竟歌颂颙琰戡乱迅速成功，完全无视于人民被镇压的惨痛史实。此外如《却寄陈笠帆中丞》长诗中，有一段是这样的：

……往岁曹、单间，小丑实大憨。形诚若豺虎，奸更甚狼狙。钩连河朔方，直犯苑西界。扑灭洵称神，震惊咄可怪。国家待臣氓，恩德迈前代，莠民固丧心，残吏尤汗背。治既误因循，智复堕茫昧。如酒酿而成，如痈养而溃。至尊尧、舜君，屡诏振聋聩。皇极是训行，天心乃仁爱……

他尽情歌颂封建统治阶级对农民的残酷镇压，完全是一副奴才婢子的嘴脸！像这样的人，今天有些文学史上竟说他"能揭露清王朝现实政治社会的黑暗腐朽面貌"，是不是有替他抹脂搽粉的嫌疑呢？诗集里也还有一些在艺术性上似乎还不太坏的诗，如《张铁枪歌》、《明石砫宣抚女土司秦良玉画像歌》、《么妹篇》、《花将军诗》、《留别疏雨观察》等，这些诗读起来有的是音韵铿锵，有的是气势磅礴，可是按其实际内容，不是侮辱农民起义，就是侮辱当时的少数民族，都是应该加以排斥的坏作品。毛泽东同志说："有些政治上根本反动的东西，也可能有某种艺术性。内容愈反动的作品而又愈带艺术性，就愈能毒害人民，就愈应该排斥。"我认为舒位这一类诗之所以应该进行严厉的批判,道理正在这里。

又如有的文学史上特别提起的《赈灾行并示沈小如明府》那首长歌行,前面说:

> ……天津于地最卑下,人最稠,相惊以水聚族谋。或筑水间墙,或牵岸上舟,葭苇可席树可楼,一壶千金要而浮,当是时者城之不没三版如防秋。呜呼九河故道既已改,湿气淋漓诉真宰。七十有二沽,沟浍盈涸立难待。已失先时捍防之策,徒有后事障回之慨……

这些关于水灾的描写是没有什么问题的,但是后面从"皇帝哀矜百姓"以下,说什么"使者宣诏吏奉行,民呼万岁如水声",说什么"天能杀之君能生",那些肉麻恭维完全不符合实际的话头,哪里有什么进步意义可言呢?

至于作者逢场作戏,自诩风流韵事,而其实是腐臭不可向迩,玩弄优伶的恶习,他为此而写出来的诗大都是含有封建毒素的东西。如《海红潇碧之图》、《绿梅花图为子苕题》,大捧戏子文珠。李味庄备兵宴客,嘉荫堂歌者孔福方,扮演杂剧中的花魁娘子,有蝴蝶绕着优伶飞了三匝,陆继辂(祁生)作《仙蝶谣》,改琦(七芗)画了《仙蝶图》,舒位也跟着写了"东海桃花红两靥,南海仙人放蝴蝶"七古一章,表示附庸"风雅"。《饯花行》、《花酒相倚曲林远峰席上作》等作品,花天酒地,滥醉狂欢,像他自己所说的"失笑狭斜游",这虽是当时一般所谓斗方名士、风流才子所共有的腐朽糜烂的风尚,不能单责备舒位一个人。但是这些有封建毒素的东西既然在他的诗集中存在着,我们当然有责任进行必要的消毒工作。

他的诗在艺术性方面,嘉道以迄同光间,批评者大有人在,汪兆铨（莘伯）题舒铁云集有两句最中肯的话："腾蛟笔纵才终弱，祭獭词工意不莹。"① 就是说乍看起来他的诗才纵横有如腾蛟气势，辞藻也是丰富繁缛的，按之实际，仍令人有羸弱不称其气的感觉，用典太多而立意却不甚明洁。七言古诗有矫健不可一世的一面，也有滑易而不甚凝重深厚的一面。最显而易见的，选用辞藻有时"屡见不鲜"。如白居易的诗句："吴娘暮雨萧萧曲，自别江南更不闻"（《寄殷协律》），也许舒位过于心醉的原故，在他的诗里常常不自觉地脱化模仿重复应用起来。略举数例如下：

宛转吴娘曲，潇潇暮雨多。（《雨行平望道中即事》）
吴娘暮雨潇潇去。（《答示仲瞿话旧之作十首》）
还是潇潇暮雨香，吴缯白芝唱吴娘。（《福田庵……并读上人艳体诗即事》）
吴娘歌曲听难真。（《江山船妇称同年嫂者……》）
分明暮雨吴娘曲。（《初春吴门归舟即事》）
暮雨潇潇更不闻，青春堂堂足可惜。（《苏州两秀才行》）

这样的例子说明了什么呢？如果不是他对于艳词入了迷因此不惮几次三番的引用，那便是他的辞藻貌似繁富，实属贫乏。

又如《唐摭言》记载有人赞美李德裕颇为寒素开路的两句诗："八百孤寒齐下泪，一时回首望崖州。"舒位也许因为自己正属于"八百孤寒"的行列，对此诗印象很深，也不惮再三援用：

---

① 《悒默斋诗文词集》卷四。

八百孤寒两行泪。(《孙子潇以乾隆乙卯举人中式……为作此诗》)

我亦孤寒八百人。(《沪上与香岩远峰话旧感怀李味庄》)

八百孤寒感旧铭。(《林远峰与仆别于泖上……》)

以上只是偶然摘抄，没有详细加以统计，当然遗漏的极多。这样重复引用唐人的诗句，也并不就是什么大病，我只想说明前人震惊于他的胸罗万卷，惊才绝艳，并且说他"头衔追赠薄三唐"，实在是言过其实的。

舒位的七古的确也有写得比较出色的，除最近几本文学史上所举《破被篇》、《鲜虎行》等篇而外，他的山水纪游诗如《望水亭瀑布歌》、《行经泰山有作》、《甘露寺》、《重过飞云洞寄仁甫》、《题任城太白酒楼》等，另外如《金秋士天空海阔图》、《残菊篇》以及好几首写雨、写听琵琶的长篇，至今仍然为我所爱读。近体诗也有不少情景交融耐人吟味的好作品，除掉带有政治上的反动性的篇章而外，也还可以从全集中撷取出一些精华来。这是我们在批判他的同时必须分别情况予以抉择的。

舒位到了晚年，对于自己的成就也并不满足。曾写信给桐乡陆杉石，自述作诗的甘苦。其中有几句道：

承评论拙诗如诸天雨花，非下界人所能消受。至谓稍敛其锋，而出以沉郁顿挫，则实位诗短处，而己知之，而人未知之，而先生固已知之，是诚知己之言，敢不服膺，而谓位尚有所不慊于心耶……抑位生平行路之日多，读书之日少，偶得佳句，辄复沾沾自喜。近年略知收敛，以期不懈而及于

古,并愿多读书以广其识,而旧时习气尚未全除。今兹所言,正乃切中其弊……(陆以湉《冷庐杂识》卷三《舒铁云》条)

他知道自己诗的短处在没有收敛锋芒,在"旧时习气尚未全除",在"读书不多、识见不广",似乎还有点自知之明。当然,陆杉石还不可能抓到舒位诗作的要害,不可能认识到他在政治思想上的反动性。舒位诗集中留下了许多糟粕甚至毒草,这是时代和阶级的局限。

载《光明日报》1965年6月13日《文学遗产》第512期;据《长短集》,浙江人民出版社1980年版。

关于清代重要诗人的评介
——读张维屏《国朝诗人征略》

清代自顺治甲申（1644）起至宣统辛亥（1911）三百年中间也出了不少诗人，陈维崧（其年，1625—1682）《箧衍集》只提及康熙初年（癸丑）而止。沈德潜（归愚，1673—1769）所选《清诗别裁》较为完备，但1769年以后的诗人，他因年代所限，未能涉及。近人邓之诚《清诗纪事初编》，论人论事较多，而选诗甚少，且限于清初，自无法作清诗选本的代表。徐世昌《晚晴簃诗汇》十函，搜罗甚富，是研究清诗的重要编著。

我这里所要介绍的只为一般读者着想，单谈一下张维屏的《国朝诗人征略》，让读者获得一些必要的知识。如果要进一步研究清诗，当然要参考以上所举各书，张维屏的《征略》，只是入门的阶梯而已，升堂入室在学者自己的努力。

张维屏（1780—1859），字子树，一字南山，广东番禺人。道光二年进士，四为县令，并代理过南康知府。五十六岁（道光十六年）辞官回家，筑听松园，过隐居生活。著《松心诗集》、《松心十录》等。这两种书我已另文介绍，这里单谈他的《国朝诗人征略》。

《征略》第一编只有六十卷，收了1095家的作品。他在嘉庆二十四年己卯（1819）的序中说："诗人总天下之心以为己意，所言者天子之政，故谓之雅。观孔疏所称诗人，则周公、召公、卫武公、尹吉甫，皆在其中矣。"这是传统的封建社会的所谓"诗教"。他用此作为教条来衡量，得出的结论："盖以人言，则智愚贤否等有不齐，以诗言，则凡作诗之人皆得谓之诗人。诗以人而重，人不以诗而轻也。"到了道光十年再印此书作"再识"时，说"兹编所录不过千百之十一。然百数十年以来，心藏手写，师事友事之人，大半略可考见。……论者谓增广闻见，陶冶性灵，均有裨助……旋里四载，刻至六十卷"。

作者对于每一个作家，除极简略的小传而外，征引《四库提要》《国朝诗别裁》等书略作评介，然后寻章摘句，企图代表作者自己的面貌。这样做，当然是很不全面，往往挂一漏万，会失掉庐山真面目。但这也是不得已的办法，谁也无法在这样"征略"的书中作全面的概括的。

《听松庐诗话》中有不少为我所喜爱的，如论施闰章云："余每出，必携书，或置怀袖间。有书则劳苦烦闷俱可遣。愚山先生先我言之，句云：'随身时带读残书'。余频年作客，每得家书便如到家一回，先生又先我言之，句云：'家书到眼当还家。'余答朋好书，胸中多所欲言，辄致迟迟不发，先生又先我言之，句云：'情多翻致报书迟。'"

又《松心日录》云：先生集中有复孙征君钟元书云："人事冗沓，恶动求静，正是动静未合一处。此书要须静处立根，久之即动是静，乃为得手。"又与所亲书云："终日不见己过，便绝圣人之路。终日喜言人过，便伤天地之和，此二条警切，真足为我辈药石也。"

《听松庐诗话》述顾炎武诗并评云："亭林先生诗多沉雄悲

壮之作。偶记一律云：'长看白日下芜城，又见孤槎海上横。感慨河山追失计，艰难戎马发深情。崩车断簇周千亩，蔓草枯杨汉二京。今日大梁非旧国，夷门愁杀老侯嬴。'真气喷溢于字句间，盖得杜之神，而非袭其貌者所可比也。"

《诗话》又论黄宗羲先生之诗，有云："梨洲先生书壁绝句云：'倦钩帘箔书沉沉，难向庸医话病深。不信诗人容易瘦，一春花鸟总关心。'先生孝义肫挚，经术湛深，而诗情乃尔婉丽，所谓'老树著花'也。"

《诗话》论魏禧（叔子）云："著书万卷，我无一字，叔子集中笔铭也。大造不言所利，大臣不居成功，断大道理，不意于寸管见之。"

魏叔子诗，苍古质朴，然亦有风致绝佳者。《春日绝句》云："棕鞋藤杖笋皮冠，落日春风生暮寒。竹外桃花花外柳，一池新水浸阑干。"

又云：魏叔子句云："车轮辗白日，客路接青天。面饼频餐惯，风沙一路添。"北道风景，宛然在目。又"花阴零碎月"，五字幽隽；"雨脚压天低"，五字状景亦真。

冯班（字定远，号钝吟），江苏常熟人。赵执信于近代文章家，多有批判，独敬服定远，一见《钝吟杂录》，即叹为至论，具朝服下拜于定远墓前，焚私淑门人名刺。可见其崇拜之诚意。《听松庐诗话》论冯定远云："定远临桂伯墓下绝句云：'马鬣悠悠宿草新，贤人闻道作明神。昭君恨气苌弘血，带露和烟又一春。'苍凉之意，出以绚丽之调，是谓才人之笔。"

《诗话》论黄虞稷（俞邰）时，有云："马瑶草士英罢凤督时，肆力为画，黄俞邰题一绝云：'半闲亭上草离离，尚有遗踪寄墨池。差胜当年林甫辈，弄獐贻笑误书时。'"李林甫误"弄璋之喜"为"弄獐之喜"，传为千秋笑柄。

《诗话》论王渔洋（士禛），颇有中肯的意见。如云："阮亭先生诗，同时誉之者固多，身后毁之者亦不少。推其致毁，盖有两端：一则标举神韵，易流为空道；一则过求典雅（即'王爱好'之说），易掩却性灵。然合全集观之，入蜀后诗骨愈苍，诗境愈熟，濡染大笔，积健为雄，直同香象渡河，岂独羚羊挂角。识曲听真，要当分别观之。"

《听松庐诗话》云："乔石林过高邮诗，有云：'舴艋妇子巢，场圃鱼龙舍。买薪须论斤，卖儿不计价。'写水灾语极沉痛。"

《松心日录》论陆陇其（字稼书，浙江平湖人，康熙九年进士，谥清献，有《三鱼堂集》）有云："清献之学，专宗朱子，其论人未免过严。于太史公传游侠则以为陋；于韩昌黎上宰相书则以为耻；于渊明、太白，则讥其酗酒；于东坡则诋其近禅；于阳明则尤排击不遗余力，竟至谓明之亡，不亡于寇盗，不亡于朋党，而亡于学术。无乃已甚。且由斯以谈，三代不几少完人欤？"

《听松庐诗话》论叶燮（字星期，号横山，吴江人。康熙九年进士，有《己畦集》）有云："叶横山有《梅花开到九分》绝句云：'祝汝一分留作伴，可怜处士已无家。'可谓深情苦语。"

论汪琬（字苕文，号钝翁，与魏禧、侯方域并以古文擅名）诗有云："钝翁《纳凉》绝句云：'衡门两版掩松风，葵扇桃笙偃仰中。就与孙、刘相阔绝，不过令我不三公。'诵此诗可见此老倔强而风趣，故自洒然。"又云："钝翁有《初置山庄》绝句云：'缚帚旋除蛛网净，插篱每护药苗新。老夫到老不晓事，能几何时作主人？！'此诗是为贪痴眷恋者作一杵清钟。"

论许虬（竹隐，苏州人，有《万山楼诗集》）云："竹隐《折杨柳歌》云：'居辽四十年，生儿十岁许。偶听故乡音，问爷此何语？'极质极古。"

《松心日录》论刘献廷（继庄，河北大兴人，有《广阳杂记》）云："刘继庄云：'西北有水而不能用，不为民利，乃为民害，'其论正确。盖水必有地以潴之，有道以行之，乃不为患。但民可与乐成，难与虑始。恐效未见而怨先见，故事不易举也。余因思孙文定公总督直隶开五百八十渠，终公任无荒患。然则前人行之，亦既有成效矣。"

继庄诗："古之兵皆农，农富兵亦强；古之士皆农，农朴士亦良。"合兵农士一之，此思想在当时甚为难得。

《听松庐诗话》论吴殳（修龄，常熟人或作昆山人）《围炉诗话》云："意喻之米，文炊而为饭，诗酿而为酒。""唐诗有比兴，其词微而婉；宋词少比兴，其词径而直。""作诗学古则窒心，骋心则违古，惟学古人用心之路，则有入处。"以上三条，皆《围炉诗话》语，颇精妙。

张英（字敦复，桐城人，康熙六年进士，官至大学士。有《文端集》），《听松庐诗话》云："张文端《严陵江诗》，通首格意俱高。结云：'翻嫌人好事，高筑子陵台。'此意尤未经人道。"

徐倬，号苹村，浙江德清人，康熙十二年进士，官翰林院侍读；有《簣村集》，尝辑《全唐诗录》进呈。《听松庐诗话》述徐倬诗云："乌须药前人集中罕见佳咏。苹村先生有走笔谢谈未庵惠乌须药诗云：'妙药封题百感生，欲教鹄浴受鸟黥。拔心草已经霜萎，半死桐难向日莹。对镜只愁衣失素，逢人还恐面先赪。休将混沌蛾眉画，留得天真此数茎。'颇有风趣。"

纳兰性德（容若），原名成德，满洲人，康熙十二年进士，官侍卫，有《通志堂集》《饮水词》《侧帽词》《渌水亭杂识》等。《听松庐诗话》云："'绿槐阴转小阑干，八尺龙须玉簟寒。

自把红窗开一扇，放他明月枕边看。'此纳兰容若诗也。于唐人最近韩冬郎。"

赵执信（秋谷），一号饴山，山东益都人。康熙十八年进士，著有《因园集》。执信娶王士禛之甥女，初相契重，后因事失和，渐相诟詈，仇隙终身。《听松庐诗话》记秋谷二事：（一）相传某官行取御史入都，以诗质于秋谷，佐以土仪。秋谷复之云：土仪拜登，诗集璧谢。其人衔之，于是有纠劾之事。因文字而为倾陷，其人固不足道，然秋谷所为，未免自处于薄矣。又冯协一者，文毅公之子也，殁后其子检遗稿求正于秋谷，秋谷为之序，嘲诮百端。夫诗一艺耳，己能之固无可骄，人不能亦无可诮。如骄而加之以薄，无乃于温柔敦厚之旨先自失乎？（二）王西涧见秋谷风鸢诗，病其一字，为易之。秋谷谢以诗云："谁解攻吾短，平生君尚存。便应师一字，何减和千言。"可见秋谷生平亦非全不服善者。

《松心日录》谈毛奇龄论乐理之言最扼要："诗通于乐，西河先生论乐精于论诗。凡古人论乐诸书，读者每苦辞繁而义奥，读先生《竟山乐录》，何其简明直捷也。其拟大招以箫笛竹音为众音之倡，拟唐乐笛色谱以四上尺工六为宫商角徵羽。虽三代无音之美未必即此而存，然使学者由四上尺工六以窥寻宫商角徵羽，而五音十二律还相为言，不至过于高深玄妙而不可晓，则亦未尝非初学审音之一助也。"

尤侗，字展成，号悔庵，苏州人。康熙十八年召试博学鸿词，官翰林院侍讲，有《西堂集》。《听松庐诗话》："尤西堂句：'独坐即深山。'张船山句：'小坐移时又古今。'二语皆言简味长。"《松轩随笔》："西堂先生自恨不登甲乙榜，然才子名士之目，受两朝圣人之知，比于太白、东坡，洵文人之奇遇。"余少时题《西堂集》有句云："'飘零法曲传千载，游戏文章达九重。'出句谓《读离骚》、《钧天乐》诸传奇,对句谓秋波制艺也。"

朱彝尊,字锡鬯,号竹垞,浙江秀水人,康熙十八年召试博学鸿词,官翰林院检讨。有《曝书亭集》。《松心日录》:国初古文诸家,余尤嗜魏冰叔、朱竹垞两先生之文。冰叔之文多议论,竹垞之文多考证。冰叔之文肆多于醇,竹垞之文醇多于肆,而其为言有序、言有物则一也。读《曝书亭集》,偶节录数则于此,是皆余意中所欲言者,先生已先我言之矣。

孔尚任,字季重,号东塘,山东曲阜人。工乐府,著《桃花扇》、《小忽雷》传奇盛行于世。《诗话》云:唐胡琴有大忽雷、小忽雷。孔东塘得小忽雷,赋诗并记之。余旧有句云:"双弦幽咽声如诉,花外谁谈小忽雷?""小忽雷",盖即今二胡之类。

阎若璩,字百诗,山西太原人,著《古今尚书疏证》、《潜邱札记》等。《听松庐诗话》云:"'簟纹如水晓惊秋,推枕寻钗搭臂韝(韝 gōu,古代用以束衣袖以便动作的臂套)。郎困宿醒犹未起,一帘微雨看梳头。'此阎百诗绝句也,风韵绝类晚唐人。"

恽格,字寿平,一字正叔,号南田,江苏武进人。有《南田集》。《听松庐诗话》云:"恽南田画册论画有云:有笔有墨谓画,有韵有趣谓之笔墨,潇洒风趣谓之韵,尽变穷奇谓之趣。余谓不独画为然,即诗家书家之妙,俱可互参。然趣可于笔墨上求之,韵必从书卷中得来,若无韵,则趣恐堕入恶趣也。"

张笃庆,字历友,号厚斋,山东淄川人。有《昆仑山房集》。《听松庐诗话》云:昆仑山人明季咏史七律警句云:"顾厨品藻矜名字,牛李升沉密网罗,"言党祸也;"山川绝少金银气,诛敛何臻花石纲,"言矿税也;"勾陈天远浮云蔽,贯索星明正气孤，"言田许之酷也；"阳球尚未尸王甫，曹节偏能杀李膺，"言宦寺之恶也；"南还不少黄潜善，留守空为宗汝霖，"言马阮当权，虽有史阁部，无济也；"空余跋扈桓宣武，岂有勤王温太真，"言左良玉无勤王之意也。沉郁悲凉，诗中有史，而明之所由以亡，亦即此可见矣。

邵长蘅，字子湘，号青门，江苏武进人。有《青门集》。《松心日录》："侯朝宗文以气胜；魏叔子文以力胜；汪钝翁文以法胜；朱竹垞文以学胜。四先生而外，求足以方驾者，其姜西溟、邵青门乎。青门论学论文论诗之语，有实获我心者，因节录之。"《听松庐诗话》云："人务为高语，亦复何难，但恐乏真意耳。余爱邵青门诗云：'本无遗俗虑，习懒偶成癖。'又云：'岂敢慕高蹈，良与蹇拙便。'又云：'此行实饥驱，岂敢托高迹。'语极率真，却已入人人肺腑。"又云："青门七律，如《入奇》四首、《丙辰五月》七首，皆学少陵而能以真气贯之者。"

陆次云，字云士，浙江钱塘人。有《澄江集》。《听松庐诗话》云：陆云士《咏坑儒》（一作《咏史》）云："尚有陆生坑不尽，留他马上说诗书。"《咏疑冢》云："正平只有坟三尺，千古安眠鹦鹉洲。"均十余字耳，能使秦皇、汉武为之短气。（按沈德潜《清诗别裁》卷十五在此诗后评云："大为文人吐气。"）

罗宁默，字仲恭，广东顺德人。有《偶然斋集》。《听松庐诗话》云：仲恭诗有云："贱交贵，莫到门，门前列坐三五阍，欲起不起半吐吞。"写恶阍状如绘。因忆施愚山诗云："公卿号吐哺，候阍已颜赤"，公卿虽贤，然其阍状不恶者鲜矣。

蒲松龄，字留仙，号柳泉，山东淄川人。有《聊斋集》。《松轩随笔》：小说家谈狐说鬼之书以《聊斋》为第一。渔洋有聊斋志异书后二绝云："姑妄言之妄听之，豆棚瓜架雨如丝。料应厌作人间语，爱听秋坟鬼唱诗（诗一作时）。"《聊斋》实不仅所思人本不曾来。"(《所思》)"老人性情多伤感，到处欢场总不宜。宾客渐稀儿女密，汝来知有柳花诗。"(《柬兰女》)女佩纫工诗，陈勾山太仆爱其咏梅句："风定日斜霜满地，西廊人静一声钟。"

查慎行，初名嗣琏，字夏重，后更名，字悔馀，号初白，浙江海宁人，康熙四十二年进士，官翰林院编修，有《敬业堂集》。《听松庐诗话》：初白诗极清真，极隽永，亦典切，亦空灵，例明镜之肖形，如化工之赋物。其妙只是能达。查悔翁于人情物理，阅历甚深，发而为诗，多所警悟。余每有味乎其言。局外人不知局中之难，每好为议论。悔翁诗云："事外易持议，引喙多激昂；设身处局中，唯阿无一长。"人每好炫己之长，诮人之短，不知己所谓长，亦未臻其至也。悔翁诗云："域内有名山，攀跻力可至，人皆造其麓，抑或半岭废。等是未登峰，毋为笑平地。"春阳之温，秋霜之肃，大造顺其气之自然，未必有心也，悔翁诗曰："开亦勿德雨，谢也勿怨风；荣枯两适然，了不关化工；化工倘殉物，无乃与物同。"形，薪也；神，火也，形未有不尽者，所赖者神存耳。立德立功，昭垂不朽，此神存之大者；即数卷之书，数字之诗，流传世间，在人耳目，亦神之存也。悔翁诗云："养生徒养形，木寇膏自煎，是形无不尽，薪尽而火传。"无我则公，有我则私，甚至知有我不知有人，则其患不可胜言矣。悔翁诗云："胚胎互融结，大患缘有我。"崇高之地，荆棘生焉，宴乐之场，戈矛兴焉。阅世既久，乃叹清泉白石，冷淡中得大自在也。悔翁诗云："早知世路隘，不及山中宽。"

先生论诗云："细比老蚕初引绪，健如强弩突迴潮。闲来谨候炉中火，众里心防水面瓢。"又云："平生怕拾杨刘唾，甘让西昆号作家。"又云："自笑年来诗境熟，每从熟处欲求生。"诵此数句，可以知先生之诗。熟处求生，尤为甘苦深历之语。

沈受宏，字台臣，江苏太仓人，有《白漊集》。《听松庐诗话》云："沈白漊句云：'伤心一种天涯客，卿是飞花我断蓬。'杭堇浦句云：'妾是水萍郎堕絮，天生一样可怜春'。才子飘零，佳人沦落，言外多少感叹。"

王锡，字百朋，浙江仁和人。有《啸竹堂集》。《听松庐诗话》云："百朋丁卯中秋诗云：'去岁中秋节，灯前病剧身。黄昏正风雨，白首独酸辛。此日全微命，高堂失老亲。不知垂死处，尚见倚间人。'至性至情，一涌而出。篇法句法，俱造浑成。虽古人见之，亦当心折。"

厉鹗，字太鸿，号樊榭，浙江钱塘人。康熙五十九年举人。有《樊榭山房集》。《听松庐诗话》："杭堇浦太史哭厉征君诗有云：'泉路定应寻月上，断风零雨说相思。'月上，征君爱姬也，早卒。征君有悼亡姬七律十二首，极为凄丽。征君无子，殁四十余年，征君及月上木主俱委榛莽中；春渚何君见之，取归送黄山谷祠，扫洒一室以供之。王兰泉侍郎属同人于忌日荐酒脯焉。征君之才自足不朽，而侍郎及春渚诸君之好义亦可风矣。樊榭五言以气韵胜，七言以才情胜，总由胸有积书，是以语多隽味。"

余爱诵樊榭葛岭绝句云："蕉飑暗廊虫吊月，无人知是半闲堂。"古今来豪华喧热之场，转瞬间便是寂寞荒凉之境。半闲堂特千百中之一耳。

施世纶，字文贤，汉军人。官至漕运总督。有《南堂诗钞》。《听松庐诗话》："南堂惜花诗云：'惜有多情双燕子，朝来犹是惜香泥。'先生吏才强干，而诗情乃婉丽如此！"

蓝鼎元，字玉霖，号鹿洲，福建漳浦人，官广州知府。有《鹿洲集》。《四库提要》："《平台纪略》，蓝鼎元撰，是编纪康熙辛丑平定台湾朱一贵始末。鼎元之兄廷珍，时为南澳总兵官，与福建水师提督施世骠合兵进讨，七日而恢复台湾，施擒一贵。

鼎元在军中——亲见，故记载最悉。所论半线一路，地险兵寡，难于镇压。后分立彰化一县，竟从其说，至今资控制之力，亦可谓有用之书矣。"《赤嵌笔谈》："鼎元有台湾近咏七首。对于域外风俗，洞若观火。"《听松庐文钞》："《鹿洲公案》二卷，蓝任庵先生自述其领县时所谳之狱也。许青士观察重为校刻，昨贻余一帙。读之，叹其精敏之心，果断之识，诚足为牧令之标准矣。读至仙村楼一则，令人叹县令之难也。夫以巨盗马仕镇负嵎悍鸷，为患乡间，先生既以计获之，而上官文移驳诘，往返经年，竟未获按法惩治，万一漏网，则愈肆其毒矣。嗟夫！县令中有心为民除恶者难得其人；有其心矣，又患无其才；有其才矣，又以文移驳诘，累月经年而卒未能置盗于法；如是则恶人何所畏哉！恶人畏而善人乃可安也。吾乃今而益叹郑大夫以猛之所以为惠人也。"

方朝，字本华，号寄亨，广东番禺人，太学生。有《勺园集》。《听松庐诗话》：本华五古浑朴近陶，遒炼近谢，自是高手。

方贞观，字南堂，① 桐城人。有《南堂诗钞》。《听松庐诗话》：南堂戏示小婢诗云："可能便结垂髫子，自顾将为就木身；好似远行舟楫具，得卿来作挂帆人。"虽近谐谑，可为老年纳少妾者作警梦钟声。

王应奎，字东溆，常熟人。有《柳南诗文钞》。《听松庐文钞》："王东溆《柳南随笔》六卷，《续笔》四卷，颇资考证。方朴山谓远希老学，近埒新城，诚不虚也。中一条谓落凤坡出《三国演义》，王新城吊庞士元诗，不当著之于题，又谓'雨丝风片'系《牡丹亭》曲，新城不当用之于诗，余谓土人既以落

---

① 编者按，方贞观（1679—1747），名世泰，以字行，号南堂。

凤坡名其地，即以之著题，从其实耳，'雨丝风片'用于秦淮绝句，亦未足为病。然其谓小说词曲不可入诗，则诚笃论也。如生瑜生亮之语，系出演义，人习而不察者多矣。"（按此论近腐，作者头巾气甚重，可笑也。）

沈德潜，字确士，号归愚，苏州人。乾隆四年进士，官至礼部侍郎，加尚书衔，赠太子太师，谥文悫。有《竹啸轩诗钞》、《归愚诗钞》。《听松庐诗话》："沈文悫公论诗及所选《别裁》诸集，自好高爱奇者观之，或有嫌其近平熟者，抑知好高爱奇，或出于独嗜而失之偏，或暂作惊人而不能久。平心而论，究不若文悫所见为出于中正和平，使学者有轨辙可循而流弊尚少也。"

沈德潜以后的诗人尚多，以篇幅关系，容后续录。

原载《河北师院学报》1982年第1期；据《晚晴轩文集》，巴蜀书社1985年版。

略谈张维屏的诗及其杂著

张维屏（1780—1859）字子树，号南山，广东番禺人。他是清嘉庆、道光间的著名诗人，曾经写出了不少揭露吏治黑暗和同情人民疾苦的诗篇。他的《听松庐诗钞》和《松心诗集》是在乾隆以来"正统"诗风的影响下，较为优秀的作品。他的《国朝诗人征略》是一部很重要的文献资料。（在我写的《关于清代重要诗人的评介——读张维屏〈国朝诗人征略〉》一文中已略作介绍。）虽然有首编六十卷，二编六十四卷，也未能把清代诗家的全貌都能介绍出来，但作为清代文献的参考书是有一定价值的。他和其他封建文人一样，写仕官经历和庸俗生活甚至带反动性质的作品是大量存在的，但他有许多爱国主义的思想情绪足以激发后世人士起来和恶魔斗争。如有名的《三元里》和《三将军歌》，前者是对英帝国主义的入侵表示最大的愤慨。后者对陈联升、陈化成、葛云飞三公以抵御夷寇而战死于阵地上表示悲壮和赞颂，就是最好的例证。此外他还有用杂记体写的《松心十录》，在文坛上也是别具一格的作品。

现在分别扼要介绍张维屏作品的内容，当然由于篇幅关系，不可能说得详尽，读者如有需要可读其全书。

首先介绍一下他的诗：

道光二十一年（1841），英帝国主义入侵中国，腐朽透顶的清王朝屈辱投降，但中国人民却展开了如火如荼的抗英斗争，广州三元里人民的斗争便是其中之一。张维屏的《三元里》真实地反映了当时的斗争情况。

诗是用七言古诗的形式写的。

> 三元里前声若雷，千众万众同时来。因义生愤愤生勇，乡民合力强徒摧。家室田庐须保卫，不待鼓声群作气。妇女齐心亦健儿，犁锄在手皆兵器。乡分远近旗斑斓，什队百队沿溪山。众夷相视忽变色："黑旗死仗难生还。"夷兵所恃惟枪炮，人心合处天心到。晴空骤雨忽倾盆，凶夷无所施其暴；岂特火器无所施，夷足不惯行滑泥。下者田塍苦踯躅，高者冈阜愁颠挤。中有夷酋貌尤丑，象皮作甲裹身厚。一戈已摏长狄喉，十日犹悬郅支首。纷然欲遁无双翅，歼厥渠魁真易事，不解何由巨网开，枯鱼竟得悠然逝，魏绛和戎且解忧，风人慷慨赋同仇，如何全盛金瓯日，却类金缯岁币谋。

这首诗痛斥投降派奕山等不仅不抵抗英帝国主义，反而与英军订立屈辱条约，因此人民激起爱国义愤，自发地群起抵抗侵略者。诗中写广州肖关三元里附近一百零三乡和五千义勇树起"平英团"大旗，荷枪举矛，逼近英军阵地，英军千人迎战，义勇军按计划退到三元里附近，一时不呼而集，人数大增，在雷雨声中义勇军围住英军，英军大队拼死突围。败回"四方炮台"，但一部分英军仍在围中，英方派来的援兵也被包围，英军统帅义律不得不向广州官府求救，奕山急命广州知府余保纯出城用欺骗、威胁手段解散群众、敌人才得逃出重围。

人民是争气的，政府是投降可耻的。作者歌颂了人民，谴责了统治阶级，诗歌的意义当然重大，其格调高昂，也极可宝贵。《三将军歌》是这样的：

> 三将军，一姓葛，两姓陈，捐躯报国皆忠臣。英夷犯粤寇氛恶，将军奉檄守沙角。奋前击贼贼稍却，公奋无如兵力弱。凶徒蜂拥向公扑，短兵相接乱刀落。乱刀斫公肢体分，公体虽分神则完。公子救父死阵前，父子两世忠孝全。陈将军，有贤子，葛将军，有贤母。子随父死不顾身，母闻子死数点首。夷犯定海公守城，手轰巨炮烧夷兵。夷兵入城公步战，炮洞公胸刀劈面。一目劈去斗犹健，面血淋漓贼惊叹。夜深雨止残月明，见公一目犹怒瞪。尸如铁立僵不倒，负公尸归有徐保。陈将军，福建人，自少追随李忠毅，身经百战忘辛勤。英夷犯上海，公守西炮台。以炮击夷兵，夷兵多伤摧。公方血战至日旰，东炮台兵忽奔散。公势既孤贼愈悍，公口喷血身殉难。十日得尸色不变，千秋祠庙吴人建。我闻人言为此诗，言非一人同一辞。死夷事者不止此，翻所不知诗亦史。承平武备皆具文，勇怯真伪临阵分。天生忠勇超人群，将才孰谓今无人？呜呼！将才孰谓今无人，君不见二陈一葛三将军！

陈联升、陈化成、葛云飞，是鸦片战争时期分别在广州、吴淞口、定海抗击英国侵略军而牺牲的爱国将领。张维屏满腔热情地歌颂了他们英勇无畏的精神和崇高的民族气节，在诗中生动地再现了他们为国捐躯时的壮烈情景。当英帝国主义者侵略军进攻广东沙角炮台时，陈联升以六百兵迎战数千敌军，击毙敌人数百，最后弹尽援绝，和他的儿子长鹏同时殉难。陈化成，福建同安人,江南提督,守江苏吴淞口,1842年6月(道光二十二年五月),英侵略军进攻吴淞口,在他的指挥下,曾击毁敌舰三艘。后因势孤援绝,奋战而死。葛云飞,字雨田,浙江绍兴人,定海镇总兵。1841年9月(道光二十一年八月),英侵略军再次进攻定海,他率兵坚守,血战六昼夜,击毙敌人千余,葛云飞身受四十余创,力战而死。三镇同时殉难。作者歌颂了二陈一葛三将军,再三感叹道:"天生忠勇超人群,将才孰谓今无人!"我们读了这样激发人忠义之气的好诗,对作者应表示无限的崇敬。

张维屏和龚自珍(定庵)同时,集中有《龚定庵中翰招同诸词人集龙树寺》:"老树百年柯叶改,天龙一指春常在(前明龙爪槐无存,寺僧补种一株)。酒人醉眼半模糊,一片蒹葭绿成海。楼头帘挂西山青,座中簪盖皆豪英,主人好客善选胜,此地压倒陶然亭。"从这首诗中可以见到他和龚自珍的交谊。可惜这样能压倒陶然亭的龙树寺,在今天竟很少有人提到。他对于黄仲则的诗是颇为爱重的,集中有《题黄仲则诗集》七律云:"碧空鸾鹤啸秋霞,下视人间鹊与鸦。多病半生仍好色,长贫寸管自生花,真成绝代非脂粉,似有奇香出齿牙。数到天才今古少,一回吟诵一长嗟"。虽然"天才"之说陷于唯心主义的窠臼,但对《两当轩诗》的评价还是公允的。七绝中我爱读他的《海门》:"七省边隅接海疆,海门锁钥费周防。贾生一掬忧时泪,岂独关心在梓桑。"诗中以贾谊自比,忧时伤世,表明他关心的不光是自己的家乡,而是整个国家的安危。这诗反映了鸦片战争时期闽浙苏等沿海地区都遭受英帝国主义的蹂躏。

《听松庐诗钞》、《松心诗集》不但在当时有名,国内传诵,争为印行,即在国外,知道这位诗人的也很不少。

集中有《香山何虎臣广文(杰年)言有琉球国人属其族兄购余诗集感赋》七绝一首云:"高丽昔年索诗去,琉球今又觅余诗。老夫衰病埋名姓,不解何由海外知?"张维屏自己也不知道何以他的诗流传海外的原由,我们今日推测,大约他的诗中富有民族思想感情能够激发人们的志气吧。

他的《新雷》诗:"造物无言却有情,每于寒尽觉春生。千红万紫安排着,只待新雷第一声。"

作者在对大自然的赞美以及对新雷的期待和对春天的呼唤,已经朦胧地意识到去旧换新的时代要求。

《夜行》:"风里村春未肯停,隔林灯火远逾青。野田月落路能辨,荞麦一畦花似星。"写昏夜行路的景象颇能逼真,也饶有韵味。

《松心十录》的歌谣(见于《杂陈录》中),通俗说理,最有特色。

特抄介几首如下:

1.《老渔歌谣》:"百碗汤不如一碗粥,百艺生不如一艺熟。"

上面一句是比兴,下面一句是正文。我们学艺必有专精,样样懂一点,一样都不精,务广而荒,是不行的。但要求真正"一艺熟",绝不是简单的事情,非下苦功不可。

2.《长短歌》:"我手十指,有长有短;如何使人,要我意满?!"

俗话说:"十个指头有长短,"自己的指头也长短不齐,不能使它一般长,对于别人如果只凭自己的主观愿望,要求他能够没有一点不如我意的地方,是绝对办不到的事,只能从短中取长,在取他所长的时候,帮助他进步,改去其所短。如果要求别人身上全是长处,没有一点短欠,是不现实的。《楚辞·卜居》云:"夫尺有所短,寸有所长,物有所不足,智有所不明,数有所不逮,神有所不通。"这话才是切合实际的。

3.《顺逆歌》:"顺我者毒,逆我者福,嘉言忠告,请君三复。"

一般人只喜欢别人恭维自己,顺从自己,没有想到那些一味顺我的人,有时反足以毒害我。一般人只怀恨别人和我为难,对我曾有相反的意见,不知那些逆我的人,有时反能让我考虑问题的另一面。这不仅对我没有害处,反而对我有好处。

4.《耳目歌》:"天与以两耳,兼听慎勿偏。天与以两目,毋但见一边。"

这话对偏听偏信的人真是一种最好的忠告。

他还有《去日行》:"百年三万六千日,今日匆匆又去一。"对于我们悠悠忽忽打发日子不知爱惜的,真是当头一棒。他的《杂陈录》中可以发挥的大道理是很多的,不能一一罗列了。其他《经义录》、《史鉴录》、《伦常录》、《政治录》、《天象录》、《地舆录》、《艺谈录》、《物产录》、《尚论录》等都有不少精义可谈。他自己在《弁言》中说:"……区区寸衷,开卷有益,探索忘疲,纸墨遂积。小者多闻,大者蓄德,敢曰困知,犹贤博奕。"读者如有兴趣,可以逐篇探索这十录中的重要涵义。

原载《古典文学论丛》第三辑,齐鲁书社 1982 年版;据《晚晴轩文集》,巴蜀书社 1985 年版。

略论清初诗坛上的南施北宋

一般中国文学史写到清初诗歌这一章时，除论钱谦益、吴伟业、顾炎武等重要作家而外，还常常提到施闰章和宋琬，而且总是说起"南施北宋"这一个著名的称谓。究竟施闰章和宋琬在当时诗坛上有些什么样的成就，由于写史的篇章限制，往往语焉不详。我在编选《清诗选注》时，阅读了这两家的全集，现将自己的一点体会写出来，供读清诗的同志们作为参考。

一

先谈南施：施闰章（1618—1683），字尚白，号愚山，安徽宣城人。宣城山水清幽，历来为诗人所醉心而吟咏的地区。谢朓在南齐明帝辅政时曾为宣城太守，他的诗集就叫《谢宣城集》。李白在宣城写的诗篇很多。宋朝的梅尧臣（圣俞）是著名的诗人，有《宛陵集》，宛陵就是宣城的别名。施闰章是宣城双溪里人，据毛先舒《施氏家风述略》的序文中有云："宣城之施，江以南甲族也。"所谓"江南甲族"，当然有夸张奉承之嫌，但是我们读《施氏家风述略》时，可以知道施家传统的大概情况；

对于施闰章作为诗人的成长过程更可了如指掌。他的诗风虽和李白并不相似，但他对于李白是十分崇仰的。他有《水西行》一诗，写他在泾县水西寺之游的一些感慨。因李白"数尝游咏"，施在《小序》中云："甲午春，吾宗学博元引觞于其上，故人程翼苍庶常在焉。坐俯芳洲，桃花万树。饮酣，二君举杯属曰：'此山以太白名，今复有尚白，其可无以示来者?! 乃作歌留寺壁去。'"《水西行》是七言古，末云："……白也诗无敌，遂使山川破岑寂。我亦能清歌，复留数字镌绝壁。五松院，三生石，安知今日后游人，不是当年旧李白"（《愚山诗集》卷十五）。

一个太白，一个尚白，可以称后先辉映了。

李白《敬亭山独坐》："众鸟高飞尽，孤云独去闲。相看两不厌，只有敬亭山。"诗意说：鸟儿飞完了，孤云也飘过去了，只有我对山，山对我，没有可厌之时。可见作者和山水清幽境界凝化为一，胸襟高超之至! 施闰章很欣赏这种境界，在《与客登敬亭》诗中有云："看山真不厌，踏叶响空林……青莲去已久，白云留至今。"吊李白之逝去，羡白云之永存。较李白原诗另有一种感慨。他还有《太白祠》五律云："太白骑鲸去，空留采石祠。当轩千里水，绕屋万松枝。山月长清夜，江云无尽时。谁将一尊酒，把臂共论诗。"这是在安徽省当涂县采石矶上太白祠吟咏的，中间写景四句，深寓作者自己的感情。真所谓情景交融，令人神往。

《愚山集》中反映现实的作品最多。这和李白诗中多谈饮酒、亦仙亦侠的风味有所差异（当然李白也有很多反映现实的作品，但和杜甫比较起来有不少差异）。

施闰章《皇天篇》（悯饥民也），有"……严冬边雪至，朔吹先苦寒。分与藜藿绝，敝缊复不完。遗黎伏路侧，声出不能言。矫首望乐土，重关限我前。眼前一步地，艰于太行山。逝者葬鱼腹，生为豺狼餐……感物一抚膺，泪下如奔湍。"

《湖西行》同样写农民受水旱之灾的惨状："……揽辔驰四野，萧条少民居。荆榛蔽穷巷，原野一何芜。野老长跪言，今年水旱俱。破壁复何有，永诀惟妻孥。岁荒复难鬻，泣涕沾敝襦。肠断听此语，掩袂徒惊吁……"

《大坑叹》、《竹源坑》等诗，都是"悲民难也"。他作为一个地方官吏，抚既无力，救又未能，只好说："何时免素餐，引席投吾簪。""人亡亩税在，泪罢还吞声。"在封建社会中做官，实际上是在造孽。他在《遣忧》诗中有云："丈夫志四海，经营负长策。胡为甘独饱，拱手看饥溺?! 四野多芜田，遗黎寄锋镝。远念平生亲，岁饥多蹙额。节我口膨余，分之以儋石。少者寄升斗，事微取当厄。犹愧火燎原，沾洒止涓滴。自顾亦何有，薄禄存四壁。"他也只能拿出微薄的俸禄稍事救济而已。其他如《临江悯旱》等作品，读了之后有如杜甫哀时，元结悯世，施闰章确是继承了现实主义大诗人的传统的。

施闰章有名的一首《卖船行》，写友人送他一只大船，他留着无用，想把它卖掉，结果是"欲藏无壑卖不售，且系青溪芦荻边"。这首诗在朋友中传开，和者甚众。杜浚（于皇）的《茶村诗抄》中就有一首《卖船行为施愚山》。

程可则（周量，号湟溱，又号石臞，南海人，有《海日堂集》）有《卖船行》自注："为施愚山参议作"。七言古，因长不录（见《国朝诗铎》卷十八清廉门）。

王渔洋（士禛）《题施愚山卖船诗后》五言古一首：

读公卖船诗，中心何忉忉！填膺抒此词，庶以备风谣。他年韦丹碑，会见留江皋。翘首望宇中，烟火尚萧骚。安得百施公，为时激顽浇。

施写被压迫被剥削的劳动人民之苦难,如《百丈行》(一作《牵船夫行》):

十八滩头石齿齿,百丈青绳可怜子,赤脚短衣半在腰,饭颗寒吞掬江水。北来铁骑尽乘船,滩峻船从石窟穿。鸡猪牛酒不论数,连樯动索千夫牵。县官惧罪急如火,预点民夫向江坐。拘留古庙等羁囚,说来不来饥杀我。沿江沙石多崩峭,引臂如猿争叫啸,秋冬水涩春涨湍,渚穴蛟龙岸虎豹。伐鼓鸣铙画舸飞,阳侯起立江娥笑。不辞辛苦为君行,桎促鞭驱半死生。君看死者仆江侧,火伴何人敢哭声。自从伏波下南粤,蛮江多少人流血。百丈不断肠断绝,流水无情亦呜咽。

所谓"百丈",是破竹之筋用麻为绳两者紧缠起来为百丈以备牵引船只的名称,俗称"背纤"。这首诗竭力描写牵船夫的艰辛劳动。上面大官僚拉差,县官就拘捉民夫,驱使背纤,而又不把民夫当人,不给饭吃,还要挨受鞭打,结果是死者累累,伙伴们连哭泣一声也是犯法。结句是"百丈不断肠断绝,流水无情亦呜咽"。百丈没有断,可是民夫的肠子全断了,听到流水的声音多像在哭泣一样。这样的诗确实深刻地反映了人民的疾苦。

施闰章还有《完镜篇》及《浮萍兔丝篇》,对男女婚姻悲欢离合的故事,写得十分动人。

《完镜篇》主题是写四川一士人妻被俘,陈仲献时在幕府中,动了恻隐之心,把她赎出来还其故夫,这是一件大好事。闰章在诗中说:"昔为水覆地,今若云还山。中断复两合,泣涕谐故欢。今夕是何夕,圆月照井干。君子执亮节,慷慨良独难。不惜双南金，使我琴瑟完。抚弦掺旧曲，惭叹摧令颜。愿为连理枝，生我庭户间。"寥寥数语，表现了"合浦珠还"的精神面貌。

《浮萍兔丝篇》写军队中有个士兵抢了别人的妻子，数年之后带了她到南方，遇到原来的丈夫，抱头恸哭。谁知那位原来的丈夫也已另纳一新妇，那位新妇恰巧就是这个士兵的原妻。于是四人都大哭，各返其妻而去。作者把他们比作"浮萍"和"兔丝"，浮萍东西漂泊，兔丝袅袅于枝柯上，离披牵挂。这是比兴手法。诗中叙述其事实："……健儿东南征，马上倾城姿。轻罗作障面，顾盼生光仪。故夫从旁窥，拭目惊且疑。长跪问健儿，毋乃贱子妻？贱子分已断，买妇南山陲。但愿一相见，永诀从此辞。相见肝肠绝，健儿心乍悲。自言亦有妇，商山生别离。我戍十余载，不知从阿谁。尔妇既我乡，便可会路歧。宁知商山妇，复向健儿啼。本为君箕帚，弃我忽如遗。"诗人把故事说完了，又用《木兰辞》"雄兔脚扑朔，雌兔眼迷离，双兔傍地走，安能辨我是雄雌"的结束法说道："……黄雀从鸟飞，比翼长参差。雄飞占新巢，雌伏思旧枝。两雄相顾诧，各自还其雌。雌雄一时合，双泪沾裳衣。"这篇富有戏剧性的长诗，读者几如读《木兰辞》和《焦仲卿妻》一般，得到艺术的享受，虽然故事性质大不相同，但却各有千秋。

愚山诗中的近体和古体一样，思想性和艺术性的结合都很讲究。五律如《燕子矶》：

绝壁寒云外，孤亭落照间。六朝流水急，终古白鸥闲。树暗江城雨，天青吴楚山。矶头谁把钓，向夕未知还。

又《舟中立秋》云：

垂老畏闻秋，年光逐水流。阴云沉岸草，急雨乱滩舟。时事诗书拙，军储岭海愁。游饥今有岁，倚棹望西畴。

王渔洋在《池北偶谈》中称"愚山五言诗章法之妙，如天衣无缝"。读以上所引，觉得渔洋的评论是十分恰当的。

他的七律和五、七绝都有许多佳作，因篇幅关系不能一一举例了。

二

次谈北宋：宋琬（1614—1673）字玉叔，号荔裳，山东莱阳人。他的《安雅堂诗文集》及《拾遗集》，和施闰章的《学馀堂集》亦作《愚山先生全集》并称。乾隆十一年尹继善《读安雅堂拾遗集有作》诗云：

安雅堂中句，由来北宋传。杜、韩堪并驾，庾、鲍可齐肩。祖德真良冶，孙谋有象贤，遗诗同韦、孟，奕世又重编。

论宋琬的才气，实在胜过施闰章，但他的遭遇很惨，备受诬陷，沦为罪犯，较之闰章一生很少受到打击，官位虽不高，俸禄无忧，精神正常，二人一比，真所谓有幸有不幸。宋琬的不幸，据王熙所作宋琬的墓志铭中说："……先是文登有剧盗于七，为地方之害。公族人某诬公与通谋，而七遂作乱。乃自浙江械系公送刑部狱中穷治无迹，犹轻重两比，以请廷议，谓证虚不当坐，缘是放废者八年。"

于七是什么人呢？

"顺治十八年十月，栖霞于七倡乱，据岠嵎山，发禁旅剿除之，始平。"（《清史稿·本纪六·圣祖本纪一》）① 于七的"倡乱"，实际上是反抗清朝统治阶级的正义行动，应该得到崇敬。宋琬如果真的和于七结合，本是好事。可是在清朝封建统治时代，宋琬的仇人要坑害他，便把他说成是通"匪"作乱的坏人了，他的身子一度失去了自由。他的《拾遗集》卷一有《庚寅狱中感怀》共四首，其第四首："仆夫橐饘粥，投箸谁能餐。徒隶向我语，庙室西南端。往者杨、左辈，颈血于此丹。恍惚阴雨时，绛节翳飞鸾。再拜招其魂，毅气不可干。嗟余亦何为，喟然伤肺肝。"诗中表现了他的忠义之气和明人杨涟、左光斗相媲美。杨涟、左光斗都是和权阉魏忠贤斗争被捕入狱而死于狱中的。

七言中还有《听钟鸣》、《悲落叶》、《诏狱行》等篇，都是他在牢监里写作的。这些诗都为后世所传诵。《听钟鸣》的小序有云："余览北魏诗，有萧综《听钟鸣》、《悲落叶》二篇，词甚凄惋，彼以贵藩播越，不失显膴，然尚内不自得，有忧生飘泊之嗟。矧余羁囚，日与法吏为伍。每当宵箭将终，晨钟发响，凄戾之音，心飞魂慄。讵必听猿而涕下，闻琴而累欷哉！岁时踠晚，庭树萎然，爰效其体，以志余之愤懑焉。"

诗长不录。

徐釚《续本事诗》卷八，特别提到宋琬作品与在狱中的关系。略云："荔裳先生负海内文章重名，遇逢坎壈，情词哀艳，

---

① 编者按，《清史稿·本纪六·圣祖本纪一》："十月己酉，以林起龙为漕运总督。诛降将郑芝龙及其子世恩、世慧。辛酉，裁顺天巡抚。山东民于七作乱，逮问巡抚许文秀，总兵李永盛、范承宗，命靖东将军济世哈讨平之。"

曼声引满,如新筝乍调,客怀絮乱,不数齐梁子夜诸歌曲矣。"这些评介都足以见到宋琬诗对清初诗坛的重大影响。

宋琬用比兴手法写五言古诗,有突出的成就,且举他的《蜥蜴行》为例:

> 退食苦炎热,披襟聊散袂。青蝇何营营,室小厌充溢。智勇两无施,未可张罗织。承尘多蜥蜴,三五相俦匹。见蝇忽如怒,奋迅摇其乙。须臾翻静嘿,临敌转恐慄。将逖忽敛身,欲动或屈膝。攻取势多端,精神乃专一。青蝇一何愚,忘情似亲昵。呼吸饱唇吻,百试不一失。未即尽驱除,去我心所嫉。吁嗟此小虫,暗合兵家术。始焉弩在机,终也刃出鞞。古来师老马,战胜未敢必。衰至则寡谋,祸机戒不密。可怜智伯头,竟为仇人漆。

用蜥蜴(产温热带的小爬虫)捕食苍蝇这种小事做题材,写得很形象而又生动,试看他以"攻取势多端"、"呼吸饱唇吻"来比喻"兵家"之"术",以小喻大,发人深省。智伯故事见《资治通鉴》卷一,智伯和韩赵魏作对,三家分智氏之田,赵襄子漆智伯之头,以为饮器;这里是说苍蝇为蜥蜴所捕食,好比智伯死于仇人之手一样。邓孝威(汉仪)评论这首诗:"雄词鸷语,直追老杜苍鹰之作。下视香山大嘴乌等篇,奴仆命之可也。"

他的咏史绝句如《马嵬》:"何事渔阳动鼓鼙,香魂不逐六龙西。可怜杜宇声声血,只在长生殿里啼。"凭吊杨玉环之死,较之赵翼"马嵬一死追兵缓,妾为君王拒贼多"那样直率地说出来,更为含蓄,更有情致。

《舟中见猎犬感作》(四首选其二):"秋水芦花一片明,难同鹰隼共功名。樯边饱饭垂头睡,也似英雄髀肉生"(《拾遗集》卷七)。

这首小诗里用的是刘备的一个故事。陈寿《三国志·蜀书·先主传》裴松之注引《九州春秋》:"备住荆州数年,尝于表坐起至厕,见髀里肉生,慨然流涕。还坐,表怪问备,备曰:吾常身不离鞍,髀肉皆消。今不复骑,髀里肉生。日月若驰,老将至矣,而功业不建,是以悲耳。"宋琬在船上看见猎犬在船上饱饭睡觉,不禁想到自己以英雄而被置于闲散之地,正和猎犬在船上不能使用所长一样,顿生无限的感慨。宋琬借刘备的故事做譬喻,功狗功人,同出一辙,其风趣是颇为可取的。

三

上面把宋琬和施闰章二人作品的特点及其不同的风貌,分别作了一个大致的介绍,当然挂一漏万,说得不全不尽。

王士禛在《池北偶谈》中曾经特取宋琬与施闰章并论,谓"康熙以来诗人,无出南施北宋之右。盖琬雅工吟咏,有大名于清初,故论者常举闰章相比况。至于学问识议,则琬固不逮闰章也"。

这一段话有王士禛自己一定的见地。他推重宋的诗才,却又以为学问识议不及闰章。我们细读两家全集,深有同感。

现在我就宋琬和施闰章对于论诗的意见作一番比较,可以看出他们的文艺观。

施闰章在《学馀堂诗序》中说:

必不得已而后言,其言于是乎至。古之诗人皆然,而得之行役羁旅者为多。其身闲,其地远,其时淹久,既积其穷苦憔悴之怀，又历乎荒崖大谷云物虫鸟之变，或震荡之以兵革，凄迷之以风雨，出其所言，使人往复而惊叹，所谓有触而鸣者也……

他把产生诗的环境和条件说得很明白，诗不是燕居闲处的安乐窝中所能写得好的，它要经风雨，见世面，或行役羁旅，或穷苦憔悴，或荡之以兵革，才能"有触而鸣"。这和韩愈《送孟东野序》中所谓的"大凡物不得其平则鸣"的思想有些近似，但说得更明确，更具体，和社会生活结合得很紧，特别提出"行役羁旅"，"穷苦憔悴"，以说明从不幸的遭遇中才能产生好诗，尤其在他的《宋荔裳北寺草序》中说得更透彻。他悲叹宋琬的遭遇困厄，文章一开头便说："有地之幽忧困辱，不可一朝居者，卒然以非分见罹，此庸人之委顿，志士之不平，而达人之开导智虑者也。地之幽忧困辱不可一朝居者，莫若缧绁，而文王之演易，邹阳之上书，司马子长之史记，于是焉出。昔人所尝称述，不具论。"下面他举出李梦阳之三下吏，卢柟之抵罪，徐渭之械系等明朝人不幸遭遇的例子，最后说到宋琬被囚和他"定交阛闠间"；因而叹息"荔裳恂恂儒者身，曲谨下人，文字交游满天下，而以一亡命蜚语，陷不测之网，坐系逾年……今观狱中诸咏，何其琬而雅，怨而不怒也"。他把宋琬痛遭诬告，身陷囹圄的苦难明白写出，而归结到宋琬的诗"琬而雅，怨而不怒"，把诗歌创作和作者的苦难遭遇结合起来。虽然"怨而不怒"是儒家的诗教，失之迂腐，但这是宋琬的本来面目，只能如实说出来。

闰章对于宋琬，交谊至笃。时时在梦中想念他。有《梦宋荔裳》五律云：

恍惚语缠绵，疏狂共绮筵。怪来斗酒会，不在六桥边。垂老艰儿子，留宾竭俸钱。追欢定何日，愁望隔江烟。（题下注："十月二十七日夜，时宋按察浙江。"）

五律是在宋琬没有遭受诬陷系狱之前写的。他另有《湖上别荔裳》五古一首，题下自注云："初，荔裳按察两浙，中蜚语，逮系之，始得白，年逾五十，始举二子。"原诗是这样的：

拭我襟上泪，抱君怀中儿。君今脱罗网，复兹琼树枝。悲喜各难言，尊酒还共持。昔别闻险难，寄书凭阿谁。当时恐永诀，此会安可期。浮云无定所，偶然会路歧。西湖清兴发，情至成新诗。客居难永久，返驾须何时。鸿鹄志千里，忽为燕雀欺。垂翅尚可振，天路当奋飞。平慎以自爱，岁暮东山归。

闰章还有《忆昔行寄荔裳陇西》（施集卷十五）、《古银槎歌为荔裳作》（同上卷二十一）七古二章。都是情深意厚、缠绵悱恻之作。在1673年宋琬逝世之后，闰章有《没后见遗诗凄然有作》七律云：

好客平生酒不空，高歌零落痛无穷（谓遭逢多故著作散佚）。西川终古流残泪，东海从今少大风。国士魂销多难后，离人望断九原中。张堪妻子应难托，巢卵长抛虎豹丛（时眷属尚滞蜀）。

闰章对于宋琬，真是拳拳服膺，所谓生死难忘。反之，我们翻遍《安雅堂集》，很少有直接与闰章唱和的篇章，只有一首

《和愚山和尚韵赠笑堂上人》七律，还不知这位愚山和尚是否就是施闰章。不知是否宋琬的诗因遗失太多之故无从收录还是确实没有写过这一类的诗？只好待考了。闰章在宋琬死了之后十年才死，虽说闰章也只活了六十六岁。我们把《学馀堂集》和《安雅堂集》来仔细比勘一下，觉得两家作品存在着很大的差异。宋琬《壬寅除夕》诗，有句云："平生思著作，一旦付沉沦"，真不幸而为"夫子自道也"。

吴伟业（1609—1671）比宋琬早生五年，比施闰章早生九年。他看到宋琬的诗，在《安雅堂集》序文中，吴对宋琬的诗文，极为称赏。序中说："……当夫履幽忧，乘亭幛。羁累憔悴浮沉迁次之感，一借诗文以发之，其才情隽丽，格合声谐，明艳如华，温润如璧，而抚时触事，类多凄清激宕之调，又如秋隼盘岭猿啼夜，境事既极，亦复不戾于和平。庶几乎备文质而兼雅怨者……"（《宋玉叔诗文集序》见《梅村家藏稿·梅村文补遗》）。我在本文开头提到清初大诗人钱谦益、吴伟业等，吴伟业所赞赏的宋琬正是同一时代相差不过几年的大诗人。吴伟业对于施闰章，有《送宛陵施愚山提学山东》五古三章，第三章最后说："……独爱宣州城，江山足吟谑。读君官舍诗，乡心恋岩壑。目断敬亭云，口衔竹溪酌。借问谪仙人，何如谢康乐？"（《梅村诗集》卷二）可以见到吴伟业对施闰章是如何的企慕了。再说施闰章，我所用的《施愚山先生文集》，是楝亭藏本。最近上海古籍出版社新印的《楝亭集》有曹寅（子清）所写的《读施愚山侍读稿》五律云：

畴昔携尊处，斜阳依旧过。匡时闻大略，绝笔想余波。岁月穷经史，衣冠梦薜萝。九原皆故旧，涕泪几人多。

这首诗也很能概括施闰章的生平。

以上分别叙述了南施北宋二大诗人在清初诗坛上的地位,且用吴伟业、王士禛、尹继善和曹寅的文和诗对施宋二人作了概括的评价,仅供读者们参考。文中存在着谬误和不足之处希望高明予以指教。

原载《河北师院学报》1979年第1期,又转载于《思想战线》1979年第3期;据《晚晴轩文集》,巴蜀书社1985年版。

略谈厉鹗在西湖写的各体诗及其他

最近收到杭州友人寄赠两种《西湖诗词选》，选了自唐迄今许多诗人的作品，足以供爱好杭州西湖的读者们畅快地吟诵了。

可惜我向来爱读的清代著名的钱塘（今杭州市）诗人厉鹗在杭州写的许多诗一首也没有选。我个人是有嗜痂之癖的，特地在本文中谈谈厉鹗在西湖写的各体诗，并附带谈他辑录的有关西湖的《湖船录》。

厉鹗（1692—1752），字太鸿，号樊榭，钱塘人。著有《樊榭山房集》。《四库全书提要》说他的诗"吐属娴雅，有修洁自喜之致，绝不染南宋江湖末派……"《清史·文苑传》说他的诗"幽新隽妙，刻琢研炼，尤工五言。取法陶、谢及王、孟、韦、柳，而别有自得之趣。兼长诗余，擅南宋诸家之胜……"

厉鹗住在杭州的东城，著有《东城杂记》，此书很有史料价值。其中如两宋、元、明间的异闻轶事，如关于古杭东城的名胜、古迹、文物及其来历；以至诗、文、词的题咏等，无不博雅清丽，引人入胜。其他著作如《宋诗纪事》一百卷，《南宋院画录》八卷，又著有《辽史拾遗》、《湖船录》等。这里先谈一下他的诗。

《晓登韬光绝顶》五古云：

> 入山已三日，登顿遂真赏。霜磴滑难践，阳崖曦乍晃。穿漏深竹光，冷翠引孤往。冥搜灭众闻，百泉共一响。蔽谷境尽幽，跻颠瞩始爽。小阁俯江湖，目极但莽苍。坐深香出院，青霭落地①上。永怀白侍郎，愿言脱尘鞅。

韬光是唐朝的一个诗僧，据《咸淳临安志》：法安院在灵隐寺西。唐长庆（821—824）中，有诗僧结庵于院之西，自号韬光。常与白乐天倡和。

厉鹗的这首五古是写晓登韬光绝顶的景象。"霜磴"一联写"晓登"；"穿漏"一联写竹林；"冥搜"以下四句书跻攀绝顶；"小阁"以下四句写眺远以及所处境界的清幽；末二句用怀念白乐天愿弃去尘鞅作结束。这首五古贴切韬光，值得细加玩味。

同时他又写了《灵隐寺月夜》、《冷泉亭》两首五律，都是"幽新隽妙，刻琢研炼"的好诗。

以上是写灵隐附近的作品。至于写湖景的，如《晓至湖上》：

> 出郭晓色微，临水人意静。水上寒雾生，弥漫与天永。折苇动有声，遥山淡无影。稍见初日开，三两列舴艋。安能学野凫，泛泛逐清景。

句句说的是水，寒雾笼罩湖面，船开动时，折断芦苇，刚出

---

① 编者按，当为"池"。

山的太阳,照耀着野凫展翅于水上。读之叫人如同身临其境。

又如《夏至前一日同少穆耕民泛湖》七律云:

雨后看山绿绕城,镜裯初卷半湖明。荷边鱼在泉中戏,桥上人从画里行。料理酒杯无俗物,销除席帽足闲情。水风忽送凉如许,摇曳新蝉一两声。

写湖上初夏二景,绿色绕着钱塘,镜裯是说明镜里的衣身,刚刚卷起,使得半个湖面都明亮起来。裯通茵,《晋书·刘实传》:尝诣石崇家,见有绛纹帐,裯褥甚丽。用"镜裯初卷"。形容雨后湖光,颇隽妙。颈腹二联既写湖鱼在水中游戏,又写桥上行人。酒能清除俗气,更不用席帽拘束,以见出闲情逸致。末二句用蝉声点缀夏至,更现出情思飘缈,余韵不绝。

《早春游湖上圣因寺①四首》:

千峰皴粉雪初残,趁得闲身自在看。日色未高船放早,游人应不畏春寒。

琉璃地滑碧无痕,多少垂杨绕寺门。才试东风丝已动,旧栽新种尽承恩。

禅寮一半琐窗开,上尽回廊更上台。想得天公营构巧,湖光高下逐人来。

绝顶亭虚眼倍明,雪消云并画兰生。谁能唤取张春水,共赋苏堤绿涨平。

---

① "圣因寺"原在孤山之麓,清康熙四十四年(1705年)南巡驻跸之所,有圣祖行宫,雍正时改为圣因寺。乾隆十六年(1751年)高宗南巡亦驻于此。

这四首绝句刻画湖上的早春，可以和白居易所写的《钱塘湖春行》"几处早莺争暖树，谁家新燕啄春泥。乱花渐欲迷人眼，浅草才能没马蹄"争美。读者试比并读之，自然会欣赏他们的手法各有高明之处。刻画湖光山色，更加上要烘托出早春，这就要看诗人的本领了。四首绝句处处有早春景象，如"不畏春寒"、"才试东风丝已动"、"天公营构巧"以及"雪消云并画兰生"等句，里面都有"春"字之意，也都有"早"字之意。

末一首中之"张春水"，为宋西秦张炎（叔夏）之别名。末句原有注云：张叔夏春水词，为古今绝唱，人以张春水目之，邓牧《伯牙琴》中称"玉田《春水》一词，绝唱今古"。为了让读者易于欣赏起见，特抄张叔夏（玉田）词如下：

南浦　春水
波暖绿粼粼，燕飞来却是苏堤才晓。鱼没浪痕圆，流红去、翻笑东风难扫。荒桥断浦，柳阴撑出扁舟小。回首池塘青欲遍，绝似梦中芳草。

和云流出空山，甚年年净洗，花香不了。新绿乍生时，孤村路犹忆那回曾到。余情渺渺，茂林觞咏如今悄。前度刘郎从去后，溪上碧桃多少。

——张炎《山中白云词》卷上

厉鹗说："谁能唤取张春水，共赋苏堤绿涨平？"可见他对于这首春水词是极为欣赏的。《春水》一词的好处也就在句句切合春水，字面上不现出水字，也不点出春字，可是你仔细体会，从头到尾，都暗中不离春水的精神。厉鹗的诗意也同样是耐人吟味的。

他还有《雨中泛舟三潭同沈确士作》七古一章：

一雨湖山破清晓，云外诸峰殊杳杳。问谁著眼到空蒙，只有斜风吹白鸟。斜风忽断縠文铺，坏塔平林乍有无。浓拖高柳三升墨，乱打新荷万斛珠。画船低似荷花屋，瑟瑟梢梢闲芦竹。可惜今宵五月寒，不同我友三潭宿。

三潭印月，又名"小瀛洲"，一般关于三潭印月的诗词，大都是写三潭上的月色，像厉鹗这样写雨中泛舟三潭的却不多见。

他还有《早春登孤山四照亭》七绝云：

涩蹬盘回竹尾斜，东风先入梵王家。吟笻更上梅多处，四照山光四照花。

关于四照亭，在《樊榭山房文集》卷六中有《秋日游四照亭记》，说四照亭在圣因寺后孤山巅，宋辨才师有《四照阁怀少隐学士诗》。周少隐，紫芝之字。自号竹坡居士，安徽宣城人，有《太仓稊米集》。少隐说："关氏四照阁在孤山，部使者至京，神宗问：关氏四照阁何在，部使者失对。按关氏名鲁，钱塘人，生六子，皆举进士。景仁、景山最知名……阁盖其家所创。阅世既遥，芜没莫辨，此四照亭之始为四照阁也。"樊榭接着又说："今上御宇之初，以西湖行殿为寺。尚书彭城公建旐于浙，政优人愉，领宾俯眺，山环水合，谓地宜亭，揭其名者无以易乎关氏之旧，至彻上听，御书'云峰四照'四大字以赐，于是刻之金版，悬之绣楣，山祇水仙，抃骇诃卫，此四照阁之复为四照亭也……"

读了以上的记载，我们游四照阁的旧址时，可了解其变迁的大概。读厉鹗的这首七绝，可知道所谓"梵王家"和宋辨才和尚的关系。至于"吟筇更上梅多处"，说明孤山之梅在那时盛开的景象；"四照山光四照花"的景色，不禁令人神往。当然，今日这里的"山光"和繁花比往时更为清幽、明丽了。

他还有《雨后坐孤山》七律云：

> 林峦幽处好亭台，上下天光雨洗开。小艇净分山影去，生衣凉约树声来。能耽清景须知足，若逐浮名愧不才。谁见石栏频徒倚，斜阳满地照青苔。

小艇、生衣一联为前人所没有写到的佳句。末二句刻画雨后，尤为潇洒绝尘。

《湖心亭大风快凉得绝句二首》：

> 西北云多失柳阴，快风特地扫烦襟。不成飞雨阑干外，凉杀沙边两睡禽。
>
> 湖上青山深几重，纷然幽绿舞长松。何人为唤昭华手，横笛吹惊水底龙。

描绘湖上大风凉爽，尤其切合湖心亭。

所谓"昭华手"，根据《西京杂记》："汉高祖初入咸阳宫，周行府库，金玉珍宝，不可称言。其尤惊异者，笛长二尺三寸，六孔，铭曰昭华之琯。"厉鹗诗意是说：什么人能唤出"昭华之琯"那样吹笛名手，奏起佳曲以惊起水底的蛟龙来呢？

其他古近体诗歌唱西湖之美的佳篇，不能尽录。最后要提一下厉鹗另有一种有趣的佳编叫《湖船录》，和西湖有很大的关系。他说：

西湖风游三十里，环以翠岚，策励于游事者，唯船为多。秀水朱竹垞（彝尊）先生，作《说舟》一篇，其命名有以形者，有以色者，有形色杂者，有以姓者。至"总宜"之名，沿孟公之环致矣。余暇日翻寻故册，自宋元来及近时耆旧所造，又得数十条，连缀于后，其出于先生者，间有增注，都为一编，传之士友间以为湖上故事云尔。雍正丁未竹生日钱唐厉鹗书于无尽意斋。

湖上轻舟或大舫各有美妙的名称，厉鹗辑为一卷。此书见世楷堂印《昭代丛书》中，略举船名于下，以示一斑：

龙头
白乐天诗：小航船亦画龙头。
明玉
乔梦符《沉醉东风》云：明玉船，描金柳，碧玲珑凤凰山后。
戗金
张小山《寿阳曲》云：醉归来晚风生嫩凉，戗金船玉人低唱。
游红
申屠仲权诗：红船撑入柳阴去。释道原诗：水口红船是妾家。钱思复诗：红船大于屋，坐客不能满。
百花
邓退庵《湖山送杭庠皮司训诗》：今日独为千里客，何时重上百花舫。
十样锦

钱复亨诗：谁家楼上停歌舞，又上西湖小锦船。

头船

大者谓之头船。马虚中诗：豪家游赏占头船。

车船

贾秋壑（按即南宋贾似道）所造。船上无人撑驾，但用车轮脚踏而行，其速如飞。

鹿头

杨廉夫诗：鹿头湖船唱赧郎。

瓜皮

杨廉夫诗：小小渡船如缺瓜。欧阳彦珍诗：瓜皮船子送琵琶。张大本诗：瓜皮船小歌竹枝。周正道诗：瓜皮船小水中央。

总宜

取东坡"淡妆浓抹总相宜"之句名焉。李宗表诗：总宜船中载酒波。凌彦翀诗：几度涌金门外望，居民犹说总宜船。

（以上俱见竹坨翁《说舟》）

螭头

苏东坡诗：映山黄帽螭头舫。张伯雨诗：柳长渐碍螭头舫。

摇碧斋

李伯纪诗：云深不见孤山寺，风急难乘摇碧斋。

共有九十个名称，不能尽录。① 这虽然是好事文人装潢风

---

① 编者按，参见清梁章钜《浪迹丛谈》卷一"西湖船名"，陈铁民点校本，中华书局1981年版，第4—5页。

雅，但也可见昔日湖上之胜。震泽杨复吉所作《湖船录跋》云："余于辛丑初夏，尝至湖上，泛舟永日，爱其轩敞，曾有留题，每谓坐乌篷白舫，荡漾绿波，不啻登仙，虽终其身无厌。今得樊榭先生兹录，恍若扬舲击汰于水天一色中，更不禁悠然神往矣！"

前面谈了厉鹗在西湖写的少数古近体诗，以示一斑。更用厉鹗所辑《湖船录》作结，也许可供今日旅游佳宾参考。

原载杭州《西湖》杂志1980年第3期；据《晚晴轩文集》，巴蜀书社1985年版。

读清代著名诗人黄任的《香草斋诗集》

不久以前,我写过《关于清代重要诗人的评介——读张维屏〈国朝诗人征略〉》一文,其中特别提到黄任(莘田)的《香草斋诗集》。但语焉不详,仅仅略事点缀而已,因此很想有机会对他的诗谈一点意见。

黄任生平简介

徐世昌《晚晴簃诗汇》卷五十五,采黄任诗三十五首。介绍他的生平,略云:"黄任字莘田,福建永福人,康熙四十一年壬午(1702年)举人,官四会知县。"附许子逊作的《黄任传略》云:"莘田宦粤,有惠政,罢官归,贫不能自存,而独耽于诗。清词丽句,错落于弓衣罗帕间。七古出入韩、苏,《弃妇词》有乐府遗意。五言古《筑基》、《赈粥》诸篇,恺直悱恻,香山之《秦中吟》也。至七言绝句,实兼玉溪、金荃、樊川之长,有妙思,有新色,有跌宕之致,有虚响之音,一唱三叹,深情流注于其间,令人悄焉以悲,怡然以悦,黯然魂销而不自持。"

徐世昌又引杭堇浦之言曰："莘田七绝,秀韵独出,兼饶逸气。丰髯秀目,工书好客,诙嘲谈笑,一座尽倾,有砚癖,自号十砚先生。"

黄任诗述评

黄任诗又名《秋江集》,共六卷,计九百七十余首,而七言绝句,竟有六百余首之多,实为古今稀有。他的《杨花诗》云:

行人莫折柳青青,看取杨花可暂停。到底不知离别苦,后身还去作浮萍。

按隋无名氏诗:"杨柳青青着地垂,杨花漫漫搅天飞。柳条折尽花飞尽,借问行人归不归。"又按陆佃《埤雅》:"杨花入水化为萍。"黄任把杨花入水化为萍深一层写,自然打动读者的心弦,无怪当时诗人称十砚翁为"黄杨花"了。他自己在《答高姜田太守诗》云:"升堂相见无馀语,诵我杨花七字诗。"

《春日杂思四首》之二云:

橘花和露落青苔,镜槛无风暗自开。凉月不知人已散,殷勤犹下画帘来。

所谓"镜槛",按李商隐诗注:"镜槛,水槛也。水光如镜曰镜槛。"这首诗写凉月在人散之后,还殷勤犹下画帘,给人以无限寂静的感觉。其第一首:"百折红阑不见人,小池风皱绿鳞鳞。夕阳大是无情物,又送墙东一日春。"所谓"红阑",白居易诗:"红阑三百九十桥,"红色阑干,倍觉鲜丽,末二句憎怪夕阳的无情,有"怨美人之迟暮"的慨叹。

《西湖杂诗十四首》之一云:

> 珍重游人入画图,楼台绣错与茵铺。宋家万里中原土,博得钱塘十顷湖。

按周密《癸辛杂识》:"西湖青山四围,中涵绿水,金碧楼台相间,全似着色山水。"这诗末二句谴责南宋君臣,偏安一隅,把恢复失土的雄心壮志全抛脑后,"十顷湖"变为"销金锅",岂不可叹可恨!第五首:"荷花十里桂三秋,南渡衣冠足卧游;争唱柳屯田句好,汴州原不及杭州。"

据罗大经《鹤林玉露》:孙何帅钱塘,柳耆卿(永)作《望海潮》词赠之,有"荷花十里,桂子三秋"句。金主闻之,遂起投鞭之志。谢处厚诗:"谁把杭州曲子讴,荷花十里桂三秋。那知草木无情物,牵动长江万里愁。"荷艳桂香,妆点湖山清丽,使得当时的士大夫流连于歌舞之乐。[1] 宋林升《题临安邸》云:"山外青山楼外楼,西湖歌舞几时休?暖风熏得游人醉,直把杭州作汴州。"可以和黄任的诗先后辉映。

《西湖杂诗十四首》之七云:

> 珠襦玉匣出昭陵,杜宇斜阳不可听。千树桃花万条柳,六桥无地种冬青。

---

[1] 编者按,《鹤林玉露》丙编·卷一:"孙何帅钱塘,柳耆卿作《望海潮》词赠之云……此词流播,金主亮闻歌,欣然有慕于'三秋桂子、十里荷花',遂起投鞭渡江之志。近时谢处厚诗云……至于荷艳桂香,妆点湖山之清丽,使士夫流连于歌舞嬉游之乐……"

陶宗仪《辍耕录》记载：会稽唐珏愤浮屠杨琏，发掘诸陵，攫珠襦玉匣，弃骸草野，乃敛赀邀里少年共瘗之，各置其表曰某陵某陵。（按瘗 yì 去声，祭韵，埋葬。《诗·大雅·云汉》："上下奠瘗，靡神不宗。"）

"种冬青"，据黄宗羲《南雷文案》言："山阴王修竹富而好客……造六石函，刻纪年一字为号，瘗兰亭山，后种冬青树为识，皆修竹事，后知玉潜、霁山者，各以其事实之耳。今会稽城南兰亭山天章寺，即冬青识处。"

又按《西京杂记》："汉帝送死，皆珠襦玉匣。"杜宇：杜鹃。《寰宇记》谓为古蜀王杜宇所化。西湖六桥植桃柳。冬青：植物名，一名冻青，冬青科，常乔木。《本草纲目》李时珍曰："冬青即今俗呼冻青树者。"

第九首：

> 画罗纨扇总如云，细草新泯簇蝶裙。孤愤何关儿女事，踏青争上岳王坟。

明刘基诗："钱塘胜地作南都，纨绮如云隘广涂。"纨绮即纨绮所制之扇，或作纨素。《文选·班婕妤·怨歌行》："新裂齐纨素，鲜洁如霜雪。""簇蝶裙"：韦氏子诗："惆怅金泥簇蝶裙。"簇蝶，花名。段成式《酉阳杂俎》："簇蝶花，花如朵，共簇一蕊。蕊如莲房，色如褪红，出温州。"簇蝶裙，簇蝶花之裙也。岳王坟：《西湖游览志馀》："三月三日，都人士皆来岳武穆墓上观秦桧像。叱咤之声不绝。"林垐（福清人，字子野，崇祯进士）诗有云："野莺渐叫岳坟青，响句千年破晓扃。游女何知幽愤事，年年车马柳边经。"岳坟在岳庙右侧，又叫栖霞岭，从岳坟向上走去，上面还有牛皋墓。

咏物诗也是黄任的拿手戏，如《茉莉花》：

剪雪镂冰带月笼，湘帘斜卷影空蒙。色迷缟袖潜踪过，香辨乌云暗面通。粒粒掇来珠的皪，丝丝穿去玉玲珑。贪凉好并闲庭立，消得依稀扇底风。

才种琼姿护绿苔，纷纷白碎粉墙隈。最宜玉手纤纤摘，爱上香鬟细细开。茗碗半分贻钿盒，棕篮小贮报奁台。枕边一朵含风露，簪向西廊拜月来。

诗写得非常艳丽。其他律诗写得可爱的还很多，不能一一列举了。

《香草斋诗集》中有许多有关民生疾苦的诗，如前引徐世昌的话。此外，陈衍在《石遗室诗话》卷二十六中说："古体则《筑基行》、《赈粥行》二篇实服膺元道州，施愚山不得专美于前矣。"《筑基行》：

筑基本护田，卖田为筑基。哀此眼前疮，却剜心肉医。绥邑之井税（按：绥州为四会县古名），两围大藩篱。堤防一以溃，千顷皆污池。今年困淫潦，冲决势不支。粒食望已绝，预算金钱縻。县帖昨催筑，先相度土宜。原隰测深浅，形势分险夷。其间腰底面，高厚颁定规。按田派力役，多寡等有差。遂令计税亩，疆界争毫厘。仍有不均怨，弱肉强食之（韩文："弱之肉而强之食"）。亦有游惰民，而舍业以嬉。里正来下状，喋喋相謷謷。董之宜朴作，欲朴还沉疑。茕茕子来前，长吏勤致辞，长吏实不德，灾害余所贻。古风有让畔（《周本纪》："耕者让畔"），汝忍相凌欺。好德好风雨，与汝苍天祈。三冬急备锸，过此便失时。上官有严限，羽檄催纷驰。劳汝乃活汝，未可生怨咨。筑基冬日短，促迫忧稽迟。夜役以继晷，及老羸妻儿。或有募壮士，佣值倾家赀。堤上月皎皎，堤下水瀰瀰。绵亘百千丈，官夸如京坻。岂知一丸泥，千万人膏脂。筑基复筑基，筑完亦伤悲。今年筋力竭，岁修无了期。田园斥卖尽，安用筑基为！拟上河渠书，言高嫌位卑。谁是采风者，为吾陈此诗。

这首诗作于雍正五年丁未（1727），大水冲决四会苍峰、丰乐等县围基，当时官吏奉上级命令，筑基护田，名曰爱民，实以害民，黄任目击心伤，故为此诗。

另一有名的长诗《赈粥行》，作于雍正六年戊申（1728），当时四会县大饥，黄任赈民以粥，作诗纪实：

今年米价高，乃自二月始。其时东作人，尚未及耘耔，绥垣井水深，辘轳接不起。展转七八旬，十室滨九死。苟活始自今，登场十日耳。相传此十日，艰苦更无比。譬彼行路人，九十半百里。一春发仓廪，贱价实倍蓰。奈今已悬磬，一钱亦坐视。苏我三阅月，难免须臾毙。此语痛至隐，使我抱愧鄙。急令煮饘粥，欢呼遍村市。其日正赤午，千百若聚蚁。大半老羸多，肩摩足跛倚。叟叟与浮浮，津津于颊齿。长吏未朝餐，先汝尝旨否。次乃恣蚕食，流歠等波靡。痴姁强其儿，不肯辍箸匕。老翁不量腹，哽咽颡有泚。佥云伤饥肠，徐徐乃可尔。明发当复来，渐渐平疮痏。挥之不即去，不去察其旨。问官赈几日，好共妻儿止。官卑俸钱薄，能办几斛米。官云汝无虑，瓶罄罍之耻。计较两岁禄，兼旬供食指。亦有懿德士，告之助为理。待汝刈获声，此举我乃已。东郊一以眺，坚好惟糜苣。望岁如望梅，额蹙变色喜。归衙持箪瓢，余沥饱稚子。

乾隆十九年甲戌（1754）许廷鑅和乾隆二十一年丙子（1756）桑调元序《香草斋诗集》，都盛称黄任的《筑基》、《赈粥》诸篇，以为仿佛元道州舂陵之作、白香山秦中之吟，细读黄任集，觉得许、桑诸公，并非溢美。

黄任生年是1683年，卒年是1768年，活了八十五岁。他有《八十生日漫成长句十首自感自嘲不知工拙也》诗。第一首就说：

忽忽浮生八十龄，亦曾猿鹤亦浮萍。已拼世上缘皆吝，枉赋人间性最灵。腊雪有情头共白，春山无伴眼双青。楞严在左南华右，洗手焚香读二经。

《楞严经》（《大佛顶如来密因修证了义诸菩萨万行首楞严经》之略称）八十卷，唐房融译。庄子隐曹州南华山，所著书名《南华经》，黄任表示他信佛又崇拜庄子，这和白居易晚年的思想几乎是一致的。

八十自寿第九首云：

华堂朋酒亦交欢，其奈龙钟再拜难。疾病缠绵天与寿，饔飧断续命能安。少能莽卤三条烛，老不希图九转丸。五斗敢忘君赐食，况叨重宴作家餐。

自注：今年壬午秋闱揭晓日，诸当轴延予修重宴鹿鸣之盛，予滋愧矣！

《石遗室诗话》卷二十六还盛称黄任之女都能诗。略云：

"二女皆能诗,次女佩纫咏梅云:'风空月斜霜满地,西楼人静一声钟'。"陈勾山太仆最赏之,谓谢女柳花不是过也。故先生有柬兰女句云:"上巳清明都过了,不论时节好归宁。"又云:"宾客渐稀儿女密,汝来知有柳花诗。"家学渊源,道韫有女,这是谈香草斋诗时应该连带提到的。此外,袁枚《随园诗话》卷六还提到福建女子林氏,《贺黄莘田重赴鹿鸣》云:"丹桂花开六十秋,振衣人到广寒游。嫦娥细认曾相识,前度人来竟白头。"莘田诗风所被,远近乡里女子均为感化,不仅家学渊源而已。

一点说明

按莘田时代较前的有另一黄任,字志伊,号逊庵,直隶元城人。康熙九年庚戌(1670)进士。历官刑部主事,有《坦斋诗钞》。《晚晴簃诗汇》卷三十六,采坦斋诗三首。或以为同是一人,则大误矣。坦斋有《移枕》绝句云:"落红飞絮满绳床,移枕清阴背草堂。向午梦回山鸟乱,隔墙风送菜花香。"风味很自然,和香草斋之诗近似。因此我联想起他来。《唐诗纪事》:建中初,知制诰阙人,其时有两韩翃,德宗御批曰:与作"春城无处不飞花"之韩翃。黄任也有两个,可称是艺坛又一佳话了。

原载河北省社会科学院、河北省哲学社会科学学会联合会主办的《河北学刊》1984年第2期;据《晚晴轩文集》,巴蜀书社1985年版。

读彭兆荪《小谟觞馆诗集》

诗人瓶水与谟觞，郁怒清深两擅场。如此离材胜高第，头衔追赠薄三唐。

这是龚自珍《己亥杂诗》第一百一十四首。诗下作者自注云："郁怒横逸，舒铁云瓶水斋之诗也。清深渊雅，彭甘亭小谟觞馆之诗也。两君死皆一纪矣！"

龚自珍自己的诗写得非常出色，为什么对于舒位和彭兆荪的诗却如此赞扬呢？

关于舒位的瓶水斋诗，我早年曾写过一篇《重读舒位〈瓶水斋诗集〉》，见拙著《长短集》。现在想略谈彭兆荪的诗。

彭兆荪（1768—1821），字甘亭，又字湘涵，江苏镇洋人。道光初，有某公荐应孝廉方正科，力辞不仕，著有《小谟觞馆诗文集》行于世。所谓"谟觞"，据《记事珠》云："嵩高山下有石室名谟觞，内有仙书无数，方回读书于内，玉女进以饮食。"旧说无稽，不足凭信。

兆荪五律《除夕赋得四十明朝过》云：

四十明朝过，清愁鼎鼎新。有身原累我，无事不输人。家祭虔携妇，余逋婉谢邻。闭门风满屋，烂醉冀全真。

四十明朝过，苍苍在鬓丝。散材安世笑，来日只天知。逝水流如许，强弓挽几时。明灯挝腊鼓，作达已嫌迟。

诗中所谓"鼎鼎"，大舒之意。陆游诗："残岁堂堂去，新春鼎鼎来。""有身"句：老子《道德经》十三章："吾所以有大患者，为吾有身，及吾无身，吾有何患。""散材"句：《庄子·人间世》：匠石之齐，见栎社树，其大百围，其高临山，匠石不顾，弟子观之，走及匠石曰：先生不肯视，何耶？曰：散木也，是不材，无所可用，故能若是之寿。诗里面充满着老庄思想，这是彭兆荪的局限性。但感慨处不颓唐，不激切。当时诗人的思想，不入于释，则入于道，未可用今天的眼光把它一笔抹煞。

他的《新乐府》很有些像香山、仲初、文昌诸新乐府，比事类情，长于讽谕。如《长官寿》云：

长官寿，长官不自寿，僚吏相为寿。酒不必东海珍，脯不必西方鳞。添筹有物在囊橐，安用祝予千万春。门前贺客会，堂上笙歌沸，百斝醉不辞，三更歇犹未。是时岁阑天雨雪，乡亭屡报沟中瘠。

前面都写长官做寿的热闹场面，末用"是时岁阑天雨雪，乡亭屡报沟中瘠"作结，这和香山讽谕诗《轻肥》末句云："是岁江南旱，衢州人食人"，《歌舞》末句云："岂知阌乡狱，中有冻死囚"，完全是相类似的手法。

还有一首《当关仆》：

> 睅其目，皤其腹，狐裘貂冠尾秃速。一刺价值千钟粟，身是贵官亲信仆。贵官如神天上坐，卑官如鬼候门左。以鬼见神势本难，况有虎豹常当关。虎豹当关差胜若，不为钱刀济其恶。

诗写封建社会中所谓贵官御用的亲信仆，人木三分，如读《官场现形记》中的龌龊人物，又使我想起《古文观止》中宗臣《报刘一丈书》："日夕策马候权者之门，门者故不入，则甘言媚词作妇人状，袖金以私之。即门者持刺入，而主人又不即出见，立厩中仆马之间，恶气袭衣袖，即饥寒毒热不可忍，不去也……"一诗一文，可以互相印证。末二句说："虎豹当关"比"当关仆"还好些，因虎豹还不会用钱财以济其恶，说得又何等沉痛。

此外如《浚河渠》、《输租乐》、《读书堂》、《卖菜佣》都是替被压迫阶级说话的，诗长不一一举例了。

长诗还有《卖书行》，穷到不得不卖自己最宝爱的书籍，誓欲归农，说什么"径须急办五亩区，去作识字耕田夫。"他羡慕道："人间长策无如侬。"可是接着说："农夫一笑称未善，君不见锄犁昨为输租典。"农夫为了完租税竟不得不把锄头和犁耙都典卖了。所谓"识字耕田夫"，做知识分子兼做农民，是多美妙的憧憬，可惜在当时只能是一种憧憬罢了。

他游太原，写了不少诗，《晋阳怀古四首》我很爱诵，限于篇幅，就不多谈了。

原载1983年1月25日《光明日报·文学遗产》；据《晚晴轩文集》，巴蜀书社1985年版。

纳兰性德论诗

纳兰性德（1655—1685），字容若，号楞伽山人，清初卓越词人。他的《饮水词》、《侧帽词》是词坛的奇杰。吴绮（薗次）及汪元浩、徐釚等均有文赞赏。早年张氏《适园丛书》中刻有纳兰性德《渌水亭杂识》一书，流传较少。《杂识》中所论至为广泛，我独欣赏他的诗论，特摘抄若干则，以为介绍。

在第四卷中有云："诗之学古，如孩提不能无乳姆也；必自立而后成诗，犹之能自立而后成人也；明之学老杜学盛唐者，皆一生在乳姆胸前过日。"这是对模拟派的否定。明代许多假古董失其真面目者，确为纳兰一语道破。又说："自五代兵革，中原文献凋落，诗道失传，而小词大盛。宋人专意于词，实为精绝，诗其尘饭涂羹，故远不及唐人。"这是对宋人诗的批评，宗仰宋诗者也许不以为然，可是对明代的假古董的抨击，读者必表赞同。有人挖苦明代的"复古"派说：欲作李、何、王、李门下厮养，但买得《韵府群玉》、《诗学大成》、《万姓统宗》、《广舆记》四部书置之案头，遇题查凑。这种"资书以为诗"的风气，是要不得的。纳兰容若所反对的正是这些诗和这些诗人。

纳兰又说："曲起而词废，词起而诗废，唐体起而古诗废。

作诗欲以言情耳，生乎今之世，近体足以言情矣。好古之士，本无其情，而强效其体，以作古乐府，殊觉无谓！"这是他主张重时代精神的又一论证。

纳兰论词，最重后主，他说："花间之词为古玉器，贵重而不适用，宋词适用而少贵重，李后主兼有其美，更饶烟水迷离之致。"

对于宋代苏辛二家之词，他是喜爱辛弃疾更胜于喜爱苏轼的。他说："词虽苏辛并称，而辛实胜苏。苏诗伤学，词伤才。"这和他在另一则中所云："昌黎逞才，子瞻逞学，便与性情隔绝"的意见是一致的。

他对于元遗山（好问）所编《唐诗鼓吹》，极为不满，他说：

元遗山编《唐诗鼓吹》，以柳子厚登柳城置之篇首，此诗果足以压卷乎?! 且其中许浑诗入选最多，今人脍炙不厌，无怪乎诗格日卑。

他批评《唐诗鼓吹》的意见，是中肯的。

《渌水亭杂识》中又云："宋人好推誉本朝人物，以六一比子长，犹十得五六；以放翁比太白，十不得三四。"

司马子长岂是欧阳修所得比并；太白更不是陆游之才所能及，比拟失当，叫人不敢赞同。

纳兰论诗有许多意见是公允的。他三十岁就与世长辞了，但不能因为他年轻便把他的言论轻易抹煞。

这是我读《渌水亭杂识》后一点不成熟的小意见。

附录：

按邓之诚《清诗纪事初编》卷六述纳兰性德生平甚详。选

《挽刘富川》五古一首(见《通志堂集》三),又选《西苑杂咏》四十首录二。

《挽刘富川》较长,不录,录其《西苑杂咏》二首:

进来瓜果每承恩,豹尾前头拜至尊。正是日斜花雨散,传呼声在望春门。

才翻急雨暗金河,曲罢催呈杂技多。一自花竿身手绝,那将妙舞说阳阿。(见《通志堂集》五)

原载1983年3月8日《光明日报·文学遗产》第557期;据《晚晴轩文集》,巴蜀书社1985年版。

景山和玉蝀桥

春初登景山,想起词人纳兰性德(容若)的一首五律:

雪里瑶华岛,云端白玉京。削成千仞势,高出九重城。绣陌回环绕。红楼宛转迎。近天多雨露,草木每先荣。

读过纳兰性德《饮水词》、《侧帽词》的人,没有不钦服他的盖世才华的。这里且分析一下这首小诗。景山在北京神武门外旧宫城之背,明朝称万岁山。明思宗吊死在山之东麓槐树枝上,至今游人还寻找思宗上吊的树,可是原来的槐树早已没有了,山下挂着"明崇祯自缢处"的牌子,并有说明。纳兰性德游景山,由于他是旗人,他不会想到纪念思宗那一套的。上面所引五律,寥寥八句:首先写山的形势高耸,然后写绣陌,写红楼,用朝廷沾溉雨露,草木得以滋润作结束。这是八旗子弟的口吻。纳兰性德写此诗时年纪还很轻(我们查不出写此诗的确实年纪),他只活了三十岁(1655—1685),才人短命,千古同悲。他的主要精力是刻成《通志堂经解》一千八百余卷。他精于鉴藏,善书能诗。在词坛上,《饮水词》、《侧帽词》是称得上优秀而隽美的珍品的。虽只有百余阕，确有如杨芳灿蓉裳氏在序中所云："花间逸格，原以少许胜人多许，握兰一卷，阳春数章，散翠零玑，均可宝也"。

我在上面所介绍的一首《景山》五律，当然不是他的代表作；由于较难见到（我是从徐世昌《晚晴簃诗汇》中抄出来的），写出来给爱好纳兰词的同志们参考。

关于玉𧉦桥，我将介绍清康熙年间张廷璐写的两首绝句：

沙路初乾宿雨晴，软红不动气尤清。水风吹绿双桥接，疏柳阴中款段行。

烟柳风蒲水一涯，红妆临镜艳明霞。露华犹向晨光动，开遍瀛洲万朵花。

所谓"玉𧉦"，原是"金鳌玉𧉦"的省称。𧉦是螮𧉦，虹也。《诗·鄘风》云："螮蝀在东，"蟛与螮音义同。这座桥从前是有"金鳌""玉𧉦"二牌坊植在桥东西两端的。桥在今北京市北海公园外，可通中南海，今早已封闭。水是旧清宫西苑太液池，即元时之西华潭，为玉泉之水汇潴而成。清高宗（乾隆）题曰"太液秋风"，为燕京八景之一。

第一首中"款段"二字：马行缓慢之意。《后汉书·马援传》："御款段马"，注："款犹缓也，言形段迟缓也。"第二首中"瀛洲"，神山名。《史记·秦始皇纪》："海中有三神山，名曰蓬莱、方丈、瀛洲，仙人居之。"

除以上二名词需要略作解说外，其余都是明白易懂的。惟作者张廷璐写诗时还说："款段行"，是指骑在驴子背上的闲适气象。于今可不同了，各种车辆（大小汽车以及电车）疾驰而过，哪里还有"风雪中驴子背上"寻诗的悠闲境界呢？至于第二首

"红妆临镜"是说团城上旧有后妃梳妆台,在今天已不复再见了。"开遍瀛洲万朵花",本是夸张的形容语,当然在今天玉蝀桥附近也是看不到的。

原载1981年第四期《人民日报》副刊《大地》;据《晚晴轩文集》,巴蜀书社1985年版。

清代著名夫妇诗人
——孙原湘和席佩兰

清代诗人中丈夫和妻室都能写诗的很多，我独爱读孙原湘及其夫人席佩兰的作品。

孙原湘（1760—1829），字子潇，昭文（今江苏省常熟县）人，清嘉庆十年（1805）进士，曾充武英殿协修。他论诗强调性情，以为性情是诗之主宰，格律则为诗之皮毛。有《天真阁集》。他的夫人席佩兰，字道华，一字韵芬，也是常熟人，著有《长真阁诗稿》。原湘于《天真阁集》自序中有云：

> 原湘十二三时，不知何谓诗也。自丙申（乾隆四十一年，1776年）冬，佩兰归予，始学为诗，积两年，得五百余首。己亥乾隆四十四年（1779年），省先大夫于奉天治中，尽呈所作，先大夫训之……往于先大夫训未尝一日忘尔。佩兰鬻钗钏，劝予陆续付刊，因手自淘汰，存其十之五六；断自己亥始者，明先大夫教也。嘉庆五年岁次庚申（1800年）秋九月孙原湘自识。

原湘的《天真阁集》有《病起》七律一首,末二句云:

……赖有闺房为学舍,一编横放两人看。

他把"闺房"当作"学舍",两人同看横放着的一编书,真正是"闺房之乐"更"甚于画眉"了。

原湘又有《叠韵示内》七律一章云:

闺中一笑两忘贫,歌啸能全冻馁身。赤手为炊才见巧,白头同梦总为新。图书渐富钗环减,针黹偏疏笔砚亲。还恐不穷工未绝,开樽劝我典衣频。

这一对夫妇忘贫爱读,卖去钗环,购买图书,真正是闺中知己。末二句用宋欧阳修《梅圣俞诗集序》中所云:"……盖愈穷则愈工,然则非诗之能穷人,殆穷者而后工也"的原意,典质衣裳以买酒咏诗,何等潇洒令人钦敬!

原湘又有《七夕同内人》一律云:

晚霞斜驻玉颜红,一角秋山落镜中。小饮不辞莲子盏,嫩凉刚袭藕花风。心期何待盟初月,笑语还防送远空。知否双星应妒汝①,药炉经卷伴梁鸿②。

---

① 双星:牛郎星和织女星。隔一年才能够相见一次,相见都在每年的七月七日,叫七夕。

② 末句梁鸿,用的是后汉梁鸿和其妻孟光的故事:"鸿字伯鸾,少孤,尝独止,不与人共食。比舍先炊已,呼鸿及热釜炊,鸿曰:童子鸿不因人热者也,灭灶更炊之。娶同县孟氏女,名光,貌丑而贤,共入灞陵山中,以耕织为业,咏诗书弹琴以自娱。为人赁春,每归,妻为具食,举案齐眉。"此处孙原湘以梁鸿自比,而以孟光拟席佩兰。

又《寄内》七律云：

梅蕊香中折柳枝，天涯又见絮飞时。空劳辛苦亲调膳，应有推敲寄外诗。春酒二分离弱体，邮程一月达京师。归帆不爽临歧约，但嘱荷花略放迟。

《内子思结一廛于湖上属余赋其意》①

耦耕心事画眉年②，小隐须寻屋似船。四面不容无月到，一生常得对山眠。只消春酒为湖水，尽种梅花作墓田。未敢便乘莲叶去，怕人猜着是飞仙。

《得内人书》

鹊声啼上夕阳枝，锦字书来隔月迟。封处尚疑双别泪，开时惟有一缄诗。黄花比瘦灯初觉③，翠黛含颦镜独知。应是望予书更切，急弹红烛写乌丝④。

《寄家书作》

---

① 廛（chán）：古代指一户人家所住的房屋。旧指街市商店的房屋。
② 耦（ǒu）耕：古代两人一起耕地，耦耕同偶耕。画眉：汉张敞为妻画眉，帝责之；敞曰：闺房之乐，有甚于画眉者。
③ 李清照《重阳·醉花阴》："莫道不消魂，帘卷西风，人比黄花瘦。"
④ 乌丝：乌丝栏，谓绢纸类之卷册，有织成或画成之黑格线也。《唐国史补》："宋亳间有织成界道绢素，谓之乌丝栏。"

书寄一千三百里,去时刚值月初弦①。初三数起十三日,书到君边月正圆。

席佩兰《长真阁诗稿》中好诗很多,袁枚(随园老人)在诗稿前写的小序略云:"字字出性灵,不拾古人牙慧,而能天机清妙,音节琮铮,似此诗才,不独闺阁中罕有其俪也。其佳处总在先有作意而后有诗,今之号称诗家者愧矣……"

席佩兰是袁枚最赏识的女弟子,佩兰在《长真阁集》卷四中有诗云:

冬日喜随园先生来虞并示所刻《女弟子诗选》以佩兰居首敬呈二律。②

公是阳春到处妍,来时刚在玉梅先。诗如老佛能降众,活作传人不羡仙。红袖争先迎绛帐③,白头长健胜青年。顿教寂寞荒寒景,开出吟豪五色莲。

一编新刻玉台成④,人手先惊见姓名。馀力尚能传弟子,长留竟许托先生。得攀骥尾原知福⑤,直冠蛾眉却过

---

① 上半月,月作弓形叫"初弦"。
② 这两首七律,是作者席佩兰对袁枚表示感谢之情。《随园女弟子诗选》以席佩兰为第一入选的作者,佩兰在此表示感谢之意。
③ 绛帐:《后汉书·马融传》:"融居宇器服,多存侈饰,常坐高堂,拖绛纱帐,前授生徒,后列女乐。"后世美称讲座曰绛帐,本此。
④ 玉台:《玉台新咏》,书名,凡十卷,徐陵编。所选皆自汉至梁之诗。梁简文为太子时,好作艳诗,晚年欲改作,乃令徐陵为此书以大其体。按《隋志》称《玉台新咏》乃旧名。《玉台集》乃相沿之省文。
⑤ 骥尾:骥音冀,千里马也,见《说文》。骥尾,尊人而自卑之辞。张曙诗:"千里江山陪骥尾。"又《史记·伯夷传》:"伯夷叔齐虽贤,得夫子而名益彰;颜渊虽笃学,附骥尾而行益显。"

情①。恰似春风吹小草,青青翻获领群英。

单就夫妇唱和之诗来说,略举佩兰数诗为例如下:

望外逾期不归

记得扁舟放桨迟,殷勤问取早归时。忽看红树青山影,已负黄花白酒期。情重料非言惝恍②,愁多莫是病支离③。一缄手寄难凭准,岂是桥头卖卜知④。

喜外竟归

晓窗幽梦忽然惊,破例今朝鹊噪晴。指上正抡归路日⑤,耳边已听入门声。纵怜面目风尘瘦,犹睹襟怀水月清。好向高堂勤慰问,敢先儿女说离情?!

送外之沈阳

策马竟投东,深闺未许从。君行无万里,妾意有千重。话到临歧絮,情缘惜别浓。晓窗还对镜,膏沐为谁容⑥。

寄衣曲

欲制寒衣下剪难,几回冰泪洒霜纨。去时宽窄难凭准,梦里寻君作样看。

---

① 蛾眉:蛾眉此处指女子。席佩兰谓袁枚赞美她为女中之首,未免太过奖了。
② 惝恍:模糊不清。《楚辞·远游》:"听惝恍而无闻。"
③ 支离:形体不全,衰弱。《庄子·人间世》:"夫支离其形者,犹足以养其身,终其天年。又况支离其德者乎?!"
④ 卖卜:得钱为人占卜。晋皇甫谧《高士传》:"严遵,字君平,蜀人也。隐居不仕,常卖卜于成都市,日得百钱以自给。"
⑤ 抡(lún),屈指计算。《元曲选》王晔《桃花女》:"常常在手儿上抡抡掐掐,胡言乱语的。"
⑥ 膏沐:妇人用以泽发者。《诗·卫风·伯兮》:"自伯之东,首如飞蓬。岂无膏沐,谁适为容。"

夏夜示外

夜深衣薄露华凝，屡受催眠恐未膺①，恰有天风解人意，窗前吹灭读书灯。

以指甲赠外

掺掺指爪脆珊瑚②，金剪修圆露雪肤。付与檀奴收拾好③，不须背痒倩麻姑④。

我们读了孙原湘和席佩兰两人的唱和诗，不但钦佩两人的才情绝世，也可以从中领会到夫唱妇随的无比艳福。室内少溪勃⑤，同偕到老，这是社会和平的大问题。可以用它来感化世人，这也可以叫作"诗教"吧。

据《晚晴轩文集》，巴蜀书社1985年版。

---

① 膺（yīng）同应，读平声，答应或随声相和。

② 掺（chān）掺：《诗·魏风·葛屦》："掺掺女手"。传："掺掺犹纤纤也"。按韩诗作"纤纤"。脆珊瑚：言有如珊瑚一样脆（cuì），容易折断也。

③ 檀奴：晋潘安小字檀奴，姿容秀美，后以檀郎为美男子的代称。唐李贺歌诗编三《牡丹种曲》："檀郎谢女眠何处，楼庭月明燕夜语。"又罗隐《甲乙集》二《七夕》诗："应倾谢女珠玑箧，尽写檀郎锦绣篇。"一说："檀喻其香也。"见《坚瓠集》。

④ 麻姑：古仙女，建昌人。修道于牟州东南姑余山。东汉时，仙人王方平，降蔡经家，召麻姑至，年十八九，貌美丽，手爪似鸟。谓方平曰："接侍以来，已见沧海三为桑田。向到蓬莱，水又浅于往昔，会时略半，岂将复为陵陆乎？"宋建和中，封真人。

⑤ 编者按，溪勃，亦作"勃磎"。吵架，争斗。《庄子·外物》："室无空虚，则妇姑勃磎。"明谢肇淛《五杂俎·人部四》："贫贱之畏妇，仰余沫以自给也；富贵之畏妇，惮勃豀而苟安也。"

赵翼咏旅途的困苦

在没有建造铁道时,交通工具只有马车,长途颠沛困顿,一天在陆路上最多只能走百多里,苦不堪言。古诗《行路难》之类的作品读不胜读。最近翻读清乾隆年间名诗人赵翼(耘松)的《瓯北诗集》。如《夜行曲》:

鸡未鸣,月初堕,阴风萧骚满天黑。夜迷失道踏坎坷,暗中有鬼不露形,但闪金睛赤如火。老夫独持正法眼,定光自放青莲朵。天明但见冢累累,断碣无名草没踝。

写黑夜中在坎坷不平的道路上摸索行走。所谓"暗中有鬼不露形",并不是他真的迷信有鬼,而是形容黑夜中可怕的迹象。所谓"正法眼",是禅家语。"正"为中正不偏的意思,"法"如中正不偏之心体所显现的方法。"眼"是朗照一切事物之谓。"定光"系根据梁江淹《清思诗》:"阴阳无定光,杂错千万色"而来。"青莲朵",根据《楞严经》"纵观如来青莲花眼"一语,无非说出作者在黑夜行路为自己壮胆的意思。"冢累累",是说坟墓之多,碣是圆碑,踝是踝骨。末二句是说天亮后才确定了自己刚走出十分艰险的道路。诗是古体,短峭而有力。

赵翼另有一首七绝,题目是《晓起》。

茅店荒鸡叫可憎,起来半醒半懵腾。分明一段劳人画,马啮残刍鼠瞰灯。

这是写旅客早起赶路的情景。读了之后,想起我早年在四川北部宿旅店看见的一副对联:"未晚先投宿,鸡鸣早看天"。唐人温庭筠诗:"鸡声茅店月,人迹板桥霜",也是描写这种景象的。"懵腾"本是形容醉态,此处却是睡得糊里糊涂的意思。末二句用马吃干草及老鼠偷偷出来窥探残灯来刻画,令人如见如闻。"劳人"一词是从《诗·小雅》"劳人草草"一句中出来的。读了这种诗联想古代在陆地上赶路人的辛苦状态,不能不感到现代人享受了有铁路的幸福。

我们用赵翼的这两首小诗权做代表,其他历代诗人有类于此的作品不胜例举,尤其唐宋两代的名作极多,读者可以自己去披读了。

原载1982年5月《人民铁道报》;据《晚晴轩文集》,巴蜀书社1985年版。

朱舜水在日本

以明代学者的身份，反对清初统治阶级的压迫而逃到日本去的朱舜水（1601—1682），是兼通中日两国学术的大师，值得中日两国人民永久的纪念。

梁启超演讲《清初五大师学术梗概》，其中的一位大师便是朱舜水，他另撰有《朱舜水年谱》行世。1913年有铅印《舜水文集》二十五卷遗书本。1926年上海群学社有《朱舜水集》标点本。1936年上海世界书局出版了《朱舜水全集》。

1915年李大钊同志在《言治》月刊上有《筑声剑影录纪丛》，叙述了朱舜水的生平大略，还有《复景学钤》一函，也谈到舜水在日本活动的情况。这些资料出于革命先烈李大钊同志的手笔，是极珍贵而难得的。另有景学钤先生征求朱舜水著作及史绩致《言治》记者一函。

舜水先生所到的地方一直以苦学力行的模范感化后辈，十多年不曾踏到中国的国土，在南洋、安南、日本一带活动，很想借海外华侨的力量，组织军队，恢复明室。当他在安南的时候，安南国王知道他是一位中国学者，便留住他，拜他官爵，迫他行臣子跪拜礼，舜水直立不肯跪。差官举杖画一"拜"字于沙上，先生乃借其杖加一个"不"字予"拜"字之上。安南王便当着舜水的面，杀了许多人威吓他，舜水始终没有屈节，真正做到临危不惧。事详《安南供役记事》、《舜水先生行实》。

日本有一位学者叫安东守约的，钦服舜水的学行，敬礼为师，分其俸禄的一半给舜水，舜水不肯受，认为太多了。安东守约说："守约尊信老师，本非为名；老师爱守约，亦岂有私，唯欲斯道之明而已。"舜水才勉强接受了一半的俸给。

守约问明室致乱之由和如何恢复兵势的前途，舜水撰《中原阳九述略》以答之。舜水住长崎时，长崎不幸大火，舜水所居亦遭劫，寄寓于皓台寺庑下，风雨不蔽，盗贼充斥。守约说："我养老师，是四方都知道的，使老师饥饿而死，我有何面目再活在世界上?!"立即资助充足。后来日本宰相上公派儒臣小宅生顺聘舜水兴学设教，迎至水户。每引见谈论，先生援引古义，弥缝规讽，曲尽"忠告善道"之意，上公与之上下纵横，论难经史。上公建议为舜水建第于驹龙别庄，先生力辞数四，以为"耽逆虏之未灭，痛祭祀之有阙，若丰食而安居，非我志也"。（按"逆虏"指当时的清室而言。）

上公慰谕恳至，终于说服不了他，只好仍让舜水归武江旧居。

在《朱舜水全集》中书札很多，其中有舜水给守约的一书札，信中用"人皆可以为尧舜""有为者亦若是"等圣人之道，引导像安东守约这样的日本学者在"圣道榛芜之际"，"倡明绝学"；比之为"以素朽之索，系万钧之石，悬于不测的深溪"；这不是故作危言以耸听，实在是想在当时"士不悦学"的气氛中，以"挽狂澜于既倒"，非有扛鼎之力不能见效于一时。朱舜水就是在这样的心境之下努力鼓励他的异国好学的士子的。

安东守约对于他的老师的实际情况又是怎样的呢？舜水在另

一书简中说："贤契之于不佞，恳悃真笃，遂至于此，中人以下，或不能施之于其父。不佞觍颜当之，异日其何以答贤契而能无愧于心也？"

在安东守约的恳悃真笃的态度面前，舜水又感到他们之间的关系还超过了中人以下的父子情谊，就是说比一般父子之间的关系还要好。

舜水以兴学为职志，在日本，自王公大人以至陋巷小生，莫不奉之为师表。今井弘济、安积觉二人共同撰写的《舜水先生行实》中说："……呜呼先生，博学强记，靡事不知，起废开蒙，孜孜善诱……古言曰：道德博闻曰文，执事坚固曰恭……故谥曰文恭。"又说："呜呼先生，明之遗民，避难乘槎，来止秋津，瘝瘝忧国，老泪沾巾，衡门常杜，箪瓢乐贫。韬光晦迹，德必有邻。天下所仰，众星拱辰。既见既觐，真希世人，温然其声，俨然其身。威容堂堂，文质彬彬。学贯古今，思出风尘。道德循借，家保国珍，函丈师事，恭礼寅宾……"这些日本学者亲自撰写的铭赞式的文章，足以概括舜水的一生，而这些都是舜水先生辛苦教导出来的成果。

日本学者除上面所举的安东守约和今井弘济、安积觉等而外，还有野传、木下真干、本多重昭、锅岛直能、加藤明友、源光国、松手康兼、冈崎冒纯、小宅生顺等，与舜水往来简牍极多。

舜水的论学宗旨和明末理学诸儒异趣，他与安东守约书中有云："……有良工能于棘端刻沐猴，此天下之巧匠也。然而不佞得此，必诋之为砂砾，何也？工虽巧，无益于世用也。宋儒辨析毫厘，终不曾做得一事，况又于屋下架屋哉！"他认为学以致用，如不致用，空读理学，是不对的。在《德始堂记》一文中有云："夫学者所以学为人尔，子臣弟友，皆为学之地；忠孝谨信，皆为学之方，出入定省，皆为学之时；诗书执礼，皆为学之具。终其身于学之中，而一心越于学之外，欲求如古先圣贤也，其可得乎?!"这里说明他为学之方是很清楚的。

总的说来，他论学与顾炎武、颜元有很近似的地方，虽然在"博学于文"这一方面似尚不及顾炎武，而守约易简或过之；在摧陷廓清这一方面似尚不及颜元，而气象恢宏或过之。他的学说不行于中土，而竟大行于日本，日本人向之执贽请业的极多，如七十子之服膺于孔丘，这绝不是偶然的。

朱舜水对日本的文化教育是起过影响的。梁启超谈及朱舜水对于日本的影响时曾经说：现在我们可以说，日本人所以有二百年太平之治，实由舜水先生教化而成；即中国儒学化能为日本社会道德基础，也可以说由舜水造其端……前多年日本人开过舜水三百年纪念会，盛况空前；可见其感化力之深且厚，历久如一。盖先生之学，专以人格坚强高尚为主；在最近三百年内，能把中国和日本的学术关系密切结合起来，关系当然是多方面的，朱舜水在其中起过很大的作用是对的。不过梁启超说：日人所以有二百年太平之治，实由舜水先生教化而成。不免言过其实，近于夸张。对于梁启超的话我们只能批判地接受。

舜水先生卒年八十三，葬于日本常陆久慈郡大田乡龙山麓，依照明朝仪式成坟。明万历二十八年（1600）十一月十二日是他的诞生日，今年十一月十二日是朱舜水诞生三百八十周年，人民不会忘记他在中日两国文化交流上所作出过的贡献。

原载 1980 年 11 月 3 日上海《文汇报》；据《晚晴轩文集》，巴蜀书社 1985 年版。

俞曲园和日本友人的交谊

晚清学者俞樾（曲园）在《春在堂随笔》卷七记他和日本友人竹添光鸿的交往，很有意思。竹添到北京经河南、陕西而至四川，又从重庆沿江而下，到江苏。这和去年日本吉川幸次郎（已故）等中国古典文学研究者的旅途行次是相仿佛的。曲园在《随笔》卷六中曾记日本处士王半田的形象道："此客颏下无须，而喉间则须甚多，时日本变从西洋之服，而客所衣犹褒衣博带也。"这位日本学者曾经访彭玉麟（雪琴）于西湖三潭印月，有诗云："西湖今日放扁舟，淡淡轻烟隔画楼。不料功风名雨际，三潭别有小瀛洲。"曲园对诗中"功风名雨"四字，不详所自，以为"彼国当有所出耳"。又在卷七中谈竹添光鸿至西湖精舍见访，而曲园适去苏州，竹添又赶到苏州春在堂，以诗文见示，并以《栈云峡雨日记》求序。他赠曲园诗有云："神仙若使玉堂老，辜负湖山晴雨奇。"两人语言不通，只得用笔谈。他说：日本友人游西湖的很多，但带妻子儿女同游的只有他一人。曲园问尊夫人亦能诗乎？他说："只能为本国歌谣，对中国文字是不懂的。"他对于宋朝人林逋（和靖）妻梅子鹤的故事非常感兴趣，因此他特别爱慕孤山的风景。曲园问："贵国昔年有安井平仲先生，曾著《管子纂诂》一书，知道不知道其人？"竹添说："安井正是我的老师，去年九月就死了。安井一死，我国的读书种子几乎断绝了。"其实竹添的话太夸张了。我们这几年接触过的吉川幸次郎、清水茂、花房英树以及太田次郎、小林芳规等，他们对汉学研究，著作等身，成绩斐然，已足使我们从事中国古典文学研究的人感到非常惭愧，怎么能说"读书种子几乎绝了"呢？

追念曲园先生旧事，特撰此短文，以示纪念。

原载《杭州日报》1980年9月28日；杭州《西湖》杂志；据《晚晴轩文集》，巴蜀书社1985年版。

略谈林则徐的诗及其文学活动的影响

毛泽东同志在《中国革命和中国共产党》一书中说：

> 从鸦片战争、太平天国运动、中法战争、中日战争、戊戌政变、义和团运动、辛亥革命、五四运动、五卅运动、北伐战争、土地革命战争，直至现在的抗日战争，都表现了中国人民不甘屈服于帝国主义及其走狗的顽强的反抗精神。（《毛泽东选集》第二卷第595页）

林则徐就是首先在鸦片战争中表现了中国人民不甘屈服于帝国主义及其走狗的顽强的反抗精神的。今年（1960）为鸦片战争的一百二十周年纪念。最近《林则徐》影片的放映得到国内外观众的热烈赞誉，同时书店中又有许多小册子谈论林则徐的生平，并准备出版《林则徐全集》，可惜还不曾见有专文提到林则徐在文学方面的成就，本文试图在这一方面做些初步的探讨。

林则徐本来不是专业诗人，正如《晚晴簃诗汇》说他是"余事为诗"。他和文天祥、岳飞等人一样，只是在艰辛地对敌斗争的余暇偶然写出一些诗篇来，但是他们的诗（词）都写得相当好，称得上优秀诗人。

过去的中国文学史很少有提到林则徐的，只有新出的中国文学史如北大新版文学史才给了林则徐以相当的篇幅，我以为这样做是对的。

林则徐的著作很多，如《林文忠公政书》、《畿辅水利议》、《滇轺纪程》、《荷戈纪程》、《云左山房文钞》、《云左山房诗钞》、《四洲志》、《信及录》，另外还有尺牍、家书、日记等。研究林则徐的同志们正在着手整理他的全部著作。他的生平功绩不仅仅在禁烟运动这一件事上，他还是一个很好的试官和出色的水利工程专家。他对人民的确做了很多好事。但是他的诗中却并没有较显著地反映禁烟运动和水利事业等主要生活斗争内容，足见他的"余事为诗"，是道地的"余事为诗"。也可以说他是绝不肯在诗中炫耀自己的功业，是个道地的高尚的人，谦虚的人。如果要从他的诗中找出他是如何反映现实，那恐怕所得是不会太多的。不少史传上都称赞他"诗宗白傅"，其实也不过是说他的诗的风格有些像白居易罢了。因为他实在主要地还是政治家而不是诗人，和白居易主要是诗人其次才是政治家有所不同。（当时"诗宗白傅"最明显的还要算张维屏、魏源和徐大镛等人。）

由于他在封建社会士大夫行列中，是一位正直的人，所以他对于同阶层的所谓"利禄徒"极其痛恨。集中《答陈恭甫前辈寿祺》一诗中有云：

……呜呼利禄徒，字氓何少恩。所习乃脂韦，所志在饱温。色厉实内荏，骄昼而乞昏。岂其憨才智，适以资攀援。模棱计滋巧，刀笔文滋繁。峻或过申商，滑乃逾衍髡。牧羊既使虎，吓鼠徒惊鹓。有欲刚则无，此际伏病根……

这一段诗是对于他同时的官僚阶层的丑恶现象的生动描绘。他既痛恨这些臭官僚,当然要反其道而行之。他做官以后,勤政爱民,对外反对万恶的帝国主义,对内和那些于人民有害的"禄蠹"进行不懈的斗争。他对于人民的态度如何,试读他的诗就可以知道。在《裕州水发村民舁舆以济感而作歌》一诗中说:

……村夫欻成灿成行,踊跃为我褰衣裳。舁我篮舆水中央,如凫雁泛相颉颃。水没肩背身尽藏,但见群首波间昂。我恐委弃难周防,幸以众擎成堵墙。我舆但如箕簸扬,已夺坎险登平康。噫嘻斯民真天良,解钱沽酒不足偿。我心深感怀转伤,为语司牧慎勿忘。孜孜与民数肺肠,毋施箠楚加桁杨,教以礼让勤耕桑。天下舆情皆此乡,帝尧帝舜无怀襄。

这首诗前面是描写黄河大水暴发的情况,当他面临波涛汹涌的渡口,"舆人缩足僮仆怩",所有跟随的人都没有办法而畏缩不前的时候,一下子来了很多农民,把他高举起来,放在像坚固的建筑物上面一样(农民自己排成的队伍),保卫他安稳地过渡到彼岸去。这说明他和人民息息相关,人民对他是有好感的,他在诗中特别感动地说什么"为语司牧慎勿忘"等话,实是由衷之言。他是深深知道"民为邦本,本固邦宁"的重要性的。不过"毋施箠楚加桁杨"、"帝尧帝舜无怀襄"云云,完全是封建统治阶级的立场,这也是无可讳言的。他在江苏巡察使任上,审问案情,十分公正,得到"林青天"的称号。后来在广东为了要对付英帝国主义,建筑炮台,积极防御,坚决烧毁鸦片,为民除害,每一措施,都能和人民群众的利益结合起来。他努力做有益于人民的工作,人民爱戴他也就很自然的了。他在《石梧移抚吴中七叠前韵奉寄》一诗中有云:"未与嗷鸿回菜色,难除害马愧蒲鞭",他到处都念念不忘嗷嗷待哺的哀鸿——人民,最痛恨爬在人民头上作威作福的"害群之马"——贪官污吏。他替常熟杨景仁编的《筹济编》写的序言中有云:

> ……今夫牧民之官,民之身家之所寄也。年谷顺成,安于无事,民与官若相远,一旦旱干水溢,哀鸿之声,颠连之状,不忍闻不能不闻,不忍睹不能不睹。彼民所冀于官之闻之睹之者,谓必有以生活我也。夫民固力能自生活者也,至力穷而望之于官,良足悲矣!居官者知民以生活望我,我必有以生活之,则筹备之方诚不可不图之于早也。(《文钞》卷一)

这就是他的官箴,也是他的诗人恻隐之心。不过他常以为替人民做事和替皇上家做事分不开,因此他说:"稽事勉期臣力尽,民依总荷帝心怜"(《石梧复有寄六叠前韵答之》),这种思想显然有一定的局限性。

他对于农民生产也十分注意。他有《区田歌为潘功甫舍人作》,其中有一段道:

> ……我今语尔农,慎勿错放青春过。腊雪浸谷种,春雨披田蓑,翻泥欲深耙欲细,牛背一犁非漫拖。尔昔拔秧移之佗,禾命损矣将奈何。何如苗根直使深入土,不用尔手三摩挱。一区尺五寸,撒种但喜疏罗罗。及其渐挺出,茎叶畅茂皆分科。六度壅泥固其本,重重厚护如深窝。疾风不偃旱不槁,那有禾头生耳谷化螺……

在今天看起来,他所谓的"撒种但喜疏罗罗"的播种方法有些保守，但他密切注意农业生产的精神是可取的。我们今天对于像这样作家写出的作品，首先检查它对待人民的态度如何，我看林则徐的态度是好的，至于时代的局限性，那是不可避免的。

他在《题王竹屿都转黄河归棹图》长诗中有云："闻君立河壖，暗洒忧时泪。督役稽刍荛，废食不暇寐。"虽是对王竹屿说的，实在也是"夫子自道"。又在《题邹锺泉观察（鸣鹤）开封守城纪略后》长诗中有云："肝胆披沥通幽明，亿兆命重身家轻"，正也是他自己为人民辛苦工作的心情的流露。又《喜桂丹盟擢保定同知寄贺以诗并答来书所询近状即次见示和杨雪茉原韵》第一首末四句有云："鹰隼出尘前路迥，豺狼当道惜身难。头衔冰样清如许，露冕从容父老看。"所谓"豺狼当道，安问狐狸"，这是古语，在清代封建统治阶级的朝廷里，大多数的官吏不是像豺狼一样的凶狠，就是像狐狸一样的狡诈，丑恶的兽类充斥于市朝，像林则徐这样正直的官吏，要想不遭贬斥或者不被杀头，那倒反而是异数了。末二句写人民以一见林则徐为荣，因此他便"露冕"让人民看他，从这样的诗句中，也可以看出他和人民的关系。又《程玉樵方伯饯予于兰州藩廨之若已有园次韵奉谢》第二首有云："我无长策靖蛮氛，愧说楼船练水军。闻道狼贪今渐戢，须防蚕食念犹纷。白头恰对天山雪，赤手谁摩岭海云。多谢新诗赠珠玉，难禁伤别杜司勋。""蛮氛"指英帝国主义的侵略及其向中国倾销鸦片以毒害中国人民，第二句说他以前在广东洋面的水道要路，放许多木排、铁链，阻拦侵略者的船只前进。加紧训练水军，很快变成英勇善战的精兵，又组织渔民五千多人，训练他们学习火攻，帮助水军作战。第三句是说英帝国主义者的凶焰渐渐收戢，但是只要帝国主义者存在一天，便不会忘记继续来蚕食中国的。第五句写自己的被贬新疆，很婉转地流露出愤懑之意。第六句殷切地记挂着广东的后事，忧心如焚，也带有对投降派表示指责和愤慨的意思。末二句只是一般应酬的词藻。

当时的道光皇帝（旻宁）被英帝国主义的侵略吓坏了，听信了贵族官僚投降派的话，把抵抗敌人最有力的斗士邓廷桢（嶰筠）先充军到伊犁，接着又把林则徐也充军到同一个地方去。邓廷桢也是诗人，有《双研斋全集六种》。当时有人把他和林则徐所写的诗合刻为《林邓唱和集》。

林则徐有《将出玉关得嶰筠前辈自伊犁来书赋此却寄》二律，其一云：

> 与公踪迹靳从骖，绝塞仍期促膝谈。他日韩非惭共传，即今弥勒笑同龛；扬沙瀚海行犹滞，啮雪穹庐味早谙。知是旷怀能作达，只愁烽火照江南。

这一对老人忠心为国为民，却不料得此下场，但他二人忠君爱国思想很浓，勉强自宽自慰，甚至还以"弥勒同龛"自嘲，"旷怀""作达"。在另一首中又说："中原果得销金革，两叟何妨老戍边。"意思是，假使能把敌人打退了，国内没有战事，我们两个老头子在边疆待一辈子也是心甘情愿的，这和杜甫"吾庐独破受冻死亦足"（《茅屋为秋风所破歌》）的襟怀和抱负是很相似的。

集中《次韵和嶰筠前辈（廷桢）虎门即事原韵》、《次韵和嶰筠前辈》、《中秋嶰筠尚书招余及关滋圃军门（天培）饮沙角炮台眺月有作》等，都是反映对敌斗争情况，并足以激发人们志气的极重要的诗篇。

有忠君爱国思想的林则徐，很自然地会常常以文天祥和岳飞自况。他早年有《题文信国手札后》长诗一首，一起头就是

"公身为国轻生死"之句，末云："再拜薰香庋棐几，欲废一部十七史。朱鸟招魂泪如泄，猎猎酸风满柴市。"文天祥被元人杀于北京菜市口，他的哀唁，是隐有深意的。

《汤阴谒岳忠武祠》云：

> 不为君王忌两宫，权臣敢挠将臣功。黄龙未饮心徒赤，白马难遮血已红。尺土临安高枕计，大军河朔撼山空，灵旗故土归来后，祠庙犹严草木风。

这样吊古的诗，也不是泛泛之作。林则徐后来也终于是"黄龙未饮心徒赤"。岳飞的"未饮黄龙"，正和林则徐的未能把英帝国主义恶势力赶出中国国土是一样的，他们都痛恨异族侵略，也都同样被执行投降政策的昏君和权臣所阻挠，同样打了胜仗，结果还同样被迫不得不放弃战斗的权力。虽说岳飞惨遭奸相的诛杀，林则徐只遭戍伊犁，幸能保全首领，在这一点上有所不同。他们的心是"赤"的，但也只能"徒赤"而已。由此足见在封建社会中代表人民的意愿来卫护民族的利益是很难的。按照历史发展的规律，要在中国国土上彻底赶走帝国主义，只有在无产阶级和人民大众当家作主的今天才有可能。在鸦片战争的时代是不可能具备这样的条件的。

《云左山房诗钞》中酬和之作较多，其中固然有好诗，但也有不少作品的意义和价值是不大的。又由于林则徐是进士出身，写惯了试帖诗（《诗钞》后即附有《云左山房试帖》一卷），在形式上过于求工，因之不免流于纤巧。陈衍《石遗室诗话》说他"使事稳切，对仗工整"，这原是恭维他的话。一个写诗的人，如果只是在"使事稳切，对仗工整"上做工夫，那就势必陷于纤巧甚至于呆板不可。过去有很多人都赏识林则徐的《河内吊玉溪生》诗中"郎君东阁骄行马,后辈西昆学祭鱼"之句,以为是"使事稳切,对仗工整"的好例。因为上一句用的是李商隐《九日》诗名句:"郎君官贵施行马,东阁无因得再窥。"下句是用的《谈苑》中说的:"李商隐为文,多检阅书册,左右鳞次,号獭祭鱼"那个故事。"东阁"对"西昆","行马"对"祭鱼",形式上的确"稳切"而又"工整"。不知这些所谓优点,正是林则徐诗的缺点,这样写诗很容易走进诗道的魔障中去。如果要在《云左山房诗钞》找例子,这样的例子还是不少的。它们都是变相的试帖诗。这种诗正是我们今天所要反对的形式主义的东西。林则徐在诗的领域中之所以不能称为大家,正是被形式主义限住了之故。《石遗室诗话》又夸奖他"少工骈俪,饶有才华"(林集中就有不少骈体文。林则徐是主张"沉情绝丽,渊懿茂美,斥远凡近,与古文殊途同归"的。见《文钞》卷一《张孟平骈体文序》)。像这样的"骈俪"和"才华",并不是我们今天所要提倡的。如果肯定这些东西,那就要陷入形式主义的泥坑中了。

林则徐诗中还有许多封建落后甚至于是反动的东西,如《江陵两烈伎行》,对张献忠大加污蔑,说什么"滔天狂寇无人制",这是他后来和太平天国起义军为敌的思想基础。《题陶云汀给谏(澍)祷冰图》,宣传迷信,奖励所谓贞烈,说什么"上仗天子威,百神可役使。侧闻露筋女,万劫灵不毁。生为蚊蚋嘬,甘以贞烈死",这真是一派胡言。《频伽礼佛图为海宁朱贞女作》、《唐孝女惠观哀词》、《敬题汤雨生都尉节母杨太夫人断钗图》、《烈妇王孺人殉节题句》等,也都同样是宣扬封建道德的坏作品。尤其是像《题吴母徐孝妇刲臂疗姑墨刻》那样的诗,竭力赞美一个媳妇割自己臂上的肉给婆婆吃了治病。这本是残酷、迷信而又有乖人道的怪事,他居然说什么"女而士行妇即子，至性激发堪垂模"。由此可见林则徐思想中的封建毒素也是很严重的。有人说他"与当时封建守旧思想进行了斗争"，我看并不完全符合实际。他晚年从伊犁归来之后，接受清政府之命，去广西镇压农民革命运动（即太平天国运动）。幸而他不久即病死了，否则他一定会在历史上犯下镇压农民起义的罪过的。

最后，谈一下他的文学活动对于当时知识分子有什么重大影响。范文澜同志在《中国近代史》上编第一分册第一章第六节中说："林则徐是中国封建文化优良部分的代表者，又是清代维新的重要先驱者。他在一八三〇年（道光十年）与黄爵滋、龚自珍、魏源等结宣南诗社。这一诗社中人，黄爵滋发动禁烟运动，龚、魏发动维新思潮，林则徐成为他们的首领，他后来探询外情及意图制造新式船炮，思想上是早有些基础的。"

关于"宣南诗社"，的确是当时很重要的一个社团组织，这是后来著名的"南社"的先驱。"南社"的成立是在一九〇九年，主要的诗人有陈去病、柳亚子、高旭、苏曼殊等。这些资产阶级和小资产阶级知识分子的结合，对进行旧民主主义革命，起过一定的进步作用，知道的人较多。至于"宣南诗社"，则是当时封建统治阶级中较为进步的知识分子的结合，目的在反对帝国主义，起的进步作用也不小，但知道的人却较少，所以有叙述一下的必要。

什么叫"宣南"？它是指北京宣武门宣武坊南面的龙树院而言。《云左山房文钞》卷一有林则徐所撰《龙树院雅集记》一篇，[《诗钞》中又有《赵兰友同年（廷熙）以龙树院雅集图副本属题》等作品。]记当时社中三十四人文酒聚会的情况，他是领导者。他又和龚自珍、潘曾莹、潘曾沂、黄爵滋、彭蕴章、魏源、张维屏、周作楫等结"宣南诗社"，互相唱酬。以上这些诗人都各有诗文集行世，正如范文澜同志所说"林则徐成为他们的首领"。林的诗集中有《题潘功甫舍人(曾沂)宣南诗社图卷》七言古诗一首,长七十四句。其中有"国肥不使一家肥"的誓言,并有"乃知温柔敦厚教,贵取精华弃糟粕"的文学主张。前一句所谓"温柔敦厚教"还是封建文人的所谓"诗教",是应该批判的。后一句意思却很好,不过他之所谓"精华"和"糟粕",和我们今天眼中的"精华"和"糟粕"并不一致。他又有《周艾衫编修(恩绶)见贻感遇述怀诗次余题宣南诗社图韵因叠前韵答之》,也是和"宣南诗社"有关的长诗。诗社发展很快,显然和当时政治有关。魏源根据林则徐的《四洲志》编成著名的《海国图志》,影响很大。(魏源《古微堂诗集》卷八有《江口晤林少穆制府二首》,第一首末自注云:"时林公属撰《海国图志》",足见魏撰《海国图志》,完全是林则徐属意的。)龚自珍《定庵全集》中有《送钦差大臣侯官林公序》,表示愿意追随,文末并附林则徐的来札,这些都是重要的文献。年辈较后的林昌彝,所著《射鹰楼诗话》,是一部记载鸦片战争文献而有重要参考价值的书。书前有林则徐的一封论诗的信,林在信中表示了他对于诗的看法。"射鹰"就是射英的意思,足见林昌彝受林则徐的影响之大。

有人认为林则徐的诗没有能够对鸦片战争这样重大的历史事件做出应有的反映,因此他的诗的价值就不大。我们认为不能如此胶着地看问题。虽然林则徐在自己的诗中对鸦片战争没有太多的描写,可是他在《政书》和《文钞》中有许多出色的文章,对于当时的现实有足够的反映,何必要求一个以"余事为诗"的政治家林则徐一定要用诗来描写鸦片战争呢?

原载《光明日报》1960年3月20日《文学遗产》第310期;据《长短集》,浙江人民出版社1980年版。

诗文小语

调查和核实

　　写诗，可以不必要求符合事实，但有时却又不得不要求符合事实。起"夸饰"、"艺增"作用的，如李白"白发三千丈，缘愁似个长"，"燕山雪花大如席"等，当然不必要求符合事实。但如李远"长日唯消一局棋"，就有调查和核实的必要。

　　唐朝宰相令狐绹要派李远到杭州去做刺史，宣宗皇帝说："我听说李远写了'长日唯消一局棋'那样的诗句，他怎么能当刺史呢？"令狐绹说："诗人写诗，不过借以表示高兴罢了，未必全真实。"宣宗说："姑且让他去试试看。"①

　　令狐绹究竟是个懂得诗的人，假如把诗人的话句句都坐实了，没有不闹笑话甚至误事的。后来事实证明，李远是个勤勤恳恳办事的官吏，并不真是个一天到晚都在下棋的棋迷。写诗和生活原来并不完全是一回事，调查一下李远的实际生活很有必要。假如令狐绹奉命唯谨，听了宣宗的话，不敢用李远去做官，那就

---

① 根据《通鉴》卷二四九《唐纪》卷六十五重写。

不免冤枉了李远。

另有一个故事，和上面所说的情况相反。诗人秉笔直书，说一是一，说二是二，要求符合事实，不能随便改动，那便是有名的贯休和尚的故事。

吴越王钱镠，称霸一方，雄心勃勃。贯休和尚投寄七律一章，中有"满堂花醉三千客，一剑霜寒十四州"之句。钱镠看了，很赏识，但觉得说他只有十四州，未免寒伧，叫人对贯休说："把十四州改为四十州，岂不更气派些，而且对寡人说来，也是一个好预兆。改诗之后，可以来见我。"

贯休听了，笑笑说："明明你只有十四州，何必假装门面！州也难添，诗也难改，不如还让我云游去吧。"① （另有书上记载：贯休说："州添了诗方可改。"）

"长日唯消一局棋"可以容许不真实；"一剑霜寒十四州"，又要求绝对的真实，两者是否矛盾呢？其实一点也不矛盾。一方面是"尽信诗不如无诗"，诗常是带有浪漫主义色彩的。另一方面则是要求真实，诗人有如史官，要从实际出发，绝不能以少报多。如果贯休随便听从钱镠的话，那便是不应该有的浮夸了。

从两句诗中见出两点论，但归纳起来，意思是一致的：应该贯彻调查和核实的精神。

"十月寒"

据说有一个学写诗的人，诗中有"十月寒"三个字。他的老师批评道："十月当然寒冷了，这样写，岂不是多余的话！"于是举杜甫用"月"字的句子作为范例："'二月已风涛'，记风

---

① 见《全唐诗》第十二函第三册贯休卷十二《献钱尚父》题下注。

涛来得太早；'因惊四月雨声寒'，'五月江深草阁寒'，不当寒而寒；'五月风寒冷拂骨'，'六月风日冷'，不当冷而冷；'今朝腊月春意动'，不当有春意的时候就有春意了，这样写才是有意义的。"老师接着又说："当然也不完全是这样的，杜甫还有其他的句子，如'三月桃花浪'，'八月秋高风怒号'，'闻八月初吉'，'十月江平稳'等，这是因为如不用某月点出就不能实录一时之事。以上两类关于用'月'字的句例，都和'十月寒'之句完全不同，写诗应该没有一个句子甚至一个字是多余的。虽是这种小地方，我们也应该向杜甫学习。"①

读了这段话之后，使我联想起元曲中有"恶语伤人六月寒"的句子，写法新颖，叫人容易记住。相反地我又联想起唐初文章"时维九月，序属三秋"那一类骈句只是要凑对子，和俗语"豆腐干，干豆腐"差不多，叫人感到累赘和烦腻，也是很不好的。

"十月寒"可算是文章病例之一，虽是对学习写古体诗的人说的，实际上对于一切书面文字都适用。我们要求写得精练些，必须惜墨如金，避免一切多余的话。

说得多和说得少

写文章的道理说不尽，但不外乎哪里应该多说些，哪里应该少说些，要说得恰如其分。话说起来容易，真正做起来，可真不简单。从前有一位张宾王批评他的朋友的文章，有一句话道："他人说得少，愈多；子说得多，愈少耳。"②

说得少而使人感觉得多，最足见作者的本领。古代"说得

---

① 根据胡仔《苕溪渔隐丛话》卷八第二段重写。
② 清初周亮工《尺牍新钞》引张宾王的话。

少，愈多"的好文章莫妙于《论语》，《论语》中这样的例子是举不尽的。《孟子》比《论语》说得多一些，可是也有许多"说得少，愈多"的好例。

林文节公言："'以釜甑爨，以铁耕乎'？他人书此，不知几百言也。"黄端冕（缨）云："'轻暖不足于体'，亦不减此。"①

为什么说"以釜甑爨，以铁耕乎"这句话好呢？因为话中的意思多，如果说："（他是）用瓦锅作为烧饭的器具吗？用铁犁耙去耕田吗？"岂不太罗唆了。孟子故意用这句话逗引陈相来和他辩论，寥寥八个字，提出问题，触及最要紧处，简括精练之至。如果让说话罗唆的人来说，绕多少圈子也说不清楚。"轻暖不足于体"也是一样，如果申述起来，轻可以指轻裘，也可以指轻绡（包括丝绸和细纱、细麻等高质地的夏衣）。轻是一种需要，暖又是一种需要，"轻不足于体"和"暖不足于体"是两码事。孟子只用六个字，抵过人家说许多话，岂不是"说得少，愈多"吗？

反之，说得尽管多，可是或者不中肯，或者不清晰，便不免多而无益。至于下笔千言，离题万里；博士买驴，书尽三纸，尚不见驴字，如此等等，岂非"说得多，愈少"吗？

我们一定要学会"说得少，愈多"，切切不要"说得多，愈少"！

续谈多和少

写文章哪里应该写多一点，哪里应该写少一点，这是很重要

---

① 元人王构《修辞鉴衡》转录《步里客谈》中语。《孟子》原文分别见《滕文公上》及《梁惠王上》。

的事。删繁削简，煞费思量。《春秋·谷梁传》成公元年有这样一段记载：

> 季孙行父秃，晋郤克眇，卫孙良夫跛，曹公子手偻，同时而聘于齐。齐使秃者御秃者，使眇者御眇者，使跛者御跛者，使偻者御偻者。

唐人刘知幾在《史通·叙事》篇中批评这样写法太罗唆了，主张删"齐使"以下等句，只用"各以其类逆"五个字，这是想把"写得多"改为"写得少"，但这样的简约是不是好呢？我们认为这是为求简而求简，反而不及原文好。为什么？原文那样写法，神情生动，且有风趣，如依照刘知幾的改法，只用"各以其类逆"五个字，简是简了，可是索然寡味了。

再用班固改司马迁的文章为例。司马迁写《项羽本纪》，字数很多，班固改为《项羽列传》，字数改少了。且不谈班固观点上的错误，即以文章而论，删去鸿门宴上的种种精采描写，如项伯呼张良要同他一道走，张良和刘邦对答以及引项伯私见刘邦等，都是重要关节，在《汉书》里全没有了。后来在宴会上亚父范增举所佩玉玦示意项羽要他杀刘邦，樊哙带剑拥盾入军门，项庄拔剑舞，樊哙披帷西向立，瞋目视项羽，项羽赐樊哙一生彘肩，哙覆其盾于地，加彘肩上，拔剑切而啖之等生龙活虎一般的人物形象，班固全部删削了，连《樊哙传》中也只字不提。班固一味要求写得少，可是远远不及司马迁写得多更为生动，更有意义。

由此可见，写得少固然是写文章的正确的要求，但也不能一概而论，在应该写得多的地方还是应该写得多。

从李白《嘲鲁儒》诗说起

毛泽东同志教导我们要"古为今用",要实事求是,可是"四人帮"及其御用文人,竟然反其道而行之,大搞"古为帮用",对于评价古典文学领域的作家和作品,往往不顾事实,信口雌黄。这样的例子太多了,姑以李白研究者的一些说法作为例证。上海有一部新版《中国文学发展史》说,"李白青少年时期就是一个尊法轻儒的人物"。有的李白研究者竟以之作为依据,对李白《嘲鲁儒》"鲁叟谈五经,白发死章句……"一诗做了一个结论,说:"这首诗是李白讨伐孔孟之徒的战斗檄文,是诗人表明他尊法反儒政治立场的一篇宣言。"最近我重翻《李太白全集》,看到李白诗中提到孔丘的地方,并不像他们臆说的那样,且举数例如下:

君看我才能,何似鲁仲尼?大圣犹不遇,小儒安足悲。(《书怀赠南陵常赞府》)

宣父犹能畏后生,丈夫未可轻年少。(《上李邕》)

孔圣犹闻伤凤麟,董龙(荣)更是何鸡狗!(《答王十二寒夜独酌有怀》)

其他还有"西过获麟台,为我吊孔丘"(《送方士赵叟之东平》)等诗句。李白自称"小儒",而尊称孔丘为"大圣"、"宣父"、"孔圣",感叹其不遇,赞美之意,溢于言表。至于《嘲鲁儒》那首诗只是嘲笑鲁地儒生的迂腐无能,并非直接攻击孔丘。作为公元八世纪(701—762)时代的封建文人李白来说,他尊崇孔丘,是并不足怪的。

除上面所举数例而外，李白在《古风》五十九首中，一开头就说："大雅久不作，吾衰竟谁陈。""大雅"是孔丘删定的《诗经》中的庙堂文学部分；"吾衰"是孔丘在《论语》中说的"甚矣吾衰矣"那样的慨叹，李白追慕孔丘的心情，昭然若揭。李白哪有什么像某些李白研究者所说的那样"尊法反儒的政治立场"可言呢？

江青在一九七四年一月二十七日的一次讲话中，引用李白《梁甫吟》："君不见，高阳酒徒起草中，长揖山东隆准公。入门不拜骋雄辩，两女辍洗来趋风。东下齐城七十二，指挥楚汉如旋蓬。狂客落魄尚如此，何况壮士当群雄。"她居然从此诗中得出"郦食其（音异忌）实际上是个著名的法家"的结论。李白歌颂了郦食其，于是李白也就是个"著名的法家"了。荒谬绝伦，莫此为甚。我读李白这首诗，只觉得郦食其是个带着狂态的说客谋士，说客谋士并不等于"法家"，更不能由此推断李白也是"法家"。

通读《梁甫吟》，除前引太公望、后引郦食其的故事而外，接着讲他自己"我欲攀龙见明主"，结句"风云感会起屠钓，大人𡼐𡼐当安之"。不过是说有志之士，要如峻高的山岳那样庄重自持，安于困境，以待时机，一点儿也嗅不出什么"法家"的气味来。"尊法反儒"的谬说，不知从何说起？！

对于李白诗的评价，应该全面地实事求是地看问题，绝不能被不懂装懂的江青之流牵着鼻子走，使得谬种流传，祸延后代。

李白欣赏"池塘生春草"

谢灵运《登池上楼》诗中句"池塘生春草"，向为众口争传。我们的大诗人李白也特别欣赏，据我所记得的就曾有四首诗提到它：

(1) 梦得春草句，将非惠连谁？（《感时留别从兄徐王延年从弟延陵》）

(2) 谢公池塘上，春草飒已生。（《游谢氏山亭》）

(3) 昨梦见惠连，朝吟谢公诗。东风生碧草，不觉生华池。（《书情寄双弟邻州长史昭》）

(4) 他日池塘一梦君，应得池塘生春草。（《送舍弟》）

李白不仅仅为了用典故才提出这句诗，而是由于他衷心喜爱，所以不嫌重出，屡次形之于吟咏。究竟这句诗好在哪里？李白没有说。唐代诗僧皎然在《诗式》中却说过："池塘句情在言外，其辞似淡而无味，常手览之，何异文侯听古乐哉……灵运多苦思深索，此却率然信口，故自谓奇。"日本遍照金刚在《文镜秘府论》南卷中说："凡高手言物及意，皆不相依傍"，即举此句为例。

所谓"情在言外"，是说不在句子中露出他的情感，让读者自己去体会。寥寥五个字写出自然界变化的迹象，不但不曾依傍前人，而且不假丝毫雕饰，所以为奇。下一句"园柳变鸣禽"就曾经引起后人的误解，不及这一句自然美好了。凡是不假雕饰的句子，如"高台多悲风"，"明月照高楼"，"思君如流水"，"空梁落燕泥"等都是这样清奇隽永而耐人寻味的。

李白之所以特别欣赏"池塘生春草"，其中的道理很值得我们进一步去体会。

读杜甫的《阁夜》

岁暮阴阳催短景，天涯霜雪霁寒宵。五更鼓角声悲壮，三峡星河影动摇。野哭千家闻战伐，夷歌几处起渔樵。卧龙跃马终黄土，人事音书漫寂寥。

这是唐代宗大历元年（766）十二月底，杜甫自四川云安县至夔州（奉节县），寓居西阁的一个晚上，有感于当时的时事而写出的这一首有名的七律。这首诗起头两句雄浑有气魄，三四两句境界大，音节响，能给人以极深的印象。苏东坡以为"五更"一联是"七言之伟丽者……尔后寂寥无闻焉"。叶石林也有同样的意见。但好处也只是即景抒情，钱谦益在注这首诗时，把第四句硬牵涉到什么"星摇民劳"①上去，实在是一种误解。方东树（植之）在《昭昧詹言》中说："起二句，夜；三四句切阁夜，并切在蜀。"吴汝纶批评道："不当如此看法，此如见一神龙，而告人曰：某处为鳞，某处为角，鳞角，凡鳞介所同，而龙之所以为龙，不在此也。"吴汝纶根据赵执信《谈龙录》中的意见，用在此处很恰当。读像杜甫这样伟大诗人的作品，如果硬性指定某处说什么，某处切什么，说得太死了，往往只见一鳞一爪而不见全龙。过去许多评点派都犯了这种毛病。第五句诗人忧伤人民遭受战争的苦难，第六句写到渔人樵民的歌声，触动他内心的感慨，足见诗人和劳动人民的息息相关。有人以为"渔樵之

---

① 钱注"星摇"："《汉书》：元光中，天星尽摇。上以问候星者，对曰：星摇者，民劳也。后伐四夷，百姓劳于兵革。"又《西清诗话》亦以为此诗中第四句乃用东方朔谓民劳之应的故事，见《苕溪渔隐丛话》卷十所引录。上二说都拘泥于所谓用事精巧，其实牵强附会，不可凭信。

人而唱夷歌，见习俗之变"，我觉得这样说，不脱儒家"用夏变夷"的迂腐之见，不仅穿凿附会而已。渔人和樵民唱少数民族的歌，是非常自然的事，正像少数民族中的劳动人民爱唱汉族的民歌一样，怎么会"见"出"习俗之变"来呢？

七八两句写自己心中的感情，主要的是说他对于当时的人事隔绝、音信不通深以为苦，但也只能听之任之而已。有人以为第七句大有问题，"卧龙"指诸葛亮，"跃马"指公孙述（《蜀都赋》："公孙跃马而称帝"），说这两位名人终于不得不埋于黄土之中，其意岂非贤愚同归于尽，颇有消极的因素吗？依我看，读诗似不能这样读法。读这首《阁夜》，要看这首诗在一气呵成中的主要精神，要了解诗人在暮年漂泊天涯，未能建功立业，抒展抱负，故而感慨极深。在极其浑凝的八句诗中反映当时时局的不安，民生的困苦，联系到自己的身世，再和古代在蜀的名人比一比（不一定因夔州有白帝城和孔明庙之故），他不能不在一年将尽的时候叹息寂寥。这种"寂寥"可用他的另一首《岁暮》诗来比较参读一下：

岁暮远为客，边隅还用兵。烟尘犯雪岭，鼓角动江城。天地日流血，朝廷谁请缨。济时敢爱死，寂寞壮心惊。

他为了要"济时"不敢"爱死"，但是他又不得不在"寂寞"的生活中消磨了"壮心"。他对于李唐王朝弃贤于野是痛恨的。他对于诸葛亮、公孙述的"终黄土"，与其说是有消极情绪，还不如说是流露了最深切悲愤的情感。"万事干戈里，空悲清夜徂"（《倦夜》），他的"寂寥"，他的"终黄土"的感慨，正需较全面地去作理解，绝不能拈出其中的某一个句子来责备他有什么消极的情绪。

读诗要读全诗，正如见神龙要见全貌，不能以一鳞一爪来代之。吴汝纶批评方东树的话还值得移来做更进一步的推论。

原载《光明日报》1962年2月4日《文学遗产》第400期。

略谈杜甫诗的句法

很多人喜欢谈杜甫诗用字的准确和选词的精湛，我觉得杜甫诗在句法上也有分析的必要。

杜甫诗的句法是多种多样的，这里且只就一句一意和上下句联系成一意两者有所不同的地方略谈一下。

一句一意，每一个句子都能截然自立，五律如《西阁雨望》："楼雨沾云幔，山寒著水城。径添沙面出，湍减石棱生。菊蕊凄疏放，松林驻远情。滂沱朱槛湿，万虑傍檐楹。"这首诗的每一个句子都自成一意，不必互相依傍，贯串起来便是一首好诗。七言绝句如"两个黄鹂鸣翠柳，一行白鹭上青天。窗含西岭千秋雪，门泊东吴万里船"，也同样地每一个句子都可以分别自成一意，所谓一句一截的便是，但连起来也浑凝而不妨碍其完整性。

相反地，有另外一种情况，上下两句紧紧相连，分拆不得，一拆便不成话。如《奉赠韦左丞丈二十二韵》第一句"纨袴不饿死"，假如不紧紧跟着"儒冠多误身"，单只第一句就变成没有什么意义的话了。必须用"儒冠多误身"一映衬、一对照，才显出封建社会的不合理来。同样的句法如《望岳》第一句"岱宗夫如何"？假如不紧接"齐鲁青未了"，那第一句也真太笨拙不成话了。诗人之所以要问得仿佛很傻似的，推其用意，无非要引出精采的下句来罢了。从齐国到鲁国而青犹未了，泰山之高且远自然就可以不言而喻了。没有下句，上句何解？从这里可以体会出杜甫艺术手法的高妙。

工部集中五言诗有所谓十字句法，十个字才能真正构成一句。如《忆弟二首》中有"忆昨狂催走，无时病去忧"，如只有一句，便说不通。相同的例子还有：

直愁骑马滑，故作泛舟迟。（《放船》）
不愁巴道路，恐湿汉旌旗。（《对雨》）

假如"直愁骑马滑"和"不愁巴道路"都只有一句，不但句子立不住，也和题目《放船》、《对雨》没有一点联系。用"直愁骑马滑"，逼出"故作泛舟迟"；用"不愁巴道路"，逼出"恐湿汉旌旗"，两句一凑合，题目的意思也就交代得清清楚楚了。小时候我读袁枚《随园诗话》，记得袁枚曾引欧阳修"春风疑不到天涯"句，以为不可解，等到他读了下句"二月山城未见花"，才恍然大悟上句之妙。杜甫诗中像这样的例子多得不胜例举。

上下句的联系是很重要的一种表现手法，我们读杜甫诗时要揣摩他的各种不同的句法，这里仅仅就一句一意和两句一意两种情况作了初步的比较。

杜甫五言律诗的错综变化

杜甫的五律和其他各种体裁一样，写得非常出色。不但气势雄浑，而且韵律精细，在意境上多变化，有意境壮阔忽转为凄凉的，如《登岳阳楼》前四句："昔闻洞庭水，今上岳阳楼。吴楚东南坼，乾坤日夜浮。"后四句："亲朋无一字，老病有孤舟。

戎马关山北，凭轩涕泗流。"评诗的人有认为后四句是老境颓唐的表示，加以訾议。不知在绝雄伟的环境中着一孤舟，孤舟中有一悲悯时事的老病之人，这正和"乾坤一腐儒"、"天地一沙鸥"等诗中的气象相似，相互映衬之下，显得"孤舟"、"腐儒"、"沙鸥"很不寻常，怎见得就是颓唐呢？又有气象巍峨忽转为情景细致婉约的，如《送翰林张司马南海勒碑》，在"诏从三殿去，碑到百蛮开"的下面，竟紧接着"野馆浓花发，春帆细雨来"，由政治性很强的气氛忽转变为一片美丽的自然景象，这样相映成文，不至偏枯，才显得出一幅错综鲜明的对照图。至于《春宿左省》由"星临万户动，月傍九霄多"写到"不寝听金钥，因风想玉珂"，天上人间，妙思遐想，形式内容都是很美的。此外还有不少由广阔的自然界忽转到人事琐屑的，如《日暮》诗第三、第四两句是："黄云高未动，白水已扬波。"第五、第六两句是："羌妇语还笑，胡儿行且歌。"《畏人》诗第三、第四两句是："万里清江上，三年落日低。"第五、第六两句是："畏人成小筑，褊性合幽栖。"前者由云水苍茫的境界写到羌胡人物形象，后者由"清江"、"落日"写到"小筑"、"幽栖"，是不是越来境界越缩小了呢？不是的。写诗犹如绘画，有时大气磅礴，有时也要妙到秋毫。写诗有如奏乐，有时大声噌吰，有时轻脆如转珠盘，不能一股劲儿全是大、全是高，没有一些儿转折变化。所有艺术家都讲究错综变化的巧妙手法，读杜甫的这些五律也应作如是观。当然，这些五律的写法只是杜甫无数种写法的一种，绝不是说只有这样写才好。

杜甫诗中无月之夜

有月之夜，景象历历在目，描写得好，不算出奇。无月之夜，景象难见，往往无从下笔。

然而杜甫所写无月之夜的诗，却能别出新裁，创立新境。

当杜甫在大云寺赞公房寄宿一宵时，他写了四首诗，其中有一首就是专描绘无月之夜的景象的。

> 灯影照无睡，心清闻妙香。夜深殿突兀，风动金银铃。天黑闭春院，地清栖暗芳。玉绳回断绝，铁凤森翱翔。梵放时出寺，钟残仍殿床。明朝在沃野，苦见尘沙黄。

这种诗向来不为人注意，但假如我们要向杜甫学习点艺术手法，却值得仔细揣摩。前面六句写他寄宿僧房，从初睡到夜深时的所见所闻。闪闪的灯影照见他躺在床上不能入睡，这时他心里很清静，嗅到的是寺院中奇妙的香味。"夜深殿突兀"，显见得一片黑暗，只有风送来殿角悬铃的银铃响声。寺院的门一关闭，更显得幽静。无月之夜的寂寥景象完全呈现在读者的面前了。描写在黑夜里的寺院，句句贴切。这使我想起王实甫在《西厢记·惊艳》中写的"近庭轩花柳依然，日午当天塔影圆"的名句，那是写白天寺院的景象，可以和杜甫写黑夜寺院作一鲜明的对照。

还有《酬韵》中"玉宇无尘，银河泻影，月色横空，花阴满庭"的月夜寺院的景象，又可以和杜甫写无月之夜的寺院景象作一鲜明的对照。写白天就是白天，"近庭轩花柳依然"绝不能放在写黑夜的诗篇中；写月夜就是月夜，"玉宇无尘"绝不能放在写黑夜的诗篇中。写黑夜就是黑夜,只能用"夜深殿突兀"等句,"突兀"二字写黑暗中森然景象,何等传神!看他只写风铃的声音和寺院中的香味,从听觉和嗅觉等方面作有力的反衬,便能给人以深刻的黑夜感觉,显现出诗人求真求切的描绘本领来。诗人每造一个句子,都经过仔细斟酌,也安排得十分恰当。后面六句,"玉绳回断绝","玉绳"是星名,这里是说星光不那么明亮;"铁凤森翱翔",是说屋顶上的装饰物——铁制的小凤凰,好像要张开两翼冲破黑夜而飞去。天快亮了,梵唱夹杂着钟声一起慢悠悠地响起来,明天早上旅客赶路,在原野上,又将要看见讨人厌的黄尘沙被风吹得漫天飞舞了。这几句虽然和黑夜景象无关,但却是从黑夜漫漫写到将晓,诗人把他自己在寺院中"一宿无话"的经过都逼真地交代出来了。

杜甫写夜晚景象的诗非常多,像这样专作黑夜景象描绘的却很少。另有一首《夜归》,前面四句是:

夜半归来冲虎过,山黑家中已眠卧,傍见北斗向江低,仰看明星当空大(大音堕)⋯⋯

前二句诗人写自己在无月之夜摸黑回家,三四两句写夜半无月时的天上光景,叫人读了仿佛亲历其境。

写景象要能写得如在眼前,给人以美的感受,不是简单容易的事。我们应向杜甫学习的方面很多,写景象也是其中的一个。

谈杜甫写晴雨并见的景象

清初诗话名家贺裳(黄公)在他的《载酒园诗话》中谈杜甫诗时,有这样几句话:

文人触目惊心，无一事轻忽，如《题柏大兄弟山居屋壁》曰："书签映夕曛"，决非由思索得者。若粗莽人偶不经意，即失之矣。然上句乃"笔架沾窗雨"，必无晴雨并见之理，当是适逢新霁，斜晖射书上，笔架上犹带残雨也。

贺裳对这首诗中的晴雨并见的描绘，以为适逢新霁所以才有此景象，不知这种景象在三峡中是常见的，不足为奇。杜甫流寓四川夔州（奉节县），写诗反映三峡中这种景象，层见叠出。

如《晚晴》一诗中就有这样的句子：

村晚惊风度，庭幽过雨沾。夕阳薰细草，江色映疏帘。

刚写"过雨"，接着就写"夕阳"，岂非和"笔架沾窗雨，书签映夕曛"是同样的景象吗？又一首《晚晴》开头四句：

返照斜初彻，浮云薄未归。江虹明远饮，峡雨落余飞。

刚写"返照"，接着就写"峡雨"，也是"晴雨并见"。夏秋之交，晴雨无常，不但三峡中如此，别的地方也常见此景，当天上彩虹出现的时候，雾雨和阳光织成美丽的图案，人们常仰望天空欣赏这种奇景。

杜甫又在《返照》一首七言诗中这样写道：

楚王宫北正黄昏，白帝城西过雨痕。返照入江翻石壁，归云拥树失山村……

也是一面写雨，一面写晴，大自然中本有此种奇妙的画面，诗人怎能不如实描绘!？贺裳说："必无晴雨并见之理"，未免所见不广了。假如说贺裳对自然景象注意不够，那么杜甫有这么多同样景象的诗句，他何以也没有注意到呢？

再如刘禹锡在夔州写的《竹枝词》中名句："东边日出西边雨，道是无晴却有晴"，不也是晴雨并见的描绘吗？为什么贺裳就想不起来呢？（虽然，"道是无晴却有晴"一诗之出名，由于它是一首民歌，作者是用"无晴"、"有晴"来暗示"无情"、"有情"的。）

"胭脂湿"的故事

据说在宋代一个寺院的墙壁上，题了杜甫的《曲江对雨》诗，诗中有"林花著雨胭脂湿"的句子，"湿"字被蜗蜒之类的黏液蚀没掉，一点也看不出痕迹来了。苏东坡、黄山谷、秦少游、佛印四人同游，看见之后，各想一字补上。苏补的是"润"；黄补的是"老"；秦补的是"嫩"；佛印补的是"落"，都不佳妙。翻开杜工部集一看，原来是个"湿"字。大家都佩服"湿"字下得好。因为林中的花朵被雨浸着正如胭脂被水沾湿了一般的鲜艳，只有用"湿"字才能表现出雨中花朵的美丽，很容易叫人想起"胭脂脸"，"泪痕湿"的形象来。再联系到工部集中《春夜喜雨》诗末句："晓看红湿处，花重锦官城"，越发见出杜甫在艺术构思上所下的细腻工夫。难怪苏、黄等人在用自己所补的字和杜甫原来所用的字作了比较之后要自愧不如了。

说这个故事的王彦辅①除对"湿"字评了"出于自然"四个字之外,又说:"四人遂分生、老、病、苦之说,诗言志,信矣。""润",看出苏的"生"趣盎然;"老",说明黄的"老"干纵横;"嫩",代表秦带"病"弱的气质,"落",象征佛印凄"苦"的身世。这四个人本来的精神面貌在这四个字中全都透露出一些苗头来了。虽然每个人只用了一个字,也居然可以替"诗言志"作注脚。

这个故事也许是虚构的,不过是要特意反衬杜诗用字的讲究罢了。但其中寓有一定的意义,能给人以启发,即使是说了一个谎,这个谎也是说得圆的。

用词准确的一例

和"胭脂湿"故事类似的,还有一件事。

欧阳修《六一诗话》中说:陈从易收得一本杜甫诗集旧本,文字有不少脱误。《送蔡希曾都尉还陇右因寄高三十五书记》那首诗,有"身轻一鸟□"句,鸟字下面脱落一个字。陈从易同几位客人一起研究,各人试用一个字把它补起来。有的说应该是"身轻一鸟疾",有的说应该是"身轻一鸟落",也有说是"起"字和"下"字的。后来得到杜集的善本一查对,原来是"身轻一鸟过"。陈从易叹服道:"虽然是用一个字,我们大家也不及杜甫。"

原诗是这样的:

蔡子勇成癖,弯弓西射胡。健儿宁斗死,壮士耻为儒。

---

① 见仇兆鳌《杜诗详注》卷六。

官是先锋得,材缘挑战须。身轻一鸟过,枪急万人呼……

用"身轻一鸟过"这个句子形容蔡都尉的轻捷,说他在打仗时轻捷得像飞鸟瞥然而过那样,"过"字当然用得最准确,比"疾"、"落"、"起"、"下"各字都好,只要细读细辨自知。"过"字用得活,用得贴,而且不仅在意义上恰当,就是在声音上读起来也最中听。"推敲一字亦吾师",读诗文还须从用词上注意学习。词的含义常常是有细致的区别的,严格选择出来的词,就常常很难用任何第二个词来代替。

晋代诗人张协早就有"人生瀛海内,忽如鸟过目"的句子。张诗的思想是消极的;杜甫则用"鸟过"来形容一个武将的轻捷善战,化消极为积极,这句诗的真价还在这里,不只是"过"字用得好而已。

改 诗

杜甫诗:"新诗改罢自长吟",白居易也曾有"好句时时改,无妨悦性情"之句,足见写诗须要细改,越改越好,即使是伟大诗人,也无不如此。但后人喜欢改前人的诗,往往有改得并不妙的。顷阅顾嗣立《寒厅诗话》中有一则:

寇莱公(准)化韦苏州(应物)"野渡无人舟自横"句为"野水无人渡,孤舟尽日横",已属无味;而王半山改王文海"鸟鸣山更幽"句为"一鸟不鸣山更幽",直是死句矣。学诗者宜善会之。

为什么说改得不好?"野渡"之"渡"已包括"水",说

"野水"已成词费；"舟自横"承"无人"而来，更不必言"孤"。至于"尽日"二字无非要和"无人"凑个对子，岂非浪费笔墨？王安石改王文海鸟鸣之句为一鸟不鸣，当然改得更坏了。鸟不鸣只能有静的好处，但和"幽"不切；"幽"有雅意，在山中听鸟鸣，更增加游山的兴趣。王文海诗并无不好，为什么一定要改它呢？

明朝著《四溟诗话》的谢榛（茂秦）专喜改古人的诗，他认为杜牧《开元寺水阁诗》："深秋帘幕千家雨，落日楼台一笛风"句法不工，改为"深秋帘幕千家月，静夜楼台一笛风"。不知杜牧诗前四句是"六朝文物草连空，天淡云闲今古同。鸟去鸟来山色里，人歌人哭水声中"。末二句是"惆怅无因见范蠡，参差烟树五湖东"。都是登高远眺时的景象，如果改"雨"为"月"，改"落日"为"静夜"和全诗便完全不合，上句"鸟去鸟来山色里"并非夜中之景，末句"参差烟树五湖东"也不是月下所能见到的。① 这样改诗岂非越改越坏吗？！

改别人的诗不是件很容易的事，看了以上的一些例子，可以帮助我们学习怎样去推敲古人的诗句。

白居易奖励后进

白居易《霓裳羽衣舞歌》和《小童薛阳陶吹觱篥歌》② 是值得细读的好诗。除描写有名的歌舞和音乐很能吸引人而外，还

---

① 编者按，参见宛平点校本《四溟诗话》后记，人民文学出版社，1961年6月第1版。

② 这两首诗见汪立名编《白香山诗集·后集》卷一。前者"和微之"，一本无"舞"字。后者系"和浙西李大夫作"（李大夫即李德裕）。

含有奖励后进的意义。

他对于培养青年人继承优良传统的办法是可取的。他在《霓裳羽衣舞歌》中说:"君不见我歌云:'惊破霓裳羽衣曲';又不见我诗云:'曲爱霓裳未拍时'。"他非常欣赏这种艺术,当时有人认为这个舞的主角非有倾国倾城之色不可。他不同意这样的苛求。他说:"若求国色始翻传,但恐人间废此舞。妍媸优劣宁相远,大都只在人抬举。李娟、张态君莫嫌,亦拟随宜且教取。"他终于把李娟、张态都提拔出来演"霓裳羽衣舞",而且演得很成功。

《小童薛阳陶吹觱篥歌》对于十二岁的小音乐家,极尽奖励的能事。他有鉴于有名的老演奏者关璀已死,继起的李衮又老了,假如不好好奖励后进,那真要使觱篥的吹奏技艺失传了。白居易很诚恳地鼓励小童薛阳陶道:"嗟尔阳陶方稚齿,下手发声已如此。若教白头吹不休,但恐声名压关、李!"他一方面嘉奖后进,一方面又怕他中道而废,要他一直坚持下去,从十二岁吹到头发白了还不休止,这样才能超过前人,否则还不能算是真正的成功。他在奖励的同时绝不肯随便乱捧,每下一句话都是很有分寸的。

关于"一夜乡心五处同"

《文史》第二辑虞莎同志《读诗臆札》中谈及白居易所作《自河南经乱……》一诗,有云:"此诗疑是居易在洛阳作。所谓'乡心五处同',指思乡之心五地皆同。'五处'盖为江西浮梁,浙江於潜,安徽乌江,徐州符离,及居易所在之洛阳。至于下邽,本为居易之故乡,然则居于下邽之'弟妹',自当不在'五处'之内矣。"

《中华文史论丛》第五辑,朱金城同志《白居易诗选编年注释质疑》文中也说:"这首诗大概是贞元十五年秋天作于洛阳。"

我是不同意以上两位同志的说法的。

说白居易这首诗是在洛阳写的,没有一点根据。题中所云五处和诗中的"五处同"正相吻合,不能把下邽凭空略去,硬加上洛阳。这样解诗恐不免于主观臆测,缺乏说服力。

首先释"乡心"的"乡"。一般都认为此处的乡指下邽(今陕西省渭南县附近),我看是有问题的。白居易诗文中称下邽为故乡是贞元二十年以后的事,贞元二十年以前他在诗文中都称河南为故乡。如《泛渭赋》的序中说:"明年(按指贞元二十年)春,予以校书郎,始徙家秦中,卜居于渭上。"在这以前,他是把河南当作故乡的,因为他诞生于河南新郑县南郭宅,也是在新郑县长大起来的,所以他在《伤远行赋》中说:"命余负米而还乡……自鄜阳而归洛阳。"这里"还乡"之"乡"和"归洛阳"都是以河南为故乡的明证。又如《宿荥阳》:"生长在荥阳,少小辞阳曲",《及第后归覲诸同年》:"春日归乡情",都指河南。他既以河南为故乡,写此诗时如真在洛阳,似不能还说什么"一夜乡心五处同"。何况如依虞、朱二同志所说,加上洛阳一处,便成六处,为什么白居易不说"一夜乡心六处同"呢?虞莎同志说:"至于下邽,本为居易之故乡",这和贞元二十年以前白居易原以河南为故乡的事实是不符合的。又说:"居于下邽之弟妹自不当在五处之内",这仅仅是虞莎同志的凭空猜想,恐非白氏本意。我对"一夜乡心五处同"的理解是:分散在浮梁、於潜、乌江、符离、下邽五处的白氏弟兄们在这个月明之夜里都同样地怀念河南故乡,并不是以下邽为故乡而对它表示怀念。

至于白居易写这首诗的地点我认为应在符离而不在洛阳。写作时间似应是贞元十六年而不是贞元十五年。贞元十六年四月,白居易的外祖母"疾殁于徐州古丰县官舍",这一年的冬天,

"权窆于符离县之南偏"。他对于"实生我亲,实抚我身"[①]的外祖母,是必须亲自为之经营葬事的。他九月到符离,并有《乱后过流沟寺》一诗,所云:"九月徐州新战后,悲风杀气满山河。"徐州与符离相距很近。"新战"指徐泗濠节度使张建封死后部下作乱,当时最高统治者派杜佑、张伾去镇压一役而言(见《通鉴》卷235),它和"时难年荒"的思想感情也大抵近似。题中说"兼示符离及下邽弟妹",可见他是先给同住在一地的弟妹看然后又捎到下邽去。这里并没有说下邽是故乡,更没有说下邽不在五处之内。"共看明月应垂泪"的"共",应包括下邽的弟妹在内而不应有例外。

朱金城同志说,这首诗写于贞元十五年秋天。恐不然。据白居易《送侯权秀才序》中说:"贞元十五年秋,予始举进士,与侯生俱为宣城守所贡。"此时他正应乡试于宣州,十分忙碌,便不能分身到洛阳,况且从前交通困难,也不可能在一个秋天里,一会儿在宣州,一会儿又到洛阳,因此金城同志的十五年作于洛阳之说,似不能成立。

这诗也绝不会写于贞元十六年以后,因为题目里的"乌江十五兄",死于贞元十七年[②],可知这首诗的写作时间一定是在贞元十七年以前无疑。

我说他在贞元十六年的秋天写于符离似较合于时间、地点和条件。聊备一说以供读这首诗的同志们参考。

原载《文史》第四辑,1965年6月。

[①] 均见《白氏长庆集》卷四十二《唐故坊州鄜城县尉陈府君夫人白氏志铭并序》。符离,今属安徽省宿县。
[②] 白居易《祭乌江十五兄文》作于贞元十七年七月七日,见《白氏长庆集》卷四十。

"羌笛"和"杨柳"

最近，不少作者谈到王之涣的《凉州词》。有人说"羌笛何须怨杨柳，春风不度玉门关"二句，"羌笛和折杨柳曲无关，杨柳就是杨柳，应该还它本来的面目"，又说："春风不度玉门关"的"不"字，应该作"未"字解，强调此诗没有怨情而有乐观主义的精神，等等。我个人却有不同意见。羌笛如果不和《折杨柳》的曲子有关，笛和杨柳是两样东西，一竹一木，怎样打交道？即使能打交道，诗人又怎会知道？必须由诗人听见笛子里吹出《折杨柳》曲，然后才能触起在边塞的人的感情的。梁乐府有《胡吹歌》："上马不捉鞭，反拗杨柳枝。下马吹横笛，愁杀行客儿。"唐·余延寿《折杨柳》诗有"莫吹胡塞曲，愁杀陇头人"，都可证明。明·杨慎《升庵诗话》解说王之涣此诗，有"言恩泽不及于边塞，所谓君门远于万里也"等话。当然这些旧说出之于封建士大夫之口，我们应该批判地接受，但如果要还它本来的面目，也只能这样解释。（须知我们只是解释，并非创作。）王之涣本人也是封建士大夫，他不会以我们今天的乐观主义的精神来创作的吧。何况即使像上面那样牵强附会地解释也未必能解释出乐观主义的精神来呢。

历史主义地看问题是很重要的，否则，即使解释一首小诗也往往有人用今天的眼光去看古人甚至要求古人照他自己的思想感情去办事。

略谈韩愈《山石》诗

毛主席于一九六五年给陈毅同志谈诗的一封信中，提到韩愈的《山石》诗。

原诗是这样的：

> 山石荦确行径微，黄昏到寺蝙蝠飞。升堂坐阶新雨足，芭蕉叶大栀子肥。僧言古壁佛画好，以火来照所见稀，铺床拂席置羹饭，疏粝亦足饱我饥。夜深静卧百虫绝，清月出岭光入扉。天明独去无道路，出入高下穷烟霏。山红涧碧纷烂漫，时见松枥皆十围。当流赤足踏涧石，水声激激风吹衣。人生如此自可乐，岂必局束为人鞿？嗟哉吾党二三子，安得至老不更归。

这是一首七言古诗，在韩昌黎诗集中算得上是一首好诗，历来各种选本中几乎全都收入。好处在：第一，具有壮美的风格，气势劲遒。第二，有乐观主义的精神，没有凄凉衰飒的境界。第三，作者无意求工，像张旭草书一样，自然洒脱，神理盘旋于字句之间，叫人易于领会。

先谈第一点，元遗山（好问）论诗绝句云："有情芍药含春泪，无力蔷薇卧晚枝。拈出退之《山石》句，始知渠是女郎诗。"这是用宋人秦少游（观）的原诗来比较韩退之诗的风格的。元氏《中州集》壬集第九（拟栩先生王中立传）："予尝从先生学，问作诗究竟当如何？先生举秦少游《春雨》诗为证，并云：此诗非不工，若以退之芭蕉叶大栀（即支）子肥之句校之，则《春雨》为妇人语矣。"所谓"妇人语"不是说不工，但气象究竟不同。这里面难免存在着封建文人的旧观点。韩愈诗是壮美一类，而秦少游之诗便属于幽美一类了。试吟味"芭蕉叶大栀子肥"之句，便可想见韩愈诗是如何表现着壮美了。

第二，所谓乐观主义的精神。从全诗的气氛来看，山石荦确，路既不平而且狭窄，时间是在黄昏，容易在诗里带出衰飒景象，但是不，作者从头到尾，游兴勃勃，谈到寺中壁画，谈到吃疏粝饭食，谈到投宿，只言"人生如此自可乐"，毫无一点不高兴的样子，甚至还说"安得至老不更归"，大有"乐不思蜀"的味道了。方东树《昭昧詹言》中特别推崇韩愈《山石》的结句，以为"他人万思所不解，我却如此结，乃为我之诗。不然，人人胸中所可有，手笔所可到，是为凡近"。特别提到作结的这两句，值得我们仔细体味。

第三，作者信笔写去，景象全在眼前，神理盘旋，自然洒脱。苏轼在《王晋卿所藏著色山二首》中的第二首云：

荦确何人似退之，意行无路欲从谁。宿云解驳晨光漏，独见山红涧碧时。（《苏东坡集》卷十七诗四）

从"山石荦确行径微"一直到"出入高下穷烟霏，山红涧碧纷烂漫"，不嫌蹈袭，继承着退之的语意和精神，可见虽然相隔数百年，犹如昨日一样，诗人们的心是息息相通的。张旭的草书，自然洒脱，也和韩愈的诗一样永远为后人爱慕。

此诗在韩集中编次于《河之水》之后，当是去徐州到洛阳时所作，其后有"人生如此自可乐，岂必局束为人鞿"。鞿是马络头，"为人鞿"即为别人所牵制，意指幕僚生活。《前汉书·灌夫传》"今日廷论局趣效辕下驹"，《楚辞》"余虽好修姱以鞿羁兮"，是韩愈所用辞语的出处。苏轼曾经和客人游南溪，醉后相与解衣濯足，因咏读韩愈此诗，慨然知其所以乐的意味，并次其韵。此外还有"投篙披绿荇，濯足乱清沟。晚宿南溪上，森如水国秋。绕湖栽翠密，终夜响飕飗……"之句，也和韩愈《山石》诗的意境有关联。（见《苏东坡集》卷一第四首《壬寅二月……宿南溪溪堂……》一诗）

韩愈的诗，向来评论家有争议。毛主席说："韩愈以文为诗；有些人说他完全不知诗，则未免太过。"胡仔《渔隐丛话·前集》引宋·魏泰《临汉隐居诗话》云："沈括存中、吕惠卿吉甫、王存正仲、李常公择，治平中，同在馆下谈诗，存中曰：'韩退之诗，乃押韵之文耳。虽健美富赡，而格不近诗。'吉甫曰：'诗正当如是，我谓诗人以来未有如退之者。'正仲是存中，公择是吉甫，四人交相诘难……"这四位交相诘难，正是后来许多论韩愈诗不同意见的反映。我们不必加入哪一派的意见，只要就诗论诗，即以这一首《山石》诗为例，只要细心体会一番，就可以决定我们评论的态度。

毛主席又说："据此可以知为诗之不易。"知道"不易"，才可以进一步谈诗。我这篇初步学习韩愈《山石》诗的浅见，当然还存在着不足和不尽妥当之处，希望读者予以指正。

诗不必讳言爱情

谈李商隐的诗，专找李商隐有关政治的诗来谈，这当然是好的。但避开《无题》之类的爱情诗不谈，便见不出李商隐的特色。至于本不是政治诗，牵强附会地硬把它说成是政治诗，就是很不应该的了[①]。

诗写爱情有何不可？试看一部《诗经》有多少关于爱情的

[①] 近来有很多人说李商隐的无题诗都是政治诗，虽然说得确实像有据似的，但仍然未能完全说服我。

诗！杜甫也有"香雾云鬟湿，清辉玉臂寒"那样美丽的诗句，难道《诗经》和杜甫因此就像萧统批评陶渊明那样所谓"白璧微瑕者唯在闲情一赋"吗？

陶渊明不以写爱情诗出名，但不妨写点爱情诗；李商隐以爱情诗出色，又何必讳言呢？

写爱情诗并不妨害做一个有忠肝义胆的正直诗人。过去有人一提到韩偓，就耻笑他，因为他有三卷《香奁集》。可是他还有《翰林集》，在《翰林集》中有许多关于政治的好诗，"报国危曾捋虎须"（《安贫》）的气概正自了不起。他不为朱全忠的恶势力所屈服，一再被贬谪。清人冯班在《钝吟文稿》中曾经对他大加称赞，有"视夫口言忠孝、婉娈贼手者，其何如哉"等语（见《陆勅先玄要斋稿序》）。

《香奁集》的价值虽然比不上李商隐的爱情诗，但韩偓在政治上比李商隐表现的更有作为些。由此足见写爱情诗和政治上有作为并不矛盾。

关于"青女素娥"

李商隐《十一月中旬至扶风界见梅花》诗：

匝路亭亭艳，非时裛裛香。素娥惟与月，青女不饶霜。赠远虚盈手，伤离适断肠。为谁成早秀，不待作年芳？

这首诗借梅花以隐寓自己所遇非时的感慨。诗中有些地方需要解释，如三四两句，冯浩只注"屡见"二字，是说李商隐常用"青女"、"素娥"这两个词语，并没有说这两句诗究竟有何用意。我起初读这两句是不大理解的，后来读元人方回（虚谷）

编的《瀛奎律髓》，他在这首诗的后面作了这样的解释：

> 此谓梅花最宜月，不畏霜耳。添用青女、素娥四字，则谓月若私之而独怜，霜若挫之而莫屈者，亦奇。

我看了后，仍然似懂非懂。等到我再翻纪昀（晓岚）《镜烟堂丛书》中的《删正瀛奎律髓》，看见纪晓岚的解释，这才懂得较为清楚些了。他说：

> 诗意谓素娥不过照之以月，青女实能摧之以霜，喻爱己者无补，妒己者可畏也。虚谷未解此旨。

经他这样一解释，联系李商隐的身世，知道当时政治当局有对李商隐表示同情的，有嫉妒他的才能竭力予以打击和摧残的。他把同情他的人比之为"素娥"，把打击和摧残他的人比之为"青女"。有了这样的了解，再来通读一下全诗，便会感觉到不是那么空泛无味了。

假如只读方回的注，不进一步看纪昀的注，便不能有较明确的理解。我因此深深感觉到读诗时多看几家的注释，对照比较一下，加以选择，很有必要。死死地只看一家之言，是不容易解决问题的。

关于"龙城飞将"

唐人王昌龄的《出塞》诗：

> 秦时明月汉时关，万里长征人未还。但使龙城飞将在，

不教胡马度阴山。

从来注释"龙城飞将"的，都把"龙城"当作汉时匈奴大会祭天之处，引《史记·匈奴列传》中"五月，大会龙城"的记载，并且据司马贞《史记索隐》引崔浩曰："西方胡皆事龙神，故云大会处曰龙城。""龙城"就是匈奴的首要地区。马茂元同志在《唐诗选》注中，用卫青的故事，来坐实"龙城飞将"就是卫青。他说："卫青为车骑将军，北伐匈奴，曾至龙城。"但是他接着又说："飞将，李广为北平太守时，匈奴人称他为汉之飞将军。这里的龙城飞将，是把两个典故合成一个名词，指扬威边疆，保卫国家、民族的名将。"① 照这样说，所谓"龙城飞将"，既是卫青，又是李广了。作为一个读者，我想问：到底指哪一位将军而言？用典故能不能这样地把"龙城"指一个人，把"飞将"又另指一个人？又如把匈奴的首要地区作为我们飞将的衔头究竟合适不合适？这些都应该有个明白的交代。否则，仍是不懂。

最近我读清人阎若璩（百诗）的《潜邱札记》，才算解决了我的疑问。阎若璩根据《王荆公百家诗选》的定字，说"龙城"应是"卢城"。接着说：李广为右北平太守，匈奴因之不敢入塞。右北平到了唐朝改为北平郡，又名平州，治卢龙县。《唐书》有"卢龙府"，"卢龙军"。杜佑《通典》"卢龙塞在县西北，其土色黑（卢，黑的意思），山如龙形，故名"。原来所谓"龙城飞将"只是指李广一人而言，和卫青无关。所谓"龙城"并不是匈奴的什么首要地区，不过指卢龙县而言。这样一来，就不会再在什么"大会龙城"和"西方胡皆事龙神"那些出处上

---

① 《唐诗选》，人民文学出版社1961年版，上册，第130页。

纠缠了。过去我们曾读过唐人卢弼的《边庭怨》之二，有"卢龙塞外草初肥"之句，"卢龙"就是"龙城"，一点也没有问题了。假如我们说"但使卢城飞将在"是对的（宋人定字应该是可信的），那读作"但使卢龙飞将在"似乎也没有什么不可以。当然，诗人写诗，和考据家搞考据并不是一回事。当王昌龄用"龙城"这个地名的时候，他只觉得"龙城"这个名称用在句中很美，很恰当，就把它用上，他并没想到后人会缠到卫青的身上去，甚至还有缠到吕布身上去的（见清人陈婉俊注《唐诗三百首》）。我们注诗虽然不一定要完全依靠考据家的意见（有时过分依靠考据，会钻进死胡同），但在必要时也不妨参考一下，是会有好处的。例如阎若璩对"龙城飞将"的考据，就能够解决我个人的疑难问题，不知马茂元同志以及其他对注诗、读诗有兴趣的同志们以为如何。

关于批评问题的两首绝句

一

听说有些老作家害怕青年的批评，说是："不堪新生力量之一击"云云。其实青年批评老作家，是从古以来的司空见惯的事，用不着害怕。白居易与刘苏州书有云："诚知老丑冗长，为少年者所嗤。"说的正也是实在话。刘梦得诗有云："如今时事轻前辈，好染髭须事后生。"今天绝不是像唐朝那样"轻前辈"的时代，反之，只要老年人能拿出成绩来，就会得到极大的尊重，用不着染起髭须去事后生的。

杜甫《戏为六绝句》①之一云：

> 庾信文章老更成，凌云健笔意纵横。今人嗤点流传赋，不觉前贤畏后生。

庾信也遇到"嗤点"，杜甫在这里虽说的是庾信，我疑惑实在隐隐有点借庾信以自拟的意思。他也说"畏后生"，但他绝不害怕什么"新生力量之一击"。其实今天新生力量也并不是有意要攻击老年人，只是说这话的人自己有些心虚罢了。假如真能像"老更成"的庾信和杜甫一样的"凌云健笔意纵横"，而又何畏之有！

二

世界上有一种"自视甚高"而实际上并不很高的人，总觉得自己的货色比任何人的货色都好些，看人家的东西满是缺点，看自己的文章却是越看越得意。晚唐诗人薛能，有《柳枝词五首》，最后一章是：

> 刘、白苏台总近时，当初章句是谁推？纤腰舞尽春杨柳，未有侬家一首诗。

自注云："刘、白二尚书，继苏州刺史，皆赋杨柳枝词，世多传唱，但文字尚僻，宫商不高耳。"

薛能说刘、白二人的"宫商不高"，他自己的"宫商"应该

---

① 仇兆鳌《杜诗详注》在《戏为六绝句》诗下面注云："此为后生讥诮前贤而作，语多跌宕讽刺，故云戏也。"

是"高"的了。可惜他这首诋毁刘、白二人的诗，调子并不比刘、白二人的高，实际是低得多，尤其最末一句"未有侬家一首诗"，自吹自擂，叫人齿冷！而且一点也没有绝句的韵味。俗语说得好："不怕不识货，只怕货比货。"明眼人取刘、白集中的"柳枝词"和薛能的"大作"比较读一下，自然分得出高低来，何必要自己说"未有侬家一首诗"，以打击别人抬高自己呢？

今天像薛能那样自我吹嘘的诗人大约不多了，然而"文章是自己的好"，有些人的确还是有这样的思想的；至于在背后专好菲薄别人，抹煞别人成绩的，我看也还大有人在。薛能是人们的一面镜子，可以照出一些人和他一样的嘴脸来。

关于晚唐于濆的诗

晚唐现实主义诗人中有几个是很不错的，大家都注意到曹邺、聂夷中、杜荀鹤，其实于濆的成绩并不在他们之下。过去封建文人选诗，多摒弃于濆的诗，不加采录。沈德潜《唐诗别裁》中没有于濆的名字，钟惺、谭友夏的《唐诗归》极力表扬曹邺，却也不曾收入于濆的诗，影响较大的唐汝询的《唐诗解》也摒弃了于濆的诗，这是很不公平的。南宋人尤袤《全唐诗话》不提于濆，只有计有功的《唐诗纪事》卷六十一，举出于濆《苦辛吟》、《古宴曲》、《思归引》三首诗。元人辛文房《唐才子传》卷八，才把于濆作为才子之一，替他写了一段很简略的小传：

濆字子漪，咸通二年裴延鲁榜进士。患当时作诗者拘束声律而入轻浮，故作古风三十篇，以矫弊俗，自号逸诗，今一卷传于世。

接着又来了一段论断，批评晚唐诗"嘲云戏月，刻翠粘红，不见补于采风，无少裨于化育，徒务巧于一联，或伐善于只字，悦心快口，何异秋蝉乱鸣也"。这种批评可以说是有道理的。下面便以于濆领衔，竭力加以表扬：

于濆、邵谒、刘驾、曹邺等，能返棹下流，更唱瘖俗，置声禄于度外，患大雅之凌迟，使耳厌郑、卫，而忽洗云和；心醉醇醲，而乍爽玄酒。所谓清清冷冷，愈病析酲。逃空虚者，闻人足音，不亦快哉……

这种表扬是有意义的。的确，于濆等人，能够力矫当时"嘲云戏月，刻翠粘红"的颓俗，和靡靡之音的创作者走的是相反的道路。

《全唐诗》第九函收集了于濆诗共四十六首，几乎全部都是五言古诗，没有一首不是和当时现实有关的。

除《唐诗纪事》所举三首而外，他还有《野蚕》云：

野蚕食青桑，吐丝亦成茧。无功及生人，何异偷饱暖。我愿均尔丝，化为寒者衣。

"无功及生人，何异偷饱暖"，对于只贪图饱暖不能替社会很好服务的人可以作为一种鞭挞。

又《织素谣》云："贫女苦筋力，缲丝夜夜织。万梭为一素，世重韩娥色。五侯初买笑，建章方落籍。一曲古凉州，六亲长血食。劝尔画长眉，学歌饱亲戚。"对于当时不重视劳动，只爱声色歌舞的风气表示抗议。又如《山村叟》：

> 古凿岩居人，一廛称有产。虽沾巾覆形，不及贵门犬。驱牛耕白石，课女经黄茧。岁暮霜霰浓，画楼人饱暖。

拿山村叟的生活和画楼人的生活作一对比，这里面有深厚的寓意。像这一类的好作品是不少的。因此，这位无名的现实主义诗人，很值得我们重视。

原载《光明日报》1961年1月8日《文学遗产》第346期，署名畴人。

两张帖子

书信，古人又叫帖子，是散文中最好的一种形式。从这种简帖文学中可以窥见古人的实际生活及其精神面貌。

唐代颜真卿的《颜鲁公文集》中有一张《与李太保乞米帖》：

> 拙于生事，举家食粥来已数月。今又罄竭，只益忧煎。辄恃深情，故令投告。惠及少米，实济艰勤，仍恕干烦也。真卿状。

这帖子告诉我们颜真卿是如何的清廉，竟至贫困到要向人乞米。在封建社会中正直清廉的人常常要和贫困生活作斗争的。寥寥四十几个字，简明扼要地把所要说的话全都说到了。

又一张帖子见于《峭帆楼丛书》中的《蕙榜杂记》，是转载清初傅青主（山）写得很有乡土气的好文章：

> 老人家是甚不待动，书两三行，眵如胶矣。倒是那里有唱三倒腔的，和村老汉都坐在板凳上，听甚么飞龙闹勾栏，消遣时光，倒还使得。姚大哥说十九日请看唱，割肉二斤，烧饼煮茄，尽足受用，不知真个请不请？若到眼前无动静，便过红土沟吃两碗大锅粥也好。

百来个字包括了许多内容，简直把他晚年的生活面貌全都反映出来了。文章不但有乡土气，而且极萧散有味。可惜这种文章在他的《霜红龛集》中不曾收。① 帖子中所谓"三倒腔"，大约是山西的地方戏，因他是山西阳曲人。

从"取影"说起

"苏东坡在灯前看自己的影子映在墙上，叫儿子叔党照着影子描摹，不用加眉毛眼睛，大家看了都失笑，知道这就是东坡了。"

明人张大复在《梅花草堂集·笔谈》中讲了这个故事之后，联系到诗文的境界，认为诗文要"妙为简远之作，萧疏自喜，未尝有法，不可谓之无法矣"。依着影子画像怎样会和诗文的境界联得上呢？什么叫"简远"，什么又叫"萧疏"呢？需要解释一下。

张大复说："以灯取影，而神出焉。""取影"之所以能和诗

---

① 编者按，《霜红龛集》卷二十三书札一（清宣统三年丁氏刻本）收有此文，题为《失题》。

文联系得起来，就在"而神出焉"的"神"字。"神"是神态，取影贵有神态，诗文也贵有神态。有神态的诗文，不着题而自着题，不求太切而自切，正如齐白石说的"妙在似与不似之间"。画也和诗文的道理一样。从不似之中见出似，从无法之中见出法，这就是神，这就是妙。晁以道和东坡诗："画写物外形，要于形不改；诗传画外意，贵有画中态。"① 文廷式论书法道："不似何必学，太似已无我。遗貌取其神，此语庶几可。"② 都强调"神似"，但又不离开"形"，不离开"学"。这些都可以说明张大复"以灯取影，而神出焉"这句话。

什么叫"简远"？"简远"决非简单，也决非简近，简单和简近，都是乏味的，只有简而远，才耐人寻味。什么叫"萧疏"？"萧疏"和"纤秾"、"繁密"相反，"纤秾"、"繁密"是细致的工笔，"萧疏"却着墨无多，淡而有味，清而有韵，是妙笔也是神品。"简远"、"萧疏"的笔墨绝不是死板板地求形似，然而影不离形，处处有作者自己在，正如"以灯取影"一样，形在其中，神也在其中。

"神似"或者说"而神出焉"，并不是神秘的东西，它本身是有一定的物质基础的。

挖鬼睛

有一个故事，可为艺术风格各有不同来打比方。

据说孟昶曾经得到一幅吴道子画的钟馗捉鬼图，钟馗捉鬼的

---

① 编者按，见晁补之《和苏翰林题李甲画雁》，《鸡肋集》卷八，《四库全书》本。
② 文廷式《临帖》："不似何必临，太似恐无我。遗貌取其神，此语庶几可。……"(《文道希先生遗诗》，民国十八年叶恭卓本)

形象是用左手第二指挖鬼的眼睛。孟昶把当时名画家黄筌请来，叫他临摹吴道子这幅挖鬼睛的画，不过请他要改用大拇指。黄筌分别用"绑"、"绢"画了两幅送上去，一幅是用第二指挖鬼睛，一幅是用大拇指挖鬼睛，并且对孟昶说明道："吴道子的原画不可擅改。他所画的钟馗，一身力气意色尽在第二指；我所画的钟馗虽不及吴道子，但一身力气意色尽在大拇指，也绝不可移易。"

吴道子和黄筌各有各的风格，一个用大拇指，一个用第二指，力气意色竟有如此之不同，各有所长，各有千秋。这说明文艺切忌"划一"和"平庸"，必须鼓励个人的独创性，提倡风格的多样化。黄筌的话很值得我们借鉴。

打边鼓

周亮工《尺牍新钞》载有闻启祥示子弟学文的信。信中说："文不可太粘，亦不可太离。"因为太粘了，老是婆子饶舌那么几句，实在叫人烦腻；太离了便有如"游骑无归"，叫人捉摸不住。接着他又举张元长的话，示以方法云：

作文如打鼓，边鼓须极多，中心却也少不得几下。

什么叫"边鼓"呢？譬如《触詟说赵太后》一文，触詟要劝赵太后送儿子到齐国去做人质，请求救兵，这是主要的目的，当然是中心。但他绝不是只打中心鼓，从和赵太后见面时说"老臣病足"起，一直打的是边鼓，边鼓打得极多，也极好。又如也是《战国策》上的一篇《庄辛论幸臣》，庄辛说蜻蛉，说黄雀，说黄鹄，渐渐牵涉到蔡灵侯，然后由蔡灵侯说到楚襄王宠信幸臣的错误，前面都是在打边鼓。最妙的是《史记·管晏列传》，不直接写晏婴的谦恭，却写"御者"（赶马车的）"拥大盖，策驷马，意气扬扬，甚自得也"，而且是从御者之妻自门间窥见之后说出来的，结果感化了"御者"，"御者"从此便不再骄傲，这也是极好的"边鼓"。假如只正面说晏婴如何谦恭，反而"太粘"了，一定得不到现在这样好的效果。自然也不能"太离"，如果触詟不把送长安君到齐国去做人质的正面理由说透，庄辛不把楚襄王宠信幸臣的错误指出，司马迁不点出晏婴荐御者为大夫，那便是打鼓没有打着中心了。

打边鼓是为了衬出中心，不打边鼓，一直在中心通通地打下去，有什么好听的呢？但打边鼓也要好手，如果不会打，也是会把中心冲掉的。

打鼓和作文一样，不勤学苦练，便不能掌握技巧。这里仅仅是提出其中可以互通的一点小道理而已。

黄彻批评黄庭坚论诗中的错误观点

宋人诗话中有一部积极主张现实主义文学理论的好书，那就是黄彻（常明）的《䂬溪诗话》。这部书向来不大为人所注意，连解放后出版的《中国文学批评史》，也没有提到它。

《䂬溪诗话》一共十卷，书中贯彻了一个中心思想，即作者认为凡是为社会民生而写作的，才是好诗；竭力反对"嘲烟云、媚草木而无与于比兴"的所谓诗。书中所援引的诸家之诗，都用杜甫反映现实、忧国忧民的诗作为评价的尺度。合于这个主张，他就表扬；不合于这个主张，他就批评。下面的一段话，便是好例。该书第十卷第一则云：

山谷云:"诗者,人之性情也,非强谏争于庭、怨詈于道、怒邻骂座之所为也。"余谓怒邻骂座,固非诗本指,若《小弁》亲亲,未尝无怨;《何人斯》:"取彼谮人,投畀豺虎",未尝不愤。谓不可谏争,则又甚矣!箴规刺诲,何为而作?古者帝王尚许百工各执艺事以谏,诗独不得与工技等哉!故谲谏而不斥者,惟《风》为然。如《雅》云:"匪面命之,言提其耳";"彼童而角,实讧小子";"忧心惨惨,念国之为虐"……忠臣义士,欲正君定国,惟恐所陈不激切,岂尽优柔婉晦乎?故乐天《寄唐生诗》云:"篇篇无空文,句句必尽规。"

黄庭坚主张诗以陶冶性情,诗只是怡情悦性的,这未免将诗的作用看得太狭窄了。我们并非反对诗言性情,但如果一味强调它,像黄庭坚那样把诗的定义只局限于"人之性情也"之中,不能利用它作为怨怒和讽刺的工具,这种一味"优柔婉晦",脱离社会、脱离政治的文学观难道是进步的吗?黄彻在南宋初年就积极反对它,首先把江西诗派的老祖师——黄庭坚提出来批评,并以白居易的意见为意见,在当时不能不说是一种进步的诗论。

关于沈周的诗

故宫绘画馆举行过明代大画家沈周诞生五百三十五周年纪念的画展。沈周,字启南,号石田,苏州人。他不但是杰出的画家,也是优秀的诗人。在荔柿图上题的《庚子元旦即兴》诗:"起问梅花整角巾,欣然草木已知春。白头无恙人惟旧,黄历多情岁又新。行酒不妨从小子,耦耕还喜约比邻。年年天肯赊强健,老为朝廷补一民。"年老而兴致不衰。题画绝句:"碧树清溪春日长，棋枰酒案好商量。东风似与人争座，早送飞花占石床。"新颖有味。册页上画一只踽踽独行的小鸡，题诗云："茸茸毛色半含黄，何独啾啾去母傍。白日千年万年事，待渠催晓日应长。"三四两句看得远，想得深，比李贺"雄鸡一声天下白"更有预见性。齐白石"蛙声十里出山泉"（题蝌蚪顺溪水出谷图），似从此蜕化而出。沈周的七古有很多写得简练而又生动，其中富有现实意义的，如《西山有虎行》：

西山人家傍山住，唱歌采茶上山去。下山日落仍唱歌，路黑林深无虎虑。今年虎多令人忧，绕山缚人①茶不收。墙东小女膏血流，村南老翁空髑髅。官司射虎差弓手，自隐山家索鸡酒。明朝入城去报官："虎畏相公今避走。"

揭发射虎的公差，只知索取鸡酒骚扰人民，并不肯前去射虎，却向上司谎报："老虎已因为怕相公而远远逃走了。"此诗即使放在唐人张籍、王建乐府诗中也毫无愧色。

可惜《石田集》中有不少浅露和纤俗的作品，又好贪多夸富，如咏落花诗达三十首之多，竟没有一首是完整的好诗。清人潘德舆《养一斋诗话》中说："凡一题作数十首，百首，皆俗格。"沈周也有"未能免俗"之病。

---

① 编者按，"缚人"原作"搏人"，见沈周《石田诗选》卷九，《四库全书》本。

诗话两则

"宝钗"与"长枪"

这里的所谓"宝钗",并不是古代妇女头上戴的饰物而是指糯米。这里所谓的"长枪",并不是釜属或打仗时用的武器而是指江米。

宋人王琪(君玉)《金陵饮酒》诗云:"蜀江雪浪来天际,一派泉香宝钗碎。"

据清人高士奇《天禄识余》释此诗云:"糯米有金钗之名,《诗总》谓蜀江水碓舂金钗,糯也。"

唐人李贺《始为奉礼忆昌谷山居》诗:"长枪江米熟。"王琦注:"《广韵》:枪,鼎类。《韵会》:鎗,釜属。《增韵》:有耳足……枪字即鎗字,音与'铮'同。"

一查《康熙字典》,不对了。《康熙字典》释长枪为长腰枪,米别名也。下径引李贺此诗"长枪江米熟"句,注云:"江米,江南所贡玉粒。"足见王琦也错了,更不用问近人编订的《李贺诗集注》了。注云:"枪即鎗,读如铮,有脚有耳的锅。"他也跟着王琦弄差了。

姚文燮《昌谷集注》卷一已云:"汉上呼米为长腰枪,江米乃江南新贡玉粒。"原书俱在,可惜注诗的人不肯去查。

春江水暖鸭先知

苏轼《惠崇春江晓景》其二云:"竹外桃花三两枝,春江水暖鸭先知。"

有人讥笑东坡:"水暖而入泳者,岂独是鸭!"不知东坡何故用鸭字?

近阅清人高士奇《天禄识余》，才知道东坡不是随便乱用的。

高士奇云："宋稗中载淮南谚曰：'鸡寒上树，鸭寒下水'。东坡对于街谈巷语，经常注意，经其变化，皆有理趣，未可辄疑其率也。"

东坡用"鸭寒下水"的谚语是可信的。不过对此谚语本身尚有不同的说法。陆游《老学庵笔记》有云："淮南谚曰：鸡寒上树，鸭寒下水，验之皆不然。有一媪曰：鸡寒上距，鸭寒下嘴耳。上距谓缩一足，下嘴谓藏其味于翼间。"这一则又可以证明高士奇之说的不甚准确。不过这又是另外的问题了。

傅山、傅眉，父子诗人

中国文学史上父子同是诗人的很多，但像清初傅山和傅眉父子俩那样都有民族气节，终其一生，奋斗不懈，并且十分刻苦从事于体力劳动的，却并不多。

傅山（1607—1684），字青主，山西阳曲人。儿子傅眉，字寿髦。寿髦在青主教导之下，每天在山中砍柴，把要读的书系在扁担上，休息的时候就读书。有一天，一位做吏部侍郎的名士到阳曲乡下拜访傅山，正谈到兴高采烈的时候，寿髦肩上挑着柴回家了。那位名士问讯之下知道他就是傅山的儿子，十分惊讶。晚上寿髦陪名士在一个房间里同宿。寿髦起初不大声响，后来文士和他谈起中州文献来，寿髦口若悬河，滔滔不绝，使得那位名士瞠目结舌，只好洗耳恭听。第二天他对傅山说："你这位砍柴的令郎，如此渊博，真使我惭愧极了！"

傅山和傅眉出游，傅眉推着车，车上装满书籍。晚上在旅店里打开经、史、骚、选等书，细心研读。他们认为学者既要熟知天下事，又要熟读古今书。青主除诗书画都精绝而外，还深通医理，替贫农诊视疾病，不取分文。

傅青主的诗，有《霜红龛集》，后附寿髦诗，叫《我诗集》。他们父子俩的诗，胎息初盛唐，不在声律上斗巧。青主长篇作品，慷慨苍凉，深含故国之思。顾炎武（亭林）对傅青主尤其推崇备至，尝说："萧然物外，自得天机，吾不如傅青主。"亭林集中有不少写赠青主的诗篇，举《赠傅处士山》五律一首为例：

为问明王梦，何时到傅岩。临风吹短笛，剧雪荷长镵。老去肱频折，愁深口自缄。相逢江上客，有泪湿青衫。

除第五句说傅青主年老还在行医而外，其余诗句都直接间接和政治有关，他们同有恢复明朝天下的大志。"深愁缄口"，"泪湿青衫"，说明了他们心中同有的隐痛。清朝为了傅青主父子有异志，曾经嗾使爪牙逮捕他们关进监牢，后来青主门人设计把他们救出。到了青主的晚年，清廷举博学宏词，强迫他进京，称为征君。青主望见午门，就大声痛哭，终于假托有病，跌倒地上，不肯朝见。

全祖望替傅青主写的《阳曲傅先生事略》（见《鲒琦亭集》），记载他的生平，颇为详细。

方以智论"奇"和"平"

文学的境界，有一种叫作"奇"，另有一种叫作"平"。"奇"有新奇、奇幻、奇险、奇巧等，"平"也有平正、平稳、平淡、平实等各种不同的具体情况。好奇的人轻视平，爱平的人不尚奇，都不免于一偏。刘勰在《文心雕龙·定势》篇中说："旧练之才，则执正以驭奇；新学之锐，则逐奇而失正。"又在《神思》篇中说："意翻空而易奇，言征实而难巧。"已经有较全面的看法。近读清初方以智（密之）的《通雅》卷首之三《诗说》有一段话，对于"奇"和"平"作了更精辟的发挥：

古人奇怀突兀，跃而骑日月之上，愤而投潢污之中，不可以庄语，故以奇语写之。奇语多创，创，创于不自知……然而奇之极者又转平地……或即事实叙，或无中生有。瞿唐龙门乎？通都桥梁乎？宫阙参差乎？荒村茅舍乎？各从其类，自行其开合纵横顿挫之致，不以平废奇，不以奇废平，莫奇于平，莫平于奇，时因时创，统因创者，存乎其人。

这一段话很值得研究。我国古代的文艺理论，没有现实主义和浪漫主义的名称，实际上这两种主义的因素一直是存在着的。读了方以智的这一段话，觉得很有意思。所谓"跃而骑日月之上"、"奇语多创"、"无中生有"等，不能说不具有浪漫主义的意味。至于"即事实叙"，更难说和现实主义无关。最妙的是最后几句话，大有现实主义和浪漫主义相结合的因素存乎其中。"莫奇于平；莫平于奇"，好像是在辩证地看问题。尤其是他说统一那个"因"和"创"的存乎作者本人的最后一句话，说得更好。"因"就是继承优良传统，"创"就是富有创造性的意思。又要继承，又要创造，而且要把这两者统一（结合）起来。

野人莲

"野人"是清初名诗人吴嘉纪的别号，周亮工替吴野人的诗写的序文中，借吴介兹的话说："展宾贤（嘉纪的另一名号）诗，竟卷，如入冰雪窖中，使人冷畏。"这是就他的诗的冷隽风格经过夸张所得出的结论。其实吴野人的诗并不如此叫人有"冷畏"的感觉的。我读野人诗的感觉是清逸有余，华赡不足，比之于花，颇有点近于白莲。晚唐·陆龟蒙有《白莲》一绝：

　　素葩多蒙别艳欺，此花端合在瑶池。无情有恨何人觉，月晓风清欲堕时。

用这首诗来作为是野人诗的境界的象征，是有些近似的。近来偶然在《陋轩诗》中，看到吴野人有两首绝句，题目是《旱莲草》，诗是这样的：

　　渡口水清放湖莲，园中雨晴开旱莲。旱莲虽让湖莲美，一生不受路人怜。
　　林中篱下风气凉，白花绿叶自然芳。不嫌采掇人年老，生性能令老益强。（自注："《本草》云：'旱莲草益血固齿。'"）

莲花，在水中生长出来，最令人喜爱。宋人周濂溪所写的《爱莲说》，指出莲花"出污泥而不染"的性格，就是最明显的特点。吴野人却爱在自己园子里种旱莲，和唐人陆龟蒙、宋人周濂溪在诗文中的境界有所不同，另辟蹊径，叫读者感到新鲜。其中"一生不受路人怜"，"生性能令老益强"，更足以说明他晚年的生活和思想。

读了这两首诗之后，我觉得引用陆龟蒙的《白莲》诗来象征他的诗的风格，便不免落于浮泛了。

黄钧宰的《金壶七墨》

《不怕鬼的故事》选了《金壶七墨》中的两个故事，一则是《杀鬼》，一则是《陈在衡》。何其芳同志在《"不怕鬼的故事"序》中提到了《金壶七墨》，有两位翻译外文的同志问起《金壶七墨》命名的意义。查"金壶"出自苻秦方士王嘉所著的《拾遗记》。说浮提国有两个工于书法的人，"出肘间金壶四寸，上有五龙之检，封以青泥。壶中有墨汁如淳漆，洒地及石，皆成篆隶科斗之字，记造化人伦之始。及金壶汁尽，二人刳心沥血，以代墨焉。"后人因用"金壶"二字作为文人笔墨的代词。杨文斌题《金壶七墨》三绝句之一云：

磨尽金壶墨一丸，论文常恨悋心难。他年成就名山业，莫作人间稗史看。

根据《拾遗记》和这首诗可以了解"金壶"一词的意义。至于为什么叫"七墨"？原来一共是七种笔记：（1）《金壶浪墨》；（2）《遯墨》；（3）《逸墨》；（4）《醉墨》；（5）《戏墨》，（6）《心影》又名《金壶泪墨》；（7）《丛墨》。所谓七墨，前六种在清同治癸酉（1873）刊行，在癸酉刊行本中把《丛墨》列于未刻书目中。我所见到的本子只有六墨。

作者黄钧宰，原名振钧，后改名钧宰，字宰平，一字仲衡，别号天河，淮安人。清道光十四年贡生，二十九年拔贡，做过奉贤训导。著作除《金壶七墨》外，还有《比玉楼遗稿》、《比玉楼传奇》等。遗稿和传奇留存绝少。杨文斌在《金壶七墨》卷首题诗的小注中说："先生悋意之作，大半选入文稿，兹编其吐前面十二句写清朝海军和敌舰酣战的情况,从"将军历险得生出"以后,全是描绘邓世昌的英雄形象。他本可以不死,却决心要和战友共存亡;这样的死,感人至深;否则,畏敌偷生,一定要遗臭万年。这和《清史稿·邓世昌传》的记载:"世昌大呼曰:'今日有死而已。然虽死而海军声威弗替,是即所以报国也'",精神是恰相吻合的。末二句"嗟彼军前身伏法,畏敌如虎亦奚为?"是对"企图居中躲避炮火"的管带刘步蟾以及"腐败无用"①的弁兵们说的。

描写这同一历史题材的诗人,还有黄遵宪(公度),他的《人境庐诗草》中有一篇《东沟行》,对于中日海军鏖战,表现得绘声绘色,写法也很特别,但只是作客观描绘,没有歌颂英雄人物。三句一韵,共有九韵,二十七句。最后三句是:

　　　　从此华船匿不出,人言船坚不如疾,有器无人终委敌!

诗中当然也暗寓褒贬,诗不能不说是好诗,艺术性似比缪钟渭的作品更好些,但我看不如缪钟渭的那一篇对读者更能起鼓舞教育作用。

除夕立春杂谈

今年(1962)旧历十二月三十恰好立春,冬尽春来,真是名副其实的春节。按照二十四节气每年立春在阳历2月4日或5

---

① 《中国近代史》第六章说:"管带刘步蟾违反议定的阵势,发出信号,令舰队横列,主力舰(定远、镇远两铁甲船)居中。他是卑污的懦夫,企图居中躲避炮火。"又说:"……海军损失不大,主要病根在弁兵腐败无用。"

日，今年2月4日是除夕又是立春，提早泄露了春的消息。偶然想起河北房山县的唐代诗僧贾岛的《三月晦日》绝句，甘心受打油的讥诮，权为套用一下，以歌咏今年的除夕立春道：

腊月正当三十日，丑年别我喜吟身。共君今夜迎新岁，不待晓钟早是春。

除夕旧有守岁的风俗，据孟元老《东京梦华录》："除夕禁中爆竹山呼，声闻于外，士庶之家，围炉团坐，达旦不寐，谓之守岁。"早在唐代，李世民就已有《守岁》诗："寒辞去冬雪，暖带入春风"，和《除夜》诗："冬尽今宵促，年开明日长。"孟浩然也有"守岁接清（长）筵"的句子，可见守岁是由来已久的事了。杜甫《杜位宅守岁》诗："守岁阿戎家，椒盘已颂花。盍簪喧枥马，列炬散林鸦。四十明朝过，飞腾暮景斜。谁能更拘束，烂醉是生涯。"这首诗写于安史之乱以前，所以嗅不到一点离乱时代的气息。后代诗人常袭用杜甫"四十明朝过"的成句写出对于岁时的感慨。清人彭兆荪《小谟觞馆集》中就有《除夕赋得四十明朝过》两首，第一首是："四十明朝过，清愁鼎鼎新。有身原累我，无事不输人。家祭虔携妇，余逋婉谢邻。闭门风满屋，烂醉冀全真。"三四两句在感伤中寓有极大的愤慨。第六句以下是说除夕还不出所欠的债，只好躲在破屋中"烂醉"以求"全真"，说明了穷知识分子在封建社会中的生活是多么困苦和多么值得同情。

杜甫"椒盘已颂花"句，据《荆楚岁时记》引崔实《四民月令》："过腊一日，谓之小岁，拜贺君亲，进椒酒（置花椒于酒中）。"周处《风土记》："正旦，俗人拜寿，上五辛盘，松柏颂，椒花酒。"我们今天虽不再沿袭"椒盘颂花"和"俗人拜寿"的旧俗，但是"天增岁月人增寿"的庆贺意义还是可取的。旧社会留给我们的一切苦难和哀愁全都像送瘟神一样地送掉了。大家欢天喜地在社会主义的大家庭中，举杯庆祝大家在春节中健康愉快，在生产劳动中取得更大的成就，扩大了祝贺的范围，意义就远非旧时代"拜贺君亲"所可比拟和衡量的了。

关于立春的风俗，杜甫《立春》诗："春日春盘细生菜……菜传纤手送青丝。"黄生注："生菜，韭也，故曰青丝。"后来变成所谓"春饼"或"春卷"，这是吃的方面的一种风俗。又"剪彩为春幡以贴屏风"，这是关于装饰技巧方面的，现在民间剪纸艺术，也是这种优良传统的继承。

《东京梦华录》"立春"条："开封府进春牛入禁中鞭春。"又《皇朝岁时杂记》："立春鞭牛讫，庶民杂遝如堵，顷刻间分裂都尽，又相攘夺，以至毁伤身体者，岁岁有之。"这便是旧社会极坏的风俗。我们小时候只听说"打春"，还不曾见到真个鞭牛和抢牛肉的情况，大约这种情况后来有所纠正了。（改"鞭土牛"和"塑小春牛芒神"，就是一种明显的改变。）其实立春又叫"打春"，按《月令》只言"示农耕之早晚"，全无打牛之意，打牛只是后人的胡闹罢了。

我们今后逢立春将怎样纪念呢？农民家里和人民公社的办公处，挂上一幅幅铁牛（拖拉机）图，学习驾驶它来改进农业生产，这是最新式的"打牛"或"鞭牛"，也就是最科学的"打春"。回想一下"进春牛入禁中鞭春"的封建社会的往事，相形之下，更显现出新旧社会判若天渊的景象，憧憬未来，更加鼓舞我们向前跃进的雄心。

以上"诗文小语"均据《长短集》，浙江人民出版社1980年版。

从终葵说到钟馗

旧俗除夕挂钟馗像，表示辟邪，后来改为五月端阳。我在小时候就亲见祖父在吃雄黄酒的同时挂出钟馗像于堂上的。究竟是怎么一回事？那时固然不了解，现在也有些茫然，虽然自己也到了做祖父的时候了。

钟馗辟鬼之说，唐宋时早已流行，各种奇奇怪怪的附会之说，层出不穷。清·翟灏撰《通俗编》有云：

> 钟馗字与《考工记》终葵通，其字反切为椎，椎以击邪，故借其意以为图像，明皇之说，未为实也。

南北朝时期有个叫颜之推的，历仕梁、齐、隋诸朝，之推著有《颜氏家训》一书。其《名实篇》第十：

> ……韩（晋明）又尝问曰：王玚杅上终葵首当作何形？乃答云：玚头曲圜，势如葵叶耳。韩既有学，忍笑为吾说之。《沈氏考证》引《礼记·玉藻注》："终葵首于杅上又广其首，方如椎头，故以此答为非。"〔补〕"杅上终葵首"，本《周礼·考工记》，玉人文杅者杀也。于三尺圭上除六寸之下两畔杀去之，使已上为椎头，言六寸据上不杀者而言。谓椎为终葵，齐人语也。又椎，今之褪也。

在《颜氏家训》中只说了"终葵"和"椎"的关系，并没有什么杀鬼的钟馗那样荒唐的故事。

《古今图书集成·博物汇编·神异典》第四十卷载有关于钟

馗的故事是这样的：

> 唐明皇元日讲武，痁（按即疟）疾，不悦，昼梦一鬼，称为虚耗，云：虚者，空中盗人物如戏，耗者，耗人家喜事成忧。俄一大鬼捉虚耗，剜目劈而啖之，云：臣终南山进士钟馗也。武德中，不第，触殿阶死。奉旨赐绿袍葬之。感恩自誓除天下虚耗。上觉，诏吴道子图其像。后世正月图之以魇鬼。

足见除夕和元日挂钟馗像驱妖除怪是由来已久的事，不知何时又改在端午？大约端午是俗传五毒猖獗邪疠作祟的季节，民间要请出打鬼的钟馗来镇压镇压吧。

关于钟馗，记载比较完整的是宋代沈括的《梦溪笔谈·补笔谈》。略云：

> 禁中旧有吴道子画钟馗，其卷首有唐人题记曰：明皇开元讲武骊山，还宫痁作，将逾月，忽一夕，梦二鬼，一大、一小，其小者，衣绛，犊鼻屦，一足跣，一足悬一屦，搢一大筊纸扇，窃太真紫香囊及上玉笛，绕殿而奔。其大者戴帽，衣蓝裳，祖一臂，鞹双脚，乃提其小者，刳其目，然后擘而啖之。上问大者曰：尔何人也？奏云：臣钟馗氏，即武举不捷之士也。誓与陛下除天下之妖孽。梦觉，痁若顿瘳，而体益壮。乃诏画工吴道子，告之以梦，曰：试为朕如梦图之。道子奉旨，恍若有睹，立笔图讫以进，上瞠视久之，抚几曰：是卿与朕同梦耳，何肖若此哉……上大悦，劳之百金……是岁除夕，遣入内供奉官梁楷就东西府给赐钟馗之象。观此题相记，似始于开元时……钟馗字亦作钟葵。

沈括的记载，影响很大，于是钟馗的故事传开了。

清·王夫之《俟解》中提到"钟馗，斧首也，而谓为唐进士"。终葵和钟馗依据《通俗编》既是一事，其字反切为椎，椎以击邪。此与王夫之所说的"斧首"恰好相通。王夫之接着在《俟解》一书中说："以小说杂剧之所演，游觋妖巫之所假说者为鬼神"，正好说明钟馗的出处。不仅是"小说杂剧之所演"，而且在诗歌和画图的创作中普遍地流传。

"钟馗捉鬼图"很多，宋人笔记所称唐人绘法用小指挖鬼睛，最为出色。还有"中山出游图"，元·颜辉画的水墨图，作各种小鬼侍奉吃鬼的钟进士出行或担傢伙，极为有趣。据后人考证衣上花纹有清代式样，所画的家伙也晚出，非元时所有，此画为美帝盗出，印于波斯顿藏《中国美术》一书中。

1762年壬午，罗聘（遯夫，又号两峰）所作《醉钟馗图》（故宫藏）。罗聘自题云："壬午午田画醉钟馗图奉砚农先生的然一笑。"据《国光艺刊创始集》谈此画云：

> 两峰人物变出多端，不名一家，此轴衣纹以马和之柳叶梁风子折芦图描法参酌成之，于飘撒中含元劲，树石尤简拙苍秀，钟进士榧榽蹒跚，醉态可掬，非复阙下击厉鬼威武矣。随从丑怪，又精灵得趣，翠岩（龚）秋月之后，其庶几无足抗行。砚农姓窦氏，亦当时名辈也。

在钟馗捉鬼图之外，还有钟馗嫁妹的故事：钟馗的妹妹嫁给杜平。杜平又是什么人？钟馗为什么要把妹妹嫁给他？故事出于清代张大复的《天下乐》传奇。这部传奇迄今还未发现全帙，只有这么一出《嫁妹》由于舞台曧演才被保存下来。张大复是清初"苏州派"的曲家，与朱素臣、李玄玉等人同时。这部传奇虽然失传，但是全剧梗概具见《曲海总目提要》卷二十一。略云："……钟馗捉鬼，唐时已盛传矣。宋元以后，多有画钟馗嫁妹图者，程坦与米元章同时，尝画钟馗小妹二幅，汤垢诋其俗恶，然亦未知所始。"这是与《嫁妹》有关的资料。

明代王世贞《弇州题跋》，见《弇州山人稿》卷138。明代**孙鑛**《书画跋跋》卷三、第二十五页，亦录王氏跋文，如下：

> 钟馗事仅见唐传奇中。杨用修以为乔钟馗字辟邓，后人因而附会之，恐亦非也。李伯时旧戏作《嫁妹图》，或云即《移家图》，余尝见于副本。叔宝虽仿佛其意，而所增饰过半。昔谓桥神貌丑，畏张平子图之，不敢见。异日叔宝可免勾摄之苦矣。

孙鑛又据王氏之跋而跋之，其文云：

> 余初时曾于柴山人季通处见一本，云是《嫁妹图》，仇十洲笔，恐亦临伯时本也。第不知当时作此图是何取意。

王氏所云的"叔宝"，就是钱穀（字叔宝）。

清代朱彭（亦篯），钱唐人。雍正九年（1731）生，嘉庆八年（1803）卒。著《抱山堂集》，赵坦写有《朱徵君传》。朱彭在《抱山堂集》中有《谢彬钟馗嫁妹图》一诗：

> 画人欲行兽欲走，谢老吾乡得名久。何时纵笔写荒幻，横幅淋漓罗鬼丑。苍茫落日山光昏，山神导前兽骇奔。於菟妥尾不敢蹲，持者担者行接跟。鬼僮力怯坚举重，以首承之

同戴盆。穿深林兮径缭绕,挝鼓吹萧出烟峤。钟家小妹坐羊车,半揭珠帷善窈窕。馗也颓唐策蹇驴,欹似乘船鞭影掉。在昔李龙眠,图作嫁妹图。十洲及叔宝,异代工临摹。此图匠心更独出,差与古本同规模。想当下笔气概粗,方良胆裂魃域呼。老鬼动摇白昼瞑,风雨飒沓烟模糊。乃能一一雕镂造化穷虚无,不然安得纸上群灵趋。

关于画《钟馗嫁妹图》的谢彬,我们知道的很少。只知他是浙江上虞人,在杭州住家。字文侯,为莆田有名写生画家曾鲸(波臣)的出色弟子。他画的这一幅《钟馗嫁妹图》,写小妹坐着羊车,十分姣丽,钟馗骑着毛驴护送。这和旧剧《钟馗嫁妹》当然相得益彰。诗中提到宋人李龙眠(即李公麟)所画的《嫁妹图》以及明人仇十洲(英)钱叔宝(穀)的临摹之作,可惜都不易见到了。谢彬事迹见《国朝画徵录》《图绘宝鉴续纂》等书。

至于《钟馗嫁妹图》是否尚有其他名家之作传世?据搞文物的专家王世襄先生和以研究戏曲著名的吴晓铃先生介绍:1950年11月3日出版的《文物参考资料》第十一期上《记美帝所攫取的中国名画》一文(第64—87页)中著录的宋·龚开《中山出游图卷》(第73页)说:"⋯⋯画钟馗与小妹各坐肩舆,鬼怪前后随从⋯⋯钟馗妹面上涂墨以代脂粉,尤为奇特⋯⋯"钟馗送妹出嫁,向来是画骑驴跟从,坐肩舆,只是小妹,画兄妹二人都坐肩舆,实在很怪。至于钟馗之妹面上涂墨以代脂粉当然更滑稽可笑了。

关于钟馗形象的描摹,我所见者有还周繇所作的《梦舞钟馗赋》:

……奋长髯于阔肛，斜领全开，搔短发于园颅，危冠欲坠。顾视才定，趋跄忽前，不待手调凤管，拨鸾弦，曳蓝衫而飒纚，挥竹简以蹁跹。顿趾而虎跳幽谷，昂头而龙跃深渊。或呀口而扬音，或蹲身而节拍。震雕拱以将落，跃瑶阶而欲折。万灵沮气以悼惶，一鬼傍随而奋踯……

——节录自《文苑英华》卷九十五

钟馗过去之所以在人民中间流传得这样广泛，大约离不开文学家的渲染和鼓吹。虽然现在我们已不再相信它的存在了，但作为古代诗画和戏剧的题材，总还是不能一笔抹杀的，提出来让大家讨论一下，也许还是个有趣的问题。

原载《思想战线》1979 年第 3 期。

读书札记

水 天

少时阅《今古奇观·苏小妹三难新郎》，其事本属捏造，殊非信史。有一联云："闭门推出窗前月，投石冲开水底天。"联并不佳，上句尤坏，但下句却有出处。《楞严经》："月光童子言，我忆往昔，有佛名为水天，教诸菩萨，修习水观，入三摩地。我于是时，初成此观，但见其水，未见其身。尝于比丘室中安禅，我有弟子，窥窗观室，惟见清水遍在室中，了无所见；童稚无知，取一瓦砾投于水内，激水作声，顾盼而去。我出定后，顿觉心痛，尔时童子来前，说如上事；我则告言，汝更见水，可即除去瓦砾。童子奉教，后入定时，开门除之，我后出定，身质如初。"[1]

苏轼《臂痛谒告》第二绝句云："心有何求遣病安，年来古井不生澜。秖愁戏瓦闲童子，却作泠泠一水看。"（《苏东坡集》

---

[1] 编者按，参见冯应榴辑注《苏轼诗集合注》卷十九，黄任轲、朱怀春校点，上海古籍出版社，2001年6月第1版，第3册，第929页。

卷三十四第十页）

又《观台》五律末句："须防童子戏，投瓦犯清泠。"又《王巩清虚堂》："清虚堂里王居士，闭眼观心如止水。"（《苏东坡集》卷十九第三页。按《庄子·德充符》："人莫鉴于流水而鉴于止水。"）又《武昌酌菩萨泉送王子立》："送行无酒亦无钱，劝尔一杯菩萨泉。何处低头不见我，四方同此水中天。"（《苏东坡集》卷二十第二十八页）山公注：《楞严经》："……入三摩地，观于身中，水性无夺，与世界外浮幢王刹，诸香水海等无差别。"[①] 水中天与水月观音想有相同之点，惟愁此水底之水，被人投石击破；但修养到家者固可清寂复初如瓦砾之除去耳。

驴

西洋人惯喜以驴骂人，因驴系一无主张无定念的动物。1300—1358年法国哲学家曾经有一喻，说有二堆草料，堆置于一驴之前，草料的容积大小均同。驴介于其中，不知所择，徘徊久久，结果竟致饿死。这是对于依违两可无所适从的人，所作的讽刺。这个哲学家名叫布里达（Bunidan），当时就有"布里达之驴"的成语，轰传于世。按印度也有父子抬驴的笑话，父亲叫儿子骑驴，儿子不肯，让父亲骑，结果都不肯骑，两人抬着驴子走路。我国唐代古文家柳宗元所作《三戒》一文中也有《黔之驴》的故事，所谓"技止此耳！"系讽刺无能者不肯藏拙。苏轼《送安节小诗十四首》的最后一首有云："万里却来日，一庵

[①] 编者按，见冯应榴辑注《苏轼诗集合注》卷二十，黄任轲、朱怀春校点，上海古籍出版社，2001年6月第1版，第3册，第1028页；冯景补注《苏诗续补遗》卷下，《四库全书》本。

毋独居。应笑谋生拙，团团如磨驴"，和"布里达之驴"的意思有些近似。此外如"蹇驴"、"博士卖驴"等也是有名的典故。

诗人有关于驴的故事，如"风雪中驴子背上"的郑綮（见《唐诗纪事》），又如曹伯启诗："豪家此日胜金樽，驴背愁诗睡正昏。"张雨诗："帕头蒙寒驴背驼，泥滑稳于杯渡河。"陆游《秋兴》七律"吟肩雅与寒驴称"，又《剑门道中遇雨》"此身合是诗人未？细雨骑驴入剑门。"诗人又把驴子和诗连系得很紧而且很雅了。

又苏轼《和子由怀旧诗》"往日崎岖还记否？路长人困蹇驴嘶"。蹇驴成为旅途中的伴侣，也是值得补提一下的。

今人黄胄以画驴著称，与徐悲鸿画马，各有千秋；我爱悲鸿之马，也爱黄胄之驴。

补：《三国志·吴书卷十九诸葛恪别传》："权尝飨蜀使费祎，先逆敕群臣：'使至，伏食勿起。'祎至，权为辍食，而群下不起。祎嘲之曰：'凤凰来翔，骐驎吐哺，驴骡无知，伏食如故。'恪答曰：'爰植梧桐，以待凤凰，有何燕雀，自称来翔？何不弹射，使还故乡！'"[1] 这是又一则提到驴的掌故，可以补充于此。

浣衣与沾衣

浣衣，浣其污秽，湔其油垢也，可以喻人之藏垢纳污必须涤非革故也。《诗·邶风·柏舟》："汎彼柏舟……日居月诸，胡迭而微？心之忧矣，如匪浣衣。静言思之，不能奋飞。"足见衣不

---

[1] 编者按，"权尝飨蜀使费祎"云云，又见《太平广记》卷二百四十五引《启颜录》。

浣之衣，令人忧惧（忧惧者当然为洁身自好之士）。虽然美如西子而身蒙不洁，人亦将掩鼻而过之矣，洪迈《容斋随笔·三笔第五》"油污衣"①条："予甫十岁时，过衢州白沙渡，见岸上酒店败壁间有题绝句两首。前一首不佳，后一首云：'一点清油污白衣，斑斑驳驳使人疑；纵饶洗遍千江水，争似当初不污时。'"细味之，殊有哲理。油污须浣是浅一层看法，浣而难灭其迹，是深一层看法；如能洁身自好，绝不染污，斯为上乘；然而人生着衣能不染污者有几人哉！惟衣被油污与衣被露水沾湿不同。陶渊明诗："衣沾不足惜，但使愿无违。"露湿易乾，皎皎不染，不似油渍与污垢之难灭也。寓意甚好，可以体会。人生行藏动止，盖有可以如是观譬者。

《石头记》与石头大师

《红楼梦》之所以又名《石头记》，作者开始便云女娲氏炼石补天之时，于大荒山无稽崖炼成高十二丈见方二十四丈大的顽石，三万六千五百零一块。那娲皇只用了三万六千五百块，单单剩下一块未用，弃在青埂峰下。谁知此石自经锻炼之后，灵性已通，自来自去，可大可小；因见众石俱得补天，独自己无才，不得入选，遂自怨自愧，日夜悲哀。一日，正当嗟悼之际，俄见一僧一道远远而来，生得骨格不凡，丰神迥异，因把此石缩成扇坠一般，以便入世历劫。石头听了大喜（无才补天，幻形入世，被那茫茫大士、渺渺真人携入红尘，引登彼岸，此《石头记》命名之由）。石头历尽艰难之世路，终于还真。作者何以想出顽石来。查佛书：石头，希迁大师也。丹霞盖其嗣焉。马祖问：

---

① 编者按，原作"油污衣诗"。

"师从什么处来？"师云："石头。"马祖云："石头路滑，还跶倒你么？"师云："若跶倒，即不来。""石头路滑"在《传灯录》，邓隐峰辞马祖，马祖云："什么处去？"对云："石头去。"师云："石头路滑（石头为青原思下第二世，号石头迁）。"苏东坡《次韵答宝觉》（《苏东坡集》卷二十四第八页）"从来无脚不解滑，谁信石头行路难。"足见石头本自为高僧，雪芹晚年多读佛书，故不觉用佛典耳。

《红楼梦》中引古人诗时发生的小错误

《红楼梦》这样伟大的著作，在引用古人诗句时，偶然也发现小小的错误。如贾元春面试宝玉作芭蕉诗，宝钗改宝玉原句"绿玉春犹卷"，为"绿蜡春犹卷"，又谓"冷露无声绿蜡干"为韩翃之句。按《全唐诗》第十一函第一册钱珝，《未展芭蕉》绝句云："冷烛无烟绿蜡干，芳心犹卷怯春寒。一缄书札藏何事？会被东风暗拆看。"韩翃集中实无此诗。

又"花气袭人知昼暖"，系花袭人命名之由来。一见于宝玉为之命名时（《脂砚斋重评石头记》第三回），一见于《蒋玉函情赠茜香罗》回目中（《脂砚斋重评石头记》第二十八回）。

查"昼暖"应为"骤暖"，陆游《村居书喜》七律云："红桥梅市晓山横，白塔樊江春水生，花气袭人知骤暖，鹊声穿树喜新晴……""骤暖"对"新晴"最好，且"骤"字与"袭"呼应，改"骤"为"昼"，是不对的。

事实如此，决非有意吹毛求疵，读者谅之。

曾子固能诗

符遂《曾南丰先生诗注序》云：筠之彭渊材谓曾子固不能诗，为江南第五恨。所谓第五恨：一恨鲥鱼多骨，二恨金橘带酸，三恨莼菜性冷，四恨海棠无香，五恨曾子固不能诗。自此说一起，曾巩不能诗即盛传于世。孙觌《与曾端伯书》："秦少游云：'曾子固文章妙绝古今，而有韵者辄不工。'"

符遂曾取曾巩之诗，且读且玩，则见其格调超逸，字句清新，愈读愈不能释手。渊材诸人何所见而云然也？

又《隐居通议》云："自曾子固不能作诗之论出，而无识者遂以为口实，乃不知此先生非不能诗者也；盖其生平深于经术，得其理趣，而流连光景，吟风弄月，非其好也。往往宋人诗体多尚赋而比与兴寡，先生之诗亦然；故惟当以赋体观之，即无憾矣！"

此说颇能解决曾子固不解诗的问题。

曾子固十八岁（景祐三年丙子）寄王介甫诗云："忆昨走京尘，衡门始相识。疏帘挂秋月，客庖留共食。纷纷说古今，洞不置藩域。有司甄栋干，度量弃樗栎。振辔行尚早，分手学墙北。初冬憩海昏，夜坐探书策。始得读君文，大匠谢刀尺……寥寥孟韩后，斯文大难得。嗟予见之晚，反覆不能释。"《南丰县志》载曾巩安禅诗（景祐四年丁丑），子固时年十九岁。"讵知潇洒吾庐旧，却有高明此寺邻。水竹迸生刚节老，秋山过抱翠岚新。谁怜季子归来困，自笑原思久更贫。深识幽人风义重，扫轩开榻最相亲。"临川太守崔仁冀寄玉茗花于公，公赋诗赠之（康定元年庚辰、时年二十二）："山茶纯白是天真，筠笼封题摘尚新。秀色未明三谷雪，清香先得五峰春。琼花散漫情终荡，玉蕊萧条迹更尘。远寄一枝随驿使，欲分芳种更无因。"

上举三例，皆曾公少作，少年已能为此，岂有老反不能诗之一说乎?!

（注：以上引文见南通王焕镳述《曾南丰先生年谱》）

读薛涛《洪度集》

早年在成都旧书摊上，买到唐名妓薛涛的《洪度集》，虽是薄薄一小册子，我却很宝爱它。卷首有薛涛小像，附录多则：

（1）《四川通志》：薛涛井在锦江南岸，旧名玉女津。

（2）《全唐诗话》：薛涛晚岁居碧鸡坊，创吟诗楼，偃息其上。

（3）《蜀故》：薛涛家井旁取水造十色笺，名浣花笺。明蜀藩每岁三月三日，汲此井水，制笺二十四幅，以十六幅入贡。

（4）《资暇录》："元和初，薛涛好制小诗，惜其幅大，不欲长剩，乃狭小之。蜀中才子后减诗笺亦如是，名曰薛涛笺。"

（5）元稹赠诗："锦江滑腻蛾眉秀，幻出文君与薛涛。言语巧偷鹦鹉舌，文章分得凤凰毛。纷纷词客皆停笔，个个公卿欲梦刀。别后相思隔烟水，菖蒲花发五云高。"

（6）胡曾诗："万里桥边女校书，枇杷花底闭门居。扫眉才子知多少，管领春风总不如。"（按胡曾诗，杨慎《全蜀艺文志》作王建《寄蜀中薛涛校书诗》）

（7）李商隐《送崔珏往西川》诗："浣花笺纸桃花色，

好好题诗咏玉钩。"查冯浩注引《寰宇记》：薛涛十色笺谱云，浣花潭水造纸佳，薛涛侨止百花潭，躬撰深红小彩笺，谓之薛涛笺。

《全唐诗·薛涛传》："薛涛，字洪度。本长安良家女，随父宦，流落蜀中，遂入乐籍。辩慧，工诗，有林下风致。韦皋镇蜀，召令侍酒赋诗，称为女校书。出入幕府，历事十一镇，皆以诗受知。暮年屏居浣花溪，著女冠服，好制松花小笺，时号薛涛笺。"有《洪度集》一卷（贵阳陈矩校刊）。

薛涛笺最有名。薛涛《洪度集》中诗并不多，不到一百首，近体诗以七言绝句为多。有名的《十离诗》小序云："元微之使蜀，严司空遣涛往事，因事获怒，远之；涛作《十离诗》以献，遂复善焉。"所谓十离：（1）犬离主，（2）笔离手，（3）马离厩，（4）鹦鹉离笼，（5）燕离巢，（6）珠离掌，（7）鱼离池，（8）鹰离鞲，（9）竹离亭，（10）镜离台。

小序中所提及的严司空，是故东川节度使严砺。陈寅恪《元白诗笺证稿》第十五页有考证："……微之以元和四年三月以监察御史使东川，按故东川节度使严砺罪状，严司空乃严砺，非严武也。"

薛涛因事获怒，元稹远之，不知究竟为什么？《十离诗》一献，又复和好；却是文坛上的趣闻。

杨慎《全蜀艺文志》载薛涛《寄旧诗与元微之》：

诗篇调态人皆有，细腻风光我独知。月下咏花怜暗淡，雨朝题柳为欹垂。长教碧玉藏深处，总向红笺写自随。老大不能收恰得，与君开似教男儿。（此首集不载）

贵阳陈矩案杨慎《全蜀艺文志》作元稹赠薛涛诗。

此外，《唐音统签》中载薛涛《江月楼》一诗云："秋风仿佛吴江冷，鸥鹭参差夕阳影，垂虹纳纳卧谯门，雉堞耽耽俯渔艇。阳安小儿拍手笑，使君幻出江南景。"另外还有《西岩》等诗，因篇幅关系，不一一评述了。

畏日拘忌

十二属相在民间仍甚流行，畏日拘忌，尤为可笑可叹。

柳宗元《唐柳先生集》卷十九有《三戒》一文，有一篇《永某氏之鼠》："永有某氏者，畏日，拘忌异甚。以为己生岁直子；鼠，子神也；因爱鼠不畜猫犬，禁僮勿击鼠……数岁，某氏徙居他州；后人来居，鼠为态如故。其人曰：'是阴类，恶物也，盗暴尤甚。且何以至是乎哉？'假五六猫，阖门，彻瓦，灌穴，购僮罗捕之。杀鼠如丘，弃之隐处，臭数月乃已。呜呼！彼以其饱食无祸为可恒也哉？！"这是和鼠年有关的故事，今年甲子年是鼠年，值得首先谈一下。

关于属蛇之说，《北史》阎姬与子宇文护有云："昔在武川镇，生汝兄弟，长者属鼠，次者属兔，汝身属蛇……"蛇是巳年。据海昌陈其元、子庄氏所著《庸闲斋笔记》中有几则关于十二肖的记载。卷四末有云："先大夫署福建光泽县，时邻县某因禁私宰，几至民变；盖梏杀牛者，而以牛肉环置架上，暑腐臭烂薰蒸致死也。府委邵武令往验而归，先大夫遇诸涂，询某君何以若是之酷，答曰：渠因生肖属牛，故爱牛同于骨肉。复笑谓我长渠一岁，此番归后，当禁民间畜猫矣，遂彼此鼓掌。余谓宋徽宗时，宰相范致虚上言，十二宫神，狗居戌位，为陛下本命，今京师有以屠狗为业者，宜行禁止，因降指挥，禁天下杀狗，赏钱至二万元。延祐间都城有禁不许倒提鸡，犯者有罪，因仁宗乙酉生命也。明正德朝，下诏禁天下食猪，盖武宗以猪与朱同音为犯国姓也。古今事无独有偶乃如此。其愚谬固可笑，亦实可扼腕慨叹也。"

破山剑

有农夫耕地得剑，磨洗适市，值贾胡，售以百千，未可；至百万，约来旦取之。夜归语妻子，此何异，而价至是。庭中有石，偶以剑指之，立碎。诘旦，胡人载镪至，则叹吒曰："剑光已尽，不复买。"农夫苦问之，曰："此是破山剑。唯可一用，吾欲持之破宝山耳。"农夫惋恨旬月不能已。余有诗云："采玉应求破山剑，探珠仍遣水精奴"，用此事耳。（见宋·张表臣《珊瑚钩诗话》）。

此故事颇有教育意义，盖破山剑只可一试其锋，错用于不可妄用之处实太可惜！不识宝剑之愚农，举世皆是。今日士之不遇或遇而徒耗尽其剑光不克一破宝山者，均可作如是观也。悲夫！

《艾子杂说》与《笑林》

《世界文库》第二册《艾子杂说》中有一则云："艾子一夕疾呼一人钻火，久不至，艾子呼促之。门人曰：'夜暗索钻具不得。'谓先生曰：'可持烛来共索之矣。'艾子曰：非我之门，无是客也。"

《艾子杂说》传系苏轼作，当然是妄说。按此则实有抄袭之嫌，三国魏邯郸淳《笑林》载某甲一则，颇与之相类。其原文云：

> 某甲夜暴疾，命门人钻火。其夜阴暝，不得火。催之急。门人忿然曰："君责人亦大无道理，今暗如漆，何以不把火照我，我当得觅钻火具，然后易得耳。"孔文举闻之，曰："责人当以其方也。"

末二句责门人与艾子的诙谐原意稍稍有差异，但总的说来，还是同一性质的。

珰与穿耳

珰（dāng），耳珠。《玉台新咏·古诗为焦仲卿妻作》"腰若流纨素，耳著明月珰"，清人申涵光《邯郸行》"华袿风鬈明月珰"。"珰"：妇女戴在耳垂上的装饰品。必须在耳垂上穿孔，才能戴耳珠。穿耳的风俗始于何时？应该考查一下，《三国志·吴书卷十九诸葛恪别传》：恪尝献权马，先珰其耳。范慎时在坐，嘲恪曰："马虽大畜，禀气于天，今残其耳，岂不伤仁！"恪答曰："母之于女，恩爱至矣，穿耳附珠，何伤于仁！？"

可见穿耳附珠的习俗是很早的了。外国妇女也有耳上戴大耳环的，甚至男子也不例外。也许有不穿孔而夹上明珠大耳环的吧。

《野叟曝言》论《黄鹤楼诗》

清康熙时江阴夏二铭（字敬渠），撰《野叟曝言》，第一回即论唐崔颢《黄鹤楼诗》："昔人已乘黄鹤去，此地空馀黄鹤楼。

黄鹤一去不复返，白云千载空悠悠。晴川历历汉阳树，芳草萋萋鹦鹉洲。日暮乡关何处是？烟波江上使人愁。"夏敬渠说："……李白是唐朝数一数二的才人，亦为之搁笔……历来解诗之人，都不得作诗之意，自唐及今，无人不竭力表扬，却愈表愈蒙。崔颢的诗名日盛一日，其心反日晦。直到本朝成化年间，一位道学先生，把这首诗解与人听，然后拨云见天，才知道青莲搁笔之故。作者之心，遂如日临正午，月到中天，正是'不得骊龙项下珠，空摹神虎皮中骨'。这诗妙处，全在结末二句，从来解诗者偏将此二句解错，所以意味索然，何尝不众口极力铺张，却如矮子观场，痴人说梦，搔爬不着痒处，徒惹一身栗块而已。道学先生解曰：此诗之意，是言神仙之事，子虚乌有，全不可信也。'昔人已乘白云去'，曰'已乘'，是已往事，人妄传说，我未见其乘也；'此地空馀黄鹤楼'，曰'空馀'，是没巴鼻事，我只见楼不见黄鹤也，黄鹤既一去不复返，则白云亦千载空悠悠而已。曰'不复'，曰'空馀'，皆极言其渺茫，人妄传说毫没巴鼻之事为子虚乌有全不可信也。李商隐诗：'青雀西飞竟未回，君王长在集灵台'，疑即用此颈联二句之意。晴川历历，我知为汉阳树，春草（不作'芳草'）青青，我知为鹦鹉洲。至昔人之乘白云，或乘黄鹤，则渺渺茫茫，我不得而知也；痴人学仙，抛去乡关，往往老死不返。即如'此地空馀黄鹤楼'；而昔人竟永去无归，我当即返乡关，一见父母妻子，无使我哀昔人，后人复哀我也；故后二句曰：'日暮乡关何处是？烟波江上使人愁。''愁'字将通篇一齐收拾。何等见识！何等气力！精神意兴，何等融贯阔大，抛翻金灶，踢倒玉楼，将从来题吟，一扫而空，真千古绝调，宜太白为之搁笔也。若上句解作昔人真正仙去，则诗中连下'空馀'、'空悠悠'等字，如何解说？且入仙人之境，览仙人之迹，当脱却俗念，屏去尘缘，如何反切念乡关，且乡关不见而至于愁也。愁字俗极笨极。在乡关更俗更笨，无论青莲断无搁笔之理，中晚诸公亦将握管而群进矣。"

按所谓道学先生即文白（素臣），听解诗者是孝宗皇帝。

附：游景仁《黄鹤楼诗》："长江巨浪拍天浮，城郭相望万景收。汉水北通云梦人，蜀江西带洞庭流。角声送老千家月，帆影中分两岸秋。黄鹤楼高人不见，却随鹦鹉过汀洲。"景仁名侣，广安人，南渡四贤相之一。文集今不传，此诗见《楚志》。

南宋使者聘金记
——读楼钥《北行日录》

楼钥，（1137—1213）宋楼璩弟之子，字大防，隆兴（宋孝宗元年癸未、公元1163年）进士，历知温州，光宗时擢起居郎兼中书舍人。朱熹以论事忤韩侂胄，除职与郡，钥请还讲筵，不报。彭龟年攻侂胄，出知外郡，钥奏留不得。寻告老。侂胄诛，起翰林学士。历同知枢密院，参知政事。卒谥宣献。钥通贯经史，文辞精博。

善大字，自号攻愧主人，著有《范文正公年谱》、《攻愧集》、《北行日录》等。

当临安建都六十几年以后，只有偏安的局面，甚至连偏安也保不住，于是常常派使者到大金朝去朝聘，金章宗的治绩虽不十分好，却相当安定繁荣，南宋只好执臣子礼必恭必敬去讲睦修好了。

《知不足斋丛书》中有二卷楼钥所著的《北行日录》，记录当时朝聘和旅途经过的情形，颇有历史价值，是值得一读的掌故书。

楼钥在光宗时颇有威望，光宗对于他也有三分敬畏，因为宫禁中人有所私请的时候，光宗不答应，常拿"楼舍人恐将有声，不如且已"的话来阻止私人请求的事，足见他的忠贞正直了。他是反对韩侂胄专政的，后来且因之罢官。侂胄伏诛之后，宁宗朝参知政事。今人曾毅的《中国文学史》评楼钥云："楼攻愧骈散语比于益公为进，大率词气雄浑，援据该洽，衔化佩实，兼有众长，其题跋诸篇，尤资考证。"

这里所谓的"攻愧"，因为他自号"攻愧主人"。诗文集名《攻愧》，《四部丛刊》中有他的专集。益公，是周必大的别名。

他写《北行日录》，也就是南宋使者聘金记的时候，年纪还轻，跟着他的仲舅侍郎贺正使与副使曾觌做随员，名义是书状官。这次出使大金朝，是孝宗乾道五年，那时正开始与金人讲和，这一次使命是相当重大的。从乾道五年己丑十月九日起，一直记到乾道六年三月六日止，四个多月的行程，从他的故乡奉化启程到临安，然后从临安到燕京——金都（那时还未迁汴）。

书中写一路景物，由南而北，先船后马，琐屑无可转述。至于写金京宫殿曲折，与朝见仪节，亦没有什么趣味。当时高丽西夏使臣，同时觐见，把南宋和这两国等量齐观，有失宋朝体面。作者虽未明言，后世读者不免有泄气之感。至于和谈内幕，楼钥因系随员，无发言权，多不见记载，或者有所讳避，特地从略，亦未可知。总之，这是本书的缺憾。

只有朝聘之后出京，路过真定府时（按真定在汉为真定国治，宋金以后皆为真定府治，清改真为正，即今正定县，石家庄在其南），道旁老妪三四辈，指曰："此我大宋人也，我辈只见得这一次，死也甘心！"因相与泣下，由此足见人心尚恋恋于宋。

又记过磁州，宿城外安阳驿时，军子云："我辈三四口，种少麻豆，足以吃了。旧时见说厮杀，都欢喜，而今只怕签起去，彼此休厮杀也好。"又有云:"我见父母说,生计人口,都被他坏了,我辈只唤他做贼。应河南北钱物,都搬向里去,我辈更存活不得!"

这才是真正人民的声音。在那时不是自食其力的长官贵家出身的纨绔子弟,便是钻营无耻的卑贱奴才,平时意气自豪,克扣军资,纵士卒威逼人民贡献财物,一遇敌兵,惊骇逃遁,镇压反抗,使用非刑。朝会议政,为了些琐碎细事,纷争不已。谈到军国大计,彼此互相推诿责任,避嫌不发一言,偶或议定办法,例不执行。当时人民虽不敢公然反抗,然而死症已成,难以救药。蒙古趁此机会,像秋风扫落叶般,长驱直入金都,南宋固然从此完结,金国也被蒙古灭掉了。

楼钥的这一本小册子,虽然没有透露这样重大的消息,只要看它慢慢地写一路上的乡村萧瑟情形,以及金国都城的铺张繁盛阔绰的气象,便令人有"会见汝于铜驼荆棘中"的亡国之叹了。

原载杭州旧《东南日报》副刊《笔垒》,笔名笠僧。关于楼钥的生平,已另有一文论及。

蒲桃酒

唐人王翰《凉州曲》"蒲萄美酒夜光杯",儿时爱诵之,后读《史记·大宛传》"张骞使月支归,为天子言曰:大宛去汉可万里,其俗有蒲桃酒,多善马。"《汉书·西域传》:"大宛左右以蒲桃为酒,富人藏酒至万余石……汉使采蒲桃苜蓿归种离宫馆旁,极望焉。"

元遗山《蒲桃酒赋序》云:"刘邓州光甫为予言,吾安邑乡蒲桃,而人不知有酿酒法;少日尝与故人许仲祥,摘其实,并米炊之。酿虽成而古人所谓甘而不饴；冷而不塞者，固已失之矣。贞祐中，邻里一民家，避寇，自山中归，见竹器所贮蒲桃，在空盎上，枝蒂已乾，而汁流盎中，熏然有滔气；饮之，良酒也。盖久而腐败，自然成酒耳；不传之秘，一朝而发之。文士多有所述，今以属子，宁有意乎？予曰：世无此酒久矣，予亦尝见还自西域者，云：大石人绞蒲桃浆，封而埋之，未几成酒，愈久者愈佳，有藏至千斛者，其说正与此合。物无大小，显晦自有时，决非偶然者，夫得之数百年之后，而证数万里之远，是可赋也。'"

宋·楼钥（1137—1213）所著《北行日录》上卷末有云："……宴罢，馆伴送葡萄酒。"《辽史·穆宗纪》："应历二年，汉进蒲桃酒。"①

《元史·世祖纪》："至元十三年享太庙常馔外，益蒲桃酒。"② 以上都是我所见到的有关蒲桃酒的一些记录。

痴女与慧僧

读《红楼梦》而入迷的，有痴女，有慧僧。

痴女如清人陈其元所著《庸闲斋笔记》卷八中有一则云：

> 余弱冠时读书杭州，闻有某贾人女，明艳工诗，以酷嗜《红楼梦》，致成瘵疾。当绵惙时，父母以是书贻祸，投之火，女在床，乃大哭曰："奈何烧煞我宝玉！"遂死，杭州

---

① 编者按，桃，原文误作挑。《辽史·穆宗纪》："应历二年……冬十月甲申朔，汉遣使进葡萄酒。"《山西通志》卷四十七"物产·蒲桃"："北汉再遣使进蒲桃酒于辽。"

② 编者按，《元史·世祖纪》："至元十五年……冬十月己未，享于太庙，常设牢醴外，益以羊、鹿、豕、蒲萄酒。"

人传以为笑。

慧僧名"为山"的,他也酷爱读《红楼梦》,但是他的态度,却远比上面讲的痴女高明。清黄钧宰(天河)所著《金壶浪墨》卷八有《为山》一则,略云:

释子为山,能诗善棋,予每出饮,入夜醉归,煮茗清谈,深慰寂寥,一夕,戏语为山曰:"无酒学佛,有酒成仙,比和尚恰高一着。"为山应声曰:"出门笑花,入门见月,看先生且到三更。"为山书室套板《红楼》极精,予意其必将掩藏,而举止殊无愧色,雪芹作此,原与天下能作和尚者读,不与凡夫俗子读也,能读《红楼》乃是真和尚;读《红楼》而见人能不掩藏,乃是绝好和尚。

我看了上面一则,想起桐城派迂儒姚鼐,他有一次在筵席上见到筷子上刻有《红楼梦》美人的名字如袭人、晴雯、宝钗、黛玉等,居然大怒,罢席而去(见《白下琐言》)。这是为什么?因为这样就亵渎了他那士大夫的尊严了。这比起慧僧为山来,相去真不以道里计。

原载《艺术世界》1979年第2期。

文以意为主

魏文帝(丕)曾经说过:"文以意为主,以气为辅,以词为卫,子桓不足以及此,其能有所传乎?"曹丕很谦虚,他在《典论·魏文帝集》中用三句话说了文学概论的提要。然后联系到自己，说他虽然下了功夫还远远没有能做得势。首先以意为主，没有好意义，怎能写文章！

唐·杜牧跟着说了相似的话："文以意为主，以气为辅，以辞藻为之兵卫。苟意不先立，止以文采词句绕前捧后，是词愈多而理愈乱，如入阛阓，纷纷然莫知其谁，暮散而已。"

前面三句几乎全抄曹丕，后面批评那些只偏重形式不注意内容的人，好像上街买东西，乱哄哄地绕了一场，空手回家，什么也买不到。这话还有点形象性，但似乎不及后来苏轼的话说得更具体。

宋·葛立方《韵语阳秋》中有云："东坡诲葛延之（立方兄）以作文之法曰：儋州虽数百家之聚，人之所须，取之市而足，然不可徒得也，必有一物以摄之，然后为己用，所谓一物者，钱是也，作文亦然。天下之事，散在经史子集中，不可徒使，必得一物以摄之，然后为己用，所谓一物者，意是也。不得钱不可以取物，不得意不可以明事，此作文之要也。"

这一段话就说得很具体，没有钱什么也买不到，正如没有好的内容便什么好文章也写不出来一样，这话一点也不新鲜，可是切中要害。无论写文也好，写诗也好，首先要求有本钱，本钱是什么？意而已。文以意为主，也就是思想内容第一。

读一首不好的诗，看一篇不好的文章，我们常常摇摇头说："没有意义！"这便是"文以意为主"的反面例证。

原载《艺术世界》1979年第2期。
以上"读书札记"均据《晚晴轩文集》，巴蜀书社1985年版。

文　抄

山乡水国说池州

前几年我在上海读曲，有些是暖红室的本子，都为贵池刘氏所刻。我之知道贵池，大概是从这里起的。不料后来竟有这段因缘，让我到贵池去住了几个月。人生就是这样盲目瞎撞，撞到哪里是哪里，"鸿飞那复计东西"，现在不妨来随便谈谈我的"爪迹"。

我记得从长江轮下来的当儿，那正是初秋之夜，夜深到子亥之交了。天上碧沉沉的没有一丝儿浮云，皓月当空，光临江面，闪出千万朵银花来。我和几个伴侣，一同被搬上一只大划子，坐在月白风清的江心里，渚浅港深，荻芦瑟瑟，此时倘有一曲琵琶，简直便是"浔阳江畔"了。大轮经过的这个码头，叫做和悦洲（俗称荷叶洲），又叫大通；只停了一会，大轮把我们几个人丢下，便摆摆身子走了。我们的划子再慢慢地荡到洲畔，投到一家旅馆里，胡乱睡了一忽儿，次早再赶上小轮船，向贵池进发。

没有到贵池县城以前，我们是先停在池口。池口离县城还有五六里路，唐宋人在池口地方讽吟的诗太多了，足见也是个胜地；本来遵着长堤驰马进城，是很有奇趣的。可是我们却被相迓的朋友叫几乘肩舆改由山路扛到贵池西乡去了。肩舆在乱山中行了七八里，野花杂草，飞出幽香，斜径上满满列着一些矮松，路虽然崎岖些，也并不十分难走，穿林过涧，不久便到居停主人处了——主人的别墅，是在文选楼和杏花村之间。

提起文选楼，当然是大大有名的。梁昭明太子萧统的文选楼，有好几个地方都有，据说这里的文选楼是最真最道地的了。昭明在这里住得很久，连贵池县的"贵池"二字也是由昭明而来。太子住此地，以土产鱼味为可贵，名"可贵池"，后来"可"字去掉，便一径叫做"贵池"了。当然此地在古代一向是以池州之名著称的。

文选楼在贵池县西五里，楼之所在处，又叫西庙。清无锡顾敏恒有名的《重修梁昭明太子祠碑文》中云："贵池县西庙者，故梁太子祠也。秩祀于唐，锡号于宋，懿德之神，昭乎简文之席，炳乎王筠之册。粤稽前史，厥有明征；眷怀此都，尤著灵异……庙之规模，夙称巨丽，璇题纳月，金爵承云，曰文选楼，存古迹也；有殿祀其先，推孝思也……"

不过我游后所得的印象，庙貌并不怎么"巨丽"，楼观当然更不会"齐云"，只不过前有祀殿一所，后有楼房三间罢了。但有一点，值得留恋：静雅清洁，隔绝尘嚣，离开城市，不远也不近，倒是对于住在这儿写文章著书的朋友是十分方便而合宜的。昭明太子也算会选择地方的了——不但会选择文章而已也。

其次说到杏花村，据说小杜"借问酒家何处有？牧童遥指杏花村"，就在这儿，虽也未必（一说为今山西省汾阳县之杏花村），却是杜牧之在池州做过刺史，是千真万确的。所不像者，堂堂刺史，而请一牧童指路，似乎有失尊严一点，虽然说诗人的行径和俗吏本来是不同的。时至今日，杏花村不但没有杏花，连村址也不知在何处了，有的，只是一座纪念杜诗人的破而且小的屋子。说是庙，固然不相干；说是土地堂，却又寻不出神像来；所有者，残碑数方嵌在壁上而已；连小杜当年诗中所谓"今日鬓丝禅榻畔，茶烟轻飏落花风"（《醉后题僧院》）的风味，也无法消受呢。

两天以后，进城看看，城内一无足道；出其东门，则佳境随处都是，短堤疏柳，秋水长天，一条路向齐山去，一条路向百牙山和清溪弄水亭去，当然水陆两便，有马有船，诗兴偶发，不免来七绝一首。

萧萧芦荻毵毵柳，梦里诗情画里秋；亦是山乡亦水国，此身仿佛在杭州。

论理，杭州应比池州好；可是论情，我又觉得池州远比杭州深了！这不知是什么原因，怀乡老病吗？我的祖籍并不是池州；空桑三宿之情吗？我在杭州的日子还要较在池州的日子更多得多哩！

齐山距城约十里，山上以多岩洞著名，虽不甚高，却极有趣。顶有翠微峰，即杜牧《九日齐山登高》诗："江涵秋影雁初飞，与客携壶上翠微"者也。我由水路去过一次，由陆路去过两次，游兴固佳，文兴不好，且抄宋人张芸叟在《彬行录》里的老文章吧："齐山在州城之南，隔清溪可二里许，背溪之阳，不与大山相连，东西可数里，南北才一里，高可百步，石色绀碧，棱骨隐显，百怪千状，正似人家所蓄太湖石也。竹木丛生，有如塑画。寺居其阳，山有二十九洞，左史、石燕、白虎、七顶、观音、小九华、紫峰，其著也，乃李白、杜牧及唐人素所游息之地。刺史齐照，日居其中，因以名焉。左史在山东首，自南麓缘山蹊可一里许，越岭北下，穿石罅，石颇奇怪；罄折入洞，十步许，稍低；匍匐寻丈间……乃出一洞，忽见天日，四壁削，高可二十丈，浑为甑形，石色如黛，女萝樛葛编其上，亦名小洞天。北岩有刊志，会昌六年刺史杜牧建安张祐书石。石燕、左史之西，越岭，少下北岩，如覆杯，可容百人，有穴西出。昼日，石燕飞翔，然捕者莫能得也……白虎洞有石如虎蹲，人不敢近也。"①

好了，大致如此。宋之视唐，亦犹今之视宋，风景尚无大殊，虽然朝代已换了几个，羊叔子的岘山之感，什么"湮没无闻，自顾悲伤"，也只不过显现其傻劲而已。

我在山顶翠微亭上，突然间，被老鹰振翅冲出吓了一跳，此外别无他异。

清溪弄水亭两个名地，今仅有一塔高耸，外加一破落的村镇。虽然李白曾在这儿做过诗，也不能多添我一份好感。倒是百牙山确实不错。

"百牙山"又叫做"白也山"，离城最近，河流屈曲如带，萦绕一山。何以呼之为百牙？盖指很多的牙樯聚集山下。何以又呼之为白也？我想是"白也诗无敌"，"白也"与"百牙"谐音之故。实际上说，今日所谓"锦缆牙樯"并不多了；小舟容与，也是有的，然而说不上"百牙"，不如迳呼为"白也"吧。此山虽不高，但是坐在望远楼上看前面的高山，最好不过！一层一层

---

① 编者按，见宋·张舜民（字芸叟）《画墁集》卷七，《四库全书》本。"观音"当为"观音岩"，"一里许"当为"一里馀"，"乃出一洞"当为"乃出一穴"，"浑为"当为"浑如"，"编其上"当为"遍其上"，

眼波似的水，一叠一叠眉峰似的山，绿的绿，青的青，淡的淡，浓的浓。最远的尖峰，乱插天外作灰蓝色者，九华山是也。小杜云："惟有角声吹不断，斜阳横起九峰楼。"我云："峰峦无数青如髻，天外苍茫辨九华。"

白也山有许多楼，许多庙。诸楼之中，自然以望远楼为胜。诸庙之中，只怕要算二妙祠最有意思些。

我记得某人赞某处曰："而于中秋泛月也尤宜。"我对于白也山的附近也作如是想。这一年的中秋，好大月亮，由东门外买舟出发，而清溪，而弄水亭，而白也山，直泛到"月落乌啼"才归。

以上还仅就"秋之月"而言，若夫大涨时的"春之水"，堆银般的"冬之雪"，奇幻而变的"夏之云"，则池上风光，当另有不可用言语形容的种种趣味。可惜我只有两个月的闲适光阴，不久就离开这山乡水国的池州了。

这山乡水国的池州，是浑然天真，未经人工雕琢过的，因此便不免为世人所遗忘。我来捧捧场，并不是希望人们去光顾，不过聊备山水之一格罢了。

原载上海北新书局的《青年界》第七卷第四期，后又收入作者著《萍踪偶记》（上海：北新书局，1936年1月）及马忠林、杨国璋、王钟华选编《中国现代记记选》，中国旅游出版社，1982年2月；据《晚晴轩文集》，巴蜀书社1985年版。

春游"十渡"

"十渡"这个风景区，我最近才闻名，虽说我自1953年奉中宣部的命令调京工作已经三十个年头了。今年四月二十九日中国社会科学院文学研究所组织春游,目的地就是"十渡"。

早晨七时开车,出广安门,经过有名的芦沟桥,过长辛店、房山县,车到一渡二渡以至八渡,大车不能前进了,于是便在八渡停下来。同伴们都带了干粮向十渡步行前去。所谓"渡",有木板搭成的平桥,汽车可以从平桥上驰过。行至两岸皆峭壁如屏风,中间溪流涓涓平泻处,我觉得一渡比一渡的山川更美。我想起梁陶宏景《答谢中书》中所云"山川之美,古来共谈,高峰入云,清流见底。两岸石壁,五色交辉,青林翠竹,四时俱备……"很可以借来形容十渡的山川。而更胜于陶宏景所形容者,十渡两岸的山石,突兀峥嵘,奇形怪状,没有树木遮掩,是其缺点;但如柳宗元在《永州万石亭记》中所说的:"绵谷跨溪,皆大石林立,涣若奔云,错若置棋,怒者虎斗,企者鸟厉,抉其穴则鼻口相呀;搜其根则蹄股交峙,环行卒愕①,疑若搏噬……"我们在十渡两岸的山上真不啻彷佛见之。有不少年轻的同志爬到山上去随便拾取下来的石块,剔透玲珑,都可以作很好的盆景。

稍稍感觉到不满意的就是北京久旱,雨水稀少,十渡溪谷中只有涓涓细流,没有汹涌澎湃的怒涛,更没有从山上挂下来的大瀑布。我们偶然也可以见到山脚下的小小的喷泉,但只是小小的点缀而已。尽管如此,十渡的山水还是可爱的。有人把它比广西的山水说它是"小桂林",我看也不必那末比附,它自有自己的特色。假如天不干旱,能够下一场大雨,雨后再来此一游,一定能看到更加壮丽而宏伟的景色。可惜那时又将不能畅通汽车,而要雇一小小的快艇溯流而上了。

归途偶得七绝一首:

---

① 编者按,《柳宗元集》诸本皆作"卒愕"。

山似屏风迎面立，清溪缓缓夹山流。云烟俱净春风暖，十渡前头作快游。

原载1984年1月29日，癸亥年十二月廿七日香港《文汇报》；据《晚晴轩文集》，巴蜀书社，1985年11月。

从牡丹和荔枝说起

牡丹和荔枝在人世间总算是很受欢迎的佳品吧。然而古人对这两种佳品有过这样的评论：花之绝为牡丹，然而不实；果之实为荔枝，然而非名花。

这意思是说牡丹虽为花中之王，但是它不能结出好的果子来供人品尝。荔枝的滋味是最鲜美的了，但是它不能开出好花来供人鉴赏。话虽简单，却说明一个道理，事物难免有缺点。知人论世者亦可作如是观。

苏轼《泗州僧伽塔》诗中云："耕田欲雨刈欲晴，去得顺风来者怨。若使人人祷辄遂，造物应须日千变。"

这里面有辩证法，矛盾对立面是尖锐的。耕田者希望有及时雨润禾苗，可是收割者却企求天气晴朗。去帆如果是顺风，迎面而来的船叟就一定会抱怨。俗谚道得好："做天难做四月天，蚕要温和麦要寒。车水哥儿要下雨，采桑娘子要晴干。"所以，要想使所有不同方向不同岗位的人都满意，是不可能的。造物者也不能面面讨好，"予之角者去其齿"，这是自然。予取予求，贪得无厌，是不行的；处世为人，不能一味"求全责备"，事实上也是难以"全"难以"备"的。"金无足赤，人无完人"，人总是难免要说错话做错事的。有功者未必就无过，有瑜者未必就无瑕。应该客观全面地看问题，这才符合"实事求是"的原则。

我们还是要像苏轼诗中所说的从对立面来看问题，不企求造物者"日千变"，自然更不能妄想"祷辄遂"。"日千变"、"祷辄遂"是道地的唯心主义和形而上学，和辩证法的宇宙观是根本相反的。只有认真学习辩证的宇宙观，才能真正解决我们所要解决的问题。

白居易《白氏长庆集》讽谕二《叹鲁》二首之末句有云："荔枝非名花，牡丹无甘实，"和我的这篇短文有关，我曾另写一篇《从白居易咏牡丹和荔枝说起》在香港《文汇报》1981年6月13日发表，大同小异，这里就不必附录了。

原载1979年6月13日《人民日报·战地》第226期；据《晚晴轩文集》，巴蜀书社，1985年11月。

一首西瓜诗的剖析

有一位同志以清人纪晓岚的西瓜诗请我解释。原诗是这样的："种出东陵子母瓜，伊州佳种莫相夸。凉争冰雪甜争蜜，消得温暾顾渚茶。"

这里有不少典故须作介绍。"东陵子母瓜"，出于晋人阮籍诗："昔闻东陵瓜，近在青门外。连畛拒阡陌，子母相钩带。"东陵：秦人邵平贫，种瓜于长安城东，瓜美，世俗谓之"东陵瓜"或"邵平瓜"。伊州，今新疆哈密。哈密瓜以甜美著称。第三句：凉和冰雪、甜和蜂蜜争美。第四句是说吃了西瓜胜似饮茶。

"温暾"形容茶的微暖，"温暾"一作"温炖"。白居易

《火炉诗》："温炖冻肌活。"顾渚茶：《唐书·陆龟蒙传》："龟蒙嗜茶，置园顾渚山下，岁取租茶，自判品第。"《宋史·艺文志》："陆鸿渐《顾渚山记》一卷。"《国史补》："风俗贵茶，茶之名品益众：湖州有顾渚①紫笋。"郑谷《寄献湖州从叔员外》诗："顾渚山边郡，溪将罨画通。"又《宜春再访芳公言公幽斋写怀诗》："顾渚一瓯春有味，中林话旧亦潸然。"可见顾渚茶是历史上有名的品种。

诗意只是赞美瓜能解渴，比有名的顾渚茶更好。没有什么深奥的意思。了解了其中用的典故，其实是很易懂得的。

原载 1980 年 8 月 14 日《北京晚报》；据《晚晴轩文集》，巴蜀书社 1985 年版。

什么是田园诗

我国古典诗歌中有山水诗，是写山水怡情之作的。还有田园诗，是写田园生活的美好的。二者虽然都描写自然风光，但山水诗主要写游玩和观赏山水，而田园诗则侧重描写农村田园生活（农民、耕作）。在我国文学史上，田园诗是有传统的。但是从先秦到汉魏时代，描写田园的诗歌数量不多，也未形成流派。真正开启田园诗派，较大规模地进行田园诗创作的是东晋诗人陶渊明。他辞官退隐家乡之后所写的一些诗篇被公认为田园诗的代表作。最能代表他的田园诗的是《归园田居》。在这一组诗中，诗人把统治阶级的上层社会斥为"尘网"，把自己曾经投身其中看成是做了"羁鸟"，"池鱼"，把回到田园说

---

① 编者按，诸本《国史补》卷下皆作"顾渚之"。

成是冲出"樊笼"重返"自然"。诗人着重细致地描写了田园纯洁、幽美的风光:"方宅十余亩,草屋八九间。榆柳荫后檐,桃李罗堂前。暧暧远人村,依依墟里烟。狗吠深巷中,鸡鸣桑树颠。"表达了对田园生活的由衷喜爱。陶渊明的田园诗内容丰富,这里有与农民共话桑麻的欢欣:"相见无杂言,但道桑麻长。"有参加劳动的喜悦:"种豆南山下,草盛豆苗稀。晨兴理荒秽,带月荷锄归。"

这一切,都使他的田园诗闪烁着进步的积极的思想光辉。但陶诗中也有一些回避矛盾的消极情绪。陶的田园诗在艺术上造诣极高,田园的日常生活以及在这种生活中的恬静心境都通过朴素的语言,白描的手法,直率自然地抒写出来,对后世影响很大。

田园诗发展到唐代,出现了王(维)、孟(浩然)派。孟浩然写田园诗努力学陶渊明。他的田园诗虽然缺乏劳动生活的体验,但简朴亲切,淳淡深厚,如著名的《过故人庄》:"故人具鸡黍,邀我至田家。绿树村边合,青山郭外斜。开轩面场圃,把酒话桑麻。待到重阳日,还来就菊花。"王维的田园诗艺术成就比较高,但是消极思想较明显。《渭川田家》:"斜光照墟落,穷巷牛羊归。野老念牧童,倚杖候荆扉。雉雊麦苗秀,蚕眠桑叶稀。田父荷锄至,相见语依依。即此羡闲逸,怅然吟式微。"与他们同时的储光羲也写了不少田园诗,如《田家即事》、《田家杂兴》等。不过,他的成就似比不上王、孟。

到了宋代,田园诗的代表作当推范成大的六十首《四时田园杂兴》,在这些诗中,范成大将农村一年四季的生活和农民的苦乐心情作了较全面系统的描写,这是前人所没有过的。他的诗清新通俗,也反映了农村的阶级矛盾,很有民歌风味和现实意义。

原载1982年11月7日《中国青年报》；据《晚晴轩文集》，巴蜀书社1985年版。

书的"三味"

鲁迅先生《朝花夕拾》中有《从百草园到三味书屋》一文，有人问："什么叫三味？"旧版《鲁迅全集》第二册中没有交代，一般辞书中也没有"三味"这一条。

我从《增广诗句题解汇编》卷四中找到了出处。

李淑《邯郸书目》中有云："诗书，味之太羹；史为折俎；子为醯醢，是为书三味。"这是书三味的出处，太羹指肉汤汁；折俎：体解节折，升之于俎，就是切肉；醯是醋，醢是肉酱。书的滋味各种具备，读书好比品尝美好的汤，切碎的肉，加上各种作料。三味就是这三种东西的味道。

三味书屋的"三味"，其来源大约如此，可以为鲁迅的文章补注一下。请读者指教。

原载1981年10月7日《人民日报》，署名珏人；据《晚晴轩文集》，巴蜀书社1985年版。

略谈茶的历史及其有关诗文

日本人提倡"茶道"，其实所谓"茶道"原是从中国学去的，他们自己也承认。我们对于"茶"真是源远流长，要追源溯流，还得从古籍中寻找。

现在我搜集了一点有关资料，略谈茶的历史及其有关的诗文。

饮茶的确实记载，始见于汉王褒的《僮约》，其中有"武阳卖茶"、"烹茶尽其铺"的句子。这应是较早的记载。

陈寿《三国志·吴书·韦曜传》有云："孙皓每餐宴，无不竟日，坐席无能否，率以七升为限……曜素饮酒不过三升，初见礼异时，常为裁减，或密赐茶荈以当酒。""茶荈当酒"应是后来"寒夜客来茶当酒"的先声。《晋书·陆纳传》："纳为吴兴太守，时卫将军谢安，尝欲诣纳，安既至，但设茶果而已。"纳时为吏部尚书，吏部尚书又为吴兴太守，对于谢安这样的名流，只设茶果，不铺张筵席，这种俭朴的作风是深堪赞许的。

晋左思《娇女诗》："吾家有娇女，皎皎颇白皙……心为茶荈剧，吹嘘对鼎𬬻……"茶和荈不同，据《尔雅·释木》疏，郭云："早采者为茶，晚取者为茗，一名荈。"荈，《韵会》："并尺兖切，音舛，茶叶老者。"《类篇》："茶晚取者多荈。"

《隋书》："隋文帝微时，梦神易其脑骨，自尔脑痛，忽遇一僧，曰：山中有茗，煮而饮之，当愈。帝服之有效，由是天下竞采而饮之。"自从隋文帝这样一提倡，茶的功用及其名气就愈来愈大了。

到了唐朝，出了一个和尚叫陆羽的，他写了一部书叫《茶经》，共分十篇。一之源，二之具，三之造，四之器，五之煮，六之饮，七之事，八之出，九之略，十之图。后人奉陆羽为茶神，用陶器造女像，向之礼拜，为之歌云："不羡黄金罍，不羡白玉杯，不羡朝入省，不羡暮入台，千羡万羡西方水，曾向竟陵城下来。"陆羽是湖北竟陵人，由于他出了家，和尚都尊崇他，在世俗中把他当作神来供奉，更不用说了。

唐李白有《答族侄僧中孚赠玉泉仙人掌茶并序》，序中有云："……其水边处处有茗草罗生，枝叶如碧玉，惟玉泉真公常采而饮之。年八十余岁,颜色如桃花,而此茗清香滑熟,异于他者,所以能还童振枯,扶人寿也……诗云:'常闻玉泉山,山洞多乳窟。仙鼠如白鸦,倒悬清溪月。茗生此中石,玉泉流不歇。根柯洒芳津,采服润肌骨。丛老卷绿叶,枝枝相接连。曝成仙人掌,似拍洪崖肩。举世未见之,其名定谁传……'后世人只爱读青莲居士咏酒的诗,而不注意他也有咏茶的名作,酒店里挂"太白遗风"的招牌,而茶店里却只供陆羽,不知李白虽是酒仙也还是茶仙哩。

杜甫是诗圣,他对于茶也是很爱重的。如《巳上人茅斋》有"枕簟入林僻,茶瓜留客迟"之句。《重过何氏五首》之三有云:"落日平台上,春风啜茗时"。《进艇》七律末二句云:"茗饮蔗浆携所有,瓷罂无谢玉为缸。"等等,都是。

白居易《吟元郎中白须诗兼饮雪水茶因题壁上》:"冷咏霜毛句,闲尝雪水茶。城中展眉处,只是有元家。"《偶作二首》之二有云:"或饮茶一盏,或吟诗一章。"《履道新居二十韵》:"……移榻临平岸,携茶上小舟。"又《琴茶》:"琴里知闻惟渌水,茶中故旧是蒙山。"蒙山即蒙顶山,所谓"扬子江心水,蒙山顶上茶"的即是。乐天又有"药销日宴三匙饭,酒渴春深一碗茶","春风小榼三升酒,寒食深炉一碗茶"等句。

乐天《杨六尚书新授川东节度使代妻戏贺兄嫂二绝》:"觅得黔娄为妹婿,可能空寄蜀茶来。"又《新茶》:"小盏吹醅尝冷酒,深炉敲火炙新茶。"又《萧员外寄新蜀茶》:"蜀茶寄到但惊新,渭水煎来始觉珍,满瓯似乳堪持玩,况是春深酒渴人。"

柳宗元《巽上人以竹间自采新茶见赠酬之以诗》:"芳丛翳湘竹,寒落凝清华。复此雪山客,晨朝掇灵芽,"又《同刘二十八院长述旧言怀感时书事……》诗有"劝策扶危杖,邀持当酒茶"之句。

刘禹锡《西山兰若试茶歌》："山僧后檐茶数丛，春来映竹抽新茸。莞然为客振衣起，自傍芳丛摘鹰咀。斯须炒成满室香，便酌砌下金沙水。骤雨松声入鼎来，白云满碗花裴回。悠扬喷鼻宿醒散，清峭彻骨烦襟开。阳崖阴岭各殊气，未若竹下莓苔地。炎帝虽尝未解煎，桐君有箓那知味。新芽连拳半未舒，自摘至煎俄顷馀。木兰坠露香微似，瑶草临波色不如。僧言灵味宜幽寂，采采翘英为嘉客。不辞缄封寄郡斋，砖井铜炉损标格。何况蒙山顾渚春，白泥赤印走风尘。欲知花乳清泠味[①]，须是眠云跂石人（跂：一作卧）。"又《送蕲州李郎中赴任》：有"松花满碗试新茶"之句。

按朱翌《猗觉寮杂记》：唐造茶与今不同，今采茶者得芽即蒸熟焙干。唐则旋摘旋炒。刘梦得《试茶歌》："自傍芳丛摘鹰咀，斯须炒成满室香。"又云："阳崖阴岭各殊气，未若竹下莓苔地。"竹间茶最佳，今亦如此。唐未有碾磨，止用臼，多是煎茶。张志和婢樵青，使竹里煎茶。柳子厚《夏夜偶作》云："山童隔竹敲茶臼。"与梦得欲保持花乳清泠于眠云跂石之人，蓬瀛侣终是蓬瀛侣者面貌微有不同。

杜牧《题茶山》："山实东吴秀，茶称瑞草魁。剖符虽俗吏，修贡众仙才……"（按茶山在江苏宜兴）又《春日茶山病不饮酒因呈宾客》："笙歌登画船，十日清明前。山秀白云腻，溪光红粉鲜。欲开未开花，半阴半晴天。谁知病太守，犹得作茶仙。"

齐己僧有《咏茶十二韵》："百草让为灵，功先百草成。甘传天下口，贵占火前名。出处春无雁，收时谷有莺。封题从泽国，贡献入秦京。嗅觉精新极，尝知骨自轻，研通天柱响，摘绕蜀山明。赋客秋吟起，禅师昼卧惊，角开香满室，炉动绿凝铛。

[①] 编者按，《刘宾客文集》卷二十五、《全唐诗》卷三百五十六作"清泠味"。

晚忆凉泉对，闲思异果平，松黄乾旋泛，云母滑随倾。颇贵高人寄，尤宜别匣盛。曾寻修事法，妙尽陆先生。"又《尝茶》："石屋晚烟生，松窗铁碾声。因留来客试，共说寄僧名。味击诗魔乱，香搜睡思轻。春风雪溪上，忆傍绿丛行。"又《谢灉湖茶》："灉湖唯上贡，何以惠寻常？还是诗心苦，堪消蜡面香。碾声通一空，烹色带残阳，若有新春者，西来信勿忘。"灉湖在湖南岳阳县城南。

曹邺集中有一首《故人寄茶》："剑外九华英，缄题下玉京。开时微月上，碾处乱泉声。半夜招僧至，孤吟对月烹。碧沉霞脚碎，香泛乳花轻。六腑睡神去，数朝诗思清。月馀不敢费，留伴肘书行。"

以饮茶著名的卢仝有《走笔谢孟谏议寄新茶诗》：

日高丈五睡正浓，军将打门惊周公。口云谏议送书信，白绢斜封三道印。开缄宛见谏议面，手阅月团三百片。闻道新年入山里，蛰虫惊动春风起。天子须尝阳羡茶，百草不敢先开花。仁风暗结珠琲瓃（蓓蕾），先春抽出黄金芽。摘鲜焙芳旋封裹，至精至好且不奢。至尊之馀合王公，何事便到山人家。柴门反关无俗客，纱帽笼头自煎吃。碧云引风吹不断，白花浮光凝碗面。一碗喉吻润；两碗破孤闷；三碗搜枯肠，唯有文字五千卷；四碗发轻汗，平生不平事，尽向毛孔散；五碗肌骨清；六碗通仙灵；七碗吃不得也，唯觉两腋习习清风生。蓬莱山，在何处？玉川子，乘此清风欲归去。山上群仙司下土，地位清高隔风雨。安得知百万亿苍生命，堕在巅崖受辛苦，便为谏议问苍生：到头还得苏息否？

此外，卢仝还有《忆金鹅山沉山人二首》："一片新茶破鼻香，请君速来助我喜。"《示添丁》："日高始进一碗茶。"

韩翃《谢茶表》："吴主礼贤，方闻置茗；晋臣爱客，才有分茶……"

方干《采茶》诗："云岛采茶常失路。"

温庭筠有《采茶录》一卷（《唐书·艺文志》）。

唐赵璘《因话录》卷三也谈到陆羽，略云：太子陆文学鸿渐名羽，其先不知何许人。竟陵龙盖寺僧姓陆，于堤上得一初生儿，收育之，遂以陆为氏。及长，聪慧多能，学赡词逸，诙谐纵辩，盖东方曼倩之俦……性嗜茶，始创煎茶法，至今鬻茶之家，陶为其像，置于炀器之间，云宜茶足利。

封演《封氏闻见记》卷六《饮茶》："命奴子取钱三十文，酬煎茶博士。"宋代茶酒坊侍应概称博士。孟元老《东京梦华录·饮食果子》："凡店内卖下酒厨子，谓之茶饭量酒博士。"

江州刺史张又新《煎茶水记》：故刑部侍郎刘公讳伯刍，于又新丈人行也。为学精博，颇有风鉴。称较水之与茶宜者凡七等：扬子江南零水第一，无锡惠山寺石水第二，苏州虎丘寺石水第三，丹阳县观音寺水第四，扬州大明寺水第五，吴松江水第六，淮水最下第七。略谓："元和九年春，予初成名，与同年生期于荐福寺，余与李德垂先至，憩西厢，玄鉴室。会适有楚僧至，置囊有数编书，余偶抽一通览焉，文细密，皆杂记，卷末又一题云煮茶记。"此记即写陆羽善于茶而亦识水之优劣的具体描写。结论是"楚水第一，晋水最下。"水之等级自庐山康王谷水帘水第一至桐庐严陵滩水第十九、雪水第二十止。次述煮茶泉品。①附宋欧阳修《大明水记》、《浮槎山水记》。（李季卿，代宗朝，刺湖州，与陆羽相值于维扬。李素熟陆名，有倾盖

---

① 编者按，《述煮茶泉品》乃宋叶清臣所述。

之欢。)

宋蔡襄（君谟）著《茶录》，上篇论茶之色、香、味及藏茶、炙茶、碾茶、罗茶、候汤、熁盏（熁音胁，火气熁上，火迫也）、点茶。下篇论茶器、茶焙、茶笼、砧椎、茶铃（用以炙茶）、茶碾、茶罗、茶盏、茶匙、汤瓶。

宋建安道人黄儒著《茶品要录》①，一、总论，二、采造适时，三、白合盗叶，四、入杂，五、蒸不熟，六、过熟，七、焦釜，八、压黄，九、渍膏，十、伤焙，十一、辨壑源沙溪，十二、后论。

陆树声《茶寮记》：序中论茶灶、凡瓢汲罂注濯沸之具，咸庀，择一人稍通茗事者主之。煎茶七类：一人品，二品泉，三烹点，四尝茶，五茶候，六茶侣，七茶勋。附：龙坡山子茶、圣扬花汤社等十八则。

欧阳修《尝新茶呈圣俞》诗题下注云："《茶经》：茶者，南方之嘉木也。一尺、二尺乃至数十尺，其树如瓜芦叶，如栀子花，如白蔷薇，实如棕榈，叶如丁香，根如胡桃②。"诗云："建安三千里，京师三月尝新茶。人情好先务取胜，百物贵早相矜夸。年穷腊尽春欲动，蛰雷未起驱龙蛇……建安太守急寄我，香蒻包裹封题斜。泉甘器洁天色好，坐中拣择客亦嘉。新香嫩色如始造，不似来远从天涯。停匙侧盏试水路，试目③向空看乳花。可怜俗夫把金锭，猛火炙背如虾蟆。由来真物有奇赏，坐逢诗老频咨嗟。须臾共起索酒饮，何异奏雅终淫哇。"欧阳公把茶比作"奏雅"，把酒比作"淫哇"，是一定的意义的。

---

① 编者按，一作《品茶要录》。
② 编者按，桃，原文误作挑。
③ 编者按，当为"拭目"。

大小笼茶始于丁谓而成于蔡襄（君谟）。欧阳修闻君谟进小龙团，惊叹曰：君谟，士人也，何至作此事耶？这又是对大臣风度发生的议论，并不是对茶的本身有什么贬意。

叶梦得《石林燕语》：建州岁贡大龙凤，团茶。仁宗时，蔡君谟择茶之精者为小龙团以献。按龙团系制茶为圆饼，上印龙凤纹，宋时专供御饮。凤饼，饼上印有凤文，故名。宋徽宗《大观茶论》："本朝之兴，岁修建溪之贡，龙团凤饼，名冠天下。"

苏轼《怡然以垂云新茶见饷，报以大龙团仍戏作小诗》："妙供来香积，珍烹具太官。拣芽分雀舌，赐茗出龙团。晓日云庵暖，春风浴殿寒。聊将试道眼，莫作两般看。"《游诸佛舍一日饮酽茶七钱戏书勒师壁》："示病维摩元不病，在家灵运已忘家。何须魏帝一丸药，且尽卢仝七碗茶。"

又《和蒋夔寄茶》长诗，也是众所周知的，以较长，不具引。最为人爱诵的，如《汲江煎茶》："活水还须活火烹，（自注：唐人云：茶须缓火炙，活火煎。）自临钓石汲深清。大瓢贮月归春瓮，小杓分江入夜瓶。茶雨已翻煎处脚，松风忽作泻时声。枯肠未易禁三碗，坐听荒村长短更。"又《新茶送签判程朝奉以馈其母有诗相谢次韵答之》诗云："缝衣付与溧阳尉，舍肉还归颍谷封。闻道平反供一笑，会须难老待千钟。火前试焙分新胯（股也），雪里头纲辍赐龙。从此升堂是兄弟，一瓯林下记相逢。"

又《虎跑泉》："金沙泉涌雪涛香，洒作醍醐大地凉。解妒九天河影白，遥通百谷海声长。僧来汲月归灵石，人到寻源宿上方。更读茶经校奇品，山瓢留待羽仙尝。"

朱熹还用茶做礼物，在他《答江宾臣书》中有云："江茶五瓶，少见微意。"足见茶在宋代已是人们常用作礼物互相馈赠的。

最后，说一下"别茶"和"分茶"的意义。

先说"别"：辨别之意。《茶录》蔡襄云：善别茶者，正如相工之际（视）人气色也。白居易诗："不寄他人先寄我，应缘我是别茶人。""别茶人"就是辨别茶味的行家。

再说"分茶"：陆游《临安春雨初霁》诗，有"晴窗细乳戏分茶"之句，也就是宋徽宗《大观茶论》所谓的"鉴别"或"鉴辨"。唐陆羽《茶经》里《六之饮》说：茶有九难，二曰别。陆游说"戏分茶"，表示他不过聊以消遣，并非胜任这桩"难"事的专家。参看白居易《谢李六郎寄新蜀茶》说的"别茶"；向子諲《浣溪沙》词赠赵摠自注："赵能著棋、写字、分茶、弹琴"，可见"分茶"也是一艺，它是与弹琴、著棋、写字并称的。杨万里《诚斋集》卷一《淡庵座上观显上人分茶》，"细乳"指沏茶时水面的泡沫，《茶经》"五之煮"所谓"沫饽"，《大观茶论》所谓"立作乳点勃结"，"乳雾汹涌，溢盏而起"，就是唐宋人写喝茶的诗文里常讲的"粥面"、"乳花"。沫饽，汤之华，华之薄者曰沫，厚者曰饽，轻者曰花。

以上略谈茶的历史及其有关的诗文杂记的一小部分，偏重于唐宋，宋以后没有论及，挂一漏万，自知谫陋，敬希方家指正。

原载北京《文献》；据《晚晴轩文集》，巴蜀书社1985年版。

诗 抄

游齐山登翠微亭

池阳东南多山石，池阳城北长河碧。天造地设为吾曹，胡不蜡屐作游客。晓来约伴出南郊，迤逦千步秋杨陌。流水曲曲草芊芊，桥影流虹驾百泉。翠微春晓坊犹在，玉垒铜驼荒可怜。征车挂辔人驾肩，空嬴白石下牛眠。东西堤外秋湖水，几处轻桡锦缆牵。环碧有亭亭翼然，壁上诗留杜樊川。拂尘一读增惆恨，风流太守忆当年。四围山色如新沐，绵亘迥环竞起伏。不用直造齐山巅，只此已穷千里目。穿村过寺恣跻攀，嶙嶙怪石漪漪竹。我与胡子辟蹊径，披蒙茸兮履巉磴。馀子惫矣坐山腰，不肯贾勇添豪兴。狂生虬龙犹可登，竟欲寻峰览其胜。仓玉之峡何窈深，集仙有洞水鸣琴。剔藓寻碑认武穆，防坠却如深渊临。更喜幽兰香空谷，援枝几见走鼯鼪。苍崖犹疑吼可裂，羊肠崎岖感不平。辗转身已入篾笮，棘刺人衣履亦失。莽苍四顾已无人，翳翳无情驱日暝。相携还复登翠微，前山两脚催归速。须臾亭角忽惊鹰，戛然一声翀翼出。神魂乍定为展颜，异趣横生不可述。徘徊亭外却行吟，百里河山一览举。弹丸城池池中物，长江如带带可束。南望寒树点丛山，泰朴湿云滴翠鬟。屏风九叠诸天外，剑立笏举朝天班。丘峦罗列皆匍匐，我欲凌风飞去一叩玉京关。北钥楼塔西龙树，苏白长堤亦有路。梭织远远苍波泝，指点云帆飞无数。十里清溪弄水亭，古人先我将诗赋。杜公行处没苍苔，高风渺矣未可步。满山恶草碍人游，安得命益掌火焚不留。远瞩依依恋此邱，登罢山风尚飕飕。折齿思遣清侣愁，不如仓卒且归休。此来聊足印鸿爪，草草成诗羞故侯。

据《萍踪偶记》，上海：北新书局1936年1月版，第120—122页。

嘉陵江上见人送别

此日销魂竟若何？嘉陵江上听离歌。西游我亦轻为别，春水今年见绿波。（嘉陵江水，深碧可爱。）

别成都过龙泉驿

雨罢登车别意滋，依依杨柳系人思。龙泉驿上花如雪，正是芳菲客去时。（时梨花满山，白如积雪。）

过郎当驿唐明皇幸蜀闻铃处
（驿在梓潼剑阁县交界处）

山深坡险驿荒凉，凄厉风催客断肠。蓦惊"雨淋铃"夜里，千秋一曲李三郎。

以上据《萍踪偶记》，上海：北新书局，1936年1月版第140页补白。题注据《晚晴轩文集》补。后者"蓦惊"改为"蓦忆"。

剑门关

连峰七二乱云环，绝壁天城未可攀。我自孤吟行剑外，夕阳无语向雄关。

见《出剑门关记》，据《萍踪偶记》，北新书局1936年1月版，第148页。

经海棠溪往南泉乡

细雨吹丝寒食路，渡江初过海棠溪。荒烟漠漠苍波外，野墓萧萧古寺西。马径新开云步石，山腰绿破水田泥。南泉乡里春如梦，望到江南路欲迷。

题目为编者所拟，见《温泉峡和南泉乡》，据《萍踪偶记》，北新书局1936年1月版，第157页。

二月廿二日首途赴凤过石硊镇感赋

蜣螂丸转苦黄尘，又向天涯访故人。一叶孤蓬云里月，初春浓雾梦中身。几年世路嗟频易，到处江山认未真。江北江南车马迹，鸡声茅店独沾襟。

淮远白乳泉口占

新梧流碧荫清潭,白乳泉甘饮未酣。听到一声声布谷,直将淮北作江南。

以上据《萍踪偶记》第224页补白,上海:北新书局,1936年1月。

旧作绝句二首附:
钱锺书(默存)先生和诗一首

中关园里传消息,道是琴庐早殒身。我在河南仰天笑,希夷老祖坠驴人(一作"翻身戏作坠驴人")。

钱锺书(默存)先生和云(时同在河南息县五七干校):
严霜烈日惯曾经,铁树坚牢不坏身,海外东坡非疆耗,祝君延寿八千椿。

自明港归五七干校途中赠吴晓铃同志
攀登湿滑终能上,援手随君道岂孤,一语前人曾立训,"坦途不走走艰途"(末句见马克思《资本论》法文之序与跋)。

悼念何其芳同志

座谈文艺溯延安,革命宣传绪万端。无限忠于毛主席,不容魑魅煽狂澜。①

钢锋匕首解支离,击鬼雄文播诵时。主席增删成巨制,凛然正义制红旗。②

善任知人秉大公,量才使用细分工。西谛曾作由衷语:"任怨任劳乐与同。"③

饲猪担食满身泥,干校三年乐不疲。猪喜猪忧乐与共,辛勤诚恳众称奇。④

蔼然和气化人多,原则坚持费琢磨。最是诗人难及处,夜歌歌了白天歌。⑤

一卷新诗为赘敬,廿年亲炙细论文,病前犹问新编稿,仔细商量痛失君。⑥

录 1977 年 7 月旧稿,据《衷心感谢他——纪念何其芳同志逝世十周年》,上海文艺出版社 1987 年版。

---

① 其芳同志生前曾写读《在延安文艺座谈会上的讲话》的论文多篇,近年为毛主席诗词作诠释,又曾与"四人帮"恶势力做斗争,从未屈服。
② 1961 年毛主席命编《不怕鬼的故事》,文学研究所承其乏,予任编辑,其芳同志作序,主席亲笔修改。
③ 郑振铎先生生前曾兼任文学所所长,其芳同志副之。实际上一切由其芳同志负责处理。郑先生曾多次向众表扬其芳同志的工作作风。
④ 其芳同志在河南息县东岳干校任养猪工作,有"猪忧亦忧、猪喜亦喜"之语,颇为人所称道。
⑤ 其芳同志生前有诗集名《夜歌和白天的歌》,这和他工作昼夜不辍恰成一致。
⑥ 1953 年予自杭州来文学所,曾以 1935 年所编《清人绝句选》(开明书店版)为赘,"文化大革命"以前,其芳同志嘱编《清诗选》,迄今尚未脱稿。记得我去他家看他的病时,犹承垂询,不料七月一病,竟成永别,怆痛无已!

一九七九年初秋游碧云寺香山公园归途口占三绝

碧云峻美香山秀，蝉噪丛林鸟正喧。还惜早来三两月，未看红叶艳霜天。

桥下泉声台上树，绿云遍地郁崔嵬。盘桓花径留残照，面带西山爽气回。

寺内无僧迎远客，阶前有鸟作娇啼。金刚塔上穷千里，四野苍茫独赋诗。

一九八〇年初春登景山

八十年交第一春，万春亭上独吟身。登高喜拨迷人雾，眺远乍惊野马尘。如带女墙宫阙壮，闪水北海镜光新。何须觅醉元宵节，喜有茶煎雪后薪。①

原载1980年6月29日香港《文汇报》副刊《诗词集》。

洛阳龙门谒白香山墓

昔诵白公诗，今谒白公墓。龙门石窟对香山，多少游人表企慕。伊川呜咽八节滩，滚滚波涛惧颠簸。"誓开险路作通津"②，舟子征人额手贺。忧饥悯冻念农桑，贯彻始终是主课。公之诗篇

---

① 唐人郑谷诗："叶积池边路，茶迟雪后薪。"按郑谷此诗见《全唐诗》第十函，原题《故少师从翁隐岩别墅乱后榛芜感旧怆怀遂有追纪》。

② "誓开险路作通津"，系白氏《开龙门八节石滩诗二首》中句，见《白氏长庆集》卷十七。

传异邦,"讽谕""闲适"兼"感伤"。《秦中吟》与《新乐府》,搏击宁复避豪强。琵琶一曲青衫湿,千秋词客为回肠。当时或以"纤艳"诮,蚍蜉撼树不自量。我昔苏杭寻遗迹,今幸老健来洛阳。暮年闲适非吾愿,且向坟前酹一觞。

原载1980年9月7日香港《文汇报》副刊《诗词集》。

赴日诗抄(七首)

参加"日本茶道文化考察团"感赋

茶能荡昧兼医俗,对诉衷情分外佳。陆羽一经开慧眼,唐人争放友谊花。①

王云"向国唯看日",今日喜看衣带水,钱道"鱼龙听梵声",乘云万里眼前明。②

美酒伤生一盏中,何如佳茗乐融融。"采茶歌里春光老"③,好句从来说放翁。

"里千家"主"千宗室"④,茶道殷勤礼最先。树德养神游于艺,邦交永固万千年。

原载1981年3月14日香港《文汇报》副刊。

---

① 唐竟陵陆羽《茶经》:一之源、二之具、三之道、四之器、五之煮、六之饮、七之事、八之出、九之略、十之图。
② 唐王维《送秘书监还日本》诗,有"向国唯看日,归帆但信风"之句。钱起同题有"水月通禅寂,鱼龙听梵声"之句。
③ 宋陆游《初夏喜事》诗:"采茶歌里春光老,煮茧香中夏景长。"
④ 里千家家元千宗室先生,好客重礼,京都有"今日庵",为招待远客的重点。此次"日本茶道文化考察团",即千宗室先生所电约,对中日友谊起了一定的促进作用。

自北京乘飞机去日本东京，机上偶得

云海苍茫万里明，碧空展翅一机轻。三千公里寻常事，俯仰乾坤结两京。

日本京都比睿山纪游二绝

偶来比睿山头望，峭壁盘空天帝居。最喜四明展望阁，远瞻一叶渺京都。

岭釜胜境凌云起，无数狝猴当路隅。千顷琵琶湖信美，都云此地是蓬壶。

原载湖北《散花》文艺季刊1984年第2期。

春游"十渡"

山似屏风迎面立，清溪缓缓夹山流。云烟俱净春风暖，十渡前头作快游。

原载1984年1月29日，癸亥年十二月廿七日香港《文汇报》；据《晚晴轩文集》，巴蜀书社1985年版。

再登八达岭（二首）

北门锁钥依然在，二十余年再度游。喜见蜿蜒天寿在，夕阳无语下碉楼。

造化因缘藏妙谛，仙灵奥府孕元胎。纵眺幽燕三万里，知有源头活水来。

原载 1984 年 5 月 30 日广州《诗词》第 10 期。

大连棒棰岛消夏四绝

万木蒙疏自在秋,碧山头接碧山头。棒垂岛上花如锦,观海有人悄倚楼。

每日侵晨上海滩,风光旖旎客忘还。云霏开处绿阴毷,港口船驰远处看。

钓鱼拾石闲游戏,泅水看花兴味浓。异国人来同纵目,嗫嚅学语听西东(日本人与欧洲人来大连消夏者甚多)。

日丽风和爱乘槎,港湾旧号青泥洼。依山滨海天涯远,且自留连不忆家(连亦可指大连)。

以上据《晚晴轩文集》,巴蜀书社 1985 年版。

作者论著目录

书籍目录

1. 《川游漫记》陈友琴著，南京：正中书局，1934年10月第一版；1936年3月第三版。

作者的第一部游记文集。收入22篇游记：（一）江行初写、（二）汉皋流连、（三）雪深水浅到宜难、（四）用"民主"力量到四川去、（五）荆沙上溯过宜昌、（六）惊心骇目上新滩、（七）高唐夜月宿阳台、（八）巫山县长说巫山、（九）夔万一瞥、（十）忠酆过了到巴渝、（十一）抵渝以后、（十二）北碚镇与温泉峡 附嘉陵江三峡游览区域略图、（十三）成渝道上 附由重庆陆行至成都道里表、（十四）在成都、（十五）灌县与郫县、（十六）离蓉之前夕、（十七）向川北进发中、（十八）长路关心悲剑阁、（十九）昭化与广元、（二十）阆中与南部、（廿一）潼川道中、（廿二）归途。楚伧题写书名，书中有插图多幅，书后附四川银行业之调查、四川复杂币制种类表、四川之大宗出口贸易调查。

2. 《清人绝句选》陈友琴选注，上海：开明书店，1935年1月第一版；天津市古籍书店影印，1991年1月。

1933年8月脱稿，徐乃昌题签，柳亚子题字，王西神题诗，查猛济、叶绍钧（圣陶）作序，选五绝作家110名，七绝作家262名，将近400名清代诗人，1000多首绝句。又名《清绝》。

3. 《萍踪偶记》陈友琴著，上

海：北新书局，1936年1月第一版，创作新刊之一。

作者的第二部游记文集，书名取意于明代王恭《初秋寄清江林崇高先辈》诗"十年沧海寄萍踪"（《白云樵唱集》卷三）。收入18篇游记：《上天台》、《杭江道上》、《太湖》、《偷闲一日在梁谿》、《宣城杂忆》、《山乡水国说池州》、《成都印象记》、《出剑门关记》、《温泉峡和南泉乡》、《帝乡》、《都江堰与望丛祠》、《川北农村一瞥》、《忆阆中》、《陶然亭》、《庚午散记》、《落星村》、《两回奇遇》、《到深山里去》。书前有"卷头语"，书末有赵景深（1902~1985）跋（又收入赵景深《新文学过眼录》，广西师范大学出版社，2004年11月）。书中附铜版插图30余幅。

4.《国文十讲》陈友琴著，福建南平：国民出版社，1942年1月第一版，1944年2月第三版，"新青年丛书"第一辑。

有（一）"文字之国"的文字学习问题，（二）关于"读字"的问题，（三）谈词儿的名类及其误用，（四）成语和譬喻的联系，（五）论文章的感染性，（六）文艺作品……

5.《青年与写作》陈友琴等著，福建南平：国民出版社，1942年1月第一版，1944年7月第三版，"新青年丛书"第一辑。

分10辑，共收49篇论文。一、战时文学泛论，收许钦文、谢狱、若波、罗敷、何一其、胡晓泛的文章6篇；二、写作上的一般问题，收郭荠西、王季思、谷风、赵彦方、克士的文章5篇；三、关于写作的态度，收谢狱、史云、秦墨、陈友琴、罗敷、子晋的文章8篇；关于题材的搜集与取舍，收周丁、奔雷、胡理直的文章3篇；五、关于句子与安排，收云峰、陈友琴的文章6篇；六、关于诗歌的写作，收高岗、李实、何鲁萍等的文章8篇；七、关于日记的写作，收景元、俞子夷、沙里的文章3篇；八、关于散文的写作，收华留、秦墨、野华的文章3篇；九、关于文学作品的鉴赏问题，收雪兰、毛鸿绥的文章2篇；十、其他，收长公、陈友琴、陈虞孙、康参的文章5篇。有编者前言。

6.《白居易诗评述汇编》陈友琴编。

从中唐至清末的二百多种著作

中辑录近千则。

（1）北京：科学出版社，1958年10月，中国科学院文学研究所"中国文学资料丛书"第一种。

（2）北京：中华书局，1962年11月，北京第1次印刷，删去"对日本文学的影响"，改名《古典文学研究资料·白居易卷》，纳入"古典文学研究资料汇编"，1965年再版，北京第2次印刷。28.7万字。

（3）台湾：明伦出版社，1970年，中国古典文学研究丛书。

（4）北京：中华书局，1986年1月，北京第3次印刷，改名《白居易资料汇编》，"古典文学研究资料汇编"之一。

（5）北京：中华书局，2004年1月，北京第4次印刷，"古典文学研究资料汇编"之一。

7. 《温故集》陈友琴著，上海：中华书局上海编辑所，1959年7月初版，1964年1月第2次印刷。收论文及考证文章22篇。

8. 《白居易》陈友琴著。

①上海：中华书局上海编辑所，1961年12月第1版；1962年第2版；1965年12月，"古典文学基本知识丛书"。3.8万字。

②上海：上海古籍出版社，1978年5月新版第1版，1982年1月第2次印刷，"中国古典文学基本知识丛书"。

③台北：群玉堂出版事业有限公司，1978年5月第1版。

④日本：日中出版社，昭和60年（1985年3月），山田侑平译本，收入中国古典入门丛书7，共162页。

⑤台湾：国文天地出版社，1992年。

⑥上海：上海古籍出版社，1998年6月，将其与龚克昌、彭重光《白居易诗文选注》（上海古籍出版社，1984年1月）合订为《白居易及其作品选》；又有《唐代五大文豪》本。

9. 《长短集》陈友琴著，杭州：浙江人民出版社，1980年3月。

10. 《元明清诗一百首》陈友琴选编，上海：上海古籍出版社，1982年11月第1版，1984年6月第2次印刷。

11. 《晚晴轩文集》陈友琴著，成都：巴蜀书社，1985年11月。

12. 《千首清人绝句》陈友琴选注，杭州：浙江古籍出版社，

1988年5月。

在开明书店版《清人绝句选》基础上扩充发展，在篇目上作了较大的调整，增选了一批作者；注释更加详尽。仍分五、七绝两部分。

13.《元明清诗选注》陈友琴主编，北京：北京出版社，1988年12月。全2册，共选元明清诗人270家，诗666首。

14.《不怕鬼的故事》陈友琴主编，北京：人民文学出版社，1961年2月第1版，1978年10月第2版。

15.《中国文学史》中国科学院文学研究所中国文学史编写组编写，北京：人民文学出版社，1962年7月第1版。三卷本。陈友琴参加编写唐代、清代部分章节。

16.《唐诗选》中国社会科学院文学研究所编，北京：人民文学出版社，1978年4月第1版。全2册。陈友琴参加初编和修订。

17.《唐诗选注》中国社会科学院文学研究所古代组、北京市维尼纶厂小组选注，北京：北京出版社，1978年9月。全2册。陈友琴参撰。

18.《乐府诗集》余冠英、周振甫、陈友琴、乔象锺整理校点，北京：中华书局，1979年11月。全4册。陈友琴参加第四十七卷至第七十三卷的校勘标点。

19.《少年背诵增广千家诗》陈友琴主编，北京：北京古籍出版社、北京少年儿童出版社，1990年4月。

20.《少年背诵唐诗三百首》陈友琴主编，段占学选注，北京：北京古籍出版社、北京少年儿童出版社，1992年12月。

诗文目录

1.《为什么要提倡合作运动》署名珏人《社会月刊》1930年，第2卷第2期。

2.《欧阳修读书的目的》，《青年界》1933年，第4卷第3期，第146页。

3.《中西诗人的公墓地》，《青年界》1933年，第4卷第3期，第174页。

4.《杜诗"船"字之意义》，《青年界》1933年9月，第4卷第4期，第44—45页。

5.《诗三百篇与长短句》，《青年界》1933年9月，第4卷第4期，第121—122页。

6.《李天生论杜诗律》，《青年界》1933年9月，第4卷第4期，第 149—150 页。

7.《白居易诗与唐代宫市》,《青年界》1933 年 9 月,第 4 卷第 4 期,第 177—178 页。

8.《个人牢骚与悲伤人类》,《青年界》1933 年,第 4 卷第 5 期,第 150 页。智按:目录页题为《牢骚与悲伤》。

9.《到陶然亭去》,《青年界》1934 年,第 5 卷第 4 期,第 12—14 页。

10.《温泉峡和南泉乡》,《青年界》1934 年,第 6 卷第 3 期,第 78—83 页。

11.《都江堰与望丛祠(四川游记之三)》,《青年界》1934 年,第 6 卷第 4 期,第 76—82 页。

12.《帝乡(四川游记之四)》,《青年界》1934 年,第 6 卷第 5 期,第 68—70 页。

13.《"话说大宋年间"》署名楚才《申报月刊》1934 年,第 3 卷第 9 号。

14.《川北农村一瞥》署名楚才《申报月刊》1934 年,第 3 卷第 7 号。

15.《北川农村一瞥》署名楚才《申报月刊》1934 年,第 3 卷第 7 号。

16.《活字与死字》,《申报·自由谈》1935 年 3 月 16 日、18 日、19 日。

17.《介绍盲翁盛此公》,《人间世》1935 年,第 28 期。

18.《囚犯性欲及其儿子》,《芒种》(上海)1935 年,第 2 卷第 2 期,第 47 页。

19.《沪大一年生活的回顾》,《青年界》1935 年,第 7 卷第 1 期。

20.《杜甫不爱巫峡说》,《青年界》1935 年,第 7 卷第 3 期。

21.《山乡水国说池州》,《青年界》1935 年,第 7 卷第 4 期,后又收入作者著《萍踪偶记》(上海:北新书局,1936 年 1 月)、马忠林、杨国璋、王钟华选编《中国现代游记选》中国旅游出版社,1982 年 2 月;及作者著《晚晴轩文集》,巴蜀书社,1985 年 11 月。

22.《颜延之轶事二则》,《青年界》1935 年,第 8 卷第 1 期。

23.《颜延之》,《青年界》1935 年,第 8 卷第 1 期。

24.《谢灵运》,《青年界》1935 年,第 8 卷第 2 期。

25.《绝诗浅释》,《青年界》1935 年 10 月,第 8 卷第 3 期。

26.《杜甫六绝句浅释》,《青

年界》1935年12月，第8卷第5期。

27.《文芸阁云起轩词与吴研人小说》，《文章月报》1935年创刊号，第16—18页。

28.《游记：雪窦寺：在浙江奉化溪口（附照片）》，《逸经》1936年，第19期，第40—41页。

29.《过剡谿》，《越风》1936年，第18期，第16—17页。

30.《盛子久（故乡人物志之一）》，《文学丛报》1936年，第2期，第177—180页。

31.《关于我就业经过的略述》，《青年界》1936年，第9卷第1期。

32.《宋人七绝浅释》，《青年界》1936年，第9卷第5期。

33.《暑假中的编辑生活》，《青年界》1936年，第10卷第1期。

34.《金正希与江天一（历史小品）》，《青年界》1937年，第11卷第1期，第149—154页。

35.《"真正""几乎""不会"》，《青年界》1937年，第11卷第1期。

36.《书生日记》，《青年界》1937年，第12卷第1期。

37.《水浒传中"吃"字的用法》，《读书青年》1937年，第2卷第10期，第20—21页。

38.《中学生作文十弊（第一讲）》，《读书青年》1937年，第2卷第11期。

39.《作文讲话：中学生作文十弊（第二讲）》，《读书青年》1937年，第2卷第12期，第13—17页。

40.《从恋家的青年说起》，《新青年》1939年，第1卷第12期，第21页。

41.《"国际"二字的解释问题》，《战时中学生》1939年，第1卷第3期，第117页。

42.《番鸭与雄鸡（小品）》，《战时中学生》1939年，第1卷第6期，第63—65页。

43.《每月社谈：从结网到烹鲜》，《战时中学生》1939年，第1卷第7—8期，第20—21页。

44.《各科笔记作法专辑（上）：怎样做国文科笔记：我做笔记的方法、经验和例证》，《战时中学生》1939年，第1卷第7—8期，第85—89页。

45.《焦大与刘四》署名友琴《战时中学生》1939年，第1卷第

9期，第2—3页。

46.《孔子的军事学及其御暴的精神》，《战时中学生》1939年，第1卷第9期，第23—27页。

47.《谈虎》，《战时中学生》1939年，第1卷第12期，第66—69页。

48.《"蜻蜓国"》，《战时中学生》1939年，第1卷第12期，第69—70页。

49.《管子论"为兵之数"》，《胜利》1939年，第16期，第8页。

50.《战地动态：川兵在皖南》，《战地》1939年，第1卷第12期，第15—16页。

51.《咬紧牙关：[歌曲]》陈友琴（词），孙杏叔（曲）《战地》1939年，第2卷第11期，第21页。

52.《文章和水的因缘》，《现代青年（福州）》1939年，新1卷第2期，第25—28页。

53.《论文章的开头（修辞漫谈）》，《现代青年（福州）》月刊1940年，新1卷第4期，第64—74页。

54.《论文章的结尾（修辞漫谈）》，《现代青年（福州）》月刊1940年，新1卷第6期，第77—88页。

55.《论文章的中段（修辞漫谈）》，《现代青年（福州）》月刊1940年，第2卷第4期，第354—361页。

56.《墨磨人斋随笔·在痛苦中求进化》，《宇宙风》1940年，第100期，第153页。

57.《写作问题之页：由"简明"到"圆熟"》，《新青年》1940年，第3卷第9—10期，第22页。

58.《写作问题之页：论快慢》，《新青年》1940年，第3卷第11期，第13—14页。

59.《日记写作的意见："老少无欺"》，《战时中学生》1940年，第2卷第1期，第43—44页。

60.《本刊作者和读者日记选辑：抄琴庐日记一则（廿八年十二月一日至九月二十二日）：自船埠买来橘子……》，《战时中学生》1940年，第2卷第1期，第111—113页。

61.《每月社谈：从家长和学费说起》，《战时中学生》1940年，第2卷第2期，第4—5页。

62.《每月社谈："整个"与"个别"》，《战时中学生》1940年，

第 2 卷第 4—5 期，第 9—10 页。

63.《"虚应故事"》署名珏《战时中学生》1940 年，第 2 卷第 9 期，第 2—3 页。

64.《新陈代谢在战时》署名珏人《战时中学生》1940 年，第 2 卷第 9 期，第 3—4 页。

65.《希望与接受》，《战时中学生》1940 年，第 2 卷第 10 期。

66.《何民威（故乡人物志之一）》署名珏人《战时中学生》1940 年，第 2 卷第 10 期。

67.《小说气和古文气》，《现代青年（福州）》月刊 1941 年，第 4 卷第 5 期，第 184—186 页。

68.《城南书屋》，《正言文艺月刊》1941 年 3 月，第 1 期（创刊号）。

69.《阮圆海（历史小品）》，《小说月报》1941 年，第 9 期。

70.《朱公（历史小品）》，《小说月报》1941 年，第 13 期。

71.《每月社谈：考试以外》，《战时中学生》1941 年，第 3 卷第 1 期，第 9—11 页。

72.《中学生应有的几种观念》，《新青年》1941 年，第 5 卷第 2 期，第 7, 21 页。

73.《"文字之国"的文字学习问题（国文讲话）》，《新青年》1941 年，第 6 卷第 1 期，第 21—22 页。

74.《关于"读字"的问题：国文讲话（二）》，《新青年》1941 年，第 6 卷第 2 期，第 7—9，11 页。

75.《谈词儿的名类及其误用（国文讲话第三讲）》，《新青年》1941 年，第 6 卷第 4—5 期，第 13—14 页。

76.《应用文作法的原则（国文讲话第四讲）》，《新青年》1941 年，第 6 卷第 6—7 期，第 18—19 页。

77.《论文章底感染性》，《新青年》1942 年，第 6 卷第 8 期，第 19—21 页。

78.《成语和譬喻的联系（国文讲话）》，《新青年》1942 年，第 6 卷第 10 期，第 12—14 页。

79.《两书生（历史小品）》，《小说月报》1942 年，第 16 期。智按：两书生指金正希、江天一。

80.《漫谈绝句》，《读书生活》（月刊）1942 年，第 1 卷第 3—4 期，第 38—43 页。

81.《一年的记者生活》，《学生之友》1942 年，第 5 卷第 3 期，第 35—36 页。

82.《词儿的歧义及其误用》,《国文月刊》1942 年,第 15 期,第 32—34 页。

83.《西南道上闲吟》(诗三首),署名楚材《西南公路》1943 年,第 281 期,第 1579 页。

84.《杜工部及其草堂》,《新中华》1944 年,复第 2 卷第 7 期,第 216—220 页。

85.《谈"简札"文学》,《黎明之前》1945 年,安徽中央日报创刊二周年纪念刊,第 140—142 页。

86.《在雨谷中》,收入罗洪编《点滴集》(安徽中央日报三周年纪念刊),安徽屯溪:中央日报社经理部,1945 年 7 月。

87.《略谈明初之诗䜞》,《胜流》1946 年,第 3 卷第 8 期,第 17—18 页。

88.《从吉蒲赛人的自由说起》,《胜流》1946 年,第 4 卷第 2 期,第 44—46 页。

89.《论文章的开头》,《青年界》1946 年,第 1 卷第 3 期,第 51—57 页。

90.《中学生作文讲话(一):从不对题目说话讲起》,《新学生》1946 年,第 1 卷第 5 期,第 28—33 页。

91.《中学生作文讲话(二):检查一篇文字的疵病》,《新学生》1946 年,第 1 卷第 6 期,第 63—67 页。

92.《中学生作文讲话(三):论重言复语与冗辞赘句的殊异》,《新学生》1946 年,第 2 卷第 2 期,第 47—50 页。

93.《中学生作文讲话(四):也谈文章繁简问题》,《新学生》1947 年,第 2 卷第 4 期,第 10—13 页。

94.《中学生作文讲话(五):小说气和古文气》,《新学生》1947 年,第 2 卷第 6 期,第 15—19 页。

95.《中学生作文讲话:触发和想象》,《新学生》1947 年,第 3 卷第 2 期,第 52—57 页。

96.《中学生作文讲话:小品文中的日记和书简》,《新学生》1947 年,第 3 卷第 6 期,第 30—34 页。

97.《新著介绍:古今诗话(史天行编)》,《图书展望》1947 年,复刊第 4 期,第 22—23 页。

98.《四弦秋(读曲丛话)》署名陈珏人《京沪周刊》1948 年,第 2 卷第 41 期。

99.《高则诚及其琵琶记（读曲丛话）》署名陈珏人《京沪周刊》1948年，第2卷第37期。

100.《"还魂"迷（读曲丛话）》署名陈珏人《京沪周刊》1948年，第2卷第33期。

101.《"一片石"与"第二碑"（读曲丛话）》署名陈珏人《京沪周刊》1948年，第2卷第27期。

102.《略谈〈长生殿〉作者洪昇的生平》，《光明日报》1954年6月21日《文学遗产》第9期（参见第26期作者补充）；收入《温故集》，中华书局上海编辑所，1959年7月；文学遗产编辑部编《文学遗产选集》一辑，作家出版社，1956年1月；人民文学出版社编辑《元明清戏曲研究论文集》二集，人民文学出版社，1959年10月；又收入《长短集》，浙江人民出版社，1980年3月。

103.《读〈长生殿传奇〉》，《光明日报》1954年9月21日《文学遗产》第21期（参见第23期更正）；收入《温故集》，中华书局上海编辑所，1959年7月；《文学遗产选集》一辑，作家出版社，1956年1月；人民文学出版社编辑《元明清戏曲研究论文集》二集，人民文学出版社，1959年10月；又收入《长短集》，浙江人民出版社，1980年3月。

104.《关于洪昇生年确证的补充》，《光明日报》1954年10月24日《文学遗产》第26期。

105.《俞平伯先生的趣味主义及其他》，《光明日报》1954年11月7日《文学遗产》第28期；收入《古典文学研究中的错误倾向》（中国科学院文学研究所专刊3），人民文学出版社，1958年9月，第46~51页；《温故集》，中华书局上海编辑所，1959年7月。

106.《读〈白居易研究〉后的一些意见》署名陈珏人《光明日报》1955年11月20日《文学遗产》第80期；收入《温故集》，中华书局上海编辑所，1959年7月。

107.《和谭丕模同志商榷有关〈长恨歌〉的问题》署名陈珏人《光明日报》1956年5月27日《文学遗产》第106期；收入《温故集》，中华书局上海编辑所，1959年7月。

108.《读了〈关于<白居易研究>中的一些问题〉以后的意见》署名陈珏人《光明日报》1956年9

月2日《文学遗产》第120期；收入《温故集》，中华书局上海编辑所，1959年7月。按，《关于〈白居易研究〉中的一些问题》王拾遗《光明日报》1956年9月2日《文学遗产》第120期。

109.《白居易作品中的思想矛盾》，《文学研究集刊》第四册（北京大学文学研究所），人民文学出版社，1956年11月；收入《温故集》，中华书局上海编辑所，1959年7月；《长短集》，浙江人民出版社，1980年3月；《文学研究所学术文选：1953—2003》，中国社会科学出版社，2003年8月。

110.《答复阳光同志关于〈长恨歌〉的研究方法问题》署名陈珏人《光明日报》1956年12月2日《文学遗产》第133期。

111.《关于崔颢的〈黄鹤楼〉诗》，《光明日报》1957年5月12日《文学遗产》第156期。署名陈珏人；收入《温故集》，中华书局上海编辑所，1959年7月。

112.《与俞平伯先生商榷山东李白的问题》，《光明日报》1957年7月28日《文学遗产》第167期。署名珏人；收入《温故集》，中华书局上海编辑所，1959年7月；又收入中华书局编辑《李白研究论文集》，中华书局，1964年4月。

113.《辟古典文学领域中右派分子的谬论》，《光明日报》1957年8月11日《文学遗产》第169期。

114.《与俞平伯先生谈〈河岳英灵集〉》，《光明日报》1957年12月29日《文学遗产》第189期；收入《温故集》，中华书局上海编辑所，1959年7月。

115.《略谈〈唐诗三百首〉的蓝本及其他》，《光明日报》1958年3月2日《文学遗产》第198期；收入《温故集》，中华书局上海编辑所，1959年7月。

116.《对于林庚先生〈说木叶〉一文的不同看法》，《光明日报》1958年3月30日《文学遗产》第202期；收入《温故集》，中华书局上海编辑所，1959年7月。

117.《什么是诗的风骨》，《语文学习》1958年3月；收入《温故集》，中华书局上海编辑所，1959年7月；又收入《长短集》，浙江人民出版社，1980年3月。

118.《白居易的〈杜陵叟〉和

〈缭绫〉浅说》,《语文学习》1958年8月,收入《温故集》,中华书局上海编辑所,1959年7月。

119.《范宁同志写的〈白居易〉一书中存在着哪些问题?》,《光明日报》1958年5月11日《文学遗产》第208期。

120.《白居易诗歌艺术的主要特征》,《文学遗产增刊》六辑,作家出版社,1958年5月;收入《温故集》,中华书局上海编辑所,1959年7月;《唐诗研究论文集》,香港中国语言学社,1970年8月;《长短集》,浙江人民出版社,1980年3月。

121.《与缪钺先生商榷〈杜牧诗选〉的一些问题》,《光明日报》1958年6月22日《文学遗产》第214期;收入《温故集》,中华书局上海编辑所,1959年7月;《长短集》,浙江人民出版社,1980年3月。

122.《祝美索不达米亚文化的新生》,《光明日报》1958年8月3日《文学遗产》第220期。

123.《〈白居易诗评述汇编〉的前言》,《光明日报》1958年11月9日《文学遗产》第234期;收入《温故集》,中华书局上海编辑所,1959年7月;《唐诗研究论文集》,香港中国语言学社,1970年8月。

124.《对目前古典文学古籍出版工作的一些意见》,《新建设》1958年第8期;收入《温故集》,中华书局上海编辑所,1959年7月。

125.《关于欧阳修讽刺晏殊的诗》,《光明日报》1958年5月18日《文学遗产》第209期,署名陈珏人;收入《温故集》,中华书局上海编辑所,1959年7月。

126.《读毛主席〈黄鹤楼〉词》,《文学知识》1959年3月号。

127.《对于〈新编唐诗三百首〉的一些意见》,《光明日报》1959年3月8日《文学遗产》第250期;《读书》1959年第6期(有删节)。

128.《韦应物和白居易》,《光明日报》1959年3月15日《文学遗产》第251期,署名陈珏人;收入《温故集》,中华书局上海编辑所,1959年7月。智按:参见《文学遗产》252期更正。

129.《读〈韦苏州集〉札记》,《光明日报》1959年4月26日《文学遗产》第257期,署名夏静岩；收入《温故集》，中华书局上海编辑所，1959年7月；中国作家协会上海分会文学研究室编《中国文学史讨论集》，中华书局出版。

130.《罗隐的讽刺诗》，《文学研究》1959年第2期，署名郭君曼；又收入《长短集》，浙江人民出版社，1980年3月，改题《罗隐的讽刺小诗》。

131.《王之涣等四首绝句浅释》，《语文学习》1959年11月。

132.《用词准确的一例》，《语文学习》1959年12月，第33页。

133.《从〈文心雕龙·体性篇〉说到诗的风格》，《文艺报》1959年第17期，又收入《长短集》，浙江人民出版社，1980年3月。

134.《说得多和得少》，《语文学习》1960年2月，第27页。

135.《关于山水诗》，《语文学习》1960年第6期，第114—116页。

136.《略谈林则徐的诗及其文学活动的影响》，《光明日报》1960年3月20日《文学遗产》第310期；收入《中国近代文学论文集1949-1979诗文卷》中国社会科学院出版社，1984年9月，又收入《长短集》，浙江人民出版社，1980年3月。

137.《略谈贺裳对于白居易诗的评论》，《文艺报》1961年1月5日。

138.《关于晚唐于濆的诗》，《光明日报》1961年1月8日《文学遗产》第346期，署名畴人，又收入《长短集》，浙江人民出版社，1980年3月。

139.《黄钧宰的〈金壶七墨〉》，《光明日报》1961年3月12日《文学遗产》第354期，署名畴人，又收入《长短集》，浙江人民出版社，1980年3月。

140.《漫谈杜甫的题画诗》，《光明日报》1961年7月2日《文学遗产》第370期，又收入《杜甫研究论文集》二辑，中华书局，1962年3月；《长短集》，浙江人民出版社，1980年3月，改题《漫谈杜甫的题画诗及其他》。

141.《关于柳宗元的诗及其评价问题》，《光明日报》1961年9月17日《文学遗产》第381期，又收入《长短集》，浙江人民出版社，1980年3月。

142.《谈杨慎批评杜甫》，《文汇报》（上海）1961年9月28日，又收入《杜甫研究论文集》二辑，中华书局，1962年3月，第276—278页；《长短集》，浙江人民出版社，1980年3月。

143.《不要片面理解古人的诗》，《诗刊》1961年第3期，第73—74页。

144.《读杜甫的〈阁夜〉》，《光明日报》1962年2月4日《文学遗产》第400期，又收入《杜甫研究论文集》三辑，中华书局，1963年9月；《长短集》，浙江人民出版社，1980年3月。

145.《略谈卢纶的〈塞下曲〉和〈擒虎歌〉》，《解放军文艺》1962年第2期，又收入《长短集》，浙江人民出版社，1980年3月。

146.《从赵执信的诗风说到他的诗论》，《人民日报》1962年2月15日，又收入《长短集》，浙江人民出版社，1980年3月。

147.《读赵执信〈饴山堂集〉札记》，《文汇报》（上海）1962年9月8日，又收入《长短集》，浙江人民出版社，1980年3月。

148.《论杜甫对学习、继承和批评的看法》，《光明日报》1962年6月24日《文学遗产》第420期，又收入《长短集》，浙江人民出版社，1980年3月。

149.《读吴嘉纪的〈陋轩诗〉及〈陋轩诗续〉抄本》，《光明日报》1962年9月30日《文学遗产》第434期；《光明日报》1962年10月7日《文学遗产》第435期。署名"夏静岩"，又收入《长短集》，浙江人民出版社，1980年3月。

150.《略评〈白居易诗选〉》，《光明日报》1963年2月24日《文学遗产》第452期。按，顾肇仓、周汝昌选注《白居易诗选》，作家出版社，1962年12月。

151.《略论顾炎武的诗》，《光明日报》1964年6月14日《文学遗产》第465期，又收入《长短集》，浙江人民出版社，1980年3月。

152.《关于王船山的诗论》，载湖南省哲学社会科学学会联合会编《王船山学术讨论集》下册，1965年8月；又收入《长短集》，浙江人民出版社，1980年3月。

153.《关于"一夜乡心五处同"》，《文史》第四辑，1965年6月，又收入《长短集》，浙江人民出版社，1980年3月。按，驳虞莎

《读诗臆扎》(《文史》第二辑,中华书局,1963年4月,谈及《自河南经乱,关内阻饥,兄弟离散,各在一处。因望月有感,聊书所怀,寄上浮梁大兄、於潜六兄、乌江十五兄,兼示符离及下邽弟妹》,云:"此诗疑是居易在洛阳作。")、朱金城《〈白居易诗选〉编年注释质疑》(《中华文史论丛》第五辑,1964年6月),考证《自河南经乱,关内阻饥,兄弟离散,各在一处。因望月有感,聊书所怀,寄上浮梁大兄、於潜六兄、乌江十五兄,兼示符离及下邽弟妹》作于贞元十六年(800)秋。

154.《重读舒位〈瓶水斋诗集〉》,《光明日报》1965年6月13日《文学遗产》第512期,署名夏静岩;又收入《长短集》,浙江人民出版社,1980年3月。

155.《关于"千里莺啼"》,《文汇报》1978年10月15日。

156.《略论清代初期诗坛上的南施北宋》,《河北师范学院学报》1979年第1期;《思想战线》1979年第3期转载;又收入《晚晴轩文集》,巴蜀书社,1985年11月。

157.《从终葵说到钟馗》,《思想战线》1979年第3期。

158.《白居易在杭州》,《浙江画报》1979年第2期。

159.《痴女与慧僧》,《艺术世界》1979年第2期;又收入《晚晴轩文集》,巴蜀书社,1985年11月。

160.《文以意为主》,《艺术世界》1979年第2期;又收入《晚晴轩文集》,巴蜀书社,1985年11月。

161.《从牡丹和荔枝说起》,《人民日报·战地》1979年6月13日《战地》第226期,又收入《晚晴轩文集》,巴蜀书社,1985年11月。

162.《略论白居易晚年诗的积极意义》,《文学评论丛刊》第3辑,中国社会科学出版社,1979年7月,又收入《长短集》,浙江人民出版社,1980年3月。

163.《关于刘禹锡与白居易唱和的诗及其浅释》,《欣赏与评论》1980年第2期。

164.《读吴伟业的〈梅村诗集〉》,《学林漫录》初集,中华书局,1980年6月,第102~107页。

165.《略谈厉鹗在西湖写的各体诗及其他》,《西湖》(杭州)1980年第3期;又收入《晚晴轩文集》，巴蜀书社，1985年11月。

166.《一首西瓜诗的剖析》，《北京晚报》1980年8月14日；又收入《晚晴轩文集》，巴蜀书社，1985年11月。

167.《俞曲园和日本友人的交谊》，《杭州日报》1980年9月28日；又收入《晚晴轩文集》，巴蜀书社，1985年11月。

168.《一九八〇年初春登景山》，《文汇报》副刊（香港）1980年6月29日《诗词集》；又收入《晚晴轩文集》，巴蜀书社，1985年11月。

169.《洛阳龙门谒白香山墓》，《文汇报》副刊（香港）1980年9月7日《诗词集》；又收入《晚晴轩文集》，巴蜀书社，1985年11月。

170.《朱舜水在日本》，《文汇报》（上海）1980年11月3日；又收入《晚晴轩文集》，巴蜀书社，1985年11月。

171.《略论清代名家黄仲则的诗》，《河北师院学报》1980年第1期。

172.《日本汉学家馈赠的我国古籍》，《文学遗产》1981年第1期。

173.《略谈刘禹锡及其诗歌创作》，《文学遗产》1981年第3期，又收入《古代文学研究集》中国文联出版公司，1985年2月。

174.《读诗札记》（关于元遗山论诗绝句、苏东坡与白乐天、略谈吴梅村的晚节及其受辱的问题），《文史知识》1981年第5期。

175.《参加"日本茶道文化考察团"感赋》，《文汇报》副刊（香港）1981年3月14日；又收入《晚晴轩文集》，巴蜀书社，1985年11月。

176.《从白居易咏牡丹和荔枝说起》，《文汇报》（香港）1981年6月13日。

177.《书的"三味"》署名珏人《人民日报》1981年10月7日；又收入《晚晴轩文集》，巴蜀书社，1985年11月。

178.《略谈茶的历史及其有关诗文》，原载《文献》1981年第4期；又收入《晚晴轩文集》，巴蜀书社，1985年11月。

179.《景山和玉蝀桥》，原载1981年第4期《人民日报》副刊《大地》；又收入《晚晴轩文集》，巴蜀书社，1985年11月。

180.《关于清代重要诗人的评

介——读张维屏〈国朝诗人征略〉》,《河北师院学报》1982年第1期,又收入《晚晴轩文集》,巴蜀书社,1985年11月。

181.《读赵执信〈晚发芹泉驿夜过寿阳〉》,《人民铁道报》1982年3月29日;又收入《晚晴轩文集》,巴蜀书社,1985年11月。

182.《赵翼咏旅途的困苦》,《人民铁道报》1982年5月;又收入《晚晴轩文集》,巴蜀书社,1985年11月。

183.《什么是田园诗》,《中国青年报》1982年11月7日;又收入《晚晴轩文集》,巴蜀书社,1985年11月。

184.《彭兆荪与〈小谟觞馆诗集〉》,《光明日报》1983年1月25日《文学遗产》;又收入《晚晴轩文集》,巴蜀书社,1985年11月。

185.《纳兰性德论诗》,《光明日报》1983年3月8日《文学遗产》第557期;《中国古代、近代文学研究(人大复印报刊资料)》1983年第3期;又收入《晚晴轩文集》,巴蜀书社,1985年11月。

186.《春游"十渡"》,《文汇报》(香港)1984年1月29日;又收入《晚晴轩文集》,巴蜀书社,1985年11月。

187.《读清代著名诗人黄任的〈香草斋诗集〉》,《河北学刊》1984年第2期;又收入《晚晴轩文集》,巴蜀书社,1985年11月。

188.《赴日诗抄》,《散花》(湖北,文艺季刊)1984年第2期;又收入《晚晴轩文集》,巴蜀书社,1985年11月。

189.《再登八达岭(二首)》,《诗词》(广州)第10期,1984年5月30日;又收入《晚晴轩文集》,巴蜀书社,1985年11月。

190.《悼念何其芳同志》,收入《衷心感谢他——纪念何其芳同志逝世十周年》,上海文艺出版社,1987年6月。